ELIZABETH LOWELL
Rubinträume

Buch

Seit der Heirat ihrer Zwillingsschwester Honor und einer unglücklichen Liebesaffäre widmet sich Faith Donovan nur noch der Herstellung exquisiter Schmuckmodelle. Da erhält sie den Auftrag, aus dreizehn sensationellen burmesischen Rubinen ein Collier als Hochzeitsgeschenk für ihre beste Freundin aus der mächtigen Familie Montegeau zu fertigen. Doch sie ahnt nicht, dass diese Steine aus einem Halsband stammen, das aus der Hermitage in St. Petersburg gestohlen wurde. Plötzlich erhält Faith wiederholt Besuch von undurchsichtigen, bedrohlich wirkenden Kunden, und es wird überdies in ihren Laden eingebrochen. Nur sehr widerwillig lässt sie sich darauf ein, zu ihrem Schutz mit dem Abenteurer Owen Walker zusammenzuarbeiten. Bei ihrem Besuch auf Ruby Bayou bei der Montegeau-Familie stoßen Owen und Faith auf die gefährlichen Familiengeheimnisse, die in den dunklen Bayous von South Carolina liegen. Und dort, in den moskitoverseuchten, undurchdringlichen Sümpfen, steigert sich die Verfolgungsjagd gnadenlos: nach dem unersetzlichen Rubin, nach der Wahrheit – und nach ihrer Liebe...

Autorin

Elizabeth Lowell ist das Pseudonym der amerikanischen Erfolgsautorin Ann Maxwell, einem wahren Multitalent. Sie hat in den USA bisher weit über 40 Romane veröffentlicht und wurde vielfach mit höchsten Preisen ausgezeichnet. Sie lebt mit ihrem Mann in Anacortes, USA.

Von Elizabeth Lowell ist bereits erschienen:

Bernsteinfeuer (35129) – Jadeherzen (35210) – Perlenbucht (35316) – Sturm auf mein Herz (35410) – Brandung des Herzens (42829) – Fesseln aus Seide (42867) – Lockende Nachtigall (43408) – Abenteuer meiner Träume (43484) Feuergipfel (43784)

Von Ann Maxwell ist bereits erschienen:

Wie Tau im Wüstensand (43983) – Seidenpfade (35041)

ELIZABETH LOWELL
Rubinträume
Roman

Aus dem Amerikanischen
von Elke Iheukumere

BLANVALET

Die Originalausgabe erschien 2000 unter dem Titel
»Midnight in Ruby Bayou« bei William Morrow,
an imprint of HarperCollins Publishers Inc., New York.

Umwelthinweis:
Alle bedruckten Materialien dieses Taschenbuches
sind chlorfrei und umweltschonend.

Blanvalet Taschenbücher erscheinen im Goldmann Verlag,
einem Unternehmen der Verlagsgruppe Bertelsmann.

Deutsche Erstveröffentlichung Mai 2001
Copyright © der Originalausgabe 2000
by Two of a Kind, Inc.
Copyright © der deutschsprachigen Ausgabe 2001
by Wilhelm Goldmann Verlag, München,
in der Verlagsgruppe Bertelsmann GmbH
Umschlaggestaltung: Design Team München
Umschlagillustration: Agt. Schlück/Berni
Satz: Uhl+Massopust, Aalen
Druck: Elsnerdruck, Berlin
Verlagsnummer: 35501
Lektorat: Maria Dürig
Redaktion: Andrea Maria Längst
Herstellung: Heidrun Nawrot
Made in Germany
ISBN 3-442-35501-X
www.blanvalet-verlag.de

1 3 5 7 9 10 8 6 4 2

Für meine wunderbare Tochter
Heather Maxwell,
die mir Faith' Musik gab und mir
vom »Hauswein« des Südens erzählte.

> Sie brachten mir Rubine aus der Mine,
> Und hielten sie in die Sonne…
>
> Gezeiten, die jedes benachbarte Leben wärmen,
> Sind gefangen in dem leuchtenden Stein.
> Als Feuer, um diesen rötlichen Schnee zu schmelzen,
> Um das verzauberte Eis zu brechen,
> Und den roten Fluss der Liebe fließen zu lassen –
> Wann wird die Sonne aufgehen?
>
> RALPH WALDO EMERSON

Prolog

St. Petersburg
JANUAR

Die öffentlich zugänglichen Räume waren für die Diebe zu schwierig, Gebäude von drei oder vier Stockwerken, in denen Jahrhunderte von Kunst und Kunstwerken aufbewahrt wurden, gesammelt von Herrschern, deren Launen für ihre Untergebenen den Atem des Lebens bedeuteten. Raum um Raum war angefüllt mit außergewöhnlichen Skulpturen, uralten Ikonen und enormen Wandbehängen, Gemälden, die einen Engel zum Weinen bringen und Heilige neidisch machen konnten, Unmengen an Gold und Silber und Edelsteinen, die nicht einmal die größte Habgier des Menschen sich vorstellen konnte.

In den dunkelsten Stunden der frühen Nacht des Januars gab es nur die Zeit und das Geräusch der ausgetretenen Stiefel der Wachen auf dem Marmorboden, der früher nur die polierte Arroganz des Zarentums gekannt hatte. Das leiseste Geräusch hallte wider in den langen herrlichen Fluren mit den vergoldeten und gewölbten Decken, gestützt von Pfeilern, die so groß waren wie die alten Götter.

Selbst die über hundert der Öffentlichkeit zugänglichen Räume reichten nicht aus, um alle drei Millionen Stücke des Schatzes auszustellen. Die weniger wertvollen Stücke oder diejenigen, die im Augenblick nicht in Mode waren, wurden im Labyrinth der Keller verwahrt, wo der glänzende Marmor bröckelndem Putz und von Ratten zerfressenem Holz Platz machte. Staub lag wie schmutziger Schnee auf jeder Oberfläche. Die Bürokraten, die früher einmal die kaiserlichen Sammlungen aufgelistet und katalogisiert hatten, waren schon vor langer Zeit verschwunden, weggeschickt von einer Zivilregierung, die kaum die Kugeln für die Soldaten aufbringen konnte.

Drei Frauen und zwei Männer bewegten sich schnell durch die schmalen unterirdischen Flure. Gefangen in dem Strahl der Taschenlampen sah der menschliche Atem aus wie weiße Wolken. Der Fluss Neva vor dem Museum war zugefroren. Genau wie alles andere in St. Petersburg, das sich elektrischen Strom nicht leisten oder ihn nicht stehlen konnte. Abseits der öffentlichen Räume, in denen ausländische Diplomaten, Würdenträger und Touristen die kaiserlichen Schätze anstarrten, befanden sich die Gebäude in einem schlechten Zustand. Die erstklassigen Kunstwerke – Gemälde von Rubens, da Vinci und Rembrandt – wurden gut unterhalten. Der Rest der Schätze des Zaren musste so abgehärtet sein wie das russische Volk, um zu überleben.

Einer der Diebe schloss einen großen Raum auf und knipste das Licht neben der Tür an. Nichts geschah. Jemand fluchte, doch wirklich überrascht war niemand. Jeder in der Stadt stahl Glühbirnen für den eigenen Gebrauch.

Mit Hilfe einer Taschenlampe, die ihr Partner hielt, machte sich die dunkelhaarige Frau an einem riesigen, alten Safe zu schaffen. Die Zuhaltung klemmte. Die Tür quietschte wie ein abgestochenes Schwein, als die Frau sie öffnete.

Das metallische Knirschen störte sie nicht. Selbst wenn die Wachen oben es hören könnten, würden sie weiter ihre Runden in den warmen, leeren Hallen und den kaiserlichen Räumen drehen. Die Wachen wurden nicht gut genug bezahlt, um merkwürdigen Geräuschen nachzugehen. Kein halbwegs intelligenter Einwohner der Stadt schnüffelte im Dunkeln herum und brachte sich selbst in Schwierigkeiten. Davon gab es im normalen Licht sowieso schon genug.

Flüsternd machten sich die Diebe ans Werk, öffneten Fächer und Schubladen. Ab und zu grunzte einer von ihnen oder zog scharf den Atem ein, wenn er ein ganz besonderes Schmuckstück entdeckte. Wenn ihre Hände zögerten, sprach die dunkelhaarige Frau in knappen Worten. Sie hatte ihre Befehle: Nimm nur die unauffälligen Stücke, die vergessenen Stücke, den namenlosen Flitterkram, die einfallslosen Geschenke lange verstorbener Aristokraten oder Händler oder ausländischer Offizieller, die sich von den Zaren eine Gunst erhofften. Das waren die Stücke, die in den kaiserlichen Inventurlisten als »Broschen, Perlen mit rotem Stein in der Mitte« aufgeführt waren oder als »Mieder, blaue Steine von Diamanten eingerahmt«. Keines der Stücke war wertvoll genug, um auf den kaiserglichen Porträts in den oberen Räumen abgebildet worden zu sein. Keines erschien auf den Fotos der kaiserlichen Juwelen. Sie waren herrlich anonym.

Aber oh, die Verlockung war groß, eines der weniger unauffälligen Stücke, der gefährlichen Stücke, zu nehmen. Das Prickeln, einen Smaragd so groß wie ein Hühnerei in der Hand zu halten, zweihundert Karat eines Saphirs in einer mittelalterlichen Schnalle oder eine Hand voll Diamantarmbänder in die Tasche zu schieben, einen Rubinring von zwanzig Karat in einer geheimen Tasche hinter dem Gürtel verschwinden zu lassen …

Mehr als einmal in der Vergangenheit war so etwas passiert. Eine schnelle Bewegung außerhalb des Lichtkreises einer Taschenlampe, das plötzliche Gewicht des Reichtums an einem Schenkel oder am Bauch zu fühlen. Inmitten all der Kilos von Flitterkram, wer würde da schon ein paar Gramm vermissen?

Es geschah wieder in dieser Nacht.

Einer der Männer stahl methodisch jedes fünfte Schmuckstück, das in dem Durcheinander in der langen Schublade lag. Als er damit fertig war, öffnete er eine weitere Schublade. In dieser lagen die Schmuckstücke ordentlich sortiert, jedes Stück war nummeriert, mit einem Anhänger versehen, und lag in einem eigenen Abteil.

»Nicht diese Schublade, du Dummkopf«, zischte die Frau. »Kannst du nicht sehen, dass diese Stücke viel zu wertvoll sind?«

Er konnte es sehen. Und er konnte kaum noch atmen.

Der schwache Lichtstrahl hatte einen Teil der Schmuckstücke in der Schublade zum Funkeln gebracht. Ein Rubin, so groß wie das Auge eines Götzenbildes, lag darin. In der Halskette gab es noch mehr Rubine, doch neben dem Hauptstein verblassten sie zur Unscheinbarkeit. Umgeben von Perlen, wie Schnee um das Feuer, leuchtete der Rubinanhänger und warf seinen uralten Schein von Wohlstand und Gefahr.

Er murmelte leise vor sich hin und trat einen Schritt näher an die Schublade. Er klemmte sich die Taschenlampe unter den Arm und richtete den Strahl des Lichtes von den Schmuckstücken weg. Dann rüttelte er an der Schublade, schob sie hin und her und zerrte daran, bis sie wieder geschlossen und die Halskette tief in einer geheimen Tasche seiner Hose verschwunden war.

Der Erste in einer langen, tödlichen Reihe von Dominosteinen begann zu fallen.

1

Seattle
FEBRUAR

Owen Walker lebte in einem karg eingerichteten Apartment mit Blick auf den Pioneer Square, einer der weniger interessanten Sehenswürdigkeiten von Seattle. Die Eingangstür war nicht sehr beeindruckend, kein fröhliches Bellen und auch kein ungeduldiges Miauen eines Kätzchens begrüßte Walker, als er sich der Tür näherte. Das, was einem Haustier am nächsten kam, war der Pilz in seinem Kühlschrank, der wuchs, während er für Donovan International eine Aufgabe in Übersee zu erledigen hatte. In der letzten Zeit war dies fast ständig der Fall gewesen.

Abgesehen davon, dass er ein neues, stärkeres Türschloss eingebaut hatte, als er das Apartment übernahm, hatte Owen sich nur wenig Mühe damit gegeben, die Wohnung gemütlich zu machen. Das Bett war groß genug für seine Größe von einem Meter achtzig. Es diente ihm auch als Couch, auf der er sich ausstreckte, wenn er den Fernsehapparat anstellte, sofern er lange genug zu Hause war, um sich auf die Pechsträhnen der Seahawks oder der Mariners oder der Sonics einzulassen.

In letzter Zeit konnte er von Glück sagen, dass er mit seinen eigenen Problemen klarkam, geschweige denn mit denen der Mannschaften, deren Mitglieder schneller wechselten als die ständigen Gerüchte. Auch der heutige Tag hatte sich in nichts davon unterschieden. Sogar die Probleme hatten Probleme. Das

Neueste war die Aufgabe, die Archer Donovan ihm heute Nachmittag übertragen hatte.

Sieh nach, ob die Rubine, die Davis Montegeau Faith geschickt hat, mit denen auf der internationalen Liste der heißen Stücke übereinstimmen. Ich möchte nicht, dass der Ruf meiner Schwester als Designerin dadurch ruiniert wird, dass sie in Zusammenhang mit gestohlenen Stücken gebracht wird. Montegeau hat ihr, wie sie es beschrieben hat, vierzehn hochwertige Rubine geschickt, zwischen einem und vier Karat. Es sind lose Steine, aber sie hätten gut zu einem einzigen Schmuckstück gehören können.

Da Archer nicht wollte, dass seine kleine Schwester erfuhr, dass er seine Nase ohne ihre Aufforderung in ihre Geschäfte steckte, hatte Walker die Rubine nicht vorliegen, um damit arbeiten zu können. Alles, was er hatte, war eine mündliche Beschreibung der Stücke.

Walker hatte die letzten vier Stunden am Telefon von Donovan International verbracht und hatte mit den verschiedensten Cops in der ganzen Welt gesprochen. Dabei hatte er rein gar nichts erreicht, bis auf die Tatsache, dass sein verletztes Bein steif geworden war. Bis jetzt sah es so aus, als seien die Rubine sauber. Sein Ohr, das mittlerweile Schwielen aufwies, war der Beweis dafür. Heute Abend würde er im Internet nachsehen.

Aber zuerst musste er etwas essen.

Automatisch schloss er die Schlösser an der Tür hinter sich, hängte seinen Stock über den Türknauf und humpelte zum Kühlschrank, um nachzusehen, ob etwas darin war, was nach einem späten Mittag- oder frühen Abendessen aussah.

Sein Körper war noch immer nicht sicher, auf welchem Kontinent er sich befand. Trotz der sauberen schwarzen Hose, des frischen dunkelblauen Hemds, dessen Farbe zu seinen Augen passte, und dem gestutzten schwarzen Bart fühlte er sich wie etwas, das die Katze mit ins Zimmer geschleppt und sich dann zu fressen geweigert hatte. Jetlag – oder die Prügel einiger übereifriger afghanischer Banditen, die er in der letzten Woche über sich hatte ergehen lassen müssen – ließen ihn jedes einzelne seiner über dreißig Jahre fühlen, wie eine Beleidigung.

Die Gedanken an die katastrophale Reise nach Afghanistan schwanden schnell, als ihm der Geruch der Knoblauchwurst in die Nase stieg, die er sich gestern Abend aus dem italienischen Restaurant hatte schicken lassen. Nach dem zweiten Atemzug entschied er allerdings, dass die Wurst nicht vom gestrigen Abend war. Schon eher von vor drei Tagen. Oder vier. Vielleicht sogar fünf. Er hatte Heißhunger auf italienische Küche gehabt, als er aus Afghanistan zurückgekommen war, doch er hatte sich nicht die Mühe machen wollen, im Pike Place Supermarkt nach frischen Zutaten zu suchen. Stattdessen hatte er sich viel zu oft Essen schicken lassen, seit er mit steifen Beinen die Stufen des Firmenflugzeuges hinuntergestiegen war in den trüben Februar des nordwestlichen Pazifiks.

Vorsichtig öffnete er den Deckel der nächsten Schachtel mit Resten. Nichts darin sah grün aus, doch war wahrscheinlich sowieso nicht mehr genug übrig, um sich daran zu vergiften. Er zuckte mit den Schultern, stellte die Schachtel in die Mikrowelle und drückte auf den Knopf. Und während die unsichtbare Energie den Resten des Essens neue Energie einhauchte, entschied er sich dafür, die Mahlzeit ein frühes Abendessen zu nennen. Dazu konnte er eine der langhalsigen Flaschen Bier öffnen, die während seiner Abwesenheit geduldig auf ihn gewartet hatten.

Als die Mikrowelle endlich läutete, war er bereits im Internet und hatte sich auf die Suche nach gestohlenen einzelnen Rubinen gemacht, die größer waren als ein Karat, oder nach gestohlenen Schmuckstücken, die vierzehn Rubine von mehr als einem Karat enthielten. Während der Computer sich mit seiner Suche beschäftigte, ging er zurück in die winzige Küche, öffnete die Mikrowelle und holte sich eine Gabel aus einer der Schubladen.

Auf dem Weg zum Computer aß er den ersten Bissen seines lauwarmen Essens. Die Pasta sah aus und schmeckte wie Gummibänder, doch die Wurst war noch immer würzig genug, um ihm das Wasser im Mund zusammenlaufen zu lassen. Er hatte schon viel schlimmere Mahlzeiten zu sich genommen, als er das Lagerfeuer und die Rationen mit den Minenarbeitern in Afghanistan geteilt hatte.

Zwischen den einzelnen Bissen sah er sich die Liste der gestohlenen Rubine an, die von allen möglichen Menschen im Internet zusammengestellt worden war, angefangen von irgendwelchen alten Jungfern bis hin zu Interpol. Einige boten eine Belohnung an und versprachen, keine Fragen zu stellen. Andere boten eine Fundgebühr, auch sie stellten keine Fragen. Organisationen aller nur möglichen Richtungen zur Durchführung der Gesetze boten ihre Telefonnummern an und gaben einem die Möglichkeit, ein guter Bürger zu sein.

Kleinere Rubine wurden gesucht, doch die meisten davon wurden als Stücke mit nur gemäßigtem Schliff beschrieben. Von einigen wurde behauptet, sie seien Familienerbstücke, doch nach Walkers Erfahrung konnte das alles bedeuten, vom Jahr 1550 bis hin zu 1950. Es war möglich, dass die Montegeau Rubine, die Faith Donovan zu einer Halskette verarbeiten sollte, zu einer oder zu mehreren der langen, langen Liste gestohlener Erbstücke gehörten, doch das bezweifelte er. Die Daten der Veröffentlichungen reichten von letzter Woche bis zu dreißig Jahren zurück, und sie stammten aus dreiundzwanzig verschiedenen Ländern. Keine der Listen führte vierzehn erstklassige Rubine auf – in einem Schmuckstück oder lose –, die von einem Karat aufwärts gingen.

So weit die Arbeit. Jetzt zu den privaten Freuden.

Walker kratzte den letzten Rest würziger Sauce aus dem Karton, trank einen Schluck Bier und ging dann zu einer anderen Webseite über, einer Seite, die er sich oft ansah. Diese Seite gehörte zu einer internationalen Clearingstelle für den Verkauf von Schmuckstücken und Juwelen aller Art. Wie an jedem Abend, wenn er in der Nähe eines Computers war, so gab er auch heute wieder eine Anfrage ein nach Rubinen, die auf irgendeine Weise graviert oder mit Inschriften versehen waren.

Zweiundvierzig Einträge wurden angezeigt. Er sah sie rasch durch. Die meisten lagen qualitativ kaum über dem, was ein Tourist in einer verwahrlosten Gasse in Thailand finden würde. Die Skulpturen waren genauso langweilig, wie die Steine zweifelhaft waren. Bei einem Rubin von guter Qualität, auf dessen langer, flacher Oberfläche ein lachender Buddha eingraviert war, verweilte er einen Augenblick. Doch dann scrollte er weiter. Er hatte einen ähnlichen – und besseren – Rubin in seiner Sammlung.

Walker hielt inne, als er einen herrlichen, vier Karat großen Stein fand, auf dessen einer Seite ein Herz eingraviert war und ein Kreuz auf der anderen Seite. Man nahm an, dass er von einem der Kreuzzüge stammte. Sehnsüchtig sah er sich den Stein an. Wenn er unter einem Mikroskop auch nur halb so gut aussah wie auf dem Bildschirm, dann würde der Rubin eine wundervolle Ergänzung seiner persönlichen Sammlung abgeben. Er würde ein Gebot dafür abgeben, wenn der Stein kein Vermögen kosten würde.

Doch das tat er. Das Preisschild wies eine Null zu viel auf. Eigentlich sogar zwei.

»Neuer Tag, gleicher Mist«, murmelte er.

Drei Monate in Afghanistan hatten nicht viel verändert, bis auf die Art, wie er jetzt ging, doch das war auch nur vorübergehend. Er sah sich die weniger teuren Stücke an. Doch nichts, was er sah, interessierte ihn.

Walker verzog das Gesicht, stellte den Computer aus und sah

sich nach etwas um, das er in den Stunden vor dem Schlafengehen tun konnte, und versuchte, nicht davon zu träumen, dass ihm Gewehrkolben den Schädel einschlugen. Einige Bücher lockten ihn, doch sein Verstand war noch immer viel zu benommen von dem Versuch, sich auf die Zeit von Seattle einzustellen, um sich seinem neuesten Projekt zu widmen: eine Art Do-it-yourself-Tour durch die deutsche Sprache, mit Hilfe eines deutschen Buches über seltsame Edelsteine und Edelstein-Schnitzereien.

Einen Augenblick dachte er daran, das Buch in seinen Computer zu scannen und es dann durch alle neun Übersetzungsprogramme laufen zu lassen, die er hatte, um anschließend die Ergebnisse miteinander zu vergleichen. Der Gedanke ließ ein Lächeln auf seinem Gesicht erscheinen. Das letzte Mal, als er das mit einem Artikel über die führenden Edelsteinhändler Thailands gemacht hatte, hatten er und Archer und Kyle Donovan sich über die Ergebnisse kaputtgelacht.

Damals hatte Walker damit begonnen, sich selbst die deutsche Sprache beizubringen, mit dem Singsang von West Texas, zusätzlich zu seinem Akzent aus South Carolina, den er aus seiner Jugendzeit besaß. Er hatte wirkliche Fortschritte mit dieser Sprache gemacht, als Donovan International ihn nach Afghanistan geschickt hatte, um dort die Möglichkeiten zu untersuchen, in den Handel mit Rubinen einzusteigen. Walker konnte die afghanische Staatssprache sprechen, doch konnte er sie nicht lesen.

Das Geräusch von Schüssen unter ihm auf den Straßen von Seattle hörte er kaum. Es bestand keine Gefahr für ihn, wenn ein Betrunkener auf Tauben schoss, weil sie das taten, was sie am besten konnten – die Bänke im Park voll zu scheißen.

Er warf einen Blick auf die Armbanduhr aus rostfreiem Stahl an seinem Handgelenk. Noch nicht einmal fünf Uhr. Archer wäre sicher noch in seinem Büro bei Donovan International.

Walker nahm den letzten Schluck Bier und wählte die private Nummer des ältesten der Donovan-Brüder.

»Ja«, kam sofort die Antwort.

»Dann bist du also *wirklich* damit einverstanden, mein Gehalt zu verdoppeln. Ich konnte es kaum glauben, als ich...«

»Von wegen, Walker«, sagte Archer, doch seinen Worten fehlte die Hitze. »Was hast du herausgefunden?«

»Sag deinem Bruder, dass er sich mit seiner Ahnung geirrt hat.« Kyle Donovans Ahnungen waren berühmt, oder berüchtigt, unter den Donovans. Als Frühwarnsystem für Gefahr fehlte Kyles Ahnungen die Genauigkeit, trotzdem lag er viel zu oft richtig, um sich nicht danach zu richten. »Wenn jemand nach den Rubinen sucht, die Davis Montegeau Faith gegeben hat, dann suchen sie nicht an den üblichen Stellen danach und auch nicht an den unüblichen.«

Archer schob seinen Stuhl zurück und streckte sich. »Okay. Danke. Das nachzuprüfen war wohl einfach.«

»Für dich bestimmt. Mein Ohr tut noch immer weh von den vielen internationalen Ferngesprächen.«

Archer kicherte. »Ich werde es dir vergelten.«

»Die Gehaltserhöhung?«

»Nur in deinen Träumen«, gab Archer zurück. »Heute Abend bist du zum Essen eingeladen, bei uns zu Hause. Ich habe einen neuen Job für dich. Diesmal hier im Land.«

»Mein Jetlag-Körper dankt es dir. Wer kocht denn heute Abend. Du oder Kyle?«

»Ich. Es gibt frischen Lachs, dank unseres Schwagers Jake. Und meiner Schwester Honor, wenn man der Ansicht ist, dass demjenigen, der den Fisch ins Netz geholt hat, auch Dank gebührt. Das hat nämlich sie getan.«

»Mir ist jede Ansicht recht, um frischen Lachs auf meinen Teller zu bekommen. Sonst noch etwas?«, fragte Walker voller Hoffnung.

»Meine Frau hat etwas von Schokoladenkeksen erwähnt.«
»Verflixt! Ich bin schon unterwegs.«

Archer lachte noch immer, als Walker den Hörer auflegte. Obwohl Walker als normaler Angestellter begonnen hatte, war er mittlerweile ein Freund geworden.

Doch schon Augenblicke später, nachdem er seine E-Mail gelesen hatte, nahm Archers Gesicht wieder den üblichen harten Ausdruck an. Das Gebot von Donovan International für die Entwicklung einer Silbermine in Sibirien war unterboten worden, nachdem die Abgabe der Gebote bereits offiziell geschlossen war. Die Tatsache, dass der Gewinner der Schwager eines örtlichen Gangsters war, hatte sicher etwas damit zu tun.

Er griff nach der Gegensprechanlage. »Mitchell, hol mir Nicolay. Ja, ich weiß, wie spät es dort gerade ist. In ein paar Minuten wird auch er es wissen.«

Faith Donovan legte den Block Polierschiefer beiseite, den sie benutzt hatte, um das Schmuckstück zu bearbeiten. Sie dehnte ihre schmerzenden Hände, dann beugte sie sich vor und untersuchte das Stück aus achtzehnkarätigem Gold, das eines der dreizehn Teile der Montegeau-Halskette bilden würde. Obwohl es noch kaum poliert war, war das Stück aus gebogenem Gold gleichzeitig elegant und zwanglos, es sah aus, als wäre es willkürlich gebogen.

Doch dieser Bogen war weder zwanglos noch willkürlich, er war das Ergebnis eines Design-Prozesses, der sehr präzise war und seine Wirkung nicht verfehlte. Deshalb schmerzten Faith' Finger und Rücken, dennoch wollte sie am liebsten lächeln, trotz der frühen Dunkelheit dieses Wintertages. Selbst bei all dem unmöglichen Termindruck – kaum zwei Wochen hatte sie Zeit für eine Arbeit, die normalerweise drei Monate in Anspruch genommen hätte –, entwickelte sich die Halskette wundervoll. Ihre alte Freundin Mel würde ein einzigartiges, außergewöhnliches Schmuckstück tragen, wenn sie am Valentinstag Jeff Montegeau heiratete.

Und Faith hätte ein Paradestück für die Schmuckausstellung in Savannah, am Wochenende vor der Hochzeit. Das wünschte sie sich sehr. Obwohl die Ausstellung nur wenige Tage dauerte, war sie doch eine der wichtigsten Shows für moderne Schmuckstücke im ganzen Land. Sie musste unbedingt Aufsehen erregen. Und die Montegeau-Halskette würde dafür sorgen.

Zumindest dann, wenn sie einen Weg finden würde, die Kette zu versichern, in den Tagen von heute bis in vier Tagen, wenn sie nach Savannah flog. Die anderen Schmuckstücke waren alle versichert, weil sie genügend Zeit gehabt hatte, die Ausstellung zu planen. Doch es war nicht mehr genügend Zeit gewesen, die Rubine einem qualifizierten Schätzer vorzuführen und die Halskette trotzdem fertig zu stellen.

Bei dem Gedanken an das Versicherungsproblem runzelte sie die Stirn, dann nahm sie die Teile aus Gold und beugte sich noch einmal über die Polierscheibe. Hinter dem Fenster ihres Ladens, der zugleich ihr Atelier war, wirbelte der Wind Eisregen über den Pioneer Square. Die Straßenlaternen warfen glitzernde Lichtkreise auf das Pflaster, die den Winterabend jedoch auch nicht aufhellen konnten.

Schließlich wurde das Geräusch des Eisregens gegen die Fenster immer lauter, bis sie es sogar über dem Summen der Polierscheibe hören konnte. Schuldbewusst reckte sie sich und warf einen Blick auf ihre Armbanduhr. Beinahe halb sechs. Sie sollte sich mit drei ihrer fünf Geschwister in der Wohnung der Donovans treffen, weil sie eine Überraschungs-Party für den vierzigsten Hochzeitstag ihrer Eltern planten. Oder wenigstens wollten sie es versuchen. Archer und seine Frau Hannah, Kyle und seine Frau Lianne und Honor und ihr Ehemann Jake waren schon seit mehreren Tagen damit beschäftigt, doch sie hatten sich noch nicht einmal über den Ort der Party einigen können.

Natürlich gefiel ihnen allen der Lärm und das Lachen dieser Familientreffen in der Donovan-Wohnung, wo jeder Donovan ein Zuhause hatte, das er ständig oder auch nur zeitweilig nutzte. Die weltweiten Geschäfte von Donovan International bedeuteten, dass mindestens einer aus der Familie ständig unterwegs war. Im Augenblick waren ihre Zwillingsbrüder Justin und Lawe in Afrika, Hannah und Archer waren gerade von einer Perlenauktion in Tokio zurückgekommen, und Jake und Honor lebten außerhalb von Seattle.

Das Vergnügen, den größten Teil der Familie unter einem Dach zu versammeln, hatte sicher etwas mit der Tatsache zu tun, dass dies bereits das dritte »Gipfeltreffen« hintereinander war.

Und sie saß hier, noch immer in ihrer alten Jeans, voll mit braunem Staub, wo sie doch eigentlich hätte helfen sollen, das Essen für sieben Leute vorzubereiten. Zehn Leute, wenn man die Babys dazu zählte.

Sicher würde ihr wieder die Aufgabe zufallen, das Geschirr zu spülen.

Mit einem Seufzer zog sie die Staubmaske und die Schutzbrille vom Gesicht. Ihr kurzes blondes Haar stand in alle Richtungen von ihrem Kopf ab. Mit den schmutzigen Fingern hindurchzufahren, würde wahrscheinlich auch nicht helfen, doch der nächste Kamm wartete in ihrer Suite in der Wohnung auf sie. Das nächste Bad auch. Sie persönlich fand, dass die Streifen des Polierschiefers auf ihrer Jeans, ihren Unterarmen und Händen einen interessanten Effekt auf ihrer ohnehin schon nachlässigen Kleidung bildeten, beinahe, als hätte sie mit Fingerfarben gespielt, doch sie wusste, dass Kyle sie gnadenlos necken würde, weil sie den Grunge Look von Seattle wieder aufleben ließ.

Nun, heute Abend würden ihre Geschwister wohl mit ihr vorlieb nehmen müssen, so wie sie war, schmutzig vom Polierstaub, mit dunklen Schatten unter den Augen, weil sie an zu vielen Abenden bis in die Nacht hinein gearbeitet hatte. Wäre sie nicht das Risiko eingegangen und hätte damit begonnen, die dreizehn Segmente der Halskette anzufertigen, ohne dass ihre Skizze endgültig akzeptiert worden war, hätte sie den Termin nie geschafft. Doch glücklicherweise hatte der Patriarch, Davis Montegeau, ihre Skizze ohne Änderungen angenommen.

Gott sei Dank war Davis ein nachsichtiger zukünftiger Schwiegervater, doch er hatte die Dinge bis zur letzten Sekunde in der Schwebe gelassen. Wäre die zukünftige Braut nicht Faith' beste Freundin auf dem College gewesen, hätte sie den Auftrag abgelehnt, trotz der Verlockung, mit solch feinen Edelsteinen arbeiten zu können – und den kleinsten davon als ihren Lohn behalten zu dürfen. Wenn Davis nicht zugestimmt hätte, die Kette aus Gold zu fertigen anstatt aus Platin, dann hätte sie den Termin niemals schaffen können. Platin war das unnachgiebigste Material, das man für Schmuckstücke benutzte. Obwohl sie ab und zu mit Platin arbeitete, weil kein anderes Material diesen eisigen Schimmer besaß, zog sie doch die verschiedenen Farben des Goldes vor.

Faith stand auf und zog ihre lederne Schürze aus. Genau wie die lange hölzerne Werkbank zeigte auch sie Anzeichen von ständiger Nutzung. Der Prozess, Schmuckstücke zu schaffen, war so schmutzig, wie das Ergebnis elegant war. Das war etwas, was ihr Ex-Verlobter, Tony, niemals verstanden hatte oder auch verstehen wollte. Er war von Natur aus faul, daher war ihm der Gedanke zuwider, dass jemand sein Leben damit verbrachte, eine Schutzbrille zu tragen und sich über Werkzeug zu beugen, das an ihren Händen genauso oft Spuren hinterließ wie auf ihrer Werkbank. Ganz besonders, wo doch ihre Eltern wohlhabend genug waren, um sie auf einem seidenen Kissen, besetzt mit Diamanten, herumzutragen.

Faith schob die unglücklichen Erinnerungen beiseite. Anthony Kerrigan war der schlimmste Fehler in ihrem bisherigen Leben gewesen. Das Wichtigste, an das sie sich erinnern musste, war, dass Tony genau da war, wohin er gehörte: in ihre Vergangenheit.

Früher oder später würde er es endlich begreifen. Dann würde er aufhören, sie anzurufen und ihr »zufällig« zu begegnen. Doch bis dahin...

Leise murmelnd griff sie nach dem Telefon und wählte die bekannte Nummer. Beim zweiten Läuten antwortete Kyle.

»Tut mir Leid«, versicherte sie ihm schnell. »Ich weiß, ich komme zu spät. Soll ich einfach nur abschließen und nach Hause kommen?«

»Allein? Sehr unwahrscheinlich, Schwesterchen. Ich bin in zehn Minuten bei dir.«

»Das ist doch nicht nötig. Ich könnte einfach...«

Sie sprach mit sich selbst. Mit einem verächtlichen Schnaufen legte sie den Hörer auf. Sie hatte dagegen angekämpft, einen Bewacher von Donovan International für ihr Geschäft zu bekommen, doch sie hatte verloren. Ein Teil von ihr begriff sehr wohl, dass es eine vernünftige Sicherheitsmaßnahme war, wenn schon nicht Tonys wegen, dann doch wegen der vielen Überfälle und Diebstähle, die den Pioneer Square heimsuchten.

Doch ein anderer, weniger empfindsamer Teil von ihr wehrte sich dagegen, sich von großen, anmaßenden Männern etwas sagen zu lassen. Auch wenn diese Männer ihre Brüder waren und nicht ihr tyrannischer Ex-Verlobter mit der harten Faust.

»Nein, denk nicht mehr daran«, sagte sich Faith und biss die Zähne zusammen. »Du weißt, dass du einen Fehler gemacht hast. Dich deswegen verrückt zu machen, nützt überhaupt nichts.«

Eisregen prasselte gegen die Fenster und glitt dann wie winterliche Tränen an den Scheiben hinunter. Faith betrachtete die Streifen einen Augenblick lang und dachte darüber nach, wie das Leben hätte sein können, wenn sie einen guten Mann gefunden hätte, den sie lieben könnte, so wie es ihrer Zwillingsschwester Honor gelungen war. Sie fragte sich, was es wohl für ein Gefühl war, am Tage sein eigenes Kind im Arm zu halten und in der Nacht in den Armen des Mannes zu liegen, den man liebte.

»Auch darüber solltest du nicht nachdenken«, sagte Faith laut in die überwältigende Stille hinein.

Vielleicht würde auch sie eines Tages Glück haben. Vielleicht auch nicht. Auf jeden Fall wäre sie noch immer ein guter Mensch, der die Begabung hatte, Schmuck zu entwerfen und eine Familie hatte, die sie liebte. Sie hatte keinen Grund zum Jammern und sehr viel Grund zum Feiern.

Als Faith den Arbeitsraum abschloss, spielte sie mit dem Gedanken, ein Schmuckstück für ihre Mutter zu entwerfen, das sie ihr zum vierzigsten Hochzeitstag schenken konnte. Ein Geschenk für »Den Donovan«, ihren Vater, war da schon ein viel größeres Problem. Sie hoffte nur, dass ihre Brüder eine Idee hatten.

Sie hoffte es, aber sie erwartete nicht zu viel. Immerhin waren auch ihre Brüder Männer.

Um es mit einem Wort zu sagen: schwierig.

2

St. Petersburg

Die Neva war undurchsichtig weiß und hatte die gleiche Farbe wie der Wind, der waagerecht durch die Boulevards und die schmalen Gassen wehte. Obwohl das Zimmer Aussicht auf einen Park mit dem üblichen Monument russischen Heldentums bot – und den zerstörten Überresten von Monumenten sowjetischer Sicht der Dinge, gab es nicht viel zu sehen, nur Bündel in schwarzer Kleidung, die auf der Straße von einem Unterschlupf zum nächsten huschten. Fahrzeuge parkten für die Dauer des Sturms nicht in den Straßen, sie steckten eher irgendwo fest.

Das Zimmer war eine wundervolle Zuflucht vor dem schrecklichen weißen Winter draußen. Bunte Teppiche, die früher einmal auf der Ottomane eines Sultans gelegen hatten, bedeckten den Boden aus Nussbaumholz. Bilder, die einst in den Büros jüdischer Finanziers gehangen hatten, verliehen dem Raum den Schein von Anmut und Gelassenheit. Der Schreibtisch war massiv, ein Schmuckstück barocker Schnitzkunst, man behauptete, dass er früher einmal dem Cousin des Zaren gehört hatte. Sechs Handys lagen auf der polierten Oberfläche des Tisches.

Der Mann, dessen amerikanischer Pass besagte, dass sein Name Ivan Ivanovitsch war, zündete sich eine kubanische Zigarre an, um den Zorn zu verbergen, der seine Hände zum Zittern brachte.

Idioten. Schwachköpfe. Scheißkerle. Bezahle ich ihnen nicht das Doppelte dessen, was sie wert sind?

Doch alles, was er laut sagte, war: »Marat Borisovitsch Tarasov ist wegen eurer Schusseligkeit sehr unglücklich.«

Die schwarzhaarige Frau schwitzte so sehr, dass ihr Make-up wie schmutzige Tränen über ihr Gesicht rann. »Sie wissen, dass ich Sie und auch ihn niemals betrügen würde. Ich habe nur das genommen, was er befohlen hat. Ich habe diesen Rubinanhänger, von dem Sie sprechen, niemals gesehen.«

»Es ist das Herz der Mitternacht. So groß wie die Faust eines Babys. So rot wie das Blut, das aus deinem lügnerischen Hals rinnen wird, wenn ich ihn dir aufschlitze. Wo ist die Halskette? Wenn du es mir jetzt sagst, werde ich gnädig sein.« Eine Lüge, vielleicht sogar eine nützliche Lüge. Auf jeden Fall machte er sich nichts aus den kleineren Rubinen in der Kette, nur das Herz der Mitternacht war wichtig. »Wenn du es mir später sagst – und du wirst es mir sagen –, dann wirst du leiden.«

»Wirklich, Herr.« Sie zitterte, aber nicht vor Wut. Nackte Angst lag in ihrem Blick. Ihr Hals wäre nicht der erste, den Tarasovs Lieblingsmörder aufschlitzte, und bestimmt auch nicht der letzte. Und was noch schlimmer war, er war dafür bekannt, dass er seine Opfer vorher folterte. »Wir waren in dem Kellergewölbe, ja, aber ich habe die gleichen Befehle gegeben wie immer.«

»Und es wurde nichts durchwühlt? Hat niemand die mittleren Schubladen geöffnet?« Den Augen, so blass und undurchsichtig wie Steine, entging keine Bewegung, nicht einmal ein Pulsschlag. »Hast du auch all deine elenden Diebe ganz genau beobachtet?«

»Nur einmal. Juri hat die falsche Schublade geöffnet, doch als ich es ihm sagte, hat er sie schnell wieder geschlossen. Die Juwelen hatten alle einen Anhänger und waren nummeriert, sie waren ein Teil des kaiserlichen Inventars.«

»Jawohl, Schwachkopf, das weiß ich. Und Marat Borisovitsch weiß das auch.« Ebenso wie Tarasovs schlimmster Feind, Dmitri Sergejev Solokov, der mit ihm um die Macht kämpfte und jetzt versuchte, diesen dummen Diebstahl Tarasov in den Hals zu schieben, bis er daran erstickte. Zu stehlen war eine Sache, es war an der Tagesordnung, und deswegen gab es keinen Aufruhr. So zu stehlen, dass deine Feinde dich hängen konnten, war eine ganz andere Sache.

Wenn das Herz der Mitternacht nicht wieder auftauchte, ehe der neue Flügel der Eremitage eröffnet wurde, dann würde Tarasov hängen. Doch zuerst würde er den Mann umbringen, der als Ivan Ivanovitsch Ivanov bekannt war.

»Schick Juri zu mir«, verlangte Ivanovitch.

Juri hatte nicht denselben Mut wie die Frau. Nach zwei Minuten in Ivanovitchs Gegenwart begann der kleine Dieb zu heulen und zu flehen und bedauerte den Augenblick, als seine Gier größer gewesen war als seine Furcht.

»Ich... ich h-habe das nicht gewollt«, stammelte Juri. »Es... ich...«

»Still!«

Juri holte erstickt Luft und wartete darauf, dass Ivanovitch etwas sagte. In all seinen Träumen hatte sich Juri niemals vorgestellt, vor einem so mächtigen Mann zu stehen.

Jetzt träumte er davon, wieder zu verschwinden.

»Du hast die Kette genommen.«

Juri wimmerte.

»Wo ist sie jetzt? Sag die Wahrheit, oder du stirbst.«

»Bei den a-anderen Sachen. Ich konnte sie nicht behalten.« *Ein Stein, angefüllt mit Blut und umgeben von Perlen. Er würde den Tod bringen. Er wusste es.* »Ich... ich hatte Angst davor.«

Ivanovitsch wünschte sich, er würde diesem kleinen Wurm nicht glauben, doch er tat es. Der Mann besaß nicht genügend Verstand, um zu lügen. »Welche Sendung?«

»Nach Amerika, Herr. Ich habe sie bei dem Rest versteckt.«

»Wann?«, fragte Ivanovitch scharf.

Juri schluckte, doch noch immer brachte er kein Wort heraus. Stattdessen blickte er zu seiner zweiten Cousine, die ihm gesagt hatte, wie einfach es war, reich zu werden, wenn man für Marat Borisovitsch Tarasov arbeitete.

Die schwarzhaarige Frau, die während der ganzen Unterhaltung schweigend und zitternd daneben gestanden hatte, sagte mit rauer Stimme. »Vor Wochen, Herr, so wie Sie befohlen haben.«

Ivanovitsch brauchte nicht erst auf den Kalender zu sehen, um zu wissen, dass sein eigenes Leben nur noch in Wochen gemessen wurde, wenn er nicht das Herz der Mitternacht zurückbekam. Tarasov war nicht gerade für seine Geduld bekannt.

Genauso wenig wie Ivanovitsch. »Wartet draußen in meinem Büro.«

Sobald die schwitzenden Diebe verschwunden waren, nahm er eines der vielen Handys vom Schreibtisch. Er brauchte mehrere Anläufe, um Amerika zu erreichen, doch es gelang ihm, obwohl seine Hände sich danach sehnten, etwas zu zerschlagen, statt auf die winzigen Tasten zu drücken.

Als endlich am anderen Ende eine bekannte Stimme antwortete, sprach Ivanovitsch ohne Einleitung. Sein Englisch war nicht perfekt, doch fiel es ihm nicht schwer, sich verständlich zu machen. »Was habt ihr damit getan?«

»Womit?«

»Mit dem großen Rubin, Schwachkopf. Mach dir gar nicht erst die Mühe, es zu leugnen. *Ich weiß Bescheid.*«

Schweigen, dann etwas, das einem Stöhnen ähnelte. »Es war nicht auf der Inventarliste, deshalb habe ich es an einen anderen Ort geschickt, auf Kommission. Das Geld hätte ich mit dir geteilt, wie immer, das weißt du doch.«

Ivanovitsch lächelte, als er die Furcht und die Verzweiflung aus der Stimme der anderen Person hörte. Er fand, dass die Menschen am ehesten zur Zusammenarbeit bereit waren, wenn sie sich vor Angst in die Hose machten. »Wohin hast du es geschickt?«

»Nach Seattle, Washington.«

»Wohin genau?«

»In...« Man hörte, wie am anderen Ende jemand schluckte, dann sprach er weiter. »In einen Laden mit dem Namen Timeless Dreams.«

»Und wer hat den Stein jetzt?«

Wieder gab es eine Pause, erneutes Schlucken. »Faith Donovan.«

Zwei Männer, die etwas Schweres hinter sich her schleppten, gingen hinaus auf das dicke Eis der Neva. Die Spur, die sie machten, sah schwarz aus, bis einer der Männer stolperte, und das Licht aus einer Taschenlampe aufflackerte. Frisches Blut glänzte wie Rubine auf dem Eis. Sie schalteten die Taschenlampe aus und hackten mit Eisäxten eine flache Furche in das Eis, dann stießen sie mit den Füßen ihre Last hinein und gingen zurück zu den kalten Lichtern von St. Petersburg.

Yuri und seine zweite Cousine blieben zurück, doch das machte ihnen nichts mehr aus. Sie fühlten nicht einmal den kalten Wind oder den eisigen Schnee, der ihr Leichentuch wurde.

In vieler Hinsicht hatten sie sogar Glück gehabt. Ivanovitch hatte zu verzweifelt versucht, sich mit Seattle in Verbindung zu setzen, um seinen schusseligen Angestellten seine volle Kunst mit dem Messer zu zeigen. Sie waren schnell gestorben und beinahe schmerzlos.

Faith Donovan, wer auch immer das war, würde dieses Glück nicht zuteil werden.

3

Seattle

»Kann mal jemand drangehen? Summer möchte mir helfen, den Dill zu hacken«, rief Archer aus der Küche, als das Telefon läutete. Der Versuch, sich auf ein weiteres Gipfeltreffen mit Abendessen für die Party zum Hochzeitstag seiner Eltern vorzubereiten, trieb ihn zum Wahnsinn. Niemand war hier, der ihm beim Kochen half. Lianne steckte bis an die Ohren in Arbeit mit den Zwillingen, Jake und Honor ruhten sich aus, weil sie schon vor der Morgendämmerung hinausgefahren waren, um den Lachs zu fangen, den es heute Abend gab, Kyle und Faith waren auf dem Weg in die Wohnung, Hannah war noch immer auf der Perlenbörse, und wenn seine Nichte Summer ihm noch mehr helfen würde, musste er sich wohl nach einem Pflaster umsehen.

Im Wohnzimmer der Eigentumswohnung zuckte ein hungriger Walker zusammen bei dem Gedanken, dass Summer Archer dabei half, frischen Dill zu hacken. Sie war doch noch ein Kleinkind, das gerade laufen gelernt hatte, und Archers bevorzugtes Küchenmesser war beinahe so groß wie sie selbst. Und Summer war auch der Grund dafür, dass Walker seinen Stock in seiner Wohnung gelassen hatte, da er wusste, dass sie danach greifen würde.

Wieder läutete das Telefon.

»Walker?«, rief Archer. »Würdest du bitte den Hörer abnehmen? Es ist die Privatnummer.«

»Ja, ich gehe schon ran.«

Zögernd riss Walker den Blick von der Wand des Wohnzimmers los, an der die bezwingenden Landschaftsbilder der Matriarchin Susa Donovan hingen. Leicht humpelnd machte er sich auf die Suche nach dem Apparat. Nachdem es noch einmal geläutet hatte, fand er eines der drahtlosen Telefone auf dem Bücherregal. Er drückte den Knopf. »Bei Donovan«, meldete er sich.

»Faith Donovan, bitte.« Es war eine Frauenstimme, und sie sprach so knapp, dass es schon beinahe unhöflich war.

»Sie ist noch nicht hier. Möchten Sie eine Nachricht hinterlassen?«

»Wann erwarten Sie sie?«

»Sie könnte jeden Augenblick kommen«, antwortete Walker gedehnt und ärgerte sich darüber, dass die Frau so kurz angebunden war.

»Ich werde zurückrufen.«

»Tun Sie das, Kleine«, sagte er, doch die Leitung war bereits tot.

Er zuckte mit den Schultern, schaltete das Telefon ab und ging in die Küche. Die fröhliche gelbe Farbe der Einrichtung ließ den trüben Tag draußen vergessen. Heftiger Regen glänzte im Licht, als er an den Fenstern hinunterrann, von denen aus man eine herrliche Aussicht auf die Elliot Bay und einen Teil der erleuchteten Skyline von Seattle hatte. Er lehnte sich gegen den Tisch mitten in der Küche und sah seinem Boss zu.

»Wer war das?«, fragte Archer.

»Das hat der Anrufer nicht gesagt.«

Das große Messer zögerte über den frischen Dillzweigen und dem Koriander. Summer klammerte sich an die Knie ihres Onkels und versuchte, nach dem großen Messer zu greifen. Als ihr das nicht gelang, quietschte sie ungeduldig. Archer ignorierte sie.

»Mann?«, fragte er Walker. Archers Ton war der gleiche, den er auch seinen Geschwistern gegenüber benutzte.

»Frau.«

Archer grunzte und machte sich wieder an die Arbeit. Die Klinge des Messers grub sich in die zarten Zweige, schnell und präzise. Der kleine Haufen geschnittenen Grünzeugs wuchs rasch an. »Bist du sicher?«

»Ja. Warum?«

»Tony hat Faith in letzter Zeit belästigt. Wir haben unsere Geheimnummer ändern müssen.«

»Jemand sollte diesen Burschen mal zum Holzschuppen mitnehmen und ihm Manieren beibringen.« Auch wenn Walkers Stimme sanft klang, waren seine Augen doch so hart wie tintenblaue Steine.

»Danke, das würden wir wirklich gern tun«, meinte Archer, »aber wir haben Honor versprochen, dass wir Faith die Sache erledigen lassen wollen.«

»Das hast du *Honor* versprochen?«, fragte Walker. »Ist mir da vielleicht etwas entgangen, Boss?«

Summer begann jetzt ernsthaft zu schreien. Sie wollte dieses hübsche glänzende Messer haben.

»Zwillinge«, antwortete Archer lakonisch und ignorierte den kleinen zornigen Sturm an seinem Knie. »Sie kümmern sich umeinander. Honor hat gesagt, dass Faith sich wirklich darüber aufregt, dass sie sich mit einem Verlierer wie Tony verlobt hat, und wenn wir ihn jetzt verprügeln würden, würde sie sich nur noch elender fühlen.«

»Frauen. Versuche einmal, sie zu verstehen.«

Archer lachte kurz auf. »Das brauche ich nicht mehr. Ich habe meine gefunden.«

Summer schrie.

»Himmel«, sagte Walker ein wenig lauter, während er ungläubig das kleine rothaarige Mädchen ansah. »Sie hat eine Stimme wie eine Sirene, die Steroide genommen hat.«

»Genau wie ihre Tante.«

»Lianne?«, fragte Walker erstaunt und dachte an Kyles kleine, zierliche Frau. »Dieser kleine Schatz?«

»Nein. Faith. Sie kann schreien, dass sich Metall verbiegt.«

»Was du nicht sagst.« Walker lächelte schwach. »Das hätte ich mir nie vorstellen können. Eine schlanke, zierliche Dame wie sie.«

»Zierliche Dame? Faith? Meine kleine Schwester?« Archer musste fast schreien, damit man ihn bei dem Gebrüll seiner Nichte noch verstehen konnte.

Er legte das Messer beiseite, dann nahm er Summer auf den Arm, hob ihr kleines Rugbyhemd hoch und kitzelte sie mit seinem kurzen Bart am Bauch, während er grunzende Geräusche von sich gab. Das Geschrei ging in Gekicher über. Summer hatte das Messer vollkommen vergessen und griff stattdessen nach dem schwarzen Haar ihres Onkels.

»Blond, rauchig blaue Augen, schlank wie eine Gerte, traurig unter ihrem Lächeln«, erklärte Walker ruhig. »Deine kleine Schwester Faith. Zierlich.«

»Hmm«, war alles, was Archer sagte, während er die winzigen Finger aus seinem Haar löste. Er starrte in die Augen seiner Nichte, die den seinen so ähnlich waren, und fragte sich, ob er und Hannah wohl auch das Glück haben würden, eigene Kinder zu bekommen. »Es fällt mir schwer, die Heimsuchung der Brüder Donovan in ihrer Kindheit als zierlich zu beschreiben.«

»Heimsuchung, wie? Ich wette, ihr wart alle unendlich freundlich und sanft zu ihr.«

Archer warf ihm einen Seitenblick zu, während seine graugrünen Augen belustigt blitzten. »Du würdest verlieren.«

Walker lachte und dachte an seinen eigenen Bruder. Ehe Lot starb, hatten sie beide rund um den Erdball so ziemlich ihr Unwesen getrieben. Oder wenigstens Lot hatte sein Unwesen getrieben, und Walker hatte versucht, sie beide aus Schwierigkeiten rauszuhalten. Dabei hatte Walker Lot mehr als einmal zur Ordnung gerufen und hatte gehofft, ihm ein wenig Verstand einzureden – oder auch einzubläuen.

Manchmal gewinnt man, manchmal verliert man.

Lot hatte verloren, und daran war sein älterer Bruder schuld.

Keiner der grimmigen Gedanken Walkers zeigte sich auf seinem Gesicht. Er war sich dessen sicher, denn Summer streckte ihm die Arme entgegen, mit der Sicherheit eines Kindes, dem noch nie ein Erwachsener begegnet war, der es nicht liebte.

»Hier«, sagte Archer und reichte ihm Summer. »Nimm sie, ehe sie wieder zu schreien beginnt.«

»Oh-oh, ich nicht. Ich habe dir doch schon gesagt, dass ich von Kindern keine Ahnung habe.« Und Walker wollte das auch gar nicht. Kinder bedeuteten, dass man für das Leben eines anderen verantwortlich war. Auf keinen Fall. Nie wieder. Er hatte den Tod seines Bruders kaum überlebt. »Sie langweilt sich sowieso schon mit der kleinen Plüschkatze, die ich ihr mitgebracht habe, und will das verdammte tödliche Messer haben, mit dem du arbeitest.«

»Und was willst du damit sagen?« Archer reichte ihm seine Nichte, rückte Walkers Hand, mit der er sie hielt, in die richtige Position und machte sich dann wieder daran, das Essen vorzubereiten.

»Ich habe ein kaputtes Bein.«

»Du bringst mich zum Weinen.«

»Ach, Archer, ich kann wirklich nicht...«, begann Walker.

Archer sprach einfach weiter. Walkers Zögern, sich mit Kindern zu beschäftigen, war für einen Junggesellen ganz normal, aber das würde er sich abgewöhnen müssen, wenn er öfter mit den Donovans zusammen war. Da Walker sich zu einem wertvollen Freund von Archer entwickelte und auch sein Angestellter war, würde Walker einen großen Teil seiner Zeit zusammen mit den Donovans aller Altersgruppen verbringen.

»Niemand wird geboren und weiß alles über Kinder«, wehrte Archer ganz nebenbei ab. »Es ist etwas, das man lernt, wenn man mit ihnen umgeht, so wie man nach einiger Zeit einen guten Rubin von einem schlechten unterscheiden kann.«

Walker blickte in Summers strahlend graugrüne Augen. Sie waren klar, und doch ein wenig rauchig, mit den verschiedensten Tönen von Grün und einem Hauch Blau. »Wenn wir je einen Edelstein finden, der so aussieht wie ihre Augen, sind wir alle reich.«

Lächelnd holte Archer einige Zitronen aus dem Kühlschrank. Vom Eingang der Wohnung hörte man, dass eine Tür geschlossen wurde, und dann ertönten die Stimmen von Kyle und Faith, die miteinander stritten.

»...genauso komisch wie ein Unfall auf der Autobahn, Brüderchen«, gab Faith gerade zurück. »Rate einmal, welcher meiner schmutzigen Finger dir gehört?«

»Zierlich, wie?«, murmelte Archer.

Walker lächelte.

Summer erwiderte sein Lächeln. Genauso wie aus ihren Augen leuchteten auch aus ihrem Lächeln das Leben und die Unschuld. Der süße Schwung ihrer Lippen verriet ihm, dass er für sie das einzig Wichtige in ihrem Universum war.

Und er war schön.

Das Zimmer schien sich um Walker zu bewegen. Er vergaß den Schmerz in seinem Bein. Eine Sehnsucht, der er keinen Namen geben konnte und die er sich anzuerkennen weigerte, überkam ihn wie ein dunkler Blitz. Verzweifelt sah er sich nach einem sicheren Platz um, auf den er die kleine Bombe setzen konnte, die auf seinem Arm tickte.

»Ist sie nass?«, fragte Archer, ohne von den Zitronen aufzublicken, die er gerade auspresste.

»Äh, ich glaube nicht.«

»Denkst du denn, sie macht gerade in die Windel?«

»Äh…« Walker wusste nicht, was er sagen sollte. Summer lächelte ihn noch immer an, sie bezauberte und entsetzte ihn mit ihrer unschuldigen Sicherheit seines Wertes und mit der Art, wie sie sich auf seinem Arm sicher zu fühlen schien.

»Ich habe ihre Windel gerade erst gewechselt«, erklärte Archer. »Aber manchmal verbraucht sie die Windeln wie der Blitz.«

Summer schürzte ihre dunkelrosa Lippen und sprang auf Walkers Arm auf und ab.

»Sie will einen Kuss«, erklärte Archer.

»Äh…«

Graugrüne Augen wurden plötzlich ganz groß und feucht von Tränen. Summers kleine Finger patschten auf Walkers Lippen, als wolle sie ihn daran erinnern, wozu sie da waren.

»Ach, herrje«, sagte er. »Weine nicht, meine Süße.«

»Gib ihr einen Kuss, dann wird sie Ruhe geben.«

Zögernd senkte Walker den Kopf, bis er einen Kuss auf Summers kleinen gespitzten Mund drücken konnte. Sie sprang auf und ab und patschte noch einmal mit den Händchen auf seinen Mund.

»Sie will noch einen«, sagte Archer und bemühte sich, nicht laut aufzulachen über den verwirrten Blick in Walkers Augen.

Faith lehnte an der Küchentür, verschränkte ihre schmutzigen Arme vor der Brust und sah zu, wie ihre rothaarige Nichte einen weiteren Mann um ihren kleinen Finger wickelte. Das Lächeln, mit dem Walker Summer ansah, hatte Faith noch nie zuvor auf seinem Gesicht gesehen – zögernd, entzückt, vorsichtig und vollkommen verzaubert, alles auf einmal. Es ließ ihn so gut aussehen, dass ihr der Atem stockte.

Und ganz sicher wirkte es sich gar nicht gut auf ihren Pulsschlag aus.

»Du musst dabei ein lautes Geräusch machen«, riet Archer Walker. »Dann weiß sie, dass du es ernst meinst.«

Walker fügte seinem Kuss die passenden Geräusche hinzu. Summer küsste ihn noch einmal, mit mehr Begeisterung als mit Genauigkeit, dann krähte sie fröhlich und schmiegte sich in seinen Arm. Binnen Sekunden war sie eingeschlafen.

»Äh, Archer?« Walkers Stimme war nur noch ein Flüstern.

»Ja?«

»Sie ist ganz schlaff geworden.«

»Das ist alles Technik«, stimmte ihm Archer zu. »Gut gemacht.«

Faith lachte leise. Walker wandte sich zu ihr um. Das Lapislazuli-Blau seiner Augen überraschte sie. In den letzten Monaten, während er in Afghanistan gewesen war, um sich nach einer Quelle für ungeschliffene, unbehandelte Rubine umzusehen, hatte sie ganz vergessen, was für wunderschöne Augen er hatte. In der Tat hatte sie sich sehr darum bemüht, es zu vergessen.

»Gerade rechtzeitig«, meinte Walker und deutete mit dem Kinn auf das schlafende Kind. »Du kannst deine Nichte retten.«

»Warum sollte ich sie vor dem Paradies retten?«, fragte Faith.

»Dann rette mich.«

»Kann ich nicht. Meine Hände sind schmutzig.« Sie hielt ihm ihre Finger hin. »Außerdem siehst du ganz zufrieden aus.«

»Kinder ängstigen mich.«

»Ja, sicher.« Faith schien unbeeindruckt. »Das konnte ich sehen, als du sie zum dritten Mal geküsst hast.«

Faith ging zur Spüle und wusch sich den Schmutz von den Händen.

»Wie geht es denn mit der Montegeau-Halskette?«, fragte Archer, während er die Marinade über zwei riesige Lachsfilets verteilte. »Wirst du rechtzeitig zur Ausstellung und zur Hochzeit fertig?«

»Ganz knapp.« Sie spülte die Hände ab, schüttelte sie und wischte sie dann an ihrer Jeans ab. Die Feuchtigkeit und der Schmutz machten schmutzige Flecken auf dem verwaschenen Stoff. Sie passten zu den Schmutzstreifen auf ihren Wangen.

Archer blickte noch einmal zu Walker. *Zierlich, wie?*

Walker lächelte nur.

»Hast du von deiner Versicherung gehört, ob sie die Kette auf dem Weg von hier bis nach Savannah versichern?«, fragte Archer seine Schwester.

»Noch nicht.« Der Ton in Faith' Stimme sagte ihm, dass ihn das gar nichts anging.

Wie alle älteren Brüder seit Anbeginn der Zeit ignorierte Archer das Warnsignal. »Sie werden eine Schätzung des GIA haben wollen oder von einer entsprechenden anderen Stelle.«

»Erzähl mir mal etwas Neues«, gab Faith zurück. Das Gemologische Institut Amerikas war ein Maßstab der Verlässlichkeit. Doch leider brauchten die Schätzer dieses Institutes Wochen, um so etwas zu erledigen. Sie hatte noch nicht einmal mehr eine Woche Zeit, geschweige denn mehrere Wochen. Sie konnte ganz einfach die Rubine nicht so lange aus der Hand geben und dennoch die Kette bis zum Valentinstag fertig stellen.

»Wird es ein Problem für dich sein, die Steine schätzen zu lassen?«, wollte Archer wissen.

Sie antwortete ihm nicht.

»Faith?«, fragte Archer noch einmal. Doch sein Blick sagte ihr, dass er bereits Bescheid wusste. »Du hast noch nicht einmal mehr eine Woche Zeit, ehe du abreist.«

»Ich werde mir schon noch etwas einfallen lassen.«

Noch ehe Archer eine weitere Frage stellen konnte, läutete das Telefon.

»Ich gehe schon ran«, meinte Faith erleichtert. Sie mochte es nicht, wenn ihr Bruder sie ins Kreuzverhör nahm.

Besonders dann nicht, wenn er Recht hatte.

»Es liegt im Bücherregal, in der Nähe der Bilder«, sagte Walker.

»Danke«, rief Faith über ihre Schulter. Sie fand das Telefon, nachdem es noch einmal geläutet hatte. »Hallo?«

»Faith Donovan, bitte.«

»Am Apparat.«

»Einen Augenblick, bitte.«

Es klickte in der Leitung, und der Anruf wurde weiterverbunden. Dann drang Tonys Stimme an ihr Ohr, und Faith erstarrte. »Hallo, Baby. Es hat eine Weile gedauert, deine neue Nummer herauszufinden, aber ...«

»Nein, danke, ich brauche keine Alu-Wärmedämmung.«

»Warte, Faith! Leg nicht auf! Verdammt, du musst mich anhören! Ich wollte dich nicht wirklich schlagen. Ich werde es nie wieder tun. Ich liebe dich, und ich möchte Kinder mit dir und ...«

»Tut mir Leid«, unterbrach sie ihn mit rauer Stimme. »Sie haben sich verwählt.«

Ruhig drückte sie auf den Knopf und beendete das Gespräch. Dann holte sie tief Luft, um sich zu beruhigen. Sie hasste es, wenn der Adrenalinspiegel stieg und die Angst sie erfasste, wann immer sie Tonys Stimme hörte. Ihn zu sehen, war noch schlimmer. Er war ein Fehler, der sich einfach nicht ungeschehen machen ließ.

Er wird es leid werden, mir ständig nachzulaufen, sagte sie sich und verzog grimmig das Gesicht. *Wir reden hier ja nicht vom Liebespaar des Jahrhunderts. Er hatte eine andere Frau, während wir verlobt waren. Mein Fehler, natürlich. Ich war im Bett nicht heiß genug.*

Wieder läutete das Telefon. Faith zuckte zusammen, als hätte jemand sie gekniffen.

Walker griff an ihr vorbei nach dem Telefon. Summer, die noch immer an seiner Brust lag, rührte sich nicht. Sie war es gewöhnt, auf dem Arm zu schlafen.

»Ja?«, antwortete Walker knapp. Ihm gefiel nicht, dass alle Farbe aus Faith' Gesicht gewichen war.

»Hier ist Mitchell«, meldete sich Archers Assistent. »Ist da Walker?«

»Wie er leibt und lebt«, antwortete Walker gedehnt. »Machst du schon wieder Überstunden?«

»Ich warte nur auf meine Frau, sie wollte mich abholen. Wir gehen heute Abend ins Theater. In dieses experimentelle, wo sie noch immer die englische Sprache lernen und vom Publikum erwarten, dass sie die Wortlücken ausfüllen.«

»Das hat sie sich sicher ausgesucht, wie?«, fragte Walker und lächelte. Mitchell und seine Frau wechselten sich bei der Wahl ihrer Freizeitaktivitäten ab.

»Und was war dein erster Gedanke?«, gab der Assistent zurück.

»Du brauchst Archer?«

»Eigentlich habe ich dich gesucht. Erinnerst du dich an den

Vertrag in Myanmar? An den Mann, von dem du mir sagtest, er könnte uns einige gute Rohrubine bringen?«

»Ich erinnere mich.«

»Von ihm ist ein Päckchen gekommen.«

»Tickt es?«, fragte Walker.

»Bis jetzt ist alles in Ordnung.«

»Ich werde kommen und es abholen. In zehn Minuten bin ich da.«

Er beendete das Gespräch und sah Faith an. Sie begegnete seinem Blick mit störrischem Trotz. »War das Tony?«, fragte Walker sie ohne Umschweife.

»Jemand hat sich verwählt.«

Walker grunzte, er glaubte ihr kein Wort. »Nimm deine Nichte. Ich muss kurz ins Hauptquartier und dort ein Päckchen abholen.«

Archer kam gerade in dem Augenblick ins Wohnzimmer, als Walker Summer an Faith weiterreichte. Er sah von Walker zu Faith. »Gibt es Schwierigkeiten?«

»Nein«, antwortete sie kühl. »Summer ist nass. Ich werde ihre Windeln wechseln.«

Auch das glaubte Walker ihr nicht, doch er sagte nichts.

Archer wartete, bis Faith das Zimmer verlassen hatte, dann fragte er leise: »Wer hat da eben angerufen?«

»Mitchell war der zweite Anrufer. Ich werde ein Päckchen mit Rubinen abholen von unserem neuen Kontaktmann in Burma. Ich wette, der erste Anrufer war ihr sie noch immer liebender Ex.«

»Dieser Hurensohn.«

»An seinen besten Tagen vielleicht«, meinte Walker. »Ansonsten ist Tony die reinste Hühnerkacke.«

Archer fuhr sich mit den Fingern durch sein Haar.

»Sie kommt schon zurecht damit«, meinte Walker.

»Das würde lieber ich für sie übernehmen.«

Das hätte Walker auch lieber getan, doch er war noch nicht einmal mit ihr verwandt, deshalb wollte er es lieber nicht laut aussprechen. Der Reiz, den Faith auf ihn ausübte, war im besten Fall unglücklich. Im schlimmsten Fall wäre es eine Katastrophe.

Mit einem letzten Fluch verbannte Archer Tony aus seinen Gedanken. »Geh in Faith' Laden und sieh dir diese Montegeau-Rubine einmal an, dann kommst du wieder her.«

Walker zog die Augenbrauen hoch, doch alles, was er sagte, war: »Wann?«

»Gestern. Spätestens morgen.«

»Was ist denn mit der Sendung Rubine, die du aus Afrika erwartest? Soll ich sie noch immer für dich schätzen?«

»Verdammt.« Archer fuhr sich noch einmal mit der Hand durch sein Haar. »Das machst du morgen als Erstes. Dann gehst du zu Faith' Laden. Ich möchte, dass du in dem Laden bleibst, bis ich einen Wachmann für sie besorgt habe, der den Laden rund um die Uhr bewacht.« Er runzelte die Stirn und schob in Gedanken die verschiedenen Projekte der Donovans und ihre besonderen Bedürfnisse hin und her. Wie es schien, verbrachte er in letzter Zeit den größten Teil seiner Zeit damit, Wachleute anzustellen, und noch immer hatte er nicht genügend Leute, denen er vertrauen konnte. Nicht, wenn es um seine Schwester ging. Er würde zwar nicht gerade behaupten, dass die Welt zum Teufel ging... aber er würde auch nicht sagen, dass sie der Himmel war. »Ich habe in der Tat vor, dich zusammen mit ihr nach Savannah zu schicken. Ich brauche jemanden, dem ich vertrauen kann, jemanden, der die Übersicht nicht verliert.«

»Abgesehen von Tony«, wollte Walker wissen, »gibt es da noch etwas Bestimmtes, das dich beunruhigt?«

»Kyle. Er hat noch immer ein ungutes Gefühl, was die Montegeau-Rubine betrifft.«

»Wie schlimm?«

»Wirklich schlimm. Und es wird immer schlimmer.«

Walker stieß einen leisen Pfiff aus. Kyle hatte auch ein ungutes Gefühl gehabt, als es um Walkers Reise nach Afghanistan gegangen war. Walker war trotzdem gefahren.

Er war dort beinahe umgekommen.

4

»Eine Million Mäuse für dreizehn Rubine?« Walkers fast schwarze Augenbrauen zogen sich skeptisch hoch. Er veränderte den Griff um seinen Stock. Er brauchte ihn nicht unbedingt, doch der altmodische Stock aus Holz vermittelte den Leuten den Eindruck, dass er harmlos war. Er erinnerte ihn auch daran, wie nahe daran er gewesen war, wirklich harmlos zu sein, nämlich tot. Es würde lange dauern, ehe er wieder so dumm sein würde. »Ich müsste die Rubine sehen, ehe ich den Scheck unterschreibe.«

»Du wirst überhaupt nichts sehen«, erklärte Faith knapp. Dann blickte sie auf die Werkbank vor ihr, als wollte sie Walker daran erinnern, dass er sie in ihrer Arbeit unterbrochen hatte. »Es hat nichts mit dir zu tun oder mit meinen Brüdern.«

Walkers Blick folgte dem ihren. Das dicke, raue Holz der u-förmigen Werkbank zeigte die üblichen Kerben, Furchen und Brandflecken, die die Arbeit einer Schmuckdesignerin mit sich brachte. Zangen in allen Größen und Formen, Feilen, Lötmaterial, Brillen, Pfrieme, Klammern, Poliermaterial, ein Metallblock, auf dem gehämmert wurde, ein mit Leder überzogener Holzhammer und andere, weniger einfach zu identifizierende Werkzeuge lagen in einem Durcheinander, das für ihn zufällig schien, aber er zweifelte nicht daran, dass Faith die Hand ausstrecken konnte und alles fand, ohne danach zu suchen.

Jeder, der Werkzeug benutzte, um damit sein Geld zu verdienen, wusste, wie er dieses Werkzeug zu pflegen hatte.

Mit nur mühsam beherrschter Ungeduld ignorierte Faith Walkers Neugier und wandte sich wieder den Skizzen einer Garnitur Schmuck zu, an der sie gearbeitet hatte – Halskette, Armband, Ohrringe, Brosche und Ring. Die losen Blätter mit den Bleistiftzeichnungen wurden von einem teuren Stück Lapislazuli gehalten. Faith starrte darauf. Der Stein hatte exakt denselben Ton wie Walkers Augen.

Der Gedanke ärgerte Faith. Nach der Katastrophe mit Tony hatte sie den Männern abgeschworen, doch Walker schlich sich immer wieder in ihr Bewusstsein.

Sie richtete ihre Aufmerksamkeit auf das große, diskret vergitterte Schaufenster von Timeless Dreams, ihrem Juweliergeschäft, in dem auch ihr Atelier untergebracht war. Ihr gesellschaftliches Leben war vielleicht ein ziemliches Desaster, aber sie war sehr stolz auf das, was sie in ihrem Beruf erreicht hatte.

Hinter dem Fenster lag der Pioneer Square mit seinem bunten Treiben von Menschen, Künstlern, Geschäftsleuten und Käufern, die an diesem frühen Februarnachmittag der Kälte trotzten. Die letzten Herbstblätter waren schon seit langer Zeit zu einer braunen Masse zertreten worden, um dann vom Winterregen davongespült zu werden. Touristen, sogar die abgehärteten Deutschen, würden erst in einigen Monaten wiederkommen. Der Regen war noch immer dabei, Straßen, Gebäude und auch die Menschen sauber zu waschen, mit der Gründlichkeit einer Katzenmutter, die ihr schmutziges Kind ableckt.

Und Walker wartete noch immer darauf, dass Faith ihm ihre Aufmerksamkeit schenkte.

»Verdammt«, murmelte sie.

Walker wartete einfach. Darin war er gut. Er hatte Geduld auf die harte Tour gelernt, als Junge, auf der Jagd in den Salzsümpfen und den schwarzen Bayous, um Proteine für den Tisch der Familie zu besorgen. Doch Seattle war weit weg von dem sengend heißen, Tiefland von South Carolina. Walker war einen weiten Weg gegangen seit seiner Jugend, und Faith besaß weniger Überlebensinstinkt als die unschuldige Beute, die er je in diesem düsteren, urtümlichen Sumpf gejagt hatte. Walker kannte den hohen Preis dieser Unschuld, auch wenn Faith keine Ahnung davon hatte.

»Was willst du?«, fragte sie geradeheraus.

»Sind die Montegeau-Rubine überhaupt versichert?«

»Die Versicherung meines Ladens deckt sie, solange sie hier aufbewahrt werden.«

»Dann musst du doch so eine Art Schätzung dafür haben.«

»Oh, sicher, die habe ich, aber sie ist nicht formell. Der Mann, dem die Rubine gehören, hat mir eine schriftliche Beschreibung der Steine gegeben und seine Einschätzung ihres Wertes.«

»Was du nicht sagst. Und wie ist seine Qualifikation, um Rubine beurteilen zu können?«

Faith warf Walker einen Blick aus schmalen, silberblauen Augen zu. »Die Familie des Kunden ist seit zwei Jahrhunderten im Schmuckgeschäft tätig. Zufrieden?«

Zufrieden.

Also, das war ein Wort, das Walker nicht zu benutzen versuchte, wenn er an Faith dachte, noch weniger, wenn er ihr so nahe war, dass er ihren süßen, berauschenden Duft einatmen konnte, wie ein Sommergarten in der Morgendämmerung. Er wünschte, Archer Donovan hätte jemand anderem die Aufgabe übertragen, den Laden seiner Schwester zu bewachen. Irgendjemandem. Walker bemerkte, dass er Faith irritierte, und sie machte sich auch nicht die Mühe, das vor ihm zu verbergen.

Wenn man bedachte, was für ein Verlierertyp ihr Ex-Verlobter war, fühlte sich Walker von Faith' Ablehnung beleidigt. Er war sich auch viel zu sehr der Tatsache bewusst, dass sie eine Frau war. Eine begehrenswerte Frau. Doch leider war sie die jüngere Schwester seines Chefs. Vollkommen unerreichbar für eine Sumpfratte aus South Carolina.

Er rieb sich den kurzen, beinahe vollkommen schwarzen Bart und den Nacken. Das war seine Art, bis zehn, zwanzig oder sogar bis hundert zu zählen. Was auch immer nötig war, um sein Temperament wieder unter Kontrolle zu bringen.

»Weiß Archer eigentlich, dass du angefangen hast, mit ungeschätzten Edelsteinen zu handeln?«, fragte Walker schließlich. Seine Stimme klang lässig. Seine eigenen Gefühle verbergen, das war noch etwas, was er besonders gut konnte. Das gehörte dazu, zu der Geduld des Jägers.

»Ich handle nicht mit diesen Edelsteinen. Alles, was ich tue ist, eine Halskette dafür zu entwerfen.« Faith rieb sich die Schläfen. »Es ist eine eilige Arbeit für eine alte Freundin aus dem College. Mel war meine erste Zimmergenossin. Die Universität fand, es sei eine gute Idee, die Donovan-Zwillinge zu trennen.«

Walker folgte der Unterhaltung mit überraschender Leichtigkeit. »Und Mel ist also diejenige, in deren Familie schon seit zwei Jahrhunderten mit Juwelen gehandelt wird?«

»Nein. Das ist die Familie ihres Verlobten, Jeff. Die Kette ist ein Hochzeitsgeschenk ihres zukünftigen Schwiegervaters. Es soll eine Überraschung sein. Sie ist im sechsten Monat schwanger, und sie haben sich gerade erst entschlossen, zu heiraten. Sie ist zum ersten Mal in ihrem Leben wirklich glücklich. Ich konnte einfach den Wunsch nicht abschlagen, die Kette zu entwerfen. Außerdem ist es eine der besten Arbeiten, die ich je gemacht habe. Ich möchte, dass sie auf der Ausstellung in Savannah gezeigt wird.«

Das leichte Stechen in Walkers Bein wurde zu einem steten Schmerz. Alte Freunde verwandelten sich manchmal in Probleme. In gefährliche Probleme. »Wirst du die Versicherung für die Reise und für die Ausstellung besorgen?«

Faith blickte zur Decke. »Hast du bei meinen Brüdern Unterricht genommen oder bist du von Natur aus so neugierig und herrisch?«

»Unterricht, wie?« Seine Stimme wurde noch tiefer. »Also, das ist kein schlechter Gedanke. Ich werde ganz sicher mit Archer darüber reden.«

»Der ist viel zu beschäftigt mit seiner neuen Frau.«

»Sie ist aber auch eine Frau, die einen Mann beschäftigen kann«, stimmte ihr Walker zu und lächelte ein wenig bei dem Gedanken an das letzte Abendessen mit der Familie Donovan. Hannahs ein wenig kantiger australischer Akzent war genauso überraschend wie ihre Sturheit. Sie war genauso störrisch wie der Mann, den sie geheiratet hatte. Und das war auch gut so. Wenn es darauf ankam, konnte Archer auf der Mohs-Skala eine Zehn erreichen, genau wie die Diamanten.

»Archer beklagt sich nicht über Hannah«, beeilte sich Faith zu erklären.

»Das habe ich bemerkt. Es ist ein verdammtes Wunder, wie schnell sich die Männer der Donovans an ihre Fußfesseln gewöhnt haben.«

»Fußfesseln! Was für eine Art, eine Ehe zu beschreiben.«

»Du musst doch das Gleiche gefühlt haben, denn sonst hättest du diesen Haufen Pferdeäpfel doch geheiratet, mit dem du verlobt warst.«

Faith versuchte, über Walkers Beschreibung von Tony Kerrigan nicht zu lachen. Immerhin gelang es ihr, ihr Lachen hinter einem plötzlichen Husten zu verbergen. Sie sah, dass sich Walkers Mund zu einem Lächeln verzog, und wusste, dass sie ihm nichts hatte vormachen können. Das war noch eine andere Eigenschaft, die er mit ihren Brüdern gemeinsam hatte – er war schnell.

»Was diese Versicherung betrifft«, meinte er. »Wo hast du sie abgeschlossen?«

»Ist das denn nicht egal?«
»Nur, wenn etwas mit den Rubinen passiert.«
»Das würde niemand wagen. Irgendjemand – genau wie du im Augenblick – hat sich wie eine Plage an meine Füße geheftet, wann immer ich das Geschäft verlasse, und auch sehr oft, wenn ich hier bin.«
»Darüber solltest du dich bei meinem Boss beschweren.«
»Das würde gar nichts nützen. Außerdem«, meinte sie und zuckte mit den Schultern, »wehre ich mich gar nicht dagegen. Die Cops können ja nicht überall sein.«
»Die Straßenräuber aber schon. Der letzte Raub war nur zwei Häuser weiter, vor einundzwanzig Stunden.«
Faith verzog das Gesicht. Es war die Zunahme von Raub, Überfall und Diebstahl gewesen, die Archer dazu gebracht hatte, eine Wache von Donovan International abzustellen, die Timeless Dreams und auch Faith bewachen sollte. Heute hatte er ihr mitgeteilt, dass Walker ihr neuer Schatten war. Als sie erwidert hatte, dass sie nicht einsah, was Walker ihr nützen sollte, da er ja immerhin am Stock ging, hatte Archer sie nur angesehen und sich dann wieder darangemacht, die Verträge von Donovan International zu überprüfen, in einer Welt, in der nationale Grenzen sich mit jeden Sechs-Uhr-Nachrichten wieder änderten.
»Was diese Versicherung betrifft«, begann Walker noch einmal.
»Ich bin dabei, mich über die Kosten der verschiedenen Gesellschaften für die Versicherung zu informieren, nur für die Ausstellung in Savannah und die Reise dorthin.«
»Niemand wird die Steine ohne eine Schätzung versichern. Und damit meine ich eine wirkliche Schätzung, von einem Labor, das von der GIA anerkannt ist oder einer ähnlichen Einrichtung.«
Schweigen.

»Sind die Steine im Augenblick beim Schätzer?«

»Nein.« Etwas zögernder fügte sie hinzu: »Ich habe bis jetzt noch keinen qualifizierten Schätzer gefunden, der sie mir rechtzeitig zurückschicken könnte, um sie noch vor der Ausstellung in Savannah in Mels Kette einzuarbeiten.«

»Kein Problem. Ich werde die Rubine für dich schätzen.«

»Bist du ein qualifizierter Schätzer?«, fragte sie überrascht.

»Ich kenne mich aus mit Rubinen. Wenn ich sage, sie sind eine Million wert, dann wird Archer sie mit dem Geld von Donovan für eine Million versichern.«

»Ich habe gar nicht gewusst, dass du Experte für Rubine bist.«

»Es gibt noch eine ganze Menge Dinge, die du von mir nicht weißt«, erklärte Walker ganz nebenbei. *Und dafür danke ich Gott.* »Wo sind die Rubine jetzt?«

»Dort drüben.«

Noch während sie sprach, öffnete sie eine der Schubladen in der langen Werkbank und zog eine kleine Schachtel daraus hervor. Darin lagen eine ganze Menge kleiner, ordentlich in Papier verpackter Päckchen. In jedem dieser Päckchen befand sich ein einzelner Stein.

»Gütiger Himmel«, murmelte Walker. »Kein Wunder, dass Archer mir aufgetragen hat, wie eine zweite Haut an dir zu kleben, bis du die Kette abgeliefert hast. Du bewahrst die verdammten Rubine nicht einmal in einem Safe auf.«

»Ich muss mit diesen verdammten Rubinen arbeiten«, erklärte Faith mit übertriebener Freundlichkeit. Ihr Lächeln, bei dem sie ihm zwei Reihen harter weißer Zähne zeigte, erreichte ihre Augen nicht. »Das ist meine Arbeit. Schmuckstücke zu entwerfen und sie anzufertigen. Ganz im Gegenteil zu dem, was meine Brüder denken, bin ich ein großes Mädchen, das sehr gut in der Lage ist, sein Geschäft zu führen. Und mit wertvollen Edelsteinen umzugehen ist ein Teil dieses Geschäftes.«

»Die meisten Leute mit losen Edelsteinen im Wert von einer Million haben eine bewaffnete Wache an der Tür stehen.
»Ich habe einen Mann mit einem Stock.«
»Sicher, den hast du. Ist das nicht großartig?«
Diesmal entging Faith der stahlharte Unterton in seiner sanften Stimme nicht. »Ich bin froh, dass es wenigstens einem nützt«, sagte sie leise.
Doch Walker hatte ihre Worte verstanden. »Und dieser eine bist nicht du?«
»Es ist nicht das erste Mal, dass der Mann das ganze Vergnügen hat.«
»Vergleichst du mich etwa mit einem bestimmten Haufen Pferdeäpfel?«
»Pferdeäpfel haben keine Augen in der Farbe eines Lapislazuli.«
Walker öffnete den Mund, schloss ihn dann aber wieder und schüttelte den Kopf. »Da musst du mir schon weiterhelfen. Ich bin ziemlich sicher, dass ich die Richtung in dieser Unterhaltung verloren habe. Was hat denn Lapislazuli mit Pferdescheiße zu tun?«
»Genau. Ganz bist du noch nicht verloren.«
Plötzlich lachte er, ihm gefiel ihr schneller, ein wenig schräger Sinn für Humor.
Obwohl Faith sich geschworen hatte, dass sie Walker mit einer kühlen, professionellen Distanz behandeln würde, musste sie doch lächeln, warm und freundlich. Es war nett zu wissen, dass jemand außerhalb ihrer Familie einen solchen Spaß mit ihr teilen konnte. Tony hatte ihr kesser Sinn für Humor nie gefallen.
»Kyle hat immer behauptet, der Unterhaltung zwischen mir und meiner Schwester zu folgen, sei genau so, wie vorherzusagen, wo ein Schmetterling landen würde«, meinte Faith.
»Das ist doch einfach. Dort, wo der Nektar am süßesten ist.«

Walkers lebhafte blaue Augen ruhten auf ihrem Mund. Dann verschwand sein Lächeln, und er machte ein paar Schritte von der Werkbank weg. Das leichte Humpeln in seinem Gang ärgerte ihn mehr als der Schmerz. Es war eine Erinnerung daran, wie dumm er gewesen war. Beinahe so dumm, wie er im Augenblick war, wo er mit Archers kleiner Schwester lächelte und sich fragte, ob ihr Mund wohl auch nur halb so heiß und süß war, wie er aussah.

Faith' Lächeln schwand. Auch wenn ihr unerwünschter Leibwächter nicht so groß war wie ihre Brüder – und auch nicht wie Tony – lag doch etwas sehr Solides in Walkers Haltung. Sie war dankbar dafür, dass er humpelte. Wenn es sein musste, könnte sie ihn einwickeln.

»Hast du eine Lupe in einer deiner Schubladen?«, fragte er.

»Aber sicher«, antwortete sie und imitierte seine gedehnte Sprechweise.

Er ignorierte sie, denn das war vernünftiger, als das zu tun, was er tun wollte.

»Tut mir Leid«, versicherte sie ihm schnell und suchte in einer der Schubladen herum. »So hatte ich das nicht gemeint.«

Er blickte auf ihren gesenkten Kopf und sah, dass sie sich auf die Unterlippe biss. »Wie?«

»Beleidigend. Du weißt schon. Diese Sache mit dem männlichen Ego.«

Er wusste, dass die Männer der Donovans nicht so schnell beleidigt waren. Und auch kein Mann, der sich den Namen verdient hatte. »Ich nehme an, du sprichst wieder von dem alten Pferdeapfel.«

Faith erstarrte.

»Nun«, meinte Walker. »Ich bin ein Mann, und ich habe ein Ego, und wenn du mich wegen meines Akzentes neckst, dann beleidigt mich das nicht, und es bedroht mich auch nicht und auch nicht diese Mann-Frau-Diskussionsgruppen. Dein Südstaaten-Akzent hat allerdings noch ein wenig Übung nötig. Da ist es schon gut, dass ich Experte bin.«

Faith stieß leise den Atem aus und reichte ihm die Lupe. »Ich werde meine kindischen Versuche von Humor für mich behalten.«

Er zog die Augen zusammen, als er den schmerzlichen Unterton in ihrer Stimme hörte. »Also, das wäre wirklich eine Enttäuschung, meine Süße. Nichts ist so ermüdend wie eine Frau, die keinen Sinn für ein Spielchen hat.«

»Meine Süße!« Faith' Kopf fuhr hoch.

Grienend öffnete er die Lupe. »Jetzt habe ich dich. Das ist das Nette an Schwestern. Ihre Brüder bringen ihnen bei, sehr schnell nach dem Köder zu schnappen.«

»Ich wusste es. Du bist auch ein Bruder.«

Die Fröhlichkeit verschwand aus Walkers Augen, tief blickten sie, wie das leere Zwielicht auf einem hohen Berg. »Nicht mehr.«

Er lehnte seinen Stock an die Werkbank und richtete seine ganze Aufmerksamkeit auf die Schachtel mit den kleinen Päckchen aus Papier.

»Ich wollte nicht...«, begann Faith.

»Ich weiß«, unterbrach er sie und wählte eines der kleinen Päckchen aus, das nur halb so groß war wie seine Handfläche. »Vergiss es.«

Sie fühlte, dass er es ehrlich meinte. Im wahrsten Sinne des Wortes. Doch die Leere in seinem Blick konnte sie nicht vergessen. Sie hatte ihn nicht verletzen wollen, trotzdem wusste sie, dass sie genau das getan hatte. Sie hatte nur keine Ahnung, wieso.

Nach einem Augenblick des Zögerns gab Faith nach. Walkers Schmerz oder seine Freude ging sie nichts an. Sie war nicht seine Freundin, es war nicht ihre Aufgabe, für ihn zu sorgen und sein männliches Ego zu füttern. Und das war auch besser so. Darin war sie nämlich genauso lausig gewesen wie als Geliebte.

Aber ich bin eine verdammt gute Schmuckdesignerin, rief sie sich ins Gedächtnis. Und dort lag auch ihre Zukunft – Arbeit, kein Vergnügen. Sie würde eine Künstlerin sein, eine exzentrische Tante, die Katzen hielt und ihren Nichten und Neffen zu Weihnachten Geschenke aus der ganzen Welt mitbringen würde.

Nachdenklich sah sie zu, wie Walker mit einer schnellen Bewegung den ersten Rubin auswickelte. Sein Umgang mit dem dünnen Papier zeigte ihr, dass er schon eine Menge Edelsteine ausgepackt hatte.

Neugier stieg in ihr auf, die gleiche Neugier, die sie auch schon gefühlt hatte, als sie diesen Mann mit den schnellen, fließenden Bewegungen und der sanften Stimme, mit seiner langsamen Art zu sprechen, zum ersten Mal gesehen hatte. Er war ihr bescheiden erschienen, beinahe schüchtern, doch wenn sie ihrer Schwägerin Lianne glauben wollte, so hatten Walkers eiserne Nerven und seine schnelle Art zu denken sie alle gerettet, als die Donovans einen mitternächtlichen Überfall auf eine Insel durchgeführt hatten, um ein unbezahlbares Leichentuch aus Jade zurückzuholen.

»Pinzette?«, fragte Walker.

Sie suchte in einer anderen Schublade und reichte ihm dann eine lange Pinzette mit einem gebogenen Ende.

Er nahm sie, ohne von dem einzelnen Stein aufzublicken, der wie ein Funken Glut auf dem grellweißen Papier leuchtete. Leise und ohne Melodie pfiff er vor sich hin, dann bog er sich eine der Arbeitslampen zurecht und hielt den Rubin zwischen sein Auge und das grelle Licht, bevor er durch die Lupe sah.

Es war, als würde er in ein anderes Universum eintauchen,

ein fremdes, herrliches Universum, wo Rot die einzige Realität war, die einzige Bedeutung, der einzige Gott.

Die schwachen Unregelmäßigkeiten und die »Seide« im Inneren des Steins brachen das Licht in sämtliche Richtungen. Jede schwache Unreinheit machte Walker sicherer. Nur der Mensch war besessen von Perfektion. Natürliche Rubine wurden geschaffen aus dem Herzen des Feuers des Planeten, aus dem Kochen eines Vulkans, geheimem, geschmolzenem Blut, das einen normalen Felsbrocken in etwas Außergewöhnliches, Überirdisches verwandelte. Dennoch blieben noch immer die Spuren des irdischen Beginns.

Es waren diese Mängel, nach denen Walker suchte und die er genoss. Jeder kleine Fehler, jedes winzige Stückchen Seide sagte ihm, dass dieser blutrote Edelstein, den er in der Hand hielt, aus einer weit entfernten, uralten Mine kam und nicht aus dem hoch technisierten Labor eines klugen Mannes.

»Nun?«, fragte Faith.

»Hübsch rot.«

»Das sehe ich selbst.«

»Gerade genug Seide, um mir zu sagen, dass er nicht von irgendeinem Edelstein-Chef in Bangkok gekocht worden oder in einem Labor in den USA geschaffen worden ist.«

»Das hätte ich dir auch sagen können. Die Steine wurden aus dem alten Familienschmuck der Montegeaus genommen.«

Walkers dunkle Augenbrauen zogen sich hoch. »Das müssen aber wirklich wohlhabende alte Montegeaus gewesen sein. South Carolina?«, fragte er, denn ein wenig Neugier würde sicher erwartet. Archer hatte ihm bereits die Hintergründe erzählt.

»Woher weißt du das?«, fragte Faith.

Er versuchte, sich eine einfache Erklärung dafür einfallen zu lassen, um ihr zu sagen, dass die Montegeaus zur örtlichen Oberschicht seiner Jugend gehört hatten, die reichen Leute, deren Haus immer strahlte wie ein Kristallpalast in den langen

Nächten, wenn er durch die Sümpfe und Bayous streifte und nach etwas Essbarem suchte.

»Ich bin in South Carolina aufgewachsen. Die Montegeaus waren wie die Alligatoren – eine Menge wert, immer in der Nähe und manchmal richtig ekelhaft.«

»Ich dachte immer, Alligatoren seien geschützt.«

»Meine Süße, vor einem hungrigen Mann ist nichts geschützt.«

Wieder fuhr Faith' Kopf hoch. Sie erkannte sofort, dass Walker sie nicht »Süße« genannt hatte, um sie zu ärgern. Wahrscheinlich hatte er noch nicht einmal bemerkt, was er gesagt hatte. Er pfiff wieder leise vor sich hin und richtete seine ganze Aufmerksamkeit auf den Edelstein, der zwischen dem Griff der Pinzette brannte. Sie fragte sich, wie viele seiner Frauen er wohl »Süße« nannte und ob er das nur tat, damit er sich ihre Namen nicht zu merken brauchte. Wie Tony, dessen ständige Anrede »Baby« seine lückenhafte Erinnerung an die Frau, mit der er gerade zusammen war, überdeckt hatte, ganz besonders, wenn er getrunken hatte.

Die Erinnerung ließ eine Woge der Unsicherheit in ihr aufsteigen, wie ein eisiger Hauch auf ihren Armen. Sie rief sich ins Gedächtnis, dass ihr Leben mit Tony vorüber war. Sie hatte ihre Lektion gelernt. Sich einen Mann auszusuchen, nur weil er groß und stark genug war, um ihren älteren Bruder zu übertreffen, war dumm gewesen. Doch sie hatte sich ihrer Familie gegenüber beweisen wollen – und auch sich selbst gegenüber –, dass sie einen Partner finden könnte, den sie respektierten, genau wie es bei Honor gewesen war.

Nach der Heirat ihrer Zwillingsschwester hatte Faith sich allein und verloren gefühlt. Sie und Honor hatten so viel miteinander geteilt, von ihrem ersten Büstenhalter bis zu ihrem ersten Freund und dem Führerschein. Aber jetzt nicht mehr. Honor und Jake waren eine Einheit, sie waren die Eltern eines wundervollen kleinen Mädchens namens Summer. Die Schwestern unterhielten sich noch immer, noch immer lachten sie miteinander, sie liebten einander so, wie nur Schwestern das konnten, doch jetzt war alles anders. Und so würde es immer bleiben.

Bis Faith allein zurückgeblieben war, hatte sie gar nicht gewusst, wie nahe sie und ihre Zwillingsschwester sich gestanden hatten.

»Der Nächste?«, sagte Walker.

Er hielt ihr das sorgsam eingepackte Päckchen hin. Etwas an dem Blick, mit dem er Faith ansah, ließ sie ahnen, dass er bereits mehr als einmal versucht hatte, ihre Aufmerksamkeit zu erringen.

»Entschuldigung«, murmelte sie. »Ich habe gerade nachgedacht.« Sie schob die kleine Schachtel mit den Päckchen zu ihm hin. »Bedien dich.«

Während er das tat, überlegte Walker, was plötzlich den Glanz in Faith' silberblauen Augen ausgelöscht hatte und warum ihre Mundwinkel sich plötzlich nach unten gezogen hatten. Er wunderte sich darüber, doch stellte er keine Fragen. Es ging ihn nichts an. Die Tatsache, dass er sich wünschte, es ginge ihn etwas an, sagte ihm nur, was für ein Dummkopf er doch war.

Er war beinahe umgekommen in der Hoffnung, unbehandelte Rubine dieser Qualität zu finden. Die Ironie, sie in Faith' Schublade zu finden, weckte in ihm den Wunsch, gleichzeitig zu fluchen und zu lächeln.

Mit einem leisen Rascheln zog Faith ihren Skizzenblock heran. Schnell blätterte sie zur letzten Seite. Walkers abwesendes, merkwürdig beruhigendes Pfeifen sagte ihr, dass er sich ganz auf den neuen Rubin konzentrierte. Sie griff nach einem Bleistift und begann, an einer Skizze für einen Kunden zu arbeiten, der genauso wählerisch wie reich war. Der Mann wollte etwas, das »wichtiger« aussah als die knappe und doch lyrische Eleganz der Entwürfe, für die Faith bekannt geworden war.

Mit gerunzelter Stirn blickte sie auf ihre Skizze. Der Kunde wollte etwas, das üppig war und dennoch nicht barock, großartig, aber nicht verschnörkelt, »beeindruckend«, aber nicht zu schwer. Die exotische Sinnlichkeit von Lalique war »zu feminin«. Die Geometrie des späten zwanzigsten Jahrhunderts war »zu maskulin«.

Insgeheim überlegte sie, ob sie am Ende den Auftrag ablehnen würde. Einigen Kunden konnte man es einfach nicht recht machen.

Faith verzog das Gesicht und machte sich an eine neue Skizze. Langsam vergaß sie, wo sie war, sie vergaß Walker, der ganz in ihrer Nähe stand, und alles andere, bis auf die bezwingenden Linien und Schatten des Entwurfes, den sie schuf. Ausladende Linien deuteten Farne aus solidem Gold an, die sich aufrollten, mit einem Mond aus einem Opal, der eingebettet war in die Farnwedel, und kleinere Regentropfen aus Opalen waren an den Spitzen jedes einzelnen Wedels gefangen. Der Entwurf konnte ein Anhänger sein oder eine Brosche, ein Armband oder ein Ring, Ohrringe oder eine Gürtelschnalle. Nur die Größe und die Details mussten geändert werden.

Eine Zeit lang waren die einzigen Geräusche in dem Raum nur das Rascheln von Papier, Walkers leises Pfeifen und hin und wieder der Ruf eines selbst ernannten Weltenretters, der auf dem Pioneer Square seine Reden hielt.

Endlich legte Walker das dreizehnte Päckchen zurück in die Schachtel. Er sah auf die Schublade und auf die elegante Blondine, die völlig in ihre Skizzen versunken war. Als sie abwesend das große Stück Lapislazuli beiseite schob, um mehr Platz zu haben, schüttelte er ungläubig den Kopf. Sie hatte wirklich nicht die leiseste Ahnung, was für Schwierigkeiten die Montegeau-Rubine ihr machen könnten.

Er sagte nichts, ging zur Eingangstür des Geschäftes und schloss sie ab, dann hängte er das Schild GESCHLOSSEN davor.

»Was tust du da?«, fragte sie, ohne von ihrer Skizze aufzublicken.

»Nicht ich. Wir.«

Faith hob den Kopf. Die Lampe, die Walker sich zurechtgebogen hatte, erhellte eine Hälfte ihres Gesichtes und verwandelte ihre Augen in silberblaue Diamanten. »Wie bitte?«

»Ich brauche ein paar Dinge aus meiner Wohnung. Und da ich nicht an zwei Orten gleichzeitig sein kann, wirst du mit mir kommen.«

»Ich muss arbeiten.«

»Dann nimm deinen Skizzenblock mit.«

»Das ist doch lächerlich! Ich habe die meiste Zeit allein in meinem Geschäft zugebracht und niemals...«

»Wenn du ein Problem hast«, unterbrach er sie, »dann sprich mit deiner Familie darüber. Ich arbeite für sie.«

Sie schoss aus ihrem Stuhl hoch, schloss die Tür wieder auf und drehte das Schild herum. »Ich werde nirgendwo hingehen.«

»Ganz, wie du willst, Süße«, antwortete er gedehnt, »doch die hier werde ich mitnehmen, dorthin, wo sie in Sicherheit sind.«

Er nahm die Schachtel mit den Rubinen, griff nach seinem Stock und humpelte aus dem Geschäft, ohne einen weiteren Blick zurück zu werfen.

Noch ehe er auf dem Bürgersteig angekommen war, hatte er bereits auf seinem Handy eine Verbindung zur Sicherheitsabteilung von Donovan International. Wenn diese Rubine auch nur halb so gut waren, wie sie durch die Lupe ausgesehen hatten, dann eröffneten sie einen vollkommen neuen Weg, um die Festung des Thai-Kartells im Handel mit geschnittenen Rubinen zu umgehen. Donovan International konnte alte Juwelen ausgraben und dem Kartell eine lange Nase zeigen. Das einzige Problem war, wenn diese Art von Geld und Macht aufeinander trafen, dann bestand ganz sicher Gefahr.

Man konnte in einer Stadt in den USA genauso gut sterben wie in den verdorrten Bergen in Afghanistan.

5

Faith blickte auf, als es an der Tür ihres Geschäftes läutete. Sie hatte sich schon gefragt, wer wohl Walkers Platz einnehmen würde. Jetzt wusste sie es.

Ray McGuire wartete geduldig auf der anderen Seite der verschlossenen Tür. Er war in der Rangfolge der Sicherheitsleute die Nummer zwei und bewachte oft die Mitglieder der Familie. In letzter Zeit hatte er eine Menge Zeit in ihrem Laden zugebracht. Sie hatte sich bei Archer darüber beschwert, dass das nicht nötig sei.

Sie drückte auf den Knopf, der die Tür öffnete, und ließ Ray in den Laden.

»Du musst den ganzen Weg gelaufen sein«, meinte sie und warf einen Blick auf ihre Uhr. »Walker ist noch nicht einmal zehn Minuten weg.«

»Ich bin gefahren. Ich freue mich immer wieder, dich zu sehen.« Er lächelte und kam dann um die beiden Glasvitrinen herum, in denen Faith Muster ihrer Arbeiten ausgestellt hatte. Gebogenes Gold und das Leuchten von Silber, Blitze von Saphiren und Opalen, Diamanten und Topasen, Rubinen und Turmalinen lagen in diesen Vitrinen, Stücke von Gottes Regenbogen. Es erstaunte ihn immer wieder, dass solche Schönheit von der alten, angekohlten Werkbank im hinteren Teil des Ladens kommen konnte. »Immerhin machst du den besten Kaffee in ganz Seattle.«

»Deine Schmeicheleien werden dir höchstens einen dreifachen Americano einbringen, ohne Zucker.«

Faith ließ den Entwurf liegen, mit dem sie sowieso nicht weiterkam – sie sah immer wieder nur Lapislazuli vor sich anstatt der Opale, die ihr Kunde haben wollte –, dann ging sie zu der Espressomaschine, die sie im hinteren Teil des Raumes aufgestellt hatte.

»Du hast dich daran erinnert«, sagte er und hob seine grau melierten Augenbrauen. Sie passten zu seinem kurzen, grau melierten Haar. »Soll das bedeuten, dass du doch mit mir zusammen durchbrennen wirst?«

Der Dampf zischte aus der Maschine, als sie zu arbeiten begann. »Millie würde mir den Kopf abreißen.« Millie war Rays Ehefrau, mit der er bereits seit sechzehn Jahren verheiratet war.

»Millie weigert sich zu lernen, wie man Espresso macht. Sie sagt, der französische Kaffee ist besser.«

»Kein Problem. Ich werde dir beibringen, wie man Espresso macht.«

»Mir?«, rief er voller Entsetzen. »Wohin sind wir nur gekommen?«, fragte er und richtete den Blick zur Decke. »Männer lernen, guten Kaffee zu kochen, Frauen tragen Pistolen. Der letzte Mitarbeiter für den Sicherheitsdienst, den ich eingestellt habe, war eine *Frau*, um Himmels willen.«

»Wirklich? Erinnere mich daran, dass ich beim nächsten Mal sie anfordere.«

»Zu spät.« Er grinste. »Da ist dir ›Der Donovan‹ bereits zuvorgekommen.«

Faith lachte. »Das sieht Dad ähnlich. Er schwebt wie ein Helikopter über seinen Töchtern, und dann dreht er sich herum und besorgt sich eine Frau mit einer Pistole, die ihn beschützen soll.«

»Hey, sei fair. Dein Vater hat in letzter Zeit gar nicht mehr über Honor geschwebt.«

»Warum sollte er sich auch die Mühe machen? Sie hat ja jetzt Jake. Das ist ein erstklassiger Schweber.« Faith reichte Ray seinen Kaffee. »Und jetzt setzt du dich neben die Espressomaschine und tust, als seist du unsichtbar. Ich habe einige Schreibarbeiten zu erledigen, ehe mein Kunde um drei Uhr kommt. Danach werde ich den Laden schließen und Owen Walker und Archer das Fell über die Ohren ziehen. Wenn ich Glück habe, treffe ich sie beide zusammen.«

Ray wusste, dass es so war, denn Walker hatte ihm gesagt, dass er eine Verabredung mit Archer um zwanzig nach drei hatte. Doch das ging Ray gar nichts an. Er musste Faith Donovan beschützen, wenigstens im Augenblick.

Er nippte an seinem Kaffee, seufzte tief auf und meinte dann: »Das Einzige, was du noch besser kannst, als Kaffee kochen, ist Schmuck entwerfen. Diese beiden Ringe, die du zum fünfzigsten Hochzeitstag meiner Eltern entworfen hast, waren ganz einfach perfekt.«

»Du schmeichelst mir noch mehr? Ich habe dir doch schon Kaffee gemacht. Willst du etwa noch eine Tasse?«

»Noch nicht. Und es ist eine Tatsache, keine Schmeichelei.«

Ray ging hinüber zu dem Stuhl neben der Kaffeemaschine. Während er sich setzte, knöpfte er seine Sportjacke auf, damit sie ihm bei dem Schulterhalfter, das er trug, nicht im Weg war. Dann stützte er den linken Fußknöchel auf das rechte Knie und setzte sich so, dass seine Pistole ihm nicht in die Rippen stieß. Seine Bewegungen waren ganz automatisch. Er war vor vier Jahren von der Polizei in Los Angeles pensioniert worden. Zwanzig Jahre lang alle Möglichkeiten zu untersuchen, wie ein Mensch seine Mitmenschen hintergehen konnte, hatten ihm gereicht.

Er zog eine Zeitschrift aus seiner Hüfttasche und begann,

über die bevorstehenden Verkaufsveranstaltungen von antikem Weihnachtsschmuck zu lesen, den er und seine zweite Frau sammelten.

Ein paar Minuten lang war das einzige Geräusch in dem Raum das Rascheln des Bleistiftes über das Papier und das Knarren des Stuhls, auf dem Faith saß. Weder sie noch ihr Bewacher blickten auf, als ein Laienprediger auf dem Pioneer Square über das Armageddon zu schreien begann. Da das neue Jahrhundert bereits begonnen hatte, gab es kein Publikum mehr für die Prophezeiungen über geheiligtes Blut.

Es läutete an der Tür. Faith blickte auf und entdeckte einen gut gekleideten Mann mittlerer Größe vor der einbruchsicheren Glasscheibe.

»Kennst du ihn?«, fragte Ray und betrachtete den eleganten, teuren Ledermantel, der bis zu den Unterschenkeln des Mannes reichte. Er trug Hut und Handschuhe, wahrscheinlich ein Europäer. Die meisten Amerikaner bevorzugten Ledermäntel nur in Hüftlänge.

»Ich habe den Mann noch nie gesehen, aber ich nehme an, sein Name ist Ivanovitsch. Er hat einen Termin mit mir gemacht für drei Uhr.«

»Er kommt zu früh.«

»Was sind denn schon acht Minuten unter Freunden?«, fragte sie trocken. »Lass ihn rein. Je eher ich mit ihm fertig bin, desto schneller kann ich meinen Bruder in die Finger bekommen.«

Ray legte die Zeitschrift zur Seite und ging zur Tür, um zu öffnen. »Kann ich Ihnen helfen?«, fragte er höflich.

»Ja, danke.« Mit einem schnellen Blick schätzte Ivanovitsch Ray ab. Ein Wachmann, bewaffnet, aufmerksam. Nicht gerade unerwartet, doch kaum willkommen. »Ich bin Ivanovitsch.«

Als früherer Polizeibeamter mochte Ray keine Männer. Sie konnten zu viel verbergen, und jemand, der in L. A. einen langen Mantel trug, hatte wahrscheinlich sehr viel zu verbergen. Als Wachmann in Seattle hatte er sich daran gewöhnt, Mäntel zu sehen. Sie waren nicht länger Grund für augenblickliches Misstrauen.

Trotzdem mochte er sie nicht.

»Kommen Sie herein, Mr. Ivanovitsch«, forderte Ray ihn auf. »Miss Donovan erwartet Sie. Darf ich Ihnen den Mantel abnehmen?«

»Danke, nein. So lange werde ich nicht bleiben.«

Ray betrachtete die breiten Schultern des Mannes und entdeckte dann den Ansatz eines Bauches. Jetzt wünschte er sich wirklich, er könnte einen Blick unter den Mantel werfen. Doch das ging nicht, deshalb würde er die Hände in den Lederhandschuhen ganz genau beobachten ebenso wie die blaugrauen Augen, und er würde nach den verräterischen Anzeichen von Nervosität suchen.

Lächelnd kam Faith auf sie zu. Als sie ihm die Hand entgegenstreckte, beugte sich Mr. Ivanovitsch kurz darüber, anstatt ihr die Hand zu schütteln, wie sie es erwartet hatte.

Ganz sicher ein Europäer, entschied Ray. Er trat ein paar Schritte zurück, ging jedoch nicht zu seinem Stuhl zurück. Man hatte ihm beigebracht, im Hintergrund unsichtbar zu werden, ohne sich mehr als ein paar Schritte zu bewegen. Und darin war er gut.

»Darf ich Ihnen einen Kaffee anbieten?«, fragte Faith.

»Danke, nein.« Trotz des nagenden Jetlag, der von zu viel Wodka und Zorn noch verstärkt wurde, gelang es Ivanovitsch, freundlich zu lächeln. »Bitte, entschuldigen Sie. Ich habe nicht viel Zeit, und mein Wunsch ist sehr groß.«

Faith hoffte, dass ihr Lächeln ihre Erleichterung verbarg. Sie hatte wirklich nicht den Wunsch, einen Kunden bei Kaffee und einer netten Unterhaltung zu umwerben.

»Dann werde ich mein Bestes tun, um Ihnen schnell zu helfen, Mr. Ivanovitsch. Sie haben etwas über einen gravierten Stein gesagt, aber es sollte kein moderner Stein sein?«

»Ein Rubin, ja«, sagte er und sah sie eindringlich an. Er suchte nach den üblichen Zeichen der Nervosität. Doch alles, was er sah, war eine klare Haut, ein Anflug von Ungeduld, der nichts mit Nervosität zu tun hatte und aufrichtig blickende blaue Augen. »Ein Geschenk, verstehen Sie? Für meine Mutter. Sie schätzt solche Dinge. Zur Feier ihres achtzigsten Namenstages möchte ich ihr ein passendes Geschenk machen.« Er beugte sich vor und betrachtete jede Veränderung in Faith' Gesichtsausdruck. »Man hat mir gesagt, ein Designer mit einem hervorragenden Ruf, wie Sie es sind, besitzt solche Steine.«

Faith ignorierte seine Schmeicheleien und zwang sich, unter dem eindringlichen Blick und der Art des Mannes, nicht zurückzutreten. Sie fühlte sich bedrängt von ihm, beinahe überwältigt. Sie rief sich ins Gedächtnis, dass die Entfernung bei einer Unterhaltung von Kultur zu Kultur verschieden war. Mehr Abstand zwischen sich und ihren Kunden zu bringen, könnte sehr leicht als Unhöflichkeit ausgelegt werden.

Sie blieb also stehen. »Ich besitze einige gravierte Rubine. Meine Brüder bereisen die ganze Welt. Sie halten immer die Augen offen nach besonderen Steinen für meine Schmuckentwürfe.«

»Ausgezeichnet.«

»Wenn Sie mich bitte entschuldigen würden, ich werde die Steine holen.«

Ivanovitsch nickte in der Art eines Mannes, der es gewöhnt war, bedient zu werden. Während Faith zu dem schrankgroßen, modernen Safe ging, sah er sich den Inhalt der Vitrinen an. Was auch immer er von ihren ungewöhnlichen Entwürfen hielt, ließ sich an seinem breiten Gesicht nicht ablesen.

Ray beobachtete den Kunden diskret, als sich die Tür des Safes geräuschlos öffnete. Doch seiner Reaktion nach hätte

Faith genauso gut einen Schrank voller Putzmittel öffnen können. Es schien ihm auch nichts auszumachen, dass sie die Tür des Safes wieder schloss und ihn verriegelte, nachdem sie eine Hand voll Schachteln herausgeholt hatte.

Als Faith die Schachteln auf eine der Vitrinen stellte, bewegte sich Ray an eine andere Stelle. Er stellte erfreut fest, dass Faith auf der anderen Seite der Vitrine blieb, gegenüber ihres unbekannten Kunden. Offensichtlich hatten doch einige der Sicherheitsregeln in ihrem störrischen Donovan-Verstand einen Platz gefunden. Oder vielleicht mochte sie auch nur nicht den Geruch nach abgestandenem Zigarettenrauch, der in der teuren Kleidung des Mannes hing.

Ray bewegte sich ein wenig und begab sich in eine Position, aus der er mit einem Schritt zwischen Faith und den Kunden treten konnte. Nicht, dass er erwartet hätte, das tun zu müssen. Genau wie er seine Jacke aufknöpfte, wenn er sich hinsetzte, so war es ihm auch zur Gewohnheit geworden, an der richtigen Stelle zu stehen, falls etwas schief ging.

Ivanovitsch bemerkte es, und er verstand jede Bewegung des Mannes. Glücklicherweise war er bereit, den Rubin zu jedem Preis zu kaufen. Tarasov hatte es deutlich gemacht, dass er keine Zwischenfälle wollte, kein öffentliches Aufsehen und auch keinen Hinweis darauf, dass der Rubin die Eremitage je verlassen hatte. Ivanovitsch kannte den Preis für Versagen. Er verspürte nicht den geringsten Wunsch, unter der eisigen Oberfläche der Neva zu liegen, um mit dem Tauwetter des Frühjahrs für immer zu verschwinden.

»Ich besitze nur drei gravierte Rubine, die nicht modern sind«, sagte Faith. »Sie sind wirklich sehr selten. Die meisten Gravuren wurden von Mogulen oder Persern gemacht, und sie bevorzugten Smaragde. Abgesehen davon, dass er eine heilige Farbe hat, ist ein Smaragd weicher und daher leichter zu gravieren als Rubin. Nichts ist härter als ein Rubin, bis auf einen Diamanten natürlich. Heute erlauben allerdings die modernen Maschinen, dass jeder Stein graviert werden kann. Die Deutschen sind Meister darin.«

Ivanovitsch lauschte geduldig ihren Erklärungen, doch sein Blick hing an der Schachtel, die Faith öffnete. Er wartete auf die ersten Anzeichen, dass sich das Herz der Mitternacht darin verbarg.

Als Faith seinen eindringlichen Blick sah, hätte sie beinahe gelächelt. Ganz gleich, welche Nationalität er hatte, ein Sammler war ein Sammler – er konnte es kaum erwarten, eine Neuerwerbung zu machen. Sie würde wetten, dass seine Hände in den teuren Lederhandschuhen feucht waren. Ganz gleich, was er ihr zuvor erzählt hatte, er wollte den Stein nicht für den achtzigsten Namenstag seiner Mutter kaufen. Er kaufte ihn für sich selbst.

Er war nicht der erste Kunde, der einen sentimentalen Grund dafür angab, zum Beispiel einen Hochzeitstag oder einen Geburtstag, um den Handel zu seinen Gunsten abschließen zu können. Wenigstens hatte Ivanovitsch nicht behauptet, dass seine Verlobte im Sterben lag, wie einer ihrer Kunden es getan hatte, in der Hoffnung, einen besonders guten Preis auszuhandeln. Er hatte sogar ernsthaft geschworen, er würde Faith den Stein zurückverkaufen, wenn seine arme Verlobte erst einmal gestorben war.

Manchmal glaubten die Leute wirklich, dass blondes Haar sich negativ auf den IQ einer Frau auswirkte.

Mit einer schwungvollen Bewegung öffnete Faith den Deckel der Schachtel.

Ein Blick sagte Ivanovitsch, dass seine Suche noch nicht vorüber war. Der Rubin, der auf dem bronzefarbenen Samt lag, hatte vielleicht sechs Karat. Der Edelstein war viel länger, als er dick war, und hatte an den Kanten grob geschliffene Facetten. Die Gravur befand sich auf der Rückseite und musste von der

Vorderseite betrachtet werden, um einen Sinn zu ergeben, immer davon ausgehend, dass der Betrachter des Arabischen mächtig war.

»Das ist ein Zitat aus dem Koran, das…«, begann Faith.

»Nein«, unterbrach Ivanovitsch sie grob. »Der ist nicht gut genug. Er ist zu klein. Zu blass. Verstehen Sie? Ich muss einen sehr feinen Stein haben.«

Wortlos legte Faith den Deckel wieder auf die Schachtel und schob sie beiseite. Ein anonymer, längst verstorbener Künstler hatte Wochen oder Monate daran gearbeitet, einen heiligen Vers in den Stein zu gravieren, den man nur mit einer Lupe erkennen konnte, doch das schien den ungeduldigen Mr. Ivanovitsch keineswegs zu beeindrucken.

Sie griff nach der zweiten Schachtel. Wenn sechs Karat zu klein für diesen Mann war, dann bezweifelte sie, dass die siebeneinviertel Karat ihn zufrieden stellen würden, doch man wusste ja nie. Die Farbe des zweiten Rubins war ganz sicher besser. Er war zwar längst nicht so gut wie die Steine der Montegeaus, doch das waren wirklich nur sehr wenige Rubine.

»Dieser Stein…«

»Zu klein«, unterbrach er sie knapp. »Ich habe es Ihnen doch gesagt. Sehr, sehr fein. Bitte, lassen Sie uns keine Zeit verschwenden.«

Sie legte den Deckel zurück auf die Schachtel. Als sie den abgelehnten Stein beiseite schob, hoffte sie, dass Ivanovitsch auch das Geld haben würde, um seinen Geschmack zu befriedigen. Der nächste Stein hatte neun Karat, eine gute Farbe, schwache Unreinheiten, und er würde ihn 75000 Dollar kosten. Die Gravur auf der Rückseite war ebenfalls ein Vers aus dem Koran und wünschte den Heiligen das Paradies und den Ungläubigen ewiges Elend.

Ivanovitsch sah die fließende arabische Inschrift und lehnte den Stein ohne ein Wort ab.

»Dieser Rubin hat neun Komma ein Karat«, sagte Faith, doch der Gesichtsausdruck ihres Kunden hatte ihr bereits verraten, dass er ihn nicht haben wollte.

»Nein. Noch immer zu klein. Was haben Sie sonst noch?«

Faith legte den Deckel auf die Schachtel, schob sie zu den anderen und sah den kleinlichen Mr. Ivanovitsch an. »Es tut mir Leid, das ist alles, was ich an gravierten Rubinen besitze. Wenn Sie sich gern andere Edelsteine ansehen möchten, ich habe einige…«

»Man hat mir gesagt, dass Sie außergewöhnlich feine Steine haben«, unterbrach er sie grob.

»Das habe ich auch.« Faith war es gewöhnt, unterbrochen zu werden. Das lernte man, wenn man große Brüder hatte. Dennoch war sie es langsam leid, in der Nähe dieses schroffen Mannes keinen einzigen Satz zu Ende sprechen zu können.

»Man hat mir versichert, dass Sie einen Stein haben würden, wie ich ihn kaufen möchte. Haben Sie den vielleicht kürzlich verkauft?«

»Einen gravierten Rubin?«

Er machte eine knappe Geste und nickte dann. »Aber natürlich. Danach suche ich doch. Ein feiner, großer, gravierter Rubin. Habe ich Ihnen das denn nicht gesagt?«

Ray bewegte sich ein wenig. Er wünschte wirklich, dass er diesen Kerl vorher durchsucht hätte. Das hätte dessen Benehmen vielleicht verbessert.

»Ich habe seit mehr als einem Jahr keinen gravierten Rubin mehr verkauft«, erklärte Faith. »Es gibt keine große Nachfrage nach gravierten Rubinen, es sei denn, jemand möchte sie als Sonderstück kaufen oder als Hauptstein für ein einzigartiges Schmuckstück.«

Ivanovitsch blickte zum ersten Mal zu dem Safe. »Sie sind ganz sicher, dass das alles ist, was Sie haben?«

»Ja.«

Er schien keineswegs überzeugt. »Bitte, verstehen Sie mich. Ich kann Sie gut bezahlen, sehr gut sogar. Ich brauche – ich möchte diesen Stein sehr gern haben.«

»Das ist immer schön zu hören. Wenn Sie mir vielleicht ganz genau sagen würden, was für ein Stein das ist, den Sie suchen, könnte ich ihn vielleicht für Sie finden. Ich habe gute Beziehungen zu Sammlern und Käufern der ungewöhnlichsten Schmuckstücke.«

»Sehr feine Farbe«, sagte er. »Das, was man als ›Blut der Taube‹ kennt.«

Faith nickte.

»Fleckenlos, oder wenigstens fast.«

Sie nickte wieder und begann, den Preis pro Karat zu kalkulieren. Selbst wenn sie den Handel für einen anderen Juwelier vermitteln könnte, würde sie noch eine nette Provision dafür bekommen.

»Die Gravur ist mogulisch und weltlich«, sprach er weiter.

Sie zog die Augenbrauen hoch. »Sie... äh, Ihre Mutter hat recht genaue Vorstellungen.«

Ivanovitsch hielt nicht inne. »Zwanzig Karat.«

Faith pfiff durch die Zähne. »Das wäre wirklich ein toller Stein. Und sehr, sehr teuer. Wenn man die Größe bedenkt, die Farbe und die Reinheit, dann wäre der Preis mindestens hunderttausend pro Karat, er könnte sogar doppelt so hoch sein.«

Das Lächeln des Kunden war eher wie das Zähnefletschen eines Raubtiers und nicht gerade warm. »Wie ich schon sagte, ich kann Sie sehr, sehr gut bezahlen. Und jetzt holen Sie diesen Stein aus Ihrem Safe für mich, Miss Donovan, und wir können über den Preis diskutieren. Es ist nicht länger nötig, vorsichtig zu sein. Wir verstehen uns doch, nicht wahr?«

»Nicht ganz«, antwortete sie trocken. »Ich habe keine Steine für mehrere Millionen Dollar in meinem Besitz, Mr. Ivanovitsch. Ich würde sehr gern für Sie nach einem solchen Stein suchen, aber ehrlich gesagt, wenn Sie es eilig haben, dann gehen Sie besser nach Manhattan, London, Tokio oder Thailand. Ich könnte Ihnen dort ein paar Kontakte vermitteln, die...«

»Man hat mir versichert, dass Sie einen solchen Stein besitzen«, unterbrach er sie. Seine braunen Augen hatten sich zu schmalen Schlitzen verengt.

Ray schob die Hand unter seine Jacke. In Ivanovitschs Ton lag mehr als nur Eindringlichkeit. Er war wirklich zornig, und es war die Art von Zorn, die zu Gewalttätigkeit führen konnte.

»Wer immer Ihnen das gesagt hat, hat sich geirrt«, erklärte Faith mit ausdrucksloser Stimme. »Ich würde sehr gern einen so herrlichen Rubin besitzen. Aber das tue ich nicht.« Sie winkte mit der Hand ab. »Wie Sie sehr gut sehen können, ist das hier weder Tiffany noch Cartier.«

Einen Augenblick lang stellte sich Ivanovitsch vor, wie Faith wohl unter seinem Messer aussehen würde, blutend und flehend und so schrecklich bereit, ihm das Herz der Mitternacht zu übergeben.

Doch eine solche Freude musste er noch ein wenig aufschieben. Ihr Aufpasser war viel zu aufmerksam.

Faith beobachtete auf Ivanovitschs Gesicht etwas, das entweder Zorn oder Verlegenheit hätte sein können. Er verbeugte sich knapp, wandte sich um und verschwand durch die Tür.

»Ich nehme an, er will doch nicht, dass ich für ihn nach einem solchen Stein suche, für sein, äh, Geschenk an seine Mutter«, wandte sich Faith an Ray.

»Ich denke nicht.« Er beobachtete Ivanovitsch, bis dieser um eine Straßenecke verschwunden war. Erst dann zog er die Hand wieder unter der Jacke hervor. »Wo auch immer dieser Mann herkam, er ist es gewöhnt, das zu bekommen, was er haben will.«

»Und das sehr schnell«, stimmte sie ihm zu. »Nun ja, nach einem solchen Stein zu suchen, wird ihn schon Geduld lehren.« Sie sah sich in ihrem Laden um. »Du hast fünf Minuten Zeit, deinen Kaffee auszutrinken. Denn so lange werde ich brauchen, um hier alles abzuschließen. Dann kannst du mir zum Hauptquartier von Donovan folgen und mich davon abhalten, jemanden umzubringen.«

Der Mann hielt das Telefon, als wollte er sein Opfer erwürgen. Plastik ist härter als Fleisch, und das rettete den schwarzen Hörer davor, zerquetscht zu werden wie die Zigarrenenden in dem Aschenbecher neben dem Bett.

»Was soll das heißen, sie hat ihn nicht?«, fuhr Tarasov ihn durch das Telefon an. »Biete ihr mehr dafür.«

Die Frau neben ihm – Tarasovs neue Freundin – brummte und kuschelte sich tiefer in die Seidenlaken, die sich an ihren wunden Brüsten so herrlich anfühlten. Sie hatte heute Abend hart gearbeitet, hatte ihn dazu gebracht, wie ein Teenager zu pumpen. Es war eine schweißtreibende, schwierige, unangenehme und manchmal schmerzhafte Arbeit, aber sie wurde besser bezahlt, als sich durch Prostitution von Ausländern Drinks zu erbetteln, in der Hoffnung, sich so einen Ehemann zu angeln, der sie aus der gefrorenen Hölle von St. Petersburg in eine warme, fremde Zuflucht bringen könnte.

Sie war sorgfältig bemüht, kein Interesse an seiner Unterhaltung zu zeigen, die ihn aus dem Schlaf gerissen hatte. Sie wollte nicht wissen, wie ihr Geliebter sein Geld verdiente, womit er ihr den russischen Zobel bezahlte, das italienische Leder, die chinesische Seide, die afrikanischen Diamanten und den französischen Champagner. Sie war schlau genug zu wissen, dass sie länger in Luxus leben würde, je weniger sie wusste. Oder dass sie überhaupt überlebte.

Während Tarasov den Entschuldigungen eines Mitarbeiters lauschte, wurden seine normalerweise bereits roten Wangen noch dunkler vor Zorn. Mit Augen, so kalt und leer wie der gefrorene Fluss, der sich seinen Weg durch die Stadt bahnte, dachte er an die vielen angenehmen Arten, die es gab, einen Menschen umzubringen. Woran er nicht denken wollte war, wie unangenehm es werden würde, wenn er selbst der Empfänger eines solchen Wissens werden würde.

Wenn der Rubin nicht in zwei Wochen zurück in der Eremitage wäre, würde er sicher schon bald mehr über Schmerzen und Tod herausfinden, als er wollte.

»Bring mit diesen Rubin in dreizehn Tagen oder du würdest dir wünschen, du wärst tot geboren worden.« Er beendete das Gespräch und warf das Telefon so heftig auf den Nachttisch, dass der Marmor beinahe zerbrochen wäre.

Eine halbe Welt entfernt starrte Ivanovitsch auf das öffentliche Telefon. Der Nachmittagsverkehr von Seattle brauste um ihn herum. Der Wind zerrte an seinem eleganten Ledermantel. Langsam legte er den Hörer auf, drückte auf den Knopf, der ihm ein weiteres Gespräch anbot, und wählte dann mit seinen dicken, manikürten Fingerspitzen die Nummer. Sobald sich die leise, raue Stimme meldete, begann Ivanovitsch zu reden.

»Sie leugnet, dass sie den Rubin besitzt.«

Schweigen und dann das Geräusch des Schluckens am anderen Ende. »Sie lügt. Ich habe ihn ihr auf Kommission geschickt.«

»Hole ihn zurück.«

»Sie muss ihn verkauft haben. Deshalb lügt sie. Sie versucht, mich um meinen Anteil zu bringen.«

»Deine Probleme interessieren mich nicht. Ich sehe dich in zehn Tagen. Wenn ich bis dahin den Rubin nicht habe, werde ich dir deinen Schwanz abschneiden und ihn dir in den Hals stopfen.«

»Aber ich habe nicht…«

Ivanovitsch knallte den Hörer auf, und ein Beben ging durch seinen Körper, weil er sich wünschte, seine Hände auf Faith Donovans blasse Haut zu legen.

6

Das mittelgroße Hochhaus, von dem aus man eine Aussicht auf das vom Wind gepeitschte Wasser der Elliot Bay hatte, war weit entfernt von dem schwülen grünen Dschungel von Myanmar. Oder Burma, wie die sturen Edelsteinhändler es nannten. Niemand zahlte eine Prämie für einen Myanmar-Rubin, doch ein feiner, blutroter burmesischer Rubin… ah, das war etwas, für das man Kopf und Kragen riskierte.

Zumindest theoretisch. Dies war auch der Grund dafür, dass Owen Walker sich derzeit auf einen Stock stützte. Wenigstens war das fragliche Körperteil, sein linkes Bein, schon beinahe wieder geheilt.

»Ihr habt gerufen, Meister?«, fragte er jetzt gedehnt den Mann hinter dem Schreibtisch, obwohl es Walker gewesen war, der Archer Donovan um ein Treffen gebeten hatte.

Archer warf ihm einen Blick zu, hob zwei Finger und sprach weiter in das Telefon. »Das Gleiche haben Sie mir schon letzte Woche gesagt. Soll ich es auf Band aufnehmen und es in der nächsten Woche noch einmal abspielen?«

Walker unterdrückte ein Lächeln, er stellte das Paket auf den Boden und sah sich im Büro um. Archers Schreibtisch war beinahe groß genug für all die Papiere, die darauf aufgetürmt lagen. Berichte und Magazine, die mit politischen Veränderungen in allen möglichen rückständigen Gegenden der Welt zu tun hatten, lagen auf dem niedrigen Sofa, das an einer der Wände des Büros stand. Auf dem polierten Couchtisch vor dem Sofa standen Kunstgegenstände aus Glas in eleganten Formen und lebhaften Farben des Sonnenuntergangs. Die Bilder an der Wand waren in den gleichen Farben gehalten, doch waren sie elementarer, mächtiger, ein Sonnenuntergang wie eine Flutwelle aus Farben, die über das Land wogt.

Reglos stand Walker da, der Schmerz in seinem Bein war vergessen, und nahm das Gemälde in sich auf. Eines der Ziele in seinem Leben war es, genügend Geld zu haben, um sich ein Landschaftsgemälde von Susa Donovan leisten zu können. Bis dahin hatte er nichts dagegen, im Büro ihres ältesten Sohns zu warten.

»Hören Sie auf mit dem Unsinn, Jersey«, sagte Archer. »Diese Sendung ist schon seit vier Wochen und vier Tagen überfällig. Entweder liefern Sie in drei Tagen, oder der Vertrag ist aufgelöst, und Sie schulden Donovan International eine Vertragsstrafe von sechshundert Riesen.«

Mit einem leisen, endgültigen Geräusch wurde der Hörer auf die Gabel gelegt.

Walker fragte sich, ob der Mann am anderen Ende wohl noch immer sprach. Wahrscheinlich. Aber nützen würde ihm das nichts. Eines der Dinge, die andere Menschen nur sehr schwer begriffen, war die Tatsache, dass Archer das, was er sagte, auch so meinte, und dass er aussprach, was er dachte.

Deshalb kam Walker auch so gut mit ihm aus.

Archers graugrüne Augen musterten den Mann, der ruhig auf der anderen Seite seines Schreibtisches stand. Im Augenblick sah Walker aus wie ein Edelsteinexperte aus dem Hinterland oder ein Buschpilot – Pflichten, die er oft für Donovan International übernahm –, Jeans, blaues Arbeitshemd, eine wasserdichte, mit Vlies gefütterte Jacke und zerkratzte Wanderstiefel.

Und ein hölzerner Stock ohne jeglichen Schnickschnack. Archer hatte das Gefühl, dass der Stock eher eine Vorsichtsmaßnahme war als eine Notwendigkeit. Selbst während seiner Genesung besaß Walker eine katzenartige Geschmeidigkeit auf seinen Beinen. Und er besaß einen wachen Verstand, obwohl er sein Bestes tat, ihn hinter seiner gedehnten Sprechweise und dem dunklen, kurz geschnittenen Bart zu verbergen. Archers eigener Bart war ein wenig länger, seine Frau mochte das Gefühl auf ihrer Haut.

»Faith hat die Telefondrähte zum Glühen gebracht«, sagte Archer.

»Hat ihr meine Vertretung nicht gefallen?«, fragte Walker unschuldig.

»Sie kommt her, um mich persönlich anzuschreien. Und um zu hören, wie ich dich angeschrien habe. Wenigstens hofft sie, dass ich das tun werde. Also, sag mir, werde ich dich anschreien?«

Walker unterdrückte ein Lächeln. Archer war kein Mann, der jemanden anschrie. Er bekam bessere Ergebnisse, ohne den Mund überhaupt aufzumachen. Er hatte eine Art, die Leute anzustarren, die in ihnen den Wunsch weckte, sich ein Loch zu suchen, in dem sie sich verstecken konnten. »Schrei nur, Boss. Deine kleine Schwester wird sich dann wesentlich besser fühlen.«

Archer fuhr sich mit den Fingern durch sein Haar. »Du bist ziemlich großspurig für einen Mann, der vor knapp einer Woche noch kaum gehen konnte.«

»Ich hatte Glück. Diese Banditen waren viel zu arm, um sich Kugeln für ihre Kalaschnikovs kaufen zu können.«

Archer lächelte schwach. »Kalaschnikovs? Russische Antiquitäten?«

»Wenn man sie lädt, schießen sie wirklich gut.«

»Sie geben aber auch ziemlich gute Knüppel ab.«

»Da widerspreche ich dir nicht«, meinte Walker. »Ich habe noch die Beulen, die das beweisen.«

»Du kannst von Glück sagen, dass diese Clowns keine Messer hatten.«

»Das hatten sie.«

Archers Augen verengten sich. Er zog eine dünne Akte unter einem Stapel von Papieren hervor und blätterte sie schnell durch. Drei Seiten fassten die Arbeit von drei Monaten zusammen. Walker war bekannt für seine knappen Berichte. »Ich sehe hier gar nichts von Messern.«

Walker zuckte mit den Schultern. »Sie haben mich nicht damit verletzt, warum also sollte ich dann davon berichten?«

»Ich nehme an, wenn du keine Verletzungen davongetragen hättest, hättest du auch nichts über den Hinterhalt berichtet, in den du geraten bist.«

»Du und Kyle seid vor allem darauf aus, hochklassige Rubine zu bekommen, die nicht in den Schmelzöfen des Thai-Kartells gekocht worden sind. Meine Aufgabe war es, die Möglichkeiten dafür zu erkunden und nicht, mich über die Bedingungen zu beklagen.«

Archer zog die letzte Seite des Berichtes heran und begann laut vorzulesen. »›Möglichkeit, die Minenarbeiter und/oder Schmuggler der Rubine zu erreichen, ehe die Thais es tun: sehr gering.‹« Er blickte auf und bedachte Walker mit dem Blick, unter dem die meisten Menschen sich unbehaglich gefühlt hätten. Walker reagierte nicht. Das war einer der Gründe dafür, dass Archer ihn mochte. »Hast du noch etwas hinzuzufügen?«

»Verdammt.«

»Was?«

»Soll heißen, wirklich verdammt gering. Ich wollte den Daten-Input-Pool nicht unnötig beleidigen.«

»Mitchell kümmert sich um all meine privaten Berichte. Er ist nicht so schnell beleidigt.«

»Diese Kleinigkeit werde ich mir merken«, meinte Walker belustigt.

»Gibt es sonst noch etwas, das du in deinem Bericht nicht erwähnt hast?«

»Um diese Jahreszeit ist es in Afghanistan verdammt kalt.«

Archers Augen verengten sich erneut. »Wie weit bist du gekommen?«

»Nur zu den Minen in Jegdalek und Gandalak.«

»Und die Reisebedingungen?«

»Die südliche Route ist noch immer voller Landminen. Die nördliche Route ist ganz in Ordnung, bis man nach Sorobi kommt. Dann wird sie zu einem Weg, den man nur mit einem Jeep befahren kann und der vollkommen ausgewaschen und von Erdrutschen unterbrochen ist. Der Großteil des Verkehrs wird von dem örtlichen Pendant zum Esel abgewickelt, weil man ein Tier leichter versorgen kann als einen Lastwagen. Die Banditen sind wirklich sehr aktiv. Die Clans schlitzen links und rechts die Hälse auf und versuchen, all die Jahre aufzuholen, in denen den Sowjets das Land und auch die Gewehre gehörten.«

Archer warf einen Blick auf den Bericht. Walkers beschwerliche Reise durch das Hinterland von Afghanistan wurde nur durch eine einzige Zeile ausgedrückt: *Primitive Transportmöglichkeiten und Bergbaubedingungen.* »Wie primitiv sind die Bergbaubedingungen denn wirklich?«

»Eine Hand voll Männer mit Spitzhacken, ein weißer Felsvorsprung aus Kalkstein mit spärlichen Klümpchen von rotem Kristall, der sich in den ausgewaschenen Teilen zeigt, und ein tragbarer, sechzig Pfund schwerer pneumatischer Presslufthammer, der sich einmal in der Stunde selbst auseinander rüttelt, aber nur wenn sie Glück genug haben, Benzin zu finden, dass der Kompressor lange genug läuft. Dynamit ist leichter zu tragen, deshalb wird es hauptsächlich eingesetzt. Nach der Explosion wird mit der Spitzhacke, dem Hammer und dem Meißel gearbeitet.«

»Und wie steht es mit der Qualität der Steine?«

»Du meinst die Qualität der Steine, die die Explosion überleben?«, fragte Walker.

Archer zuckte zusammen und dachte an die habgierigen, unerfahrenen Arbeiter, die kostbare Rubinkristalle mit Sprengstoff aus dem Berg holten. Das Bild war nicht gerade erfreulich.

»Wenn man den Gerüchten Glauben schenken will, arbeitet jemand heimlich in der Taghar-Mine«, erzählte Walker weiter. »Das ist die Mine, die die Mudschaheddin vergraben haben, um sie vor den Russen zu verstecken. Ich habe einen oder zwei rote Rubine gesehen, die beinahe Taubenblut-Qualität hatten. Einer hatte zwanzig Karat, der andere sechzehn. Ein guter Schleifer würde zehn und acht Karat herausholen. Feine, wirklich feine Steine.« Walker zuckte mit den Schultern. »Mittlerweile sind sie in Bangkok gekocht worden und tragen jetzt ein Schild, auf dem steht, dass es burmesische Rubine sind. Die anderen Rohsteine, die ich gesehen habe, waren zwischen gut und zweitklassig.«

»Und für wie viel wurden sie verkauft?«

»Die Thais halten den legalen Ausstoß unter Verschluss, und wenn man drängt und unter der Hand kauft, finden die Banditen das irgendwie heraus. Schlechte Neuigkeiten, Boss. Wirklich schlecht. Diese Jungs sind so hart wie die Bergpässe, die sie kontrollieren.«

»Aber du hast trotzdem einige Rohsteine mitgebracht.«

»Dafür bezahlst du mich doch.«

»Ich bezahle dich aber nicht dafür, dich umbringen zu lassen«, gab Archer zurück.

»Wenn du gute Rubine haben willst, musst du den gängigen Preis bezahlen. Burmas Mogok-Minen sind entweder ausgebeutet oder fester verschlossen als die jungfräuliche Tochter des Sultans. Dann bleiben also nur noch Kambodscha, Afghanistan, Sri Lanka und Kenia.«

»Justin und Lawe arbeiten in Kenia. Nach allem, was du mir erzählt hast, gehört der Rest den Thais – mit allem Drum und Dran.«

»Wenigstens für den Augenblick. Kein Kartell hält ewig.«

»Das solltest du DeBeers sagen.«

Walker lachte leise. »Sie haben den Diamantentiger schon

viel zu lange geritten, findest du nicht auch? Das war für uns alle eine Inspiration.«

Archer sah keineswegs inspiriert aus. Er sah verärgert aus. Ihm und seinen Geschwistern – und jetzt auch Jake, Honors Mann – gehörte die Firma Donovan Edelsteine und Mineralien, eine lockere Angliederung an Donovan International, der Firma der Familie. DeBeers' Kontrolle des Diamantenmarktes reduzierte den Rest der Welt einschließlich der Donovans auf geschmuggelte oder minderwertige Diamanten. Die chinesischen Thais waren zu Mittelsmännern in der Welt der Rubine geworden. China und Japan hatten den Perlenmarkt im Würgegriff. Das Drogenkartell oder die örtlichen Kriegsherren besaßen den Schlüssel zu den kolumbischen Smaragden.

Bei der Geschwindigkeit, mit der der Planet in Edelsteindomänen aufgeteilt wurde, könnten sich Donovan Edelsteine und Mineralien glücklich schätzen, wenn sie in einigen Jahren noch »gezüchtete« Türkise verkaufen konnten.

»Woran denkst du, Walker?«, fragte Archer. »Und mach dir gar nicht erst die Mühe, mir den Jungen vom Land vorzuspielen. Ich habe dich gleich durchschaut, als du mich zum ersten Mal beim Poker geschlagen hast.«

Walker gelang es, sein Lächeln zu unterdrücken. »Hast du schon einmal über den Wiederverkaufsmarkt für Rubine nachgedacht?«

»Die Thais lassen kaum noch jemandem Platz, Gewinn zu machen. Auf jeden Fall nicht in Amerika. Wir zahlen ganz einfach nicht so viel für Qualitätsrubine wie der Rest der Welt.«

»Daran habe ich auch gedacht. Aber es gibt auch noch eine andere Möglichkeit, die Thais auszuschalten.«

»Ich höre.«

»Du solltest dich auf alte Schmuckstücke konzentrieren statt auf alte Minen«, erklärte Walker schlicht. »Kauf Juwelen aus Erbschaften aus der ganzen Welt, nimm die guten Steine heraus, schleife sie um, wenn es nötig ist, und verkaufe sie als lose Steine. Du solltest ein hübsches kleines Geschäft damit machen können, denn dann kannst du burmesische Rubine garantieren, die nicht mit Hitze nachbehandelt wurden. Das ist heutzutage genauso selten wie eine Naturperle.«

Archer schwieg eine Weile. »Gibt es denn so viele alte Schmuckstücke, die zum Verkauf angeboten werden?«

»Schmuck ist schon immer das Sparbuch der Aristokraten gewesen. Denk doch nur an all die Jahrhunderte der Monarchie in Europa, Russland und dem Mittleren Osten. Denk an all die schlimmen Revolutionen, Kriege und Finanzzusammenbrüche. Denk an die kalte Volkswirtschaft und die noch kältere Wirtschaft der früheren Sowjetunion. Ja, dort wird eine ganze Menge Familienschmuck verkauft. Und einige Stücke davon sind es wert, gekauft zu werden.«

»Ein interessanter Gedanke.« Archer blickte auf das vom Wind aufgepeitschte Wasser der Bucht. »Hast du eine Ahnung, wie man diesen Wiederverkaufsmarkt anpacken sollte?«

»Faith' Freunde – die ihr die Rubine geschickt haben, an denen sie gerade arbeitet – könnten da ein guter Anfang sein.«

Archer blickte zur Tür seines Büros. Auf der anderen Seite dieser Tür würde schon sehr bald die Schwester stehen, die er so sehr liebte. Eine Schwester, die wütend genug war, um ihn mit einem stumpfen Messer zu skalpieren. »Ja, sie hat mir etwas über diese Rubine erzählt. Sie meinte, du hättest sie ihr gestohlen.«

»Pferdeäpfel. Sie wollte nicht mit mir kommen, und ich wollte die Rubine nicht in der Schublade ihrer Werkbank lassen, in einem nicht abgeschlossenen Laden am Pioneer Square.«

»Wenn ich noch lange genug hier sitzen bleibe, wirst du mir auch noch etwas Nützliches erzählen.«

»Die Rubine, die Faith' Freunde ihr geschickt haben, sind feine, *feine* Steine.«

Archers schwarze Augenbrauen hoben sich »Wie gut?«

»Die besten, die ich je außerhalb eines Museums und einer königlichen Schatzkammer gesehen habe.«

Zuerst war Archers Antwort nur ein leises Pfeifen. Dann fragte er: »Wie viel sind sie wert?«

»Verkaufswert?«

»Einkaufswert.«

»Jeden Cent der Million, für die sie die Steine zu versichern versucht. Meiner Meinung nach sogar noch eine Menge mehr. Ein großer burmesischer Rubin, der nicht mit Hitze behandelt wurde, ist wertvoller als jeder andere Edelstein auf der Welt, einschließlich eines Diamanten.«

»Und was gibt es da für ein Problem mit der Versicherung?«

»Die Schätzer von der GIA sind ausgebucht. Sie können nicht garantieren, dass sie die Schätzung rechtzeitig machen können, damit Faith die Rubine in die Kette einsetzen und sie noch vor der Ausstellung in Savannah polieren kann. Die Versicherung wird nicht unterschreiben, bis die Kerle von der GIA den Wert der Rubine geschätzt haben. Niemand möchte etwas versichern, was sich vielleicht als Betrug herausstellt.«

»Was für ein Betrug?«

»Das Übliche. Falsche Schätzung, falsche Edelsteine, falscher Diebstahl, wirklicher Anspruch an die Versicherung, die in echtem Geld bezahlen muss.«

»Diese Rubine kamen von Freunden von Faith?«

Walker dachte daran, wie tot man sein konnte, wenn man Freunden vertraute, die man schon lange nicht mehr gesehen hatte. Er hatte dem Mann vertraut, der ihn in den Hinterhalt geschickt hatte. Einem alten Freund.

»Was auch immer«, wehrte Walker ab. »Selbst wenn man die Rubine noch frühzeitig genug vor der Ausstellung in Savannah von einem genehmigten Labor schätzen lassen könnte, sind doch eine ganze Menge der Schätzer noch zu jung, um auf den ersten Blick einen burmesischen Rubin erkennen zu können, selbst nach einer ganzen Reihe von Tests. Eine Schätzung ist beinahe eine genauso große Kunst wie die Wissenschaft. Man braucht ein natürliches Auge und umfassende Erfahrung, um alle Einzelheiten erfassen zu können. Es gibt nicht mehr sehr viele echte, natürliche, hochklassige burmesische Rubine auf der Welt.«

»Aber die Rubine von Faith sind echt, natürlich und von hoher Qualität.« Obwohl Archer nichts weiter sagte, lag in seinen Worten eine Frage.

Lächelnd griff Walker in die Tasche und begann, den Inhalt der Schachtel auszupacken, die er mitgebracht hatte. Schnell baute er auf dem Couchtisch vor der Couch ein Mikroskop auf, ein Polarisationsmikroskop und ein ultraviolettes Licht. Dann zog er einige kleinere Schachteln aus seiner Tasche. Darunter war auch diejenige mit den Edelsteinen, die er aus Faith' Laden mitgenommen hatte.

Die Gegensprechanlage auf Archers Schreibtisch summte. Mitchell versuchte so, ihn zu warnen. Eine Sekunde später öffnete sich die Tür zu seinem Büro.

Walker blickte nicht einmal auf. Er wusste bereits, dass die Dame in der schwarzen Kaschmirhose, der eisblauen Seidenbluse und dem schwarzen Kaschmirblazer wütend genug war, um ihm das Fell vom Leib zu ziehen, wobei es sie nicht kümmerte, wenn Blut floss.

»Ich bin über dreißig«, erklärte Faith wütend. »Ich besitze meine eigene Firma und ich brauche keinen deiner Hausaffen, der wie ein älterer Bruder ständig um mich herum ist.«

»Ich wünsche dir auch einen guten Tag«, sagte Archer.

»Hausaffe?«, fragte Walker leise.

»Das ist das Stadium, in dem Jungen zu Teenagern werden, wenn ihr Körper größer ist als ihr Gehobeltsein«, erklärte Archer.

Walker warf seinem Boss einen Blick von der Seite zu. »*Ungehobelt*, das Wort habe ich schon gehört. Bist du sicher, dass *Gehobeltsein* das richtige Wort ist?«

»Ja«, mischte sich Faith ein. »In gewisser Weise schon. Es überrascht mich nicht, dass du das Wort noch nie gehört hast.«

»Ich nehme an, der alte Pferdeapfel war ein Ausbund an Gehobeltsein«, meinte Walker und wandte sich wieder seiner Ausrüstung zu.

»Der alte Pferdeapfel?«, fragte Archer und zog eine schwarze Augenbraue hoch.

Faith' Wangen brannten hochrot. »Ach, lass nur.«

»Ihr Verlobter«, meinte Walker.

Archer lachte laut auf.

»Mein Ex-Verlobter«, presste Faith zwischen zusammengebissenen Zähnen hervor. »Ein großer Unterschied.«

»Der einzige Unterschied, der zählt«, stimmte ihr Archer zu. »Bist du gekommen, um Walkers Erklärung zu hören, warum ich diese Rubine für eine Million Mäuse versichern soll?«

Zwei Sekunden lang dachte Faith daran, wie herrlich es sein würde, sich die Rubine zu schnappen und ohne ein weiteres Wort damit zu verschwinden. Dann überlegte sie aber, wie dumm das sein würde. Sie brauchte die Versicherung. Archer konnte sie ihr geben. Aber ihr Bruder war ein Geschäftsmann. Er würde keine Katze im Sack versichern, auch nicht für seine Schwester.

»Ich bin gekommen, weil sie in dem Augenblick, als Walker meinen Laden mit diesen Rubinen verlassen hat, nicht mehr versichert waren«, erklärte sie mit tonloser Stimme. »Ich bin mir zwar sicher, dass er fähig genug ist, ein Flugzeug zu fliegen, aber die meisten Verbrechen in Seattle finden trotzdem auf dem Boden statt.«

Obwohl sie kein Wort mehr sagte, warf sie doch einen bedeutsamen Blick auf den Stock, der an dem Couchtisch lehnte.

Die Andeutung, dass Walker für den Sicherheitsdienst nicht fit genug war, schien Archer zu belustigen. Er war überrascht, dass seine Schwester nicht erkennen konnte, dass er ein Kämpfer war, versteckt hinter seiner lässigen Kleidung. Doch nur wenige Menschen erkannten das. Unterschätzt zu werden, war eine der wertvollsten Eigenschaften Walkers. Sie erlaubte ihm, sich aus Situationen herauszureden, bei denen andere eine Pistole brauchten.

»Ich bin verantwortlich für die Rubine, solange Walker sie aufbewahrt«, erklärte Archer.

»Aber nicht, wenn ich sie aufbewahre?«, gab Faith zurück.

»Möchtest du sie versichert haben oder nicht?«

»Natürlich möchte ich, dass sie versichert sind.«

»Dann lass bitte zu, dass unser eigener Rubinexperte mir erklärt, warum ich mit seiner Bewertung einverstanden sein sollte. Denn ich werde den Teufel tun, dem Wort eines Dandys aus South Carolina zu vertrauen, der vielleicht in seiner Familie einen Juwelierladen besitzt.«

»Keine Sorge«, versicherte ihm Walker. »Die Edelsteine sind echt.«

»Natürlich sind sie das«, behauptete Faith.

»Archer ist nur vorsichtig«, beruhigte Walker sie. »Das kommt davon, wenn man Geschäfte macht mit Ländern, in denen die alte Ordnung durch Kriminelle ersetzt worden ist.«

»Seit wann macht Donovan International Geschäfte mit Kriminellen?«, fragte Faith ihren Bruder.

»Du setzt ein rührendes Vertrauen in die gewählten Politiker«, murmelte Walker.

Sie ignorierte ihn.

»Wenn du Geschäfte machen willst in dem Land, das früher einmal die Sowjetunion war«, meinte Archer, »und das tut Donovan International, dann musst du auf die eine oder andere Art mit den verschiedenen Zweigen der *Mafia* verhandeln.«

»Sie müssen wohl eine Menge sehr langer Löffel herstellen im heutigen Russland«, meinte Faith trocken.

Archer lachte laut auf.

Walker sah Faith lächelnd an. »Aber sicher. Leute, die sich mit dem Teufel an einen Tisch setzen, möchten sich nicht ihren kleinen Finger verbrennen.«

Sie blinzelte und war überrascht von der Veränderung, die ein einfaches Lächeln bei ihm bewirken konnte. Dabei war es nicht einmal so, dass er normalerweise nicht lächelte, doch dieses Lächeln war anders. Sie konnte nicht einmal sagen, was daran anders war. Es war vielleicht wärmer, so ähnlich wie das, das er Summer schenkte.

Der Gedanke, dass Walker ihren Sinn für Humor wirklich genossen hatte, überraschte und freute Faith. Es war, als wäre sie in ihrer Familie.

»Genau«, erklärte sie und erwiderte Walkers Lächeln. Plötzlich bemerkte sie, was sie tat, und hielt sofort inne. Sie wollte doch eigentlich ärgerlich sein, doch das fiel ihr schwer, wenn er lächelte. Sie stöhnte auf. »Jetzt wird mir klar, warum es nicht erlaubt ist, sich mit dem Feind zu verbrüdern.«

»Ich bin nicht der Feind, meine Süße.«

»Das bleibt noch abzuwarten, *mein Süßer.*«

»Also«, meinte er. »Du siehst, dass wir beide bereits ein gemeinsames Verständnis erreicht haben, wir sprechen uns ja schon mit unseren Kosenamen an. Als Nächstes wirst du einen Termin machen, damit uns passende Fußfesseln angepasst werden.«

Faith schüttelte verzweifelt den Kopf. Walker hatte ganz sicher Unterricht bei ihren Brüdern genommen. Es war schwer, wütend auf ihn zu bleiben.

Lächelnd beugte sich Walker über das Mikroskop und legte den ersten Edelstein darunter. »Bist du bereit für einen kurzen Unterricht über Rubine, Archer?«

»Ich bin immer bereit, etwas Neues zu lernen.«

»Das war das Zweite, was mir an dir aufgefallen ist«, meinte Walker.

»Und was war das Erste?«, wollte Faith wissen.

»Dass dein Bruder schon seit längerer Zeit keinem besseren Pokerspieler begegnet war.«

»Du bist besser als Archer?«

»Ich gestehe das zwar nicht gern ein, aber es stimmt«, meldete sich Archer. »Wir mussten wegen des schlechten Wetters am Boden bleiben, hinter der Brooks Range in Alaska, wo wir nach der alaskischen Version dieser kanadischen Diamantenminen gesucht haben. Als der Sturm vorüber war, hatte ich nur noch meine Unterhosen und den Parka, den er mir für unverschämt hohe Zinsen geliehen hat.«

»Das ist meine Art zu sprechen«, meinte Walker und konzentrierte sich sehr sorgfältig auf das Mikroskop. »Damit erwische ich euch Yankees immer wieder. Ihr alle glaubt, dass etwas, was so sanft und so langsam ist, so dumm sein muss wie ein Baumstumpf.«

Faith kicherte und sah ihren älteren Bruder an. Wenn er noch immer böse darüber war, dass er beim Pokerspiel übervorteilt worden war, so zeigte er es jedenfalls nicht. Er lächelte und schüttelte bei der Erinnerung daran den Kopf.

»Okay, Boss«, meinte Walker und richtete sich wieder auf. »Sieh dir das an.«

Archer setzte sich auf die Couch, beugte sich nach vorn und sah durch das Mikroskop. Nach ein paar Augenblicken fragte er: »Und was ist mit diesen wolkigen Flecken?«

»Im Rubinhandel nennt man sie ›Seide‹«, erklärte Walker. »Oder wenn du es lieber technisch magst, es sind winzige Einschlüsse. Wenn es zu viele sind, hast du einen undurchsichtigen Stein.«

»Das Wort ›Seide‹ passt mir ganz gut.«

»Auch für die Farbe«, erklärte Walker weiter. »Wenn man genau die richtige Menge hat. Denn wenn man ans Schleifen geht, sind Rubine sehr empfindlich. Wenn man die Facetten zu tief schleift oder zu flach – und das machen die Schleifer der Thais fast immer, um das höchste Karatgewicht von jedem Stück Rohrubin zu bekommen –, dann bekommt man Fenster und Schwund in einigen Facetten.«

Faith kam um den Tisch herum und blickte auf das winzige, leuchtend rote Stück, das Archer durch die Linse des Mikroskops betrachtete. Mit ungeübtem Auge konnte sie die Einschlüsse nicht erkennen.

Archer konnte sie sehen, doch nicht die anderen Dinge, von denen Walker sprach. »Fenster? Schwund?«, fragte er. »Versuch es doch bitte einmal in Englisch. Perlen sind meine Spezialität, keine harten Steine.«

»Fenster nennt man es, wenn das Licht durch einen geschnittenen Stein fällt, ohne gebrochen zu werden«, erklärte Walker. »Der Stein wird zum Fensterglas. Das Resultat ist ein blasser Fleck in dem Edelstein, dort, wo das Fenster ist. Schwund nennt man es, wenn das Licht, das in einen Stein fällt, auf der anderen Seite wieder entweicht, ohne in den Mittelpunkt zurückgeworfen zu werden. Das ergibt einen dunklen Fleck. Was man haben will, ist eine ausgeglichene Verteilung der Farbe. Bei Rubinen ist das sehr schwer.«

Faith trat näher und beugte sich an Walker vorbei, um sich den Rubin anzusehen, der wie ein Funke in dem stählernen Griff des Mikroskops leuchtete. Sie legte die Hand auf die Schulter ihres Bruders und schob ihn ein wenig zur Seite, doch er reagierte nicht auf die Aufforderung.

Auch Walker bewegte sich nicht. Er genoss die Wärme und den Duft von Faith, die direkt neben ihm stand. Dann aber zwang er seine Gedanken wieder zurück auf die Rubine.

»Ein guter Schnitt verringert den Schwund«, sagte Walker,

»aber aufzuhalten ist er nicht. So sind Rubine nun einmal. Die Schönheit eines burmesischen Rubins und das, was ihn so wertvoll macht, ist es, dass ihre natürliche Seide das Licht an die Facetten weitergibt, die sonst dunkler würden wegen des Schwunds. Das Resultat ist ein sanfteres ›Gefühl‹ der Farbe. Sie ist warm und samtig wie der Mund einer Frau.«

Faith warf ihm einen erstaunten Blick zu, doch er schien es nicht zu bemerken.

»Haben denn die Thai-Rubine keine Seide?«, fragte Archer.

»Nicht so wie die burmesischen Rubine aus Mogok. Kein anderer Rubin hat die. Nicht einmal die wirklich guten vietnamesischen Rubine. Großartige Farbe, aber jeder facettierte Stein hat dunkle Stellen von Schwund, ganz gleich, wie vorsichtig sie geschliffen sind. Hier. Sieh dir das einmal durch die Lupe an.«

Archer richtete seine Aufmerksamkeit auf einen geschliffenen roten Edelstein, den Walker mit einer langen Pinzette hielt. Als Archer sich den Stein mit der Lupe ansah, entdeckte er, dass nicht alle Facetten gleich hell und rot waren. Wenn man den Stein so betrachtete, war er noch immer wunderschön. Aber verglichen mit einem burmesischen Rubin...

Es gab keinen Vergleich. Wenn man erst einmal einen hochklassigen burmesischen Rubin gesehen hatte, waren die anderen einfach nur geschliffene rote Steine.

»Wenn man die natürliche Leuchtkraft eines burmesischen Rubins hinzufügt«, meinte Walker, »dann hat man einen Stein aus dem Märchen, den Stein, der mit einem inneren Licht leuchtet. Er *lebt*. Nichts auf der Welt ist so wie er, überhaupt nichts.«

Die Sicherheit und die Leidenschaft in seiner Stimme bewirkten, dass Faith ihn lange ansah. Genauso fühlte sie, wenn sie eine Skizze geschaffen hatte, von der sie wusste, dass sie aus einer Hand voll Metall und einigen Steinen wirkliche Schönheit schaffen würde. Es gab keinen Höhepunkt, der sich damit vergleichen ließ. Die Erinnerung an diese Art des Hochgefühls ließ sie weiterarbeiten, auch wenn alles andere in ihrem Leben flach und eintönig war. Der Gedanke, dass auch Walker ein so tiefes Gefühl fühlen konnte, war überraschend und verlockend.

Er hatte Recht. Dieser Südstaaten-Akzent, mit dem er immer so gedehnt sprach, war wie ruhiges, tiefes Wasser. Er versteckte eine ganze Menge mehr von dem, was sich darunter verbarg, als er enthüllte.

»Sieh mal«, sagte Walker.

Er nahm die Pinzette und legte den zweiten Stein auf die Lichtquelle des UV-Lichtes. Dann packte er einen anderen von Faith' Steinen aus und legte ihn daneben. Der erste Rubin zeigte keinerlei Veränderung. Der burmesische Rubin brannte in einem überirdischen, blutroten Licht.

Faith keuchte leise auf.

»Fluoreszierend«, erklärte Walker. »Burmesische Steine fluoreszieren sehr stark im Bereich von Rot bis Orange. Rot ist wertvoller, denn es macht die gewünschte Farbe eindringlicher. Der Stein ist fein. Wirklich fein. Er hat auch eine hübsche Größe. Es sollte vierzigtausend pro Karat bringen. Noch mehr, wenn der Kunde ihn wirklich haben will.«

»Was wäre ein Stein von zwanzig Karat in dieser Qualität wert?«, fragte Faith. »Ein Stein mit einer mogulischen Inschrift. Aber nur eine weltliche Inschrift bitte. Nichts Religiöses.«

Walkers Augen zogen sich zusammen. Er besaß einige gravierte mogulische Rubine in seiner eigenen Sammlung, doch keiner davon hatte mehr als zehn Karat und keiner die Qualität der Montegeau-Rubine. »Hast du einen besonderen Grund, mir diese Frage zu stellen?«

»Ein Mann war heute bei mir im Laden, der einen solchen Stein suchte. Er war wütend, als ich ihm gesagt habe, ich hätte keinen solchen Stein. Er war ganz sicher, dass ich ihm nicht die Wahrheit gesagt habe, nur weil ich den Preis nach oben treiben wollte.«

»Warum?«

»Offensichtlich hat ihm jemand versichert, dass ich einen derartigen hochklassigen gravierten Rubin besitze.«

»Wer?«

»Das hat er mir nicht gesagt.«

»Hast du ihn denn nicht gefragt?«

»Nein. Ist das denn wichtig?«

»Wahrscheinlich nicht«, antwortete Walker langsam. »Es ist nur so, dass ich ausgefallene Rubine sammle. Vielleicht könnte ich ihm mit einem meiner Steine aushelfen. Wie hieß denn der Kerl?«

»Ivanovitsch, Ivan Ivanovitsch.«

Walker und Archer warfen sich einen schnellen Blick zu. Ivanovitsch war das russische Gegenstück zum amerikanischen Johnson – Sohn von John. Eine Art Oberbegriff. So allgemein wie Schmutz und genauso schnell wieder vergessen.

Alles in allem ein großartiger Name, um sich dahinter zu verstecken.

7

»Lass es mich wissen, falls dieser Invanovitsch noch einmal zurückkommt«, meinte Walker nach einem Augenblick. Er bemühte sich, es so klingen zu lassen, als sei es eine Bitte und kein Befehl.

Die stahlgraue Farbe von Archers Augen verriet ihm, dass er genauso fühlte, doch es würde nichts nützen, wenn Faith das wusste. Nach Tony kämpfte sie gegen jede Bitte eines Mannes an, ganz gleich, wie vernünftig sie auch sein mochte.

»Wie viel würde ein solcher Stein kosten, wie Mr. Ivanovitsch ihn haben will?«, fragte Faith. »Millionen?«

»Ein Edelstein ist immer so viel wert, wie man für ihn bekommen kann«, antwortete Walker ausweichend. »Keine Sorge. Wenn ich einen solchen Stein für Ivanovitsch finde, bekommst du einen Finderlohn.«

»Darauf kannst du deinen Hintern verwetten«, gab sie zurück.

Nur Archers Anwesenheit hielt Walker davon ab, ihr zu erklären, dass sie seinen Hintern jederzeit haben könnte, sogar nackt, wenn sie sich dafür revanchierte.

Archer verglich noch einmal die Rubine miteinander. »Wie kann nur ein Schätzer jemals einen burmesischen Rubin für einen Rubin aus einem anderen Land halten?«

»Das ist ganz einfach«, erklärte Walker und zwang seine Gedanken weg von Faith und nackten Hintern. »Du siehst gerade einen *Anyun*, das ist der Name im Handel für einen hochklassigen burmesischen Rubin, der zwei Karat oder mehr hat. Ein Schätzer kann sein ganzes Leben leben, ohne je einen solchen Stein gesehen zu haben. Die weniger wertvollen burmesischen Steine kann man leicht mit anderen Rubinen verwechseln, ganz besonders, wenn sie gekocht sind. Wenn ich nicht ein paar Jahre damit verbracht hätte, mit Rubinen aus ganz Asien zu handeln, dann könnte ich den Unterschied auch nicht so einfach feststellen.«

»Gekocht?«, fragte Faith Walker.

»Ja. Im wahrsten Sinne des Wortes. Es ist eine alte Sitte, und noch bis vor einer Generation war das das kleine Geheimnis im Rubinhandel. Wie zum Beispiel die Rubine auf eine Bronzeplatte zu legen, wenn man sie verkaufen will, damit die rote Farbe noch eindringlicher hervortritt.«

»Und was passiert mit einem Stein, wenn man ihn, äh, kocht?«

»Bei einigen Steinen verändert sich die Farbe, bei anderen die Klarheit, oft sogar beides.« Er griff in eine der kleineren

Schachteln, die er mitgebracht hatte, und nahm einige geschliffene rote Steine heraus. Die legte er nebeneinander auf den Tisch.

»Rubine?«, fragte Faith skeptisch.

Walker nickte.

»Sie sehen trübe aus«, meinte Archer.

»Und viel zu... blau«, fügte Faith hinzu.

»Beides ist richtig«, erklärte Walker. »Vor achthundert Jahren hätte ich sie gekocht, zwischen einer Stunde und einer ganzen Woche. Rubine wurden ursprünglich im Feuer der Erde geformt. Manchmal kann man sie in einem vom Menschen gemachten Feuer klären.«

Dieser Gedanke weckte Faith' Vorstellungskraft. Feuer, das schuf. Feuer, das reinigte. Feuer, das veränderte. Wunderschönes, rotes Feuer... »Wie macht man das?«

»Zu große Hitze zerstört den Rubin, man muss also sehr vorsichtig sein«, meinte Walker. »Die richtige Menge Hitze verändert die Chemie des Steines. Der blaue Schimmer wird im wahrsten Sinne des Wortes weggebrannt, und nur noch die rote Farbe bleibt. Das Gleiche gilt für die Einschlüsse und die Fehler des Steins. Zu viel Seide? Kein Problem. Koch den Stein und vertreibe die Wolken. Natürlich verschwindet dann auch die Leuchtkraft, doch das Ergebnis ist noch immer wertvoller durch die Hitzebehandlung als ohne.«

»Ich frage mich, wer das wohl entdeckt hat«, meinte Archer.

»Die erste Frau, die auf trübem angeschwemmten Kies ein Feuer zum Kochen gemacht hat und dann hinterher helle, rote Glut in der Asche fand«, schlug Walker vor. »Solange es Rubine gibt, hat es auch primitive Möglichkeiten gegeben, um sie klarer, strahlender und roter aussehen zu lassen. Die hoch technisierten Labore unserer Zeit können eine ganze Menge mehr tun, um wertlosen Steinen den letzten Schliff zu geben, als die Lehmöfen der vergangenen Jahrhunderte.«

»Dann sieht man die Hitzebehandlung also nicht als Betrug an?«, fragte Faith.

»Nicht solange man es dem Käufer sagt. Aber denk daran, wenn du Edelsteine kaufst, dann kaufst du nicht nur Schönheit, sondern auch Seltenheit. Feine, unbehandelte Steine sind weit, weit seltener als behandelte Steine.« Walker zuckte mit den Schultern. »Aber heutzutage nimmt jeder im Handel an, dass alle Rubine gekocht sind. Daher hat es gar keinen Zweck, sich zu beschweren. Wie zum Beispiel, sage es dem Kunden nicht, und vielleicht wird der Dummkopf ja auch gar nicht danach fragen.«

»Es ist also genau wie mit dem Geld«, meinte Archer. »Das schlechte wird das gute vertreiben.«

»Oder wie mit den Perlen«, warf Faith ein. »Gezüchtete Perlen haben die natürlichen Perlen vom Markt verdrängt.«

»So kann man es sagen«, stimmte Walker unglücklich zu. »Natürlich sind burmesische Rubine beinahe genauso verdammt selten wie Naturperlen. Aber am Ende des Edelsteinhandels – ganz am Ende – ist noch immer Platz für unbehandelte Steine.« Er blickte zu Faith. »So wie die, die deine Freunde dir geschickt haben.«

Ihre honigfarbenen Augenbrauen zogen sich hoch, und sie runzelte die Stirn. »Davis hat nicht gesagt, ob sie behandelt wurden oder nicht.«

»Was hat er denn gesagt?«

Faith zögerte.

Walkers lässiger Ton passte gar nicht zu seinem eindringlichen Blick.

Archer hatte ebenfalls die Schärfe in seiner Frage gefühlt. Er warf Walker einen schnellen Blick zu und fragte sich, was sein Mitarbeiter wohl im Schilde führte.

»Alles, was Davis mir gesagt hat ist, dass er und sein Sohn ein Geschäft besitzen, in dem sie Juwelen aus Familienbesitz kaufen und verkaufen«, erzählte Faith. »Zusätzlich zu den anderen Geschäften der Familie.«

»Daher hat er also diese Rubine?«, fragte Archer. »Schmuck aus Familienbesitz?«

»Wenn das so ist, dann hat er sie nicht erst kürzlich bekommen. Er hat gesagt, dass diese Rubine schon eine ganze Weile in seiner Familie sind, und dass er sich entschieden hat, die Geburt der nächsten Generation zu feiern, indem er daraus eine Halskette für seine zukünftige Schwiegertochter anfertigen lässt. Ich nehme an, dass die Montegeaus viel Wert legen auf Familientradition. Davis hat nur ein Kind, Jeff, den zukünftigen Ehemann meiner Freundin Mel.«

»Das wird eine hübsche Kette, was?«, meinte Walker leise. »Darauf kannst du wetten. Ich meine damit, sie wird verdammt sensationell. Ganz besonders, weil du den Entwurf dafür gemacht hast.«

Sie blinzelte überrascht. Alle in ihrer Familie schienen ihre Kunstfertigkeit als gegeben hinzunehmen. Oder wenn sie sie bemerkt hatten, dann hatten sie ihr gegenüber kaum einmal etwas davon erwähnt. Doch immerhin war ihre Mutter eine international anerkannte Künstlerin. Daneben fielen die Erfolge der Tochter kaum auf.

»Okay, er behauptet also, es handele sich hierbei um alten Familienschmuck«, sagte Archer. »Bei Diamanten kann man das Alter nach ihrem Schliff schätzen. Geht das auch bei Rubinen?«

»Tut mir Leid, Boss. Die Asiaten schneiden die Steine so, dass sie dabei die höchstmögliche Größe erzielen, selbst wenn das bedeutet, dass die Facetten unregelmäßig und grob werden. Ihre Methoden des Schleifens und Polierens haben sich seit tausend Jahren nicht geändert. Sie machen das mit Korund-Paste und einem Schleifrad, das genauso oft mit den Füßen angetrieben wird wie mit Elektrizität.«

Archer brummte. »Und was ist mit dem Rest der Montegeau-Rubine? Sind sie alle so gut?«

»Alle Rubine, die Faith hat, ganz sicher. Im Grunde haben sie alle eine großartige Farbe, Klarheit und Leuchtkraft. Auch eine großartige Größe. Der kleinste Stein ist über zwei Karat. Wenn die Montegeau-Steine neu geschliffen werden würden, um die Leuchtkraft zu verstärken, würde das ihren Wert um die Hälfte anheben, mindestens. Ich kann mir gar nicht vorstellen, was der alte Davis sonst noch in seinem Bayou versteckt hat.«

»Wie bitte?«, fragte Faith.

»Das ist eine alte Sitte in den Südstaaten, genau wie Kuchen aus Pecannüssen. Man nimmt den Stolz der Familie und...«

»Den Stolz?«, unterbrach Faith ihn.

»Sicher. Wie diese klassische Ansteckenadel aus Silber und Aquamarin, die du trägst. In den Bayous ist das ein Stolz der Familie. Du bist stolz darauf. Und wenn man den Legenden glauben kann, haben die Montegeaus die guten Sachen in einem der Bayous vergraben, zusammen mit den Leuten, die zu viele Fragen gestellt haben. Viele Geister der Yankees spuken in den Marschen und Sümpfen von South Carolina. Ein paar Montegeaus auch, wenn auch nur die Hälfte von dem, was ich gehört habe, wahr ist. Sie haben wirklich einige Skelette in ihren Schränken.«

»Was weißt du denn schon von den örtlichen Legenden?«, fragte Faith.

»Ich bin drei Meilen von Ruby Bayou entfernt geboren worden. Und ich habe dort gelebt, bis ich sechzehn Jahre alt war und nach West Texas gegangen bin.«

»Du kennst die Montegeaus?«, fragten Archer und Faith wie aus einem Mund.

Walker lächelte ein wenig. »So wie der Bauer den Adel kennt.«

»Irgendwie kann ich es mir gar nicht vorstellen, dass du dich verbeugst und ehrerbietig bist«, meinte Faith.

»Ja, nun ja, deshalb arbeite ich auch so gern für deinen Bruder. Er findet nicht, dass es zu meinem Job gehört, dass ich jedem in den Hintern krieche.«

»Aber es ist trotzdem wichtig«, erklärte Archer verbindlich.

»Dann werde ich es nie sehr weit bringen. Ich bin nämlich vom Kindergarten an bis zur elften Klasse im Hinternkriechen durchgefallen.«

»Und was war in der zwölften Klasse?«, wollte Faith wissen. »Hast du es da endlich geschafft?«

»Wenn man das so sagen kann. Ich bin nämlich einfach nicht mehr hingegangen. Also habe ich dieses Problem nie wieder gehabt.«

Obwohl Walker mit ganz sanfter Stimme sprach, hörte Faith doch die Ablehnung hinter seinen Worten. Er stand in einem Zimmer mit zwei Menschen, die einen Universitätsabschluss hatten, während er nicht einmal einen High School-Abschluss besaß.

Und dennoch brachte er einem von ihnen etwas bei.

Archer ging zurück zu dem Mikroskop. »Sehr hübsch, aber eine Million Mäuse für dreizehn schlecht geschliffene Rubine ist noch immer eine ganze Menge Geld.«

»Vierzehn Rubine, wenn du Faith' Bezahlung dazu zählst.«

»Ihre Bezahlung wird zu Hause im Safe liegen. Heute Abend.«

Faith wollte widersprechen, doch dann beschloss sie, dass es keinen Zweck hatte. Der Safe in der Wohnung war genauso gut wie der in ihrem Geschäft. Eigentlich noch besser. Kyle hatte die Sicherheitselektronik dafür entworfen und hatte dabei an geschickte Diebe aus dem einundzwanzigsten Jahrhundert gedacht.

»Bleiben also noch dreizehn Rubine für die Kette«, sprach Archer weiter. »Eine Million ist noch immer eine Menge Geld.«

»Ja, ich dachte mir schon, dass du so denken würdest.« Walker wandte sich zurück zum Tisch und öffnete noch eine kleine Schachtel. »Damit du zu schätzen weißt, wie fein und wie selten diese Montegeau-Rubine wirklich sind, möchte ich gern, dass du dir einige Beispiele von Rubinen ansiehst, die aus Minen in der ganzen Welt stammen.«

Faith und Archer blickten auf die nichts sagenden Steine, die Walker auf dem Tisch ausbreitete. Die Steine hatten alle Größen, von der Größe von Popcorn bis hin zu Holzäpfeln. Die Farben wiesen sämtliche Schattierungen von Rot auf – schwaches Rosa, tiefes Rosa, rotbraun, rot-orange, rot-blau, rot-purpur und andere Töne, die eher braun waren. Einige Steine waren klar, die meisten jedoch nicht.

Walker blickte zu Faith und Archer und sah die Enttäuschung in ihrem Blick, deshalb lächelte er. Sie beide hatten sich auf Perlen spezialisiert. Der Gedanke des Wortes »roh« war für sie eine Perle frisch aus einer Auster, die wesentlich perfekter war als jeder Edelstein, der gerade aus der Mine kam.

»Rubine beginnen als Kristallformationen«, sagte Faith und stieß einen der Steine mit der Fingerspitze an. »Warum sind einige rund und andere haben scharfe Kanten? Oder wenn du sagst ›Mine‹, meinst du dann erzhaltiges Gestein oder wirklichen harten Fels?«

Walker sah sie überrascht an.

Sie erwiderte seinen Blick mit einem Ausdruck, der ihm sagte, das dies überflüssig sei. Immerhin war sie eine Donovan.

»Beides«, antwortete Walker. »Viele der berühmten Minen von Mogok in Burma sind kaum mehr als Löcher, die man durch den Schmutz des Dschungelbodens gegraben hat, bis auf die darunter liegende Felsschicht. Diese Minen sind noch immer so wie in der Steinzeit. Hagere Kerle mit Lendenschurz graben in einem Loch, das gerade breit genug ist für einen Mann und einen Eimer mit einem Seil daran. Es ist nicht einmal genügend Platz, um eine Katze zu schwingen, wie man bei uns zu Hause sagt.« Er schüttelte den Kopf.

Archer verzog das Gesicht. Er mochte keine engen Räume.

»Der arme Kerl unten in dem Loch steht meistens knietief in schlammigem Wasser«, erklärte Walker weiter. »Stunde um Stunde, in einem Dschungel, in dem es so heiß ist, dass das Fleisch von alleine kocht. Das Loch ist so tief wie die Steine, die man sucht, oder wie der letzte Einbruch, was auch immer zuerst da war.«

Schweigend berührte Faith eines der Päckchen, in denen ein kalter roter Funke brannte, das Vermächtnis des Risikos und der Mühe eines unbekannten Mannes. Dann sah sie sich noch einmal die verschiedenen Schattierungen der Rohrubine an, die vor ihr ausgebreitet lagen. »Sind da auch welche aus Mogok darunter?«

»Nein. Aber die Steine, die in dem erzhaltigen Gestein gefunden wurden –« er deutete auf die Steine, die so rund waren wie Kieselsteine »– kommen so ziemlich alle aus der gleichen Art von Mine. Wirklich primitiv.« Er rollte einige der dunkleren bräunlichen Steine in seiner Hand. »Diese hier nennt man meistens Siams.«

»Was sind das für Steine?«, fragte Faith.

Sie beugte sich ein wenig näher, um besser sehen zu können, und ihr Haar rieb gegen Walkers Kinn. Wenn er einatmete, stieg ihm der Duft von Gardenien in die Nase, wie an einem trägen Abend in den Südstaaten. Er konnte nicht umhin, diesen Duft noch einmal einzuatmen. Tiefer, langsamer. Ihr blondes Haar leuchtete über der eleganten Biegung ihres Nackens. Sein Atem fuhr durch die feinen goldenen Strähnen oben auf ihrem Kopf.

Er schloss die Augen und versuchte, die wilde Reaktion seines Körpers auf ihren Duft, ihre Anmut und ihre Wärme, die er an seinem Körper fühlte, unter Kontrolle zu bringen.

»Thai-Rubine nennt man normalerweise Siams«, sprach Walker weiter, und seine Stimme klang ungewöhnlich knapp. »Und das ist eine weitere Art, um auszudrücken, dass es sich dabei um minderwertige Ware handelt. Das behauptete man zu einer Zeit, in der es sich nur lohnte, burmesische Rubine zu besitzen.«

»Diese hier sind zu dunkel«, sagte Archer. »Nicht rot genug.«

»Sie haben zu viel Eisen«, erklärte Walker abwesend. Er hatte seine Augen wieder geöffnet und zählte den Puls unter der sanften Haut an Faith' Hals. Er schlug schneller, als sei sie sich seiner Anwesenheit genauso sehr bewusst wie er sich der ihren.

»Was?«, fragte Archer.

»Alle Saphire und Rubine sind aus dem gleichen Stoff geschaffen, Korund.« Walker richtete seine Aufmerksamkeit wieder auf seinen Boss. »Reines Korund ist farblos wie ein guter Diamant. Kommen Unreinheiten dazu, dann gibt es Saphire in allen Farben des Regenbogens, nur nicht in rot. Wenn der Stein rot ist, nennt man ihn einen Rubin. Hast du mich so weit verstanden?«

Archer nickte.

»Die Farbe eines Rubins stammt von einem kleinen Anteil einer bestimmten Unreinheit – Chrom – zu dem Zeitpunkt, zu dem der Kristall sich formt«, sprach Walker weiter. »Die blaue Farbe des Saphirs stammt von Titan und Eisen. Andere Farben von Saphiren…«

»Okay«, unterbrach Archer ihn. »Ich habe verstanden. Thai-Rubine besitzen andere Unreinheiten als die burmesischen Rubine.«

»Fast. Wenn ich diese Steine hier richtig koche, dann werde ich die Farbe zu einem reineren Rot ändern können. Ich verliere dabei die Sanftheit der Farbe, aber man kann eben nicht alles haben. Neben den ungekochten burmesischen Rubinen sehen die Thai-Rubine hart aus. Kalt, trotz ihrer Farbe.«

Archer sah sich die verschiedenen Rubine an, die auf dem

Tisch ausgebreitet lagen. Er deutete auf ein leuchtend rotes Stück. »Dieser ist so ziemlich so, wie ein Stein sein sollte.«

Walker lächelte. »Das ist Spinell. Damit hat man eine Menge Leute hinters Licht geführt, einschließlich Könige. Einer der Steine der britischen Kronjuwelen ist aus Spinell.«

Faith deutete auf einen anderen Stein. Er gehörte zu den runden Kieselsteinen. »Diese Farbe gefällt mir.«

»Du hast ein gutes Auge. Wenn es um Farben geht, gehört dieser Stein zu den besten aus diesem ganzen Sortiment. Nur zu schade, dass er von Menschenhand geschaffen wurde.«

»Glas?«, fragte Archer.

»Nicht ganz so unspektakulär. Er wurde in einem Schmelzofen hergestellt, der die Bedingungen herstellt, die bei der Schaffung natürlicher Rubine gelten. Die Labore machen diese Steine ganz rein für Laser, die mit Rubinen arbeiten. Die Halunken versehen sie mit Unreinheiten für die Leichtgläubigen.«

»Und der Stein hat die gleiche chemische Zusammensetzung wie ein natürlicher Rubin?«, fragte Faith.

»Genau.«

»Aber wie kann man denn da den Unterschied feststellen?«

»Nur unter einem Mikroskop. Von Menschen hergestellte Rubine wachsen in Kurven anstatt in geraden Linien, und die winzigen Gasblasen sind gestreckt und nicht rund. Dieser hier wurde in einem Behälter mit Steinen herumgewirbelt, zusammen mit einigen echten und minderwertigen Steinen.«

»Du kaufst solche Steine?«, fragte Archer.

»Ja. Man nennt so etwas Erfahrung beim Lernen. Ich hatte eine Menge von diesen Steinen in den ersten Jahren, als ich mich mit dem Rubinhandel zu beschäftigen begann. Ich habe eine ganze Sammlung von falschen Rubinen. Und ich versuche, sie nicht noch zu vergrößern«, fügte er mit ausdruckslosem Gesicht hinzu.

Faith lächelte und suchte in den abgerundeten Steinen, sowohl in den synthetischen als auch den natürlichen, herum. »Für ihre Größe sind sie ziemlich schwer.«

»Wie Gold«, stimmte ihr Walker zu. »Deshalb sinken die Rubine auch auf den Boden eines Flussbettes und von dort durch die Steine, die von leichteren Felsformationen stammen. Wenn die Flüsse ganz langsam ihr Flussbett verändern und der Dschungel darüber wächst, bleiben die Steine zurück. Tief unter dem grünen Dach des Dschungels vergraben, warten sie auf einen Mann, der gerissen oder verzweifelt genug ist, seine Gesundheit zu riskieren, indem er in einem schmalen, ungesicherten Lehmloch gräbt.«

Sie starrte auf die rohen Steine in ihrer Hand. Zeit und die fließenden Flüsse, die sich veränderten, die zu Dschungel wurden, und nur die harten Stücke aus Kristall blieben unverändert, zeitlos, gefangen in einem elementaren Feuer...

Die Idee eines Designs wirbelte durch ihre Gedanken.

»Das sieht nach einem ziemlichen Brocken aus«, meinte Archer. Er hob ein Felsstück hoch, das weiß aussah, mit einem roten Kristall in der Größe seines Daumens. »Die Farbe ist nicht schlecht.«

»Er kommt aus Afghanistan, aus einer Mine, die in den Fels gegraben ist. Das Weiße ist Marmor. Das Rote ist ein Rubin, aber der Stein selbst ist nur gut für einen Cabochon, einen Stein, der oben oder oben und unten rund geschliffen ist. Er hat viel zu viele Brüche und Unreinheiten. Er ist gut für minderwertigen Schmuck. Die Afghanen haben bessere rohe Steine in einigen der Minen, aber leider nur verdammt wenige.«

Faith sah sich den Stein mit neuem Interesse an und stellte sich vor, was sie damit tun könnte. Sie liebte den nicht facettiert geschliffenen Cabochon-Schnitt. Er gab dem Stein einen seidigen Glanz, ganz gleich, wie viel er wert war.

»Aber du hast Recht«, stimmte Walker zu. »Die Farbe ist gut. Zu schade, dass es in den afghanischen Minen zu wenig klare

Steine gibt. Und die meisten davon sind nicht fein. Sie sind zu orange.«

Während Archer ihm zuhörte, und Faith von Entwürfen träumte, nahm Walker jeden einzelnen Stein in die Hand und erklärte seine Herkunft. Kenia, Sri Lanka, Kambodscha, Myanmar, Indien, Brasilien, Afghanistan, Thailand; Namen und Beschreibungen kamen ihm leicht und präzise über die Lippen, genau wie die Liste der Einschränkungen der einzelnen Örtlichkeiten im Vergleich zu den berühmten Taubenblut-Edelsteinen aus Burma. Um seine Beschreibungen noch deutlicher zu machen, legte Walker eine grob geschliffene und polierte – und eine gekochte – Version jedes Rubins vor den Rohstein. Manche der Steine waren recht rot, recht klar, recht schön.

Dann legte er einen von Faith' grob geschliffenen burmesischen Rubinen vor all die anderen Steine. Licht schien in den Stein zu fließen, es schien ihn auszufüllen und wieder herauszustrahlen, wie ein Traum.

Archer stieß ein Grunzen aus. »Das ist genau wie der Unterschied zwischen gefärbten Akoya-Perlen und einer feinen Naturperle aus der Südsee. Wenn man erst einmal das richtige Stück gesehen hat, will man nie wieder etwas anderes haben.«

Mit einem Seufzer stimmte Faith ihm zu. Nirgendwo in der Welt gab es einen Rubin, der sich mit dem Stein der Montegeaus vergleichen ließ. Sie stöhnte auf.

»Was ist?«, fragte Walker.

»Du hast mich für andere Rubine verdorben, und so wie die Dinge stehen, kann ich mir meinen Geschmack nicht leisten.«

Er lächelte. »Wenn die Dinge sich richtig entwickeln, wirst du noch eine ganze Menge dieser Schönheiten sehen. Ich bin sicher, dass dein Bruder dir einen guten Preis machen wird.«

»Okay«, meinte Archer. Er stand auf und ging zurück an seinen Schreibtisch. »Ich werde die dreizehn Rubine für eine Million versichern. Du wirst mit Faith nach Savannah fahren und sehen, ob du mit ihren Freunden einen Handel über irgendwelchen Familienschmuck abschließen kannst, den sie vielleicht verkaufen möchten, zusätzlich zu einigen anderen Stücken aus anderen Familienschmucksammlungen. Du solltest damit beginnen, dir weitere Nachlässe anzusehen. Wenn das nicht klappt, dann besorg dir einen wirklich langen Löffel und mach dich auf nach Osteuropa.«

Die Worte ihres Bruders rissen Faith aus ihrer Konzentration auf den außergewöhnlichen Rubin. »Ich brauche Walker nicht, um nach Savannah zu fahren. Ich kann…«

»Wenn du möchtest, dass ich diese Rubine versichere«, unterbrach Archer sie, ohne von seinen Papieren auf dem Schreibtisch aufzusehen, »dann wirst du zusammen mit Walker hinfahren, und du wirst alles tun, was in deiner Macht steht, um ihm zu helfen.«

Früher hätte sie wütend geschimpft und wäre aus dem Büro ihres Bruders gestürmt, sie hätte gekämpft, bis die Wirklichkeit die Oberhand gewonnen hätte. Doch inzwischen war sie älter. Die Wirklichkeit war ihr ständiger Begleiter. Sie brauchte die Versicherung für diese Steine. Archer war der Einzige, der das schnell genug fertig bringen konnte.

»Also gut«, brachte sie zwischen zusammengebissenen Zähnen hervor.

Drei Sekunden später schloss sich die Tür des Büros hinter ihr. Leise. Zu leise.

Walker pfiff durch die Zähne. »Ich habe schon nasse Katzen gesehen, die besser gelaunt waren.«

»Sie wird darüber hinwegkommen.«

»Du hast leider Recht. Du brauchst ja auch nicht die nächste Woche oder die nächsten beiden Wochen mit ihr zusammen zu verbringen.«

Archer grinste ihn an. »Ja. Viel Glück, Walker. Du wirst es brauchen.«

8

In dieser Nacht saß Walker vor seinem Computer mit einer Pizza in einer Hand und einer eiskalten Flasche Bier neben der Tastatur, während er sich noch mehr Listen mit gestohlenen Rubinen ansah. Nichts hatte sich verändert. Nichts war hinzugekommen.

Es gab keine Anfragen nach einem verschwundenen Zwanzig-Karat-Rubin mit einer weltlichen mongulischen Inschrift darauf.

Mit gerunzelter Stirn nippte er an seinem Bier. Dann wählte er eine andere Website, diejenige, die er insgeheim die Trottel.com-Seite nannte. Diese Seite war der Edelsteingeschichte gewidmet, den Überlieferungen und den modernen Wendungen des uralten Gedankens, dass etwas, das so wunderschön war wie ein Edelstein, gut für das sein musste, was einen Menschen quälte. Hast du Schwierigkeiten mit deinem Boss oder deiner Schwiegermutter oder deinem Schwanz? Kein Problem. Es gibt einen Edelstein, der deine Leiden lindert. Du brauchst nur die Nummer deiner Kreditkarte anzugeben, und dein eigenes persönliches Wunder kommt innerhalb von zehn Tagen mit der Paketpost. Wenn du bereit bist, die Luftfracht zu bezahlen, kommt es schon am nächsten Tag.

Er durchsuchte den ganzen Unsinn und kam zu einem Link, der zu einer Ansammlung von mehr oder weniger legitimen Legenden über Edelsteine führte. Er benutzte die Worte »Rubin« und »graviert« und suchte in den Daten. Die meisten der Angaben waren in Hindi oder Arabisch, und beides konnte er nicht lesen. Das Gleiche galt für Chinesisch und Russisch. Er lenkte die Informationen in seine besten Übersetzungsprogramme und las sich dann die wenigen durch, die in Englisch geschrieben waren.

Sie alle klangen, als hätten sie zu Faith' pingeligem Kunden gepasst. Groß, blutrot und fleckenlos rein. Einige wenige wurden von soliden Dokumentationen begleitet – Schätzungen, ausführlichen Beschreibungen von Größe, Farbe, Klarheit und Quelle. Diese Steine befanden sich im Augenblick entweder in öffentlichen oder anonymen privaten Sammlungen. Der Rest stellte sich einfach nur als Legenden heraus, die durch die Zeit weitergegeben worden waren, ohne oder gemeinsam mit dem begleitenden Stein.

Walker nahm noch einen Schluck von seinem Bier und las sich die Übersetzungen der anderen Mythen über die Rubine durch. Einige der Übersetzungen des Programms waren zum Schreien komisch, andere waren nicht lesbar, aber alle gaben ihm die Informationen, die er haben wollte. Es war gar nicht überraschend zu lesen, dass viele der Rubine als Geschenke an Könige geendet hatten, als Tribut oder als Beute der verschiedensten Kriege. Einige der Berichte waren mit Skizzen versehen, die genauso fantastisch waren wie die Geschichten.

Nur von zwei der Rubine, über die berichtet wurde, wurde behauptet, dass sie in Indien zur Zeit der Mogulen graviert worden waren. Einer von ihnen hatte die richtige Größe.

Das Herz der Mitternacht.

Er hatte den Namen schon irgendwo gelesen, auf der Seite mit den Mythen und Legenden. Er ging zurück zu dieser Seite und suchte, bis er den Bericht fand, dann las er sorgfältig.

Der Legende nach erschien das Herz der Mitternacht zum ersten Mal am Hofe eines Mogul-Kaisers im sechzehnten Jahrhundert. Eine seiner Töchter hatte einen geheimnisvollen Liebhaber, der nur um Mitternacht zu ihr kam, verborgen in der Dunkelheit, und der auch auf dem gleichen Weg wieder verschwand. Nach einiger Zeit, nachdem sie voller Liebe war und zornig darüber, dass er ihr seine Identität nicht verraten wollte, stimmte die Prinzessin zu, einen entfernten Verwand-

ten zu heiraten. In der nächsten Nacht kam ihr Geliebter in ihren Träumen zu ihr, als toter Mann, dem man das Herz aus dem Körper geschnitten hatte.
Am Morgen wurde die Prinzessin tot in ihrem Bett gefunden. Ein gravierter blutroter Rubin in der Größe einer Kinderfaust lag in ihrer kalten Hand. Die Inschrift darauf lautete: Hüte dich vor dem Herzen der Mitternacht.
Der Stein, zusammen mit seiner Legende von Liebe und Tod, und das geheimnisvolle Feuer, das nur die feinsten Rubine besitzen, wurde Katharina der Ersten von Peter dem Großen geschenkt, dessen Geliebte und schließlich Frau sie wurde. Es wurde behauptet, dass der Rubin ein Teil der Beute aus einem Feldzug war, während dem Peter der Große das Ottomanische Reich eroberte. Es existierten weder Zeichnungen noch Bilder des Steines. Seit dem siebzehnten Jahrhundert hat man keine Erwähnungen des Steines mehr gefunden, als er zu einem Teil der Kaiserlichen Russischen Sammlung wurde, obwohl zweifellos viele kaiserliche Prinzessinnen den Stein zu den verschiedensten offiziellen Anlässen getragen haben müssen.
Wie bei anderen Edelsteinen solcher Größe und Qualität ranken sich schreckliche Prophezeiungen um jeden, der es wagt, das Herz der Mitternacht zu besitzen. Vielleicht ist der Stein deshalb am russischen Hof in Ungnade gefallen.

Lange starrte Walker auf den Computer-Bildschirm und fragte sich, wer wohl Ivanovitsch befohlen hatte, in Faith' Juwelierladen auf dem Pioneer Square nach einer tödlichen Legende zu suchen.
Und warum.

Auf der anderen Straßenseite, einen Häuserblock entfernt, näherte sich Ivan Ivanovitsch in schäbiger Kleidung, die er in einem Goodwill-Laden gekauft hatte, einem der obdachlosen Alkoholiker von Seattle. Der Mann hatte sich eine Nische in einem Hauseingang gesucht, als Zuflucht vor dem kalten, gnadenlosen Wind.

»Verschwinde hier«, brummte der Russe. »Ich brauche diesen Platz.«

»Leck mich, du Arschloch«, antwortete der Betrunkene. »Ich habe die Stelle zuerst gefunden.« Er hob eine zitternde Faust, die in Lumpen gehüllt war, weil er das Geld, das er beim Betteln bekam, lieber in Alkohol anlegte als in Handschuhen.

Ivanovitsch fing den zitternden Schlag ab und packte den Betrunkenen am Hals. Der Gestank von billigem Wein brachte ihn beinahe zum Würgen, als er dem Betrunkenen die lange schmale Klinge eines Dolches zwischen die Rippen stieß. Die Spitze des Messers erreichte das Herz des Mannes. Der Russe drehte die Klinge und verstärkte dadurch die Verletzung noch. Das Opfer keuchte auf, mehr aus Überraschung als aus Schmerz. Blut trat aus der Herzkammer und füllte seine Brust. Als er verblutete, ohne dabei einen Tropfen Blut zu vergießen, gaben die Beine unter ihm nach. Er wäre auf den Boden gefallen, hätte ihn nicht eine kräftige Hand aufrecht gehalten.

»Komm schon, mein Freund«, murmelte Ivanovitsch leise. »Ich habe dir gesagt, ich brauche diesen Platz.«

Der Betrunkene, der bereits tot war, wog nicht viel. Ivanovitsch musste sich nicht sehr anstrengen, ihn um die Ecke des alten Ziegelsteingebäudes zu tragen, in eine Gasse voller Mülltonnen. Für den Rest der Welt sahen die beiden Männer aus wie alte Freunde, die wegschlurften, um zusammen eine Flasche Wein zu trinken.

Dreißig Sekunden später kehrte Ivanovitsch allein zurück und nahm seinen Beobachtungsposten in dem schmutzigen Türeingang auf. Er war in einen schweren Mantel gehüllt, der sauberer, aber nicht weniger geflickt als die Decke war, die er dem obdachlosen Betrunkenen gestohlen hatte. Wie die Leiche, die er in eine Mülltonne gesteckt hatte, schien Ivanovitsch zu dösen, doch er schlief keineswegs. Unter der Krempe des Hutes, den er in einem Billigladen gekauft hatte, beobachtete er den geschlossenen, verbarrikadierten Laden mit dem hell erleuchteten Schaufenster von Timeless Dreams.

Faith Donovan war in ihrem Laden und arbeitete an einem Schmuckstück. Ein Wachmann war bei ihr, der gleiche kompetente Mann, den er auch schon zuvor bei ihr gesehen hatte. Der Versuch, sich die Frau zu schnappen, um die Wahrheit aus ihr herauszubekommen, wäre zu riskant gewesen. Er war nicht in der tödlichen Welt der *Mafia* in St. Petersburg aufgestiegen, nur weil er sich bei jeder Gelegenheit der heißen Erregung des Mordes hingegeben hatte. Wenn sich die Gelegenheit bot, ausgezeichnet. Wenn nicht, dann gab es andere Möglichkeiten, mit denen er sichergehen konnte, dass das Herz der Mitternacht nicht in dem Laden dieser Frau aufbewahrt wurde. Einer dieser Wege erforderte eine weitere seiner Künste: Einbruch.

Ivanovitschs persönliche Wandlung von Armut zu Reichtum hatte sich im Chaos einer Gesellschaft vollzogen, die sich von einer korrupten Tyrannei zu einem Quasi-Kapitalismus zu verändern versuchte. Seinen schnellen Aufstieg verdankte er seinem wirklichen Talent zur Gewalttätigkeit und seiner früheren Ausbildung als Schlosser. Mit Schlössern und Safes kannte er sich aus wie ein Arzt mit dem Stoffwechsel. Das machte ihn zu einem vorzüglichen Einbrecher. Die Elite von St. Petersburg wendete Millionen auf für Stahl- und Betonsafes, die Ivanovitsch fröhlich plünderte und so zu dem gesellschaftlichen Durcheinander und der Gewalt beitrug, die ihn geschaffen hatten.

Er machte sich nicht wirklich etwas aus dem endgültigen Ausgang für die russische Gesellschaft – Kapitalismus, Sozialismus, Kommunismus oder Chaos –, weil er sich seiner eigenen Nische sicher war. In jeder Kultur gab es Diebe und Mörder.

Er war beides.

Ein kalter Wind blies und suchte sich einen Weg durch die Socken und die Sportschuhe, die er sich aus zweiter Hand gekauft hatte. Als Straßenkind hatte er drei Zehen durch Frostbeulen verloren, und die noch verbliebenen gesunden Zehen waren besonders empfindlich gegen Kälte. Ein beißender Schmerz fuhr jetzt durch sie, im gleichen Rhythmus wie sein Herzschlag. Er ignorierte ihn. In Petersburg hatte er viel mehr gelitten, ehe Tarasov seinen Wert erkannt hatte. Danach war er sehr schnell aus der eisigen Gosse aufgestiegen. Die Spur von Blut, die er hinterlassen hatte, hatte nur noch zu seinem Ruf als Tarasovs Mann beigetragen.

Es war schon beinahe Mitternacht, als die Lichter in Faith Donovans Geschäft ausgingen. Wie auf einen geheimen Befehl bog ein Wagen um die Straßenecke und hielt vor dem Laden. Die Tür des Geschäftes öffnete sich. Faith' raue Stimme und ihr leises Lachen drangen durch den eisigen Regen, als sie etwas zu ihrem Bewacher sagte. Ein Gefühl von Lust, aber auch etwas noch viel Dunklerem, schoss durch Ivanovitsch. Er sah das blasse Aufblitzen ihrer Beine unter ihrem Mantel, als sie die wenigen Schritte zu dem Wagen ging und dann neben dem Fahrer einstieg.

Als der Wagen davonfuhr, träumte Ivanovitsch vom letzten Mal, als er eine solche Frau in seinem Bett gehabt hatte, unter seinem Messer.

Und dann träumte er von der nächsten Frau. Von *ihr*.

Eine Stunde verging und dann noch eine, ehe Ivanovitsch entschied, dass es sicher war, den Türeingang zu verlassen. Als er sich auf die Beine zog, brauchte er das betrunkene Torkeln nicht einmal zu spielen. Seine Muskeln waren verkrampft von dem kalten Bett auf dem Zementboden. Mit einer Mülltüte voll mit seinem »Besitz« stolperte er in die Dunkelheit und nutzte die Mauer von Timeless Dreams, um sich daran festzuhalten.

Jeder, der ihn sah, würde annehmen, dass er sich einen Ort zum Pinkeln suchte.

Der kalte Wind der Elliott Bay hatte die Obdachlosen aus der Gasse hinter dem Laden vertrieben. Zwei oder drei nackte Birnen warfen ihren Schatten durch die Nacht. Ziegelsteine, Rohre, Mülltonnen und Abfall glänzten feucht. Ivanovitsch lehnte sich gegen ein Gebäude, das schwach nach Urin und Schmutz roch, dann sah er sich um und versicherte sich, dass sich nichts verändert hatte, seit er sich diese Gasse zum ersten Mal angesehen hatte.

Alles sah noch genauso aus wie zuvor. Er stellte die Mülltüte ab, kramte in ihrem Inhalt herum und machte sich an die Arbeit.

In dem Gebäude waren die Leitungen im frühen zwanzigsten Jahrhundert gelegt worden. Die Leitungen und auch der Alarmkreislauf lagen offen. Selbst mit Fingern, die von der Kälte steif waren, gelang es Ivanovitsch, in weniger als fünf Minuten eine Brücke über die Alarmanlage zu legen. Danach war der Einbruch nur noch eine Sache von Kraft und nicht von Geschick. Die Hintertür besaß ein Sicherheitsschloss und einen verschließbaren Türgriff. Beides überwand er in weniger als neunzig Sekunden.

Der Safe im Inneren war ein Modell, das in Europa weit verbreitet war. Ivanovitsch kannte seine Stärken. Doch, was noch viel wichtiger war, auch seine Schwächen.

Zwanzig Minuten später öffnete er die glatten Stahltüren. Seine Taschenlampe brachte das Gold, Silber, Platin und alle Schattierungen der Regenbogenfarben der Edelsteine zum Glänzen. Jedes Mal, wenn ein blutroter Stein aufleuchtete, schlug das Herz des Russen schneller, nur um sich dann wieder zu beruhigen.

Das Herz der Mitternacht war nicht hier.

Mit einem Ohr lauschte er auf Sirenen oder Schritte, dann

öffnete er Schublade um Schublade. Er sah viele Edelsteine, wunderschöne Edelsteine, Edelsteine, die sowohl ungefasst als auch in eindrucksvolle Formen von Edelmetall verarbeitet waren. Sie weckten seine Bewunderung und auch seine Gier, doch keiner von ihnen war die Antwort auf die Notwendigkeit, warum er nach Amerika geeilt war.

Als er all die Schubladen des Safes durchsucht hatte, machte er sich an die Schubladen in der Werkbank, durchsuchte die Aktenschränke und die Behälter mit dem Poliermaterial, das Werkzeug, die Vorräte an Toilettenartikeln, den Kaffee und warf alles in seinem wachsenden Zorn durcheinander.

Er fand nichts anderes als Poliermittel, Werkzeug, Toilettenpapier und Kaffee. Mit einem unflätigen russischen Fluch auf den Lippen ging er noch einmal zum Safe. Schnell, beinahe unbeteiligt, nahm er eine Auswahl loser und verarbeiteter Edelsteine und stopfte sie in seine Tasche. Die fertig gearbeiteten Stücke waren zu ungewöhnlich, um sie zu versetzen, doch man würde erwarten, dass ein Dieb einige der größten Stücke mitnahm. Er würde sie in eine Mülltonne werfen und die ungefassten Steine behalten, um sie zu versetzen.

Ein Besuch in Amerika war eine teure Angelegenheit. Ein wenig zusätzliches Geld wäre wohl angebracht.

Der winzige Sonnenstrahl, der sich zwischen den vom Wind zerzausten Wolken hindurchschob, erhellte das Schaufenster von Timeless Dreams und zeigte das Chaos, das in dem Laden herrschte. Walker und Faith sahen es vom Bürgersteig vor dem Laden aus. Schubladen waren geöffnet, der Safe stand offen, Ausrüstung und Vorräte waren überall verstreut. Faith gab einen unterdrückten Laut von sich, Wut und Verzweiflung mischten sich in diesem unverständlichen Murmeln.

»Nein.« Walker nahm ihr den Schlüssel aus der Hand, als sie die Vordertür aufschließen wollte. »Es könnte noch jemand drinnen sein. Ruf die Polizei an. Und dann rufst du Archer an.«

Als der erste Polizeiwagen ankam, begannen die Fragen. Faith hätte am liebsten geschrien, als der Polizeibeamte sich Notizen machte, mit Fingern, die durch die Kälte klamm waren und sich nur ganz langsam bewegten. Sie wollte unbedingt in ihren Laden und feststellen, wie hoch der Schaden war.

Walker war geduldiger. Wenigstens schien das so. Er lehnte sich auf seinen Stock und ging alles zwei Mal durch, drei Mal, sooft er gefragt wurde.

Archer kam, als die Polizisten gerade die Sicherung des Tatorts beendet hatten. Faith bemerkte nicht, dass er sein Schulterhalfter unter seiner Levis-Jacke trug. Walker bemerkte es, sagte jedoch nichts.

»Ich werde eine Inventurliste ausdrucken und mich dann an die Arbeit machen«, erklärte Faith grimmig.

»Hilfe ist bereits unterwegs«, erklärte Archer. »Sobald die Babysitter benachrichtigt worden sind.«

»Danke.« Mit einem matten Lächeln ging sie an den Computer und begann, einige Tasten zu drücken.

»Überlass das Kyle«, meinte Archer. »Du hast eine Halskette, die du fertig stellen musst, und du hast eine Reise vor dir, für die du noch die Koffer packen musst.«

»Ich kann doch jetzt nicht nach Savannah fahren«, erklärte Faith ungeduldig.

»Du musst doch erst in drei Tagen weg.«

»Ich kann trotzdem nicht fahren. Ich habe gar nicht mehr genügend Zeit.«

Archer ignorierte sie und wandte sich mit leiser Stimme an Walker. »Lass sie nicht aus den Augen, bis du sie entweder Kyle oder mir übergibst. Jemand hat gerade ein paar Häuser weiter eine Leiche gefunden. Es war ein Obdachloser, der in der vergangenen Nacht umgebracht worden ist.«

Walkers Augen verengten sich. »Ich habe verstanden.«

»Ich will sie in diesem Flugzeug nach Savannah sitzen sehen«, sprach Archer genauso leise weiter. »Sie wird sich dagegen wehren, doch wird sie verlieren.«

Walker nickte.

»Wenn irgendetwas passieren sollte, dann sag zuerst mir Bescheid«, erklärte Archer.

»Das werde ich.«

Archer zweifelte nicht daran. Er ging zur Eingangstür mit dem Schritt eines Mannes, der jemanden sucht, dem er in den Hintern treten kann.

Walker war dankbar dafür, dass nicht er dieser Jemand war.

»Ich kann nicht zu der Ausstellung fahren und das ganze Durcheinander hier liegen lassen!«, rief Faith Archer nach. »Und wenn ich das Durcheinander aufräume, habe ich keine Zeit mehr, die Kette fertig zu machen!«

»Mach die Kette fertig«, meinte Archer. »Um das Aufräumen werde ich mich kümmern.«

»Aber...« Sie sprach zu der Tür, die Archer bereits hinter sich geschlossen hatte. Faith trat nach einer leeren Dose Poliermittel, die krachend gegen die Werkbank flog. »*Verdammt.* Ich kann meinen Laden nicht einfach verlassen!«

»Der Kerl, der die Rechnungen bezahlt, hat dich gerade überstimmt«, erklärte Walker leichthin.

»Aber...«, begann sie noch einmal.

»Entspanne dich, Süße«, unterbrach Walker sie. »Du hast Mel die Kette versprochen und du hast ihr versprochen, du würdest zu ihrer Hochzeit kommen. Und für diese Ausstellung hast du dich halb kaputt gearbeitet. Du bist die einzige Designerin westlich der Rockies, die überhaupt eingeladen worden ist. Du solltest dort sein, solltest lächeln und die Käufer bezaubern und nicht hier in Seattle die Hände ringen über etwas, das du doch nicht mehr ändern kannst.«

»Woher hast du von der Einladung gewusst?«

Walker wischte sich die schmutzigen Hände an seiner Jeans ab und begann, das Werkzeug zurück auf die Werkbank zu legen. »Archer prahlt gern mit seiner klugen, wunderschönen kleinen Schwester.«

»Wunderschön? Ja. Richtig.« Sie fuhr sich mit der Hand durch ihr Haar. Sie hatte schlecht geschlafen und sich kaum Zeit genommen, ein wenig Mascara aufzulegen, ehe sie sich beeilt hatte, zu ihrem Laden zu kommen. »Wie nennt er mich doch gleich – einen Sektquirl mit jungenhaftem Charme?«

Walker sah sie über die Hand voller Werkzeuge hinweg an. Sie hatte nicht den erwartungsvollen Ausdruck einer Frau, die auf Komplimente aus war. Was auch immer sie im Spiegel sah, wenn sie hineinblickte, erschien ihr nicht schön.

Und was Walker sah, hatte verdammt wenig Ähnlichkeit mit einem Sektquirl.

»Man sagt, Liebe macht blind«, murmelte er. »Himmel. Die durchschnittliche Frau, die in den Spiegel sieht, kann gar nichts erkennen.«

»Was?«

»Archer findet dich wunderschön«, sagte Walker deutlich.

Faith lächelte und fuhr sich noch einmal mit den Fingerspitzen durch ihr kurzes Haar. Ihre Fingernägel waren sauber, kurz und frisch maniküt. Sie trug keinen Nagellack, wenn sie es vermeiden konnte. Zehn Minuten an ihrer Werkbank zerstörten normalerweise eine Maniküre von dreißig Dollar. »Seit er Hannah kennen gelernt hat, findet Archer die ganze Welt wunderschön.«

»Mach dir nichts vor. Seine Zähne sind so hart und scharf wie immer.«

Faith antwortete ihm nicht. Sie trommelte mit den Fingern auf die Werkbank, sah sich um und machte sich im Geiste eine Liste.

»Was auch immer gestohlen wurde, deine Versicherung wird...«, begann Walker.

»Sie können mir mein Inventar nicht ersetzen«, unterbrach sie ihn. »Die meisten meiner Steine und alle meine Entwürfe sind einzigartig.«

»Und das wird es nur noch einfacher machen, all das wiederzufinden, was gestohlen wurde, und dann einem Hehler angeboten wird. Kyle wird sich im Internet umsehen und die örtlichen Läden mit Beschreibungen versorgen. Es gibt nichts, was du tun könntest, um zu helfen, außer dass du zu dieser Ausstellung gehen kannst, die Besucher aus ihren Designersocken holst und Aufträge im Wert von einer Million einheimst.«

»Wenn du das sagst, klingt das alles so einfach.«

»Bei deinem Talent *ist* eine Million einfach.«

Langsam wandte sie sich um und sah Walker anstatt ihren durchwühlten Laden. Sie hatte sehr gut gelernt, Lügen von der Wahrheit zu unterscheiden, und das verdankte sie ihrem Ex-Verlobten. Walker sagte die Wahrheit, so wie sie das sah.

Er bewunderte ihre Arbeit wirklich.

»Danke«, sagte sie schlicht. »Das habe ich gebraucht. Du bist ein netter Mann, Owen Walker.«

»Siehst du.«

Er lächelte und hoffte, dass sie das auch weiterhin glauben würde. Es würde seinen Job, sie aus allen Schwierigkeiten herauszuhalten, um so vieles einfacher machen, wenn sie nicht bei jedem Schritt gegen ihn ankämpfte.

Das Bundesgebäude in Seattle sah genauso aus, wie es auch war, ein Arbeitsplatz, entworfen und geführt von Bürokraten. Beige, beige, beige. Quadratisch. Beige. Auf jeder Etage war in Augenhöhe ein Streifen in einer anderen Farbe angebracht. Das sollte eine visuelle Erleichterung sein, doch stattdessen trug es noch dazu bei, dem ganzen Gebäude den Anstrich einer öffentlichen Einrichtung zu geben, man fühlte sich wie in einem Krankenhaus oder einem Gefängnis.

Hinter den langweiligen Türen und auf den langweiligen Fluren wurden Stapel von Papieren bearbeitet, gestempelt, kopiert und abgeheftet. Einige wenige Türen führten in interessantere Büros, in denen keine Akten kopiert wurden und deren Budgets nicht vom Kongress abgesegnet werden mussten.

Eines dieser Büros wurde von einer schlanken, dunkelhaarigen Frau mit Namen April Joy geleitet. Sie war bei weitem nicht so fröhlich wie ihr Name.

Sie blickte von dem Fax auf, das sie gerade erhalten hatte, eine Liste von gestohlenen Schmuckstücken, die ihr von einer Kontaktperson der Polizei in Seattle geschickt worden war.

»Der Dummkopf! Dieser verdammte Idiot! Warum hat er seinen Hintern riskiert für eine Hand voll Edelsteine?«

Maximilian Barton lauschte ihr mit dem ausdruckslosen Gesichtsausdruck eines Mörders. Er hatte lange genug für April Joy gearbeitet, um zu wissen, dass sie schrecklich wütend sein würde, wenn sie herausfand, dass die rechte Hand ihres besten Kontaktmannes zur *Mafia* kurz davor stand, wegen Einbruchs verhaftet zu werden.

»Ich denke, er hat etwas anderes gesucht«, erklärte Barton ruhig. »Als er das nicht gefunden hat, hat er versucht, es so aussehen zu lassen wie einen ganz normalen Einbruch, um seine Spuren zu verwischen.«

»Aber warum hat er die verdammten Steine nicht in den nächsten Kanal geworfen?«, fragte April. »Warum ist er losgelaufen und hat versucht, sie zu verhökern?«

Barton zuckte mit den Schultern. »Vielleicht arbeitet die Kommission für die Leihhäuser in Leningrad nicht so schnell. Oder heißt es St. Petersburg? Ich vergesse das immer wieder.«

April Joy warf ihm einen Blick zu, unter dem der normale Bürokrat einer Bundesbehörde zusammengebrochen wäre, doch Barton zuckte nicht einmal mit der Wimper. Er mochte seine Chefin mit dem wilden Temperament, sowohl als Kollegin wie auch als Frau. Trotz ihrer schlanken, zierlichen Gestalt besaß sie die Kraft eines wundervollen Samurai-Schwertes, und ihre Zunge und ihr Temperament passten auch dazu. Heute trug sie einen roten Hosenanzug, der ihr sehr gut stand. Selbst die elektronische ID-Karte, die sie um den Hals trug, lenkte nicht von diesem sinnlichen Eindruck ab.

»Dieser Kerl ist der oberste Leutnant von Tarasov. Er ist gestern Nachmittag mit dem Aeroflot-Flug aus Magadan angekommen, mit einem Pass auf den Namen Ivan Ivanovitsch, Bürger der Vereinigten Staaten«, erklärte Barton. »Jemand ist in Anchorage beim Zoll auf ihn aufmerksam geworden, doch wir haben ihn passieren lassen, weil wir wissen wollten, was er vorhatte. Ich habe ihn bis zu seinem Hotel beschatten lassen und von dort zu Faith Donovans Laden am Pioneer Square.«

April Joy verzog das Gesicht. »Schon wieder Donovan, Himmel. Immer, wenn ich mich umdrehe, stolpere ich über einen von ihnen. Was wollte der Russe denn von ihr?«

»Ein Geschenk für den Namenstag seiner Mutter.«

»Unsinn.«

Barton lächelte wie das, was er war: ein Hai in mittleren Jahren, mit schütterem Haar, dessen Zähne aber noch immer so tödlich waren wie eh und je. »Das ist seine Geschichte, und er bleibt auch dabei. Er ist schlau. Wirklich, wirklich schlau. Nachdem er sich mit Faith Donovan getroffen hatte, hat er sich ein Zimmer im Olympic genommen und hat den Portier mit hundert Mäusen bestochen, damit er ihm ein Mädchen aufs Zimmer schickt. Mein Mann hat das Zimmer beobachtet, weil er glaubte, dass er das Zimmer nicht verlassen würde, bis das Mädchen gegangen war, doch offensichtlich hat er ihr fünfhundert Mäuse gezahlt, damit sie die Nacht allein verbrachte.«

April fluchte leise.

»Inzwischen ist er aus dem Hotel geschlüpft, verkleidet als Handwerker. Er ist durch die Stadt gelaufen bis vor einer Stunde, als wir ihn dazu gezwungen haben, zurückzukommen. Er hatte die Empfangsbescheinigungen des Leihhauses für ein ganzes Bündel gestohlener Edelsteine in seiner Tasche, dazu noch ein paar Riesen in bar. Gerade zu der Zeit, als wir ihn geschnappt haben, begann die Polizei von Seattle damit, diese Liste herauszugeben. Die Empfangsbescheinigungen und die Liste passen zueinander.«

»Haben die Cops sich schon auf ihn gestürzt?«

»Noch nicht, aber das ist wahrscheinlich nur noch eine Frage der Zeit. Kyle Donovan hat die ganze Stadt mit den Beschreibungen der Schmuckstücke überhäuft. Er bietet eine Belohnung für den Schmuck an und eine noch größere Belohnung für den Dieb.«

»Ivanovitsch ist ein verdammt dummer Hund«, sagte April. »Wenn er Geld brauchte, hätte er doch zu uns kommen können.«

»Vielleicht hat er ja von den Budgetkürzungen der Regierung gehört.«

»Vielleicht ist er auch nur ein verdammt dummer Hund. Sorg dafür, dass das Leihhaus nicht versucht, sich die Belohnung von der Familie Donovan zu holen.«

»Das habe ich schon getan. Ich habe die Waren selbst wieder ausgelöst.«

»Gab es Anzeichen dafür, dass der Eigentümer des Leihhauses versucht hat, die Donovans anzurufen?«

»Falls er das getan hat, dann muss er den Anruf auf einem gesicherten Telefon gemacht haben. Wir konnten nichts herausfinden.«

»Gut. Schick mir Ivanovitsch. Und dann holst du mir Tarasov an den Apparat. Wenn du ihn hast, stellst du ihn gleich zu mir durch und bleibst dann in der Leitung. Ich kann Russisch verstehen, aber diese Halunken sprechen Tschetschenisch, wenn sie nicht wollen, dass jemand sie versteht.«

Ivanovitsch betrat das Büro ein paar Minuten später. Er hatte seine Garderobe aus dem Second-Hand-Laden ausgezogen und war jetzt wieder so elegant gekleidet wie ein *Mafia*-Boss – italienischer Ledermantel, Handschuhe, marineblauer französischer Wollanzug und ein schiefergraues Seidenhemd, maßgeschneidert in Hongkong. Elegante italienische Schuhe, ein dunkelgrauer Hut und ein beeindruckender Diamantring rundeten seine Ausstattung ab.

Er nahm den Hut nicht ab.

»Warum haben Sie Faith Donovan bestohlen?«, fragte April kühl.

»Ich wurde – wie sagt man? – hereingelegt.«

»Ich bin nicht – wie sagt man? – blöd«, fuhr sie ihn an. »Sie sind nur noch eine Antwort davon entfernt, dass wir Ihren klugscheißerischen Hintern aus unserem Land ausweisen. Und jetzt versuchen Sie es noch einmal. Warum sind Sie in Faith Donovans Laden eingebrochen?«

Er zuckte mit den Schultern und sah ihr in die Augen. »Geld. Was denn sonst?«

Das war immerhin ein Fortschritt.

»Mein Assistent versucht gerade, Marat Borisovitsch Tarasov ans Telefon zu bekommen«, sagte sie. »Wenn mir seine Antworten nicht besser gefallen als die Ihren, dann werde ich Sie in das nächste Flugzeug nach Sibirien setzen.« Sie lächelte. »Und ich werde dafür sorgen, dass Dmitri Sergejev Solokov Sie am Flughafen abholt.«

Für den Bruchteil einer Sekunde sah Ivanovitsch unsicher aus. Diese Frau war sehr gut unterrichtet. Solokov war Tarasovs ärgster Feind, sein schärfster Konkurrent und der Mann, der im Augenblick Tarasov zu hängen versuchte, an einen Haken, der Herz der Mitternacht genannt wurde.

Aprils katzenhaftes Lächeln sagte Ivanovitsch, dass sie seinen Gedanken so leicht folgte, als hätte er sie laut ausgesprochen.

»Ich werde mit Marat Borisovitsch reden«, meinte Ivanovitsch nach einem Augenblick.

»Tun Sie das, Baby.« Sie blickte auf, als Barton in das Zimmer kam. »Hast du ihn?«

»Leitung drei. Er ist sehr ungeduldig. Er war auf dem Weg zum Essen.«

»Wenn er eine Mahlzeit verpasst, rettet ihn das vielleicht vor einem Herzinfarkt.«

Sie setzte sich hinter den Schreibtisch aus grauem Stahl, der so aussah, als sei er von der Navy ausgemustert worden, dann nahm sie den Telefonhörer.

Ivanovitsch wartete äußerlich geduldig, bis April die Unterhaltung auf den Lautsprecher umleitete. Einige Minuten lang lauschte sie, während der Russe in Seattle versuchte, seinem sechstausend Meilen weit entfernten Landsmann seine Lage zu erklären. Je mehr April hörte, desto breiter wurde ihr Lächeln. Sie hatte lange darauf gewartet, Marat Borisovitsch Tarasov in ihre Klauen zu bekommen. Das Herz der Mitternacht kam ihr dabei sehr gelegen.

Und wenn man Faith Donovan mit einem gestohlenen Stück russischen Kulturerbes in der Hand erwischte, dann wäre dies die Antwort auf April Joys Gebete. Endlich würde sie dann einen Angriffspunkt für die Donovans haben. Sie würde ihnen nie mehr einen kleinen Gefallen tun müssen – Onkel Sam würde endlich die Donovans vollkommen besitzen.

Doch zuerst musste April die Familie dazu bringen, ihr einen Gefallen zu tun. Sie würde ihnen einen oder zwei Tage Zeit lassen, um über den Schock des Einbruchs hinwegzukommen und ihren Verlust aufzulisten. Dann, wenn sie mit dem gestohlenen Schmuck auftauchte, wäre Archer Donovan sicher in der Laune, ihr zuzuhören.

»Du lächelst ja«, sagte Barton, als die Tür sich hinter Ivanovitsch schloss, noch ein Wolf mehr, der hinausgeschickt wurde, um unter den zivilisierten Lämmern zu spielen.

»Ja.«

»Glaubst du wirklich, dass die Donovans mit heißen Juwelen handeln?«

»Solange ich dieser Familie ein Halsband verpassen kann und eine Leine, ist es mir gleichgültig, womit sie handeln.«

Eine dampfende Tasse Kaffee erschien vor Kyles Nase. Er hatte seit achtzehn Stunden auf Computerchips und Motherboards gestarrt. Er blinzelte und blickte auf. Langsam klärte sich sein Blick, und er erkannte Archer.

Kyle griff nach dem Kaffee. »Den brauche ich jetzt mehr als du.«

»Du sollst ihn auch haben. Faith fährt morgen nach Savannah. Was hast du dabei für ein Gefühl in deinem Bauch?«

Kyle schob den Stuhl von dem Durcheinander der elektronischen Komponenten weg, die sich auf dem Tisch seiner Werkstatt häuften, die in der Etage über der Garage der Eigentumswohnung der Donovans lag. Für andere Leute sah der Raum aus, als hätte er gerade ein Erdbeben, einen Hurrikan oder eine Explosion überstanden. Für Kyle war es der einzige Ort, wo die Dinge liegen blieben, wohin er sie legte, ganz gleich, wie unlogisch das einem anderen Menschen auch erscheinen mochte. In diesem Raum hatte er keine Probleme, das wiederzufinden, was er suchte, wann immer er es brauchte. Zum Beispiel dieses Chaos, das auf dem Tisch aus Metall ausgebreitet war, würde schon sehr bald ein komplexes, hoch technisiertes Alarmsystem für Timeless Dreams sein.

Faith hatte im Großen und Ganzen zugestimmt, dass ihr Bruder das tat, was er schon tun wollte, seit sie ihr Geschäft eröffnet hatte – den Laden sicher zu machen.

»Mein Bauch ist noch immer nicht ganz glücklich bei dem Gedanken«, meinte Kyle. Er legte seine langen Finger um den Becher mit Kaffee, nippte daran und seufzte dann auf.

»Ist denn dein Gefühl besser oder schlimmer als vorher?«

»Schlimmer. Warum?«

»Ich habe mit der Polizei gesprochen. Sie stimmen zu, dass es ein ungewöhnlicher Einbruch war, aber so ungewöhnlich auch wieder nicht.«

Kyle brummte. Sein blondes Haar fiel ihm über eine Augenbraue. Er warf ungeduldig den Kopf zurück und fragte sich, ob Hannah ihm wohl das Haar schneiden würde. Archers Haar schnitt sie immer. »Und?«

»Als ich angedeutet habe, dass in der gleichen Nacht ein Obdachloser erstochen wurde, nur ein paar Meter von Faith' Laden entfernt, haben sie nur mit den Schultern gezuckt.«

»So etwas passiert nun einmal?«, fragte Kyle.

»Ja. Ich konnte nichts darüber sagen, dass es die Arbeit eines Profis war, ohne sie gleichzeitig wissen zu lassen, dass wir Zugang zu ihren Ermittlungsakten haben.«

»Die Polizisten glauben wohl, dass es nur zufällig ein Glückstreffer war, wie?«, sagte Kyle trocken.

Archers Augen sahen noch weniger einladend aus als die Winternacht draußen vor den Fenstern. »Ein Stoß, der beinahe sofort den Tod herbeigeführt hat, und bei dem weniger als ein Teelöffel voll Blut vergossen wurde? Das ist kein Zufall. Das ist etwas, was mir schreckliche Angst einjagt.«

»Ich kann mir ganz gut vorstellen, dass es auch Walker schreckliche Angst einjagt, weil er die Pflichten eines Bodyguards für unsere widerspenstige kleine Schwester übernommen hat. Vielleicht sollten sie zu Hause bleiben, anstatt morgen nach Savannah zu fahren.«

»Würde das deinem Bauch ein besseres Gefühl geben?«, fragte Archer.

Kyle zögerte, dann fluchte er und stellte den Kaffee beiseite. »Das bezweifle ich. Ich denke, die Schwierigkeiten werden unserer Faith folgen.«

»Aber warum?«, fragte Archer heftig.

»Wenn ich das wüsste, wenn ich das wirklich wüsste, dann würde ich die Zahlen der Lotterie aufschreiben, statt mich hier mit Chips und Platinen abzugeben.« Mit diesen Worten wandte sich Kyle wieder dem Projekt auf seinem Arbeitstisch zu.

Archer dachte nach, doch in Gedanken sah er wieder das Foto des toten Obdachlosen auf dem Autopsietisch vor sich. Der Stoß mit dem Messer war genau gewesen, ohne Blut zu vergießen, und sehr, sehr tödlich.

Es war die Visitenkarte eines professionellen Mörders.

Ich denke, die Schwierigkeiten werden unserer Faith folgen.

9

Savannah

Faith hatte bereits zwanzig Minuten lang in dem gemieteten Jeep Cherokee gesessen, ehe sie schließlich die Geduld verlor. Dabei war es nicht einmal die fremde Stadt, über die sie sich aufregte, verlorenes Gepäck, ein Verkehrsstau oder eines der üblichen Ärgernisse einer Reise. Es war die sanfte Stimme, das lässige Verhalten, die Höflichkeit und die unmögliche Sturheit eines Mannes aus den Südstaaten mit Namen Owen Walker.

Es war ihr gelungen, ihn zu ignorieren, während sie sechzehn Stunden am Tag gearbeitet hatte, um die Montegeau-Halskette fertig zu stellen. Doch jetzt war sie fertig, und Walker war noch immer da, noch immer in ihrer Nähe, und er ging ihr noch immer unter die Haut wie Nesseln oder Träume, die sie plagten.

Trotz des Zorns, der in ihr wütete, war ihre Stimme völlig ruhig, als sie sich zu ihm wandte. »Du bist vollkommen unvernünftig.«

»Dein Bruder hat die Befehle gegeben, nicht ich. Mit ihm solltest du reden.«

»Er ist in Seattle.«

»Ich habe schon immer gewusst, dass der Junge schlau ist«, meinte Walker mit seinem breiten Akzent.

Faith biss die Zähne zusammen, dann zwang sie sich vorsichtig, sich zu entspannen. Wenn sie weiter mit den Zähnen knirschte, würde sie entsetzliche Kopfschmerzen bekommen. Das war nur eine der kleinen, unvergesslichen Lektionen, die ein Leben mit Tony sie gelehrt hatte. Sie holte langsam und tief Luft. Dann noch einmal. Und dann ein drittes und ein viertes und fünftes Mal.

Wenn ein Streit mit Walker etwas verändern würde, hätte sich Faith sofort hineingestürzt. Aber eigentlich musste sie Archer anschreien, und der war nicht in der Nähe. Walker war nicht unbedingt ein Idiot, er befolgte nur idiotische Befehle.

Während Walker an einem Stoppschild darauf wartete, dass ein Lastwagen die Kreuzung frei machte, warf er Faith einen vorsichtigen Blick zu. Alle Donovans, die er kannte, bis auf Faith, besaßen genug Temperament für zwei. Doch es sah so aus, als sei auch Faith durch und durch eine Donovan. Sie besaß wirkliches Temperament. Sie war nur verteufelt viel vorsichtiger als ihre Geschwister, es auch zu zeigen.

Er fragte sich, warum das wohl so war. Die Donovans waren eine Familie, die miteinander stritten, sich umarmten und einander wieder verziehen. Keiner von ihnen mochte es, zu schmollen und nachtragend zu sein.

»Warum«, fragte Faith endlich, und ihre Stimme klang kühl und ruhig, »warum sollte ich in eine liebliche, historische Stadt wie Savannah kommen und dann in einem geistlosen modernen

Hotel wohnen? Ganz besonders, wo ich bereits allen meinen Kontaktpersonen gesagt habe, dass man mich im Gold Room des Live Oak Bed and Breakfast erreichen kann?«

Walker entschied, dass ihm eine Explosion lieber wäre als diese abweisende Höflichkeit, die jedes Wort, das sie sprach, eisig klingen ließ.

»Jeder, der weiß, wo du bist, weiß auch, wo die Rubine sind«, sagte er. »Es ist schon nach sechs Uhr. Die Sonne ist untergegangen, die Banken sind geschlossen, und das Gebäude, in dem die Schmuckausstellung stattfindet, wird erst morgen geöffnet.«

»Das Live Oak Bed and Breakfast hat einen Safe. Ich habe mich extra danach erkundigt, als ich das Zimmer reserviert habe.«

»Aha«, stimmte er zu, nicht im Mindesten beeindruckt. »Ich kenne diese altertümlichen Safes mit den schwarzen Türen und den hübschen goldenen Buchstaben darauf. Jeder Kerl mit empfindsamen Fingern könnte sich die Rubine in weniger Zeit schnappen, als du für dein Make-up brauchst.«

»Zuerst müsste dieser Kerl einmal wissen, dass die Rubine überhaupt in dem Safe sind«, gab sie zurück.

Walker unterdrückte ein Lächeln. »Amen. Deshalb werden wir zum...«

»Zu einem anderen historischen Gasthaus fahren«, unterbrach Faith ihn. »Savannah ist voll davon.«

Er dachte daran, ihr zu widersprechen, doch dann entschied er sich, seine Energie für einen Streit aufzusparen, der wirklich wichtig war.

»Aber sicher, Süße«, antwortete er gedehnt. »Hast du ein bestimmtes Hotel im Sinn?«

»Ich überlege noch, *Süßer.*«

Sie knipste das Licht im Wagen an und blätterte dann im Reiseführer von Savannah, den sie im Buchladen am Flughafen gekauft hatte. Mit Ausblick auf den Fluss, das hörte sich gut an. Sie warf einen Blick auf die Karte in der Mitte des Buches und dann auf das nächste Straßenschild, das sie entdecken konnte. Die historischen Straßenlampen waren elegant und stimmungsvoll, doch sie gaben nicht viel Licht. Doch schließlich entdeckte sie auf der Karte die Straße, in der sie sich im Augenblick befanden.

»An der nächsten Ecke nach links«, sagte sie.

»Nein.«

Ihr Kopf fuhr hoch. »Warum nicht?«

»Einbahnstraße. Falsche Richtung.«

»Oh.« Wieder sah sie auf die Karte und korrigierte sich dann schnell. »Links nach dem Häuserblock nach diesem hier. Wenn das noch immer die falsche Richtung ist, dann biegen wir links ab, sobald es möglich ist.«

»Wohin fahren wir denn?«

»Ist das die Eröffnungsphase einer philosophischen Diskussion?«

Er lächelte ein wenig lustlos. »Leute, die nicht einmal die High School beendet haben, haben nicht sehr viel übrig für hochtrabende Diskussionen.«

Faith zuckte zusammen bei dem besonders starken Akzent in seiner Stimme. Sie stellte fest, dass sein Akzent sich verstärkte, wenn er irritiert war. Und das bedeutete, dass wieder einmal ihr Sinn für Humor einen Mann verärgert hatte.

Die gute Nachricht war, dass sie mit Walker nicht ausging. Und auch wenn das manchmal aussah wie eine schlechte Nachricht, dann würde sie sich besser sehr schnell daran gewöhnen. Jeder Mann, der kein Donovan war und sie dazu bringen konnte, dass ihr Temperament mit ihr durchging, ohne dass er es auch nur versuchte, war ein Mann, dem sie besser aus dem Weg ging.

»Wenn es dich so sehr stört, dass du kein Diplom hast, warum tust du dann nichts dagegen?«, fragte sie betont neutral.

»Es stört mich nicht.« Normalerweise nicht. Doch irgendwie störte es Walker, wenn er mit Faith zusammen war. Er würde darüber nachdenken müssen. »Ich habe eine Menge dummer Leute kennen gelernt, die hochtrabende Abschlüsse gemacht haben. Und ich habe schlaue Leute getroffen, die nicht einmal die Mittelschule abgeschlossen hatten. Und umgekehrt. Es ist der Mensch und nicht das Papier, was wichtig ist.« Er bog nach links ab. »Ich hoffe, das ist die Straße, die du gemeint hast. Master Oglethorpe muss wohl viel Whiskey und Flusswasser getrunken haben, als er diese Stadt hier entwarf.«

Faith blickte auf das Straßenschild. »Das ist die richtige Straße. Und wie meinst du das? Der alte Teil der Stadt ist einfach wundervoll angelegt. Die Plätze sind herrlich. Jahrhunderte alte Eichen und Magnolien stehen überall und dieses wundervolle Moos und dazu die vielen Blumen und die Monumente und sogar Brunnen. Wenn man dem Stadtführer glaubt, werden in einem Monat hier überall Azaleen und Kamelien blühen.«

»Die Plätze sind recht hübsch, wenn man sich für so etwas begeistern kann«, stimmte er ihr zu und warf ihr einen schnellen Blick von der Seite zu, um zu sehen, wie sie den Köder aufnahm, »aber man muss wie ein Betrunkener im Zickzack darum herum fahren, von einem Platz zum anderen. Verflixt unpraktisch, wenn du mich fragst.«

»Recht hübsch, wenn man sich für so etwas begeistern kann«, wiederholte sie leise.

Sie wollte ihm gerade erklären, dass es Barbaren gab, die zivilisierte Einrichtungen wie historische, schattige Plätze nicht zu schätzen wussten, die den modernen Verkehr unterbrachen und verlangsamten. Doch als sie den Mund öffnete, fühlte sie die angespannte Erwartung in ihm. In diesem Augenblick erinnerte er sie an ihren Bruder Kyle, der ihr altersmäßig am nächsten war, wenn er glaubte, dass er eine seiner Schwestern dazu bringen konnte, sich mit ihm zu streiten, nur um des Vergnügens willen.

»Ja«, erklärte sie freundlich. »Ich denke, sie sind wirklich unpraktisch. Aber fahre nur wie ein Betrunkener weiter im Zickzack, bis du den Weg hinunter zum Fluss findest.«

»Wohin fahren wir denn?«

»Das ist ein Geheimnis. Du könntest einen Weg finden, die Rubine zu stehlen, wenn ich es dir zu früh verrate.«

»Hast du denn vergessen, dass ich die Rubine im Augenblick, äh, trage?«

Belustigung stieg in ihr auf, als sie sich daran erinnerte, wo die Halskette mit den Rubinen im Augenblick war – eingehüllt in einen Beutel aus weichem Leder, der in einer Schmugglertasche in seiner Unterwäsche verborgen war. Es klirrte zwar nicht, wenn er ging, doch er sah so aus, als hätte er seine Jugend auf dem Rücken von Pferden verbracht.

»Wohl kaum«, antwortete Faith. »Das verleiht dem Begriff des Familienschmucks eine ganz neue Bedeutung.«

Walker lächelte lässig. »Das tut es sicher. Wirst du das auf die Karte für die Ausstellung schreiben?«

»Ich glaube nicht, dass es dort eine Spalte gibt für die ungewöhnlichste Art des Transportes.«

»Daran ist doch nichts Ungewöhnliches. Ein alter Pakistani hat mir das gezeigt. Und es ist noch nicht einmal der schlimmste Platz. In der Tat benutzen die Schmuggler noch viel, äh, *persönlichere* Stellen, um kleinere Sachen zu verstecken.«

»Das will ich lieber gar nicht wissen«, erklärte sie hastig.

»Die Halskette auch nicht.«

Faith bemühte sich, nicht zu lachen, und wechselte schnell das Thema. Schon wieder hatte er sie erwischt. Ob Walker nun ein Diplom hatte oder nicht, er war schneller mit seinen Worten als jeder andere, den sie kannte, bis auf ihre Geschwister.

Walker bog von dem Boulevard ab auf eine steile, gepflasterte

Straße, die so alt aussah wie einige der dicken Eichen. Der Jeep holperte fröhlich über das Pflaster, auf der unebenen Straße schien er sich wohler zu fühlen als auf den glatten Straßen der Stadt.

»Da«, rief Faith und deutete nach rechts.

Sie lenkte ihn in eine schmale, gepflasterte Straße, die an einer Stützmauer hinunterführte. Die Mauer stützte einen erodierten Felsen. Auf der anderen Seite der schmalen Straße standen am Ufer des Savannah River eine Reihe zwei- und dreistöckiger Gebäude. Früher einmal hatten diese Gebäude am Fluss Fabriken beherbergt oder Lagerhäuser voller Waren und fluchender Schauermänner. Jetzt waren sie umgebaut worden zu teuren Hotels, Geschäften und Restaurants.

Walker parkte neben einem weißen Cadillac, gleich vor einem Parkverbotsschild. Noch ehe er den Motor ausgestellt hatte, war Faith schon ausgestiegen und ging auf die schwarze Markise zu, die über der geschliffenen Glastür des Savannah River Inn hing.

»Ich werde hier bleiben und die Waren bewachen«, sagte er zu dem leeren Wagen. »Ja, genau das werde ich tun. Nein, kein Problem. Wir sind doch hier, um zu dienen.«

Er drehte den Schlüssel herum und stellte den Motor ab, während er das Radio laufen ließ und das Fenster öffnete. Ein Geruch nach Flusswasser, heißem Asphalt und Benzin stieg ihm in die Nase. Savannah erlebte im Augenblick für diese Jahreszeit ungewöhnlich warmes Wetter. Doch noch war es nicht warm genug, um das Ungeziefer aus seinem Versteck zu locken. Es genügte gerade, um den Himmel mit dem Dunst der Feuchtigkeit zu verhüllen, Vorzeichen der glühenden Hitze, die sich in jedem Sommer wie ein ungeduldiger Liebhaber über das tief gelegene Land legte.

Kleine weiße Lichter tanzten in den kahlen Ästen der Bäume zu beiden Seiten des Eingangs des Hotels. Auf dem Felsvorsprung breitete eine riesige Eiche ihre dicken Äste aus und umarmte die Nacht. Straßenlampen erhellten die wuchernden Farne, die sich wie Orchideen an die dicksten Äste klammerten. Im Augenblick war an den Farnen noch nichts Schönes. Sie waren verkümmert und verwelkt, brüchig durch die Trockenheit, sie hatten sich eingerollt und warteten auf den Leben spendenden Regen. Wenn das Wasser endlich kam, würden sich die Farne recken und grün werden, sie würden sich anmutig ausrollen, erfüllt von neuem Leben.

Ein Wagen fuhr langsam durch die Straße. Automatisch beobachtete Walker den Wagen. Dann entdeckte er die Lichter auf dem amerikanischen Sedan.

Die Polizisten ignorierten den falsch geparkten Jeep. Sie waren daran gewöhnt, dass noch spät am Abend Gäste Zimmer suchten, und Savannah hatte gelernt, für Touristen Ausnahmen zu machen, ganz besonders in der Nebensaison.

Der sanfte, warme, feuchte Wind wehte durch das offene Fenster, und er war Walker so wohl bekannt wie die Form seiner eigenen Hand. Die Luft roch nach der Grenze, dort wo Süßwasser auf Salzwasser traf, wo die Pinien dem Sumpf Platz machten und die heißen Tage zu samtigen Nächten wurden. Bis auf die Geräusche der Stadt und die Lichter, die es unmöglich machten, die Sterne zu sehen, hätte er wieder in Ruby Bayou sein können, wo er auf leisen Sohlen durch die Nacht schlich, mit einem .22er Gewehr in der Hand und Hunger im Bauch.

Er und sein Bruder hatten gefischt, nach Shrimps und Austern gesucht und Flusskrebse gefangen, doch auch wenn Lot vier Jahre jünger gewesen war als Walker, war Walker doch immer der bessere Schütze gewesen. Es war eine Sache der Geduld. Lot besaß nicht viel davon.

Und dieser Mangel hatte ihn getötet.

Walker schloss die Augen gegen den Schmerz, der schwächer

geworden, aber nie ganz verschwunden war in den Jahren seit Lots Tod. Walker hatte am kahlen, windumtosten Grab seines Bruders gestanden und sich geschworen, nie wieder im Leben verantwortlich zu sein für ein anderes Leben als sein eigenes.

Diesen Schwur hatte er gehalten, trotz der Einsamkeit, die in seinem Inneren so gegenwärtig war wie die Trockenheit, die die Blätter der Farne verkümmern ließ.

»Aufwachen, aufwachen«, rief Faith.

Er öffnete die Augen. Die bunten Lichter des Hotels hüllten Faith in ein goldenes Licht und ließen ihr helles Haar leuchten wie einen Heiligenschein. Ihre Augen waren wie silbriger Nebel, durchsetzt mit dem Blau des Dämmerlichtes. Ihr Duft nach Gardenien und nach Weiblichkeit weckte all seine männlichen Sinne.

Mit schmerzlicher Deutlichkeit fühlte er die Schmugglertasche zwischen seinen Schenkeln. »Ich bin wach.«

Walkers raue Stimme berührte Faith' Nerven wie ein warmer, neckender Wind. Ihr wurde klar, dass sie sich viel zu nahe zu ihm gebeugt hatte, als wollte sie ihr Gesicht an seinem glatten dunklen Bart reiben, um festzustellen, ob er sich genauso seidig anfühlte, wie er aussah. Erschrocken von ihren eigenen Gedanken richtete sie sich schnell wieder auf und zog sich ein Stück von ihm zurück, doch sein Duft nach Seife und warmem, lebendigem Männerkörper war ihr in die Nase gestiegen.

»Sie hatten keine Zimmer mehr, die nebeneinander liegen«, erklärte sie ihm.

»Das ist das Schöne an diesen seelenlosen Hotels, sie…«, begann er.

»Deshalb habe ich das letzte Zimmer genommen, das noch zu haben war«, unterbrach sie ihn. »Es ist eine Suite. Wir haben eine Münze geworfen, wer in dem Klappbett schlafen soll. Du hast verloren.«

»Ich kann mich gar nicht daran erinnern, eine Münze geworfen zu haben.«

»Das Erinnerungsvermögen ist das Zweite, das man verliert.«

»Ach wirklich?«, meinte er. »Und was ist das Erste?«

»Das habe ich vergessen.« Sie lächelte, als sie seinen Gesichtsausdruck sah, dann lachte sie laut auf. »Komm schon. Du kannst den Fluss aus dem Fenster sehen, und ein großes Schiff kommt gerade durch. Es sieht so aus, als wäre es so nah, dass man es berühren kann.«

Walker dachte an all die großen Frachter, die durch die Elliott Bay kamen. Jeder, der Augen im Kopf hatte, konnte einen Blick aus dem Donovan-Gebäude werfen und die Schiffe aus der ganzen Welt zählen. Doch Faith war so aufgeregt, als würde sie in der Wüste leben und hätte noch nie etwas Größeres als eine Pfütze gesehen. Ihre Begeisterung war ansteckend. Genau wie ihr Lächeln.

»Außerdem gibt es im Augenblick noch zwei andere Tagungen in der Stadt«, erklärte Faith. »Also sind alle Zimmer belegt. Wir hätten dieses Zimmer auch gar nicht bekommen, wenn nicht jemand im letzten Augenblick noch abgesagt hätte.«

»Da wir gerade davon sprechen, du solltest…«

»Ich habe bereits im Bed and Breakfast abgesagt, als ich das Zimmer hier bekommen hatte«, erklärte sie ihm schnell.

»Hast du denn auch die neue Adresse hinterlassen?«

Das hätte sie beinahe getan, doch das würde sie ihm nicht verraten. »Nur unsere Adresse auf der Ausstellung. Und natürlich habe ich zu Hause angerufen.«

Walker machte sich keine Sorgen darüber, dass die Donovans wussten, wo Faith war. Es waren die gierigen Menschen, die wussten, dass sie Rubine im Wert von einer Million bei sich hatte, um die er sich Sorgen machte. »Gut. Ich würde dich nämlich nicht gern zu einem weniger historischen Ort am Highway schleppen, nur um heute Nacht schlafen zu können.«

»Wenn du mit Archer sprichst...«

»Wer sagt denn, dass ich das tun werde?«, unterbrach Walker sie schnell.

»Meine Erfahrung«, gab sie zurück. »Erinnere dich bitte daran, dass ich Donovan International die Vorauszahlung in Rechnung stellen werde, die ich in dem anderen Hotel verloren habe, genauso, wie ich ihnen diese ganze Reise nach Savannah in Rechnung stellen werde.«

»Und du wirst den Betrag nicht aufteilen?«

»Wenn Archer alles so haben will, wie er sich das vorstellt, dann kann er, verdammt noch mal, auch dafür bezahlen.«

»Also, siehst du. Haben sie hier auch einen Safe?«

»Ja, aber ihre Versicherung deckt nur einen Schaden bis zu zehntausend Dollar.«

Walker seufzte. Eine Rubinhalskette an seiner Haut zu tragen, ganz gleich, wie sorgfältig die Juwelen auch eingewickelt waren, war nicht gerade angenehm. Die Kette war wunderschön. Sie ließ sich zu einem bemerkenswert kleinen Päckchen zusammenlegen. Doch er war empfindlich an der Stelle, wo der Lederbeutel versteckt war. Noch empfindlicher in Augenblicken wie diesem, als er zugeben wollte.

Faith' Mund verzog sich zu einem Lächeln. »Gibt es da etwas, das dich, äh, scheuert?«

»Ich habe schon Schlimmeres erdulden müssen. Wenigstens versichert Archer nicht noch mehr deiner Juwelen für diesen Abend«, meinte Walker. »Wenn ich noch mehr deiner Kreationen auf diese Art tragen müsste, dann würde ich wie ein Kaninchen über die Straße hoppeln.«

Er schob sich aus dem Wagen und schloss die Tür hinter sich. Mit steifen Beinen ging er hinter den Jeep. Seinem Bein hatte es nicht gefallen, in einen engen Sitz im Flugzeug gezwängt zu werden.

Faith griff an Walker vorbei in den Kofferraum. Sie nahm

ihren Koffer und den Aluminiumkoffer, in dem die anderen Stücke verstaut waren, die sie auf der Ausstellung für Modernen Schmuck in Savannah ausstellen wollte.

»Ich bin nicht zu verkrüppelt, um deinen Koffer zu tragen«, protestierte er.

»Ich auch nicht.«

»Wir sind hier in den Südstaaten. Hier tragen Frauen nicht ihr eigenes Gepäck.«

»Die Männer tragen hier Handtaschen?«, fragte sie und riss gespielt dramatisch die Augen auf.

Walker gab auf, holte seine Reisetasche und seinen Stock und folgte ihr die wenigen steilen Stufen zur Veranda des Gasthauses hinauf. Er war vor ihr an der Tür, öffnete sie für sie und grinste sie an, als sie an ihm vorüberging. Sie erwiderte sein Grinsen.

»Hier entlang«, sagte sie.

Walker prägte sich jede Einzelheit des Einganges zu dem Hotel ein und folgte ihr zu einer Tür am Ende eines kurzen Flurs. Zwei andere Zimmer gingen von dem Flur ab. Das Schloss an ihrer Tür war zwar nicht so alt wie das Gebäude, aber modern konnte man es auch nicht gerade nennen. Ein elektronisches Schloss wäre ihm lieber gewesen.

Die Kette, die man von innen vor die Tür legen konnte, war auch nicht viel besser. Mit einem harten Tritt hätte man die Schrauben aus der Mauer gerissen. Im Süden hieß Sicherheit trockenes, verrottetes Holz. Walker zog modernen Stahl vor.

»Wunderschön«, sagte Faith und sah sich um. »Rosa und grün und cremefarben. Eine so elegante Tapete, beinahe wie Seide. Und die Täfelung sieht aus, als sei sie original.«

»Das bezweifle ich. Die alten Fabriken am Fluss besaßen keinerlei Schnickschnack, auch nicht, als sie noch neu waren. Diese Vertäfelung stammt wahrscheinlich aus einem Hotel, das man abgerissen hat, oder sie kommt aus einer neuen Fabrik, die sich auf historische Nachbildungen spezialisiert hat.«

Faith hörte kaum auf seine pragmatischen Worte. Dies war ihr erster Eindruck des historischen Süden, und sie genoss ihn. »Sieh dir nur einmal die Decke an. Die Ecken sind mit einem Blumenmuster verziert. Glaubst du, dass es noch die ursprüngliche Verzierung ist?«

»Das will ich nicht hoffen. In diesem Klima verrottet der Gips beinahe genauso schnell wie Fleisch. Der Fußboden ist allerdings noch original.«

Faith blickte auf ihre Füße, doch sie entdeckte nur einen dicken Teppichboden, von Wand zu Wand. Teuer, sehr geschmackvoll, doch vom Fußboden war überhaupt nichts zu sehen. »Woher willst du das wissen?«

»Das erkenne ich an der Art, wie er sich über den Balken biegt. Einen solch durchhängenden Fußboden bekommt man erst, wenn er mindestens hundert Jahre alt ist.«

»Du hättest wirklich ein seelenloses modernes Hotel vorgezogen.«

»Falsch. Aber das bedeutet nicht, dass ich nicht den Unterschied kenne zwischen einem geraden Fußboden und diesem hier.«

Walker blickte zu der dick gepolsterten Couch mit dem Blumenmuster, auf der er würde schlafen müssen. Er hoffte, dass die ausziehbare Matratze härter war als die Kissen darauf. Abwesend rieb er sich die steifen Muskeln in seinem Oberschenkel. »Beim nächsten Mal werfe ich die Münze für das Bett.«

Faith biss sich auf die Lippe, um nicht zu lächeln, doch als sie sich zu ihm umwandte, sah sie, dass er sein verletztes Bein massierte. Ein heißes Schuldgefühl erfasste sie. Sie war wütend auf Archer, weil er seine Macht in der Firma unfair ausgenutzt hatte, und sie bestrafte Walker jetzt für die willkürliche Entscheidung ihres Bruders. Wenn das nicht unfair war.

»Ich werde auf der Couch schlafen«, erklärte sie. »Ich habe nicht nachgedacht.«

Walkers Augen blitzten auf, als er sie ansah. »Worüber hast du nicht nachgedacht?«

»Ich habe nicht an dein Bein gedacht.«

»Meinem Bein geht es gut.«

»Aber du reibst es.«

»Möchtest du das für mich tun?«

Ihre Augen zogen sich zusammen. »Ich sollte dich eigentlich beim Wort nehmen, nur um zu sehen, wie du dich windest.«

»Jederzeit, Süße.«

»Okay. Jetzt gleich. Mit dem Gesicht nach unten«, erklärte sie und deutete auf den Boden.

»Was?«

»Mit dem Gesicht nach unten auf den Boden.« Sie dehnte die Hände und lächelte voller Vorfreude. »Ich habe gerade einen drei Monate langen Kursus in Tiefenmassage hinter mich gebracht.«

Seine dunklen Augenbrauen zogen sich hoch. »Warum?«

»Aus dem gleichen Grund, aus dem ich Kurse in Metallurgie und Keltischer Kunst belegt habe, Kurse in der Pflege alter Rosen, der Sun Tzu-Theorie des Krieges und des Wanderungsmusters der Zugvögel.«

»Und was waren das für Gründe?«

»Ich war neugierig.«

Walker lachte leise. »Ich wette, du versenkst dich auch für Stunden im Netz.«

»Im Netz? Du meinst Computer?«

»Sicher.«

»Auf keinen Fall. Ich habe alle Computer, die ich je brauche, im College gehabt. Ich habe sie den Antichrist genannt. Erst danach habe ich mich damit besser gefühlt.«

»Du machst wirklich deine ganzen Entwürfe mit der Hand?«, fragte er überrascht.

»Das ist noch immer besser als drei Wochen Arbeit in den Äther zu schießen, nur weil der Antichrist gerülpst hat.« Sie zuckte mit den Schultern. »In unserer Familie hat Kyle all die Computergene mitbekommen. Er kann sie dazu bringen, Männchen zu machen und Tricks, von denen ich sicher bin, dass sie illegal sind.«

Walker wusste aus erster Hand, dass einige von Kyles Fähigkeiten ihn ins Gefängnis bringen konnten, doch das erzählte er Faith nicht. Manchmal war Unwissenheit ein Segen.

»Gesicht nach unten«, sagte sie. »Ich werde im Handumdrehen die Muskeln in deinem Bein gelockert haben.«

»Aber das wird doch nicht wehtun, oder?«

»Wieso glaubst du das?«

»Weil du lächelst wie ein Alligator.«

»Vielleicht kann ich es gar nicht erwarten, deinen Körper in meine Hände zu bekommen.«

Trotzdem legte er sich auf den Boden. Auch wenn es wehtun würde, wäre es noch immer besser, wenn die Schmerzen von ihren Händen kommen würden als von seinen eigenen.

»Wo tut es weh?«, fragte sie.

»Überall.«

»Nun, das ist sicher eine große Hilfe.« Sie kniete sich neben ihn und fuhr mit den Fingerspitzen über seine linke Hüfte, die sie nach Verhärtungen untersuchte. »Wo tut es denn am meisten weh?«

Walker glaubte nicht, dass sie etwas davon hören wollte, wie sehr sein Unterleib schmerzte, außerdem war er sicher, dass er darüber besser nicht reden sollte. »In der Mitte des Oberschenkels, vorn, und über dem Knie.«

»Also gut.«

Walker zog scharf den Atem ein, als sich ihre Finger um seinen Oberschenkel schlossen. »Ich habe gesagt, *Knie*.«

»Wenn ich da anfangen würde, würdest du durch die Decke

gehen. An einige Dinge muss man sich erst langsam herantasten.«

Walker biss sich auf die Zunge und bereitete sich darauf vor, eine sehr interessante Folter zu ertragen.

10

Sie erwachte in panischer Angst.

Stahlharte Finger gruben sich in ihren Hals und erstickten sie. Ihre Wangen brannten, als etwas Heißes und Feuchtes darüber rann, auf die mit Spitzen verzierten Kissen. Etwas glitt über ihren Arm und hinterließ eine Spur aus Feuer. Sie konnte sich nicht bewegen, konnte nicht schreien, sie lag nur da, starr vor Angst, während eine raue Stimme wieder und wieder von ihr verlangte: »*Der Rubin! Wo ist er! Sag es mir, sonst wirst du sterben.*«

Sie sagte ihm alles, was sie wusste.

Sie starb trotzdem, unter Schmerzen, und dabei beobachtete sie die starren, glänzenden Augen ihres Mörders.

Am Eröffnungstag der Ausstellung waren Faith und Walker schon früh aufgestanden. Faith stellte den Fernsehapparat an und ging dann unter die Dusche, während Walker nach draußen ging und das Frühstück organisierte. Er war zurück, noch ehe sie ihr Haar getrocknet hatte. Er balancierte heißen Espresso und Doughnuts in beiden Händen, öffnete die Tür und stieß sie mit dem Fuß hinter sich zu. Er sah zum Fernsehapparat hinüber.

»*Dieser Bericht kommt gerade von unserem Reporter Barry Miller, er ist am Ort des Mordes im Live Oak Bed and Breakfast Hotel, einem der exklusivsten Hotels Savannahs.*«

Schnell ging Walker zum Fernsehapparat und stellte ihn leiser. Er wollte nicht, dass Faith das hörte, doch er war ganz sicher interessiert.

Das Bild im Fernsehen wechselte von der fröhlichen, frisch gewaschenen Nachrichtensprecherin zu einem zerknittert und ernst aussehenden Reporter. Hinter ihm blockierten einige Polizeiwagen und Wagen einer Einsatztruppe die Straße. Mit gelbem Band waren die Straßen in verschiedenen Richtungen gesperrt. Barry Miller hielt das Mikrofon in der Hand und sah direkt in die Kamera.

»Worte können die Grausamkeit der Tat nicht beschreiben. Der Mörder mit seinem Messer oder die Mörder sind offensichtlich durch das Schlafzimmerfenster des Gold Room gekommen, sie haben das Opfer gefoltert und es schließlich getötet. Ironischerweise hat das Opfer, deren Name im Augenblick noch geheim gehalten wird, bis man ihre Familie benachrichtigt hat, dieses Zimmer nur bekommen, weil im letzten Augenblick die Reservierung des Zimmers abgesagt wurde.

Die Polizei ist erstaunt über die Brutalität dieser Tat. Niemand hat etwas gesehen oder gehört. Obwohl man dem Opfer die Brieftasche geraubt hat, und der Safe des Hotels geplündert wurde, behauptet die Polizei nicht, dass dies das Motiv für den Mord war. Sie suchen im Augenblick nach dem früheren Ehemann des Opfers und ihrem Ex-Freund, um sie zu verhören.

Wir bleiben an dieser Geschichte dran und bringen Ihnen die neuesten Ergebnisse, sobald wir sie bekommen. Hier ist Barry Miller, am Ort des Geschehens, dem Live Oak Bed and Breakfast. Zurück zu dir, Cherry.«

Auf dem Bildschirm sah man jetzt das Fernsehstudio. Walker zappte schnell durch die anderen Kanäle, doch als er nichts mehr fand, stellte er den Apparat aus. Einen Augenblick später hörte auch der Föhn auf.

»Warum hast du den Fernseher ausgemacht?«, fragte Faith,

als sie aus dem Bad kam. »Ich wollte sehen, ob die Ausstellung erwähnt wird.«

Walker blickte auf und schluckte dann. Faith war bereits für die Arbeit gekleidet. Ihre Absätze waren so hoch wie ein Wolkenkratzer. Sie trug eine kühle Seidenbluse, die zu dem Silberblau ihrer Augen passte, dazu einen Rock aus Rohseide und eine Jacke, die einen Ton dunkler war. Ihr Haar hatte die Farbe der Sommersonne. Den Schmuckanstecker hatte sie selbst entworfen, eine Kombination aus Opalen und einer wunderschönen Barock-Perle in einem Entwurf, der weder eine Muschel noch die See darstellte, und dennoch beides andeutete.

»Ich dachte, du wolltest am Fluss sitzen und in aller Ruhe frühstücken, ehe der Mob über dich hereinbricht«, meinte Walker. »Es ist wirklich wunderschön draußen.«

Sie griff nach ihrer Tasche und ging zur Tür. »Worauf wartest du noch?«

Der Weg am Wasser war im Vergleich zu Seattle warm, doch der Taupunkt war so hoch, dass Faith und Walker ihren Atem sehen konnten. Trotz ihres Protestes zog er seine Jacke aus und sorgte für einen sauberen Platz auf der Bank, während er ihr erklärte, dass sie keinen wunderschönen Schmuck zeigen konnte, wenn sie einen schmutzigen Rock trug.

Faith war in der Erwartung des Trubels der Ausstellung dankbar für Walkers lockere, ruhige Gesellschaft. Sie brauchte sich keine Gedanken darüber zu machen, ein Gesprächsthema zu suchen oder ihn zu unterhalten. Er war zufrieden mit dem Morgen und seinen eigenen Gedanken. In wohltuendem Frieden aßen sie ihre Doughnuts und tranken den Espresso mit der Zimtmilch, den er mitgebracht hatte.

Als sich das Sonnenlicht durch die immergrünen Blätter der Eichen und das wie feine Spitze aussehende spanische Moos drängte, besaß die Sonne schon genügend Wärme, um ihre an das Wetter von Seattle gewöhnte Haut prickeln zu lassen. Walker dachte über die Nachrichten im Fernsehen nach. Daran gab es nichts, was ihn zum Lächeln brachte, was er jedoch sorgfältig vor Faith verbarg.

»Wie war doch gleich der Name des Hotels, in dem du gestern absteigen wolltest?«, fragte er sie.

»Live Oak. Ich hatte den Gold Room reservieren lassen, angeblich soll er das Schlafzimmer einer Schönheit des Südens um 1840 gewesen sein.« Sie nippte noch einmal an ihrem Kaffee. »Warum?«

Walker gähnte und reckte sich und ließ sich die Sonne in das Gesicht scheinen. Doch das Eis in seinem Inneren konnte sie nicht schmelzen. »Archer wird einen Bericht von mir erwarten, und ich konnte mich nicht mehr an den Namen des Hotels erinnern.« Das stimmte zwar nicht ganz, aber es genügte. Er würde in Kürze mit Archer sprechen, und der Name des Live Oak würde ganz sicher in dieser Unterhaltung fallen. »Bist du fertig?«

»Nur noch ein Schluck oder zwei.«

Walker nahm seinen Kaffeebecher und die Servietten und stopfte alles in die Tüte, in denen die Doughnuts gewesen waren. Er bewegte sich leichter als gestern, was er Faith' überraschend geschickten Fingern verdankte. In der Tat hatte er danach Stunden gebraucht, ehe er einschlafen konnte, doch das war sein Fehler gewesen und nicht der ihre. Sie hatte ihm nicht mehr geboten als eine therapeutische Massage.

Er redete sich immer wieder ein, dass es so besser war. Sein Verstand glaubte ihm, sein Körper jedoch nicht.

Faith trank ihren Becher leer, leckte sich über die Lippen und seufzte. Irgendwie hatte ihr unerwünschter Begleiter in einer Stadt des geeisten Tees und des Kaffees aus der Maschine einen Ort gefunden, an dem es Espresso gab, und sich dann aus der Küche des Gasthauses Zimt geholt. Er selbst trank den bitteren, gebrauten Kaffee der Südstaaten mit allen Anzeichen des Genusses. Natürlich war er mit diesem Zeug groß geworden.

»Ich bin so bereit, wie ich es nur sein kann«, erklärte sie und knüllte den Pappbecher zusammen.

»Noch nicht ganz.«

»Wie?«

Walkers Daumen strich sanft über ihren Mundwinkel. »Krümel.«

Faith' Herz machte einen kleinen Sprung. Dann begann es zu rasen. Die Berührung war eher beiläufig und nicht verführerisch, doch die Wärme seiner Hand auf ihrer Haut machte sie ganz schwindlig. Sie fragte sich, wie es wohl sein würde, seine Geliebte zu sein. Das Gleiche hatte sie sich auch schon gestern Abend gefragt, während sie seine überraschend muskulösen Schenkel geknetet und massiert hatte. »Äh, danke. Wie sieht mein Lippenstift aus?«

Seine dunkelblauen Augen ruhten lässig auf ihrem Mund, und sein Blick gab ihr das Gefühl, als hätte er sie berührt. Langsam.

»Von hier sieht es ganz gut aus«, sagte er nach einem Augenblick. »Aber vielleicht willst du ja selbst nachsehen. Deine Lippen haben so viel Farbe, dass es schwer für mich zu sagen ist, wo du aufhörst und der Lippenstift beginnt.«

Faith stand schnell auf. »Die Leute werden sich meinen Schmuck ansehen und nicht mich.«

»Die Frauen ganz sicher.« Er griff nach seiner Jacke, schüttelte sie aus und zog sie dann an. »Die Männer werden deine Garderobe lieben. Ganz blass und seidig und so sanft zu berühren. Und diese hohen Absätze…« Er schüttelte langsam den Kopf. »Süße, was diese Schuhe mit deinen Beinen machen, ist eine regelrechte Sünde.«

Sie blickte an sich hinunter. Sie hatte diese Kleidung gewählt, weil sie bequem war und weil die Jacke dazu passte, falls die Klimaanlage im Ausstellungsraum darauf eingestellt war, dass die Männer Anzüge trugen. Die Schuhe besaß sie noch aus einer

Zeit, in der sie versucht hatte, Tony zu gefallen, indem sie hohe Absätze trug, um ihre Beine sexy aussehen zu lassen.

»Was sie mit meinem Spann machen, ist eine Sünde«, erklärte sie. »Am Ende des Tages werde ich jammern.«

»Warum trägst du sie dann?«

»Sie lassen meine Beine nicht so dürr aussehen.«

»Dürr?« Walker konnte seine Überraschung nicht verbergen, selbst wenn ein großer Pokereinsatz davon abgehangen hätte. »Hast du in letzter Zeit schon einmal deine Augen untersuchen lassen?«

»Ja.«

»Dann solltest du es einmal mit einem anderen Augenarzt versuchen. Deine Beine sind...« *genug, um einem Mann feuchte Hände zu bereiten* »...gerade richtig, so wie sie sind. Beide Füße berühren den Boden, richtig?«

»Als ich das letzte Mal nachgesehen habe, taten sie das tatsächlich.«

»Also. Was mehr könnte man verlangen?«

Sie lächelte und streckte ihm die Hand entgegen, noch ehe sie es sich anders überlegen konnte. »Komm schon. Du kannst mir helfen, meinen Stand aufzubauen.«

Er hatte sich darauf vorbereitet, genau darauf zu bestehen, und war erleichtert, dass das nicht nötig sein würde. Je länger er in ihrer Nähe war, desto mehr entspannte sie sich. Am Ende des Tages würde sie ihn behandeln wie einen ihrer Brüder.

Und wenn ihn das irritierte, machte es doch seine Aufgabe, die Rubine zu beschützen, einfacher, und er würde darüber hinweg kommen. Sie würden ganz nahe zusammenbleiben, bis sie zurück nach Seattle fuhren. Und da war es besser, wenn sie sich benahmen wie Bruder und Schwester und nicht wie Liebende.

Ja. Richtig.

Alles, was er tun musste, war, sich das immer wieder einzureden, genau wie er sich in der letzten Nacht eingeredet hatte, dass er nicht hören konnte, wie sie sich entkleidete, dass er nicht den Duft nach Gardenien und sanfter Weiblichkeit einatmen konnte, der ihm in die Nase stieg, dass er nicht ihre Atemzüge zählen konnte, die immer langsamer und tiefer wurden, bis sie eingeschlafen war.

Er hätte ihr wirklich erlauben sollen, die Tür des Schlafzimmers zu schließen. Auf diese Art hätte er wenigstens auch etwas Schlaf bekommen. Doch das bezweifelte er. Einzuschlafen mit einem Ständer, war sehr schwierig.

Walker stand auf, er bewegte sich langsamer als nötig. Er wusste, dass Faith sich auf einem unterbewussten weiblichen Level durch seine körperliche Schwäche sicher fühlte. Der einzige Grund, den er sich dafür denken konnte, weckte in ihm den Wunsch, eine kurze, brutale Unterhaltung mit ihrem Ex-Verlobten zu führen.

Mit unterdrücktem Zorn stopfte Walker die Überreste ihres Frühstücks in eine Mülltonne. Mit einer Hand nahm er seinen Stock, mit der anderen griff er nach Faith' Hand. Anstatt ihre Finger fest miteinander zu verschränken, wie er sich das wünschte, drückte er ihre Hand nur sanft und ließ sie dann wieder los.

»Komm«, forderte er sie auf. »Lass uns diesen Leuten auf der Ausstellung zeigen, wie hochklassiger Schmuck aussieht.«

Er nahm den Aluminiumkoffer, in dem neun von den zehn Schmuckstücken lagen, die sie auf ihrem Stand ausstellen würde. Das zehnte Stück – die Halskette mit den Rubinen – war da, wo sie seit Seattle schon aufbewahrt wurde, gleich neben dem Familienschmuck von Walker.

Und der fühlte sich im Augenblick so hart an wie Steine. Diese Schuhe, die Faith trug, hätten wirklich verboten werden müssen, zusammen mit dem sexy Duft und dem vorsichtigen Blick ihrer Augen, die aussahen wie bei einem gefallenen Engel.

»Ist dein Bein noch immer steif?«, fragte Faith, als sie einen Blick in Walkers angespanntes Gesicht warf.

Beinahe hätte er sie gefragt, welches Bein sie wohl meinte. »Es wird schon besser werden.«

»Ich werde es mir heute Abend noch einmal vornehmen.«

»Das ist nicht nötig.«

»Du solltest mir den Spaß lassen. Es freut mich, wenn du die Zähne zusammenbeißt und schweigend wie ein Macho leidest. Es gibt mir das Gefühl großer Macht, wenn ich einen erwachsenen Mann zum Weinen bringen kann.«

»Ich habe schon immer gewusst, dass du ein Sadist bist.« Aber er lächelte. Seinem Bein ging es wirklich besser.

Walker lehnte sich gegen die rosa und gold gestrichene Wand im hinteren Teil von Faith' Stand. Der Ausstellungsraum hatte die Größe der Eingangshalle eines Hotels und sah auch genauso aus. Geschäfte wurden an den Wänden des Raums entlang abgeschlossen. In der Mitte des Raumes standen mit geblümtem Stoff bezogene Sofas und Sessel um geschnitzte Tische aus Mahagoni- und Kirschbaumholz, die entweder europäische Antiquitäten waren oder zumindest ausgezeichnete Kopien davon. Blumengebinde, so groß wie Brunnen, vermittelten das Gefühl von Frühling und elegantem Wohnstil. Champagner und frische Früchte wurden an einem Ende des Raumes angeboten, der Tisch war strategisch so angeordnet, dass die hungrigen Besucher durch die Ausstellung gehen mussten, um zu dem Champagner zu gelangen. Ein diskretes Trio spielte Bach – hauptsächlich Fugen, damit die Kunden es nicht für nötig fanden, lauter zu sprechen.

Doch der wahre Grund der Ausstellung ließ sich nicht verleugnen. Hinter dem üppigen Dekor waren die Geschäfte das Wichtigste an diesem Tag.

Von der Stelle, an der Walker stand, konnte er alle Menschen sehen, die sich dem Stand näherten. Die Ausstellung war noch nicht für das allgemeine Publikum geöffnet, doch die Aussteller und die diskret gekleideten Sicherheitskräfte mischten sich unter das Volk. Juweliere gingen herum, begrüßten alte Freunde und sahen sich neue Konkurrenten an. Die Sicherheitsleute gingen nur herum und hielten den Mund.

Im Augenblick beugte sich Faith über die Ausstellungsvitrine und war damit beschäftigt, die mitgebrachten Schmuckstücke zu arrangieren. Soweit Walker das beurteilen konnte, war der Anblick atemberaubend. Wirklich. Lange, lange Beine mit seidigen Oberschenkeln, die nur halb von dem hochgerutschten Rock bedeckt wurden. Schlanke Hüften, die gerade den richtigen Umfang hatten für einen Mann mit großen Händen, um sie zu umfassen, zu drücken und den Widerstand des weiblichen Körpers auszuprobieren. Sanft. Heiß.

»Ich brauche die Halskette«, sagte Faith.

»Kommt sofort.« Walker griff nach dem Reißverschluss seiner Hose.

Faith wirbelte zu ihm herum. »Du wirst das doch wohl nicht wagen. Nicht hier!«

Er lachte, bis ihre Wangen genauso rosig aussahen wie ihre Lippen. Es sollte ihm nicht einen solchen Spaß machen, sie zu necken, doch das tat es. Es war so, als würde er sie berühren, ohne es wirklich zu tun.

»Mach, dass du wegkommst«, murmelte sie und gab ihm einen unsanften Stoß. »Los jetzt. In fünf Minuten wird geöffnet, und ich brauche die Ware.«

Er wollte sie nicht verlassen, doch sie wäre nie sicherer als im Augenblick, ehe das Publikum in den Saal gelassen wurde. Er nahm seinen Stock, dann ging er um die Glasvitrine herum zur Herrentoilette. Der dicke, doch schon ein wenig verblichene Perserteppich schluckte das Geräusch seiner Schritte.

Auf dem Weg aus dem Ausstellungsraum schnappte er sich

einen der Sicherheitsleute und deutete mit dem Kopf zu Faith. »Sie hat ein paar Schwierigkeiten mit einem strohdummen Hurensohn, der einfach ein Nein nicht akzeptieren kann«, erklärte ihm Walker gedehnt. Während er sprach, schüttelte er gleichzeitig die Hand des Mannes und schob ihm einen Zehn-Dollar-Schein zu. »Werfen Sie ein Auge auf sie, bis ich wieder zurück bin, ja? Es dauert nur eine Minute.«

Das Geld verschwand in einem schlecht sitzenden Anzug. »Kein Problem, Sir. Gern geschehen.«

Das Blitzen in den blassblauen Augen des Mannes sagte ihm, dass unter dem weißen Haar, den Hängebacken und dem Bauchansatz das Herz eines Gentleman aus dem Süden schlug, der ein hübsches, wohl geformtes Paar Beine schützen – und schätzen – würde bis an sein Lebensende.

Walker ging durch den Flur zur Herrentoilette, doch ehe er sie erreichte, verschwand er in einem Alkoven und zog eines der Handys der Donovans aus der Tasche seiner Jacke. Es war umgebaut worden und besaß einen Sprachverzerrer.

Archer nahm gleich beim ersten Läuten den Hörer auf. »Hoffentlich ist das etwas Gutes.«

»Hier ist Walker. Habe ich dich geweckt?«

Am anderen Ende der Leitung blickte Archer auf Hannah. Warm und matt lag sie neben ihm und knabberte gerade mit ihren Zähnen an seinem Bauch. »Ich war schon auf. Was hast du für ein Problem?«

»Es könnte sein, dass ich unter Wahnvorstellungen leide.«

»Ich höre.« Er zog scharf den Atem ein. Hannah lächelte wie eine zufriedene Katze. Und genau wie eine Katze leckte sie ihn.

»In das Hotel, in dem Faith und ich ein Zimmer reserviert hatten, ist heute Nacht eingebrochen worden. Das Zimmer, das für uns bestimmt war, wurde durchsucht, dann wurde der Safe des Hotels aufgebrochen und ausgeräumt. Die Frau, die in dem

Zimmer schlief, wurde umgebracht, von einem Kerl, der sein Messer liebte.«

»Himmel.«

Hannah blickte betroffen auf. Archer zwang sich, sie aufmunternd anzulächeln, während er mit der Fingerspitze über ihren Mund fuhr. Sie legte die Wange auf seinen Bauch und gab sich damit zufrieden, seine Erregung sanft zu streicheln.

»Die meisten Einbrecher sind nicht darauf vorbereitet, einen Safe aufzubrechen und ... das zu tun«, erklärte Archer vorsichtig. »Wenigstens keinen großen Safe.«

»Was du nicht sagst«, antwortete Walker gedehnt.

»Wer hat gewusst, wo Faith absteigen würde?«

Hannah knabberte an der Stelle, die sie zuvor gestreichelt hatte.

Archer hörte auf zu atmen.

»Die Organisatoren der Ausstellung haben es gewusst«, erklärte Walker. »Und die Montegeaus, die Donovans und jeder, der sich dafür interessiert und jemanden gefragt hat, der es wusste.«

Archer grunzte. »Damit hilfst du mir im Augenblick nicht gerade.« Selbst er hätte nicht sagen können, ob er mit Hannah sprach oder mit Walker.

»Sicher, Boss. Ich bin dieser seelenlose Bastard, der nicht wollte, dass sie sich in diesem wirklich historischen Hotel einquartiert. Ich bin auch derjenige, der die Nacht auf einer Bettcouch verbracht hat in einem der feinsten, renovierten Warenhäuser am Fluss, während deine Schwester in einem Luxusbett mit einem Betthimmel, bedruckt mit Magnolien, geschlafen hat, das aus *Vom Winde verweht* hätte stammen können.«

Archer schluckte und unterdrückte einen erstickten Laut. Sein Blick warnte Hannah, dass sie für all die Qualen würde bezahlen müssen, die sie ihm im Augenblick zufügte.

Ihr Lächeln sagte ihm, dass sie es kaum erwarten konnte.

»Gut gemacht, mit dem Hotelwechsel«, brachte Archer heraus. »Dafür stehe ich in deiner Schuld.«

»Dafür bezahlst du mich doch.«

»Erinnere mich daran, dass ich dir eine Gehaltserhöhung gebe.« Er zog noch einmal scharf den Atem ein, beinahe hätte er aufgestöhnt, als sich der warme Mund seiner Frau um ihn schloss.

»Gib mir eine Gehaltserhöhung, Boss. Und sage Hannah, dass sie aufhören soll, dich zu necken. Mir wird schon ganz heiß und ungemütlich, wenn ich dir nur zuhöre, wie du versuchst, nicht zu stöhnen.«

Archer gab auf und lachte laut auf. »Sonst noch etwas?«

»Kyle soll versuchen herauszufinden, ob Einbrüche in Hotels und tote weibliche Touristen im Augenblick in Savannah in Mode sind. Ich würde es ja selbst tun, aber ich lasse Faith nicht aus den Augen.«

»Ah…« Archers ganzer Körper spannte sich an, als eine heiße Woge ihn ergriff, und seine Haut schweißfeucht wurde. »Sonst noch etwas?«

»Hast du schon die Inventarliste von Faith' Laden?«

»Sieh nach dem Essen mal in deinen E-Mails nach.« Archer bewegte sich plötzlich, warf Hannah auf den Rücken und drang dann tief in ihren warmen, willigen Körper ein. Er lächelte wie ein Pirat, dann reichte er ihr den Hörer und begann, sich in ihr zu bewegen. »Es ist Walker, mein Schatz. Sage ihm guten Tag.«

Der Sicherheitsmann nickte Walker zu, als er auf dem Weg zu Faith' Stand an ihm vorüberging.

»Wieso hast du so lange gebraucht?«, fragte sie ungeduldig. »Ich habe nur noch eine Minute Zeit, ehe die Ausstellung öffnet.«

»Telefon-Sex.«

Ihre Augen weiteten sich. »Wie bitte?«

»Telefon-Sex ist besser als gar nichts.« *Von wegen.* »Hier.«
Er legte das Gewicht des Lederbeutels in ihre ausgestreckte Hand. Die Wärme – und der Grund, warum er so warm war – traf sie wie ein Schlag. Verlegenheit und noch etwas, das viel beunruhigender war, ließ ihr eine leichte Röte in die Wangen steigen. Sie wandte sich schnell ab und begann, die Halskette auszupacken, als sei sie zu heiß, um sie zu berühren, doch es waren ihre Gedanken, und nicht die leuchtenden goldenen Spiralen, die sie verbrannten.

Die Montegeau-Halskette war das Hauptausstellungsstück in ihrer Vitrine. Sie hatte einen schlichten Hintergrund von blasser aquamarinfarbener Seide gewählt, um das Gold noch hervorzuheben und einen kühlen Kontrast zu der leuchtenden, intensiven Farbe der burmesischen Rubine zu schaffen. Die handgearbeiteten Verbindungsstücke, die jedes der dreizehn ungleichen Segmente der Halskette miteinander verbanden, hoben diese hervor auf eine Art, die die Kette auf jedem Untergrund anmutig aussehen ließ. Die drei herrlichen Rubine, aus denen der Anhänger geschaffen war, konnten gelöst und als Brosche benutzt werden. Die Rubine in dem Anhänger wurden von schlichten goldenen Bögen gehalten, sie sahen aus wie brennende Tautropfen auf den flackernden Rändern einer Flamme.

Auch ohne diese feurigen Rubine war die Kette ein Paradestück. Ganz gleich, wie oft Walker sie sich ansah, er sah jedes Mal etwas anderes. Sie war fließend, feminin, mächtig, sowohl natürlich als auch der Ausdruck einer dekorativen Kunst, die in den Zeitaltern der Menschheit verfeinert worden war.

Walker fuhr mit den Fingerspitzen über die Halskette, ohne das Glas der Vitrine zu berühren.

»Du siehst aus, als hättest du gern in einem Zeitalter gelebt, in dem Männer Halsketten trugen«, meinte Faith.

Er lächelte schnell und strahlend unter seinem dunklen Bart.

»Diese hier wäre auf einer behaarten Brust eine Verschwendung gewesen. Aber wenn ich sie ansehe, habe ich noch immer das Gefühl, als würde ich nach einer langen Nacht im Sumpf den ersten Vogel in der Morgendämmerung singen hören.«

Faith wusste nicht, was sie darauf sagen sollte. Selbst wenn sie es gewusst hätte, sie hätte nichts erwidern können, denn ihr saß ganz plötzlich ein dicker Kloß im Hals. Walker überraschte sie immer wieder. Niemand hatte je etwas über ihre Arbeit gesagt, das sie so sehr berührt hatte.

»Wenn du dafür nicht das rote Band bekommst«, meinte er, »dann gibt es keine Gerechtigkeit.«

»Gerechtigkeit, wie?«, meinte sie mit merkwürdig rauer Stimme. »Das war's wohl mit meinem roten Band.«

Er lachte und wünschte, er könnte sie in den Arm nehmen. Dann würde er sie küssen. Und dann... Er riss sich zusammen und begnügte sich damit, mit der Fingerspitze Faith' kleine aristokratische Nase zu berühren, so wie er es ein- oder zweimal bei Archer gesehen hatte. »Ja, ich denke, du hast Recht.«

»Außerdem kannst du hier keine Preise vergeben, ehe du nicht gesehen hast, was die Konkurrenz zu bieten hat.«

Er warf einen Blick zu den zwanzig anderen Ausstellungsständen. In jedem war das Beste ausgestellt, was die Designer zu bieten hatten. Jeder einzelne Stand hatte seine Fans und seine Sammler. Die Designer selbst waren eine Ausstellung für sich. Ihre Kleidung war so unterschiedlich wie die Schmuck-Kreationen, die sie geschaffen hatten.

»Ich denke, ich brauche einen einheimischen Führer oder ein geheimes Passwort oder einen ganz besonderen Handschlag, um an einige dieser Leute heranzukommen«, meinte Walker trocken.

Er blickte an ihr vorbei zu dem gleichen weißhaarigen Sicherheitsmann, mit dem er zuvor gesprochen hatte. Er und ein zweiter Mann schleppten einen gepolsterten Ohrensessel herbei, der mit schwerer Seide mit roten und blassgoldenen Streifen bezogen war. Der Sessel war groß genug, um einem Mann bequem Platz zu bieten.

»Stellen Sie ihn an die Wand«, bat sie die Männer. »Danke. Er ist zu störrisch, um selbst darum zu bitten, doch sein Bein ist steif.«

»Gern geschehen, Ma'am.« Das Grinsen des Mannes sagte Walker, dass er nichts dagegen hatte, sich das Gesicht, das zu diesen Beinen gehörte, einmal aus der Nähe anzusehen, doch bemühte er sich vorsichtig, auch Walker in dieses Lächeln mit einzubeziehen. »Wenn Sie noch etwas brauchen, dann rufen Sie einfach.«

»Das war nicht wörtlich gemeint«, erklärte Walker Faith, als sie ein wenig erschrocken aussah, bei dem Gedanken, in diesem eleganten Raum loszuschreien, wenn sie die Aufmerksamkeit des Sicherheitsmannes haben wollte. »Das ist das, was die Typen von den Universitäten eine Phrase nennen.«

Sie warf ihm einen Blick von der Seite zu. »Halt den Mund.«

»Das ist auch eine solche Phrase. Wenigstens hofft dieser alte Junge hier, dass es eine ist.«

»Ich würde lieber denken, dass es eine verlockende Möglichkeit ist.« Faith wandte den Blick von Walkers lachenden blauen Augen und versuchte, nicht selbst zu lachen.

Das unterschwellige Geräusch von Unterhaltungen durchlief den Raum. Die Sicherheitsleute hatten die Türen geöffnet. Die ersten der Sammler, Händler und Touristen kamen eifrig in den Raum gestürmt. Auch wenn ihre Kleidung sich genauso sehr voneinander unterschied wie die der Aussteller, gab es doch eine Gemeinsamkeit: Die Kleidung war sehr teuer.

»Setz dich da hinten hin und benimm dich wie ein braver Südstaaten-Junge«, befahl Faith. »Es ist Show-Time.«

Gehorsam setzte sich Walker, er rückte auf dem Sessel so, das er leicht unter seine Jacke greifen konnte. Und weil er ein böser

Südstaaten-Junge war, hatte er ein Messer bereit, und mit arglosem Blick aus seinen blauen Augen prägte er sich das Gesicht jedes einzelnen Menschen ein, der an Faith' Vitrinen vorüberging.

Er würde wetten, dass einer der Menschen, die sich all die wundervollen Ausstellungsstücke ansahen, der Mörder war, der in das Live Oak Bed and Breakfast eingebrochen war.

11

Nach vier Stunden dachte Walker an die Freuden eines kalten Biers aus dem Sumpfland und eines Sandwichs mit gegrilltem Schweinefleisch. Doughnuts gaben nicht genügend Ausdauer. Doch er bezweifelte, dass es auf dieser Ausstellung etwas so Gewöhnliches gab wie Bier und Barbecue. Er selbst hatte auf dem Tisch des Buffets nichts Kräftigeres gesehen als Melonenbällchen und Salat-Sandwiches.

Faith diskutierte gerade über Goldlegierungen mit einem anderen Designer, einem langhaarigen, sonnengebräunten, kalifornischen Surfer in einem roten Seidenhemd und einer hautengen Hose. Als der Mann endlich weiterging, stiegen Walkers Hoffnungen auf eine Mittagspause.

Noch ehe er seinen knurrenden Magen erwähnen konnte, trat eine Frau an den Stand. Sie trug dick aufgetragenes Makeup, um ihre tiefen Aknenarben zu verbergen, und eine Rolex, die groß genug war, um an das Handgelenk eines Mannes zu passen. Ihre Kleidung war europäisch. Sie wurde noch unterstrichen durch eine Anstecknadel mit Smaragden von einem Designer aus dem späten zwanzigsten Jahrhundert – ein rechteckiger Stein, der von einer rechteckigen Fassung aus Platin gehalten wurde, mit Stacheln, die mit Diamanten besetzt waren und in einem sorgfältig ungleichen geometrischen Muster nach allen Seiten abstanden.

Es lag eine Eindringlichkeit in der Haltung dieser Frau, die Walkers Aufmerksamkeit weckte. Ihr Akzent konnte Russisch sein oder vielleicht auch Ungarisch. Er trat ein Stück näher.

»Der dreieckige Smaragd«, sagte die Frau. »Wie fassen Sie einen solchen Stein ein?«

»Sehr, sehr vorsichtig. Smaragde zerbrechen schon, wenn man sie schief ansieht.« Was Faith nicht sagte, war, dass ihre Zwillingsbrüder, die in der ganzen Welt unterwegs waren, Justin und Lawe, ihr beide mit tödlicher Rache gedroht hatten, wenn sie einen ihrer herrlichen Steine zerbrach, während sie sie in die Fassungen einpasste. »Das Dreieck ist eine ungewöhnliche Form für jeden Smaragd, geschweige denn für einen von mehr als vier Karat. Die einzigartigen Möglichkeiten dieses Smaragds waren es, die mich angezogen haben. Aber das, was Sie da tragen, ist auch ein sehr schöner Smaragd. Stammt er aus Kolumbien?«

»Aber natürlich.« Eine Bewegung mit der sorgfältig manikürten Hand der Frau tat ihren eigenen Schmuck ab. Mit einem rot lackierten Fingernagel tippte sie auf die Glasvitrine. »Diese Brosche hier, dieser dreieckige Stein, ist er jetzt stabil, ja?«

»So stabil, wie Smaragde nur sein können. Die Fassung ist mehr als ein Jahr alt.«

Die Frau betrachtete die verräterisch schlichte silberne Form. Einige wenige Rundungen, zwei ineinander verschlungene Vs und das grüne Blitzen des Smaragds, wie ein einziges Auge.

»Es ist eine Katze, ja?«

»Ja.«

»Ich denke, sie ist gut genährt.«

Faith lächelte. »Sehr gut.«

Die Frau sah sich die Brosche eindringlich an. »Ist sie verkäuflich, ja?«

»Ja.« Der Preis war 47 000 Dollar, doch das würde Faith erst erwähnen, wenn die Frau danach fragte.

Die Frau nickte so heftig, dass ihr rotes Haar wippte. »Ich werde nachdenken.« Ihre roten Fingernägel klopften noch einmal auf die Glasvitrine. »Die Halskette. Rubine wie Blut. Sind sie aus Burma?«

»Ja.«

»Wie viel kostet sie?«

»Es tut mir Leid. Sie ist nicht verkäuflich.«

Die Frau tat mit einer Handbewegung die Worte ab. »Alles ist verkäuflich. Nur der Preis ändert sich.«

»In diesem Fall gehört mir die Halskette gar nicht. Jedoch diese ›Wolken-Garnitur‹ hier –« Faith deutete auf ein Armband, Ring und Ohrringe aus Platin »– hat sehr schöne Rubine und…«

»Ja, ja«, unterbrach die Frau sie ungeduldig. »Die Halskette. Wer ist der Besitzer?«

Faith' Lächeln wurde ein wenig gequält. »Ich werde Sie gern mit dem Besitzer in Verbindung bringen, doch ich muss Ihnen sagen, dass ich nicht glaube, dass er an einen Verkauf denkt. Die Kette ist ein Hochzeitsgeschenk für seine zukünftige Schwiegertochter.«

»Name?«, fragte die Frau.

Fordernd.

Faith sagte sich, dass die Kundin wahrscheinlich gar nicht unhöflich sein wollte. Verschiedene Kulturen gingen ganz einfach ein Geschäft auf unterschiedliche Art und Weise an. Sie ging zu ihrer Tasche, holte eine Visitenkarte daraus hervor und reichte sie der Frau.

»Montegeau-Juwelen«, las die Frau laut. »Gegründet 1810. Dieser Laden. Wo ist er?«

»Jemand wird Ihnen den Weg dorthin erklären müssen. Ich komme aus Seattle.«

Mit einem letzten abschätzenden Blick auf die Katze ging die Frau weiter zum nächsten Stand. Sie warf nur einen kurzen Blick darauf, ehe sie weiterging.

»Unhöflich, aber unter all der Kriegsbemalung hat sie einen sehr guten Geschmack«, meinte Walker.

»Wie meinst du das?«

»An diesem Clown vom nächsten Stand ist sie gleich vorbeigegangen.«

»Dieser, äh, Clown ist einer der bekanntesten Designer in Amerika.«

»Welches Jahrhundert?«

Faith sah in Walkers unergründliche blaue Augen und dachte an eine wohl genährte Katze. »Später Jackson Pollock.«

Walker lachte so laut auf, dass sich ein paar Leute nach ihm umdrehten. »Explosion in einer Farbenfabrik, wie?«

»Hat dir eigentlich schon einmal jemand gesagt, dass du ein sehr belesener guter alter Junge bist?«

»Nein. Irgendjemand scheint immer diesen Teil mit dem guten alten Jungen zu vergessen.«

»Erstaunlich«, meinte sie und riss die Augen weit auf. »Du würdest dich doch nicht etwa bemühen, damit man dich unterschätzt, nicht wahr?«

»Nein, Ma'am. Gute Menschen auf eine falsche Spur zu führen, ist eine Sünde. Gott sei Dank hat der liebe Gott nicht zu viele gute Menschen erschaffen, um die ich mir Sorgen machen müsste, wenn ich sie zu sehr auf eine falsche Spur führe.«

Sie kicherte. Dann traf eine junge Frau in einem fließenden, knöchellangen schwarzen Rock und einer langärmligen rosa Seidenbluse an die Vitrine. Ihre Haut hatte die Farbe von Magnolien, und ihr Haar war wie der Sonnenschein. Ihre Ausweiskarte, die sie an ihrem Kragen befestigt hatte, identifizierte sie als Meg. »Miss Donovan?«

»Ja.«

»Ihr Assistent hat heute Morgen darum gebeten, dass jemand auf Ihren Stand aufpasst, während Sie zum Essen gehen. Ich bin jetzt frei, wenn Sie damit einverstanden sind.«

»Mein Assistent?«

»Das bin ich«, erklärte Walker leichthin. »Pack die Halskette ein. Wir werden uns bemühen, etwas wirklich Gutes zu essen zu finden.«

»Aber die Montegeau-Halskette ist die Hauptattraktion meiner Ausstellung«, widersprach Faith.

»Der Rest des Schmucks ist durch eine außenstehende Gesellschaft versichert. Die Kette fällt in meinen Verantwortungsbereich. Sie geht dahin, wo wir hingehen, und wir werden etwas essen, das sättigender ist als Salat-Sandwiches und Fruchtsalat.«

Faith murmelte leise vor sich hin und holte die Kette aus der Vitrine, wickelte sie sorgfältig in dünnes Leder und steckte sie dann in den weichen Lederbeutel. Sie reichte Walker den Beutel. Er nahm ihre Handtasche, steckte den Beutel hinein und schloss sie dann.

Wenigstens sah es so aus für jeden, der sie beobachtete. Nur Faith war ihm nahe genug, und sie war schnell genug, um zu sehen, wie er den Lederbeutel aus einer Hand in die andere nahm und dann in seine Tasche steckte anstatt in ihre Handtasche.

»Hast du so Archer beim Pokerspiel besiegt?«, flüsterte sie.

»Ich war nie so dumm, falsch zu spielen«, erklärte Walker. »Und seit ich für ihn arbeite, habe ich mir auch keine Gedanken mehr darüber machen müssen, ein paar Mäuse zu verlieren.«

Walker reichte Faith ihre Handtasche, dann legte er eine Hand unter ihren Ellbogen, mit einem sanften Griff, dem sie aber trotzdem nicht entkommen konnte. Er nahm seinen Stock und machte großes Aufhebens davon, dass er ihn nötig brauchte. »Danke, Miss Meg«, wandte er sich an die junge Frau. »Wir werden in ungefähr einer Stunde wieder zurück sein.«

»Lassen Sie sich Zeit beim Essen.« Ihre Freundlichkeit war echt, genau wie ihre vorsichtige feminine Beurteilung von Walker und seinem verteufelten Lächeln. »Hier wird es jetzt sehr ruhig werden, bis ungefähr drei Uhr«, erklärte sie. »Dann werden die Interessenten es kaum noch abwarten können, etwas ganz Besonderes in die Finger zu bekommen.«

»Bis dahin sind wir ganz sicher wieder zurück«, versicherte ihr Faith.

Als sie hinausgingen, blickte Walker zu dem weißhaarigen Sicherheitsmann, der sofort zu ihm kam.

»Ja, Sir?«

»Wo gibt es hier das nächste Restaurant, in dem man ein anständiges Barbecue bekommt?«, fragte Walker.

Die Augen des Mannes zogen sich zusammen. »Dafür müssen Sie bis nach Tybee Island fahren, Sir. Barbecue ist für die Innenstadt von Savannah nicht mehr gut genug. Wenn Sie allerdings frische Shrimps suchen, dann gibt es ein tolles Restaurant gleich am Fluss, das sehr gefragt ist.«

»Essen Sie auch dort?«

»Nein, Sir. Ich gehe zu *Captain Jim's* Fischbude, am anderen Ende des Flusses. Diese Jungen haben einen eigenen Shrimp-Kutter.«

Walker lief bei diesem Gedanken das Wasser im Mund zusammen. Frisch Shrimps waren beinahe genauso gut wie das Barbecue hier im Sumpfland. »Sagen Sie mir, wie ich da hinkomme.«

Der Sicherheitsmann warf Faith einen zweifelnden Blick zu. »Das ist kein, äh, elegantes Restaurant.«

»Ich werde ihr persönlich das Lätzchen umbinden.«

Der Mann erklärte ihnen den Weg, und Walker griff nach Faith' Arm. Sie bahnten sich einen Weg durch den überfüllten Raum. Ohne dass jemand es bemerkte, behielt Walker die Leute hinter sich im Auge.

Es dauerte nicht lange, bis er den Mann entdeckt hatte, der sie verfolgte. Viel zu aggressiv bahnte er sich den Weg durch die Menschenmenge. Er bemühte sich nicht um Unauffälligkeit, sondern setzte nur seine Muskeln ein. Er benahm sich eher wie ein professioneller Knochenbrecher und nicht wie ein Fassadenkletterer.

Walker runzelte die Stirn. Er spielte all die unangenehmen Möglichkeiten durch, dann ließ er Faith an der Rezeption zurück und sagte ihr, sie solle viel Aufhebens um die Hinterlegung der Rubine im Safe des Ausstellungsbüros machen. Während sie damit beschäftigt war, verschwand er in der Herrentoilette und verstaute die Halskette in ihrem sicheren Versteck.

Faith bemühte sich, ein angebliches Päckchen aus ihrer Tasche in den Safe zu legen. In der Abgeschiedenheit der Sicherheitskabine suchte sie in ihrer Tasche herum und legte schließlich ein Päckchen Aspirin, einen Lippenstift und einen Kugelschreiber in die Kiste. Während sie zusah, wie die kleine Kiste hinter der dicken Stahltür eingeschlossen wurde, versuchte sie nicht daran zu denken, was Walker gerade mit den Rubinen machte, die angeblich jetzt im Safe der Ausstellung lagen.

Aber wenigstens hielt der Gedanke daran, wie Walker die Halskette der Montegeaus beschützte, sie davon ab, zu sehr über ihre schmerzenden Füße nachzudenken.

Walker erschien wieder und half ihr mit der automatischen Höflichkeit des Mannes aus den Südstaaten in den gemieteten Jeep. Faith zog die Schuhe aus und bewegte ihre schmerzenden Füße. Er warf einen Blick auf den Fuß, den sie massierte, und zwang sich, schnell wegzusehen. Strümpfe, die eine Frau noch nackter erscheinen ließen als die nackte Haut, sollten verboten werden, genau wie Parfüm, das nach Gardenien duftete und nach einer Nacht voller langsamer, schwülstiger Liebe.

Er versuchte, überall hinzusehen, nur nicht zu seiner Begleiterin, als er vom Parkplatz fuhr. Nach einigen Minuten, in denen Faith ihre Füße massiert hatte, seufzte sie auf und ließ den Kopf gegen die Kopfstütze sinken. Sie wusste, dass sie eigentlich die stattlichen Plätze mit den von Moos überwucherten Bäumen bewundern sollte und die wunderschön renovierten Herrenhäuser, die zu beiden Seiten des Wagens vorüberglitten, doch sie besaß nicht mehr die Energie dazu. Vier Stunden, in denen sie sich selbst und ihren Schmuck zu verkaufen versucht hatte, waren anstrengender als vier Wochen wirklicher Arbeit.

Einige Designer liebten die Verkäufe, mit denen sie ihre Arbeit abschlossen. Faith wünschte, dass sie auch dazugehörte.

Walker teilte seine Aufmerksamkeit zwischen dem Rückspiegel und den Wagen, die vor ihnen fuhren. Savannah war nicht so groß, dass es dort übermäßig viel Verkehr gegeben hätte, ganz besonders nicht in der Nebensaison. In diesem Teil des Südens sah man viele weiße Cadillacs, doch es war recht einfach, den Wagen herauszufinden, der jedes Mal abbog, wenn auch sie das taten.

»Haben wir uns verfahren?«, fragte Faith, ohne den Kopf von der Kopfstütze zu heben.

»Noch nicht«, meinte Walker. »Warum fragst du?«

»Das ist jetzt das dritte Mal, dass wir um diese Ecke gebogen sind.«

»Und ich habe geglaubt, dass du deine Augen eines gefallenen Engels geschlossen hast.«

»Eines gefallenen Engels?«

»Rauchig blau und tief genug, um einen armen Jungen vom Land zur Sünde zu verführen.«

»Dann werde ich mich wohl besser an reiche Jungen aus der Stadt halten, würde ich meinen.«

Sein schnelles, raues Lachen weckte in ihr den Wunsch, sich zu ihm zu beugen und ihr Gesicht an seinen Hals zu schmiegen und ihn dann gerade fest genug zu beißen, um ihm zu zeigen, dass er sie als Frau ernst nehmen musste. Der Gedanke war beinahe ebenso erstaunlich wie verlockend. Tony hatte sich immer über ihren Mangel an Sexualität beklagt. Seiner Meinung nach war sie nie leidenschaftlich genug und nie schnell genug, um ihm zu gefallen. Und je mehr sie versuchte, das zu tun, was er wollte, desto schlimmer wurde ihr Sex. Und desto wütender wurde er.

Denk nicht daran, sagte sie sich schnell. *Es war genauso sehr sein Fehler wie deiner. Es gehören immer zwei dazu.*

Manchmal – in letzter Zeit immer häufiger – glaubte sie das. Wenn sie es nicht glaubte, meistens in langen, einsamen Nächten, wenn Tonys Enttäuschung und seine Wut sich wieder in ihre Erinnerungen drängten, dann vergrub sie sich einfach in ihrer Arbeit. Dort war sie sich ihrer selbst wenigstens sicher. Was auch immer ihr als Frau fehlte, sie war in der Lage, zeitlose Schönheit zu schaffen, indem sie ihre Träume in Schmuck verwandelte.

Und wenn sie sich danach sehnte, ein Baby in ihren Armen zu halten oder das Gewicht eines Kindes auf ihrer Hüfte zu fühlen, dann gab es da ihre Nichten und Neffen. Sie wurden nicht ungeduldig, wenn sie mit ihnen schmusen wollte, nur um das Wunder eines neuen Lebens in sich aufzunehmen, eines Lachens, eines anderen Herzschlages, der so nah war, dass man ihn fühlen konnte.

»Also, das ist jetzt das Lächeln eines reinen Engels«, sagte Walker.

»Ich habe gerade an Summer und Robbie und Heather gedacht.«

»Diese Summer ist eine wahre Rakete. Jake und Honor sollten so schnell wie möglich noch ein Kind bekommen, denn sonst wird sie viel zu verwöhnt werden.«

Faith betrachtete ihn belustigt. »Das sagt der Mann, der Summer jedes Mal ein Kuscheltier mitbringt, wenn er sie sieht. Und das ist, wenn ich Honor glauben darf, beinahe jeden Tag, seit du wieder zurück bist.«

»Hey, ein Beinahe-Onkel hat eben gewisse Privilegien.«

»Nur, wenn du mit den anderen Onkel rangelst.« Ihr Lächeln wurde breiter. »Ich hätte nie geglaubt, dass ich den Tag erleben würde, an dem Justin und Lawe sich darum streiten, wer das Baby halten darf.«

»Es ist schon gut, dass Archer sie nach Afrika geschickt hat, denn sonst würdet ihr anderen nicht einmal in die Nähe von Kyles Zwillingen kommen.«

Faith lachte. »Lianne war so klug, ein Kind von jedem Geschlecht zu bekommen. Ich fragte mich, wie es wohl sein würde, die Zwillingsschwester eines Jungen zu sein.«

»Genauso, wie es für einen Mann ist, der Zwillingsbruder eines Mädchens zu sein.«

»Interessant.«

»So könnte man es auch sagen. Ich stelle mir vor, dass Robbie ein Künstler wird, und Heather Donovan International leiten wird und auch alles andere, das sie in ihre Finger bekommt.«

»Da muss sie aber zuerst an Summer vorbei.«

»Nein. Summer ist ein Wanderer. Sie wird mit dem Rucksack fremde Bergwelten erforschen, noch ehe sie das College beendet hat.«

»Verbringst du eigentlich sehr viel Zeit damit, in deine Kristallkugel zu sehen?«, fragte Faith neugierig.

»Nicht genug, denn sonst wäre ich so reich wie deine Brüder.«

Und Lot wäre noch am Leben.

Das war etwas, an das Walker sich immer dann erinnerte, wenn seine Hose ein wenig zu eng wurde, weil er Faith ansah oder mit ihr redete. Sie war eine Donovan. Und er war ein Angestellter der Donovans, der an Lots Grab geschworen hatte, sich nie wieder an einen Menschen zu binden, der ihm vertraute. Ende der Geschichte.

Oder so war es wenigstens gewesen, bis Archer ihn dazu gebracht hatte, Faith' Rubine zu beschützen. Um die Rubine zu beschützen, würde er auch sie beschützen müssen.

Der Gedanke genügte, um ihm den kalten Schweiß ausbrechen zu lassen. Der letzte Mensch, für den er verantwortlich gewesen war, ihn zu beschützen, war begraben in dem einsamsten Grab, das er kannte.

»Für Geld kannst du nicht die wichtigsten Dinge kaufen«, meinte Faith.

»Aber es kann ganz sicher den Fluch der Armut vertreiben.«

Die kühle Sachlichkeit von Walkers Stimme sagte ihr, dass dieses Thema für ihn heikel war. Sie blickte zu dem Platz, der vor dem Fenster des Wagens vorüberglitt. Der gleiche General der Konföderierten. Das gleiche Pferd. Und die gleiche Taube, die die beiden kälkte.

»Beim vierten Mal klappt es denn endlich?«, fragte sie.

»Da muss mir wohl etwas entgangen sein.«

»Die Frage ist, bist du dem Kerl entgangen, der uns folgt?«

Er warf ihr einen schnellen Blick zu. »Wieso glaubst du denn, dass wir verfolgt werden?«

»Willst du etwa behaupten, dass du normalerweise immer im Kreis fährst?«

»Eigentlich im Viereck.«

Sie sah Walker an, so kühl, dass es zu seiner Kühle passte. »Ich meine, dass du immer wieder abbiegst, um unseren Verfolger zu verlieren oder dich von hinten an ihn heranzuschleichen.«

»Ein kluger Mann, dieser Jake.«

»Ein schwer zu fassender Mann, dieser Walker.«

»Ja, wir werden verfolgt, von irgendeinem Clown mit einem weißen Caddy und einem Handy.«

»Schon den ganzen Weg von der Ausstellung?«
Walker nickte.
»Verdammt«, sagte sie. »Warum?«
»Das weiß ich nicht.«

Aber er fürchtete, dass er es ganz genau wusste. Jemand hatte ihm die Ablenkung mit den Rubinen und dem Safe auf der Ausstellung nicht abgekauft. *Mist.* Er hätte die Ausstellungshalle gar nicht verlassen sollen. Sein Geschmack nach etwas Vernünftigem zu essen würde Faith in Gefahr bringen. Jetzt würde er diese verdammte Handtasche selbst tragen müssen.

»Rate mal«, meinte sie knapp.
»Vielleicht will er das beste Fischlokal in der Stadt finden.«
»Vielleicht bin ich gebaut wie Miss Februar.«
»Da muss ich mich wohl auf dein Wort verlassen, Süße. Playmates sind nämlich nicht mein Stil.«

Sie wollte ihm glauben, und sie wusste, dass sie ein Idiot war, weil sie sich das wünschte. Jeder Mann verlangte nach dem Körper einer Playmate, selbst wenn er noch die Narben vom Skalpell eines Schönheitschirurgen aufwies. »Eine so überzeugende Lüge. Das muss wohl an den Lapislazuli-Augen liegen. Nein, es ist wohl eher dieser süße Akzent.«

Diese Lapislazuli-Augen zogen sich zusammen. »Wir werden wohl besser miteinander auskommen, wenn du lächelst, während du mich einen Lügner nennst.«

»Notlügen zählen nicht.«
»Zählen hat damit gar nichts zu tun. Ich weiß, was mir gefällt. Du weißt es nicht.«
»Richtig«, murmelte sie. »Als wärst du kein Mann. Folgt er uns noch immer?«
»Ja. Beim Feuer der Hölle. Ich bin gerade daran vorbeigefahren.«
»Woran?«
»An *Captain Jim's* Fischbude.«

»Dann biegst du eben noch einmal um die Ecke.«

Stattdessen wendete Walker gesetzeswidrig mitten auf der Straße und bog dann auf einen Parkplatz gleich vor dem Eingang des Restaurants. Es war der einzige Parkplatz weit und breit. Der weiße Cadillac konnte sich nirgendwo verstecken. Er fuhr weiter über die zweispurige Straße, und Walker hatte die Möglichkeit, sich den Fahrer sehr gut anzusehen.

Er war Mitte zwanzig, hatte schwarzes Haar, trug eine Sonnenbrille, machte ein ernstes Gesicht, und eine seiner großen Hände lag fest auf dem Lenkrad. In der anderen hielt er ein Handy. Dem Ausdruck in seinem Gesicht, nach zu urteilen, gefiel ihm das nicht, was er aus dem Handy zu hören bekam.

Die schlechte Neuigkeit war, dass ihr Verfolger eine schwarze Lederjacke trug, trotz der Hitze des heutigen Tages. Entweder hatte er einen Kleiderfimmel oder er war bewaffnet.

Insgeheim verfluchte Walker diese Komplikation.

»Schlampig«, sagte er.

»Wie meinst du das?«

»Ein Profi hätte sein Aussehen verändert. Andere Brille, einen Hut, eine andere Jacke oder gar keine Jacke. Ein Profi hätte einen Partner, an den er mich übergeben hätte, als ich zum ersten Mal um eine Ecke gebogen bin.«

Schweigend verdaute Faith, was Walker gesagt hatte. Und was er nicht gesagt hatte. »Kein Wunder, dass Archer dir vertraut. Du musst ein sehr interessantes Leben geführt haben. Genau wie er, ehe er damit aufgehört hat.«

»Ich war niemals ein Profi, so wie dein Bruder oder dein Schwager Jake. Ich bin nur ein sehr vorsichtiger Junge vom Land. Deshalb lebe ich auch noch.«

Und Lot nicht mehr.

Die Erkenntnis von Verlust und Zorn und Schuldgefühl war immer wieder frisch und schmerzte noch immer tief, mit einer Heftigkeit, die niemals nachließ.

Mit grimmigem Gesicht, griff Walker nach seinem Stock und stieg aus dem Wagen. Faith hatte die Tür bereits geöffnet und stand neben dem Wagen, noch ehe er um den hinteren Teil des Jeeps herumgegangen war. Ihre hübsche kleine schwarze Handtasche hing über der Schulter auf ihrer Hüfte.

»Die nehme ich.« Er nahm ihr die Tasche ab.

»Du machst wohl Witze.«

Er steckte die Handtasche in die Tasche seiner Sportjacke. Sie passte nicht ganz. »Lache ich etwa?«

Der Ausdruck seiner Augen brachte Faith dazu, die hitzigen Worte, die ihr auf der Zunge lagen, nicht auszusprechen. »Du glaubst also, dass er weiß, dass wir die Rubine bei uns haben? Wahrscheinlich in meiner Handtasche?«

Walker brummte nur.

»Meine Brüder haben mir beigebracht, wie ich mich verteidigen muss«, erklärte sie mit ausdrucksloser Stimme.

»Dann tu das, meine Süße. Ich werde dafür bezahlt, dass ich die Rubine verteidige.«

12

Faith betrat das Restaurant. Der Geruch – nach Fisch und heißem Öl – hüllte sie ein, doch beides roch frisch und sauber, nicht abgestanden. Ihre Speicheldrüsen riefen ihr ins Gedächtnis, dass ein paar Krumen eines Doughnuts und ein Espresso wohl kaum ein Frühstück waren für eine Frau, die gerade vier Stunden auf den Beinen gewesen war und wieder und wieder die gleichen Fragen beantwortet hatte. Und gelächelt hatte sie, gelächelt, bis ihr Gesicht schmerzte.

Kein Wunder, dass sie den Wunsch hatte, auf jemanden loszugehen. Auf Owen Walker, zum Beispiel.

Aus den Augenwinkeln beobachtete er Faith' Reaktion auf dieses Loch von Restaurant, dessen Einrichtung man mit viel Freundlichkeit als bescheiden beschreiben konnte. Ein abgetretener Linoleumboden, verblichene Bierwerbung an den schmuddeligen Wänden, fünfzehn zerkratzte Tische mit Stühlen, die nicht dazu passten, und verschieden große Serviettenhalter auf den Tischen, Ketchup und Tatarsauce in Plastikflaschen daneben.

Das Restaurant war überfüllt mit Zimmerleuten, Anstreichern, Installateuren und Arbeitern, deren Hände fleckig waren von der Sonne und rissig vom Werkzeug. Die Männer – und einige wenige Frauen – steckten bis zum Hals in gegrillten Sünden, von denen die Ärzte immer wieder warnten. Doch die Gesichter der Gäste sagten, dass dieses Erlebnis, wie so viele sündige Dinge, göttlich war.

Die einzige Politur, die es in dem Raum gab, kam von den Menschen, die sich auf die Plastikstühle schoben. Nicht, dass es schmutzig war in dem Restaurant. Keineswegs. Es sah aus, als wäre alles in einem Ramschverkauf in der Nachbarschaft gekauft worden und würde auf die gleiche Art auch wieder weiterverkauft werden. Es gab keine Hostess, die den Gästen die Plätze zuwies, keine Bedienung, die Bestellungen annahm. Die Menschen warteten in einer Reihe vor der Theke, die gerade groß genug für die Kasse war. Und das war auch alles, was der Captain akzeptierte. Bargeld.

Trotz der Rubinhalskette in seiner Unterhose und der Frauenhandtasche in seiner Jacke fühlte Walker sich hier sofort zu Hause. Er hatte seinen Fang früher an Fischbuden dieser Art verkauft, noch bevor er die vierte Klasse hinter sich gelassen hatte.

In ihrer teuren Kleidung sah Faith ein wenig fehl am Platze aus, wie eine Prinzessin bei einem Abrissunternehmen. Falls sie das störte, sah Walker zumindest keinerlei Anzeichen dafür. Sie betrachtete die Tageskarte, die mit Kreide auf eine Tafel geschrieben war, als enthielte sie die Antworten zur Bedeutung des Lebens.

»Nun, dieser Sicherheitsmann lag richtig, was das Aussehen des Ladens betrifft«, meinte Walker. »Und wenn ich mir ansehe, wie die Leute das Essen verschlingen, dann scheint er mit dem Rest auch Recht zu haben.«

Sie war viel zu sehr damit beschäftigt, sich unter den wenigen Gerichten zu entscheiden, um mehr als leicht abwesend zu nicken. Frische Shrimps, gekocht oder gebraten. Zwei Sorten frischer Fisch. Austern, roh oder geröstet. Jakobsmuscheln. Sie stöhnte auf, weil sie sich nicht entscheiden konnte. »Ich nehme von allem einmal und von den Shrimps zweimal.«

Walker lachte, erfreut, dass sie nichts gegen die schäbige Einrichtung und die schmutzigen, hart arbeitenden Gäste hatte. »Wenn du so gern Shrimps magst, dann werde ich Fisch und frische Austern bestellen, und wir können uns das Essen teilen.«

»Dann nehme ich Shrimps.«

»Gekocht oder geröstet?«

»Gekocht. Zwei Pfund.«

Seine Augenbrauen fuhren hoch.

»Sieh mich nicht so an«, rief sie. »Ich weiß alles darüber, wie es ist, mit älteren Brüdern sozusagen zu teilen. Das ist genauso, als würde man sich ein Lammkotelett mit einem hungrigen Wolf teilen.«

Noch ehe Walker antworten konnte, entdeckte er drei Männer, die gerade gehen wollten. Faith eilte zu dem freien Tisch und schob sich höflich an zwei Zimmerleuten in fleckiger Arbeitskleidung vorbei. Dann nahm sie eine Hand voll Servietten und wischte damit die verschüttete Cocktailsauce auf, bevor sie den überfüllten Aschenbecher in den Mülleimer schüttete, als würde sie so etwas jeden Tag tun. Danach warf sie Walker einen erwartungsvollen Blick zu.

Lächelnd machte er sich daran, für sie beide das Essen zu bestellen. Als er zurückkam, brachte er eine Kanne eisgekühlten Tee und zwei leere Plastikgläser mit, denen man ansah, dass sie schon recht häufig gewaschen worden waren. Er stellte die Kanne mit dem Tee auf den Tisch.

»Was ist das?«, fragte Faith.

»Süßer Tee, der Hauswein des Südens.«

Er goss ein Glas voll und reichte es ihr. Sie nippte daran, schluckte und räusperte sich.

»An den Geschmack muss man sich erst gewöhnen«, meinte er. »Wie beim Bier.«

»Ich hätte lieber Bier.«

Walker hätte auch lieber Bier getrunken. Dennoch trank er Tee. Nur ein Dummkopf gab sich dem Alkohol hin, wenn ein Knochenbrecher aus dem Sumpfland vor der Tür wartete, in der ungewöhnlichen Hitze schwitzte und darauf wartete, dass Faith das Lokal wieder verließ.

Doch das bedeutete nicht, dass sie auch darunter leiden musste. »Ich hole dir ein Bier«, versprach ihr Walker.

Er wollte aufstehen, doch als sich ihre Finger mit erstaunlicher Festigkeit um sein Handgelenk legten, hielt er inne.

»Nein, danke«, sagte sie schnell. »Ich würde einschlafen, noch ehe wir zurück sind. Ich werde mich an den, äh, Hauswein halten.« Sie nippte noch einmal daran. »Ich nehme an, es gibt hier keine Zitronen?«

»Ich bezweifle es, aber ich werde fragen. Hier benutzt man für den Fisch eher Tatarsauce statt Zitronen.«

»Warte.« Sie nahm einen Schluck und dann noch einen. Kühl, sauber gebraut und unweigerlich süß, war der Tee sehr erfrischend. »Ich werde ihn so trinken, genau wie die Einheimischen.«

Es dauerte nicht lange, bis der Mann hinter der Theke mit der rauen Stimme ihre Nummer aufrief. Sowohl Faith als auch Walker machten sich auf, um ihr Essen zu holen. Walker nahm die Plastikkörbchen mit den Pommes frites, dem Krautsalat, dem Fisch und den Austern sowie eine Faust voll Plastikbesteck. Faith balancierte einen Teller mit ungeschälten Shrimps und einen Plastikbehälter mit passender Sauce. Als alles auf dem Tisch stand, schob Walker ihr den Stuhl zurecht. Sie zog ihre Jacke aus und rollte die Ärmel ihrer Bluse auf.

»Rühr noch nichts an«, warnte er sie. »Ich habe noch etwas vergessen.«

Sobald er ihr den Rücken gekehrt hatte, begann sie, den Berg von Shrimps zu schälen, tauchte sie in die Sauce und aß. Nach dem ersten Bissen gab sie wohlwollende Geräusche von sich, halb Brummen, halb Schnurren. Die Shrimps waren reine Ekstase – saftig, süß, perfekt gekocht.

»Ich habe dir doch gesagt, du sollst warten«, meinte Walker, als er zurückkam.

Lächelnd schüttelte er eine saubere Schürze aus, die er sich aus der Küche besorgt hatte. »Stell dich hin, Süße. Wir haben keine Zeit, noch einmal ins Hotel zu fahren, damit du dich umziehen kannst.«

»Mmmpf.« Sie schluckte, leckte sich die Finger ab und versuchte dann, sie an der Serviette abzuwischen, was ihr allerdings nicht gelang. Schnell stand sie auf, drehte ihm den Rücken zu und streckte die Arme vom Körper weg. »Los.«

Nach einem kurzen Zögern band er ihr die Schürze zuerst im Nacken zu. Er versuchte, nicht darauf zu achten, wie warm ihre Haut war, und dass die exotische Mischung nach Gardenien und Cocktailsauce ihm in die Nase stieg. Als er dann um sie herumgriff, um die Schürze hinter ihrem Rücken zuzubinden, stellte er fest, dass die Bänder nicht um ihre Taille sondern um ihre Hüften lagen. Selbst nachdem er sie zweimal um sie herumgebunden hatte, waren die Bänder noch lang genug, um eine Doppelschleife zu binden.

Während er damit beschäftigt war, versuchte er sich einzureden, dass es ihm keinen Spaß machte, festzustellen, wie gut sie sich in seinen Armen anfühlte. Er bemühte sich sogar, das zu glauben, wirklich, er bemühte sich sehr darum. Dann setzte er sich auf seinen Stuhl und rutschte ungemütlich hin und her und entschied, dass manchmal, nur manchmal, Testosteron wirklich lästig sein konnte. Sich zum Essen zu setzen mit einem Ständer und einer Rubinhalskette in seiner Unterhose, zählte wirklich zu diesen Malen dazu.

Und wenn sie sich weiterhin die Finger ableckte und diese Geräusche dazu machte, würde er etwas sehr Dummes tun. Zum Beispiel würde er sie packen und selbst anfangen, sie zu lecken.

Stattdessen nahm er einige der gerösteten Austern auf seine Gabel, biss hinein und wurde ganz still, als er in den Erinnerungen an seine Kindheit versank. Die Geräusche des Sumpfes, tief bis schrill, und das tiefe Schweigen, das einem lärmenden Fehltritt folgte. Austern in den Salzmarschen aufzustöbern, der schwere Geruch nach Schlamm und Salzwasser und Schellfisch, die schlimmen Schnitte von Muscheln im Fleisch. Sonne, die herniederbrennt wie mit Millionen von Dolchen. Bayous, versunken in Hitze und Schweigen und Zeit. Sümpfe, die lebendig sind unter den blassen Flügeln der Reiher. Dunkles Wasser, das glänzt unter den schlängelnden Bewegungen eines Alligators. Das Hochgefühl, wenn man das Netz voller sich windender Fische vorfindet oder die Töpfe voller Krebse. Hunger. Kühles Gleiten des Wassers über sonnenverbrannter Haut. Warmer Schlamm, der sich zwischen den Zehen hindurchquetscht. Sonnenaufgang, wie eine schweigende Explosion von Farben. Und seine Überraschung, als er feststellte, dass nur sehr wenige seiner Lehrer wussten, wie ein Opossum oder ein Alligator schmeckte.

Und sein toter Bruder drängte sich in seine Erinnerungen, er war da, in jedem Bild, überall. Zerrissene Hosen und ein unverschämtes Grinsen. Der Erste, der eine Herausforderung aussprach, und der Letzte, der aufgab, wenn ein Spiel verloren war. Schwarzes Haar, goldene Augen, so gut aussehend wie die Sünde, und entsetzlich schwer, ohne ihn auszukommen. Er kannte sich mit Frauen aus, noch ehe er sich überhaupt rasieren musste.

Und er war so dumm gewesen zu glauben, dass sein älterer Bruder über das Wasser gehen konnte.

Komm schon. Wir schaffen das. Teufel, Walker, du kannst doch einfach alles. Du hast uns auch lebendig aus Kolumbien herausgeholt. Was bedeuten denn da schon ein paar afghanische Stammesleute? Denk doch an das Abenteuer!

Es war genauso ausgegangen, wie Lot es vorhergesagt hatte. Eine Weile. Dann hatte Lot sich auf seinen Bruder verlassen, damit dieser ihn aus einer Schwierigkeit zu viel herausholte.

Und Lot war gestorben.

Walker blickte absichtlich nur auf das Essen, das er zu sich nahm. Nicht auf die brutalen Fehler aus der Vergangenheit, die zu dem frühen, felsigen Grab seines Bruders geführt hatten. Nicht auf die Fehler, die er in der Zukunft vermeiden musste. Und ganz sicher nicht auf die Frau, deren schlichte, sinnliche Freude an einem Essen aus dem Sumpfland einen Hunger in seinem Inneren hervorrief, den keine Nahrungsmittel stillen konnten.

Er tanzte völlig aus der Reihe. Es stand ihm nicht zu, daran zu denken, wie viel Spaß es ihm machen würde, sie wie einen Shrimp aus ihrer Kleidung zu schälen, sie abzulecken, zu schmecken, an ihr zu saugen und sie zu verschlingen, genauso, wie er von ihr verschlungen würde, bis sie beide schwitzend wie ein Alligator-Ringer, der sich mehr zugetraut hatte, als er verkraften konnte, hin und her rollen würden. Teufel, ein Alligator wäre nichts, verglichen mit einer Frau wie Faith Donovan.

Er fühlte den unterschwelligen Sex unter ihrem kühlen, teuren Äußeren, und er erregte ihn so sehr, dass es schmerzte.

Mit einem leisen Fluch machte er sich über seinen Fisch und die Pommes frites her. Beides war heiß, zart knusprig und frisch. Die Tatarsauce und die würzige Cocktailsauce waren selbst gemacht und wirklich lecker. Der Krautsalat war einfach köstlich, mit schwerer Mayonnaise und leckerem Salat.

Walker konzentrierte sich auf den Fisch. Während er aß, entging ihm nicht, dass Faith, obwohl sie langsam begonnen hatte, die Shrimps immer schneller pulte. Ein ungleicher Berg von durchsichtigen rosa Schalen wuchs auf der einen Seite des kleinen Plastikkorbes. Manchmal tauchte sie die Shrimps in die frische, würzige Cocktailsauce, meistens jedoch aß sie das zarte Fleisch gleich so, und nutzte die Zunge, um auch noch das letzte Stückchen einzufangen, das sich ihr entziehen wollte.

Ihr zuzusehen, machte ihn verrückt.

»Das ist dein Finger, den du da im Mund hast und kein Shrimp«, murmelte er.

»Deshalb lecke ich ja auch daran und kaue ihn nicht.«

Er nahm sich ein paar Papierservietten aus dem Halter in der Mitte des zerkratzten Tisches. »Versuch es einmal hiermit.«

»Warum denn? Die anderen tun das auch nicht.«

»Aber ich.«

»Das ist nicht wahr«, gab sie mit der Leichtigkeit einer jüngeren Schwester zurück. »Du leckst deine Finger auch ab und wischst sie nicht an der Serviette ab.«

»Ich bin ja auch ein Mann.«

Sie zog ihre hellen Augenbrauen hoch. »Als ich beim letzten Mal nachgesehen habe, gab es keinen Geschlechter-Unterschied in Zungen und Fingern. Eine Zunge und zehn Finger, sowohl für Männer als auch für Frauen.«

Walker zog den Kürzeren bei dieser Art Unterhaltung, und das wusste er auch. Ein Teil von ihm wollte darüber lachen, der andere Teil wollte einfach nur fluchen. Doch am liebsten hätte er sie gepackt und ihr gezeigt, was ein Mann alles tun konnte, mit seiner einen Zunge und den zehn Fingern.

Vorsichtig wischte er sich die Hände an den Servietten ab, die sie abgelehnt hatte.

Faith machte sich wieder daran, den Haufen Shrimps zu verringern.

»Hast du eigentlich die Absicht, diese Shrimps mit mir zu teilen?«, fragte er, als er den letzten Bissen Fisch in den Mund schob.

»Sicher. Genauso, wie ein Schwein mit einem anderen teilt.«

Diesmal lachte er wirklich. Dann streckte er die Hand aus und nahm eine große Hand voll Shrimps aus dem Körbchen. Es war schon Jahre her, seit er sein Geld damit verdient hatte, Shrimps aus dem Sumpfland zu pulen, doch schon sehr bald hatte er sich wieder an die Handgriffe erinnert.

Schon bald wurde die Unterhaltung an den Nachbartischen leiser, und die Leute sahen zu, wie die Lady in dem seidenen Kleid und der übergroßen Schürze und der ein wenig grob aussehende Mann in der schwarzen Sportjacke miteinander wetteiferten, wer das meiste der zwei Pfund Shrimps essen konnte.

»Ich setze fünf auf die Blondine«, sagte ein junger Mann.

»Ich nehme an«, sagte der ältere Mann, der mit ihm am Tisch saß. »Hol deine Brieftasche raus.«

»Warum? Sie sind doch noch gar nicht fertig.«

Der andere Mann zündete sich eine Zigarette an, zog daran und lächelte, während er den Rauch wieder ausstieß. »Ich habe als Junge Shrimps gepult. Und so, wie es aussieht, hat er das auch getan.«

»Sie hat aber einen Vorsprung.«

»Den wird sie auch brauchen.«

Mehr Geld erschien auch auf den anderen Tischen. Die jüngeren Gäste setzten ihr Geld auf die Blondine. Die ergrauten Pragmatiker hielten zu Walker.

Shrimps-Schalen flogen überall in der Gegend herum.

»Du musst sie auch essen, nicht nur schälen«, meinte Walker und stopfte sich einen weiteren in den Mund.

»Wer sagt das?«

»Gott.«

»Beweis es«, gab Faith zurück.

»Bewiesen hat er es nicht.«

»Sie.«

Walker lachte und hätte sich beinahe verschluckt. »Meine Süße, wenn du das beweisen kannst, gewinnst du alles.«

Doch selbst während er lachte, kaute oder hustete, arbeiteten seine Finger so schnell, dass die einzelnen Bewegungen kaum zu erkennen waren. Trotz seines Tempos kamen die Shrimps sauber und vollständig aus der Schale. Er pulte und aß zwei Shrimps, während sie einen schaffte, dann sogar drei.

Es half Faith auch nicht, als einer ihr aus den Fingern glitt und in Walkers Tee fiel und dort wie eine rosa Wolke umherschwamm. Sie versuchte, ein Kichern zu unterdrücken, doch dann musste sie so sehr lachen, dass sie den nächsten Shrimp kaum halten konnte, geschweige denn, ihn aus der Schale zu lösen.

Walker griff die letzte Hand voll Shrimps und legte sie auf seine Seite des Tisches.

»Das ist nicht fair«, protestierte Faith unter Lachen.

»Alles ist fair, in der Liebe, dem Krieg und im Shrimps-Klauen«, erklärte er.

Faith ignorierte ihn, holte sich einige von seinen Shrimps und machte sich wieder an die Arbeit, sie pulte und aß, pulte und aß, und tauchte das Fleisch ab und zu in die Cocktailsauce. Eine tiefe Falte der Konzentration erschien auf ihrer Stirn. Sie schaffte es nicht, die glitschigen Tiere mit einer so schnellen Handbewegung aus ihrer Schale zu lösen wie er.

Als ihre Wange juckte, rieb sie mit dem Handrücken darüber, weil sie ihren Rhythmus nicht unterbrechen wollte. Dabei schmierte sie Sauce von ihren Fingern auf ihre Wangenknochen. Es sah aus wie billige Schminke. Sie bemerkte es nicht einmal.

Walkers lautes Lachen störte ihre Konzentration. Sie blickte auf und stellte fest, dass er alles gegessen hatte. Selbst eine kleine Schwester musste zugeben, dass sein Häufchen von Schalen größer aussah als das ihre.

Natürlich bedeutete das nicht, dass sie sich geschlagen geben würde.

»Ich habe mehr«, erklärte sie selbstgefällig.

»Falsch, Süße.«

»Okay. Wir werden sie zählen. Derjenige, der die meisten *Stücke* hat, gewinnt.«

Lachen ertönte im ganzen Restaurant, und auch Walker lachte. Jeder, der Augen im Kopf hatte, wusste, dass Faith ihre Shrimpsschalen zerfetzt hatte und sie nicht in einem Stück abgeschält hatte, so wie Walker.

»Sammelt das Geld wieder ein, Jungs«, meinte Walker zu den Männern am Nebentisch. »Es sieht so aus, als hätten wir beide gewonnen.«

Mit einem Gefühl des Triumphes stand Faith auf, zog ihre Schürze aus und verbeugte sich. Jubel brandete auf, vereinzelte Rufe und Applaus. Als sie sich wieder zu Walker umwandte, stand er unmittelbar hinter ihr. Der Blick seiner Augen zeigte Belustigung und noch etwas, das viel eindringlicher war. Sie wusste sofort, dass es nicht sein männliches Ego war. Ganz im Gegenteil zu Tony konnte Walker auch über sich selbst lachen und den Spaß gründlich genießen.

Sie grinste ihn an. Doch plötzlich stockte ihr der Atem, als er die Hand an ihre Wange hob. Sein Daumen strich zärtlich über ihren Wangenknochen. Dann hob er den Daumen an seinen Mund und leckte die Cocktailsauce davon ab.

»Das ist aber ein sehr leckeres Rouge, das du aufgetragen hast«, meinte er gedehnt.

»Ja?« Obwohl ihr Herz plötzlich schneller schlug, steckte sie die Fingerspitze in die Sauce und schmierte ein wenig davon auf seine Wange, direkt über seinen Bart. »An dir sieht es gar nicht so gut aus.« Sie beugte sich vor und leckte die Sauce gespielt gründlich ab. »Hmm. Würzig«, erklärte sie dann. »Hast du keine Shrimps, die ich dazu essen könnte?«

»Du wirst dich in Schwierigkeiten bringen, Süße.«

»Ich habe schreckliche Angst«, erklärte sie fröhlich. Sie tauchte eine Serviette in ihr Wasser und wischte damit über seine Wange. »Siehst du, Süßer. Es ist schon wieder gut.« Ihr Ton war eine fast perfekte Imitation seines gedehnten Akzentes.

Sie grinste noch immer, als sie langsam zur Tür ging, die Jacke unbeschwert über ihre Schulter gelegt.

»Warte«, sagte Walker. »Ich...«

Faith schrie auf.

Es war ein Schrei wie eine Waffe, unter der Fleisch zerriss und Knochen schmerzten.

13

Der Mann in der schwarzen Lederjacke griff mit einer Hand in Faith' Haar, in der anderen Hand hielt er ein Messer, mit dem er vor ihrem Gesicht hin und her wedelte. »Gib mir deine verdammte Tasche.«

Als sich die Tür öffnete, warf er dem Mann mit dem Stock einen Blick zu, der keine Bedrohung für ihn darzustellen schien.

»Die Tasche, du Luder!«

In dem Augenblick, als der Dieb Faith ansah, legte Walker den gekrümmten Griff des Stocks um die Hand, in der der Angreifer das Messer hielt, und riss es weg. Beinahe im gleichen Augenblick hatte Faith ihm mit ihren spitzen Absätzen gegen sein Schienbein getreten. Sie duckte sich und entkam seinem Griff, drehte sich um, um ihm ihr Knie in den Unterleib zu rammen, doch der Stock kam ihr zuvor und traf mit einem festen Stoß die empfindliche Stelle des Mannes.

Der Mann fiel auf die Knie. Walker fasste den Stock wie ein Schlagholz und setzte ihn als Schläger ein, als sei der Kopf des Mannes ein Baseball. Der Stock war zu dünn, um seinen Schädel zu brechen, doch er war hart genug, um Wirkung zu erzeugen. Die Haut an der Seite des Kopfes platzte. Blut rann auf die Schulter des eleganten Ledermantels. Er streckte sich auf dem Bürgersteig aus, als wollte er einen Mittagsschlaf halten.

»Alles in Ordnung, Faith?«, fragte Walker, ohne den Blick von dem Mann zu nehmen.

»Ja.« Ihre zerrissene Jacke erwähnte sie nicht. Sie war noch immer schockiert über den Schaden, den ein Mann mit ein paar Stößen eines Stockes anrichten konnte.

Die Tür des Restaurants wurde aufgerissen. Drei untersetzte Männer kamen herausgelaufen, doch als sie sahen, dass die Lage unter Kontrolle war, blickten sie eher enttäuscht als erleichtert drein. Einer der Männer war der grauhaarige, von der Sonne verbrannte Zimmermann, mit Fingern so dick wie Stahlkabeln, der sein Geld auf Walker gesetzt hatte. Der Zimmermann blickte auf den Mann, der sich auf dem schmutzigen Boden wand, und lächelte.

Er schlug Walker auf die Schulter. »Gut gemacht, Sohn«, sagte er und schnippte eine Zigarettenkippe in die Gosse. Er hob das Klappmesser auf, das der Angreifer hatte fallen lassen, und wirbelte es in seiner Hand herum mit einer Fingerfertigkeit, die ihre eigene Geschichte erzählte. »In dieser Gegend hier fällt ein solcher Abschaum schon einmal über sein eigenes Messer und wird aufgeschlitzt wie ein Fisch.«

Walker ignorierte das Messer und auch das unterschwellige Angebot. Er traute sich selbst nicht in dieser Sache. Er war wütend auf sich selbst, weil er Faith in eine solche Gefahr gebracht hatte.

»Ruft der Koch die Polizei?«, fragte Walker den Zimmermann.

»Ja.«

»Kennen Sie dieses Stück Dreck?«

Die drei Männer sahen sich an und zuckten dann mit den Schultern. »Aus dieser Gegend ist er nicht«, meinte der Zimmermann und zündete sich eine neue Zigarette an. »Gekleidet ist er wie einer dieser Yankee-Profis.«

Walker fluchte leise vor sich hin. Er hatte schon gehofft, dass er sich irrte. »Faith?«, fragte er.

Sie sah sich den Mann genauer an. »Ich glaube, ich habe ihn in der Ausstellung gesehen.«

Walker wusste, dass er dort gewesen war.

In einiger Entfernung hörte man eine Sirene, die die Polizei ankündigte. Er kniete neben dem Dieb und zog eine Brieftasche aus der Hüfttasche seiner Hose. Darin war ein Führerschein aus New Jersey, auf den Namen Angelo Angel. Vielleicht war es ein falscher Name, doch Walker bezweifelte das. Nur eine Mutter konnte einen solchen Namen erfinden.

Er stieß den Räuber mit seinem Stock an. Der Stoß war hart genug, um die Aufmerksamkeit des Mannes zu wecken.

»Wie nennt man dich?«, fragte Walker. »Ich kann mir nicht vorstellen, dass sie Engelsjunge zu dir sagen.«

Der Dieb murmelte etwas, das niemand verstand.

Walker stieß ihm noch einmal den Stock in die Rippen. »Ich habe dich nicht verstanden.«

»Buddy. Man nennt mich Buddy.«

»Wer hat dich geschickt?«, fragte Walker.

»Leck mich am Arsch. Ich will meinen Anwalt.«

Noch ehe Walker ihn zum Sprechen bringen konnte, bogen zwei Polizeiwagen um die Ecke. Mehrere Türen wurden geöffnet, und uniformierte Männer sprangen heraus.

Walker lehnte sich auf seinen Stock und sah sehr zuvorkommend aus.

Als Faith und Walker endlich wieder in der Ausstellung ankamen, verspürte Faith das Bedürfnis zu schreien. Ein Teil dieses Wunsches war das Ergebnis des Adrenalinstoßes, der Rest resultierte aus dem langsamen südlichen Akzent und der noch langsameren Bürokratie.

»Ich hoffe, dass unsere kleine Südstaaten-Blüte das Schiff noch nicht verlassen hat«, meinte Faith. »Ich muss noch einige Verkäufe machen, um die Kosten dieser Reise wieder hereinzuholen.«

»Wie es scheint, würden ein oder zwei Anstecker das schon regeln.« Walkers Akzent war deutlicher als je zuvor. Adrenalin schien ihn langsamer zu machen und nicht aufzuregen, wie es bei anderen Menschen der Fall war.

»Die meisten meiner wertvollen Steine verkaufe ich in Kommission für Mitglieder der Familie oder andere Juweliere«, fuhr Faith auf. »Ich verdiene an den Stücken nicht so viel, wie du zu glauben scheinst.«

»Du brauchst überhaupt nichts daran zu verdienen.«

»Weil mein Daddy reich ist?«

»Vergiss nicht deine Ma«, meinte Walker ironisch und reichte Faith den Arm. Wenn die Art, wie sich ihre Hand um seinen Arm legte, etwas zu bedeuten hatte, dann gewöhnte sie sich langsam daran, ihn an ihrer Seite zu haben. »Eines von Susas Bildern kostet mehr, als einige der Dritte-Welt-Länder an Schulden haben.«

»Das ist das Geld meiner Eltern. Sie haben es verdient, weil sie mit nichts angefangen haben. Bis ich in die Junior High

School ging, haben wir uns gegenseitig Unterwäsche und Sportsachen zu Weihnachten geschenkt.« Der überraschte Blick in Walkers Augen war ihr nicht entgangen. »Das ist wahr. Die Donovans waren nicht immer so reich. Und so, wie ich das sehe, sind die Kinder noch immer nicht reich. Bis vielleicht auf Archer. Seine Hälfte der Perlenbucht muss noch immer ziemlich viel wert sein, ganz zu schweigen von Hannahs Anteil. Und Jake besitzt seine eigene Firma, zusätzlich dazu ist er ein vollwertiger Partner von Donovan Edelsteine und Mineralien.«

»Du bist doch auch Partner. Genau wie Honor.«

Sie zuckte mit den Schultern. »In gewisser Weise. Aber ich bekomme kein Gehalt. Ich bekomme meinen Anteil am Gewinn in ungewöhnlichen Edelsteinen. Honor hat das genauso gehalten, doch mittlerweile legt sie ihren Anteil zurück, weil sie sich auf San Juan ein Haus bauen will. Sie möchte nicht, dass ihre Kinder in der Stadt aufwachsen. Wenn sie nicht an ihren eigenen Entwürfen arbeitet, bezahle ich sie dafür, dass sie für mich Entwürfe macht, besonders für Bernstein. Sie hat wirklich ein gutes Gefühl für diese Steine. Sie könnte ihr Geld genauso gut damit verdienen, Porträts zu zeichnen.«

»Und warum tut sie das nicht?«

»Susa wirft einen langen Schatten. Das ist zwar nicht ihre Absicht, aber …« Faith zuckte mit den Schultern. »Ich glaube, Honor hat gar keine Ahnung, wie gut sie wirklich ist, wie viel sie schon erreicht hat. Sie vergleicht sich immer wieder mit Mutter.«

»Das muss in der Familie liegen«, erklärte er geradeheraus.

»Wie meinst du das?«

»Du besitzt auch deine eigene Firma, und du hast große Begabung als Schmuckdesignerin, die dir sogar einen landesweiten Ruf eingebracht hat, dennoch scheinst du überrascht zu sein, wenn jemand dir wegen deiner Fähigkeiten ein Kompliment macht.«

Faith schob den Gedanken an Tony weit von sich, Tony, der gewollt hatte, dass sie ihr »dummes Hobby« aufgab, schwanger wurde und ihr Leben damit verbrachte, seine Kinder großzuziehen, während er in der ganzen Welt herumreiste, als »Medienberater« für Fortune 500-Gesellschaften.

Tony, der sie nicht sexy genug fand, um ihr treu zu sein, auch nicht, während sie verlobt waren.

Manchmal, wenn sie darüber nachdachte, wie nahe daran sie gewesen war nachzugeben, all das aufzugeben, was ihr wichtig war, nur um den Anschein einer Ehe aufrechtzuerhalten, fühlte sie noch immer, wie ihr übel wurde.

»Du bist gut«, erklärte Walker ihr ruhig. »Wirklich, wirklich gut. Du hast mehr Interessenten an deinem Stand gehabt als dieser Angeber an dem Stand neben dir.«

»Das werde ich mir wieder ins Gedächtnis rufen, wenn ich mich das nächste Mal frage, wie ich all die Rechnungen bezahlen, einen neuen Ofen kaufen und den undichten Abfluss im Laden reparieren lassen soll und mich gleichzeitig noch elegant genug kleiden kann, um meinen potenziellen Kunden den Eindruck zu vermitteln, dass ich ihr Geld eigentlich gar nicht brauche. Warum ist es nur immer so, dass die Leute, wenn man gar kein Geld braucht, es gar nicht erwarten können, dir welches zu geben?«

Walker lächelte schwach und öffnete die Tür der Ausstellungshalle. »Die erste Regel der Banken: Verleihe kein Geld an Leute, die es wirklich brauchen. Armut schafft immer noch mehr Armut.«

Nach ein paar Schritten in der Ausstellungshalle nickte Walker dem Sicherheitsmann zu, der ihnen das *Captain Jim's* empfohlen hatte. »Danke für den Tipp fürs Essen. Das waren die besten Shrimps, die ich seit Jahren gegessen habe.«

»Gern geschehen, Sir. Aber Sie haben all die Aufregung hier verpasst.«

Walker blickte zu der Menschenmenge, die sich in dem Raum

verteilte. Die Stimmen klangen angespannt, ganz anders als zuvor. »Was ist denn passiert?«

»Irgend so ein Verrückter mit harten Messingeiern – Entschuldigung, Ma'am – hat mit vorgehaltenem Gewehr den Safe der Ausstellung ausgeraubt. Er hat das arme Mädchen gefesselt und geknebelt, hat sie auf dem Boden liegen lassen und ist verschwunden, noch ehe jemand überhaupt wusste, was geschah.«

Walker pfiff leise durch die Zähne. »Wie viel hat er erwischt?«

Der Sicherheitsmann grinste und zeigte von Nikotin gefärbte Zähne. »Nur ein paar kleinere Schmuckstücke. Die guten Sachen waren alle in den Vitrinen in der Ausstellung. Der verdammte Dummkopf hätte warten sollen, bis die Ausstellung heute Abend geschlossen wird.«

Faith warf Walker einen schnellen Blick von der Seite zu, dann sah sie den Wachmann an. »Wie es scheint, erlebt Savannah gerade eine schlimme Zeit. Ich bin vor der Tür des Restaurants überfallen worden.«

Die Augen des Wachmannes weiteten sich erschrocken. »Ist Ihnen etwas zugestoßen?«

»Meine Jacke ist zerrissen, aber sonst geht es mir gut.«

»Diese hohen Absätze sind eine tödliche Waffe«, erklärte Walker. »Sie hat ihm damit das Schienbein aufgeschlitzt, als wäre es eine Meeräsche.«

Der Wachmann schüttelte den Kopf. »Glauben Sie mir, Ma'am, Savannah ist sonst nicht so. Oh, wir haben auch unseren Abschaum, ganz sicher, aber wir bemühen uns, ihn von den anständigen Leuten fern zu halten.«

»Da haben Sie ganz sicher Recht«, antwortete Faith höflich. »Ich werde jetzt zu meinem Stand gehen, Walker. Ich glaube, du hast gesagt, du wolltest vorher noch zur Toilette?«

Walker verstand den Hinweis. Sie wollte die Halskette wieder ausstellen. »Ich bin gleich zurück.«

Lichter glänzten in den kahlen Ästen der Bäume vor dem Hotel und warfen ihre Schatten über die Fenster. Von draußen, vor dem offenen Fenster an einem Ende der Suite, hörte man eine Schiffssirene. Genau wie der Geruch des Flusses und das Rauschen des Verkehrs war auch der Warnruf des Schiffes leise und gedämpft, eher verträumt als drängend.

Walker allerdings fühlte sich überhaupt nicht verträumt. Mit gerunzelter Stirn starrte er auf den Bildschirm seines Laptops. Er hatte sich gerade die Inventarliste der Schmuckstücke angesehen, die nach dem Einbruch in Seattle fehlten. Sie hatten bereits den Verlust der wichtigsten Stücke genannt, ehe sie losgefahren waren, doch die endgültige Aufstellung würde Faith wohl kaum freuen.

»Sag mir, ob es genauso schlimm ist, wie ich es mir vorgestellt habe«, sagte sie angespannt und lief barfuß auf dem weichen Teppich vor ihm auf und ab. Es hatte sie verrückt gemacht, an der Halskette zu arbeiten und dabei nicht daran zu denken, dass Mitglieder ihrer Familie ihren Laden wiederherstellten, unter dem wachsamen Blick eines Schätzers der Versicherung. »Alles kann ich besser ertragen als diese Ungewissheit.«

»Du hast noch einmal Glück gehabt. Zehn oder zwölf lose Steine. Keiner groß genug, um Aufsehen auf dem Markt zu erregen, wenn jemand versuchen sollte, ihn zu verkaufen. Die fertigen Stücke sind alle wiedergefunden worden, in einer Mülltonne hinter deinem Laden. Offensichtlich hat der Einbrecher entschieden, dass sie viel zu ungewöhnlich waren, um sie zu versetzen.«

»Die gravierten Smaragde und die drei barocken Perlen aus der Perlenbucht sind nicht wieder aufgetaucht?«, fragte Faith.

»Nein. Aber Kyle hat schon dafür gesorgt, dass sich das rumgesprochen hat. In einem Pfandhaus werden sie auffallen wie helles Neonlicht.«

Faith stieß den Atem aus. »Okay. Ein paar Glitzersteine

mehr oder weniger, damit kann ich leben. Steine, sogar die gravierten, die einzigartigen, können auf die eine oder andere Art ersetzt werden. Ich hatte nur befürchtet...«

Sie hielt inne. Sie wusste nicht, wie sie den nagenden Schmerz des Verlustes und des Zorns erklären sollte, der ihr beim Gedanken daran kam, dass einige ihrer wundervollen Schöpfungen von einem Dieb gestohlen worden waren, der nicht begriff, dass der wahre Wert eines Schmuckstückes in der Vereinigung von Edelstein und Design lag und nicht nur in dem Wert des Steines allein.

Ja, sie konnte ein Design immer wieder erschaffen, aber es wäre nie wieder das gleiche. Eine Schöpfung war einmalig.

»Ja«, sagte Walker schnell und las die Liste noch einmal durch. »Ich weiß, was du meinst. Der Gedanke, dass ein hirnloser Dieb die Steine aus den Fassungen reißt und deine Kunst in eine Mülltonne wirft, würde mich so wütend machen, dass ich jemanden suchen würde, den ich in den Hintern treten könnte.«

»Genau!« Erfreut wirbelte sie herum und drückte einen dicken Kuss auf Walkers Wange, genau über den weichen, beinahe schwarzen Bart. »Mein Held.«

Er warf ihr einen Blick zu, der so gar nicht zu seinem etwas schiefen Lächeln zu passen schien. »Damit solltest du nicht rechnen. Ich sage dir immer wieder...«

»Buddy Angel ist gestolpert und über deinen Stock gefallen«, unterbrach sie ihn. »Richtig. Glaubst du etwa, der Polizist hat dir das abgenommen?«

»Aber warum denn nicht? Es ist die Wahrheit.«

»Ich hatte den Eindruck, dass die gute Gesellschaft von Savannah nicht gerade begeistert war, einen bösen Jungen aus Atlantic City auf ihrem Gebiet vorzufinden.«

Walkers Mund war schmal, als er lächelte. »Besonders einen so unbeholfenen, der hübsche Touristinnen belästigt. Man weiß gar nicht, wie oft Buddy noch stolpern wird, ehe sein toller Anwalt ihn aus dem Gefängnis holt.«

»Ihn herausholt? Aber er hatte ein Messer! Sicher ist ein bewaffneter Überfall doch mehr als ein paar Stunden im Gefängnis wert?«

»Das hängt ganz von seinem Anwalt ab.« Und davon, wie gründlich die Polizisten sich Buddys Messer angesehen hatten. Ein gutes Labor könnte Blutflecken darauf finden, die zu der Blutgruppe der toten Touristin im Live Oak Inn passen würden. Walker wusste, dass die Untersuchungsbeamten einen anonymen Anruf bekommen hatten, in dem auf diese Verbindung hingewiesen worden war. Er wusste es, weil er selbst dieser Anrufer gewesen war. Doch er war nicht sicher, ob die Polizisten die Spur auch weiterverfolgen würden.

»Buddys Ledermantel hat ganz bestimmt tausend Mäuse gekostet«, meinte Walker. »Der Ring an seinem kleinen Finger war ein dreikarätiger Diamant. Ich würde behaupten, dass er auf Kaution frei kommt, wegen eines kleinen läppischen Vergehens namens Diebstahl einer Geldbörse, es sei denn, sie finden noch etwas anderes, das sie ihm anlasten können. Dann werden sie seinen elenden Hintern ins Gefängnis werfen und seinen Anwalt jammern lassen.«

»Wenn Buddy so viel Geld hat, warum wollte er mir denn meine Börse klauen?« Sie machte ein unwilliges Geräusch. »Ach, vergiss, dass ich überhaupt gefragt habe. Dumme Frage. Eine bessere Frage ist, warum er mir nicht geglaubt hat, dass die Montegeau-Halskette im Safe der Ausstellung war.«

»Ich würde sagen, einer seiner Freunde hat dieses Mädchen auf der Ausstellung gefesselt und geknebelt, den Inhalt des Safes angesehen, nichts gefunden und hat dann Buddy auf dem Handy angerufen.«

Faith grub ihre kleinen weißen Zähne in die Unterlippe. »Das bedeutet, dass sie uns beobachtet haben. Sie sind uns zur

Rezeption in der Ausstellung gefolgt. Sie haben geglaubt, dass wir die Halskette in den Safe legen, weil wir Essen gehen wollten.«

Walker nickte. »So stelle ich mir das vor.«

»Du glaubst also, dass sie über die Ausstellung gegangen sind und gesehen haben, dass die Montegeau-Halskette den besten Profit versprach und dass sie dann diese Kette stehlen wollten?«

»Das weiß ich nicht. Ich hatte nicht genug Zeit, Angelini, äh, auszufragen.«

»Angelini?«

»Buddy. Er gehört zu einer kriminellen Bande, Süße. Man kann es ihm ansehen, wie die Beule nach einem Insektenbiss. Er hat vielleicht seinen Nachnamen in Angel geändert, doch sein Vater oder sein Großvater hieß ganz sicher noch Angelini.«

Sie dachte an Buddys glattes schwarzes Haar, seine harten schwarzen Augen und seine Hautfarbe, die seine mediterrane Herkunft verriet. »Ich frage mich, wie sein Freund wohl heißen mag. Guido?«

»Er könnte Mick Mulligan heißen oder Jack Spratt. Die Mafia hat vielleicht in Sizilien begonnen, doch im Amerika des einundzwanzigsten Jahrhunderts ist das organisierte Verbrechen ein Arbeitgeber, der jedem eine Chance gibt – wenn du bereit bist, für sie das Gesetz zu brechen, bist du angestellt.«

Langsam bewegte Walker seine Schultern. Hinter seinem gelassenen Äußeren war er noch immer angespannt. Er konnte die Augen schließen und noch immer sehen, wie nahe die Stahlklinge des Messers an Faith' Hals gewesen war. Wenn er noch einen Schritt weiter hinter ihr hergegangen wäre, hätte er jetzt frisches Blut an seinen Händen, und diesmal wäre es das Blut von Faith gewesen und nicht das von Lot.

Verdammt zu nahe.

»Werden sie es noch einmal versuchen?«, fragte Faith.

Das war die Millionen-Dollar-Frage. Das und die Frage, ob

es Buddys Messer gewesen war, das die Touristin aufgeschlitzt hatte. »Das kommt ganz darauf an, wie sehr er die Halskette haben will.«

»Glaubst du, sie wissen, wo wir jetzt sind?«

»Ich nehme an, dass sie das wissen.«

Sie seufzte und wandte sich ab. »Ich habe schon den ganzen Tag von dieser großen Badewanne mit den Sprudeldüsen geträumt. Na ja, vielleicht hat das nächste Hotel ja auch eine. Ich fange an zu packen.«

»Gut. Ich bringe dich zum Flughafen. Gulfstream stellt hier in der Stadt ihre Jets für die Geschäftsleute her. Sie werden ganz sicher eine Maschine haben, die man chartern kann. Du kannst schon heute Abend zurück in Seattle sein.«

Faith wirbelte herum und starrte Walker an. Seine Augen sahen jetzt eher aus wie Saphire und nicht mehr wie Lapislazuli. Wie harter Kristall. Dunkelblau. Gefühllos. »Wie meinst du das?«

»Jemand anderer kann sich auf deinen Stand setzen und nett zu all den Kunden sein. Du wirst sicherer sein in...«

»Nein.« Ihre Weigerung klang genauso hart wie ihre Stimme.

»Aber warum denn nicht?«, fragte er ruhig.

»Ich bin hierher gekommen, um Kontakte zu knüpfen, die für meine Zukunft als Juwelier lebenswichtig sind.«

»Wenn der nächste Dieb, der hinter diesen Edelsteinen her ist, Glück hat, dann wirst du vielleicht gar keine Zukunft mehr haben.«

»Ich verstehe, dass es zu viel verlangt ist von dir, dein Leben zu riskieren für...«

»Mist, das ist nicht...«

Mit in die Hüften gestemmten Fäusten sprach sie einfach weiter, »... eine Hand voll Edelsteine. Du hast dich bereit erklärt, die Edelsteine zu transportieren und nicht, dein Leben für sie zu riskieren.«

»Ich habe Edelsteine schon an Orten bewacht, die verdammt gefährlicher waren als Savannah, Georgia.«

Ihre Neugier kämpfte gegen ihren Zorn. Die Neugier gewann. »Wo?«

»Überall dort, wo Rubine verkauft werden, die es wert sind, gekauft zu werden. Geh und weich deine schmerzenden Füße ein und überlass mir die Sorgen.«

Sie fühlte, wie ihre Beherrschung langsam schwand. Sie wusste nicht, was Walker an sich hatte, das sie so wütend machte.

»Wir werden weiter darüber reden, wenn ich ein langes Bad genommen habe«, erklärte sie kühl.

»Aber sicher.« Er wandte sich wieder seinem Computer zu und begann, durchs Netz zu surfen. »Ich wette, dass deine Füße genauso wehtun wie deine Zunge, vom Draufbeißen.«

Sie machte ein verärgertes Geräusch und ging ins Bad. Er hatte Recht. Ihre Füße schmerzten entsetzlich. Morgen würde sie auf jeden Fall andere Schuhe anziehen müssen.

Und ja, ihre Zunge wies auch Spuren auf vom Draufbeißen, weil sie versucht hatte, ihr Temperament zu zügeln.

14

Sobald Walker hörte, dass Wasser in die große Wanne gelassen wurde, wechselte er im Internet zu der Seite mit den gestohlenen Edelsteinen. Ein paar neue Rubine waren aufgeführt, doch keiner der Steine passte zu der Beschreibung des großen, gravierten Exemplars, hinter dem Ivanovitsch her war.

Walker ging zu einer anderen Seite. Diese konzentrierte sich auf Edelsteine, die einige Leute kaufen wollten. Die Sektion für die losen Rubine hatte sich nicht verändert. Sehr viele Leute wollten noch immer einen dreikarätigen burmesischen Rubin für den Preis eines Fischsandwichs und einer Portion Krautsalat kaufen. Der Stein des Russen war nicht aufgeführt, zu keinem Preis.

Walker zupfte nachdenklich an seinem Bart und sah sich die Vorgänge der letzten Tage an. Dann griff er nach dem Handy mit dem Sprachverzerrer und rief eine von Archers Privatnummern an.

Beim dritten Läuten nahm jemand den Hörer auf.

»Jake hier. Was ist los, Walker? Ruhig, Summer, dieses Ohr ist an deinem dich ewig liebenden Daddy festgewachsen.«

Walker hörte Summers freudiges Quieken und wusste, dass sie stattdessen jetzt nach der Nase ihres Daddys gegriffen hatte.

»Was tust du in Archers Büro?«

»Babysitten. Wir haben Mitchell früh nach Hause geschickt und kümmern uns jetzt selbst um das Büro.«

»Palastrevolution?«

»So kann man es nennen. Wir versuchen noch immer, die Party zu planen. Der einzige Ort, an dem wir Archer erreichen konnten, war hier. Nein. Summer. Deine Cousins sind keine Puppen. Kleine Babys musst du so anfassen wie dein Kätzchen. So ist es richtig, mein Schatz. Ganz sanft. Genauso, wie du angefasst werden willst, wenn dir dein Bauch wehtut.«

Summers Kichern weckte einen Schmerz ganz tief in Walker. Er konnte sich Jake sehr gut vorstellen, umgeben von Kindern, ein wenig bedrängt, sein hartes Gesicht fröhlich, seine blassen Augen leuchtend. Ein großer Teil in Walker sehnte sich genau danach, nach Kindern und Liebe und Lachen.

Dennoch ängstigte ihn dieser Gedanke noch immer schrecklich.

Das Leben war so zerbrechlich. Der Tod so endgültig. Die doppelschneidige Klinge des Schuldgefühls und des Überlebens verlor ihre Schärfe niemals.

Ich kann das nicht noch einmal durchstehen, gestand sich

Walker trostlos. *Und wenn das bedeutet, dass ich keine Familie haben kann, dann muss ich das akzeptieren. Ein Mann, der nicht einmal für seine Leute sorgen kann, hat es nicht verdient, sie zu haben.*

Das Jammern eines sehr kleinen Babys ertönte am anderen Ende der Leitung. »Oh, Summer, du hast Heather aufgeweckt, und jetzt will sie etwas zu essen haben. Warte einen Augenblick, Walker.« Jake drückte einen Knopf der Gegensprechanlage und sprach in das Mikrofon. »Heather ist aufgewacht. Robbie wird auch nicht mehr lange schlafen. Wo ist das Mittagessen?«

»Das Abendessen«, korrigierte Lianne ihn.

»Was auch immer. Auf jeden Fall solltest du es schnell bringen.«

»Ich bin schon da.«

Genau wie Jake es vorhergesagt hatte, wachte auch Robbie auf. Die jammernden, rauen Schreie der winzigen Babys wurden noch lauter. Die beiden Kleinen schienen miteinander zu konkurrieren. Eines brüllte und das andere noch lauter.

Mit einem Lächeln wartete Walker geduldig, während Lianne – und auch Kyle, so wie es sich anhörte – aus Archers Büro kamen und die Babys mitnahmen, um sie zu füttern.

Sofort begann Summer zu quengeln. Ihre Lautstärke und Eindringlichkeit waren erstaunlich.

»Lass sie los, Jake«, rief Kyle von der anderen Seite des Zimmers. »Wenn sie anfängt zu schreien, wird niemand mehr das eigene Wort verstehen können. Seit Faith habe ich nie wieder jemanden so schreien gehört.«

Walker hatte das gehört. »Lass sie los«, stimmte er Kyle schnell zu. Seine Ohren klangen noch immer von Faith' Schrei, nachdem sie das Restaurant verlassen hatten.

»Okay, Summer«, sagte Jake und stellte seine Tochter auf den Boden. »Du kannst zusehen, wie die Zwillinge essen, wenn du ganz, ganz leise bist.«

Er wartete, während sich seine Tochter halb kriechend, halb tapsend bis zu ihren Cousins vorarbeitete, dabei hielt sie sich an jedem Möbelstück fest, das ihr half, auf den Beinen zu bleiben. Es war atemberaubend, ihr zuzusehen. In jedem Augenblick drohte das Chaos, doch irgendwie traf es nie ein.

»Sicher angekommen«, sagte Jake in das Telefon und seufzte. »Okay, jetzt bin ich bereit, wieder wie ein Erwachsener zu sprechen«

»Bist du auch sicher, dass du weißt, wie das geht?«

»Jetzt schon. Mitten in der Nacht gurre ich nur. Kyle ist noch schlimmer.«

Kyle warf Jake einen Blick zu und hob den Mittelfinger.

»Gurr-gurr.« Walker kicherte. Und noch während er das tat, wurde ihm klar, wie sehr es ihm gefiel, zu der wachsenden Familie der Donovans zu gehören. Mit ihnen zusammen zu sein, war so ganz anders als die Anspannung und der Zorn und die Einsamkeit, an die er sich aus seiner eigenen Kindheit erinnerte.

»Nun, dann gebe ich dir etwas zu gurren, mein Süßer«, meinte Walker. »Jemand wollte die Montegeau-Rubine so sehr, dass er am helllichten Tag den Safe der Ausstellung überfallen hat.«

»Gütige Mutter Gottes«, murmelte Jake. »Archer wird es gar nicht gefallen, die Million für die Versicherung zahlen zu müssen.«

Ein weiteres Telefon läutete. Jemand in Archers Büro nahm den Hörer ab.

»Kein Problem«, erklärte Walker. »Die Rubine sind noch immer gleich neben meinem Familienschmuck verstaut.«

»Autsch.«

»Ich habe schon Schlimmeres mit mir herumgetragen«, meinte Walker und rutschte ein wenig auf dem Stuhl hin und her. Er erwähnte lieber nicht, dass das wirkliche Problem sein ständig halb erregter Zustand war, der immer dann akut wurde, wenn er in Faith' Nähe war. Obwohl Jake nur ein angeheirateter Bruder von Faith war, beschützte er sie doch genauso heftig wie ein richtiger.

»Bist du sicher, dass sie hinter den Rubinen her waren?«, fragte Jake. »Es werden auf der Ausstellung doch noch eine ganze Menge anderer Schmuckstücke ausgestellt.«

»Ja. Auch eine ganze Menge Schrott, aber die Preise sind solides Platin.«

»Du weißt doch, was man von der Kunst behauptet – genau wie die Schönheit liegt sie im Auge des Betrachters.«

Walker brummte. »Es war so, dass ich ein kunstvolles Verwechslungsspiel betrieben habe, damit jeder, der ein Auge auf die Halskette geworfen hatte, glauben musste, dass sie im Safe der Ausstellung war. Doch in Wirklichkeit ist die Halskette mit uns essen gegangen.«

Jake wartete. Er wusste, dass die Geschichte noch eine Pointe hatte. Trotz seines gedehnten Akzentes verschwendete Walker keine Zeit an eine nutzlose Erzählung.

»Und nachdem der Safe der Ausstellung ausgeraubt worden war, ist ein Kerl mit Namen Buddy Angel auf uns losgegangen und hat sich Faith geschnappt, vor dem Restaurant, in dem wir gegessen haben.«

»*Was?* Ist alles in Ordnung mit ihr?«

Kyle blickte auf von der Windel, die er gerade dem strampelnden Baby anzog.

»Es geht ihr gut«, versicherte ihm Walker. »Sie hat dem Kerl mit ihrem spitzen Absatz das Schienbein aufgeschlitzt und wollte gerade auf seine Eier losgehen, als ich ihm mit meinem Stock eins übergebraten habe.«

Jake hob den Daumen nach oben für Kyle, der sich wieder dem Baby widmete.

»Es ist hoffentlich niemand verletzt worden«, meinte Jake.

»Von uns niemand. Der Mistkerl hatte ein Messer. Er könnte

derjenige sein, der in der Nacht davor die Touristin aufgeschlitzt hat. Das passierte in genau dem Zimmer, das Faith hatte reservieren lassen und das sie dann im letzten Augenblick wieder abbestellt hat.«

»Archer wird das gar nicht gefallen«, erklärte Jake mit angespannter Stimme.

»Das ist wohl die Untertreibung des Jahres.«

»Mir liegt auch nicht sehr viel daran«, behauptete Walker. »Dieses Zimmer war das einzige, was durchsucht wurde. Dann hat der Einbrecher den Safe geöffnet. Wie viele Einbrecher schleichen sich in den zweiten Stock, töten eine Frau und schleichen sich dann nach unten, um einen großen Safe aufzubrechen?«

»Ich habe so etwas noch nie gehört. Bist du sicher, dass es Faith gut geht?«

»Das Einzige, was ihr wehtut, sind ihre Füße.«

»Zehn Zentimeter hohe Absätze?«, riet Jake.

»Mindestens.«

»Versucht sie noch immer, so groß zu sein wie ihre Brüder?«

»Sie ist beinahe Auge in Auge mit mir, wenn sie diese hochhackigen Dinger trägt«, sagte Walker.

»Aber nur, weil du klein bist.«

»Da siehst du es mal wieder.«

Jake lachte. Walker war mehr als einen Meter achtzig groß, klein konnte man ihn nur dann nennen, wenn man ihn mit den Donovan-Brüdern und mit Jake selbst verglich. »Also, angesichts des Überfalls in Seattle und den, äh, Problemen in diesem hübschen historischen Gasthaus, glaubst du nicht daran, dass es ein Zufall war, dass der Safe in der Ausstellung aufgebrochen wurde und ihr vor dem Restaurant überfallen wurdet?«

Kyle arbeitete schneller. Er wollte beide Seiten der Unterhaltung hören.

»Wenn man dazu noch die Tatsache bedenkt, dass der Kerl,

der uns überfallen hat, einen Ledermantel im Wert von tausend Dollar trug und eine Uhr für zehntausend Dollar«, meinte Walker. »Er kam aus Atlantic City, und sein Name endete auf einen Vokal. Habe ich das schon erwähnt?«

»Mist.«

»Ja.«

»Und wie ist die Verbindung zwischen Rubinen und der Mafia?«, fragte Jake.

»Ich hatte gehofft, dass du das weißt. Oder wenigstens einige deiner früheren Freunde sollten das wissen.«

»Du hattest doch einige der gleichen Freunde.«

»Nicht offiziell. Alle meine Kontakte sind international. Und wenn dies die Mafia ist, dann brauchen wir hiesige Spezialisten.«

Jake brummte. »FBI. Du willst also, dass Archer Onkel Sam einschaltet?«

»Onkel Sam?«, fragte Kyle heftig. »Du meinst, die Regierung?«

Jake nickte.

Kyle rückte Robbies Strampelanzug zurecht, wickelte seinen Sohn in eine Decke und ging zur Tür, die zu dem anderen Büro führte. »Das reicht, Kinder. Dies hier wurde gerade zu einer Konferenzschaltung.«

Er ging, ohne anzuklopfen, in Archers Büro. »Walker spricht davon, den...«

Archer hob die Hand und unterbrach seinen Bruder.

Kyle zog seine braun-grünen Augen zusammen. Archer hielt den Telefonhörer in der Hand, als wäre er eine Schlange.

»Ich höre, April Joy«, sagte Archer. Seine Stimme hatte diese tödliche Ausdruckslosigkeit, die man nur dann bei ihm kannte, wenn sein Geduldsfaden nur noch hauchdünn war. »Ich höre bis jetzt nur noch nichts, das einen Sinn ergibt.«

Kyle murmelte etwas vor sich hin. April Joy, das bedeutete, schlechte Neuigkeiten, die Art von Neuigkeiten, die mit der vollen Macht und Majestät der Bundesregierung zu tun hatten.

»Es ist recht einfach, Schlaukopf«, erklärte ihm April Joy. »Wir haben den Halunken, der den Laden Ihrer Schwester ausgeraubt hat.«

»Sie haben ihn? Sie meinen, Sie haben ihn eingesperrt?«

»Auf der Straße ist er uns nützlicher. Wirklich nützlich. Es wird sogar noch besser sein, wenn wir ihn an die lange Leine legen und ihn nach Hause schicken.«

»Und wo ist das?«

»Russland.«

Archer nahm das Telefon in die andere Hand, wobei er versuchte, den Hörer nicht mehr so fest zu umklammern. »Sein Name ist doch nicht zufällig Ivanovitsch?« Er fühlte eine Veränderung in der Haltung der Frau am anderen Ende der Leitung. April Joy hing über dem Telefon wie eine Katze über einer fetten Maus.

»Woher wissen Sie das?«, verlangte sie zu erfahren.

»Ivanovitsch war Anfang der Woche im Laden. Wir haben uns auch ein wenig nach ihm erkundigt, haben seine Spur gefunden bis zu dem Flug der Aeroflot, der einmal in der Woche von Magadan nach Seattle kommt, mit einem kurzen Zwischenstopp in Anchorage. Der Rest war eigentlich ganz einfach.«

April lachte. »Ihnen entgeht nicht sehr viel, nicht wahr?«

»Nicht, wenn es die Familie betrifft. Was wollte er von Faith?«

»Das, was er auch bekommen hat. Schmuck.«

Archer war sicher, dass April Joy log. Doch er wusste nicht, warum. »Sie wissen doch sicher, dass so ein armer Betrunkener ermordet wurde, zur gleichen Zeit, als der Überfall auf das Geschäft stattfand, an der gleichen Stelle.«

Es war keine Frage.

»Irgendeinem armen Betrunkenen wird immer irgendwo die Kehle aufgeschlitzt«, erklärte April ungeduldig. »Das ist eine nationale Schande. Man liest davon in der *New York Times,* wenn man morgens frühstückt.«

»Zufall, wie?«

»Hören Sie mir zu, Sie Schlaukopf. Ich bin keine Nonne, und wir arbeiten nicht für die Kirche. Aber wenn Sie herausfinden, dass es Ivanovitsch war, der den Betrunkenen umgebracht hat, lassen Sie es mich wissen. Mord ist ein noch besserer Verdacht, unter dem wir ihn festhalten können, als die Hehlerei mit Diebesgut. Oder muss ich Ihnen erst erklären, warum wir jeden Verdacht brauchen können, den wir bekommen können, gegen jeden nur möglichen Mafia-Typen, den wir in die Hände bekommen können?«

Das brauchte sie Archer nicht erst zu sagen. Die Mafia war der aktivste Schmuggler von Nukleartechnologie aus der früheren Sowjetunion. Die verschiedenen konkurrierenden Familien der Mafia verkauften Atombomben an jeden geistesgestörten Retter der Welt, der das Geld hatte, um sie zu bezahlen.

Ivanovitsch war vielleicht ein Haufen Scheiße, aber er gehörte Onkel Sam. Wenn April ihn verlor, würde sie mit einem anderen Untermenschen der Mafia wieder von vorn beginnen müssen. Es war besser, den Teufel, den man kannte, zu behalten, als in der Hölle nach einem anderen zu suchen.

»Schicken Sie mir per E-Mail ein Foto von diesem Ivanovitsch«, verlangte Archer.

»Warum?«

»Weil Sie wollen, dass ich Ihnen helfe.«

»Sie haben es in einer halben Stunde.«

»Ich werde mit Faith reden«, sagte Archer.

»Danke. Ich bin Ihnen einen Gefallen schuldig.«

Archers Lächeln war so hart wie ein Messer »Ja. Das sind Sie.« Als er den Hörer auflegte, nahm er eines der sicheren Handys und wandte sich an Kyle. »Was auch immer es ist, es wird warten müssen. Ich muss zuerst mit Walker sprechen.«

»Er ist gerade am Telefon und spricht mit Jake.«

Archer schoss aus seinem Büro. »Ich brauche Walker.«

Jake reichte ihm das Handy. Ein kluger Mann widersprach Archer nicht, wenn dessen Augen so kalt blickten wie Stahl.

»Walker?«, fragte Archer.

»Ich bin hier, Boss.«

»Werdet ihr vielleicht von Russen verfolgt?«

»Ich habe noch keinen gesehen.«

»Dann halte die Augen offen. Ich werde dir per E-Mail ein Foto schicken, sobald ich es bekommen habe. April Joy hat den Kerl in die Finger bekommen, der Faith' Laden ausgeraubt hat, aber sie hat ihn wieder freigelassen, weil sie mehr an den Quellen in Russland interessiert ist als an einem Einbrecher mit einem Akzent. Wenigstens hat sie das angedeutet. Wahrscheinlich hat sie auch noch ein paar andere Eisen im Feuer.«

»Ivanovitsch?«

»Ja. Er gehört zur russischen Mafia.«

»Zu welcher? Die haben dort doch mindestens hundert. Das ist in Russland ein Nationalsport wie bei uns Baseball oder Fußball.«

»Wenn du ihn beim nächsten Mal siehst, kannst du ihn ja fragen, für welche Mannschaft er spielt«, gab Archer zurück. »Aber sorg dafür, dass du ihn siehst, ehe er dich sieht. Wahrscheinlich ist er der Künstler mit dem Messer, der den Betrunkenen auf dem Gewissen hat. Ich habe gerade den Autopsie-Bericht gesehen. Er ist sehr, sehr gut mit dem Messer.«

»Junge, Junge, was lieben diese Jungen von der Mafia doch ihr scharfes Spielzeug. Wir sind gerade einem begegnet, der unbedingt Faith' Handtasche haben wollte.«

»Was?«

»Keine Sorge, Boss. Es geht ihr gut. Aber dieser Kerl ist

schlampiger als dein Freund. Niemand hat es bis jetzt beweisen können, aber ich vermute, dass er auch etwas mit dem ekelhaften Mord an dem Abend, als wir hier angekommen sind, zu tun hatte.«

»Warte. Fang noch einmal an, ganz von vorne«, verlangte Archer knapp.

Doch auch beim zweiten Mal gefiel Archer die Geschichte noch nicht besser.

Die Suite in Hilton Head war groß, luftig und sehr teuer, doch man hörte das Schreien trotzdem, es übertönte das beruhigende Rauschen des knöcheltiefen Atlantiks. Vielleicht war es all der Marmor und das Glas, die das Echo noch verstärkten. Vielleicht war es auch nur die Tatsache, dass Sal Angel mit den Jahren die Stimme eines brünstigen Gorillas angenommen hatte.

»Was für ein Enkel bist du denn?«, rief Sal verächtlich. Mit seinem spitzen Zeigefinger stieß er seinem Enkel gegen die Brust. »Ein Krüppel und eine Frau. Ein einfacher Griff, und du versaust es. Zwei Mal!«

»Hey, das mit gestern Abend war nicht mein Fehler! Mist, überall war Blut! Du erwartest, dass ich…«

»Ich erwarte gar nichts, und das ist auch gut so, denn das bist du, nichts! Du besitzt die Frechheit, mir etwas vorzujammern wegen ein wenig Blut, und dass dein Bein so wehtut, weil ein kleines Mäuschen dagegen getreten hat. Ich habe geglaubt, du bist ein Mann. Doch es sieht ganz so aus, als würde ich auf die nächste Generation warten müssen, um einen Nachfolger zu finden…« Wieder stieß er mit dem Finger zu, diesmal noch fester, »…aber zuerst wirst du lange genug zu Haus bleiben müssen, bei deiner Frau, um sie zu bumsen. Gibt es sonst noch etwas, was du vergessen hast, mir zu sagen?«

Buddy Angel starrte auf den glänzenden rosigen Schädel seines Großvaters und verkniff sich eine freche Bemerkung. Seine süße Frau war im Bett wie ein Sack Eis, aber er hatte sie am Hals, weil ihr Großvater einer von Sals Spießgesellen von früher war, als sie noch zusammen Spagetti gegessen und Bandenkriege miteinander geführt hatten. Buddy wusste nun, warum er sich besser mit diesen alten Kerlen nicht anlegte. Sie bestimmten noch immer die Dinge an der Ostküste.

Es gab Tage, da wünschte Buddy, er wäre Buchhalter geworden. Doch wenn erst einmal die Steuern abgezogen waren, blieb am Monatsende einfach nicht genügend Geld übrig, um davon leben zu können. Da war es schon einfacher, die Dummen auszuplündern, als einer von ihnen zu sein. Deshalb musste er es wohl oder übel aushalten, wenn sein Vater und sein Großvater ihn anbrüllten und über ihn herfielen. Früher oder später würden sie sterben, und dann wäre er der König der Angels. Dann würde er den andere in den Hintern treten, anstatt hineinzukriechen.

»Ich habe dir doch gesagt«, brachte Buddy zwischen zusammengebissenen Zähnen hervor. »Der Kerl, der bei ihr war, sah aus wie ein Kätzchen, aber gekämpft hat er wie ein ausgewachsener Löwe.«

»Ja, ja, ja. Jammere nur weiter, als hätte ich nicht schon genug gehört. Mist, muss ich dir wirklich zeigen, wie man so etwas macht? Ich bin siebenundsiebzig, um der Liebe Jesu willen! Junge Leute. *Hah.* Nicht einmal einen Angreifer können sie abwehren ohne Hilfe.«

Buddy bezweifelte, dass sein Großvater überhaupt jemanden abwehren könnte, doch dieses kleine Geheimnis behielt er für sich. Sein Kopf brummte noch immer von dem Schlag, den er als großväterliche Begrüßung bekommen hatte.

»Geh nach Hause zu deiner süßen Frau«, sagte Sal. »Geh schon. Es macht mich ganz krank, wenn ich dich ansehe und mir dabei denke, dass der beste Teil von dir am Bein deiner Mutter hinabgelaufen ist. *Hah.*«

»Halt meine Mutter da heraus! Sie ist eine Heilige!«

Sal hätte ihm am liebsten gesagt, dass eine Heilige nicht die Beine breit gemacht hätte für einen Hund, wie Sals jüngster Sohn einer war. Doch der alte Mann hielt den Mund. Das einzig Gute an Buddy war sein Respekt für seine Mutter.

»Geh nach Hause«, erklärte Sal brummig. Er gab seinem Enkel einen kleinen Klaps auf die Wange, den man als Zuneigung ansehen konnte. »Ich rufe dich später an. Und vergiss nicht das Geld einzutreiben von diesem Arschloch auf den Docks. Und keine Jammergeschichten mehr. Wenn er nicht bezahlt, brich ihm ein Knie. Die Leute fangen schon an zu glauben, dass ich weich geworden bin, und dann wird überhaupt kein Geld mehr hereinkommen, hast du verstanden?«

»Jawohl, Sir.«

Sal wartete, bis Buddys Schritte verklungen waren. Dann griff er nach dem Telefonhörer und drückte ein paar Tasten.

»Ich bin es«, sagte er, als sich am anderen Ende der Leitung jemand meldete. »Du hast mir gar nichts gesagt von einem Krüppel mit einem Stock.«

»Was ist denn los mit ihm?« Der Mann am anderen Ende der Leitung sprach undeutlich. Er war schon betrunken, dabei war es noch nicht einmal Mittag.

Sal verzog das Gesicht, als er die vom Whiskey raue Stimme seines Partners höre. Er hätte es besser wissen und keinem Trinker vertrauen sollen. Auf der anderen Seite kannte er keinen einzigen Abstinenzler. »Er hat meinen Enkel beinahe zum Krüppel gemacht, das ist los mit ihm.«

»Aber er hat die Rubine, nicht wahr?«

»Falsch.«

»Was? Ich kann nicht bezahlen, es sei denn...«

»Halt den Mund«, unterbrach Sal ihn grob. »So werden wir es machen. Du wirst dafür sorgen, dass die Frau zu dir kommt, und dann wirst du dir die Halskette selbst schnappen.«

»Das kann ich nicht...«

»Ich habe gesagt, du sollst verdammt den Mund halten! Wenn dir dein Leben lieb ist, dann wirst du tun, was ich dir sage. Hole dir diese Rubine, denn sonst wirst du auf deiner eigenen Beerdigung dabei sein. Eine Woche, keinen Tag mehr. Hast du verstanden?«

Sein Partner verstand »Ja.«

»Also gut«, sagte Sal. »Ich schicke dir ein Paket. Du folgst nur den Anweisungen, und die Bullen werden nie erfahren, dass es ein Insider-Job ist.«

»Was ist denn in dem Paket?«

»Das wirst du sehen, wenn du es aufmachst. Und vermassle es nicht wieder. Ich war in letzter Zeit sowieso viel zu nett. Ich werde langsam weich. Doch das bin ich gar nicht.«

Sal brach die Unterhaltung ab.

Sein Partner legte den Hörer auf und stützte dann den Kopf in die Hände. Nach einigen langen, zittrigen Augenblicken goss er sich noch einen Drink ein und fragte sich, was wohl sonst noch schief gehen könnte.

15

»Beeil dich, Faith. Archer ist im Augenblick nicht gerade sehr geduldig. Möchtest du, dass ich dir das Telefon bringe?«

»Ja, sofort. Ich trockne mich gerade ab.« Faith murmelte noch ein paar Worte, während sie das noch immer heiße Wasser ablaufen ließ. Sie hätte so gern in dem heißen Wasser gelegen, bis all die angespannten Muskeln nach dem ersten Tag der Ausstellung sich gelockert hätten und das Gefühl der Hände des Mannes von ihrem Körper abgewaschen worden wäre.

»Faith?«

»Ich komme, ich komme«, sagte sie laut. »Ich hätte Archer auch zurückrufen können. Ich bin sowieso schon spät dran zum Abendessen. Ich könnte ihn auch aus dem Restaurant anrufen.«

»Hier kannst du viel besser mit ihm sprechen.«

Walker zog die Sicherheit der Leitung durch den Sprachverzerrer einem Telefon in einem Restaurant vor, doch er sah keine Notwendigkeit, Faith' Besorgnis zu erregen, indem er von Mördern sprach und Staatsbeamten und solchen Dingen. Deshalb wartete er beinahe geduldig, bis sie aus dem Bad kam, und er ihr den Telefonhörer reichen konnte.

Faith verzog das Gesicht, als sie ihn ansah, dann lauschte sie dem, was Archer ihr zu sagen hatte, setzte sich auf die weich gepolsterte Couch und zog den Hotelbademantel aus Frottee zurecht. Das Licht von der Lampe auf dem Tisch neben der Couch warf seinen goldfarbenen Schein über sie. Ihr feuchtes Haar klebte ihr am Kopf.

Sie warf einen Blick auf ihre Uhr. Nur noch knapp dreißig Minuten, ehe sie sich mit Mel treffen wollte, in diesem, wie in der Werbung gesagt wurde, »trendigen neuen italienischen Restaurant«. Sie musste sich noch anziehen und ihr Haar trocknen. Stattdessen sprach sie am Telefon mit Archer.

Um es genauer zu sagen, sie lauschte ihm.

Von der anderen Seite des Zimmers aus beobachtete Walker sie, mit Augen, die so blau waren, dass sie beinahe schwarz aussahen. Er wusste, dass er an den Russen denken sollte und nicht an die sanfte Rundung ihrer Brust zwischen den Aufschlägen des Bademantels und ganz sicher auch nicht an die langen nackten Beine, die unter dem Saum des Bademantels hervorsahen.

Einatmen. Ausatmen. Schatten und Licht und Sanftheit, die sich bewegen, die locken.

Er dachte, das stimmte. Was er dachte war, dass er heute Abend verdammt nichts gegen Buddy Angel tun konnte, den gut gekleideten Straßenräuber, oder gegen Ivan Ivanovitsch, den Kunden, der nach Einbruch der Dunkelheit zurückgekommen war und sich am Inventar von Timeless Dreams vergriffen hatte. Und was den Schatten zwischen Faith' Brüsten betraf und seinen Wunsch, sein Gesicht hineinzudrücken, so wusste Walker, dass er aufhören musste, daran zu denken und daran, wie ihre Haut sich anfühlen würde, ob ihre Brustspitzen sich wohl aufrichten würden unter seiner Zunge, und ob sie sanft und heiß und schließlich feucht sein würde zwischen ihren Schenkeln, ob sie nach ihm verlangte, so wie er nicht aufhören konnte, nach ihr zu verlangen.

Wenn Archer beim nächsten Mal einen Bodyguard für Faith brauchte, dann sollte er sich einen glücklich verheirateten Mann dafür aussuchen. Oder eine Frau.

Oder eine Marmorstatue.

»Warte«, sagte Faith in den Hörer. »Lass es gut sein. Ich werde nirgendwo hingehen. Schick mir einen Bodyguard, der mich bewacht, wenn du das Gefühl hast, dass es sein muss, aber ich bleibe in Savannah, bis die Ausstellung vorüber ist, und ich die Halskette an die Montegeaus übergeben habe. Und vergiss nicht die Hochzeit. Ich habe sie nicht vergessen. Ich habe Mel versprochen, ich würde dabei sein.«

»Dann sag ihr, dass es ein Notfall ist und...«

»Nein, jetzt rede ich, und du wirst mir zuhören. Ich habe schon drei neue Abnehmer gefunden, und ich habe große Aufträge von vier neuen Kunden bekommen. Jeder, der auf der Hochzeit die Halskette sieht, ist ein potenzieller neuer Kunde. Und das werde ich nicht aufgeben, nur weil April Joy verrückt geworden ist und dich angerufen hat.«

»April Joy ist überhaupt nicht verrückt«, erklärte Archer ruhig. »Sie ist eine erstklassige Agentin mit einem Weltklasse-Verstand. Sie bittet uns um einen Gefallen. Wäre klug, ihr diesen Gefallen zu tun.«

»Sie will, dass ich zurück nach Seattle komme?«, fragte Faith. »Hat sie das gesagt?«

Ihr älterer Bruder seufzte. »Nein. Sie will, dass du gegen Ivanovitsch keine Klage einreichst, der in Wirklichkeit natürlich ganz anders heißt.«

»Dieser Hundesohn hat mich ausgeraubt, Archer! Soll ich darüber etwa nur lächeln und ihn laufen lassen?«

»Man wird dir deinen Verlust ersetzen.«

»Toll, hurra.« Sie fuhr sich mit der Hand durch ihr Haar, das ihr nach allen Richtungen vom Kopf abstand. »Oh, Teufel. Sicher. Warum nicht? Lass ihn laufen, damit April lächeln kann.«

»Danke. Ich schulde dir dafür noch einen Gefallen, denn sie wird mir dafür auch einen schuldig sein.«

»Oh, bitte.« Faith rollte mit den Augen. »Sei vernünftig.«

»Möchtest du, dass ich dir einen anderen – einen Bodyguard schicke?«, korrigierte sich Archer schnell. Er fragte sich, ob seine kleine Schwester wohl endlich herausgefunden hatte, dass Walker mehr war als nur ein Mann, der mit einem sanften, gedehnten Akzent sprach und schüchtern lächelte. Seit ihrem Bruch mit Tony war Faith in der Gegenwart von Männern sehr nervös. Doch nach der Art zu urteilen, mit der sie ihre Nichten und Neffen ansah, war es deutlich, dass sie sich eine eigene Familie wünschte. Und so wie Archer das sah, bedeutete das, dass sie sich an die Gegenwart von Männern gewöhnen musste, die nicht durch Blutsverwandtschaft mit ihr verbunden waren. Walker war da ein guter Anfang.

Archer mochte Walker. Seine Schwester hätte kaum einen besseren Mann finden können als diesen schlauen Jungen vom Lande – so wie Hannah, Honor und Lianne erklärt hatten.

»Keinen Bodyguard«, wehrte Faith ab. »Bitte. Es ist schon schwer genug, ein Zimmer zu finden, in dem man ein Bett auf dem Sofa aufschlagen kann. Zwei wären da ganz unmöglich.«

»Bist du sicher? Ich mache mir Sorgen um dich.«

»Archer, falls du es noch nicht bemerkt haben solltest, ich bin eine erwachsene Frau.«

Amen, dachte Walker, während er ihr zuhörte und sie dabei beobachtete. Dann schloss er die Augen. Entweder das musste er tun oder er würde mit der Zunge dem Schatten zwischen ihren Brüsten nachfahren.

»Warum will April, dass dieser Russe davonkommt, ohne wegen Einbruchdiebstahls angeklagt zu werden?«, wollte Faith wissen.

Walker riss die Augen wieder auf. Das war eine Frage, auf die er auch gern eine Antwort gehört hätte.

»Das hat sie nicht genau gesagt«, meinte Archer.

»Aber du willst trotzdem, dass ich ihr den Gefallen tue.«

»Ja. Bitte.«

Faith' gerunzelte Stirn glättete sich, und sie lächelte. »Bitte, wie? Pass bloß auf, großer Bruder. Summer war die Erste, die dich weich gemacht hat. Dann Hannah. Du wirst ja noch zu einem schnurrenden Kätzchen.«

Archer lachte laut auf. »Ich werde Hannah daran erinnern, wenn sie das nächste Mal wütend auf mich ist. Lass mich noch mal mit Walker sprechen.«

»Aber nur, wenn du mir versprichst, dass du ihm nichts verrätst, was du mir nicht auch verraten hast.«

»Willst du wirklich etwas wissen über die Prüfberichte von…«

»Vergiss es«, unterbrach sie ihn. »Mein Föhn ruft.« Sie hielt Walker das Telefon hin. »Er will dich noch einmal sprechen.«

»Wahrscheinlich will er mich zusammenstauchen.«

»Nein. So etwas tut er jetzt nicht mehr. Er ist ein schnurrendes Kätzchen.«

Walker starrte Faith nach, als sie ins Bad ging. »Auf welchem Planeten lebt sie eigentlich?«, murmelte er in das Telefon.

»Bei meiner Familie war ich schon immer ein Kätzchen«, antwortete Archer.

»Wirklich, es ist eine wahre Schande, dass ich zu alt bin, um adoptiert zu werden. Ich nehme an, ich könnte damit beginnen, dich Pa zu nennen und …«

»Du bist gefeuert.«

»Ma?«

Archer gab auf und lachte. »Hat Faith den Föhn schon angestellt?«

»Ja, gerade im Augenblick.«

»Okay. April Joy – du erinnerst dich an sie?«

»Wunderschön und tödlich. Wie eine Korallenschlange.«

»Du erinnerst dich also. Kyle ist deinem Rat gefolgt und hat die Sachen ins Internet gestellt, mit Farbfotos und einer vollständigen Beschreibung, alles, was im Timeless Dreams gestohlen worden ist. Dann haben wir Fotos von dem Inventar gemacht, das du für Faith online zusammengestellt hattest. Wir haben ganz Seattle damit tapeziert und jedem Juwelier an der Westküste ein Fax geschickt.«

Walker lauschte mit einem Ohr dem Föhn und mit dem anderen seinem Boss.

»Aber ich weiß noch immer nicht, wie April in die Geschichte gekommen ist«, sprach Archer weiter. »Das hat sie mir nicht gesagt.«

Walker murmelte etwas leise vor sich hin. »Hat April vielleicht einen wundervollen Rubin erwähnt, in der Größe einer Babyfaust oder mindestens von zwanzig Karat?«

»Nein.«

»Hat sie von der Montegeau-Halskette gesprochen?«

»Nein.«

»Nun ja. Dieses Stück hat mehr Beine und noch weniger Gehirn als eine Falle voller Krebse.«

Archer widersprach ihm nicht.

»Wie stehen denn die Chancen, dass Ivanovitsch Verbindungen in Atlantic City hat?«, fragte Walker. »Du weißt schon, so eine Art professioneller Höflichkeit in der internationalen Bruderschaft der Mafiamitglieder?«

»Schon möglich«, gab Archer zögernd zu. »Aber auf meiner Liste hat diese Möglichkeit keinen sehr hohen Stellenwert. Diese Art von internationalem Gipfel verlangt eine Hierarchie, die wesentlich verlässlicher ist als die, die die Russen mit ihren verschiedenen *Mafias* haben. Sie befinden sich noch immer im Stadium des Kriegs der einzelnen Clans. Aber ich werde April danach fragen, wenn du möchtest.«

»Noch nicht. Mir wäre lieber, wenn Onkel Sam auf der Nebenseite der Donovan-Buchhaltung bleibt.«

»Mir auch.«

»Kann Kyle sich Zugang zu dem Computer der Polizei von Savannah verschaffen und auch zu dem der Zulassungsbehörde für die Kraftfahrzeuge von Georgia?«

»Ich bin nicht sicher, dass ich das hören möchte.«

»Dann gib mir mal deinen Bruder.«

»Und ich soll ihn von dir zu illegalen Machenschaften anstiften lassen?«

»Das ist eine der kleinen Freuden des Lebens«, erklärte Walker breit. »Dieser Junge liebt es, angestiftet zu werden.«

»Kyle«, sagte Archer und nahm das Ohr vom Hörer. »Dein Publikum verlangt nach dir.«

Walker warf noch einen letzten Blick in den Rückspiegel. Kein Zweifel. Man war ihnen zu dem Restaurant gefolgt. Ein Mann und eine Frau verfolgten einen Mann und eine Frau. Selbst wenn Walker und Faith verschiedene Wege gehen und aus dem Fenster der Toilette klettern würden, würde man sie überwachen. Das gemischte Schattenpaar parkte in einem beigen Ford Taurus ein Stück weiter die Straße hinunter. Der Wagen schrie förmlich: *Hier sind eure Steuer-Dollars bei der Arbeit.*

Walker tröstete sich mit dem Gedanken, dass wenigstens niemand die Polizei würde rufen müssen, wenn alles noch schlimmer würde.

Er schob seinen Computer unter den Sitz und ging um den Wagen herum, um Faith die Tür zu öffnen. Der Laptop füllte sich langsam mit wichtigen Informationen. Er wollte ihn nicht an Buddy Angel verlieren oder an einen anderen dieser Halunken, die ihren Lebensunterhalt damit verdienten, die Zimmer der Touristen auszuplündern.

»Wirklich, du musst nicht mit mir zum Essen kommen«, sagte Faith, als er ihr die Beifahrertür des Jeeps aufhielt.

»Um diese Zeit werde ich auch immer hungrig, genau wie normale Menschen auch.« Er warf ihr einen Blick von der Seite zu und sah, wie sich ihre Zähne in die Unterlippe gruben. Er hatte die Frauen der Donovans schon oft genug gesehen, um zu wissen, dass es Zeiten gab, da die Gesellschaft von Männern nicht erwünscht war. Das dämpfte den Spaß an einer Unterhaltung unter Frauen.

»Keine Sorge. Ich werde euch nicht auf die Pelle rücken. Ich werde an der Bar sitzen, süßen Tee trinken und Shrimps und Grütze essen.«

Langsam öffnete Walker die Tür des Restaurants und sah sich schnell um, doch er entdeckte nichts Verdächtiges. Aus der Richtung der verqualmten Bar drang Lärm. Er trat einen Schritt zur Seite und ließ Faith höflich den Raum betreten.

»Woher hast du gewusst, dass es im *La Cucina* eine Bar gibt?«, fragte sie und rümpfte die Nase, als sie den Qualm sah.

»Ich habe angerufen und gefragt. Kannst du Mel irgendwo entdecken?«

Noch ehe Faith antworten konnte, kam eine schlanke Brünette in dunkelblauer Umstandskleidung und mittelhohen Absätzen auf sie zu.

Die Frau schien in dieser Südstaaten-Umgebung vollkommen fehl am Platze zu sein. Selbst in der Schwangerschaft hatte sie gebräunte Haut und sah aus, als würde sie sich viel an der frischen Luft aufhalten. Ihr Kleid reichte ihr bis über die Knie, die konservative Antwort des Südens auf eine Frau in Hosen. Sie war einige Zentimeter kleiner als Faith und trug einen dreikarätigen burmesischen Rubin als Verlobungsring. Auf dem breiten, gehämmerten Gold ihres Verlobungsringes glühte der Stein an ihrem Finger wie Blut.

Mel umarmte Faith stürmisch, und Faith erwiderte die Umarmung begeistert. Ihre silberblauen Augen leuchteten vor Freude, und ein paar Tränen glänzten darin.

»Mein Gott, so viele Jahre sind schon vergangen!«, rief Mel und lächelte strahlend. Ihr Akzent stammte eher aus Kalifornien und nicht aus Georgia. Sie hielt Faith auf Armeslänge von sich. »Lass dich ansehen. Du hast dich überhaupt nicht verändert. Du bist noch immer genauso schlank und hübsch wie früher. Seattle muss voller blinder Menschen sein, wenn dich bis jetzt noch keiner von ihnen geschnappt hat.«

»Die können alle nichts sehen, wegen des Regens«, erklärte Faith spöttisch.

Mel verdrehte ihre großen dunklen Augen wie die Schauspielerin, die sie früher einmal hatte werden wollen. »Na ja, das erklärt alles.« Sie wandte sich zu Walker und streckte ihm die Hand entgegen. »Hi, ich bin Mel Montegeau, oder wenigstens werde ich das in ein paar Tagen sein. Und wenn Sie gehofft haben, heute Abend auch etwas sagen zu können, dann haben Sie Pech gehabt. Es ist schon viel zu lange her, seit ich Faith gesehen habe.«

»Es ist mir ein Vergnügen«, meinte Walker und schüttelte vorsichtig ihre Hand. »Nennen Sie mich Walker. Ich bin schon lange genug in der Nähe von Faith und Honor, um zu wissen, dass ein Junge vom Land wie ich keine Chance hat, wenn sie erst einmal anfangen zu reden. Ich hatte vor, mich an die Bar zu setzen, bis Sie fertig sind.«

Faith hörte den Südstaaten-Akzent in Walkers Stimme und fragte sich, ob er wohl wollte, dass Mel glaubte, er sei ein hart arbeitender Junge aus dem Sumpfland. Vielleicht wurde sein Akzent deutlicher, wenn er sich in der Nähe von Eichen und Magnolien aufhielt.

»Sind Sie ein Freund der Familie?«, wollte Mel wissen.

»Ich kenne die Donovans, jeden Einzelnen von ihnen«, erklärte Walker bereit. Er lächelte beinahe schüchtern und stützte sich auf seinen Stock. »Ich helfe Faith bei der Ausstellung ihres Schmucks hier in Savannah, beobachte die Kunden und erledige noch andere Sachen, damit sie sich um die wirkliche Arbeit kümmern kann. Und wenn die Damen mich jetzt bitte entschuldigen würden, werde ich mich unter die Raucher mischen.«

»Unsinn«, erklärte Mel. »Wir werden den Kellner bitten, noch einen dritten Stuhl an unseren Tisch zu stellen.«

»Danke, Ma'am, aber das wäre wohl nicht richtig. Sie hätten ein komisches Gefühl, wenn Sie über Babys und solche Sachen sprechen, und ich hätte das Gefühl, dass mir mein Kragen zu eng wird, wenn ich Ihnen zuhöre.«

Fragend sah Mel zu Faith, ob sie damit einverstanden war, dass Walker allein aß.

»Wenn es dir zu langweilig wird, dir den Sport anzusehen, dann sag Bescheid«, ermahnte Faith Walker.«

»Jawohl, Ma'am, das werde ich.«

»Walker«, erklärte Faith mit liebenswürdiger Stimme, »wenn du noch einmal eine von uns Ma'am nennst, dann werde ich dir mit deinem Stock eins über den Kopf geben.«

»Ganz wie du meinst, Süße.«

Mel kicherte und sah Walker nach, als er durch den überfüllten Raum zur Bar humpelte. »Ist das von Dauer?«

»Walker?«, fragte Faith erstaunt.

»Das Humpeln.«

»Er hatte vor kurzem einen Unfall.«

»Gut. Das ist ein toller Mann. Es wäre schade, wenn all diese herrlichen und glatten Muskeln zerstört wären.«

»Ruhig, Mädchen. Du bist verheiratet. Und du erwartest ein Kind.«

»Das hat aber nichts mit meinen Augen zu tun.« Mel hakte sich bei Faith unter und ging auf den kleinen Tisch zu. »Sieht Kyle noch immer so gut aus?«

»Ja. Er ist stolzer Vater von Zwillingen – ein Junge und ein Mädchen – und der Ehemann einer Frau, die ihn manchmal sogar beim Karate schlägt.«

»Das sagst du nur, um mich zum Weinen zu bringen. Ich war so in ihn verschossen in meinem ersten Jahr an der Universität.«

»Genau wie jedes andere Mädchen, das ihn gesehen hat. Es sei denn, sie haben Lawe, Justin oder Archer zuerst gesehen.«

»Niemand sieht besser aus als Kyle.«

»Wenn man blonde Männer mag.«

»Was kann man denn daran nicht mögen?« Mel zog sich den Stuhl zurecht und beugte sich über den Tisch. »Oder ist es dieser dunkelhaarige Junge aus dem Süden mit dem sanften Akzent, der in dir die Vorliebe für brünette Männer geweckt hat?«

Faith dachte daran, ihr Walkers Anwesenheit zu erklären – dass er ein Mitarbeiter war und nicht ihr Freund. Dann aber dachte sie an die endlosen Fragen, die darauf folgen würden. »Seit der Sache mit Tony habe ich nichts mehr für Männer übrig«, erklärte sie und wählte den einfachsten Weg.

»Tony?«

»Mein Ex-Verlobter.«

»Donnerwetter. Es ist *wirklich* zu lange her. Ich war so beschäftigt mit der Montegeau-Familie, dass ich mich um gar nichts anderes mehr gekümmert habe.«

»Nein«, gab Faith leise zurück. »Das ist mein Fehler. Tony mochte es nicht, wenn ich Freunde hatte, die er nicht kannte.

Also habe ich ganz langsam damit aufgehört, Freunde zu haben. Wahrscheinlich hätte er auch etwas gegen meine Familie gehabt, aber er hoffte immerhin mit ihnen Geschäfte machen zu können.«

»Er war wohl sehr besitzergreifend, wie?« Mel lächelte die Hostess an, die ihnen die Speisekarten reichte.

»Sehr.«

»Ich bin froh, dass du ihn abgeschoben hast. Ich wette, er trug ärmellose Shirts, damit man seine Muskeln besser sehen konnte.«

»Woher weißt du das?«

»Im Süden nennen wir diese Dinger Frauenschläger-Hemden.«

Faith versteckte ihr Gesicht hinter der Speisekarte. Mel hatte einen Spaß gemacht, aber es hörte sich beinahe an, als hätte sie ihr Geheimnis erraten. Faith wollte nicht, dass irgendjemand wusste, wie ihre Affäre mit Tony geendet hatte, denn wenn jemand das wüsste, würden es auch ihre Brüder erfahren. Und wenn das geschah, dann würde es mehr Schwierigkeiten geben, als ein Verlierer, wie Tony es wert war.

»Hast du einen Vorschlag?«, fragte sie Mel mit angespannter Stimme.

»Hier schmeckt alles phantastisch. Und ich könnte einfach alles davon essen. Gott, ich werde nie wieder Größe sechsunddreißig bekommen.«

»Gut für dich. Männer mögen nämlich Frauen mit Rundungen.«

»Für dich ist das leicht zu sagen. Du kannst alles essen, was du willst.«

»Das könnte ich, wenn ich wollte, dass mein Hintern bis auf den Boden hängt«, gab Faith zurück. »Nur mein Stepmaster weiß, wie ich leiden muss, wenn ich ein extra Stück Pizza esse. Also wenn dieser zusätzliche Umfang sich nach oben verlagern würde, dann würde ich drei Stück Pizza am Tag essen. Mit Eiscreme.«

»Du machst mich ganz heißhungrig. Seit ich damit aufgehört habe, mich zu übergeben, ist es einer meiner geheimsten Träume, ein Pizza-Eis zu essen.«

Faith warf den Kopf zurück und lachte laut auf. Sie hatte ganz vergessen, wie viel Spaß es machte, mit Mel zusammen zu sein. Die Erkenntnis erinnerte sie daran, wie viel sie aufgegeben hatte, nur wegen Tony. Wenn sie jetzt zurückblickte, war ihr Eifer, ihm zu gefallen, beängstigend und zugleich ekelhaft.

Insgeheim wiederholte sie das Mantra, das sie gesprochen hatte, als sie auf dem Boden von Tonys Apartment lag, als ihre Ohren noch gedröhnt hatten von dem Schlag, den er ihr versetzt hatte. *Es ist vorüber. Aus. Vorbei. Es hätte nie geschehen dürfen. Es ist vorüber. Aus. Vorbei.*

Doch ihre Erfahrung war nicht ganz umsonst gewesen. Sie hatte eine richtige Lektion gelernt. Nie wieder würde sie den Fehler machen, einem Mann derart viel Kontrolle über ihr Leben zu geben.

»Also, was ist das mit dieser Sage um die Familie Montegeau?«, fragte Faith, um die Unterhaltung von sich abzulenken.

»Oh, du liebe Güte, die Montegeaus«, sagte Mel und beugte sich vertraulich über den Tisch. »Es ist alles so in der Manier der Südstaaten.«

»Scheint angemessen. Immerhin sind wir hier im Süden. Aber sprechen wir vom Süden, wie Erskine Caldwell ihn sieht, oder eher vom Süden eines Tennessee Williams?«

»Und was ist das für ein Unterschied?«

»Armes Gesindel gegen reiches Gesindel.«

Noch ehe Mel antworten konnte, trat ihr Kellner an den Tisch. Der schlanke junge Mann sah sehr gut aus in seinem Smoking. Er stellte ein Schüsselchen mit Olivenöl auf den Tisch, rieb etwas Parmesankäse hinein und mahlte frischen

Pfeffer darüber. Dann erklärte er ihnen, welche Spezialitäten an Pasta, Fisch und Fleisch es heute gab und ging wieder.

Faith tauchte ein Stück Brot in das Öl und gab dann ein überraschtes, anerkennendes Geräusch von sich. Sie war noch immer damit und mit der Unterhaltung mit Mel beschäftigt, als sich die Tür öffnete und mit ein weiteres Paar das Restaurant betrat.

Die Hostess wollte die beiden gerade abweisen, doch dann sagte der Mann etwas, worauf sie ihre Meinung änderte. Sie sah sich in dem Raum um, dann winkte sie der Bedienungshilfe und forderte ihn auf, noch einen Tisch aufzustellen. Es war ein winziger Tisch. Das musste er auch sein, denn sonst hätte er nicht auf den Platz gleich neben dem Tisch gepasst, der für Faith und Mel reserviert worden war.

Walker beobachtete alles aus den Augenwinkeln. Er hatte erwartet, dass Geld den Besitzer wechseln würde, und so war es auch gewesen. Aber kurz davor hatten die Neuankömmlinge der Bedienung ein ledernes Etui gezeigt, in dem eine Polizeimarke blitzte. Es war eine schnelle Bewegung gewesen und sehr diskret.

Walker war sicher, dass sich gerade das FBI mit ihnen zum Essen im *La Cucina* gesetzt hatte.

16

Faith lachte, dann schüttelte sie leicht den Kopf, als die Bedienung ihr noch mehr Wein anbot. »Der Gründungsvater der Montegeaus war ein Pirat?«, fragte sie Mel. »Du machst wohl Witze. Das hört sich ganz sicher nicht nach Tennessee Williams an.«

»Oh, ich weiß nicht. Du wärst erstaunt, wenn du wüsstest, wie viel von dem alten Geld aus dunklen Quellen stammt.« Mel warf einen hungrigen Blick auf das Brot und das Olivenöl, dann dachte sie an die gnadenlose Waage zu Hause und nahm einen Schluck von ihrem Mineralwasser. »Auf jeden Fall war Jacques ›Black Jack‹ Montegeau ein regelrechter Bandit. Er besaß keine spezielle Lizenz zum Kapern von Schiffen von einer Königin oder einem König, es gab keine politischen Untertöne, es war schlicht und einfach Raub und Plünderung. Wenn er dein Schiff erobern konnte, gehörtest du ihm. Meistens hat er die Wertgegenstände genommen und die Passagiere umgebracht, es sei denn, es wurde ein Lösegeld gezahlt.«

»Donnerwetter. Das war wirklich ein schwarzes Schaf. Ich habe immer geglaubt, die Donovans lägen ganz gut im Rennen mit ihren schottischen Banditen, Hexen, Pferdedieben und Männern, die zuerst schossen, zuletzt und immer.«

»Das klingt ja ganz wie die Montegeaus.« Mel entdeckte den Salat, der von einer sehr anmutigen und sehr hübschen männlichen Bedienung an ihren Tisch gebracht wurde. Sie beugte sich zu Faith und vertraute ihr leise an: »Wenn ich die Wimpern dieses Jungen hätte, würde ich meine den Kamin hochjagen.«

Faith biss sich auf die Lippe, um nicht laut aufzulachen, während der junge Mann, der wirklich unwahrscheinlich lange Wimpern hatte über seinen grünen künstlichen Kontaktlinsen, den Salat vor sie beide hinstellte. Nachdem er ihnen aus der Mühle Pfeffer darüber gestreut hatte, verschwand er wieder.

»Diese Wimpern kannst du in jedem Schönheitssalon kaufen«, meinte Faith, doch bemühte sie sich, leise zu sprechen.

»Oh, wie du mir meine Illusionen nimmst.« Mel schürzte enttäuscht den Mund. »Das ist ja genauso, als wenn deine Waage Kalorien zählen würde, von denen du weißt, dass sie eigentlich gar nicht zählen.«

»Erzähle mir lieber etwas Lustiges. Wie viele Menschen hat Black Jack Montegeau umgebracht?«

Mel winkte mit der Gabel ab. »Tausende. Na ja, Hunderte. Zwanzig oder dreißig ganz sicher.«

»Dann haben sie ihn geschnappt und aufgeknüpft?«

»Man hat ihn nie geschnappt. Er hat die örtlichen Behörden bestochen mit ein paar Kisten von seinen Schätzen, hat dafür eine umfassende Begnadigung bekommen und eine örtliche Schönheit geheiratet, deren Familie das Geld dringender brauchte als den guten Ruf. Ihre einzige Aussteuer war eine Brosche mit Rubinen, so groß wie ein Huhn.«

»Das arme Ding.«

Mel zuckte mit den Schultern. »Spar dir dein Mitleid auf. Sie hat dem alten Piraten das Leben zur Hölle gemacht. Er hat zusammen mit den Dienern auf der Hintertreppe geraucht, nur um von ihr wegzukommen.«

»Hatten sie Kinder?«

»Zwei, die zählten. Eine ganze Menge mehr, wenn man der Legende glauben will. Die Kinder, von denen die Familie spricht, waren Söhne. Sie gingen nach England zur Schule, wurden Schiffskapitäne und folgten der Karriere des guten alten Papa. Oder waren das die Enkel? Die Urenkel?« Mel zuckte mit den Schultern. »Wie auch immer. Auf jeden Fall hat sich die Tradition fortgesetzt.«

»Du meinst die Piraterie?«

»Du hast es erfasst. Nur waren die Nachkommen schlau genug, um sich eine Lizenz zum Stehlen zu besorgen. Einer von ihnen wurde dennoch gehängt. Er konnte die Hände nicht von einem Schiff lassen, ganz gleich, welche Flagge an seinem Mast wehte. Der andere Sohn hat geheiratet und Kinder bekommen. Wenn man der Legende glauben kann, ist die Tochter mit ihren Brüdern zur See gefahren, doch niemand will über sie sprechen. Sie muss wohl nach der ersten Mrs. Montegeau gekommen sein, die mit der Rubinbrosche in der Größe eines Huhns.«

Lächelnd ließ sich Faith von Mels Unterhaltung einlullen.

»Um die Zeit herum sind sie auch in das Schmuckgeschäft eingestiegen, und die Familie hat Ruby Bayou erworben«, sprach Mel weiter und aß dabei, ohne innezuhalten. »Nur haben sie das Haus erst viel später Ruby Bayou genannt. Der Legende nach haben sie das Land als Lösegeld für einen reichen Plantagenbesitzer bekommen. Doch wenn das stimmt, hat der wohl zuletzt gelacht.«

»Warum?«

»Das war kurz vor dem Bürgerkrieg. In den nächsten Jahren hat niemand viel Baumwolle verkauft, doch irgendwie haben die Montegeaus es geschafft, das Land nicht nur zu behalten, sie haben auch noch ein großes Herrenhaus gebaut. Das Haus wurde Ruby Bayou genannt, weil es angeblich damit finanziert wurde, dass einige der Familienjuwelen verkauft wurden, die in einem Bayou in der Nähe versteckt worden waren. Oder waren das die Rubine, die aus einem Juwelierladen gestohlen worden waren?« Mel winkte frustriert ab. »Es ist hart, all diese blutigen Einzelheiten zu behalten. Auf jeden Fall wurde der Familienschmuck irgendwo versteckt und dann verkauft, um das Haus damit zu bezahlen.«

Faith dachte an Walker und an die unangenehme Art, wie er die Edelsteine bei sich trug.

»Hör auf, in deinen Salat zu kichern«, forderte Mel sie auf.

»An *diese* Art Familienschmuck habe ich nicht gedacht.«

»Wie schade. Ich kann mir vorstellen, dass einige Regierungen eine Menge dafür bezahlt hätten, das Ende der Montegeau-Linie zu sehen.«

»Das war damals. Im neunzehnten Jahrhundert wurden die Montegeaus beinahe ehrbar, und höchst ehrbar wurden sie im zwanzigsten Jahrhundert. Sie verdienten ihr Geld mit Juwelen, dem Shrimps-Fang und mit der Landwirtschaft.«

»Und was verstehst du unter höchst ehrbar?«

»Nun ja, sie bewahren noch immer ein geladenes Gewehr in

ihrer Bibliothek auf – wahrscheinlich das gleiche, mit dem Jeffs Großvater umgebracht wurde –, doch ganz langsam haben sie sich von Piraten in Importeure verwandelt.«

Faith hielt mit ihrer Gabel mitten in der Bewegung inne. Sie entschied, das Gewehr nicht weiter zu erwähnen und sich dafür lieber den anderen Gesichtspunkten zuzuwenden. »Von Piraten zu Importeuren. Das ist ein großer Sprung.«

»So groß auch wieder nicht. Sie spezialisieren sich auf Juwelen und Kunstartikel vom Kontinent.«

»Jetzt habe ich dich. Genau die Dinge, die sie früher gestohlen haben.«

Mel zuckte zusammen. »Lass bloß Daddy Montegeau nicht hören, dass du so etwas sagst. Er ist wirklich empfindlich wegen des schwarzen Schafes in der Familie. Immer wenn Tiga...«

»Wer?«

»Antigua Montegeau, Jeffs ledige Tante. Die Schwester seines Vaters. Du weißt schon – die obligatorische Verrückte in der Familie.«

Faith schluckte ihren Salat hinunter, ehe sie sich daran verschluckte. »Wie bitte?«

»Die verrückte ältere Verwandte. Jede Familie hat davon doch mindestens eine. Im Süden sieht man sie als örtliche Wahrzeichen. Die Regierung sollte eine spezielle historische Registrierung für sie einführen. Genau wie für die Geister.«

»Ich kann es nicht glauben.«

»Willkommen im Süden. Es hat Monate gedauert, bis ich all die Montegeaus erst einmal sortiert hatte, die Toten *und* die Lebenden.« Mel leckte ihre Gabel ab. »Wenn ich nach deinem Weinglas greifen sollte, schlag mich auf die Finger. Obwohl der Arzt sagt, dass ein oder zwei Schluck ab und zu dem Baby nicht schaden werden, bin ich doch entschlossen, alles richtig zu machen.«

»Was?«

»Mutter zu sein.«

Faith sah, dass ein Anflug von Traurigkeit über Mels hübsches Gesicht glitt, deshalb streckte sie die Hand aus und griff nach der Hand ihrer Freundin. Mel hatte eine sehr schwierige Kindheit hinter sich, und das verdankte sie zum größten Teil ihrer Mutter, die nicht den Mund öffnen konnte, ohne ihre Tochter zu kritisieren. Wie durch ein Wunder war aus Mel das genaue Gegenteil ihrer bissigen Mutter geworden; von dem Tag an, an dem Faith sie kennen gelernt hatte, hatte sie Mel als einen großzügigen Menschen erlebt, der sehr gern lächelte und Komplimente verteilte.

»Du machst das ganz großartig«, versicherte ihr Faith jetzt, beugte sich zu ihr und hielt einen Augenblick die Hand ihrer Freundin. »Du wirst deinem Baby beibringen, zu lachen und das Leben zu genießen und die Gefühle der anderen Menschen zu respektieren.«

Mel seufzte, dann lächelte sie ein wenig. »Danke. Ich mache mir Sorgen deswegen. Dass ich so werde wie sie, meine ich.«

»Deine Mutter hätte sogar an Gott noch einen Fehler gefunden. Erzähle mir von deiner neuen Familie. Sie klingt wesentlich interessanter.«

»Nachdem sie erst einmal den Raub und die Verbrechen aufgegeben haben, sind die Montegeaus eigentlich recht normal geworden, von den Geistern und den eigenartigen Familienangehörigen, die auf dem Speicher eingesperrt sind, einmal abgesehen.«

»Geister auf dem Speicher?«

»Ja, aber sie haben wirklich nur die Verrückten eingesperrt. Und das auch nur, wenn wichtiger Besuch kam.«

Faith schüttelte lachend den Kopf. »Ich habe dich vermisst, Mel.«

»Wirklich? War deshalb die Schmuckausstellung nötig, um dich auf diese Seite des Kontinents zu holen?«

»Ich gestehe, dass ich schuldig bin.«

»Ich würde mir wirklich gern diese Ausstellung ansehen, aber Daddy Montegeau hat mich die ganze Zeit über auf Trab gehalten. Er hat mir noch nicht einmal genügend Zeit gelassen, um mich mit dir zum Mittagessen zu treffen. Er hat fast einen Anfall bekommen, als ich Jeff erzählt habe, dass ich mit dir Mittagessen gehen wollte. Wirklich, sogar mein zukünftiger Ehemann hat sich auf die Seite seines Vaters geschlagen. Das hat mich schrecklich wütend gemacht.«

Faith verbarg ihr Lächeln hinter ihrem Glas mit Wein. Sie nahm an, dass die Männer der Montegeaus nicht wollten, dass Mel die Rubinhalskette vor der Hochzeit sah. Auf jeden Fall war es gut, dass Mel nicht mit ihr zum Mittagessen gekommen war. Die Shrimps waren wundervoll gewesen, doch der Überfall hinterher hatte dem Tag seinen Glanz genommen.

»Ich habe den letzten der Sklaventreiber geheiratet«, murmelte Mel, während der Kellner ihre Teller abräumte.

»Wirklich?«

»Was? Oh nein. So habe ich das nicht gemeint. Es hat vielleicht vor dem Bürgerkrieg einige Montegeau-Sklaven gegeben, doch das bezweifle ich eigentlich. Die Reichtümer der Familie kamen und gingen, wie ein Aufzug, und Sklaven waren wirklich teuer, wenn man sie kaufen musste.«

»Ein Aufzug, wie?«

»Von Lumpen zu Reichtum, zu Lumpen, zu Reichtum, zu Lumpen, zur oberen Mittelklasse«, erklärte Mel. »Oder vielleicht war es auch Reichtum, Lumpen, Reich…«

»Ich habe schon verstanden«, unterbrach Faith sie. »Jede Generation war eine Sache für sich. So wie es aussieht, wenn ich deinen Verlobungsring betrachte, würde ich sagen, dass Jeff zu der Generation im Aufschwung gehört.«

Mel zögerte. Etwas, das beinahe so aussah wie Furcht, warf einen Schatten über ihre wunderschönen braunen Augen. Dann lächelte sie, eher entschlossen als überzeugt. »Selbst noch mit seinen einundsiebzig Jahren hält Daddy Montegeau die Zügel fest in der Hand. Jeff nimmt nur Befehle von ihm entgegen.«

»Das führt sicher zu lebhaften Diskussionen in der Familie. Er ist sicher wie ein Prinz, der darauf wartet, dass der alternde König beiseite tritt.«

Der verständnisvolle Ton in Faith' Stimme zauberte ein warmes Lächeln auf Mels Lippen. »Jeff ist schon beinahe vierzig. Er ist es wirklich leid, zu warten. Aber Daddy Montegeau hat geschworen, die Montegeaus wieder reich zu machen.«

»Ist er wieder zu Raub und Piraterie zurückgekehrt?«, fragte Faith trocken.

»Nein. Zu Immobiliengeschäften.«

»Ah, moderne Piraterie. Gehen Sie nicht über diese Planke, geben Sie mir nur die Ersparnisse Ihres ganzen Lebens für dieses hüüüübsche Grundstück am Wasser. Doch Sie dürfen es nur bei Niedrigwasser besuchen, denn sonst steht Ihnen das Wasser bis zum Mund.«

Mel schüttete sich aus vor Lachen. »Böses Kind! Sage so etwas bloß nicht vor Daddy. Er hat nicht diesen Sinn für Humor, ganz besonders nicht, wenn es um Immobilien und Geld geht.«

»Keine Sorge. Ich werde deinem Schwiegervater gar nicht begegnen.«

»Oh, aber das wirst du ganz sicher. Nachdem die Ausstellung vorüber ist. Wir möchten, dass du bis zur Hochzeit in Ruby Bayou bleibst. Du kommst doch zu der Hochzeit, nicht wahr? Bitte, sag ja.« Mel hielt ihr Lächeln nur mühsam aufrecht. »Weil Jeff diese romantische Idee hatte, am Valentinstag zu heiraten und auch noch auf Ruby Bayou statt in Savannah, musste ich all meine Hochzeitspläne ändern. Eine Menge Leute werden nicht kommen können, weil wir den Termin so kurzfristig angesetzt haben, aber ich denke, das macht nichts, denn in der Bibliothek ist sowieso nur Platz für höchstens zehn oder zwanzig Leute.«

Faith sah die Angst und die Traurigkeit in Mels Blick. Sie nahm an, dass ihre Freundin nicht glücklich darüber war, dass sie die Hochzeitspläne hatte ändern müssen. »Natürlich werde ich zu deiner Hochzeit kommen«, versicherte ihr Faith. »Aber...«

»Oh, fein.« Mel war begeistert. »Und Owen Walker. Wir möchten, dass er auch auf Ruby Bayou wohnt. Daddy Montegeau hat gesagt, das sei das Mindeste, was wir tun können, weil du uns einen großen Gefallen getan hast. Was für ein Gefallen das war, wollte er nicht sagen. Ist es ein Geheimnis?«

Das Essen kam, und so blieb Faith die Antwort auf diese Frage erspart. Sie wusste, dass Walker mehr als bereit wäre, nach Ruby Bayou zu gehen, weil er mit den Montegeaus darüber reden wollte, einige der Rubine zu kaufen, die ein Teil des Familienschmucks waren. Sie war nicht gerade erfreut über diese Aussicht. Der Gedanke, noch ein paar Tage mehr von Walker abhängig zu sein, machte sie nervös.

Bis jetzt hatte sie den Gedanken, ohne Männer auszukommen, ganz wundervoll gefunden. Walker allerdings machte ihren Schwur zunichte.

Er schien sie tatsächlich zu mögen. Er lachte sogar über ihre Witze. Und der Anflug von Feuer, den sie manchmal in seinen Augen entdeckte, machte sie neugierig.

Oder so etwas Ähnliches.

»Deine Shrimps riechen köstlich«, meinte Mel und machte sich über ihren Schwertfisch mit Polenta her.

»Willst du probieren?«

»Sicher. Eigentlich war es Daddys Idee, wenn es dich interessiert.«

Sofort dachte Faith an die wunderschöne Halskette mit den Rubinen. »Was war Daddys Idee?«, fragte sie vorsichtig.

»Dass du zu uns kommst und ein paar Tage in Ruby Bayou bleibst. Er weiß, wie sehr ich mich darauf gefreut habe, dich wiederzusehen.« Mel verzog das Gesicht. »Eigentlich haben Jeff und ich uns gestritten darüber, dass ich nicht mit dir zum Essen gehen sollte. Daddy muss das gehört haben, denn er hat vorgeschlagen, dass du nach Ruby Bayou kommst und bis nach der Hochzeit bei uns bleibst.«

»Ich möchte nicht, dass du deshalb Schwierigkeiten mit Jeff bekommst.«

»Wenn Daddy es sagt, dann wird es auch so gemacht.« Mel zuckte zusammen, als sie ihre eigenen Worte hörte. »Das klingt so, als wäre er ein Tyrann. Das ist er aber gar nicht. Nicht wirklich. Er ist nur, ich weiß nicht recht, wie ein Bulldozer. Er weiß, was richtig ist für die Familie, und dabei bleibt es auch. Er meint es gut, und er ist ein gemütlicher großer alter Teddybär.«

»Das klingt ganz so wie ›Der Donovan‹«, sagte Faith und meinte damit ihren eigenen Vater.

»Mmm. Streitet er noch immer mit seinen Söhnen?«

»Höchstens jeden zweiten Tag.«

»Und dann versöhnen sie sich wieder, trinken ein Bier zusammen und verbrüdern sich bei einem Fußballspiel vor dem Fernsehapparat, richtig?«

Lachend machte sich Faith über ihre Shrimps her. »Das habe ich ganz vergessen. Du hast ja auch Brüder.«

»Nur zwei. Und sie sind jünger und größer als ich. Zu schade, dass Mutter und ich nicht auch eine Flasche Bier aufmachen und uns über dem schmutzigen Geschirr verbrüdern konnten.«

Insgeheim bezweifelte Faith, dass Mels Mutter das überhaupt gewollt hätte.

»Na ja, das sind alte Geschichten«, meinte Mel. »Lass mich dir lieber von Tiga erzählen und von der Schatztruhe der Familie Montegeau. Das ist viel interessanter.«

»Tiga«, wiederholte Faith. »Das war die schrullige Tante?«

»Schrullig? Sie wechselt schneller zwischen Wirklichkeit und

Traum als die alten Gestalten von ›Star Trek‹ und dabei schleicht sie so verstohlen herum. Immer wenn ich mich umgesehen habe, war sie da. So leise wie eine Katze und dreimal so neugierig. Jeff hat mir gesagt, ich solle sie ignorieren. All die anderen tun das. Und dann habe ich mich an sie gewöhnt, wie man sich an die Tapete im Wohnzimmer gewöhnt. Die eigenartigste Schattierung von Grün, die du je gesehen hast.«

Faith unterdrückte ein Lachen und nippte an ihrem Wein. »Bleibt noch die Schatztruhe.«

»Für was?«

»Deine Erklärung.«

»Ah. Verstehe.« Mels braune Augen glänzten schelmisch. »Es muss Spaß machen, mit einer Schwester aufzuwachsen. Mit der kann man alles teilen, Geheimnisse, Witze und die Neuigkeiten über den ersten Freund.«

»Nicht über den Freund. Auf keinen Fall. Honor und ich waren dafür viel zu schlau.« Faith lächelte ein wenig wehmütig. »Ja, es hat wirklich Spaß gemacht. Und die Zeiten ändern sich. Meine Zwillingsschwester und ich stehen uns noch immer sehr nahe, aber sie ist jetzt Ehefrau und Mutter. In gewisser Weise ist das eine ganz andere Welt.« Faith zuckte mit den Schultern, als würde ihr das nicht sehr viel ausmachen, als hätte sie sich nicht mit Tony verlobt, weil sie sich verlassen gefühlt hatte. »Und was ist jetzt mit der Schatztruhe?«

Mel stahl einen Shrimp vom Teller ihrer Freundin. Ein langes Stück Linguini blieb daran hängen. Sie verspeiste beides mit überraschender Geschwindigkeit. Faith hielt sich die Serviette vor das Gesicht, um ihr Lachen dahinter zu verbergen, und entschied sich, dass sie im Gegenzug dafür keinen Bissen von Mels Schwertfisch verlangen würde. Offensichtlich war Mel eine sehr hungrige Frau.

»Das ist der Zeitpunkt, an dem die Geister ins Spiel kommen.« Mel wischte sich mit der Serviette den Mund ab und verschmierte dabei ihren dunklen Lippenstift. Die Farbe passte genau zu ihren langen Fingernägeln. »Als der erste Montegeau all die Leute bezahlt hatte, die ihn hätten hängen können, besaß er von seiner Beute gar nichts mehr.«

Faith blinzelte und versuchte, Mels Gedankengängen zu folgen. Das hatte sie schon seit ihren Tagen an der Universität getan, als sie sich beide zusammen ein Zimmer geteilt hatten.

»Wenigstens hat er das behauptet«, fügte Mel hinzu. »Es könnte sogar gestimmt haben. Aber ein Teil seines Reichtums war ihm noch geblieben. Es war eine Schatulle aus purem Silber, kostbar verziert nach der spanischen Mode. Die Schatulle war zwischen zehn und zwanzig Zentimetern breit und zwanzig bis vierzig Zentimeter lang, je nachdem, wie hoffnungsvoll man sich fühlte.«

»Auf jeden Fall ist das eine ganze Menge Silber.«

»Hey, eigentlich hätte sie aus Gold sein müssen.«

»Hätte sie?«

»Sicher.« Mel winkte mit ihrer Gabel ab. »Was ist das denn schon für eine Legende über Silber? Gold ist der Stoff, aus dem die Mythen sind. Hast du je schon einmal in deinem Geschichtskurs in der Uni etwas davon gehört, dass ein *Silberrausch* die Welt verändert hat?«

Sie senkte die Gabel wieder, spießte damit noch einen von Faith' Shrimps auf und lud ihn auf ihren Teller, wieder zog sie eine Linguini hinter sich her.

»Sei dankbar, dass die Schatulle aus Silber war«, meinte Faith. »Wäre sie aus Gold gewesen, hätte sie einer der Montegeaus auf der absteigenden Kurve seines Wohlstandes ganz sicher verhökert.«

»Das würden sie vielleicht noch immer tun, wenn sie sie finden könnten.« Mel warf einen Blick auf die wenigen Shrimps, die noch auf Faith' Teller lagen, und entschied sich, ihre Gabel bei sich zu behalten. Auch Freundschaft hatte ihre Grenzen.

Ganz zu schweigen von der engen Taille ihres Umstandskleides.

»Willst du damit sagen, dass die Montegeaus ihre Schatztruhe verloren haben?«, fragte Faith.

»Ich fürchte ja. Jemand kam ins Haus und hat Jeffs Großvater Rich erschossen. Der Dieb hat entweder die Schatztruhe gestohlen oder er hat den einzigen Menschen umgebracht, der wusste, wo sie versteckt war, und dieser Mensch war Richmond Montegeau. Wie auch immer. Seither hat man die Schatztruhe nicht mehr gesehen. Jeffs Großmutter, Bess, wurde ein wenig verrückt, nachdem man ihren Ehemann umgebracht hatte, doch nicht so sehr, dass man sie hätte in einen Schrank sperren müssen oder so etwas. Ein sanfter Nervenzusammenbruch, gefolgt von einem fünf Jahre dauernden Abstieg in den Tod. Antigua, die damals, als ihr Vater starb, ungefähr vierzehn oder fünfzehn gewesen sein muss...«

»Das ist Jeffs Tante, diejenige, die sich verhält wie eine der Gestalten aus Star Trek?«, unterbrach Faith sie.

Mel nickte. »Tiga hat den Mord vielleicht mit angesehen. Niemand weiß es, und Tiga spricht nicht darüber, und wenn sie es tut, kann niemand verstehen, was sie sagt. Doch Tiga war nach dem Tod ihres Vaters verändert. Sie hat sich noch so lange beherrscht, um ihren Bruder großzuziehen – das ist Daddy Montegeau –, während ihre Mutter langsam verrückt wurde, doch Tiga war schon damals ein wenig eigenartig.«

Faith blinzelte und versuchte, der Unterhaltung zu folgen. »Und ich nehme an, Tiga ist es mit zunehmendem Alter nicht besser gegangen?«

»Das kommt ganz darauf an, was man darunter versteht. Wenn du also nach Ruby Bayou kommst, dann behandle sie einfach wie eine kleine Schoßkatze. Wenn sie mit dir reden will, dann höre ihr zu und erwecke nicht den Anschein, dass du verwirrt bist. Wenn sie dich nicht sieht und stattdessen mit den verstorbenen Montegeaus spricht, dann erkläre ich dir, mit wem sie spricht, damit du weißt, wer ihr antwortet. Oder was.« Mel hielt inne. »Ist ein Geist ein Was oder ein Wer?«

Faith verlor augenblicklich die Beherrschung und lachte laut auf. »Da musst du sie schon selbst fragen.«

»Das überlasse ich lieber Tante Tiga. Wo war ich doch gleich? Nein, keine Andeutungen. Ich denke, wenn ich schnell genug rede, wirst du mich nicht dafür umbringen, dass ich dir deine ganzen Shrimps stehle. Mal sehen. Die Schatztruhe«, erklärte sie triumphierend und sah von dem verlockend vollen Teller ihr gegenüber auf ihren, der beinahe leer war.

Faith biss sich auf die Lippe, dann schaufelte sie mit der Gabel einen Shrimp und ein paar Linguini auf den Teller ihrer Freundin.

»Du bist eine Heilige«, erklärte Mel. »Die Kalorien zählen nicht, wenn man sie von jemandem geschenkt bekommt, nicht wahr? Gott, warum nur schmeckt alles, das nicht gut für einen ist, so wundervoll?«

»Shrimps sind gut für dich.«

»Aber ohne das Olivenöl und die Pasta.« Sie schloss die Augen und genoss das verbotene Essen, dann begann sie zu jammern. »Hör auf. Selbst wenn ich dich darum bitte und mir der Mund wässrig wird wie bei Boomer.«

»Ich fürchte mich beinahe zu fragen. Wer ist Boomer?«

»Er ist ein Was. Ein großer Mischlingshund, den Jeff verletzt an der Straße gefunden hat. Wir haben ihn wieder zusammengeflickt und ihn dann mit nach Hause genommen. Unsere Wohnung in Hilton Head war zu klein, als Boomer wieder gesund war, und deshalb haben wir ihn zu Tiga und Daddy gebracht. Was ist schon ein heruntergekommenes Herrenhaus in den Südstaaten ohne einen Hund?«

»Schatztruhe«, sagte Faith entschlossen, weil sie das Gefühl hatte, dass ihr die Unterhaltung wieder einmal entglitt.

»Oh. Richtig.« Mel nahm einen Schluck von ihrem Mineralwasser, tat so, als sei sie satt und erzählte weiter. »Jede Generation sollte ein ganz besonderes Schmuckstück mit einem Rubin oder einen besonders herrlichen losen Rubin in diese Schatztruhe legen. Das sollte so eine Art Tradition sein und gleichzeitig auch ein Aberglaube. Die Generation, die Rubine und andere Kostbarkeiten in die Schatztruhe legte, wurde reich. Diejenigen, die nur daraus nahmen, ohne etwas hineinzulegen, wurden arm.«

Faith nahm an, dass Mels Halskette, die sie zu ihrer Hochzeit bekommen sollte, in einer früheren Generation wohl in der Schatztruhe geendet wäre.

»Natürlich hat Daddy Montegeau niemals die Möglichkeit bekommen, etwas in die Schatztruhe zu legen, weil sie gestohlen wurde. Er führt seine finanziellen Probleme auf den Verlust des Erbes der Familie zurück.«

»Und was sagt Jeff?«

»Er meint, dass sein Vater ein lausiges Gefühl für Immobilien hat. Also führt Jeff das Juweliergeschäft in Hilton Head, und Daddy versucht sein Glück mit Immobilien zu machen, und Tiga führt Ruby Bayou auf ihre eigene, verrückte Art. Aber sie ist eine gute Köchin. Sie kann es mit den Besten aufnehmen, wenn es um bestreut, bedeckt oder überschüttet geht.«

»Jetzt habe ich den Faden verloren.«

»Bestreut, bedeckt und überschüttet?«

»Ja.«

»Kartoffeln, bestreut mit Zwiebeln, bedeckt mit Käse und überschüttet mit Sauce«, erzählte Mel sehnsüchtig. »Das ist so eine Art Frühstück in den Südstaaten. Mit viel Sünde und wenig frischen Früchten.«

»Möchtest du noch einen Shrimp?«

»Wenn ich meine Augen schließe, zählen die Kalorien nicht, nicht wahr?«

»Hmm«, war das Freundlichste, was Faith darauf einfiel. Als würde sie ihre Nichte füttern, schob sie Mel einen Shrimp in den Mund.

Mel kaute langsam, schluckte ihn hinunter, seufzte und öffnete dann die Augen wieder. »Neben Jeff sind die Shrimps das Beste hier im Süden. Wie schnell kannst du nach Ruby Bayou kommen? Die Ausstellung ist morgen Nachmittag zu Ende, nicht wahr?«

»Ja, aber ich kann dir nichts versprechen. Besonders nicht, was Walker betrifft.«

»Dann lassen wir den Mann doch für sich selbst sprechen.«

Mel stand auf und ging hinüber zur Bar. Selbst im sechsten Monat ihrer Schwangerschaft – oder vielleicht weil sie so herrlich schwanger war – bewegte sie sich mit einer femininen Selbstsicherheit, mit der sie die Blicke der Männer auf sich zog.

Sie blieb an der Bar neben Walker stehen und spielte mit den Aufschlägen seiner Jacke. »Was macht ein gut aussehender Kerl wie Sie in einer solchen Bar?«

In Walkers Augenwinkeln bildeten sich Lachfältchen. »Warten, dass er Glück hat.«

»Dann betrachten Sie sich als erwählt.« Sie zog an seinem Kragen.

»Sind Sie sicher? Ich möchte den Damen an ihrem freien Abend nicht im Weg stehen.«

»Ganz sicher. Wir sind bereit, von den Schreckensgeschichten des Kreissaals zu den größten Kämpfen aller Zeiten der nationalen Hockey-Liga überzugehen.«

Das Lächeln breitete sich von seinen Augen bis zu seinem Mund aus. »Soll ich meinen Barhocker mitbringen?«

»Wenn Sie heftig genug humpeln, dann wird der Kellner den Wink schon verstehen.«

»Na, dann los.«

Und der Kellner war tatsächlich noch vor ihnen am Tisch.

Die Tatsache, dass er es schaffte, noch einen Stuhl zwischen die beiden anderen zu schieben, ohne dabei Faith' Teller auf ihren Schoß zu stoßen, sicherte ihm ein Trinkgeld.

Jedes Zögern, das Walker vielleicht gefühlt hatte, bei dem Gedanken die beiden Frauen zu stören, verschwand bei Faith' Anblick. Am Anfang des Abendessens war sie so blass gewesen wie Porzellan. Jetzt hatte sie wieder Farbe in den Wangen, und Lachen blitzte in ihren silberblauen Augen. Sie aß gerade die letzten Shrimps und wickelte mit offensichtlichem Vergnügen die Pasta um ihre Gabel.

Erleichtert setzte er sich auf seinen Stuhl. »Sie tun ihr gut«, wandte er sich an Mel.

»Wie meinen Sie das?«, murmelte Mel.

»Der Überfall hat sie viel mehr erschreckt, als sie zugeben will.«

»Überfall?« Mels erschrockene Stimme war laut genug, dass es auch die beiden FBI-Agenten am Tisch nebenan hören konnten.

»Beim Mittagessen«, erklärte Walker.

»Heute?«, fragte Mel entsetzt.

Faith warf ihm einen wütenden Blick zu.

»Hoppla«, lenkte er ein. »Ich nehme an, Faith hat Ihnen das noch nicht erzählt.«

»Jetzt reicht es. Ihr werdet gleich morgen Abend nach Ruby Bayou kommen.«

Aus den Augenwinkeln sah Walker, dass die beiden Agenten plötzlich aufblickten. Der Gedanke, dass die bestgekleideten Agenten Onkel Sams um Mitternacht nach Ruby Bayou kriechen würden, zauberte ein Lächeln auf Walkers Gesicht wie bei einem Alligator.

»Ich würde niemals einer so wunderschönen Dame widersprechen«, erklärte er breit. »Wir werden da sein.«

17

Nachdem die Preise der Ausstellung verteilt worden waren, wanderten Dutzende von Kunden und Designern durch die Gänge der Ausstellungshalle, sahen sich alles an und zogen Bilanz. Mindestens zehn uniformierte und offensichtlich bewaffnete Männer hatten sich unter die Schaulustigen gemischt. Nach dem kühnen Überfall des Vortags wollte die Leitung der Ausstellung kein Risiko mehr eingehen. Man hatte Polizeibeamte außer Dienst eingestellt und scherte sich einen Teufel darum, diskret zu sein bei der Zurschaustellung von Waffen.

Faith und Walker mischten sich unter die Menschenmenge. Heute trug Faith einen eng anliegenden Hosenanzug, dessen tiefrote Farbe mit der eines ausgezeichneten burmesischen Rubins wetteiferte. Ihre hohen Absätze hatte sie durch einfachere, sündhaft teure schwarze italienische Lederschuhe ersetzt.

Walker trug die gleiche Sportjacke, ein anderes blassblaues Hemd, keine Krawatte und eine dunkle Hose, alles sorgfältig ausgesucht, um so unauffällig wie möglich zu wirken. Je weniger Menschen ihn ansahen, desto besser konnte er beobachten, was vor sich ging, ohne dabei aufzufallen.

Seine persönliche Wahl für den »lächerlichsten« Beitrag der Ausstellung war ein Schmuckstück, das aussah wie ein Spiegelei, das jemand hatte fallen lassen. Ein sehr teures Spiegelei, das war sicher, mit eleganten gelben Diamanten als Eigelb und farblosen Diamanten als Eiweiß, aber trotzdem sah es aus wie ein ganz normales Hühnerei. Walker konnte sich nicht vorstellen, welche Frau wohl ein Frühstück im Wert von einer halben Million Dollar an ihrem Kostüm tragen würde. Doch er war ja auch nur ein Junge vom Land. Er hatte keine Ahnung davon, was Frauen in Manhattan oder Los Angeles ansprach.

»Hör auf zu kichern«, forderte ihn Faith auf, ohne den Mund zu bewegen.

»Warum? Wer auch immer diese Brosche als die beste der Ausstellung nominiert hat, muss ein gutes Gefühl für das Lächerliche gehabt haben.«

»Das ist keine Hundeausstellung. Der Preis ist für das phantasievollste Design vergeben worden und nicht für das beste.« Sie beugte sich über die Vitrine und las die Karte der Jury, die dem Preis beigefügt worden war. »Der Anstecker ist eine drollige postpostmoderne Darstellung der alltäglichen Trivialitäten, die im Herzen auch des glamourösesten Lebens liegen.«

»Genau wie ein Haufen Pferdeäpfel.«

Faith biss sich fest auf die Unterlippe und versuchte, nicht laut zu lachen. Das würde ihn nur noch mehr anspornen. Doch es tat gut, sich sein empörtes Gesicht ins Gedächtnis zu rufen, als die Montegeau-Halskette eine ehrenwerte Erwähnung bekommen hatte »für unsere talentierte Juwelierin aus dem Westen, Miss Faith Donovan.« Er hätte den kahlköpfigen Kerl, der aussah wie ein Professor, beinahe angeknurrt, der Faith die gerahmte Urkunde mit herablassender Haltung überreicht hatte.

»Diese ganz besondere Vereinigung der Designer«, erklärte sie ihm geduldig, »hat an der Ostküste begonnen. Ihr Gedanke eines wichtigen Designs gründet sich fest auf der akademischen Tradition.«

»Kein Professor könnte sich dieses Spiegelei leisten.«

Obwohl Faith sich fest auf die Zunge biss, drang ein leises Kichern aus ihrem Mund. »Darum geht es doch gar nicht. Das Design, das gewonnen hat, wird im nächsten Jahrzehnt in jedem wichtigen Magazin für Design dokumentiert und abgebildet werden.«

»Dokumentiert, wie? So, als wäre es wirklich wichtig?«

»Das ist es auch. Wenn sich das Stück nach einem Jahr nicht an ein Museum oder einen privaten Sammler verkaufen lässt, werden die Steine wieder herausgeholt und für andere Stücke verwendet werden.«

»Darauf freue ich mich jetzt schon.«

»Du bist ein schlimmer Hund«, flüsterte sie ihm zu.

»Siehst du. Möchtest du mir nicht den Bauch kraulen?«

Sie drückte seinen Arm und machte ein leises, beruhigendes Geräusch. »Aus dem Blickwinkel eines Designers ist es das Interessanteste an dem Spiegelei-Preis, dass die Ära des Sandsteins und des rostfreien Stahls endlich vorüber ist.«

»Wie bitte? Das habe ich nicht verstanden.«

»Die letzten Jahrzehnte des zwanzigsten Jahrhunderts waren voll von Entwürfen, die den Preis des Stückes von ihrer künstlerischen Vision bestimmen lassen wollten und nicht vom Wert des Materials. Wie zum Beispiel bei Malern und Bildhauern. Ölfarben und Marmor sind in sich selbst nicht so wertvoll, das Wertvollste daran ist die Schöpfung. Also haben Designer für Juwelen normale Steine und Grundmaterialien in ihren Designs benutzt und kein Gold, Platin oder kostbare Edelsteine.«

»Das ist erheblich billiger«, stimmte Walker ihr zu. »Aber der Endpreis hat das wohl nicht ausgedrückt?«

»Nein. Es war eine Rückkehr zur Renaissance-Idee des Schmuckes, ehe wir gelernt haben, Facetten zu schleifen und die Schönheit der wirklich harten Steine noch hervorzuheben. Damals lag der Wert der Juwelen im Design und nicht nur im Wert der Steine. Dann haben wir gelernt, Facetten zu schleifen, und der Wert der Stücke hat sich verändert. Edelsteine wurden zum Herzen jedes wichtigen Schmuckstückes, und das Design kam höchstens noch an zweiter Stelle. Und auch wenn das drollige postpostmoderne Stück nicht nach meinem persönlichen Geschmack ist, so stellt es doch wenigstens eine Vereinigung von Materialien und Design als gleichwertige Partner da, um den Wert des fertigen Schmuckstückes zu ermitteln.«

Walker neigte den Kopf ein wenig, betrachtete das glitzernde

Stück noch einmal und nickte dann. »Okay. Wenn man es so betrachtet, ist es nicht ganz so verrückt. Aber wenn man Schmuckstücke auf diese Art betrachtete, dann sollte diese Karte neben deiner Arbeit stehen und nicht neben der dieses Kerls. Alle deine Stücke sind eine Vereinigung des Wertes der Steine und intelligenten, eleganten Designs.«

»Ich nehme zurück, dass ich gesagt habe, du seist ein schlimmer Hund. Du bist ein Schatz. Es tut gut, wenn man geschätzt wird.« Sie lächelte, stellte sich auf Zehenspitzen und gab ihm einen Kuss auf die Wange über seinem Bart, als sei er Archer.

Doch er war nicht ihr Bruder. Walkers Herz schlug schneller.

»Du bist es auch wert, geschätzt zu werden«, behauptete er so ganz nebenbei. »Und wie interpretierst du das hier?« Er deutete auf das nächste Ausstellungsstück, eine kleine, mit Juwelen besetzte Skulptur, die in seinen Augen aussah wie ein Chihuahua, den man an den elektrischen Strom angeschlossen hatte. »Nein«, sagte er und legte ihr eine Hand über die Augen. »Es ist nicht fair, wenn du die Karte liest.«

Sie lachte noch immer, als ein Wachmann zu ihnen trat. »Da sind Sie ja, Miss Donovan. Ein Mr. Anthony Kerrigan hat Sie gesucht.«

Walker fühlte, wie Faith erstarrte. Er nahm seine Hand von ihren Augen. Sie war wieder ganz blass geworden, so wie gestern Abend. Ein Schauer lief durch ihren Körper. Einen Augenblick lang lehnte sie sich gegen Walker, als suche sie seinen Schutz. Dann reckte sie sich und wandte sich zu dem Mann.

»Sagen Sie Mr. Kerrigan, was er bereits weiß«, erklärte sie ihm knapp. »Ich habe nicht den Wunsch, ihn zu sehen. Nie wieder.«

Doch es war schon zu spät. Tony bahnte sich bereits einen Weg durch die Menge mit der Sorglosigkeit eines Mannes, der es gewöhnt war, größer und stärker zu sein als alle anderen um ihn herum.

»Hi, Baby«, sagte Tony, als er bei Faith angekommen war, und es sah ganz so aus, als wolle er sie in den Arm nehmen und ihr einen Kuss geben. »Ich hatte geschäftlich hier in Savannah zu tun und habe deinen Namen in der Zeitung gelesen. Eine Menge toller Schmuck. Ich wette, da könntest du ein wenig Bewachung brauchen.«

Sie wich ihm aus, mit einer Bewegung, die sie noch weiter von Walker entfernte. Sie fühlte, dass Walker, genau wie ihre Brüder, den Wunsch hatte, sie zu beschützen. Doch im Gegensatz zu ihren Brüdern war Walker etwa zwölf Zentimeter kleiner und mindestens achtzig Pfund leichter als Tony. Und was noch schlimmer war, Walker war verletzt.

Und sie hatte die bittere Erfahrung gemacht, wie Tony mit den Menschen umging, die schwächer waren als er.

»Auf Wiedersehen, Tony«, sagte sie.

»Also wirklich, du sollst nicht schmollen. Du weißt, wie sehr ich es hasse, wenn du schmollst.«

»Kenne ich Sie?«, fragte Walker träge.

»Lassen Sie sich davon nicht stören«, erklärte Tony. »Dies hier ist eine Angelegenheit zwischen mir und meiner Verlobten.«

»Ich bin nicht deine Verlobte«, sagte Faith.

»Nichts hat sich verändert, Baby. Ich liebe dich, und du liebst mich.«

Wut stieg in Faith auf und vertrieb ihre Furcht. Sie wünschte nur, sie wäre groß genug, um Tony zusammenzuschlagen. »Du irrst dich. Ich liebe dich nicht und du hast keine Ahnung von Liebe. Es ist vorbei, Tony. Auf Wiedersehen. Und stör mich bitte nicht mehr.«

Obwohl Faith ihre Stimme nicht erhoben hatte, wandten sich einige Köpfe in ihre Richtung. Tonys Stimme war laut genug, damit alle es hören konnten.

»Hey, hey«, meinte Tony und lächelte, obwohl sich seine

hellblauen Augen zusammengezogen hatten. Er streckte die Hand aus, als wolle er mit seiner riesigen Hand ihren Arm festhalten. »Du hattest genug Zeit, um deine Wut zu überwinden. Und wenn du das nicht getan hast, dann nur deshalb, weil du nicht mit mir reden willst, weil du dir nicht meine Seite der Geschichte anhören willst. Wirklich, dies hier ist nicht gerade der beste Ort dafür, aber du lässt mir ja keine andere Wahl.«

Faith wollte nicht vor einem ganzen Raum ihrer Kollegen erniedrigt werden. Tonys Grinsen allerdings sagte ihr, dass er das genauso gut wusste wie sie.

Walker hängte seinen Stock über seinen Arm und streckte die Hand aus, es sah aus, als wolle er Tony die Hand schütteln. Doch wenn man das Ergebnis betrachtete, so war Walkers Bewegung bemerkenswert subtil. Nur der Wachmann bemerkte und begriff, warum Tonys Gesicht plötzlich alle Farbe verlor. Der schwerfällige Angreifer zog scharf den Atem ein als Reaktion auf den plötzlichen, heftigen Schmerz. Der Wachmann lächelte ein wenig. Es sah ganz so aus, als hätte der Kerl, der die hübsche junge Frau belästigte, sich da ein wenig zu viel zugemutet.

Mit ein paar Schritten »ermutigte« Walker Tony, Faith den Rücken zuzudrehen. »Hallo. Mein Name ist Owen Walker.« Lächelnd schüttelte er dem anderen Mann die große Hand, dabei verstärkte er den Druck auf Tonys Daumen und drückte ihn zurück, beinahe so weit, dass er das Handgelenk des großen Mannes berührte. »Nett, Sie kennen zu lernen. Faith ist im Augenblick sehr beschäftigt, aber ich hätte wirklich gern ein Autogramm von Ihnen. Wie ich gehört habe, waren Sie ein großer Football-Held. Sie können mir gern draußen davon erzählen.«

Tonys Mund öffnete sich, doch es kam kein Ton heraus.

»Großartig«, erklärte Walker leutselig. Hinter dem Schutz seines Körpers wechselte Walker die Hände, ohne Tony von dem lähmenden Schmerz seines Griffes zu befreien. Für die

Leute, die um sie herumstanden, schien der große Mann dem kleineren mit dem Stock zu helfen, zur Tür zu kommen.

»Komm schon, Kumpel. Ich kaufe dir ein Bier.«

Faith sah zu, wie Tony und Walker gingen. Sie hatte keine Ahnung, wie Walker es geschafft hatte, Tony wegzubringen, ohne dass dieser großes Aufsehen machte, doch sie hatte den Beweis dafür gleich vor ihren Augen. Er und Walker gingen nebeneinander nach draußen, Tony führte die beiden an, als wollte er hören, was dieser lächelnde Walker mit der sanften Stimme zu sagen hatte.

Selbst als sie auf der Straße vor dem Hotel waren, gab Walker seinen Griff um Tonys Hand noch nicht frei. Er wandte sich um und sah den größeren Mann an. Für alle, die die beiden beobachteten, sahen sie noch immer aus wie zwei Freunde, die sich auf dem Gehweg unterhielten.

»Ich werde Ihnen sagen, wie die Sache jetzt steht.« Walkers Stimme war genauso sanft wie sein Griff um Tonys Hand schmerzhaft. »Faith weiß bereits, was Sie sind, also werden Sie sich bei ihr nicht dafür entschuldigen müssen, dass Sie ein elendes Arschloch sind. Sie hören mich doch gut, Junge?«

Tony schwitzte, doch es gelang ihm, zu nicken.

»Das ist wirklich gut«, meinte Walker. »Denn offensichtlich haben Sie nicht gehört, was Faith zu Ihnen gesagt hat, deshalb werde ich das jetzt wiederholen, nur um sicherzugehen, dass es in Ihren Dickschädel geht. Faith will von Ihnen nichts mehr wissen. Rufen Sie sie nicht an. Schicken Sie ihr keine E-Mail. Schreiben Sie ihr nicht. Und treffen Sie sich nicht zufällig irgendwo auf der Welt. Wenn Sie sie irgendwo sehen, irgendwann, dann bewegen Sie Ihren gespickten Hintern in die entgegengesetzte Richtung. Haben Sie mich verstanden?«

Tony nickte. Er konnte noch immer hören, auch wenn er keinen Laut herausbrachte.

»Nur, damit Sie keinen Fehler machen, so dumm, wie Sie

sind«, sprach Walker freundlich weiter. »Sie haben bei mir noch Glück, weil ich nett zu Ihnen bin. Gestern hat Faith einen Banditen aus Atlantic City mit einem Schlag ausgeschaltet. Sie hätte Ihnen die Eier ausgerissen, wenn ich nicht eingeschritten wäre. Beim Anblick von Blut muss ich mich immer übergeben, müssen Sie wissen. Also, wenn Sie daran denken sollten, sie allein zu erwischen, dann überlegen Sie sich das besser noch einmal. Ihre Brüder haben dieser Dame ein paar böse Tricks beigebracht. Sie sind besonders geeignet für große, langsame, fleischige Typen wie Sie. Natürlich würde mich mein Ehrgefühl dazu zwingen, die Aufgabe zu Ende zu bringen, wenn von Ihnen noch etwas übrig wäre, nachdem sie mit Ihnen fertig ist, und ich hasse es ganz einfach, wenn mich jemand aufregt. Ganz sicher würde ich das dann an Ihnen auslassen. Hören Sie mir noch zu?«

»Lassen Sie … los«, bat Tony mit rauer Stimme.

»Hören Sie mir noch zu?«, wiederholte Walker und drückte noch fester zu.

Tony nickte heftig.

»Guter Junge«, sagte Walker, als würde er einen ganz besonders dämlichen Hund dafür loben, dass er nicht auf den Boden gepinkelt hatte. »Dies ist die einzige Warnung, die Sie bekommen werden, eine mehr, als Faith Ihnen zugestehen wollte. Sehen Sie, sie hat sich schon so darauf gefreut, Ihnen Ihren jämmerlichen Schwanz auszureißen und ihn in Ihre Nase zu schieben. Gefolgt von Ihren erbsengroßen Eiern. Haben Sie mich verstanden?«

»Aaaah.«

Das Geräusch war mehr ein Stöhnen als ein Wort, doch Walker hatte ihn verstanden. Er wartete einen Augenblick, zählte langsam bis drei, dann ließ er Tonys Hand los. Dann beobachtete er ihn, um festzustellen, ob der andere Mann wirklich so dumm war, wie er groß war.

Langsam bekam Tonys Gesicht wieder Farbe, dann lief es rot an. »Wer zum Teufel sind Sie?«

»Faith'.«

»Ihr was?«

»Jetzt begreifen Sie langsam.«

Tony sah in Walkers ruhige, abschätzende blaue Augen, dann machte er schnell einen Schritt zurück. Tony war an derbe Spiele wie Football gewöhnt.

Walker spielte keine Spiele.

»Ich könnte Sie in zwei Teile zerbrechen«, sagte Tony.

Walker wartete darauf, dass er das versuchte.

»Aber ich kämpfe nicht gegen kleinere Männer«, erklärte Tony.

»Nur gegen Frauen? Mein lieber Mann, Sie sind wirklich ein Stück Scheiße erster Güte, nicht wahr?«

Tonys Gesicht wurde noch dunkler. »Sie können von Glück sagen, dass ich Sie nicht auseinander nehme.«

Ein sanftes Lächeln war Walkers einzige Antwort.

»Faith hat nur das bekommen, worum sie gebeten hat«, erklärte Tony.

»Verdammt, aber Sie sind wirklich *dumm*.«

Walker bewegte sich, als wolle er sich abwenden. Während er das tat, schwang sein Stock nachlässig herum und verfing sich in Tonys Füßen. Ein schneller Zug daran, und beide Männer fielen zu Boden.

Wenigstens sah das so für alle anderen aus, die ihnen zusahen. Für Tony stand seine Welt plötzlich auf dem Kopf, seine Füße flogen hoch, und er lag auf dem Boden und rang nach Luft, während Walker versuchte, wieder auf die Beine zu kommen. Einen Ellbogen rammte er gegen seinen Hals, sein Knie stieß ihm in den Unterleib, die Hand krachte gegen seine Nase. Die anscheinend zufälligen Schläge passierten alle, ehe es Walker gelang, wieder auf die Beine zu kommen.

»Ist alles in Ordnung mit Ihnen?«, fragte Walker besorgt und beugte sich über Tony, um die Zuschauer zu beruhigen, die stehen geblieben waren, um ihnen zuzusehen. »Ich bin mit diesem Stock so furchtbar unbeholfen. Wie es scheint, kann ich mich einfach nicht an dieses verdammte Ding gewöhnen. Kommen Sie, ich helfe Ihnen auf.«

Benommen ließ Tony sich wieder auf die Füße ziehen, dann wurde ihm der Staub von der Kleidung geklopft, so heftig, dass es ihm fast den Atem raubte. Blut rann aus seiner Nase. Er konnte nicht aufrecht stehen, weil der Schmerz in seinem Unterleib so heftig war, dass ihm übel wurde. Seine Niere schmerzte in einer Art und Weise, dass ihm klar wurde, dass dieses erst der Anfang war.

»Ich werde Ihnen ein Taxi rufen«, meinte Walker. »Sie wollen doch in dieser Hitze nicht zu Fuß gehen.«

Er hob den Stock, winkte ein Taxi heran und schob Tony hinein. Walker gab dem Fahrer einen Zwanzig-Dollar-Schein und schickte ihn zu einer Adresse in der schlimmsten Gegend der Stadt, dann lächelte er Tony zu. »Nett, mit Ihnen zu reden, Junge. Grüßen Sie die Familie zu Hause.«

Walker schlug die Tür zu, lächelte die netten Leute an, die sich um sie versammelt hatten, und bemühte sich, auf dem Weg zurück in das Gebäude heftig zu humpeln.

Als Faith Walker sah, lief sie zu ihm und nahm sein Gesicht in beide Hände. Doch sie entdeckte nur glatte Haut, den dunklen, seidigen Bart und Augen in der Farbe von Lapislazuli. »Ist mit dir alles in Ordnung?«

»Aber sicher. Warum?«

»Tony kann ... sehr schwierig sein.«

»Dieser alte Junge?« Walker lächelte und sah überrascht aus. »Er hat sich mehrmals dafür entschuldigt, dich gestört zu haben. Er hat gesagt, er würde es nicht wieder tun. Er hatte nur gehofft, dass du deinen Zorn auf ihn überwunden hast.«

»Das habe ich nicht. Und das werde ich auch nie.«

Walker lächelte, trotz der Wut, die er noch immer fühlte, wenn er sich an Tonys Worte erinnerte: *Faith hat nur das bekommen, worum sie gebeten hat.*

»Manchmal ist ein gerechter Zorn das Einzige, was einem hilft, seine Arbeit richtig zu machen«, meinte Walker. »Du hast etwas viel Besseres verdient als diesen Haufen Pferdeäpfel.«

Faith' Lächeln war ein wenig zittrig, doch es war echt. »Ja. Das habe ich endlich auch begriffen.«

»Ich bin überrascht, dass deine Brüder das Tony nicht schon längst beigebracht haben«, murmelte Walker.

»Ich bin alt genug, um meine eigenen Fehler zu machen und hinterher alles wieder aufzuräumen.«

Insgeheim dachte Walker, dass Tony nicht in die gleiche Gewichtsklasse gehörte wie Faith, doch er wusste, dass es besser war, das nicht laut auszusprechen. Sie hatte etwas dagegen, dass das Leben so unfair war und Männer stärker waren als Frauen. »Na, siehst du.«

»Das muss heute mein Glückstag sein«, erklärte Faith. »Ich habe gerade die Smaragdkatze verkauft, und Tony hat endlich begriffen, woran er ist.«

Walker lächelte. »Die Katze, wie? An die Frau mit dem Make-up und den Narben?«

»Nein. An einen Mann, der ein Geburtstagsgeschenk für seine Nichte haben wollte.«

Walkers Augenbrauen fuhren hoch. »Was für ein Geschenk. War es wirklich für seine Nichte?«

»Der Mann war mindestens siebzig Jahre alt, wenn nicht noch älter. Was glaubst du denn?«

»Ich würde sagen, seine Nichte ist blond und hat einen tollen Körper.«

»Ich auch.«

18

Die Schmuckausstellung schloss am Nachmittag des dritten Tages, und das ließ den Ausstellern genügend Zeit, all ihre Wertgegenstände einzupacken und zu sichern, ehe sie wieder nach Hause fuhren. Walker verbrachte jede Minute damit, zu versuchen, Faith ihren Besuch in Ruby Bayou auszureden, wo sie die Halskette abliefern und bis zu Mels Hochzeit bleiben wollte.

Kyles böse Ahnung meldete sich mit Macht. Genau wie die von Walker. Je mehr er über den toten Obdachlosen in Seattle nachdachte, über die tote Touristin in Savannah und die Tatsache, dass Buddys Messer sauber war und nichts als Rückstände von Steaksaft aufgewiesen hatte, desto weniger gefiel Walker die Idee. Aber er wollte Faith nicht sagen, dass der mörderische Künstler mit dem Messer vielleicht hinter ihr her war, deshalb waren ihm auch die Hände gebunden, als er nach Argumenten suchte, die sie dazu bringen würden, nach Hause zu reisen.

Faith ignorierte alle seine Argumente, ob sie nun gut oder schlecht oder sogar lächerlich waren.

Walker gab nicht auf. Auch auf der kurzen Fahrt zur Hilton Head Insel und dann nach Ruby Bayou versuchte er, sie davon zu überzeugen, dass es besser wäre, nach Hause zu fahren.

»Es ist noch nicht zu spät, um dich in ein Flugzeug zu setzen«, erklärte er ihr. »Hilton Head hat einen hübschen kleinen Flugplatz, nicht einmal zwei Meilen von hier. Eine moderne, gute Landebahn, viel Platz für einen der Firmenjets. Ich werde die Kette abliefern. Du kannst dich persönlich um die Inventarliste deines Ladens kümmern, ganz so, wie du es unbedingt gewollt hast, ehe wir losgefahren sind.«

»Ich weiß, was alles fehlt.«

»Kyle und Lianne haben vielleicht etwas übersehen. Niemand weiß so gut wie du, was alles in dem Laden ist.«

»Als ich versucht habe, zu Hause zu bleiben, hast du und auch Archer mir immer wieder ins Gedächtnis gerufen, dass ich doch Mel versprochen hatte, zu ihrer Hochzeit zu kommen.«

»Das war damals. Und jetzt ist jetzt.«

»Also, das ist wirklich das vernünftigste Argument, das ich je gehört habe.«

»Wie wäre es denn mit dem hier?« Walker stand mit dem Rücken zur Wand. »Die gleichen Leute, die wissen, dass du auf der Ausstellung warst, wissen auch, dass du jetzt nach Ruby Bayou fährst. Du bist in Seattle sicherer, und auch die Montegeaus sind sicherer.«

»Das habe ich Daddy Montegeau am Telefon auch erklärt, ein paar Minuten bevor wir das Hotel verlassen haben, aber er wollte nichts davon hören.«

»Keiner von euch beiden denkt wirklich vernünftig.«

Faith ignorierte Walker, genau wie sie all seine Versuche ignoriert hatte, sie zurück nach Seattle zu schicken. Sie hatte nicht die Absicht, nach Hause zu fahren. Es gab hier so viel zu sehen, zu fühlen, aufzunehmen. Designs formten sich in ihrem Kopf, während sie die exotische Landschaft der Salzsümpfe und Zwergpalmen betrachtete, zwischen denen Eichen und Pinien wuchsen. Bei Ebbe hatten die Sümpfe einen berauschenden, erdigen, ursprünglichen Geruch, als hätte sich die Zeit verlangsamt zum Tempo eines großen Reptils, das sich am Ufer eines Entwässerungskanals sonnte.

»Dieser Alligator dort drüben sieht aus wie der riesige Reifen eines Lastwagens, den man ausgerollt hat«, meinte Faith, als sie an einem überfahrenen Alligator vorüberfuhren.

Walker seufzte und wusste, dass er nicht weiterkommen würde mit seinem Versuch, sie nach Seattle zurückzuschicken. »Aber Reifen haben keine Zähne.«

»Ich habe ja nicht gesagt, dass ich hingehen und ihn streicheln wollte.«

Dann lachte sie leise und genoss die Freiheit, einen Mann necken zu können, ohne sich Sorgen über sein empfindliches Ego machen zu müssen. »Du bist nett, Owen Walker. Es ist, als hätte man einen Bruder, ohne all die Jahre der Last mit sich herumschleppen zu müssen.«

Walkers Lächeln schwand ein wenig. »Das bin ich, Süße. Jedermanns Bruder.«

Faith lächelte und blickte hinaus auf die vom Winter braunen Sümpfe, über die die Sonne strahlte, doch ihr Lächeln schwand auch, als sie daran dachte, dass sie Walker einmal gefragt hatte, ob er auch ein älterer Bruder wäre. Er hatte geantwortet: *nicht mehr*. Damals hatte sie dieses Thema nicht weiter verfolgt, doch jetzt wollte sie das nicht mehr. Sie wollte mehr über Walker wissen, mit einer Eindringlichkeit, der sie lieber nicht auf den Grund gehen wollte.

»Du hast noch nie über deine Familie gesprochen«, sagte sie.

Er antwortete ihr nicht. Er fragte sich noch immer, wie lange er es wohl noch schaffen würde, die Hände von Faith zu lassen. Nicht mehr lange, fürchtete er. Nicht, wenn sie nicht schon sehr bald nach Seattle zurückkehrte. In einer Stunde spätestens.

Allein ihr Duft, wenn sie neben ihm im Wagen saß, verschaffte ihm eine Erregung, so hart wie Stein.

»Walker?«

Er verkniff sich einen heftigen Fluch. Das kam davon, dass er sie in dem Glauben gelassen hatte, er sei ein freundlicher, lächelnder Typ, wie ein Bruder.

Er sollte nicht nach ihr verlangen.

Er sollte sie nicht anrühren.

Und es würde ihm nicht gelingen, sie von dem Thema seiner Familie abzubringen, ohne sie wütend zu machen, und das konnte er sich nicht leisten, wenn er ihr nahe genug bleiben wollte, um seinen Job zu erledigen.

»Meine Eltern haben aufgegeben, als ich zwölf Jahre alt war«, erklärte er mit ausdrucksloser Stimme.

Sie wartete, doch er sagte nichts mehr. »Bist du bei deiner Mutter geblieben?«

»Ja.«

»Hast du deinen Dad oft gesehen?«

»Erst wieder, als ich sechzehn war.«

»Was geschah dann?«

Walker betrachtete sie aus zusammengezogenen Augen. »Was glaubst du?«

»Wenn ich es wüsste, würde ich dich nicht fragen.«

Er zischte ein Wort und fuhr fort, sich auf die Straße vor ihnen zu konzentrieren. Das Schweigen zwischen ihnen wuchs, bis es beinahe lebendig war im Inneren des Wagens. Walker hätte am liebsten mit der Faust die Windschutzscheibe eingeschlagen, doch er hielt sich zurück. Faith hatte nichts getan, um ihn wütend auf sie zu machen. Sie hatte ganz sicher nicht darum gebeten, dass er hinter ihr herhechelte wie ein Hund hinter einer läufigen Hündin.

»Steve, der Kerl, der bei uns eingezogen war, nachdem Ma und Dad sich getrennt hatten«, erklärte Walker vorsichtig, »mochte es nicht, ständig zwei Jungen im Teenager-Alter um sich herum zu haben, die auch noch ständig Hunger hatten und so. Also hat er uns zwei Busfahrkarten gekauft und hat Lot und mich zu Dad geschickt.«

»Lot? Du hast einen Bruder?«

»Nicht mehr.«

Diesmal ließ sich Faith von Walkers nüchterner Erklärung nicht so einfach abschrecken. »Was ist passiert?«

»Er ist gestorben.«

Sie schloss die Augen. »Das tut mir Leid.«

»Mir auch«, sagte er bitter. »Aber das bringt ihn auch nicht zurück, nicht wahr?«

Als das Schweigen in dem Wagen begann, Walker nervös zu machen, blickte er zu Faith. Der schmerzerfüllte Blick auf ihrem Gesicht gab ihm das Gefühl, niedriger zu sein als der Schwanz eines Alligators, weil er sie angefahren hatte wegen etwas, mit dem sie überhaupt nichts zu tun hatte. Er krallte die Hände um das Lenkrad. Nur ganz langsam zwang er sich dazu, sich wieder zu entspannen.

»Das war vor langer Zeit«, sagte er schließlich.

»Ich glaube nicht…« Ihre Stimme brach. Sie schluckte und versuchte es noch einmal. Diesmal zwang sie sich dazu, nicht an ihre eigene Familie zu denken, der Schmerz, jemanden zu verlieren, der ein Teil von ihr war. »Ich glaube nicht, dass es auf der Welt Zeit genug gibt, um über den Verlust eines Geschwisters hinwegzukommen.«

Walker konnte ihr nicht widersprechen, ganz besonders deshalb nicht, weil er für den Tod von Lot verantwortlich war.

»War er so wie du?«, fragte Faith leise.

»Wie ich? Wieso?«

»Schlau. Sanft. Gut aussehend. Dunkel. Ein Lächeln, das wie ein Lichtblitz ist.«

Walker stieß leise den Atem aus. Später würde er darüber nachdenken, wie er sich fühlte, weil sie ihn schlau, sanft und gut aussehend genannt hatte. Im Augenblick jedoch konnte er an nichts anderes denken als an seinen jüngeren Bruder.

»Schwarzes Haar«, sagte Walker, und seine Stimme klang rauer, als ihm klar war. »Gelbe Katzenaugen mit unendlich langen Wimpern. Er war zu durchschnittlich, um hübsch zu sein, doch war er noch immer beinahe schön. Er sah aus wie der Teufel. Kräftig und dennoch schlank, mit einem großen, sehnigen Körper. In gewisser Weise war er schlau, doch in anderen Dingen dümmer als ein Stein. Frauen begannen ihn anzusehen, als er zwölf war. Und als er dreizehn war, fand er heraus warum. Er war zwanzig, als er starb.«

»Durch einen eifersüchtigen Freund?«

»Durch einen Handel, der ins Auge ging.« Walkers Stimme warnte sie, nicht weiter zu fragen.

Faith ignorierte diese Warnung. »Was ist das für ein Handel, bei dem ein Junge umkommt?«

»Das ist die Art von Handel, wenn er sich auf seinen älteren Bruder verlässt, damit der ihn herausholt, und sein älterer Bruder alles vermasselt und der vertrauensselige jüngere Bruder stirbt mit einem überraschten Ausdruck auf dem Gesicht.«

»Das verstehe ich nicht.«

»Du Glückliche.«

Walker bog in eine der schmalen, vom Winter noch staubigen Seitenstraßen ein, die in das Buschland der Hilton Head Insel führten. Trockene Kiefernnadeln bedeckten die Dächer wie langes, stacheliges Moos und ließ die Abflüsse der heruntergekommenen Häuser überfließen, die halb hinter der wuchernden Vegetation verborgen waren.

Hohe dünne Wolken hingen vor der Sonne und wurden von ihrer Hitze aufgelöst. Wind fuhr über die Sümpfe und wühlte das Wasser der schmalen Kanäle auf, die sich durch mannshohes Gras wanden. Die Straße führte in scharfen Kurven an den Rändern der Grundstücke entlang und wand sich dann einen kleinen, sandigen Abhang hinauf, auf dem niedrige Zwergpalmen und von Weinreben überwucherte Bäume standen. Pfützen mit Brackwasser glänzten wie die Augen von Alligatoren zwischen den Büschen und zeugten von dem langsam sich auflösenden Land in den Sumpf und vom Sumpf in das Meer.

Nach der nächsten Biegung folgte ein weiterer Anstieg, und riesige Eichen mit den Überresten von vertrockneten Farnen und silbernem spanischen Moos erschienen zwischen den Palmen und den Kiefern. Kleine Teiche mit schwarzem Wasser wurden zu einem langsam fließenden Bach, der sich durch das nahezu flache Land wand, eingefangen wie eine riesige Schlange zwischen den Ufern mit dichtem Baumbestand. Dann gewann der Sumpf die Oberhand. Manchmal war es nur Schlamm, der den Anfang eines Baches anzeigte. Und manchmal klammerten sich Austern an jede feuchte Oberfläche, wie schmutzige weiße Rüschen.

Bronzefarben, schimmernd, dunkel, geheimnisvoll. Der Salzsumpf im Winter. Er war auch so anmutig wie ein Tänzer, so ungezähmt wie der Flug eines Falken.

»Es ist wunderschön«, sagte Faith.

Walker brummte. »Sag mir das noch einmal, wenn du voller Insektenbisse bist.«

»Gefällt es dir hier denn nicht? Du bist doch hier geboren worden.«

Er zuckte mit den Schultern. »Das Sumpfland ist wie eine Familie. Du merkst eigentlich gar nicht, was du dafür empfindest. Es ist in deinen Knochen.«

Ihr Lächeln kam und verschwand wieder so schnell wie ein Windstoß. »Es hilft aber, wenn es dir gefällt.«

»Ich war viel zu oft hungrig, als dass es mir gefallen könnte.«

»Nachdem deine Eltern sich haben scheiden lassen?«, fragte sie. Väter, die nicht da waren, vergaßen allzu häufig, ihre Kinder zu unterstützen.

»Vorher auch schon. Pa war Alkoholiker, Mechaniker, Pflanzendieb und Alligator-Jäger. Ma war Kellnerin in einer Shrimps-Bude. Manchmal hat sie das Essen für uns gestohlen, wenn es mit dem Jagen nicht geklappt hat.«

Faith wäre beinahe zurückgeschreckt vor der tödlichen Ausdruckslosigkeit in Walkers Stimme. »Gut für sie. Und was macht ein Pflanzendieb?«

»Er stiehlt Pflanzen.«

»Von wo?«

»Aus den Marschen. Aus dem Sumpf. Hauptsächlich aus

dem Regierungsland. Wo auch immer seltene Pflanzen wachsen, die gefährdeten Sorten, diejenigen, für die andere Leute viel Geld bezahlen, weil sie sie sammeln oder sie für Hausmittel verwenden, für alles, von Gallensteinen bis zur Bierdörre.«

»Gallensteine kenne ich. Aber was eine Bierdörre ist, weiß ich nicht.«

»Das ist wenn zu viel Bier das verdörrt, worauf ein guter alter Junge am meisten stolz ist.«

Faith blinzelte, dann lachte sie, als sie verstand. »Bierdörre, wie? Ich habe noch nie gehört, dass man das auch so nennen kann. Also hat dein Dad Männern dort geholfen, wo sie es, äh, am meisten brauchten.«

Walker lächelte kurz. »Wenn man es so sieht, war er ein wirklicher Wohltäter. Pa meinte immer, dass der Staat genügend Pflanzen hatte und dass ihm deshalb nicht auffallen würde, wenn hier und da einige fehlen würden. Und meistens war es auch so.«

»Und was passierte, wenn es nicht so war?«

»Dann hat Ma Doppelschichten gearbeitet, bis die Strafe bezahlt war oder bis Dad Glück hatte und einen Alligator jagen konnte.«

»Und das war dann auch illegal, nicht wahr?«

»Und ob. Aber er wurde dafür richtig gut bezahlt. Und es schmeckte auch lecker.«

»Das tut alles, wenn man nur hungrig genug ist.«

»Wir waren so hungrig, wir hätten auch Schlamm gegessen. Als ich sechs Jahre alt war, besaß ich schon eine Reihe von Fallen. Wir haben das gegessen, was ich gefangen habe. Wenn die Fallen leer waren, habe ich Prügel bekommen, die mich warnten, nicht ohne etwas zu essen nach Hause zu kommen.«

Faith begriff die schlichte Wahrheit unter Walkers lässigem Ton. Der Gedanke, dass er ein einsamer, dürrer Junge gewesen war, der durch den Sumpf wanderte auf der Suche nach etwas zu essen, machte sie traurig. Es gefiel ihr nicht, an ihn als an einen hungrigen, armen Jungen zu denken, der gefangen war zwischen einem betrunkenen Vater und dem Bedürfnis zu überleben.

»Es wurde ein wenig einfacher, als Lot erst einmal alt genug war, um selbst auch Fallen zu stellen«, meinte Walker und erinnerte sich an die Zeit. »Da konnte ich mich ganz auf die Jagd konzentrieren. Auf Pa konnte man sich nicht verlassen, wenn er trank, doch wenn er nüchtern war, war er ein hervorragender Jäger und ein noch besserer Mechaniker. Er ging nach Texas, als ich zwölf war. Er sagte, er würde zurückkommen und uns holen, wenn er Arbeit gefunden hätte.«

»Hat er das?«

»Arbeit gefunden?«

»Ist er zurückgekommen?«

»Was glaubst du?«

»Ich glaube, du hast ihn nicht wieder gesehen, bis deine Mutter dir und deinem Bruder die Busfahrkarten nach Texas gekauft hat.«

»Du lernst schnell, Süße.«

Faith blickte aus dem Fenster.

»Schau nicht so grimmig«, meinte Walker schließlich. »Es klingt viel schlimmer als es war. Lot und ich hatten eine herrliche Zeit beim Jagen und Fischen und beim Unsinn machen. Wir waren zwar nicht gerade gut erzogen, aber wir kannten das Land besser als der Liebling des Lehrers seine Multiplikationsaufgaben. Wenn Steve schlecht gelaunt war, dann gingen Lot und ich einfach hinaus in den Sumpf, bis er zu betrunken war, um eine Faust zu ballen.«

»Der Freund deiner Mutter hat euch geschlagen?« Faith hörte ihr eigenes Entsetzen aus ihrer Stimme und lenkte schnell ein. »Es tut mir Leid. Das klingt so naiv. Aber das bin ich gar nicht. Nicht wirklich. Es ist nur so, wenn ich daran denke, dass ein Mann die Hand gegen Kinder erhebt und die Mutter der Kinder das zulässt...«

Walker zuckte noch einmal mit den Schultern, obwohl es ihm sehr schwer fiel, so zu tun, als ob ihm das alles nichts ausmachte. Er hatte seine Mutter nie verstanden. Und mit der Zeit hatte er den Versuch auch aufgegeben. »Ma brauchte einen Mann um sich, und sie hatte nichts gegen einen Alkoholiker. Und deshalb hat sie sich auch, als sie die Wahl hatte, für diesen betrunkenen Hundesohn entschieden, der Frauen verprügelte.«

Faith warf Walker einen schnellen Blick zu. Jetzt hatte er gar nichts Sanftes mehr. Sogar sein Bart konnte die harte Linie seines Mundes nicht länger verbergen. »Dann ging es dir besser bei deinem Vater?«

»Ich hatte wohl keine große Wahl. An dem Abend hatte ich Steve in den Schlamm geworfen, und Ma kaufte für Lot und mich die Busfahrkarten und schickte uns weg, ehe er wieder zu sich kam. Drei Wochen habe ich gebraucht, bis ich Pa gefunden hatte. Er arbeitete auf einem unbedeutenden kleinen Flugplatz am Golf. Er hat mir alles über Maschinen beigebracht. Und einer aus der Flugmannschaft hat mir alles über Flugzeuge und Bücher beigebracht. Ich habe mich darauf gestürzt wie Feuer auf trockene Kiefernnadeln.«

Wieder sah Faith zu ihm hin, angezogen von der Veränderung, die mit ihm vorgegangen war. Er liebte es zu fliegen. Es lag in seinem Gesichtsausdruck, der sich plötzlich entspannt hatte, in seiner rauen Stimme, die vibrierte vor Freude, und in seinen Mundwinkeln, die sich hochgezogen hatten.

»Als ich neunzehn war, habe ich Dinge nach Zentralamerika und in die Karibik geflogen«, erzählte Walker weiter. »Es war der erste richtige Job, den ich hatte.«

»Was denn für Dinge?«

»Vorräte und Post und Medizin meistens. Manchmal auch Flugblätter der Missionare und Bibeln. Ab und zu einen reichen

Öko-Touristen. Solche Sachen eben.« Er warf ihr einen schnellen Blick von der Seite zu. »Keine Drogen. Ich war zwar jung, aber ich war nicht dumm. Das habe ich meinem Bruder überlassen.« Walkers Lächeln war wie seine Erinnerungen bittersüß. »Lot war jung und dumm genug für uns beide.«

Walker erwähnte nicht, dass er ab und zu auch Waffen für die amerikanische Regierung oder Unterorganisationen geflogen hatte. Über so etwas sprach er nicht. Die Bezahlung war gut gewesen. Die Nummernkonten bei der Bank wurden immer dicker. Das war alles, was ein heruntergekommener Zwanzigjähriger, der seinen Vater und seinen jüngeren Bruder durchfütterte, verlangen konnte.

Ein Windstoß fuhr über die Marsch.

»Wenn wir Zeit hätten«, meinte er, »würde ich mit dir hinunter zur Tybee-Insel fahren und wir könnten die Shrimpsfischer beobachten, wenn sie in den Hafen kommen. Sie fahren unter einer Brücke durch, die so tief ist, dass sie ihre Arme herunterklappen müssen. Ein hübscher Anblick im Sonnenuntergang, wenn die Pelikane auf dem Geländer sitzen und zusehen wie Kinder bei einer Parade.«

»Wirklich?«

Er lächelte. »So wahr mir Gott helfe. Aber eigentlich sind es die Delfine, die die richtige Show aufführen. Irgendwie wissen sie immer, wenn ein Boot hereinkommt und seine Last am Packhaus auslädt. Die Delfine kommen vom Meer herein und beginnen zu springen und sich zu drehen und am Ufer entlang zu spielen. Sie wissen, wenn die Lagertanks der Schiffe ausgewaschen werden, werden noch eine Menge Leckerbissen in ihren grinsenden Mund gespült.«

Faith lachte. »Das würde ich gern sehen.«

Er lächelte, als er ihr Lachen hörte. Es war wie die Luft, weich und warm und lebendig, voller Möglichkeiten. »Ich auch.«

Sie lächelte ihn an und entschied sich, nicht noch mehr Fragen nach seinem Bruder und seiner Jugend und dem Tod zu stellen. »Wie weit ist es noch bis Ruby Bayou?«

»Es liegt gleich hinter der nächsten Biegung.«

Der Jeep fuhr an einem weiteren Grundbesitz entlang, holperte über eine wackelige Holzbrücke über einen Bach hinweg und fuhr dann weiter über einen überwachsenen Weg, der von Eichen gesäumt war, die schon hoch gewachsen waren, noch ehe der erste Schuss im Bürgerkrieg abgefeuert wurde. Dahinter erstreckten sich zu beiden Seiten des Weges Felder, und der Weg wand sich etwa eine Meile weit zwischen den mit Moos bewachsenen Eichen entlang. Auf einer niedrigen, vom Wind umwehten Anhöhe, stand ein riesiges, zwei Stockwerke hohes Plantagenhaus, von dem man nach Osten auf das Meer blickte und nach Süden auf einen dunklen, schmalen Bayou. Im Westen und Norden des Hauses lagen Felder, Buschland und Gärten.

Walker blickte auf die brachliegenden Felder, die still und langsam vom Buschland zurückerobert wurden. Dahinter erhob sich das Herrenhaus der Montegeaus hoch und weiß. Es war umgeben von doppelten Balkonen in beiden Etagen des Hauses, die von Pfeilern gestützt wurden. Die untere Veranda war mit Fenstern verglast, die Balkone darüber hatte man offen gelassen.

Obwohl hier nichts gefährlich aussah, so hing doch die eine Seite der Veranda offensichtlich nach unten durch. Genau wie das Dach musste auch die Verkleidung der unteren Veranda dringend repariert werden. In den Gärten blühten Glyzinien und Gardenien, Azaleen und Magnolien wild durcheinander, Kletterrosen klammerten sich an jede freie Stelle. Obwohl alles noch immer wunderschön aussah, brauchten doch das Land und das Haus dringende Pflege, die man nur mit Geld bezahlen konnte. Mit viel Geld.

Walker brummte. »Es sieht ganz so aus, als hätte das weinende Mädchen die Montegeaus noch immer nicht zu ihrer Schatztruhe geführt.«

»Das weinende Mädchen?«

»Einer der Geister der Montegeaus.«

»Mel hat sie gar nicht erwähnt.«

»Das überrascht mich nicht. Eine ganze Menge der Geschichten über die Montegeaus sind nicht gerade glückliche Geschichten.«

»Wie meinst du das?«

Walker lehnte sich in seinem Sitz zurück und wandte sich zu Faith. »Mord, Inzest, Ehebruch, Erpressung, Wahnsinn«, sagte er. »Ganz gleich, an welche Dinge du denkst, in der Geschichte der Montegeaus gibt es sie irgendwo. Das weinende Mädchen ist nur eine der Geschichten.«

»Sprich weiter.«

»Ich rede hier nicht von Märchen, die man Kindern vor dem Einschlafen erzählt.«

»Das ist schon in Ordnung. Ich bin ein großes Mädchen.«

Dagegen konnte Walker kaum etwas einwenden. Er zuckte mit den Schultern. »Wie es scheint, hat einer der Montegeaus eine Vorliebe für seine eigene Tochter entwickelt.«

Faith verzog das Gesicht.

»Ja«, meinte Walker. »Das ist nicht so hübsch. Je nachdem welcher Legende man glaubt, ist das weinende Mädchen entweder das Kind dieses Inzests oder die betrogene Tochter selbst. Sie schwebt um Mitternacht durch die Dunkelheit und sucht nach der verlorenen Seele ihres Babys, das ihr von ihrer eigenen Mutter bei der Geburt weggenommen wurde und im Sumpf ertränkt worden ist.«

Faith stieß den Atem aus. »Wundervoll.«

Walkers Lächeln war so sarkastisch wie ihre Stimme gewesen. »Willkommen auf Ruby Bayou, Süße. Willkommen in der Hölle.«

19

Ruby Bayou

Jefferson Montegeau machte sich Sorgen, und nichts, was sein Vater ihm sagte, gab ihm ein besseres Gefühl.

»Warte«, unterbrach Jeff Davis Montegeau. »Du hast gesagt, du würdest mir erklären, warum die Hochzeit von der Stadt hierher verlegt werden musste und warum sie schon am Valentinstag stattfinden soll. Also, erklär es mir. Faith und ihr Freund werden jeden Augenblick kommen und ich will verdammt noch mal wissen, was so wichtig war, dass es dich dazu gebracht hat, die wunderschöne Hochzeit abzusagen, die Mel sich gewünscht hat.«

Davis Montegeau blickte voller Verlangen zu dem Mahagonitisch aus dem neunzehnten Jahrhundert in der Bibliothek, auf dem die Karaffe mit dem Whiskey stand. Die Montegeaus hatten in zwei oder drei Jahrhunderten des Trinkens eine ganze Menge Karaffen angesammelt, doch diese hier war etwas ganz Besonderes. Sie war gefüllt mit Davis' Lieblings-Bourbon.

Seine Fingerspitzen prickelten. Er konnte den kurzen Widerstand beinahe fühlen, wenn Kristall über Kristall rieb, ehe der Stopfen aus der Flasche gezogen wurde. Das kühle Geräusch, wenn der Whiskey in ein Glas aus noch strahlenderem Kristall gegossen wurde. Und dann der heiße Biss, wenn der Alkohol durch seine Kehle rann, bis hin in sein Gehirn, ein süßer roter Nebel, der eine blendend helle Welt verhüllte.

»Dad?«

Seufzend rieb Davis sich über das Gesicht. Er hatte sich heute noch nicht rasiert. Schlechte Form. Als er noch ein Junge gewesen war, hatte er gewusst, dass sein alter Herr betrunken war, wenn er am Frühstückstisch mit grauen Bartstoppeln erschien. Davis fuhr sich mit den Fingern über sein schütter werdendes weißes Haar, mit Fingern, die nicht aufhören wollten zu zittern. Sein Haar war ein wenig zerzaust, aber nicht sehr schlimm. Genau wie seine Kleidung. Niemand konnte merken, dass er heute noch nicht gebadet hatte, oder vielleicht doch? Oder dass er in der Kleidung geschlafen hatte, die er noch immer trug?

»Dad!«

Verdammt, dachte Davis. Er brauchte einen Drink.

Abrupt stand er auf, ging zu dem Mahagonitisch hinüber und zog den Stopfen aus der Flasche. Die Karaffe klirrte gegen das Glas, als er den Whiskey eingoss, doch das war ihm egal. Alles was ihm jetzt wichtig war, war das Brennen des hochkarätigen Whiskeys in seinem Hals, das ihn benommen machte. Der Whiskey rann durch seine Kehle und brannte dann sofort in seinem Gehirn wie Luzifers persönlicher Segen.

Als Davis sich noch ein zweites Glas einschütten wollte, legte sich Jeffs Hand um das Handgelenk seines Vaters. »Das ist genug.«

Davis sah seinen großen blonden Sohn an, der früher einmal ein kleines Kerlchen mit glattem hellen Haar gewesen war, der es kaum geschafft hatte, über den dicken Teppich der Bibliothek zu laufen. »Wasss willss du…« Er hielt inne und versuchte vorsichtig, seine Zunge unter Kontrolle zu bringen. »Wovon redest du?«, fragte er mit sorgfältiger Betonung.

»Alkohol. Du hast genug.«

»Ganz und gar nicht, Junge. Wenn ich noch atme, hatte ich bei weitem noch nicht genug. Lass mich – lass mein Handgelenk los.«

Jeff sah in die blutunterlaufenen grauen Augen seines Vaters. In ihnen leuchtete noch mehr auf als nur der Alkohol. Es war eine animalische Art von Furcht. Jeff machte sich schon seit Wochen Sorgen über den Zustand seines Vaters. Doch jetzt verwandelte sich diese nagende böse Vorahnung in Sicherheit. Sie lag ihm im Magen wie ein Klumpen Eis.

»Sprich mit mir, Dad. Behandle mich wenigstens einmal wie einen Erwachsenen. Lass mich dir helfen bei dem, was dich quält.«

Das Lachen seines Vaters war noch schlimmer als sein Lächeln. »Aber sicher, Junge. Hast du vielleicht zufällig eine halbe Million in bar?«

Jeffs klare graue Augen weiteten sich. »Du machst wohl Witze.«

»Ich habe vor, lachend zu sterben.«

»Was du da sagst, ergibt doch gar keinen Sinn.«

Davis rieb sich heftig über sein Gesicht. »Es ergibt verdammt viel zu viel Sinn. Ich brauche noch einen Drink.«

»Nein.«

Davis griff nach der eleganten Kristallkaraffe.

Jeff nahm die Karaffe und warf sie in den alten steinernen Kamin. Das Glas zersplitterte an den schwarzen Ziegeln. Bernsteinfarbener Whiskey ließ die Asche dunkel werden. Der durchdringende Geruch nach Alkohol breitete sich in dem Raum aus wie nach einer Explosion.

Mit einem rauen Schrei ging Davis auf seinen Sohn los. Jeff machte keine Anstalten, dem ersten Schlag auszuweichen. Dann riss er seinen Vater auf den verblichenen, kunstvoll gewebten Teppich und hielt ihn dort fest neben dem Regal aus Eiche, in dem das Gewehr stand, mit dem sein Großvater getötet worden war.

Der Zorn und der heftige Adrenalinstoß ließen Davis sofort nüchtern werden. »Verflucht! Lass mich los!«

»Erst wenn du mir sagst, was los ist.«

»Ich brauche einen Drink, das ist los!«

»Keinen Tropfen. Nicht, ehe du mir alles erzählt hast.«

Davis starrte seinen Sohn ungläubig an. Jeff war immer ein gehorsamer, pflichtbewusster – wenn auch nur mäßig kompetenter – Sohn gewesen. »Was ist nur in dich gefahren, Junge?«

»Ich bin beinahe vierzig.« Obwohl Jeffs sonst eher blasse Wangen vor Zorn gerötet waren, waren doch die Hände, die seinen Vater festhielten, so sanft wie nur möglich. »Ich habe eine Frau. In ein paar Monaten habe ich auch ein Kind. Seit Mutter vor neun Jahren gestorben ist, hast du nichts anderes mehr getan, als getrunken und ein verlustreiches Immobiliengeschäft nach dem anderen abgeschlossen, während ich wie ein Esel gearbeitet habe, um das Juweliergeschäft am Leben zu erhalten.«

»Und wer hat dir all die Juwelen verschafft, Junge? Sag mir das! Wer hat all die Steine gekauft und sie dir gebracht, damit du sie schleifen und verkaufen konntest?«

»Das hast du getan. Und dann hast du das Geld genommen, das ich verdient habe, indem ich bei alten Omas und netten Damen Süßholz geraspelt habe, und du hast es alles verplempert mit miesen Immobiliengeschäften. Jetzt ist Schluss, Dad. Es ist vorbei. Ich habe eine Frau und eine Familie, an die ich denken muss. Der Anwalt hat ein paar Schriftstücke aufgesetzt, die mir Handlungsvollmacht geben. Du wirst sie unterschreiben. Von jetzt an werden alle Gelder durch meine Hände gehen.«

Davis starrte in das Gesicht seines Sohnes. Klare Züge, dichtes blondes Haar, Augen so klar wie der Regen, gut aussehend wie ein Gott. Es war, als würde er sich selbst vor vielen Jahren sehen. Am liebsten hätte er gelacht und getrunken, bis er blind war. *Laurie, Laurie, warum musstest du sterben? Verdammt, aber ich bin es leid, alt und allein zu sein.*

»Du bist verrückt«, sagte Davis schließlich. »Warum sollte ich wohl so etwas unterschreiben?«

»Weil du sonst keinen Drink mehr bekommst.«

»Und wie wirst du mich davon abhalten?«

»Das tue ich bereits.« Übelkeit und Entschlossenheit kämpften in Jeff, während er darauf wartete, dass sein Vater die brutale Wahrheit begriff. »Hör mir zu, Dad. Ich werde alles tun, was immer auch nötig ist, für meine Frau und mein Kind. All diese Jahre habe ich versucht, mich weiterzuentwickeln und mit all diesen verrückten Geschäften fertig zu werden, die du gemacht hast.«

Davis versuchte, sich aus dem Griff zu befreien, doch für seinen kräftigen Sohn war er kein Gegner.

»Ich habe immer geglaubt, du würdest endlich damit aufhören«, sprach Jeff erbarmungslos weiter. »Selbst ein betrunkener Dummkopf konnte sehen, dass alles, was du angepackt hast, zu Mist wurde. Aber du hast es nicht gesehen. Ganz gleich, wie viel du auch verloren hast, du hattest immer wieder einen neuen Plan, der uns alle reich machen sollte. Aber jetzt ist es Zeit, endlich von diesem Pferd abzusteigen. Der Ritt ist vorbei.«

Davis begann zu widersprechen, doch der Anblick der Tränen, die über die Wangen seines Sohnes rannen, war wirksamer als ein Knebel. Der Alkohol hatte seine größten Ängste von ihm fern gehalten, doch jetzt, ganz plötzlich, brannten sie auf ihn herunter, so heiß und so grell wie die Südstaaten-Sonne. Für einen Augenblick erkannte Davis mit brutaler Deutlichkeit, was er angerichtet hatte.

»Ich brauche einen Drink.«

Keiner der beiden Männer erkannte die raue, zittrige Stimme wieder.

Beide wussten, dass ein geschlagener Mann diese Worte ausgesprochen hatte.

Jeff griff in die Tasche seiner Jacke und holte einige ordentlich gefaltete Papiere daraus hervor. »Unterschreib das hier.«

Benommen nickte Davis. Als würde er durch das falsche Ende eines Teleskops blicken, sah er sich selbst zu, während er auf jede der Linien, die ihm Jeff zeigte, seine Unterschrift setzte. Als alles vorüber war, nahm er den Drink, den sein Sohn ihm eingegossen hatte, und trank ihn mit einem großen Schluck leer. Ein Schauer lief durch seinen Körper.

Jetzt hätte er Mut genug, um Jeff zu sagen, wie schlimm die Dinge standen. Vielleicht konnte sein Sohn noch die Kastanien aus dem Feuer holen, ehe nichts mehr übrig war.

Trotz Walkers trostloser Beschreibung von Ruby Bayou und der Legenden der Montegeaus war Faith beeindruckt von der Landschaft. Sogar heruntergekommen und überwuchert von Unkraut zeigten die schäbigen Gärten noch immer ihre frühere Herrlichkeit. Sie konnte sich sehr gut vorstellen, dass es einmal eine Zeit gegeben hatte, in der die Oberschicht hier hausgemachte Limonade und uralten Bourbon getrunken hatte unter dem kühlen Blätterdach der Eichen, während die Grillen zirpten und der berauschende, sinnliche Duft der Gardenien und Magnolien wie der Seufzer einer Geliebten mit dem sanften Wind eines Sommerabends herbeigetragen wurde.

»Es muss atemberaubend gewesen sein«, sagte Faith, als sie sich langsam umsah.

»Das war es auch.« Doch nicht so atemberaubend wie Faith selbst, die jetzt in einem Strahl des Mondlichtes stand, wie eine Prinzessin, geschaffen aus gesponnenem Silber und unmöglichen Träumen.

Walker war sorgfältig bemüht, nichts von dem auszusprechen, was in seinen Gedanken vor sich ging. Das, was er dachte, war schon schlimm genug. Und noch schlimmer war, dass er es bis in seine Fußspitzen fühlte.

Eine unbeschnittene Rose schob sich mit ihren Dornen unter ihre Jacke aus weichem Wildleder.

»Bleib still stehen, sonst zerreißt du dir das Futter.« Er hoffte, dass sie nicht bemerkt hatte, wie sehr das offene, brennende Verlangen aus seiner Stimme zu hören war. Er schob die Hände unter den Saum ihrer Jacke und begann, die Dornen aus dem Stoff zu lösen. »Ich habe mich immer mit meinem kleinen Boot in den Bayou geschlichen und zugesehen, wie all diese eleganten Leute unter den bunten Lichtern getrunken und getanzt haben. Laurie Montegeau konnte wundervolle Partys ausrichten.«

Faith konnte ihm nicht antworten, so sehr nahm ihr das Gefühl von Walkers Händen auf ihren Hüften den Atem. Die Wärme seiner Finger schien sie durch den Stoff ihrer Jeans zu verbrennen.

»Die Frauen sahen aus wie Wolken von Schmetterlingen, die durch den Garten flatterten«, sprach Walker mit rauer Stimme weiter.

Und nicht eine einzige von ihnen war ihm so schön vorgekommen wie Faith Donovan jetzt, in ihren Jeans und ihren Turnschuhen und der weichen Lederjacke, umgeben von Mondlicht, in einem heruntergekommenen Garten. Doch auch das sprach er nicht aus.

»Es muss...« Ihr stockte der Atem. *Ganz sicher hatte er doch nicht gerade über ihre Hüfte gestrichelt.* »Es muss schwer gewesen sein für dich, hungrig dort draußen zu sitzen und zu beobachten... zu beobachten, wie all die...«

»Nein«, widersprach Walker schnell und streichelte leicht ein drittes Mal über ihre Hüfte, ehe er sie zögernd wieder freigab. »So war das nun einmal.« Er wusste, dass er ein Dummkopf war, doch sein Verlangen war so groß, dass er nicht länger darüber nachdachte, als er sich langsam umdrehte, bis sie ihm in die Augen sehen konnte. »Genau wie du und ich. Wirst du zulassen, dass ich dich küsse? Oder wirst du mich draußen im Dunkeln lassen, wo ich all das Schöne nur ansehen kann, das ich nicht berühren darf?«

»Ich habe den Männern abgeschworen.« Doch selbst, als Faith diese Worte aussprach, legten sich ihre Arme um ihn, und sie hob ihm ihr Gesicht entgegen.

»Wenn ich meiner Lehrerin in der vierten Klasse glauben darf, ist das Wort *Männer* Plural«, meinte Walker. »Aber hier steht nur ein Mann.«

Das letzte Wort hauchte er an ihren Lippen. Ein Schauer lief durch ihren Körper, und sie schmiegte sich enger an ihn. »Ja.«

»Ja, was?« Im Licht des Mondes streichelten seine Lippen ihr Gesicht.

»Einfach nur ja.« Sie wandte den Kopf, um seinem verlockenden warmen Mund zu folgen. »Küss mich, Walker.«

Und als sich sein Kopf zu ihrem senkte, erwartete sie einen schnellen, eindringlichen Kuss und nahm an, dass seine Hände überall auf ihrem Körper sein würden. Was sie bekam, war eine langsame, genüssliche Liebkosung, als wolle er jede Einzelheit ihres Mundes in sich aufnehmen. Als wolle er sie in sich aufnehmen.

Sie verlor sich in dem sanften Streicheln seiner Lippen über ihren, der seidigen Fülle seines Bartes, seines warmen Atems und seiner scharfen Zähne in einem Kuss, bei dem ihr die Knie weich wurden. Als er schließlich zuließ, dass auch sie ihn schmeckte, gab sie ein leises Geräusch von sich und hob ihm ihren Körper entgegen. Er schmeckte wie die Nacht des Sumpflandes, dunkel und warm und voller lebendiger Geheimnisse. Sie konnte nicht genug bekommen von ihm.

Genauso ging es Walker mit ihr. Er sagte sich, dass er gleich aufhören würde. Sehr bald. Beim nächsten Atemzug.

Dann fragte er sich, wie lange er wohl den Atem anhalten konnte.

Sie brannte unter seinen Händen, in seinem Mund, an seinem erregten Körper, versuchte, in ihn hinein zu kriechen, so wie er in sie hineinkriechen wollte. Die hungrigen kleinen Geräusche, die sie von sich gab, durchfuhren ihn wie ein elektrischer Schock. Kein Whiskey konnte stärker sein, kein Zucker süßer als ihr Mund, kein Feuer heißer als das Versprechen ihrer Schenkel, die sich an seine drängten, ihr ganzer Körper war ein Bogen des Verlangens, der sich an seinen schmiegte.

Er zwang sich, den Kopf zu heben und tief einzuatmen. »Wir sollten das nicht tun.«

Sie atmete zitternd ein. »Warum nicht?«

»Weil ich angeblich viel zu schlau sein sollte, um die kleine Schwester meines Chefs zu verführen«, erklärte er geradeheraus.

Ihre Augen zogen sich zusammen. »Ach ja? Und wenn sie nun dich verführt, wenn sie sich einfach in dein Bett schleicht und anfängt…« Ihre Stimme versagte vor dem, woran sie dachte. Walker nackt und sie über ihm, wie ein warmer Regen. Dieser Gedanke war ihr noch nie zuvor gekommen. Bei ihm war alles anders, warum, wusste sie jedoch nicht. Doch es würde anders sein, wie die Hitze, die heiß und süß unter ihrer Haut brannte. Anders.

Walker sagte sich, dass er nicht von Faith verlangen würde, den Satz zu Ende zu sprechen. Das wäre nicht klug. Genauso wenig, wie ihr so nahe zu sein, dass ihre Brüste bei jedem ihrer Atemzüge gegen ihn stießen. Und sie atmete sehr schnell.

»Wenn sie womit anfängt?«, fragte er, noch ehe er sich zurückhalten konnte.

»Dich überall zu lecken«, flüsterte sie.

Er öffnete den Mund. Doch nichts kam heraus als ein leiser, rauer, hungriger Ton. Seine Arme schlossen sich fester um sie, bis keiner von ihnen mehr atmen konnte. »Das ist das Dümmste, was ich je in meinem Leben getan habe.«

Doch noch während er sprach, presste er die Lippen auf ihre.

Plötzlich entdeckte er einen blassen Schimmer aus den Augenwinkeln. Weißer Stoff flatterte, obwohl kein Wind ging.

Faith hatte es ebenfalls gesehen. »Was…«

Er legte seine Hand über ihren Mund. Dann schüttelte er schweigend den Kopf, um ihr zu bedeuten, dass sie still sein sollte. Sie nickte. Er nahm die Hand von ihrem Mund, und sie wandten den Kopf und blickten in die Richtung, in der sie die Bewegung gesehen hatten.

Im ersten Augenblick sahen sie nur Mondlicht und Dunkelheit, hörten nur Schweigen um sich. Dann bewegte sich etwas am Ende des Gartens, wo die Rosen in den Bayou wucherten. Etwas Weißes flackerte wie eine kalte Flamme, ehe es von der Nacht verschlungen wurde.

Mit angehaltenem Atem warteten Walker und Faith.

Mondlicht, Dunkelheit, und dann hörte man das leise, jammernde Weinen eines Mädchens, das in seinem Kummer ertrank wie das Mondlicht, das von der Nacht ausgelöscht wurde.

Ein kalter Schauer lief über Faith' Rücken. Sie wollte etwas sagen, brachte jedoch kein Wort heraus. Ihr Mund war zu trocken, ihr Hals eng vor Kummer, der nicht ihr eigener Kummer war. Selbst nachdem sie geschluckt hatte, konnte sie nur flüstern.

Walker verstand. »Das weinende Mädchen«, erklärte er leise. »Sie geht hier in Ruby Bayou um. Heute Nacht ist sie wirklich früh dran. Normalerweise erscheint sie erst um Mitternacht.«

»Das war ein *Geist?*«

»Glaubst du an Astralkörper?«

»Astralkörper?«

»Gespenster. Geister.«

»Äh, nein, eigentlich nicht.«

»Ich eigentlich auch nicht. Aber bei dem weinenden Mädchen mache ich eine Ausnahme. Als ich sieben war, habe ich sie zum ersten Mal gesehen. Das war meine erste Nacht, in der ich allein im Bayou war.«

»Du warst damals *sieben?*«

Er nickte.

»Mein Gott«, sagte sie und versuchte sich vorzustellen, wie das gewesen sein musste für ein kleines Kind, allein in der Nacht mit diesem überirdischen Klagen, das wie ein schwarzer Nebel durch die Stille tönte. »Was hast du getan?«

»Ich habe mir in die Hose gemacht.« Er lächelte ein wenig bei der Erinnerung. »Aber ich habe mich an sie gewöhnt. Ich habe sie beinahe wie einen Begleiter gesehen. Nachdem Lot damit begann, zusammen mit mir durch den Sumpf zu kriechen, habe ich sie eigentlich nie mehr gesehen. Er hat zu viel Lärm gemacht. Das weinende Mädchen liebt die Einsamkeit.«

Eine Gänsehaut überzog Faith' Arme. Vorsichtig blickte sie zum Ende des Gartens. Nichts war mehr zu sehen. Und sie fühlte auch nicht länger, dass sich *etwas* am Rande ihres Bewusstseins bewegte.

»Nun, ich werde dem weinenden Mädchen gern all die Einsamkeit geben, die es haben will«, erklärte sie schnell.

Walker nahm ihre kalten Hände in seine und zog sie an die Lippen. Nachdem er einen Kuss darauf gehaucht hatte, legte er ihre Hände um seinen Nacken und wärmte sie. Dann musste er an die anderen Dinge denken, die er tun konnte, um sie beide zu wärmen. Langsam zog er ihre Hände wieder von seinem Nacken weg, gab ihr noch einen Kuss auf die Finger und ließ sie dann los.

»Komm«, forderte er sie auf. »Die Leute im Haus werden sich schon wundern, wo wir bleiben.«

»Ich glaube nicht, dass sie gesehen haben, dass wir angekommen sind.«

Das glaubte er auch nicht, doch er wusste, wenn er sie nicht sehr schnell aus dem Garten ins Haus brachte, würden sie noch herausfinden, ob sich unter dem wuchernden Unkraut Pflanzen verbargen, deren Stacheln durch ihre Kleidung dringen würden.

Der Wind wehte in einem langen Seufzer, als würde der Sumpf selbst langsam und tief aufatmen. Einen Augenblick später hörte man aus dem Haus ein tiefes Bellen. Es war ein Hund, der gerade ihre Witterung aufgenommen hatte.

»Boomer«, sagte Faith. »Mels Hund.«

»Eine gute Nase hat er«, meinte Walker und betrachtete die

Entfernung bis zum Haus. Der Hund musste ihre Witterung in dem Augenblick aufgenommen haben, als der Wind sich gedreht hatte. »Was für eine Türklingel! Ich hole das Gepäck.«

»Ich helfe dir.«

Als sie ihre Taschen ausgeladen hatten, hatte im Haus jemand den Hund zum Schweigen gebracht. Und als Walker und Faith die Treppe vor dem Haus hinaufgingen, wurde in der Halle das Licht angemacht. Dann brannte auch die Lampe auf der Veranda. Um die großen dorischen Säulen, die die Balkone in den beiden Etagen trugen, waren bunte Weihnachtslämpchen befestigt. Die ehemals bunten Lichter waren alle ausgebleicht von der gnadenlosen Sonne des Südens. Die meisten Birnen brannten nicht mehr, keine von ihnen war ausgewechselt worden.

Walker hatte bereits das Unkraut entdeckt, das zwischen den Steinen der Auffahrt wucherte. Bei dem Weg zum Haus war noch nicht entschieden, ob er aus Stein, aus Kies oder eher aus Unkraut bestand. Die stattlichen Pfeiler ragten blass und gerade im Mondlicht auf. Farbe blätterte von ihnen ab. Die Veranda war zwar noch nicht gefährlich verfallen, doch musste sehr bald etwas daran getan werden. Insgeheim fand Walker, dass die Montegeaus besser daran getan hätten, die Rubine in Mels Hochzeitshalskette zu verkaufen und ein wenig Geld in das alte Herrenhaus zu stecken, ehe es unter dem Gewicht von Vernachlässigung und Zeit zusammenbrach.

»Es ist genauso traurig wie das weinende Mädchen«, murmelte Faith.

»Es wäre nicht das erste Haus, das verrottet und wieder zu Erde wird.« Doch Walkers Stimme klang wesentlich sanfter, als seine Worte es waren. Er stellte sein Gepäck ab, zupfte ein Stück Farbe von einem der Pfeiler und erinnerte sich an die Zeit vor fünfundzwanzig Jahren, als das Haus der Montegeaus ein magischer weißer Palast war, der glänzte in Licht, Musik und Reichtum.

»Du fühlst es auch«, sagte sie.

Es war keine Frage, deshalb antwortete er nicht. Er öffnete die Hand und ließ das Stückchen Farbe auf die Veranda fallen, wo noch andere Farbstückchen wie Schuppen um den Pfeiler herum lagen.

Die drei Meter hohen Türen mit ihren kunstvoll geschliffenen Bleiglasfenstern schienen zu beben. Schließlich öffnete sich einer der Flügel mit quietschenden Scharnieren. Das Licht aus dem Haus veränderte sich, als es durch das Glas fiel und dann die Veranda erhellte. Faith' Haar brannte unter seinem Schein wie helles Gold, und ihre Augen leuchteten grau.

Die Frau, die die Tür geöffnet hatte, warf einen Blick auf Faith. Ein ersticktes Wort kam aus ihrem Mund, dann fiel sie in Ohnmacht.

20

Walker trat mit dem Fuß das Gepäck beiseite und fing die Frau auf, ehe sie auf den Boden stürzte. Wie ein Reiher aus dem Bayou hatte auch sie lange Gliedmaßen und war federleicht. Obwohl sie ein Kleid aus schimmernder blasser Baumwolle trug, das ihr bis zur Mitte der Unterschenkel reichte, roch sie doch eigenartig nach Sumpf und nach Krebstöpfen, aber auch nach Babypuder und einem unschuldigen, blumigen Duft. Ihr Haar war eine Mischung aus Grau und Blond. Es sah aus, als hätte sie es selbst geschnitten, mit einem stumpfen Taschenmesser.

»Ist sie in Ordnung?«, fragte Faith ängstlich.

»Sie atmet. Ihr Puls ist in Ordnung.« Walker hob sie auf seine Arme. »Es sieht ganz so aus wie eine altmodische sanfte Ohnmacht.«

Faith achtete nicht weiter auf ihr Gepäck, sondern hielt Walker die Tür auf, damit er die Frau ins Haus tragen konnte. Er bewegte sich so leicht, dass Faith sich fragte, wie er das mit seinem verletzten Bein wohl schaffte. Dann fragte sie sich, ob er sich wohl ihretwegen so sehr bemühte. »Solltest du sie wirklich tragen?«

»Sicher, warum denn nicht?«

»Dein Bein.«

»Es ist steif, es schmerzt nicht wirklich.«

»Hast du verstanden, was sie gesagt hat, ehe sie in Ohnmacht fiel?«, fragte Faith.

»Ruby.«

»Ruby?« Sie folgte Walker ins Haus und schloss die Tür hinter sich. Das Quietschen der Scharniere ließ sie zusammenzucken. Sicher hatte doch jemand im Haus ein wenig Silikon-Spray. Sogar Seife würde helfen. »Glaubst du, dass sie etwas von der Halskette weiß?«

Walker zuckte trotz seiner Last die Schultern. Mit einer schnellen Bewegung schob er mit den Schultern die massive Tür auf, die zum Wohnzimmer gleich neben dem Flur führte. Hier waren, in einer nach Limonen duftenden Pracht, früher einmal elegant gekleidete Besucher empfangen worden. Jetzt roch es nach Moder, Staub und nach Gardinen, die von zu viel Sonne ausgebleicht waren.

»Sieh nach, ob du den Lichtschalter finden kannst«, bat Walker Faith.

Faith suchte einen Augenblick lang, ehe sie ein paar Schalter fand. Als sie auf den richtigen Schalter drückte, warf ein außergewöhnlicher kristallener Kronleuchter Licht in allen Farben des Regenbogens durch den Staub, der sich über die Jahre angesammelt hatte. Der nächste Schalter ließ zwei Tiffany-Lampen aufleuchten, die aus einer dunklen Ecke des Raumes buntes Licht in das Zimmer schickten. Auf den Tischen an den beiden Seiten einer eleganten, verblichenen, mit Samt bezogenen Couch, die im Stil der Möbel Ludwigs XIV. angefertigt war, standen angelaufene silberne Schalen mit Potpourri.

Walker legte die Frau auf die Kissen der Couch und hob ihre Füße auf die Armlehne.

Aus dem hinteren Teil des Hauses hörte man Mels Stimme. »Tiga? Warum hat denn Boomer so gebellt? Boomer, hör auf mich zu bedrängen. Platz! War das Faith?«

»Wir sind hier«, rief Faith. »Tiga…«

»Augenblick«, unterbrach Mel sie. »Ich muss nur noch den Hund los werden.«

Mel packte Boomer am warmen Fell seines Nackens und zog ihn zurück. Der Hund hatte die Nase in den Türspalt der Tür geschoben, die von der Küche ins Esszimmer führte. Er blickte zu Mel auf als wolle er fragen, warum sie ihn zurückzerrte.

»Jeff, Daddy, seid ihr da?«, rief sie in Richtung auf die Bibliothek, die gegenüber vom Wohnzimmer lag. »Tiga hat die Tür aufgemacht!«

Boomer wedelte mit seinem langen Schwanz gegen Mels Beine und fuhr dann mit seiner feuchten Zunge über ihren Mund.

»Bah! Hundeküsse«, sagte sie, doch sie lachte. »Jeff«, rief sie dann noch einmal. »Wir haben Besuch. Boomer möchte sie begrüßen, und ich weiß nicht, ob sie Hunde mögen.«

»Lassen Sie ihn laufen«, rief Walker zurück. »Tiga ist ohnmächtig geworden. Wir sind hier im Wohnzimmer.«

»Oh nein!«, rief Mel zurück. »Jeff, ich brauche dich!«

Sie riss die Küchentür auf, Boomer lief davon, und im gleichen Augenblick wurde auch die Tür der Bibliothek geöffnet. Hund und Mann stießen zusammen, kamen ins Schlittern und drehten sich.

Jeff fing sich wieder und hielt den Hund fest mit der Leichtigkeit eines Mannes, der darin viel Übung hat. »Sitz, du riesiger Köter.«

Boomer bellte leise und leckte Jeff überall dort ab, wo er ihn erreichen konnte. Jeff fasste das Halsband fester und tätschelte den Hund liebevoll. Er und der Hund gingen zusammen zum vorderen Teil des Hauses.

»Hast du ihnen denn nicht gesagt, sie sollen durch die Hintertür kommen?«, fragte Jeff, als Mel ihn erreicht hatte. »Ich weiß nicht einmal, ob die Lampen vorn noch brennen.«

»Ich habe vergessen, es ihnen zu sagen. Tiga ist ohnmächtig geworden.« Mel lief an ihrem Mann und dem Hund vorbei. »Sie sind im Wohnzimmer.«

Jeff fluchte leise vor sich hin. »Auf Tiga kannst du dich verlassen, sie bietet einem Besucher immer wieder eine Show. Platz, Boomer.«

Der Hund wedelte mit dem Schwanz und zog noch fester.

»Du hast alles vergessen, was wir dir beigebracht haben«, beklagte sich Jeff bei dem Hund.

»Das kann nicht länger als fünf Sekunden gedauert haben«, meinte Mel über ihre Schulter.

»Langsam, Liebling. Sonst rutschst du noch aus. Tiga geht es gut. Du weißt doch, wie sie ist.«

»Deshalb mache ich mir ja auch Sorgen um unsere Gäste.«

Nach seiner Unterhaltung mit seinem Vater tat Jeff das ebenfalls, doch er sagte nichts. Er war noch immer hin- und hergerissen zwischen Unglauben und Furcht. Er fühlte sich wie ein Hühnchen, das man in einen Teich mit Alligatoren geworfen hatte. Solange er keine Ahnung hatte, wie er da wieder herauskam, brachte er keinerlei Energie für Feinheiten auf, wie zum Beispiel Strategie. Überleben war wichtig, sonst nichts.

Als Mel ins Wohnzimmer kam, stöhnte Tiga auf und öffnete ihre Augen. Sie sah einen dunklen Bart, einen kantigen Mund und tiefblaue Augen, die sie eindringlich beobachteten.

»Sind Sie ein Pirat?«, fragte sie mit Kleinmädchenstimme.

»Nein.« Er lächelte sanft. »Ich bin ein ganz gewöhnlicher

Junge aus dem Sumpfland, Miss Montegeau. Wie fühlen Sie sich?«

»Ganz gut, danke. Und Sie?«

»Gut. Erinnern Sie sich daran, dass Sie ohnmächtig geworden sind?«

»Ich bin ohnmächtig geworden?« Sie stieß den Atem aus. Als sie wieder anhob, war ihre Stimme wieder die einer erwachsenen Frau. »Oh ja. Ich dachte, es sei einer der Träume gewesen.«

Walker zog beim Klang ihrer Stimme die Augenbrauen hoch. »Die Träume?«, fragte er höflich.

»Tiga, wage es nicht«, mischte sich Mel schnell ein. »Du hast versprochen, du würdest nicht mehr, äh, träumen, wenn wir Besuch haben.«

»Habe ich das? Woran habe ich dabei nur gedacht? Ich kann den Zeitpunkt zu träumen nicht wählen, Kind. Es kommt einfach über mich.«

Mel wandte sich um und blickte über ihre Schulter. Der eifrige Boomer war gerade hinter Jeff in das prunkvolle, verblichene Wohnzimmer gekommen. Die Krallen des Hundes kratzten über den Fußboden und hörten auf, als er über den wunderschönen alten Teppich spazierte.

»Hallo, ich bin Jeff Montegeau, aber alles wird viel schneller gehen, wenn Sie zuerst Boomer begrüßen«, erklärte Jeff.

Faith blickte auf und sah einen Mann, der in jedem Hochglanz-Modemagazin als Model hätte erscheinen können, doch war wahrscheinlich eine Frau nötig, um wirklich seine schlanke Gestalt und sein wunderschönes Gesicht schätzen zu können. Er hatte graue Augen, blondes Haar und besaß ein Lächeln, das einen glauben ließ, dass es wirklich ernst gemeint war, und eine Stimme, so klangvoll und betörend wie ein Cello. Sie warf Mel einen Blick zu, der ihr sagte *Gut gemacht, Zimmergenossin*, dann wandte sie sich wieder zu Jeff Montegeau.

»Ich bin Faith«, sagte sie und lächelte ihn an. »Und dieses

hundert Pfund schwere Wunder ist wohl Boomer, nehme ich an?«

Als Boomer seinen Namen hörte, sprang er nach vorne, sein Schwanz wedelte so heftig, dass er gegen alles stieß, was in seiner Nähe war.

Gerade als der Hund sich aus Jeffs Griff befreite, streckte Walker die Hand aus und packte das Halsband des großen Hundes.

»Ruhig, Junge«, befahl Walker und stemmte sich gegen ihn. Er zog einmal an dem Halsband. Fest. »Platz.«

Der Hund gehorchte und blickte dann begeistert zu Walker auf.

»Guter Hund«, murmelte Walker und fuhr anerkennend mit der Hand über das kurze, glatte Fell des Hundes. »Du bist ein sehr schöner Kerl, nicht wahr? Lange, kräftige Beine, um durch den Sumpf zu laufen, breite Brust für viel Ausdauer, kurzes Fell, damit man leicht die Zecken darin findet, weit auseinander stehende Augen, genug Stirn für den Verstand, den du nie benutzt.« Während er sprach, hockte er sich neben Boomer und kraulte seine langen, seidigen, schwarzen Ohren.

Boomers Augen weiteten sich vor Verehrung.

Walker blickte zu Jeff, der beinahe genauso blass war wie seine Tante Tiga. Und er war nervös. »Ich bin Walker. Was ist er für eine Rasse?«

»Ein wenig von allem«, erklärte Jeff.

Walker lächelte. »Hundert Prozent Hund. Zweihundert Prozent Sturkopf.«

Boomers Schwanz schlug auf den Boden in fröhlicher Zustimmung.

»Wie stehst du zu Hunden?«, fragte Walker Faith.

»Ich beneide jeden, der genügend Zeit hat, sich richtig um einen Hund kümmern zu können.« Sie machte ein paar Schritte auf den Hund zu, und Boomer bellte leise, als er an ihrer Hand schnüffelte. Als er begann, daran zu lecken, lachte sie und streichelte ihn.

»Ich würde noch nicht aufstehen, Ma'am«, riet Walker Tiga, als er eine Bewegung hinter sich hörte.

Tiga ignorierte ihn. Sie setzte sich auf und starrte Faith an. »*Ruby.*«

Mel verdrehte die Augen und sah Jeff an, der seufzend versuchte, seine Tante abzulenken, ehe sie wieder einmal in einen ihrer verrückten, halb gereimten Monologe versank.

»Tante Tiga, das ist Faith Donovan«, sagte er. »Niemand mit dem Namen Ruby lebt hier.«

Tiga warf ihrem Neffen einen mitleidigen Blick zu. »Es ist niemand so blind wie diejenigen, die nicht sehen wollen.«

»Die wirkliche Ruby ist vor mehr als zweihundert Jahren gestorben«, erklärte Jeff geduldig. »Und Ruby war auch nicht ihr wirklicher Name. Es war ein Kosename, den ihr Vater ihr gegeben hat.«

Ein Schauer lief durch Tigas Körper. »Sie hat ihn gehasst. Es war sowieso eine ganz andere Ruby. Sie ist vor so langer Zeit weit weg gegangen, auf Wiedersehen, ich habe dich nie kennen gelernt. Ich bin auch ein Kind, siehst du.« Mit einem Lächeln, das einem das Herz brechen konnte, wandte sich Tiga zu Faith. »Ich bin so froh, dass du zu mir nach Hause gekommen bist, Ruby. Ich war so böse, als Mama dich weggebracht hat. Ich habe dich gesucht, lange, lange… auf Wiedersehen, hallo, jetzt weiß ich es, und du wirst es niemals wissen.«

Ihr Lachen war sanft und melodisch, und Faith bekam eine Gänsehaut auf den Armen, hinter ihren Augen brannten Tränen. Tiga war faszinierend, unheimlich und beängstigend zugleich. Ihre Augen waren so grau wie das Dämmerlicht und hatten einen gequälten Ausdruck, so als würde etwas unaussprechlich Trauriges, etwas unaussprechlich Schreckliches sie bedrücken.

Faith wollte so gerne glauben, dass es schlichter Wahnsinn war.

»Tiga«, sagte Davis, der an der Tür der Bibliothek stand. »Bist du wieder dumm?«

Tiga zuckte zusammen, als hätte jemand sie geschlagen. »Papa?«

Schmerz zuckte über Davis' faltiges Gesicht. »Papa ist tot, Tiga. Ich bin sein Sohn. Dein Bruder.«

»Oh.« Sie seufzte. Dann blinzelte sie, als sähe sie nach einer langen Dunkelheit wieder das Licht und wandte sich wieder zu Faith. »Sind wir einander schon begegnet?«

»Ich bin Faith Donovan«, sagte sie leise.

»Ich bin Antigua. Die Leute nannten mich früher Miss Montegeau, doch jetzt nennen mich alle nur noch Tiga. Darf ich Sie Faith nennen?«

»Gerne.«

Tiga nickte, dann stand sie auf mit den Bewegungen einer Frau, die nur halb so alt war. »Wir essen um acht.« Sie verließ das Zimmer, als wäre sonst niemand anwesend.

Als Davis hörte, dass im hinteren Teil des Hauses Töpfe und Pfannen klapperten, seufzte er erleichtert auf. »Willkommen auf Ruby Bayou, Miss Donovan, Mr. Walker. Bitte entschuldigen Sie meine Schwester. Sie will nicht unhöflich sein. Sie ist nicht vollständig... hier. In dieser Woche ging es ihr nicht so gut.«

Davis war die ältere Ausgabe von Jeff, ein wenig untersetzter, etwas gehetzter. Seine Augen hatten die gleiche neblig graue Farbe wie die seines Sohnes, doch das Weiße in seinen Augen war blutunterlaufen und sah aus wie eine Landkarte. Sein weißes Haar wurde oben auf dem Kopf ein wenig licht. Seine Haut war blass bis auf die roten Wangen, deren Grund von seiner Verlegenheit, Fieber oder Alkohol herrühren konnte.

»Kein Problem.« Faith zwang sich zu einem Lächeln trotz all der Gefühle, die in ihrem Inneren miteinander kämpften.

»Manchmal sind die Dinge auch in der Familie Donovan ein wenig hektisch.«

»Hektisch.« Davis lächelte wie ein Mann, der es nicht gewöhnt war, zu lächeln. »Wir werden Ihnen Ihre Zimmer zeigen. Nachdem Sie sich ein wenig frisch gemacht haben, werden wir essen. Tiga ist vielleicht, äh, schusselig in einigen Dingen, aber es gibt keine bessere Köchin im ganzen Sumpfland. Wir ziehen uns zum Essen nicht mehr um. Wenn Sie mir folgen möchten?«

Faith' Suite war für eine Familie gedacht, die zu Besuch kam. Zu beiden Seiten des Wohnraumes gab es Schlafzimmer. Ein Bad war vor vierzig Jahren an das größere Schlafzimmer angebaut worden, erzählte ihnen ihr Gastgeber. Damals hatte Mrs. Montegeau noch gelebt, und sie hatten beinahe in jeder Woche Besuch gehabt.

»Ich fürchte, Sie werden sich das Bad teilen müssen«, entschuldigte sich Davis. »Die anderen Bäder auf dieser Etage sind nicht mehr so recht in Ordnung, bis auf die in der Suite, die Mel und Jeff bewohnen, die liegt gegenüber.« Mit einer Hand, die ein wenig zitterte, deutete er in die andere Richtung des Ganges. Walkers Zimmer befand sich direkt neben ihrem.

»Das ist wundervoll«, beeilte sich Faith zu versichern. »Es ist sehr nett von Ihnen, uns so kurzfristig hier aufzunehmen.«

Davis schloss einen Augenblick lang die Augen. Die Aussicht auf das Durcheinander, das auf ihn wartete, war nicht gerade angenehm. Dann öffnete er die Augen wieder und sah die liebenswerte junge Frau an, die die alte Freundin seiner zukünftigen Schwiegertochter war.

Und vielleicht seine eigene Rettung.

In der Zwischenzeit gab es den Whiskey. Wenn er genügend davon hätte, würde er nicht an all die Fehler denken, die ihn jetzt wieder einholten.

»Das tue ich doch gern, das versichere ich Ihnen«, sagte er

leise. »Wir werden vor dem Essen in der Bibliothek noch einen Drink nehmen, es wäre nett, wenn Sie auch kommen.«

»Danke«, meldete sich Walker. »Wir werden herunterkommen, sobald wir uns ein wenig frisch gemacht haben.«

»Ich hole das Gepäck«, erklärte Faith, nachdem Davis wieder verschwunden war.

Walker war bereits im Flur und ging zur Treppe. »Du bist im Süden, vergiss das nicht. Ich werde das Gepäck holen.«

»Aber...«

»Es sei denn, du möchtest Gesellschaft im Bad«, schlug er mit breitem Akzent vor, »sonst solltest du dich besser beeilen. Ich habe nämlich nicht vor, zu spät zu kommen zu einem Essen im Sumpfland, gekocht von Antigua Montegeau.«

Faith war erleichtert, als die Cocktailstunde vorüber war. In der Zwischenzeit fragte sie sich nicht mehr, woher die Röte in den Wangen ihres Gastgebers stammte. Trotz der eisigen Blicke von Jeff hatte Davis in kürzester Zeit zwei Gläser Whiskey getrunken und war jetzt schon bei dem dritten angelangt. Mel sah hinter ihrem fröhlichen Lächeln angespannt aus. Walker blickte unbewegt, als wäre der Anblick des trinkenden Mannes ihm nur zu gut bekannt. Wenn man bedachte, wie wenig er Faith über seine Kindheit erzählt hatte, war sie ziemlich sicher, dass Walkers Gedanken keine glücklichen Gedanken waren, ganz gleich, wie ausdruckslos sein Gesicht auch blieb.

Pünktlich um acht Uhr nahm Tiga die antike Kristallglocke und schwang sie ausladend hin und her. Ein süßer Klang tönte durch den Flur, der zum Esszimmer führte.

Boomer hatte sich vor dem unnötigen, doch sehr hübsch aussehenden Feuer im Kamin zusammengerollt. Beim Klang der Glocke kam der Hund auf seine Füße, lief aus der Bibliothek und nahm seinen Platz an einem Ende des Tisches ein, direkt neben Davis' hochlehnigem Kapitänsstuhl.

Bis auf den Staub auf dem extravaganten Kronleuchter war das Esszimmer wesentlich sauberer als das Wohnzimmer. Zeit und Abnutzung hatten die weiße, kostbare Spitzentischdecke in einen goldenen Ton vergilben lassen, doch der elegante weiße Stoff war noch unbeschädigt. Und auch wenn der riesige Mahagonitisch, das Sideboard, der Geschirrschrank und die achtzehn Stühle dringend eine Politur nötig gehabt hätten, so waren die gewobenen Bezüge der Stühle noch recht frisch und leuchteten im Schein des Kerzenlichtes in tiefen Juwelentönen.

Obwohl sie angelaufen waren, schimmerten doch der verzierte silberne Kronleuchter und die silbernen Platten warm im Licht der blassen Bienenwachs-Kerzen. Das kostbare Porzellan war entweder so alt wie das Haus oder es war eine ausgezeichnete Nachbildung. Faith nahm Ersteres an, denn die kostbare Goldbordüre auf jedem Teller war dunkel geworden durch den Gebrauch. Neben jedem Gedeck standen Gläser aus geschliffenem Kristall, die gefüllt waren mit eiskaltem Mineralwasser.

Ganz gleich, auf welchem Stand sich die augenblickliche Generation der Montegeaus auch befand, in der Vergangenheit hatte es in diesem Haus viel Geld gegeben.

Oder echte Piraten.

Die dunklen, pompösen, goldgerahmten Porträts an der Wand verrieten, wer von der Geschichte der Piraterie seinen Nutzen gehabt hatte. Jede Generation der Montegeaus seit den Tagen von Black Jack war gemalt worden, bis auf die beiden letzten Generationen.

Und jede Frau trug einen Schmuck aus Rubinen, der einer Kaiserin angemessen gewesen wäre.

»Auf keinem Bild ist es der gleiche«, sagte Walker, der Faith' Blicken zu den Porträts gefolgt war.

»Was?«, fragte sie abwesend.

»Die Rubine, die sie tragen. Entweder wurden die Halsketten nicht von Generation zu Generation vererbt, oder jede

Generation hat mit den Steinen neue Schmuckstücke entworfen.«

»Sie haben ein gutes Auge«, sagte Jeff. »Tradition war, dass nach jeder Beendigung eines Porträts die Juwelen in eine Schatztruhe gelegt wurden, um den Reichtum dieser Generation und der nächsten zu sichern. Wenn der Schmuck erst einmal in der Schatztruhe lag, konnte er getragen werden, doch er durfte niemals verkauft werden, denn sonst hätte das Unglück gebracht. Wenigstens erzählt das die Familienlegende so.«

Walker pfiff leise durch die Zähne und sah sich die Porträts mit neuem Interesse an. »Das müsste eine Schatztruhe sein, bei der es sich lohnt, sie zu öffnen.«

»Das können Sie wohl sagen.« Jeffs Stimme klang bitter. »Sie ist verschwunden, in den Tagen meines Großvaters.« Er blickte auf, als seine Tante ihm eine Platte reichte, auf der sich die Krebse häuften. »Danke, Tiga.«

»Darüber haben die Leute noch immer gesprochen, als ich ein Junge war«, erzählte Walker. »Eine traurige Angelegenheit.«

Jeff lächelte ein wenig. »Ich habe mir doch gedacht, dass ich in ihrer Stimme den Akzent des Sumpflandes gehört habe.«

»Ich bin hier geboren und zum größten Teil auch hier aufgewachsen«, stimmte ihm Walker zu. Er nahm einen Bissen von einem der Krebse. »Himmel, Himmel«, murmelte er. »Miss Montegeau, es ist ein Wunder Gottes, dass noch kein Mann gekommen ist und Sie wegen Ihrer Kochkünste gestohlen hat.«

Tigas Lächeln war so rein und süß wie das eines Kindes. »Sie sind sehr freundlich, Sir.«

»Eine Menge Leute werden das erleichtert hören«, meinte er und zwinkerte ihr zu. »Ich wette, die Engel schleichen sich vom Himmel herunter, nur um einmal probieren zu dürfen, was Sie auf den Tisch bringen.«

Tiga kicherte wie ein Mädchen, das noch nicht wusste, wie es die Aufmerksamkeit eines Jungen auf sich ziehen konnte. Und sie auch halten konnte.

Faith lächelte und blickte auf ihren Teller. Die Krebse waren viel kleiner als die Dungenes-Krebse aus dem nordwestlichen Pazifik. Und auch wenn dieser Krebs zu beiden Seiten der »Schulter« böse aussehende Scheren aufwies, so hätte seine Schale doch in ihre Handfläche gepasst. Mindestens zwanzig dieser kleinen Biester lagen auf der Platte. Vielleicht sogar dreißig.

Insgeheim fragte Faith sich, ob die Krebse wohl das Hauptgericht waren an Stelle der Vorspeise, dann probierte sie einen Bissen. Sie schloss die Augen bei dem herrlichen Geschmack und murmelte ihre Zustimmung. »Sie schmecken nach Meer, heiß, cremig und saftig«, murmelte sie.

Walker schluckte und bemühte sich um reine Gedanken.

»Sie sind perfekt.« Faith öffnete die Augen und warf Mel, die ihr gegenüber saß, einen mitleidigen Blick zu. »Kein Wunder, dass du zunimmst.«

Mel seufzte und aß noch einen kleinen Bissen von dem sahnigen Krebs. »Ich sage mir immer, dass ein paar Bissen nicht schaden werden, trotz der Sahne. Und außerdem weiß ich, dass es auch noch einen Nachtisch gibt.«

»Sag mir das lieber nicht. Lass mich träumen.«

»Solange du von Zuckerkuchen, Nusskuchen, Zitroneneiskuchen und Key Lime Kuchen träumst, werden einige deiner Träume in Erfüllung gehen. Es sei denn, es gibt Tigas Version der Schokoladen-Sünde. Dann darfst du nur noch einmal nachnehmen.«

»Hör auf! Mir läuft das Wasser im Mund zusammen.«

»Du kannst dir das noch leisten«, gab Mel zurück. »Du hast ja nicht gegen deine wachsende Taille zu kämpfen.«

Ein wenig der Anspannung um Jeffs Mund und in seinen Augen löste sich, er lächelte seiner schwangeren Geliebten zu, die schon sehr bald seine Ehefrau sein würde. »Als Mel hierher zog, glaubte sie, sie würde die Gerichte der Westküste vermissen. Doch nachdem sie eine von Tigas Mahlzeiten gegessen hatte, hat sie nie wieder zurückgesehen. Manchmal glaube ich sogar, dass es Tigas Kochkunst ist, weswegen Mel zugestimmt hat, mich zu heiraten.«

Mel lächelte ihn liebevoll an. »Immerhin war es nicht Tiga, die mich fett gemacht hat, nicht wahr?«

Walker kicherte. Faith trat unter dem Tisch nach ihm. Er zwinkerte ihr zu.

Davis leerte sein erstes Glas Wein als wäre es Wasser. Als er nach der Karaffe griff, kam Jeff ihm zuvor. Er goss alle Gläser noch einmal voll – bis auf das seines Vaters –, dann stellte er die Karaffe auf den Boden neben seinem Stuhl, außerhalb der Reichweite seines Vaters.

Boomer schnüffelte an der Karaffe, nieste und bewegte sich dann zum anderen Ende des Tisches.

Der Blick, den Davis seinem Sohn zuwarf, verriet Walker, dass Jeff für diese Tat würde zahlen müssen.

»Ja, mein lieber Papa hat die Schatztruhe verloren«, erklärte Davis, als hätte ihn jemand danach gefragt. »Dieser alte Hundesohn hat alles verloren, außer den Weg in seine Hose.«

»Iss schnell«, flüsterte Walker Faith zu. »Der Sturm wird gleich losbrechen.«

21

»Ich glaube nicht, dass unsere Gäste etwas über Großvater Montegeau hören wollen«, meinte Jeff.

»Ich war beinahe zehn«, sprach Davis weiter. Er spielte mit seinem leeren Weinglas und warf einen anzüglichen Blick auf

Jeffs volles Glas. Für einen Preis – ein Glas Wein – würde Davis gern die Familiengeschichte beiseite lassen.

Jeff ignorierte ihn.

Davis begann, die schmutzige Wäsche der Montegeaus zu waschen. »Mein Papa war nicht wie ich oder wie Jeff«, wandte er sich an Faith. »Er war ganz sicher ein Teufelskerl und ein Schürzenjäger.«

»Das…«

»Halt den Mund. Esss isss unhöflich, jemanden zu unterbrechen, der älter isss als du.« Obwohl er die Worte undeutlich aussprach, so waren sie doch gut zu verstehen.

Mit einem Blick, der sagte, dass er es gewöhnt war, Betrunkene am Tisch der Familie zu sehen, betrachtete Walker Davis Montegeau. Der alte Mann war wütend, doch war er nicht gewalttätig. Noch nicht. Vielleicht auch überhaupt nicht. Davis fehlte die eisige Kälte eines wirklich gewalttätigen Mannes.

Walker nahm sich noch einen Krebs und legte auch Faith noch einen auf den Teller. »Mel?«, fragte er.

»Nein, danke. Ich warte auf…«

»Papa mochte die Mädchen immer ganz jung«, sagte Davis laut und unterbrach Mel. »Gerade erst erblüht, pflegte er zu sagen, wenn ihre Brustspitzen noch so groß waren wie ihre Brüste.«

Tiga stand auf mit einer Geschwindigkeit, dass die Kerzenflammen zu flackern begannen. »Es ist Zeit für das Hühnchen.«

»Ich werde dir helfen«, bot Mel schnell an.

»Mama war ungefähr dreizehn, soweit ich weiß, als er sie geheiratet hat«, erzählte Davis weiter. »Wenn man sich das Hochzeitsbild ansieht, weiß man noch nicht einmal, ob sie überhaupt schon regelmäßig ihre Periode hatte.«

Faith nahm noch einen Bissen von dem Krebs. Die Finger ihrer linken Hand krallten sich in die dicke, nach Lavendel duftende Serviette auf ihrem Schoß.

Unter dem Tisch schloss sich Walkers Hand sanft über ihrer. Die schlichte Wärme und der Trost der Berührung lösten die Spannung in ihrem Inneren. Sie verschränkte die Finger mit seinen und atmete tief auf.

»Es hat eine Weile gedauert, bis sie endlich schwanger war, doch schließlich hat er es geschafft.«

Jeff blickte grimmig.

Sein Vater redete weiter und spielte dabei mit seinem leeren Weinglas. »Antigua kam auf die Welt, noch ehe Mama sechzehn Jahre alt war. Ich kam ein wenig mehr als vier Jahre später. Ein Kind war noch zwischen uns, das ist gestorben. Vielleicht auch zwei. Das habe ich vergessen. Nach all den Babys und den Fehlgeburten sah Mama wesentlich älter aus als zwanzig, als Papa damit begann, anderen Mädchen die Röcke zu heben. Jungen Mädchen.«

»Reichen Sie mir bitte das Salz«, bat Jeff Walker.

Walker reichte es ihm. »Pfeffer?«

»Bitte. Wie war denn die Ausstellung, Faith?«

»Sehr gut. Ich...«

»Er wurde erwischt mit der Tochter des Pächters«, sagte Davis laut. »Sie war dreizehn und...«

»Ich habe die meisten Stücke verkauft und habe einige ausgezeichnete Kontakte geknüpft«, berichtete Faith und sprach noch lauter als ihr Gastgeber. »Da gibt es ein ganz besonderes Stück, das ich gerne...«

»... Geld ging von Hand zu Hand und deshalb wurden keine Anwälte eingeschaltet. Beim nächsten Mal war das Mädchen gerade einmal...«

»...dem Eigentümer selbst bringen würde«, sagte Faith und warf Jeff einen bedeutungsvollen Blick zu. »Es ist sehr, sehr wertvoll.«

»...zwölf, und es gab ein unheimliches Theater deshalb, aber Papa...«

»Ich verstehe Ihr Problem«, meinte Jeff und hoffte, dass sein Gesichtsausdruck nicht verriet, wie viel mehr er noch verstand.

»… hat der Familie einige Rubine aus der Schatztruhe gegeben und ist so nicht ins …«

»Aber«, lenkte Jeff ein, »ich habe geglaubt, es wäre vereinbart worden, dass die Übergabe erst stattfindet am …«

»… Gefängnis gekommen. Dann war da dieses süße kleine Mädchen …«

»… Abend der Zeremonie, richtig?«, sprach Jeff mit grimmigem Gesicht weiter.

»Du hast nicht gelebt, wenn du nicht Tigas Buttermilch-Hühnchen probiert hast«, erklärte Mel, die in diesem Augenblick das Esszimmer betrat.

»… die Tochter eines hiesigen Shrimps-Fischers. Papa hat immer geleugnet …«

»Ich hätte etwas tragen sollen, das die Farbe von Sahnesauce hat«, meinte Mel, als wäre ihr Schwiegervater nicht gerade mitten in einem lauten Monolog über die dunklere Seite der Montegeaus. »Ich muss mich beherrschen, um mich nicht in diesem himmlischen Zeug zu wälzen.«

»… dass er der Vater dieses Bastards war, aber ein paar Monate später hat das Mädchen eine Rubinbrosche verkauft und …«

»Buttermilch«, sagte Walker. Die Ehrerbietung in seiner Stimme klang beinahe wie ein Gebet. »Ich habe kein wirklich gutes Buttermilch-Hühnchen mehr gegessen, seit ich sechzehn Jahre alt war.«

»Bedienen Sie sich.« Mel stellte die Platte ab, warf Jeff einen flehenden Blick zu, dann ging sie wieder zur Tür.

Jeff nippte an seinem Wein.

»… ging mit ihrer älteren Schwester nach Atlanta«, erzählte Davis und lächelte kalt. »Ich war beinahe acht, alt genug, um mich an die Streitereien zu erinnern. Mama hat vielleicht jung geheiratet, aber sie bekam …«

»Sauce?«, fragte Tiga fröhlich. Ihre blassen, von der Arbeit rauen Hände hielten eine kostbare Terrine voll mit Sahnesauce. Sie sah aus, als würde sie sie am liebsten ihrem plappernden Bruder ins Gesicht schütten. »Diese Terrine ist eigentlich für Suppe, aber alle lieben meine Sauce so sehr, dass ich immer...«

»...Zähne«, sagte Davis und übertönte damit seine Schwester. »Mama hat ihm die Hölle heiß gemacht, weil er die Montegeau-Rubine an Dirnen gab.«

»...so viel davon mache, dass ich sie in der Terrine serviere«, beeilte sich Tiga zu erklären. »Dann brauche ich nicht immer wieder in die Küche zu laufen. Mr. Walker? Sie sehen aus wie...«

»Die Dinge beruhigten sich für einige Jahre«, sprach Davis weiter und sah Jeff mit hartem Blick an. »Aber das bedeutete nicht etwa, dass Papa seine Hose anbehielt, er wurde nur...«

»...ein Mann, der Sauce liebt«, sagte Tiga und sah Walker mit gequältem Blick an, als könnte er ihr ewiges Leben versprechen.

Walker liebte Sauce am meisten über seinen Kartoffeln, doch er versicherte ihr: »Aber sicher, Ma'am, das tue ich.«

»...nicht erwischt. Wenigstens hat die Polizei das vermutet«, sagte Davis. »Am Abend vor Tigas Geburtstag...«

»Oh, gut. Hier.« Tiga reichte Walker die Terrine, warf Davis einen entsetzten Blick zu und floh aus dem Zimmer.

Walker dachte daran, seinem Gastgeber die Terrine über den Kopf zu stülpen, doch dann entschied er, es wäre eine Verschwendung einer Sauce, die nach herrlicher Sahne roch, einer Sauce, für die ein Junge aus dem Sumpfland bis in die Hölle reisen würde.

Faith reichte Walker etwas von dem Hühnchen.

»...muss Papa noch ein paar Rubine benutzt haben, um einen wütenden Vater zu bezahlen, denn er...«

Walker goss Sauce über sein Hühnchen und sah Jeff an. »Sauce?«

»…holte die Schatztruhe aus ihrem Versteck, als…«

»Ich warte auf die Kartoffeln«, murmelte Jeff.

»…jemand kam und ihm mit seinem eigenen Gewehr ein Loch in den Körper schoss und…«

»Das kann lange dauern«, meinte Walker mit ausdrucksloser Stimme.«

»…wieder in der Nacht verschwand. Wir haben die verdammte Schatztruhe nie wieder gesehen!« Davis schrie seinen Sohn jetzt an. »Sie war verschwunden, genau wie unser Glück! Ich brauche einen Drink, verdammt!«

Davis stand so heftig auf, dass sein Stuhl umfiel, und Boomer mit einem überraschten Jaulen davonlief. Dabei stieß er so fest gegen den Tisch, dass die Gläser schwankten. Ohne ein Wort richtete er sich auf und stolzierte aus dem Zimmer. Einen Augenblick später schlug die Tür der Bibliothek hinter ihm zu.

Schweigen breitete sich im Esszimmer aus wie ein erleichterter Seufzer.

Jeff stützte die Ellbogen auf den Tisch und massierte mit beiden Händen seine Schläfen. Mel stellte sich hinter ihren zukünftigen Ehemann. Sie knetete seine verspannten Schultern, als wäre das etwas, das sie oft tun musste.

»Bitte nehmen Sie meine Entschuldigung an«, bat Jeff mit rauer, erstickter Stimme. »Mein Vater und ich haben uns gestritten, ehe Sie kamen. Er ist sehr böse auf mich.«

»Sie brauchen sich nicht zu entschuldigen«, widersprach Walker. »Obwohl ich zugeben muss, dass es das ausführlichste Loblied war, das dieser alte Junge je über ein gutes heißes Essen gehört hat.«

Faith kicherte, dann gab sie auf, und ihre Anspannung löste sich in einem lauten Lachen. Mel stimmte mit ein. Nach einem Augenblick hob sogar Jeff den Kopf und lächelte erschöpft.

Tiga kam auf Zehenspitzen in das Zimmer mit einer Schüssel Kartoffeln in der Hand. »Ist Papa weg?«, flüsterte sie.

Jeff wollte ihr erklären, dass es ihr Bruder war und nicht ihr Vater, doch dann entschied er, dass es die Mühe nicht wert war. »Ja. Er ist weg.«

»Oh, gut.« Sie lächelte mit der Freude einer Zwölfjährigen. »Ich habe die Kartoffeln mitgebracht. Ist noch Sauce übrig?«

»Nur noch eine Gallone.« Walker stand auf, nahm Tiga die Kartoffeln ab, stellte sie auf den Tisch und schob ihr dann wie einer Prinzessin den Stuhl zurecht. »Erlauben Sie mir, Sie zu bedienen, Ma'am. Sie haben für heute Abend genug getan.«

»Danke, Sir.«

»Es ist das Mindeste, was ich für die beste Köchin im ganzen Sumpfland tun kann.«

»Sie haben doch erst einen Bissen gegessen oder zwei«, beklagte sie sich.

»Ich habe vor, das schon sehr bald zu ändern.«

Sie sah ihn genauer an. »Sie sind nett. Sind wir uns schon einmal begegnet?«

»Owen Walker, Ma'am.«

»Mögen Sie Sauce?«

Faith blickte auf ihren Teller. Nur noch drei Tage bis zur Hochzeit. Mit einem unterdrückten Seufzer nahm sie einen Bissen von dem Hühnchen. Genau wie die Krebse, war auch das Hühnchen außergewöhnlich lecker.

Für ein solches Essen würde sie die ein wenig exzentrische Familie ertragen.

Mel und Walker lachten über eine Geschichte aus dem Sumpfland aus seiner Kindheit. Faith sagte sich, dass es so besser war. Sie war müde und ein wenig zu entspannt nach zwei Gläsern Wein. Wenn Walker mit ihr nach oben ginge, dann würde sie wahrscheinlich heute Nacht nicht allein schlafen. Ein Teil von ihr wurde erregt bei diesem Gedanken. Doch ein anderer Teil fragte sich, ob sie wohl verrückt geworden war.

Gerade als Faith die Treppe hinaufgehen wollte, zog Jeff sie zur Seite. »Haben Sie einen Augenblick Zeit?«

»Aber sicher.«

Mit dem Kopf deutete er auf die Bibliothek.

Faith zögerte. Sie wollte Davis Montegeau nicht sehen, solange er noch trank.

»Keine Sorge. Daddy ist schon vor langer Zeit ins Bett gestolpert und jetzt schläft er tief und fest.« Auch wenn Jeffs Stimme sanft klang, hörte Faith doch sowohl Liebe als auch Bitterkeit daraus. Die Linien auf seinem Gesicht waren tief eingegraben und verrieten den Aufruhr der Gefühle in seinem Inneren.

Sie folgte ihm ohne ein Wort in die Bibliothek. Es gab keine Worte, um die Leiden des Kindes eines Alkoholikers zu lindern.

Genau wie das Esszimmer war auch die Bibliothek sauber, wenn auch nicht sonderlich gepflegt. Der Geruch nach Whiskey war beinahe überwältigend. Als sie die Splitter einer Karaffe entdeckte, die im Kamin lagen, erinnerte sich Faith an die Worte, die Jeff beim Essen gesagt hatte. *Mein Vater und ich haben uns gestritten, ehe Sie kamen. Er ist sehr böse auf mich.*

Es war nicht schwer, sich den Grund des Streites vorzustellen.

Jeff schloss die Tür hinter sich. »Ich weiß, es ist eine Zumutung von mir, wenn ich Sie bitte, die Halskette noch bis zu der Hochzeit zu verwahren, aber Daddy hat sie gesondert von unseren anderen Policen versichert. Der Versicherungsschutz beginnt erst, nachdem Mel und ich geheiratet haben. Normalerweise würde ich mir über die paar Tage keine Sorgen machen, aber...« – er verschränkte die Finger und drückte fest zu – »wir Montegeaus hatten in letzter Zeit nicht besonders viel Glück. Wenn irgendetwas passiert und die Kette nicht versichert ist, wäre das der endgültige Schlag.« Er versuchte zu lächeln, doch es gelang ihm nicht so recht. »Ich wäre wirklich froh, wenn Sie das verstehen würden. Ich möchte nicht, dass irgendetwas Mels Hochzeit verdirbt.«

Faith sagte das Einzige, was sie sagen konnte. »Natürlich. Wann würden Sie die Kette denn gern haben?«

Seine Lippen pressten sich zusammen. »Daddy möchte sie Mel anlegen, ehe sie in die Kirche geht. Es ist sein Geschenk an uns.«

In Jeffs Stimme lag eine tiefe Traurigkeit, die Sehnsucht seines Sohnes nach seinem Vater. Es rührte Faith ans Herz. Sie wünschte, sie würde ihn gut genug kennen, um ihn in den Arm zu nehmen. »Ich werde dafür sorgen, dass er sie bekommt.«

»Kurz bevor Mel den Gang in der Kirche entlanggeht.«

Offensichtlich traute Jeff seinem Vater nicht, wenn es um Rubine für eine Million Dollar ging. Faith konnte ihm deswegen nicht einmal einen Vorwurf machen. »Natürlich.«

»Es... es ist doch kein Problem für Sie?«, fragte er beinahe zögernd.

»Nein.«

»Sie müssen doch nicht etwa zurück nach Savannah, um die Kette zu holen?«

»Nein.«

»Gut. Ich hatte nämlich schon befürchtet, Sie würden von mir verlangen, die Kette irgendwo abzuholen.«

»Keine Sorge. Die Halskette ist hier.« Sie dachte an ihr Versteck in Walkers Unterwäsche und lächelte. »Sie ist sehr sicher versteckt.«

»Wenn Sie das sagen. Ich mache mir nämlich Sorgen wegen der Wertgegenstände im Gepäck. Wir haben einen Safe in der Bibliothek.« Er deutete auf ein großes Gemälde von Black Jack Montegeau mit der Schatztruhe, die silbern zu seinen Füßen leuchtete. »Er ist hinter dem Bild.«

»Und was ist mit Ihrem Vater?«

»Was soll mit ihm sein?« Dann begriff Jeff, was Faith ihm zu sagen versuchte. »Oh. Ja. Nun ja, ich bezweifle, dass er sich überhaupt an die Kombination erinnert. Außer der Familienbibel und einigen Dokumenten, ist nämlich nichts in dem Safe drin. Er ist feuersicher, müssen Sie wissen. Ich würde ihn Ihnen wirklich gern zur Verfügung stellen.«

»Das werde ich Walker überlassen. Mein Bruder Archer hat die Rubine versichert. Walker arbeitet für Archer.«

»Ah, ich verstehe.« Er zuckte mit den Schultern. »Nun ja, solange die Halskette sicher ist, ist das alles, was zählt. Aber ich würde mich wirklich besser fühlen, wenn sie im Safe liegen würde. Würden Sie das Walker bitte sagen? Ich werde hier noch ungefähr eine Stunde arbeiten. Es wäre also kein Problem, die Halskette in den Safe zu legen. Und Sie haben doch auch noch andere Schmuckstücke bei sich, nicht wahr? Die können Sie gern auch hineinlegen.«

»Danke, das werde ich«, sagte sie. Sie lächelte und legte Jeff leicht die Hand auf die Schultern. »Machen Sie sich keine Sorgen, Sie und Mel werden eine wundervolle Hochzeit haben und Sie bekommen ein zauberhaftes Baby. Nur daran sollten Sie jetzt noch denken, nicht an Ihren Vater und all seine Probleme.«

Jeff lächelte grimmig. »Wenn es um die Familie geht, ist es schwer, sich keine Sorgen zu machen. Aber danke, Faith. Sie sind wirklich genauso nett, wie Mel es immer gesagt hat.«

Walker war nicht im Wohnzimmer, als Faith aus der Bibliothek kam.

»Er ist nach oben ins Bett gegangen«, sagte Mel. »Ich glaube, sein Bein hat ihm Probleme gemacht.«

»Ich wünschte, er würde sich von mir helfen lassen.«

»Wie denn?« Mel gähnte. »Entschuldigung. Er ist zu schwer, um ihn nach oben zu tragen.«

»Eine Tiefenmuskelmassage.«

»Mmm. Das klingt himmlisch.«

»Das sagt mir, dass du noch nie eine bekommen hast«, erklärte Faith. »Es tut gut, aber es fühlt sich nicht gut an.«

»Vergiss es.« Mel verzog das Gesicht. »Mir ist lieber, wenn ich verwöhnt werde.« Sie lächelte Jeff an, der Faith in das Wohnzimmer gefolgt war. »Bring mich ins Bett und verwöhne mich.«

»Sobald Faith noch einige Sachen herunterbringt, damit ich sie in den Safe legen kann. Geh schon nach oben, mein Schatz«, forderte er Mel auf. »Wenn du schon schläfst, werde ich dich wecken.«

»Einverstanden, aber nur, wenn du mir jetzt einen Gute-Nacht-Kuss gibst.«

Lächelnd ließ Faith die beiden allein. Als sie die Treppe hinaufging, bewunderte sie das breite Treppengeländer, das von Generationen von Händen und wahrscheinlich auch von Generationen von Kniehosen und Kinderkitteln poliert worden war. Der wunderschöne, jahrhundertealte persische Teppich zeigte noch immer seine bunten Farben und war dick genug, um alle Geräusche im Flur zu dämpfen. Messinglampen in der Form von Blumen mit Glühbirnen in Flammenform warfen einen goldenen Schein auf die mit Stuck verzierte Decke. Staub und Jasmin-Potpourri gaben dem Ganzen ihren Duft. Wenn die Zeit einen Duft hätte, dann würde sie genauso riechen wie dieser Flur.

Das Wohnzimmer ihrer Suite war leer, als sie nach oben kam. Sie zögerte, dann holte sie den Schmuckkasten und stellte ihn auf einen Stuhl. Sie reckte sich und fragte sich, ob Walker bereits zu Bett gegangen war. Doch dann hörte sie das gedämpfte Geräusch von laufendem Wasser, das in die Badewanne mit den Klauenfüßen lief. Von ihrem Bad zuvor wusste sie, dass die Badewanne eine bequemere Nachbildung des Originals aus viktorianischer Zeit war. Sie war länger, tiefer, breiter, mit einer gebogenen Kante, die genau richtig war, um den Kopf darauf zu legen. Sie hoffte, dass Walker das Bad genauso genoss, wie sie es getan hatte.

Dann dachte sie an sein Bein und daran, wie glatt die nassen Fliesen sein konnten. Ein langes heißes Bad würde vielleicht seinen Schmerz vertreiben, doch würde es sein Bein auf dem gefährlichen Boden nicht stärker machen.

Mit gerunzelter Stirn ging sie zu der Aluminiumkiste hinüber, die in diese Umgebung genauso wenig passte wie ein Raumschiff in die verblichene Eleganz dieses viktorianischen Wohnzimmers. Sie öffnete den Verschluss der Kiste und blickte auf die drei Schmuckstücke darin, die noch übrig geblieben waren. Es waren nicht ihre wertvollsten Stücke – das waren die Smaragdkatze und die Montegeau-Halskette, doch die schimmernde barocke schwarze Perle aus der Perlenbucht, die auf einer Wolke aus Platin, eingefasst mit Rubinen, schwebte, war unersetzlich. Sie hatte die Ohrringe aus dem Set des Schmucks aus Platin und Rubinen verkauft, nicht jedoch den Ring und das Armband.

Daran war sie wirklich ganz allein schuld. Die Rubine, auch wenn sie eine kräftige Farbe hatten und rein waren, gehörten nicht in die gleiche Klasse wie die unvergleichlichen Montegeau-Rubine. Sie hätte sie nicht in der gleichen Vitrine ausstellen dürfen.

Das Geräusch des laufenden Wassers hörte auf. Draußen in der Dunkelheit des Bayous rief ein großes Tier und machte ein Geräusch zwischen einem Brüllen und einem Grunzen. Sie fragte sich, ob es wohl ein Alligator war oder ein Ochsenfrosch, der so groß war wie Nebraska.

Die Nachtluft ließ die duftigen Gardinen wehen und hüllte Faith wie mit einem Seufzer ein. Walker hatte die Fenstertüren geöffnet, die auf den Balkon der zweiten Etage führten. Die ungewöhnliche Hitze für diese Jahreszeit gab Faith ein Gefühl, als sei sie in den Tropen. Sie war gewöhnt an die belebenden Winter in Seattle mit ihrem Eisregen.

Einen Augenblick lang war sie versucht, die Karaffe mit Brandy zu öffnen, die auf einem kleinen Tisch aus Kirschbaumholz neben der Couch stand. Es wäre herrlich, barfuß auf dem Balkon zu stehen, mitten im Februar, und an einem Brandy zu nippen, während die milde, nach Salz riechende Luft sie liebkoste.

Doch zuerst die Halskette.

Schnell ging sie zur Tür des Badezimmers und klopfte an. »Walker?«

»Komm ruhig rein, Süße.«

Sie misstraute der kaum unterdrückten Erwartung in seiner Stimme, die genauso klang wie bei ihren Brüdern, wenn diese sie mit etwas überraschen wollten. »Bist du auch salonfähig?«

»Wir werden alle salonfähig geboren.«

»Äh, richtig. Heißt das, du trägst das, worin du geboren worden bist?«

»Sicher doch. Und noch dazu eine Badewanne voller Seifenblasen.«

»Seifenblasen?«, fragte sie überrascht. Der Gedanke, sich den bärtigen Walker in einem Schaumbad vorzustellen war... pikant. »Du nimmst ein Schaumbad?«

Er lachte, leise und sanft. »Sicher. Wirst du die Macho-Polizei rufen, damit sie mich einsperrt?«

»Nein. Das ist zwar ein Familiengeheimnis, aber ›Der Donovan‹, Kyle und auch Lawe lieben es, sich in einem Schaumbad zu aalen. Ihrem Image als Machos hat das überhaupt nicht geschadet.«

»Siehst du.«

Faith stand vor der schweren Mahagonitür mit den Schnitzereien und dem Türgriff aus Messing und grinste. »Trägst du noch immer die Halskette?«

»Das wäre wohl ein wenig zu viel verlangt.«

»Verdammt. Ich hatte gerade diese wunderschöne Vorstellung von dir mit Seifenschaum und Rubinen.«

»Nun ja«, antwortete er gedehnt. »Ich möchte dir deine hübsche Fantasie nicht nehmen. Ich werde sie sofort wieder anlegen.«

Sie kicherte, obwohl ihr bei seinen Worten der Atem stockte. Sie sollte ihn nicht auf diese Art necken – und auch nicht sich selbst –, aber es war einfach zu verlockend. »Wirst du dir auch deine Brust rasieren?«

Auf der anderen Seite der Tür herrschte Schweigen, dann hörte man Wasser spritzen. »Woher willst du wissen, dass ich das nicht bereits getan habe?«

»Ich habe den Schatten unter deinem Hemd gesehen.«

»Das war Schmutz«, erklärte er schnell und unterdrückte ein Lachen.

»Süßer«, antwortete sie, seinen Akzent nachahmend, fuhr mit den Fingerspitzen der Schnitzerei auf der Tür nach. »Das ist eine Lüge. Ich weiß, wie Schmutz riecht. Er riecht nicht nach Kaffee und Seife und nach einer kräftigen, ganz besonderen Sorte Moschus.«

»Hast du vor, hereinzukommen und dir den Familienschmuck anzusehen?«, fragte er. »Er wartet hier auf dich.«

Das bezweifelte Faith nicht. Die Versuchung lockte sie, heißer als die Brise im Sumpfland. »Danke, aber ich soll den gesamten Schmuck nach unten bringen und ihn im Safe einschließen. Das ist Jeffs Art, sich dafür zu entschuldigen, dass er die Halskette noch nicht sofort übernehmen kann. Und auch noch für einige andere Dinge.«

Walker grunzte. »Sein Safe, sein Haus, seine Versicherung?«

»Nein. Sein Vater hat für die Halskette eine besondere Police abgeschlossen. Sie wird erst am Abend der Hochzeit in Kraft treten.«

Walker nahm eine Hand voll Seifenschaum und starrte darauf, als sei es eine Kristallkugel. Seine Augen waren beinahe genauso dunkel wie die Nacht hinter den Fenstern.

»Ich sage dir was«, meinte er schließlich. »Jeff hat genug zu tun mit seinem lieben, alten Daddy. Ich werde mich bis zur Hochzeit um die Halskette kümmern.«

»Jeff wird das nicht gefallen. Er möchte etwas wirklich Nettes tun, um das Benehmen seines Vaters wieder gutzumachen.«

»Dann sag es ihm einfach nicht. Bringe deine Schmuckkiste nach unten, lächele ihn süß an und bitte ihn, dich allein zu lassen, damit du den Schmuck einschließen kannst.«

»Was er nicht weiß, wird auch seine Gefühle nicht verletzen, nicht wahr?«

»Das ist eines der Dinge, die ich so sehr an dir mag. Du verstehst alles sehr schnell.«

»Und was sind die anderen Dinge, die du an mir magst?«, fragte sie, noch ehe sie sich ihre Worte richtig überlegt hatte.

»Deine süße, bedingungslose Art.«

»Das Lob habe ich wohl verdient.«

»Sicher.«

»Nur um dir das klar zu machen, du wirst heute Abend nicht drum herum kommen.«

»Um was?«, fragte er vorsichtig.

»Um eine weitere Tiefenmassage deines Beines.«

Er lachte, obwohl ihn das Verlangen zu überwältigen drohte. Sie hatte ihm alles andere als eine kleine sexy Massage gegeben vor ein paar Tagen, doch sie hatte sein Bein gelockert ... und ihn ansonsten so hart gemacht wie die Hölle. »Ich beginne zu glauben, dass du insgeheim ein Sadist bist.«

»Denke nur darüber nach, Süßer. Ich bin gleich wieder da.«

Walker stieß den Atem aus und griff nach dem Hahn für das kalte Wasser. Wenigstens einer von ihnen beiden sollte damit beginnen, vernünftig zu sein.

22

Als Faith mit dem leeren Aluminiumkoffer aus der Bibliothek zurückkam, wartete Jeff am Fuße der Treppe auf sie.

»Alles fertig?«, fragte Jeff.

»Ja, danke. Ich habe das Rad wieder verstellt und habe das Porträt vor den Safe geschoben. Alles ist verschlossen. Ich habe sogar das Licht ausgemacht.«

»Danke.« Jeff gähnte, und die tiefen Linien in seinem Gesicht wurden ein wenig sanfter. »Komisch, wie die Dinge einem Mann auf der Seele liegen können. Immerhin geht es doch nur um Geld, und ganz gleich wie, auf die eine oder die andere Art ist doch alles versichert, nicht wahr?«

»Richtig.«

Er lächelte ein wenig. »Ich denke, die ganze Familiengeschichte nagt an mir. Ich muss mir immer wieder ins Gedächtnis rufen, dass es die Versicherungsgesellschaft ist, die Geld verliert, wenn etwas geschieht, und nicht wir, und der Himmel allein weiß, dass die Versicherungsgesellschaft Geld genug hat.«

»Aber auch Mel würde der Verlierer sein. Es ist wirklich eine wunderschöne Halskette, wenn ich selbst das sagen darf.«

»Ich vertraue Ihrem Wort«, meinte er ein wenig grimmig. Bis zum heutigen Tag hatte er nicht einmal die Kombination für den Safe gekannt. Doch auch das war jetzt auf ihn übergegangen, zusammen mit der Handlungsvollmacht. »Daddy hat Ihre Zeichnungen niemandem gezeigt. Er hat sie in den Safe gelegt und verbrannt, nachdem die Halskette fertig war. Er wollte, dass die Kette eine perfekte Überraschung ist. Er ist der Einzige auf Ruby Bayou, der überhaupt eine Ahnung davon hat, wie sie aussieht. Abgesehen von Ihnen und Walker natürlich.«

Faith lächelte. »Ganz gleich, wie wunderschön die Halskette auch sein mag, Sie werden sowieso nur Augen für Mel haben.«

Er grinste plötzlich, was ihn zehn Jahre jünger aussehen ließ. »Sie ist wunderschön, nicht wahr?«

»Ja. Sie sind wirklich ein glücklicher Mann.«

Sein Lächeln schwand ein wenig, doch lächelte er noch immer. »Das hoffe ich. Ich hoffe es tatsächlich. Die Montegeaus könnten ein wenig Glück gebrauchen.«

»Papa war geizig«, ertönte plötzlich Tigas Stimme hinter ihnen. »Er hat gar keine Seelen in die Schatztruhe gelegt.«

Faith schrak auf, während Jeff nicht einmal mit der Wimper zuckte. Er war an Tigas lautlose Schritte gewöhnt.

»Rubine, Tiga«, sagte er sanft und gähnte noch einmal. »In der Schatztruhe sind Rubine.«

»Du hast sie noch niemals im Mondlicht gesehen. Manchmal singen sie. Manchmal lachen sie. Aber meistens weinen sie nur, wegen all dem, was geschehen ist, ehe die Seelen bluteten und sich in roten Stein verwandelten.«

Die Ruhe in Tigas Stimme stand in einem so krassen Gegensatz zu ihren Worten, dass sich Faith' Nackenhaare sträubten.

Tiga machte ein paar Schritte nach vorn und legte dann eine kalte, nach Salzwasser riechende Hand auf Faith' Wange. »Ich hätte dich geliebt, aber sie haben dich mir weggenommen. Hübsches kleines Baby. Bist du jetzt sicher vor ihm? Ich habe etwas ganz Besonderes in die Schatztruhe gelegt für dich, für mich. Eine Seele, die uns befreien wird.« Sie sah Jeff an. »Du musst das auch tun. Dreizehn Seelen. Wenn genügend Rubine weinen, dann braucht deine Generation das nicht zu tun.«

»Tiga«, sagte er erschöpft. »Es ist Zeit, dass du ins Bett gehst.«

»Habe ich dir denn noch nichts von der Zeit erzählt? Sie kommt und geht wie das Mondlicht. Du kannst es nie sagen, nie sagen, Wunschbrunnen, Seelen wünschen, seufzen, weinen, sterben niemals.« Sie lächelte ihn an. »Frühstück um acht. Pfannkuchen. Papas Lieblingsspeise. Zuckerkuchen und der vierte Juli. Nüsse zu Thanksgiving. Gott sei Dank bin ich nicht Ruby, denke ich. Er trinkt. Ich bin nicht nur Rubine, nicht wahr?«

Mit einem Seufzer nahm Jeff Tigas Arm und führte sie zu dem Flügel des Hauses, den die Familie bewohnte. Boomer folgte ihnen und schnüffelte an den Fingern der älteren Frau, als wolle er ihr ins Gedächtnis rufen, dass sie wirklich aus Fleisch und Blut war. Langsam verklang das Geräusch ihrer Stimmen, bis vollkommene Stille herrschte.

Faith rieb sich mit den Händen über die Arme, um das Gefühl der Unsicherheit zu vertreiben, das sie im Angesicht des Wahnsinns überkommen hatte. Ganz plötzlich begriff sie, warum einige Stämme die Wahnsinnigen zu Schamanen oder Geistheilern machten. Es war ein unheimliches Gefühl einer größeren Wahrheit, das verwoben war mit den glänzenden schwarzen Fäden von Tigas Unsinnigkeit.

Nach einem Augenblick schüttelte sich Faith und wandte sich dann ab. Sie brauchte Walkers trockenen Humor und sein Lachen.

Im Bad war alles still. Die Tür zu seinem Schlafzimmer war geschlossen. Sie stand davor und rief leise: »Walker?«

Es kam keine Antwort.

Nach einem kurzen Augenblick wandte sie sich schweigend ab. Sie öffnete die Tür zu ihrem eigenen Schlafzimmer und sah einen einzelnen Schwenker mit Brandy auf ihrem Nachttisch. Die Botschaft war deutlich: Sie würde allein schlafen. Sie ignorierte den Stachel der Enttäuschung und etwas, das einer Traurigkeit sehr nahe kam, dann streifte sie ihre Sandalen ab, nahm sich den Schwenker und ging zurück in das Wohnzimmer der Suite.

Sie hatte keinen Grund, sich verletzt und abgewiesen zu fühlen. Es war ja nicht so, dass sie ihm etwa einen Antrag gemacht hätte.

Und dennoch fühlte sie sich abgewiesen.

Wirst du mir erlauben, dich zu küssen? Oder wirst du mich draußen im Dunkeln lassen, wo ich all das Wunderschöne nur ansehen kann, das ich nicht berühren darf?

Offensichtlich hatte Walker sich entschieden, dass er lieber allein draußen im Dunkeln bleiben wollte.

Faith löschte alle Lichter, ging im Dunkeln auf den Balkon und dachte an all das Wunderschöne, das sie nicht berühren durfte.

Einige Frauen waren eben nicht gut beim Sex. Sie begann langsam zu akzeptieren, dass sie eine von ihnen war. Tony hatte das gewusst. Deshalb hatte er auch Sex außerhalb ihrer Beziehung gehabt. Deshalb hatten sie sich gestritten. Das hatte ihn dazu geführt, sie zu schlagen.

Und deshalb hatte sie ihn nicht geheiratet.

Offensichtlich wollte Walker sie nicht. Nicht wirklich. Nicht so, wie sie ihn wollte. Nachdem er sich erst einmal nach ihrem Kuss im Garten abgekühlt hatte, war es ihm recht gut gelungen, ihr aus dem Weg zu gehen.

Ich sollte eigentlich viel zu schlau sein, um die kleine Schwester meines Chefs zu verführen.

Ja? Und wenn sie nun dich verführt – wenn sie sich einfach in dein Bett schleicht und damit beginnt, dich überall zu lecken?

Tapfere Worte. Aber im Augenblick fühlte sie sich gar nicht so tapfer. Sie fühlte sich müde, erschöpft und traurig.

»Ruby Bayou Blues«, flüsterte sie. »Vielleicht könnte ich ihn vertonen und einen Hit daraus machen. Eine Single natürlich. Immer eine Single.«

Das Mondlicht leuchtete von dem Sumpf auf der einen Seite der Landspitze und dem endlosen Ozean auf der anderen Seite. Mondlicht, voller Schatten und verschleierter Geheimnisse. Sie fragte sich, ob Tiga wohl die Geheimnisse der Nacht kannte, und ob die Nacht ihre Geheimnisse kannte.

Der kräftige und ein wenig beißende Geruch des Brandys stieg ihr in die Nase und brannte in ihren Augen. Sie nippte daran und sagte sich, dass die Tränen, die zuerst heiß und dann kalt langsam über ihre Wangen rannen, vom Geruch des Brandys kamen und von ihrem Mitleid für Jeff. Jeff, der gefangen war zwischen der Liebe eines Kindes für ein Elternteil und der Wirklichkeit eines Erwachsenen, der von einem Elternteil verletzt wurde, das sich wie ein Kind benahm.

Nicht viele Leute waren so aufgewachsen wie sie, mit Eltern, die sich liebten und die ihre Kinder liebten. Wenn man diese Art von Liebe kannte, war es schwer, an die Leere zu denken, die im Herzen von Jeffs Erinnerungen an seine Kindheit lagen. Davis und Tiga waren von ihrem Vater noch schlechter behandelt worden. War auch dieser Vater auf eine grausame Art und Weise groß geworden? Und sein Vater vor ihm? Ging es zurück bis zum Garten Eden, eine Grausamkeit, die der anderen folgte, eine Welt ohne Ende, Amen?

Und dann war da noch Walker mit seinem toten Bruder und seiner Kindheit wie aus den Akten eines Sozialarbeiters.

Doch Walker war nicht grausam. Außer den Mitgliedern ihrer eigenen Familie hatte sie noch nie einen starken Mann kennen gelernt, der so sanft sein konnte. Er hatte Tiga mit der Zärtlichkeit eines Sohnes behandelt und nicht wie irgendein Gast.

Doch Faith hatte sich schon vorher zu Walker hingezogen gefühlt. Jetzt fürchtete sie sich davor, sich in ihn zu verlieben. Wenn man bedachte, was sie vorweisen konnte, wenn es um Männer ging, dann wäre das wirklich sehr dumm. Er war nicht so wie Tony, ein Mann, den eine Frau leicht vergessen konnte.

Doch Walker hatte deutlich gemacht, dass er sie vergessen konnte.

Die Nachtluft wehte um den Balkon und hauchte über sie wie ein Seufzer, trocknete einige ihrer Tränen. Faith holte tief

Luft. Die Nacht roch nach Salz und Geheimnissen und nach etwas, das einmalig war, nach Moschus roch, würzig, warm.

Walker.

»Du wirst dir noch eine Erkältung holen, wenn du mit nackten Füßen hier draußen stehst«, sagte er leise.

Seine Stimme kam von einer Stelle gleich hinter ihr.

Sie nickte, doch sie drehte sich nicht um. Sie sagte nichts. Sie wollte ihre dumme Laune nicht erklären müssen.

»Alles eingeschlossen?«, fragte er.

Noch einmal nickte sie.

»Genießt du das Mondlicht?«

Sie nickte.

»Hat die Katze deine Zunge gefressen?«

Sie zog den Atem ein, es war weder ein Seufzer noch ein Lachen, sondern irgendetwas dazwischen. Etwas Schmerzliches.

Walker zögerte, doch er konnte diesen Atemzug, der ihm nicht entgangen war, auch nicht ignorieren. Er legte die Hände auf Faith' Schultern und drehte sie langsam zu sich um. Er konnte die schwachen silbernen Spuren auf ihren Wangen sehen.

»Was ist los, meine Süße?«, fragte er.

Die Zärtlichkeit in seiner Stimme trieb ihr neue Tränen in die Augen, das Bild des Mannes, der vor ihr stand, nackt bis auf ein paar Shorts und Rubine im Wert von einer Million Dollar, verschwamm vor ihren Augen.

»Sei nicht so nett zu mir«, brachte sie heraus, zusammen mit einem kleinen Lächeln. »Sonst werde ich nur noch mehr weinen.«

»Möchtest du reden?«

Ihr Lächeln verzerrte sich. »Über den Wahnsinn und die Sünden der Väter? Nein, danke. Mit denen habe ich zu Abend gegessen.«

Ohne ein weiteres Wort nahm Walker sie in seine Arme und wiegte sie langsam hin und her. Er versuchte, nicht darauf zu achten, wie warm sie an seiner nackten Brust war, doch er musste sich zurückhalten, um nicht aufzustöhnen vor Zärtlichkeit und Verlangen.

»Ich hätte dich doch in dieses Flugzeug setzen sollen«, erklärte er mit rauer Stimme.

»Ich bin ein großes Mädchen, und ganz im Gegensatz zu der Überlieferung weinen große Mädchen *doch*. Es gibt einige Dinge, die sind die Tränen wert. Die Montegeaus gehören auch dazu.«

»Da will ich dir gar nicht widersprechen.« Beruhigend streichelte seine Hand über ihr Haar, mit langsamen Bewegungen, die nichts verlangten und doch alles gaben. »Wenn es dir helfen könnte, dann würde ich behaupten, dass es nicht immer so schlimm ist für Jeff wie heute Abend.«

»Wieso glaubst du das?«

»Wenn Davis so gewesen wäre, als Jeff noch klein war, dann würde er sich nichts mehr daraus machen. Kinder sind Überlebenskünstler. Das müssen sie sein.«

»Das warst du auch.« Ihre Arme legten sich langsam um Walker, und sie schmiegte sich an seinen warmen Körper. Sein Geruch war wie die Nacht, warm und voller Möglichkeiten und Geheimnisse. »Ich mag dich, Owen Walker. Du bist ein freundlicher Mann.«

Er drückte seine Lippen leicht in ihr Haar. »Glaube das nur nicht. Ich bin gemein bis in die Knochen.«

»Ganz, wie du willst.«

»Also, so schnell zustimmen brauchst du mir auch nicht. Dann weiß ich nämlich gar nicht, was ich mit dir anfangen soll.«

Sie lächelte an seiner Brust. Sein weiches, dunkles Haar kitzelte verlockend ihren Mund, so wie sie es bei Tony niemals gefühlt hatte. Sie wusste nicht, wo der Unterschied lag. Sie wusste nur, dass es so wirklich war wie Walker und ihre Reaktion auf ihn.

Sie stellte sich auf Zehenspitzen und drückte ihre Lippen an seinen Hals, gleich unter seinem Bart. Sein Pulsschlag unter ihren Lippen, der plötzlich schneller wurde, war eine Offenbarung.

Ein rauer Schrei drang durch die Nacht.

»Was war das?«, fragte sie und erstarrte.

»Mistbeutel«, antwortete er abwesend. Noch immer versuchte er, seine Reaktion auf ihre beinahe schwesterliche Liebkosung unter Kontrolle zu halten. Wenigstens versuchte er, sich das einzureden. Schwesterlich.

Ja. Richtig. Und er war eine gute Fee.

»Was ist ein Mistbeutel?«, fragte Faith.

»So hat meine Großmutter die Blaureiher genannt. Etwas hat den Vogel in seinem Horst gestört. Diese Stadtjungen taugen nicht viel im Land der Bayous.«

»Du redest genauso verworren wie Tiga.«

Walker presste den Mund an Faith' Stirn und lächelte bei dem Gedanken, dass das FBI in diesem Augenblick dort draußen war, dass sie im Schlamm herumliefen und gegen die Insekten und die Alligatoren kämpften. Doch darüber wollte er mit ihr nicht reden. Nicht, wenn der Mond schien und ihr Atem warm auf seiner Haut war. Er wollte nicht denken, denn wenn er anfing zu denken, würde er damit aufhören, das zu tun, was zu schön war, um damit aufzuhören.

»Hast du den ganzen Brandy getrunken?«, fragte er.

»Noch nicht.«

»Möchtest du nicht mit mir teilen?«

Sie sah in seine Augen. Sie waren dunkel, genau wie die Nacht, geheimnisvoll und abwartend. »Möchtest du das?«

»Das sollte ich lieber nicht«, erklärte er offen.

Sie wartete.

Er gab ein raues Geräusch von sich. »Verdammt, Süße. Ich habe dich gewollt, als ich dich zum ersten Mal gesehen habe, vor neunzehn Monaten. Und jetzt will ich dich noch mehr. Ich verlange nach dir, wie ich danach verlange, zu atmen. Dein Geschmack im Garten eben hat mich beinahe umgehauen.«

Faith' Herz begann zu rasen, eine angenehme Wärme breitete sich in ihrem Bauch aus. »Mal sehen, was geschehen wird, wenn du das noch einmal schmeckst.«

Da sie fürchtete, dass Walker vielleicht seine Meinung ändern würde, weil sie heiß genug sein wollte und schnell genug, zog Faith seinen Kopf zu sich hinunter und gab ihm einen Kuss, so eindringlich und hungrig, dass er ihm sofortige sexuelle Erfüllung versprach.

Sein männlicher, vielschichtiger Geschmack hätte sie einen Augenblick lang beinahe von ihrem Wunsch abgelenkt, ihm Freude zu bereiten. Sein Mund war hungrig und lebhaft, salzig und geheimnisvoll, berauschend und männlich. Begierig erforschte sie seine samtig raue Zunge, die seidige Glätte und die Wärme seiner Zähne. Ihre Hände kneteten seinen Nacken, glitten über seinen Rücken zu seinen Hüften und dann nach vorn zu seinen Shorts. Er war hart, heiß und bereit für sie. Sie holte tief Luft und hoffte, dass sie Frau genug sein würde für ihn.

Für Walker war es, als sei er in einem Strudel gefangen. Jeder Gedanke, sie zu genießen, sie zu verführen, nach all den Nächten, in denen er sich nach ihr gesehnt hatte, wurde hinweggefegt in dem Wirbelwind ihrer Zunge und ihrer Hände, die eine Reaktion von ihm verlangten. Nur die Gewissheit, dass das FBI sie beobachtete, hielt ihn davon ab, ihr die Kleider vom Leib zu reißen und gleich hier, wo sie standen, tief in sie einzudringen.

Ohne seine Lippen von ihren zu lösen, zog er sie mit sich in das Zimmer. Sie sanken auf den Boden, und mit einigen schnellen Bewegungen befreite er sie von ihren Jeans und ihrer Unterwäsche und wollte sie nehmen.

Ihr Verhalten hatte regelrecht nach Sex geschrien, und zwar sofort. Ihr Körper übermittelte ihm eine ganz andere Botschaft.

Sie war heiß, ja, und sie versprach wilde Leidenschaft. Doch das war nur ein Versprechen.

Stöhnend hielt er sich unter Kontrolle. Wenn er sie jetzt gleich nahm, würde sie das alles nicht so sehr genießen wie er. Er könnte sie vielleicht sogar verletzen. Noch nie zuvor war er so erregt gewesen in seinem Verlangen nach einer Frau wie in diesem Augenblick.

»Was ist los?«, fragte Faith und hob ihm die Hüften entgegen.

Als er sprach, war seine Stimme rau von dem Versuch, sein heißes Verlangen unter Kontrolle zu halten und nur das zu nehmen, was sie ihm bot. »Du bist noch nicht so weit.«

Ein eisiger Schauer ergriff sie, eine Vorahnung der Kälte, die sich in ihr ausbreiten würde, wenn er ihr sagen würde, wie mangelhaft sie war. Dennoch hatte sie gefühlt, dass es bei ihm anders sein würde, dass er ihr Feuer bot und Möglichkeiten, die genauso aufregend wie unerwartet waren.

»Wie meinst du das?«, fragte sie. »Ich bin so bereit, wie ich nur sein kann.«

Walker erinnerte sich an das, was sie ihm im Garten gesagt hatte, dass Männer und Frauen so verschieden waren und dass sie es trotzdem genoss. »Nur Geduld«, bat er mit erstickter Stimme.

»Aber...«

Er erstickte ihren Widerspruch mit einem Kuss, der so sanft war und doch voller Verlangen, er drang ein in ihre Wärme, auf die einzige Art, die er im Augenblick zulassen würde.

Faith war auf Walkers Kuss nicht vorbereitet. Er küsste sie zärtlich, vollkommen. Ihr Atem entwich in einem langen, glücklichen Seufzer. Es fühlte sich so herrlich an, seinen Körper an ihrem zu fühlen und seine Zunge zu spüren, die langsam und rhythmisch über ihre rieb. Nah, warm, intim. Es war wie Sex ohne die Hemmungen, die Angst und das Unbehagen.

Als Walker schließlich den Kopf hob, entdeckte Faith, dass sie auf dem Teppich lag, überrascht und beglückt, anstatt mit den Händen über seinen Körper zu gleiten und all die üblichen Forderungen zu stellen, die Männer erwarteten.

Und als sie dann versuchte, ihre Hände zu bewegen, stellte sie fest, dass es unmöglich war. Ihre Hände lagen über ihrem Kopf, mit seiner linken Hand hielt Walker ihre Handgelenke fest. Seine rechte Hand öffnete gerade ihre Bluse und ihren BH.

»So kann ich dich ja gar nicht berühren«, beklagte sie sich. Ihre Stimme klang leise, hastig und atemlos.

»Ja.« Ihm stockte der Atem. Ihre Brustspitzen waren nicht rosig und auch nicht rot. Sie waren beides gleichzeitig, wie die seltensten Rubine. Die wenigen privilegierten Menschen, die sie jemals gesehen hatten, nannten diese Farbe *padparadscha*.

»Aber...«

»Wenn du mich jetzt berührst, dann werde ich wie eine Rakete losgehen.«

Sie runzelte die Stirn. »Ist das denn nicht deine Absicht?«

»Nur zur Hälfte. An der anderen Hälfte arbeiten wir noch.«

»Was...« Und dann schwand jeder vernünftige Gedanke.

Er leckte über ihre Brüste wie ein Kind an zwei Tüten Eis. Er schmeckte, streichelte, saugte, knabberte daran und genoss sie mit der gleichen sinnlichen Konzentration, die er ihr auch in seinem Kuss gezeigt hatte. Dann nahm er eine der Spitzen tief in seinen Mund, rieb in einem langsamen, sanften Rhythmus mit der Zunge über die empfindsame Haut.

Wie durch dünne heiße Drähte rannen die Gefühle von ihren Brüsten bis in ihr Innerstes. Ihr Körper zog sich zusammen, ein Schauer der Lust durchrann ihn. Sie gab ein Geräusch von sich, das überrascht klang, als würde sie seinen Namen murmeln. Zart biss er in ihre Brüste, hielt sich zurück, dann saugte er daran, bis sie ihm ihren Körper entgegenhob und sich an seinen Mund drängte. Sie versuchte, ihm zu sagen, wie herrlich dieses

Gefühl war, doch alles, was aus ihrem Mund kam, war ein leises Aufkeuchen, als etwas in ihr zersprang und ihren Körper wie flüssiges Feuer einhüllte.

Walker fühlte die Veränderung in Faith, der berauschende Duft ihrer Erregung stieg ihm in die Nase, und er wusste, dass sie jeden Augenblick der Qual wert sein würde, die sie ihm bereitet hatte. Nicht, dass er ihr deswegen einen Vorwurf machte. Es war nicht ihr Fehler, dass ein Mann nur einen Blick auf ihre langen Beine, ihre hohen Brüste und ihre vollen Lippen warf und an nichts anderes mehr dachte als an reinen, heißen Sex.

Aber abgesehen davon, war es auch kein Fehler, wenn man daran dachte.

Lächelnd glitt sein Mund tiefer, er biss, leckte, schmeckte und nahm ihren Duft in sich auf, bis sich in seinem Kopf alles drehte, und sie willenlos vor ihm lag, benommen von dem heißen Glücksgefühl. Es gefiel ihm, sie so zu sehen, den benommenen Blick in ihren halb geschlossenen Augen und ihren erhitzten Körper. Er neckte sie, solange er es ertragen konnte, ehe er seinem Verlangen nachgab und seinen Mund mitten in ihre sanfte Hitze presste.

Im ersten Augenblick verstand sie nicht. Doch dann brachte das unerwartete, sanfte Drängen seiner Zunge sie dazu, ihm ihren Körper entgegenzuheben. Ihre Hände waren jetzt frei. Sie hätte sie gehoben, doch sie hatte keine Kraft dazu. Sie stieß ein ersticken Laut aus und bewegte sich. Doch selbst sie hätte nicht sagen können, ob sie sich auf seinen hungrigen Mund zubewegte oder davon weg. Sie wusste nur, dass sie noch nie in ihrem Leben etwas gefühlt hatte, was so seidig, so heiß, so wild gewesen war, dass ihre ganze Welt aus den Fugen geriet, bis sie sich ruhelos unter ihm bewegte, aufschrie, fiel und sich wand. Der zärtliche, gnadenlose Hunger seines Mundes erlaubte ihr nicht, Atem zu schöpfen und sich zu fangen.

Der raue, erstickte Schrei, der aus ihrem Mund kam, als sie

den Höhepunkt erreichte, konnte sich nicht mit dem wohl überlegten Wimmern messen, das sie für Tony erzeugt hatte. Es war ein Schrei, der aus ihrer Seele kam und in dem sich Erschrecken und das Entdecken der Ekstase mischten. Er trank ihn, so wie er von ihr trank, er zehrte von ihr, während sie matt und zitternd vor ihm lag, zerstört und wieder geboren.

Von weitem hörte sie, wie sie seinen Namen rief, wieder und wieder, obwohl sie nicht wusste, weshalb. Doch seinen Namen auszusprechen war ihr wichtiger als zu atmen.

Und als Walker schließlich in sie eindrang, war ihre Vereinigung sanft und heiß. Sie nahm ihn in sich auf und hielt ihn in sich gefangen wie mit einer samtenen Faust. Glatt. Eng. Himmel, sie war so eng. So gut. Zu gut. Er fühlte bereits, wie es in seinen Lenden pulsierte, als er sich dem Höhepunkt näherte.

Er wusste, dass er sich nicht mehr lange würde zurückhalten können. Nichts in seinem Leben hatte sich so herrlich angefühlt wie das hier, während sie sich an ihn klammerte, sich um ihn bewegte, glatt und geschmeidig und vollkommen hingegeben. Ganz gleich, wie tief er auch in sie eindrang, sie hieß ihn willkommen, pulsierte, bat ihn, verlangte von ihm, dass er sie nahm, so heiß und so tief, wie er nur konnte.

Mit einem unterdrückten Schrei gab er ihr das, was sie beide brauchten, tief und hart drang er in sie ein, verharrte in ihr, bis nicht ein einziger Tropfen seiner Ekstase mehr übrig war.

Sein Gewicht, als er plötzlich über ihr zusammensank, fühlte sich für Faith wundervoll an. Ihre Hände streichelten seinen Körper mit langsamen, matten Bewegungen. Sie lachte leise, als sie feststellte, dass er noch immer seine Shorts trug, auch wenn er noch immer tief in ihr war.

»Lachst du mich aus?«, fragte er mit gedämpfter Stimme, das Gesicht an ihrer Brust.

»Du bist noch immer angezogen. Wenigstens beinahe.«

»Du doch auch. Wenigstens beinahe. Möchtest du lieber nackt sein?«

Sie warf einen Blick zur Seite. Ein blasser Fleck im Mondlicht sagte ihr, dass ihre Bluse und ihr BH unter einem Sessel mit Klauenfüßen gelandet waren. Sie hatte keine Ahnung, wo ihre Jeans und ihre Unterwäsche abgeblieben waren. »Was trage ich denn noch?«, fragte sie.

Er bewegte sich ein wenig und knabberte dann an der zarten Haut ihres Halses. »Goldene Ohrringe. Und mich.«

»In diesem Fall möchte ich lieber nicht nackt sein.«

Walkers leises Lachen war wie eine Liebkosung, denn mit jeder Bewegung bewegte er sich auch in ihr. Wie Funken eines Feuers tanzte das Gefühl von ihrer Mitte durch ihren Körper. Sie murmelte leise vor sich hin und küsste ihn auf den Hals. Dann seufzte sie auf, knabberte an seinem Ohrläppchen und fragte sich, wie sich wohl eine Frau bei einem Mann bedankte, der ihr das beste Liebesspiel ihres Lebens beschert hatte.

»Vielleicht solltest du die Rubine weiter tragen«, meinte sie und lächelte vor sich hin.

»Warum?«

»Du hast sie verdient.«

Er rollte sich auf den Rücken und zog sie mit sich, noch immer war er in ihr. »Ist das deine Art, mir zu sagen, dass du nichts gegen eine weitere Runde einzuwenden hättest?«

Sie bewegte sich ein wenig und glitt an ihm hinunter. »Jederzeit. An jedem Ort. In jeder Lage.«

Bist du sicher?«

Sie wusste, dass er sich an ihre besorgte, überstürzte Annäherung an den Sex erinnerte. »Ich bin ganz sicher. Du gibst mir ein wundervolles Gefühl. Sexy und weiblich und sehr lebendig.«

»Weil du all das auch bist.«

»Aber nicht vor der heutigen Nacht.« Sie legte ihre Wange

auf seine warme, muskulöse Brust und seufzte. Es war wundervoll, mit einem Mann intim zu sein, den sie respektierte, den sie mochte, den sie genoss und den sie bewunderte, dem sie vertraute... einfach alles. Die sexuelle Freiheit, die er ihr geschenkt hatte, hatte ihre Wurzeln in den Gefühlen, die sie für ihn hegte und nicht nur in seinen Techniken. Sie hoffte nur, dass sie ihm die gleiche Freiheit und das gleich Glück geschenkt hatte. »Du tust mir gut, Walker. Ich hoffe, dass ich auch gut bin für dich.«

Glück und Schmerz durchfuhren ihn, wie eine silberne Klinge. Das Glück rührte daher, dass er aus ihrer Stimme das Vertrauen und die Zufriedenheit gehört hatte. Der Schmerz hatte die gleichen Quellen. Allein der Gedanke, dass jemand ihm so vollkommen vertraute, ließ Walker bis in seine Seele erstarren. Diese Art von Vertrauen hatte er nicht verdient. Nicht, nachdem er seinen Bruder auf eine so endgültige Art enttäuscht hatte.

Er nahm Faith' Gesicht in beide Hände und küsste sie sehr zärtlich, ehe er sie wieder freigab. »Genieße mich, doch verlass dich nicht auf mich. Diese Art von Vertrauen macht mich wirklich nervös.«

Langsam stieß Faith den Atem aus und strich mit der Wange über die weiche Behaarung auf seiner Brust. Wenigstens war er nicht wie Tony und log nicht über die Liebe und ein langes, glückliches, gemeinsames Leben, nur um an das Bankkonto der Donovans zu kommen. Sie war erwachsen genug, um das zu nehmen, was Walker ihr bot, und nicht darüber zu schmollen, dass es nicht mehr war.

Und wenn sie erwachsen genug war, konnte sie das auch für sich behalten. »Okay«, stimmte sie ihm zu.

»Was soll das bedeuten?«

»Einfach nur das«, erklärte sie schlicht. »Okay. Was wir gerade miteinander erlebt haben, war mehr, als ich es je mit einem Mann erwartet habe. Ich werde es genießen, solange es dauert.«

Ihre Worte hätten ihm eigentlich ein besseres Gefühl geben müssen. Doch das war nicht der Fall. Stattdessen hatte er das Gefühl, als würde ihm etwas entgleiten. »Süße, ich wollte dir nicht wehtun.«

Sie hob den Kopf und sah ihm in die Augen. »Dann zieh endlich diese Rubine aus.«

»Was?«

»Sie graben sich in meine Haut.«

Einen Augenblick lang schwieg er betroffen, dann lachte er leise. »Warum ziehst du sie mir nicht aus?«

»Gute Idee.«

»Ich habe da noch einige andere Ideen«, bot er ihr an, als sie sich bewegte.

»Mmmm.« Mit der Zungenspitze fuhr sie über seine Rippen. »Halte dich nicht zurück, Süßer.«

Und das tat er auch nicht.

23

Jeff stand so leise wie möglich auf, doch Mel machte ein unglückliches Geräusch und rollte zu seiner Seite des Bettes, als würde sie ihn bereits vermissen. Er murmelte eine leise Beruhigung und berührte sie. Nach einigen Augenblicken wurden ihre Atemzüge wieder tiefer. Sie war wieder eingeschlafen und würde sich nicht mehr daran erinnern, dass sie beinahe aufgewacht war.

Das Haus war so still, dass er beinahe glaubte zu hören, wie ihm der Schweiß ausbrach, als er sich bückte und nach seiner Kleidung suchte, die er und Mel auf halbem Weg zum Bett ausgezogen hatten.

Als Boomer mit der Nase gegen den nackten Po seines Herrn

stieß, wäre Jeff beinahe vor Schreck umgefallen. Mit zitternden Händen und wild schlagendem Herzen zog er seine Hose an. Vielleicht könnte er seinem Vater diesen verrückten Gedanken ausreden. Sicher musste es noch einen anderen Weg geben, um das Geld aufzubringen. Die Shrimps-Boote. Der Juwelierladen. Ruby Bayou selbst.

Alles, nur das nicht.

Er bemühte sich, alle knarrenden Dielen zu vermeiden, und ging den Flur entlang zum Zimmer seines Vaters. Boomer tapste neben ihm her, erfreut, mitten in der Nacht Gesellschaft zu haben. Hinter der Tür seines Vaters hörte man lautes Schnarchen. Jeff wusste, dass nicht einmal die Blaskapelle der Marine Davis Montegeau hätte aufwecken können.

Die Tür war geschlossen, doch der Türknauf aus Kristall drehte sich unter Jeffs schwitzenden Fingern. Ganz plötzlich überkam ihn wie der Blitz eine Erinnerung, die mehr als dreißig Jahre alt war... *ein kleiner Junge, der durch den Flur läuft, von Albträumen verfolgt, rennt er durch diese Tür. Seine Eltern nehmen ihn auf, sie halten ihn in ihren Armen, beruhigen ihn, machen ihm ein Bett zwischen sich. Seine Mutter duftete nach Jasmin, sein Vater nach dem Feuer aus Seetang, das er angezündet hatte, um die Krebse und den Mais für das Picknick am Strand an diesem Abend zu rösten. Das Kind kuschelt sich zwischen die Körper seiner Eltern. Mit seiner Hand in der seines Vaters schlief er ein, in dem Bewusstsein, dass er in Sicherheit war.*

Gott, das war schon so lange her.

Und doch war es erst gestern gewesen. Er konnte die Augen schließen und den Duft nach Jasminpuder einatmen, nach dem seine Mutter roch. Er verstand ihre Abwesenheit, ihren Tod, doch er verstand nicht, wohin dieser Junge verschwunden war.

Oder wohin der Vater dieses Jungen verschwunden war.

»Daddy?«, flüsterte er.

Das weltvergessene Schnarchen eines Betrunkenen antwortete ihm.

Ungeduld und Zorn stiegen in Jeff auf. Ein Teil davon richtete sich gegen ihn selbst. Der Junge aus seinen Erinnerungen war so tot wie seine nach Jasmin duftende Mutter. Jetzt war der Junge ein Mann, der sein eigenes Kind beschützen musste. Und wenn dieser Mann sich wünschte, dass er jetzt wieder in das Bett seiner Eltern kriechen könnte, dann war das sein Pech. Deshalb würde die Welt nicht verschwinden. Niemals. So war das eben, wenn man erwachsen war.

Und im gleichen Augenblick begriff Jeff, warum sein Vater trank. Der Alkohol ließ die Welt verschwinden.

Als sich seine Hand um den Türknauf schloss, dachte er, er hätte aus den Augenwinkeln eine Bewegung bemerkt. Er drehte sich um zu dem verschwommenen Fleck, den er mehr gefühlt, als gesehen hatte.

Nichts war da, nur die geschlossene Tür zu Tigas Schlafzimmer und die Türen der Zimmer, die nicht mehr benutzt wurden. Er sah zu Boomer. Der Hund war vollkommen entspannt.

Jeff stieß leise den Atem aus. Obwohl er ab und zu den Geist von Ruby Bayou gesehen hatte, so wollte er doch heute Abend keine übersinnliche Erscheinung sehen. Er hatte schon genug, mit dem er fertig werden musste.

Er öffnete die Tür weit und trat in das Schlafzimmer seines Vaters. Es roch nach schalem Whiskey. Auf einen Wink folgte Boomer Jeff in das Zimmer und legte sich auf den dicken Teppich.

Leise schloss er die Tür hinter sich und ging zum Bett seines Vaters. Nichts war in dem Zimmer verändert worden, seit seine Mutter gestorben war. Die gleichen Parfümflaschen reflektierten das Mondlicht auf dem Frisiertisch. Die Gardinen mit den großen Magnolien und den Weinranken waren so verblichen, dass das Muster nur noch in seiner Erinnerung existierte. Auch der Teppich war verblichen, doch das war schon vor zweihundert Jahren geschehen. Genau wie Treibholz besaß auch der Teppich eine silberne Würde, die auch die Zeit ihm nicht nehmen konnte.

Es war ein Jammer, dass Männer keine Teppiche waren.

»Daddy«, sagte Jeff mit normaler Lautstärke.

Nichts.

»Daddy.«

Noch immer nichts.

Jeff knipste das Licht auf dem Nachttisch an und schüttelte seinen Vater heftig. Das Schnarchen ging in murmelnden Protest über. Noch immer schüttelte er den schlaffen Körper, der dem beschützenden Vater aus seiner Erinnerung so gar nicht ähnlich war.

»Was? Was? Jeffy, was willst du, Junge? Hattest du einen Albtraum?«

Ein heißer Schmerz fuhr durch Jeffs Körper. Sein Vater hatte ihn nicht mehr Jeffy genannt, seit er dreizehn Jahre alt war. Zu wissen, dass sein Vater sich an ihn als kleinen Jungen erinnerte, machte für ihn die Gegenwart noch schwerer erträglich.

»Wach auf, Daddy. Wir müssen miteinander reden.«

Davis blinzelte mehrmals. Langsam erkannte er das Gesicht des Mannes, der einmal sein kleiner Junge gewesen war. Mit dieser Erinnerung kam auch der Wunsch, wieder in den Schlaf zu entfliehen oder in den Alkohol, was auch immer ihm die Erinnerung am schnellsten nehmen würde. Er rieb seine trüben Augen und versuchte, den ekelhaften Geschmack in seinem Mund zu vertreiben, doch es gelang ihm nicht.

»Brauche einen Drink«, murmelte er.

»Das ist das Letzte, was du jetzt brauchst«, erklärte Jeff ungeduldig.

»Brauche einen Drink!«

»Wir müssen darüber sprechen, wie wir genügend Geld für

Sal aufbringen. Ich werde eine Hypothek aufnehmen auf Ruby Bayou, auf die Shrimps-Boote, den Juwelierladen – was auch immer nötig ist.

Davis sah Jeff an, als würde er in einer fremden Sprache sprechen. »Das kannst du nicht.«

»Und ob ich das kann«, fuhr Jeff ihn an. »Dafür habe ich jetzt die Handlungsvollmacht.«

Davis schüttelte den Kopf und zuckte zusammen bei dem Schmerz, der dabei durch seinen Kopf fuhr. »Es ist bereits alles mit Hypotheken belastet«, erklärte er schlicht.

Einen Augenblick lang glaubte Jeff ihm nicht. »Das Land, das Haus, die Boote, das…«

»Alles«, unterbrach ihn Davis rau. »Deshalb habe ich doch überhaupt nur das Geld bekommen, um die Partnerschaft mit Sal einzugehen.«

Jeff sah sich in dem Zimmer um, als würde es bereits jemand anderem gehören. Und wenn er nicht den bizarren Plan seines Vaters ausführte, dann würde das auch bald so sein. Er wäre dann vierzig Jahre alt, ohne Arbeit, mit einer verrückten Tante, einem betrunkenen Vater und einer schwangeren Frau, die alle auf ihn angewiesen waren, damit er ihnen Essen und Unterkunft bot.

Die Falle schnappte zu, so hart, dass seine Knochen knackten.

Davis stöhnte auf. Zu viele Erinnerungen stürmten auf ihn ein, eine schmerzlicher als die andere. »Ich habe wirklich Mist gebaut, Jeffy.«

So etwas wie Trauer überkam Jeff, doch das konnte er sich jetzt nicht leisten. Er musste an seine Frau und sein Kind denken. Ganz im Gegensatz zu seinem Vater waren sie unschuldig.

Und dennoch würden sie zahlen, genau wie die Schuldigen.

»Ja, Daddy. Du hast wirklich Mist gebaut.«

Davis hörte ihn nicht mehr. Er war in seine betrunkene Benommenheit zurückgefallen. Noch ehe Jeff das Zimmer wieder verließ, drang sein Schnarchen durch die Nacht.

Es war schon nach Mitternacht, als eine dunkle Gestalt durch die Schatten von Ruby Bayou schlich. Niemand in der oberen Etage hörte das leise Klirren von Glas und altem Holz, das der Gewalt weichen musste. Niemand hörte das Geräusch, als das vier mal fünf Fuß große Montegeau-Porträt beiseite geschoben wurde und schräg an der alten polierten Holztäfelung hängen blieb. Schließlich fühlte die Person den kalten Stahl des Safes unter den dünnen Gummihandschuhen. Empfindliche Kopfhörer übertrugen das geheime Gleiten und Klicken des Schlosses.

Links. Rechts. Links. *Verpasst.*
Links. Rechts. Links. Jetzt wieder richtig.
Klick.
Die große Tür des Safes öffnete sich ihm wie eine alte Geliebte. Mit zitternden Händen holte er den Inhalt heraus.
Er fand nichts als Papiere, eine schwere Bibel und Luft.
Mit einem unterdrückten Geräusch zog er die Papiere heraus und ließ die Bibel auf den Boden fallen. Nichts fanden seine verzweifelt suchenden Finger außer den glatten Stahlwänden des Safes.
Leer.
Vollkommen leer.

Mit den leisen Bewegungen eines Mannes, der damit aufgewachsen ist, im Dunkeln zu jagen, bewegte sich Walker über den Balkon, gerade als das erste Mondlicht den östlichen Himmel erhellte. Die leuchtende rosarote Farbe erinnerte ihn an die Brustspitzen von Faith, als sie sich, feucht von seinen Lippen, hart aufgerichtet hatten. Die Erinnerung daran war wie Feuer und Eis gleichzeitig. Das Feuer war leicht zu verstehen, denn er hatte noch nie eine Frau so genossen wie Faith. Das Eis kam aus der gleichen Quelle. Er hatte nicht das Recht, ihr Geliebter zu sein. Sie war eine Frau für Sonnenschein und Babys, er war ein Mann für die Nacht, verantwortlich nur für sich selbst, damit er mit seinen Fehlern niemandem schaden konnte, außer sich selbst.

Walker blieb stehen und lauschte dem Kratzen der Pfoten des Hundes auf dem Holzfußboden. Er glaubte nicht, dass Boomer sich wegen des ruhelosen Gastes aufregen würde, doch er wollte den Hund nicht überraschen, damit er nicht anfing zu bellen. Aber alles im Haus war still. Boomer schlief entweder oder jagte im Sumpf.

Walker ging leise auf den Balkon, der um die ganze zweite Etage herum führte. Er bewegte sich sehr vorsichtig zu der Stelle, die er zuvor ausgewählt hatte. Hinter dem Haus, von der Dunkelheit verhüllt, breitete sich ein Garten aus, und dahinter lag der Bayou, der Sumpf und das Meer. Vor ihm stand, noch dunkler als die Nacht, eine alte Eiche.

Leichtfüßig kletterte er über das Geländer und schob sich auf einen dicken Ast. Immergrüne Farne wurden unter seinem Gewicht zerdrückt. Kurz darauf war er am Stamm des Baumes angekommen und suchte mit dem Fuß den nächsten Ast unter sich. Das Klettern auf einen Baum war eine Sache, die man nie verlernte, genau wie das Fahrrad fahren.

Mit einem leisen Plumps landete er auf dem Boden. Die Luft war kühl und feucht und roch nach Meer und Erde. Kein Vogel sang. Kein Frosch rief nach seinem Partner. Sogar die Grillen schwiegen. Nichts störte die Ruhe, bis auf den rauen Schrei einer Möwe und das weit entfernte Krächzen der Krähen, die aus ihrem Nachtlager aufflogen.

Ein langer Sandstrand lag nur etwa hundertfünfzig Meter von seinem Standort entfernt, doch man hörte keine Wellen, denn es gab keinen Wind, der sie verursachen konnte. Still, endlos erwartungsvoll schien die Luft den Atem anzuhalten, in Erwartung der Morgendämmerung.

Mit der Leichtigkeit langer Übung wurde er zu einem Teil der Landschaft. Er brauchte weder bequemere Kleidung noch hoch technisierte Geräte, um sich anzupassen. Er trug nur ein schiefergraues Hemd und eine schwarze Jeans, die so alt und so weich war, dass nichts raschelte. Der Rest war nur eine Sache der Geschicklichkeit und der Geduld. Und er besaß beides.

Er hatte auch einen ganzen Sack Friedensangebote für das FBI dabei.

Selbst in der Dunkelheit brauchte Walker weniger als zehn Minuten, um herauszufinden, wo das Überwachungsteam sein kaltes Lager eingerichtet hatte. Die Beobachter waren genau an der Stelle, die er ebenfalls gewählt hätte, wenn er ihren Job hätte ausführen müssen – auf dem trockenen Land über der Flutlinie, dennoch unterhalb des Dickichts der Vegetation. Die Position gab ihnen einen Ausblick auf die lange, gewundene Auffahrt zum Haus und den Landungssteg, wo zwei zerbeulte Austernboote in dem Brackwasser von Ruby Bayou festgemacht waren. Niemand konnte kommen oder gehen, ohne gesehen zu werden.

Einer der Agenten hatte sich einen leichten Schlafsack hinter einem Busch zusammengerollt. Ein anderer war perfekt von den Büschen verdeckt, doch er verriet sich durch die Geräusche, die er machte, als er an den dicken Stamm einer Palme pinkelte. Da Walker ein höflicher Mann war, wartete er, bis die Geräusche verstummten, ehe er seine Anwesenheit kundtat.

»Morgen im Camp«, begrüßte Walker die Männer gedehnt. »Aufstehen, Leute. Ihr habt Besuch bekommen.«

Die Agenten fluchten, suchten Deckung und ihre Waffen, doch sie mussten sofort begriffen haben, dass keine wirkliche Gefahr bestand. Wenn der Mann in dem Dickicht von Zwergpalmen und Bäumen gewollt hätte, dass es zu einem Schusswechsel kam, dann wären sie bereits tot.

Nach einem Augenblick hörte Walker eine Frauenstimme von einer Stelle zwischen den Zwergpalmen. »Gut gemacht, Farnsworth. Haben Sie geschlafen, oder was?«

»Ich war hellwach, aber ich habe kein Geräusch gehört«, rief Farnsworth zurück. Er wandte sich an die dunkle Stelle, an der Walker stand. »Wer zum Teufel sind Sie, und was wollen Sie?«

»Legen Sie die Waffen weg. Ich bin hergekommen, um mit Ihnen zu reden«, erklärte Walker ruhig.

»Tun Sie es«, befahl die Frau erschöpft. »Es ist sowieso viel zu dunkel zum Schießen.«

Farnsworth stieß einen wütenden Fluch aus. Das Geräusch von Stahl, das in Leder geschoben wurde, war leise und dennoch deutlich. Genau wie das Geräusch eines Reißverschlusses, der hochgezogen wurde.

Walker trat in das offene Gelände mit seinem halb gefüllten Rucksack. Er sorgte dafür, dass seine Hände gut zu sehen waren.

»Würden Sie bitte aus diesen Zwergpalmen herauskommen, Ma'am«, meinte er, als er ein Rascheln hörte. »Die Blätter können schneiden wie Messer.«

»Was Sie nicht sagen«, murmelte sie.

Walker bemühte sich, nicht zu grinsen. »Soll ich Ihnen helfen?«, fragte er mit ausdrucksloser Stimme.

»Sie können mich mal, Cowboy.«

»Ich nehme Ihr Angebot nicht an, trotzdem danke«, antwortete er mit breitem Akzent.

Der Mann mit dem Namen Farnsworth unterdrückte ein Kichern. Es war schon lange her, seit er miterlebt hatte, dass seine ausgefuchste Partnerin nicht gerade professionell ausgesehen hatte. Ihm gefiel sie so besser.

Cindy Peel bahnte sich einen Weg aus dem Dickicht und kam auf Walker zu. Sie war ungefähr einen Meter fünfundsechzig groß und trug ihr grau meliertes Haar kurz geschnitten. Sie war so wütend wie eine Katze in einem Regenschauer.

Die Frau kam ihm bekannt vor. Walker hatte sie zuletzt in dem Restaurant in Savannah gesehen, doch. Damals hatte sie eine dunkle Jacke, eine cremefarbene Bluse und einen dunklen Rock getragen. Jetzt war sie mit einem dunklen Overall bekleidet, wie ihn die meisten Agenten im Kofferraum ihres Wagens mit sich führten. Die Uniform eines Kostüms und glänzender Schuhe war noch immer für das Büro vorgesehen, doch der praktische Agent erwartete bei der Überwachung schmutzige Orte und unangenehme Schlafplätze.

Doch Walker bezweifelte, dass das Überwachungsteam vorbereitet gewesen war auf eine Nacht im Unterholz. Deshalb rechnete er damit, mit den Dingen, die er in seinem Rucksack mitgebracht hatte, verhandeln zu können.

Cindy Peel wischte sich den Schmutz von den Beinen ihres schwarzen Overalls. »Große Hilfe, Pete. Wirklich. Haben Sie wenigstens Ihren Schönheitsschlaf bekommen?«

Farnsworth hob beide Hände zur Verteidigung, als er auf sie zukam. »Ehrlich, Cindy, ich war hellwach.«

»Das war er, Ma'am«, versicherte Walker ihr.

»Woher wollen Sie das wissen«, gab sie zurück.

»Ein Mann in seinem Alter pinkelt normalerweise nicht im Schlaf.«

»Oh, gut, ein Scherzkeks. Heute ist mein Glückstag.«

»Das könnte er sein«, stimmte er ihr zu. »Wenn Sie bereit sind, ein paar Informationen auszutauschen.«

»Informationen? Worüber?«

»Über den Grund Ihrer Anwesenheit hier.«

»Lieber lasse ich mir einen Zahn ohne Betäubung reißen.«

Das überraschte ihn nicht. Das FBI war nicht gerade bekannt für seine Bereitwilligkeit, Informationen auszutauschen.

Im langsam heller werdenden Licht konnte er dunkle dünne Schnitte auf ihren Handrücken erkennen, Schnitte von den Blättern der Zwergpalme. »Sie bluten, Ma'am.«

»Es ist weit von meinem Herzen entfernt.«

Walker grinste. »Das sagt Archer auch manchmal.«

»Archer wer?«, wollte Cindy Peel wissen.

»Faith Donovans älterer Bruder, der Mann, für den ich arbeite.«

»Faith«, murmelte Cindy. Dann lichtete sich der Morgennebel in ihrem Gehirn. »Faith soll wohl ein Frauenname sein. Faith Donovan. Sie war zusammen mit Melany Schon-bald-Montegeau in dem Restaurant. Und Sie waren der Kerl mit dem berühmten Stock? Die Polizei in Savannah redet noch immer über den Schaden, den Sie damit angerichtet haben.«

»Ich habe den Stock im Haus gelassen«, beruhigte Walker sie.

»Dann ist Ihr Name Owen Walker«, schloss Cindy. »Wie ist Ihre Verbindung zu den Montegeaus?«

»Wenn Sie meinen Namen kennen, dann wissen Sie auch genauso viel über mich wie ich selbst. Das FBI ist sehr gründlich in diesen Dingen.«

»Wieso glauben Sie, dass wir vom FBI sind?«, wollte sie wissen.

»Und wieso glauben Sie, dass ich blöd bin?«

Walkers Stimme klang so sanft, dass die Agentin im ersten Augenblick glaubte, nicht richtig gehört zu haben. Dann aber gab ihr das Licht der Morgendämmerung einen besseren Blick in seine Augen. Sie fluchte leise. »Durchsuch den Rucksack, Pete.«

Walker öffnete den Rucksack. »Hier ist nichts drin als ein Friedensangebot oder zwei«, erklärte er. Als Beweis griff er hinein und holte eine Thermoskanne heraus und eine Rolle Toilettenpapier.

Die Frau sah die beiden Dinge lange an und schüttelte den Kopf.

»Ich hasse es, wenn ein Staatsbürger besser vorbereitet ist als wir«, brummte sie, riss Walker die Rolle Toilettenpapier aus der Hand und verschwand im Unterholz.

»Diese Overalls müssen die Dinge für eine Frau im Wald noch viel schwieriger machen«, meinte Walker nach einem Augenblick.

Farnsworth blickte von dem Rucksack auf. »Agentin Peel ist hart genug, um im Stehen zu pinkeln.« Mit einem Grunzen gab er Walker den Rucksack.

»Ich nehme an, sie hat hier das Sagen.«

»Das nehmen Sie richtig an.«

»Eine schlaue Lady.«

»Auch das haben Sie richtig gesehen. Ich arbeite schon seit zwei Jahren mit ihr zusammen. Eines Tages wird sie den Laden leiten.«

»Ist das vor oder nach der zweiten Erscheinung von Christus?«

Farnsworth unterdrückte ein Lachen. »Der Laden hat sich ziemlich verändert.«

Walker sah den Mann an, dessen Gesichtszüge langsam aus der Dunkelheit auftauchten. Farnsworth war etwa fünfundvierzig, durchtrainiert, mit ergrauendem Haar und klugen dunklen Augen. Er war ungefähr fünf Zentimeter kleiner als Walker und trug einen Overall, der dem seiner Partnerin ziemlich ähnlich war. Der Reißverschluss war zum Teil geöffnet, und Walker konnte sehen, dass er darunter ein Hemd und eine Hose trug. Seine Schuhe hätten wohl besser auf einen Tennisplatz gepasst.

Ein leiser, wütender Fluch kam aus dem Unterholz.

»Hoffentlich hat sie sich nicht auf etwas Scharfes gesetzt«, meinte Walker trocken. »Sie könnte ihm wehtun.«

Farnsworth rieb sich über den Mund und versuchte, nicht zu lachen.

Walker hörte, wie Cindy Peel sich einen Weg durch das Unterholz zurückbahnte, und griff in seinen Rucksack. Er holte zwei Plastikbecher heraus und die Thermoskanne. Er öffnete den Verschluss der Kanne und goss die Becher voll. Der Duft von Kaffee stieg in die Luft wie ein Versprechen.

»Ich hoffe, Sie trinken Ihren Kaffee schwarz«, sagte er.

»Ich trinke ihn so, wie ich ihn bekommen kann.« Farnsworth nahm einen Becher, trank einen großen Schluck und seufzte. »Danke.«

Cindy erschien in dem Dämmerlicht. »Wenn Sie nicht mindestens einen Becher für mich aufgehoben haben, Pete, sind Sie gefeuert.«

»Es ist genug für alle da«, beruhigte sie Walker.

Er reichte ihr einen Becher, dann holte er frisches Obst und eine Tüte Kekse aus dem Rucksack. Die Kekse waren noch so frisch, dass sie dunkle Fettflecken auf der Papiertüte hinterlassen hatten.

»Das Gelee habe ich vergessen«, meinte Walker. »Hoffentlich stört Sie das nicht.« Dann wartete er, während die Agenten die Kekse und das Obst verschlangen. Sie waren beim zweiten Becher Kaffee angekommen, als Peel langsam aussah, als wäre sie bereit zu reden.

»Wie lange interessieren Sie sich schon für die Montegeaus?«, fragte Walker.

Farnsworth blickte zu Peel. Sie sah in ihren Kaffee, dann hob sie den Blick und sah den Mann an, der sich in dieser stacheligen Landschaft so geräuschlos bewegte wie der Nebel.

»Das abzustreiten wäre wohl dumm«, begann er vorsichtig. »Hören Sie, Walker. Wir haben Sie überprüft. Es gibt einige Leute da draußen, die behaupten, dass Sie sich zurückhalten können. Mir wäre es lieber, wenn Sie Ihr Interesse für sich behalten würden.«

Walker sagte nichts.

»Man hört allerdings auch, dass Sie einen Handel einhalten können«, sagte sie und ihre Worte waren keine Frage.

Walker nickte.

Sie trank den letzten Schluck Kaffee aus ihrem Becher und dachte angestrengt darüber nach, wie viel sie ihm offenbaren konnte. Nicht alles, das war verdammt sicher. Sie hatte April Joy nie kennen gelernt, doch sie hatte von ihr gehört.

»Niemand hat allerdings erwähnt, dass Sie verdammt gut Kaffee kochen können«, meinte sie.

Er lächelte beinahe schüchtern. »Danke, Ma'am.«

»Himmel«, murmelte sie. »Ich wette, es gibt eine ganze Menge Menschen, die Ihnen glauben, wenn Sie lächeln.«

»Jawohl Ma'am, das glaube ich auch.«

»Hören Sie auf mit diesem ewigen Ma'am. Da, wo ich herkomme, nennen wir jemanden Ma'am, wenn wir versuchen, ihn zu ärgern. Versuchen Sie das etwa bei mir?«

Walker blickte in ihre klaren braunen Augen und wusste, dass sie genauso hart und schlau war, wie ihr Partner annahm. »Da wo ich herkomme, käme keiner auf die Idee, sich mit jemandem wie Ihnen anzulegen.«

Farnsworth hätte sich beinahe an seinem Kaffee verschluckt.

Peel lachte. »Wir werden gut miteinander auskommen, Walker. So nennt man Sie doch, nicht wahr? Walker, nicht Owen.«

»Ja. Mein Pa war Owen. Ich mochte es nie, wenn man mich Junior nannte oder Kleiner O. Wir haben uns dann alle auf Walker geeinigt.«

Abwesend kratzte sie sich über einen der Insektenbisse, die sie sich während der vergangenen Nacht eingehandelt hatte. »Harter Junge, wie?«

»Eher störrisch«, lenkte Walker ein. »Deshalb stelle ich auch immer wieder die gleiche Frage, bis ich eine Antwort bekomme. Warum interessieren Sie sich für die Montegeaus?«

Peel betrachtete ihn über den Rand ihres Bechers und versuchte sich zu entscheiden, wie weit sie ihm vertrauen konnte. »Was wissen Sie über die Mafia?«

»Über die einheimische Mafia? Verdammt wenig.«

Mit zusammengepressten Augen betrachtet Peel ihn. Dann sah sie zu Farnsworth. Er zuckte mit den Schultern, dann nickte er.

»Ich will Ihnen etwas sagen, Walker. Ich werde Ihnen keine heiklen Informationen verraten, aber ich werde Ihnen das sagen, was Sie auch selbst herausfinden können, wenn Sie sich nur lange genug die öffentlich zugänglichen Urkunden ansehen und dann die Einzelteile zu einem Ganzen zusammenfügen würden. Wie wäre das?«

»Die öffentlich zugänglichen Urkunden sind ein guter Anfang«, meinte Walker. »Jeder kann sich dort seine Informationen holen.«

»Genau«, stimmte sie ihm zu. »Wenn Sie zum Beispiel online gehen und damit anfangen, sich die Listen mit den Grundsteuern anzusehen und den staatlich eingetragenen Gesellschaften, dann würden Sie sehr schnell herausfinden, dass Ihr Gastgeber, Davis Montegeau, eine Partnerschaft für ein Immobiliengeschäft eingegangen ist mit einer Firma aus New Jersey, mit dem Namen Angelini Construction, deren Sitz sich in Newark befindet. Und wenn Sie sich dann die Archive in New Jersey ansehen, dann werden Sie herausfinden, dass der Besitzer von Angelini Construction ein gewisser Salvatore Angel ist, der früher einmal Angelini hieß. Sal Angel, wie er sich jetzt nennt, ist ein Don in einer der aggressivsten Verbrecherfamilien der Ostküste.«

»Davis und Sal Angel sind Partner?«, fragte Walker.

»Partner im Immobiliengeschäft«, erklärte Farnsworth. »Salopp formuliert, könnte man sie auch Partner im Verbrechen nennen.«

Walker brummte. »Weiter.«

»Da gibt es nicht viel mehr zu sagen«, meinte Peel. »Wir versuchen, Beweise gegen Sal Angel zusammenzutragen. Wir wissen, dass er im Glücksspiel mitmischt, in der Prostitution und im Versicherungsbetrug. Diese Eskapaden gehen schon seit Jahren. Und jetzt versucht er, in legale Geschäfte hineinzukommen, um all sein schmutziges Geld waschen zu können.«

»Und Sie glauben, dass sein Immobiliengeschäft mit diesem Geld finanziert wird.«

»Wir wissen es, so sicher, wie wir wissen, dass in ein paar Minuten die Sonne aufgehen wird.« Peel blickte nach Osten. »Aber es zu wissen und es vor Gericht zu beweisen sind zwei grundlegend verschiedene Dinge.«

Walker fragte sich, ob die Agenten wohl von dem Angriff auf Faith wussten, von diesem jungen Kerl mit Namen Buddy Angel. Während er darüber nachdachte, welche Folgen es haben könnte, wenn das FBI es wusste – oder nicht wusste –, flog ein großer Reiher an ihnen vorüber, voller Anmut. Er sah dem langbeinigen Vogel nach, wie er am Rande des Brackwassers des Bayou landete. Sofort erstarrte der Vogel, als würde er für die Statue eines Bildhauers posieren. Die Morgendämmerung hüllte den Reiher in ihre Farben ein, Rosa, Orange und Gold.

»Die Montegeaus stecken in Schwierigkeiten«, schloss Walker. »Wie tief?«

»Davis Montegeau würde gern glauben, dass er ein toller Kerl ist«, meinte Peel. »Doch das ist er nicht. Er ist nur einer, der die Geschäfte arrangiert. Er hat eines für Sal gemacht und eines für einen anderen Kerl mit Namen Joe Donatello. Das Geschäft ging schief. Sal und Joe haben jeder eine Viertelmillion verloren. Sie können sich das leisten, doch sie können es sich nicht leisten, wie Idioten auszusehen. Wir nehmen an, dass sie sich dafür an Davis schadlos halten wollen. Wir möchten in der Nähe sein, wenn das passiert.«

»Und was wird euch das nützen?«

»Davis ist kein harter Kerl. Er ist ein alter Trunkenbold. Wenn Sal und Joe damit anfangen, etwas schärfere Geschütze aufzufahren, dann hoffen wir, dass Davis Angst genug bekommt, um sich mit uns zusammenzutun.«

Peel warf einen Blick auf die Thermoskanne. Walker goss ihr die beiden Schlucke Kaffee ein, die noch übrig waren.

»Oder wir könnten Glück haben und den Knochenbrecher erwischen, den Sal und Joe geschickt haben«, fuhr Peel fort. »Wenn wir das schaffen und wenn er zu reden beginnt, dann haben wir einen Ansatzpunkt. Im Augenblick sind ein paar hundert Insektenstiche alles, was wir haben.«

Sie reichte den Becher Farnsworth, der den letzten Schluck Kaffee trank. Walker fand das nett von ihr, doch das bedeutete noch lange nicht, dass er ihr auch traute.

»Sind Sie Mel oder Faith gefolgt in dem Restaurant?«, fragte er beiläufig.

»Mel.«

Walker setzte sein Pokerface auf. Er blinzelte noch nicht einmal bei Peels offensichtlicher Lüge. »Ist denn Mel eine Verdächtige?«

»Wir glauben, dass der alte Mann sie vielleicht als Kurier benutzt, um diesen Kredithaien das Geld zu bringen.« Peel zuckte mit den Schultern. »Doch das war wohl nicht so. Wenigstens nicht an diesem Abend.«

Walker lächelte grimmig. »Ich nehme an, Davis tätigt überhaupt keine Zahlungen. Wenn man den Zustand seines Hauses betrachtet, scheint es, als könnte er sich noch nicht einmal einen Briefkasten leisten, geschweige denn einen Kurier.«

»Sie nehmen wohl das Richtige an«, stimmte ihm Farnsworth zu. »Er ist so nahe dran, Bankrott zu erklären, dass sein Anwalt schon die Papiere dafür aufsetzt.«

»Glaubt er denn, dass die Bankrotterklärung ihn vor diesen Halunken schützen wird?«, fragte Walker.

»Er glaubt wohl an Wunder«, sagte Peel. »Das passiert immer wieder.«

Farnsworth versuchte, ein betroffenes Gesicht zu machen.

Walker dachte an die herrlichen Rubine, die wie Blut in dem geschwungenen Gold leuchteten. Selbst wenn man einen großen Rabatt abzog, würden die Rubine noch genügen, um die Schulden der Montegeaus an die Mafia zurückzuzahlen. Warum wohl schenkte Davis so viel Geld seiner Schwiegertochter?

Aber vielleicht versuchte er ja auch, den Kuchen zu behalten und ihn gleichzeitig zu essen. Schnapp dir die Rubine, denn sonst wird Sal das tun und dann der Versicherungsgesellschaft etwas vorjammern.

Wenn Walker die Rubine nicht persönlich bei sich getragen hätte, dann wären sie in Savannah bereits gestohlen worden, und die Donovans wären auf dem Verlust sitzen geblieben. Das Leben ist ungerecht.

Das Geld wäre von den Donovans an die Montegeaus gegangen, verbunden mit zahllosen Äußerungen des tiefen Bedauerns darüber, dass die Rubine verloren waren. Kein Finger hätte auf die bankrotten Montegeaus gezeigt als die möglichen Diebe.

»Und was tun Sie hier?«, fragte Peel.

»Ich bewache die Rubine.«

»Welche Rubine?«, fragte Peel scharf.

»Die Montegeau-Rubine. Alte Familienerbstücke, das wird wenigstens behauptet.«

Peels dunkle Augen zogen sich zusammen. »Erzählen Sie weiter.«

»Vor ein paar Wochen hat Davis angerufen und Faith gebeten, zur Hochzeit eine Halskette für Mel anzufertigen. Davis wollte die Rubine dazu liefern und auch das Gold. Faith sollte die Kunst und die Arbeit liefern. Als Bezahlung sollte sie den kleinsten der vierzehn Rubine behalten, die er ihr geschickt hat.«

»Rubine, wie?« Peel runzelte die Stirn. »Wie viel sind sie wert?«

»Eine Million, mit Leichtigkeit. Und das ist der Großhandelspreis.«

Farnsworth pfiff leise durch die Zähne. »Heilige Scheiße. Warum benutzt er die denn nicht, um sich Sal vom Hals zu schaffen?«

»Vielleicht möchte Davis lieber die Rubine und das Geld von der Versicherung haben«, meinte Peel.

»Das habe ich mir auch gedacht«, stimmte ihr Walker zu.

»Woher hat er denn das Geld, um sie überhaupt zu kaufen?«, fragte Farnsworth. »Sie sind verdammt noch mal nicht in seinem Vermögen aufgeführt.«

»Es könnten wirklich Erbstücke sein«, meinte Peel. »Eine Menge davon werden vererbt, ohne dass sie für die Erbschaftssteuer angegeben werden. Aber sie könnten auch gestohlen sein.«

»Falls sie gestohlen wurden, so hat sie allerdings noch niemand ins Internet gestellt«, behauptete Walker.

»Woher wissen Sie das?«

»Ich habe nachgesehen, ehe Archer damit einverstanden war, sie zu versichern.«

»Archer«, sagte Peel. »Das ist wohl Archer Donovan, der älteste Sohn. Also hat er die Rubine versichert?«

»Nur bis zur Hochzeit«, sagte Walker. »Dann fallen sie in Davis' Obhut.«

Nachdenklich klopfte sich Peel mit dem Fingernagel gegen die Vorderzähne. »Valentinstag. Was auch immer mit diesen Rubinen geschehen soll, es wird schon sehr bald geschehen müssen, denn sonst wird es Davis nichts mehr nützen.«

»Sehr wahrscheinlich«, stimmte ihr Walker zu.

»Sind Sie auch sicher, dass die Steine echt sind?«, fragte Farnsworth. »Davis wäre nicht der Erste, der hochklassiges Glas versichert und es dann ›verliert‹.«

»Sie sind echt.«

Die Agenten schluckten Walkers Behauptung.

»Also sind Sie im Augenblick dafür verantwortlich«, meinte Peel nachdenklich. Sie sah aus wie das, was sie auch war, eine FBI-Agentin, die sich fragte, wie sie eine neue Tatsache zu ihren eigenen Gunsten nutzen konnte.

»Ja. Ich bin dafür verantwortlich.« Walker begann die Überreste des Frühstücks zusammenzusuchen, das er mitgebracht hatte. Er wusste, dass Peel nach einem Vorteil suchte. Er erwartete es.

Sie hatten ihren Plan, er hatte seinen.

Er hatte nichts dagegen, dass die Agenten ihn in mindestens einem wichtigen Punkt angelogen hatten. Er wusste, dass sie Faith beschattet hatten, und nicht Mel, vor zwölf Stunden in Savannah. Was er wissen wollte war, *warum* sie ihn angelogen hatten. Er ahnte bereits, dass ihn die Antwort auf diese Frage mehr als Kaffee und kalte Kekse kosten würde. Im Augenblick hatte er nicht genug, das er auf den Tisch legen konnte, um den Einsatz zu erhöhen. Er brauchte Zeit für ein besseres Blatt.

Denn eine wichtige Tatsache war es, im Spiel zu bleiben.

24

Walker schlüpfte genauso heimlich in das Haus zurück, wie er es verlassen hatte. Alle im Haus schliefen.

Bis auf Faith.

»Wo warst du?«, fragte sie im gleichen Augenblick, als er die Tür des Wohnzimmers hinter sich schloss.

Er stand an der Tür des Schlafzimmers und betrachtete die herrlich zerwühlten Laken und die noch wundervoller zerknitterte Frau. Selbst im ersten Tageslicht leuchtete ihre Haut. Er wusste, dass er sie niemals hätte anrühren dürfen, doch er konnte es nicht erwarten, es noch einmal zu tun. Lächelnd zog er sich einen Schuh aus.

»Walker?«

Der andere Schuh machte ein leises Geräusch, als er auf den Teppich fiel. »Habe ich dir eigentlich schon gesagt, wie wunderschön du bist?«, fragte er und ging zum Bett. »Oder war ich dazu zu beschäftigt?«

Ihr stockte der Atem, als sie das Licht sah, das ihr aus seinen Augen entgegenleuchtete. »Du machst, dass ich mich schön fühle.«

»Bist du sicher?«

Sie betrachtete die Art, wie sich die Jeans an seinen Körper schmiegte, und lächelte. »Zieh dich aus, während ich darüber nachdenke.«

Plötzlich fühlte er, wie ihre Finger versuchten, die metallenen Knöpfe seiner Jeans zu öffnen. Er zog scharf den Atem ein. Er legte seine Hände auf ihre und brachte ihre geschäftigen Finger dazu, einzuhalten, während er sie gegen seine Erregung presste.

»Ich glaube, ich muss dich an das Bett fesseln«, meinte er gedehnt.

Sie blickte erschrocken auf, doch gleichzeitig auch ein wenig interessiert. »Wirklich?«

»Sicher. Ich hatte nämlich vor, es ganz langsam anzugehen, und dann schiebst du deine schlauen, hungrigen Hände in meine Hose, und ich kann nichts anderes mehr tun, als deine Beine bis an deine Ohren zu heben und zu sehen, wie tief und wie schnell ich in dich eindringen kann.«

Sie fuhr sich mit der Zungenspitze über die Unterlippe. »Beine bis an die Ohren, wie? Das klingt sehr ungemütlich.«

Sein lässiges, sanftes Lächeln entfachte in ihrem Inneren ein Feuer. »Ich würde dir im Bett niemals wehtun, Süße. Das weißt du doch, nicht wahr?«

Sie seufzte und bewegte die Finger an seinem Bauch. Seine

Erregung faszinierte sie. »Wenn ich irgendwelche Zweifel daran hätte, wäre ich nicht hier.« Unbewusst leckte sie sich die Lippe, während sie gleichzeitig seine Jeans herunterzog. »Und ich würde ganz sicher nicht ausprobieren wollen, wie du, äh, am Morgen schmeckst.«

Der Schauer, der durch seinen Körper lief, überraschte sie beide. Er wollte ihr sagen, wie sexy sie war, doch ihm fehlten sowohl Atem als auch Worte. Deshalb zog er seine Jeans aus, ignorierte seine Shorts und zog dann ganz langsam die Bettdecke zurück. Seine Lippen kosteten, was seine Augen in der Dunkelheit kaum sehen konnten. Schon bald bewegte sie sich heftig unter ihm und verlangte nach ihm.

Langsam legte er die Hände unter ihre Beine und hob sie so hoch, bis sie sich vollkommen öffnete. Er zog die Shorts aus und drängte sich dann an ihre warme Haut, öffnete sie ein wenig. Sie war ein seidiges Feuer, das er gerade nur mit der Spitze berührte. Er wollte mehr davon. Er wollte alles.

Er wollte sie.

Langsam öffnete Faith die Augen. In dem schwachen Licht sahen sie rauchig aus, sinnlich, benommen vor Glück und einem Verlangen, unter dem sie erbebte. »Walker?«

»Ich bin hier, Süße.« Er spannte die Hüften an, um zuzustoßen.

Sie stöhnte auf, als sie fühlte, wie er sie öffnete und in sie eindrang. Doch nicht genug. Er war kaum in ihr. Sie wusste, wie es sich anfühlte, wenn er sie ganz ausfüllte. Das wollte sie.

Sie wollte es jetzt.

»Warum?«, brachte sie hervor.

»Warum was?«, fragte er, obwohl ihm der Schweiß ausbrach.

»Warum wartest du?«

»Worauf?«

»Das weißt du!«

Er wusste nicht, ob er lachen sollte oder fluchen, als sie plötzlich ein wenig die Hüften bewegte und ihn damit fast verrückt machte. »Ich habe keine Ahnung, Süße. Sag es mir.«

»Du neckst mich.«

»Also wirklich, das ist mir neu. Man hat mich schon vieler Dinge beschuldigt, aber…« Seine Stimme brach, als sie ihm die Hüften entgegenhob und ihre glatte Hitze nach ihm verlangte. Er stöhnte auf. »Du hast vor, mich umzubringen.«

»Jetzt begreifst du es langsam.«

»Ich möchte sichergehen, dass ich dir auch das gebe, was du haben willst. Was willst du?«

Die neckende Berührung und die Art, wie er sich wieder zurückzog, war erregend. Nie drang er tiefer als nur zwei Zentimeter in sie ein, und jedes Mal, wenn er sich wieder zurückzog, hatte sie das Gefühl, ihn festhalten zu wollen.

»Dich«, erklärte sie mit rauer Stimme. »Verdammt, Walker, ich will dich!«

»Du hast mich.« Um es zu beweisen, drängte er sich gegen ihre heiße, seidige Mitte.

So nahe… und doch bei weitem nicht nahe genug. Sie bewegte sich und brachte sie beide näher zusammen. »Ich habe aber nicht genug von dir.«

»Wie ist es denn jetzt?« Er drang ein wenig tiefer in sie ein und zog sich dann wieder zurück. »Besser so?«

Wie flüssige Seide fühlte er ihre Reaktion, sie verfolgte ihn. Sie erschauderte, als sich alles in ihr rhythmisch zusammenzog. »Mehr.«

»Gierig, wie? Das gefällt mir an einer Frau.«

Ihre Fingernägel gruben sich in seine Hüften.

»Das gefällt mir auch«, meinte er. »Weiter so, Süße. Zeig mir, was du willst.«

»Tiefer«, sagte sie.

Er drang noch einen Zentimeter weiter in sie ein und wurde belohnt mit ihrer seidigen Wärme und ihrem Pulsieren. Langsam und entschlossen zog er sich wieder zurück. Obwohl ihm der Schweiß über den Rücken lief, fühlten sich doch die Zentimeter, die er aus ihr zurückzog, kalt an ohne sie. Er stieß langsam wieder in sie hinein und zwang sich, auf halbem Weg innezuhalten. Der Duft und die Wärme ihrer Reaktion machten ihn ganz schwindlig.

»Walker«, bat sie rau. »Warum quälst du mich?«

»Ich will verdammt sein, wenn ich das weiß. Ich habe nie bei einer anderen Frau gewollt, dass sie nach mir jammert, aber bei dir ist alles anders. Du bist so süß, ich könnte allein dadurch schon den Höhepunkt erreichen.«

Er schob ihre Beine über seine Schultern und öffnete sie noch mehr, zog sie ganz nahe an sich. Er beobachtete sie, während er mit den Fingerspitzen über den Quell ihrer Weiblichkeit strich, bis sie so bereit für ihn war wie er für sie. Dann zupfte er an der kleinen Knospe, die sich aus den samtweichen Falten reckte. Er fühlte, wie ihr Körper zu pulsieren begann, noch ehe er hörte, dass sie leise wimmerte. Sein Körper bebte, so sehr hielt er sich zurück, dann drang er tief in sie ein, und sie hielt ihn tief in sich gefangen, während sie den Höhepunkt erreichte. Er füllte sie ganz aus, dehnte sie und führte sie zu noch größerer Lust.

Erst als sie seinen Namen rief und ihre Lust hinausschrie, begann er sich zu bewegen, so wie sie es beide brauchten, hart und tief. Sie hob ihm ihren Körper entgegen und erstarrte. Schnell presste er seine Lippen auf ihre, ehe sich auf dem Höhepunkt der Lust ein Schrei von ihren Lippen löste. Auch er schrie auf, doch das Geräusch wurde gedämpft von ihrem Mund, während er sich in sie verströmte, bis um ihn herum die Welt versank.

Langsam wurde sich Faith wieder bewusst, wo sie war, sie fühlte das herrliche Gewicht von Walker auf sich… und bemerkte die Tatsache, dass sie sich in ihr eigenes Knie beißen könnte, wenn sie den Kopf ein wenig drehte.

Sie lachte leise. »Du hattest Recht.«

»Mmm?«, fragte Walker und fühlte sich zu schwach, um den Mund von ihrem Hals zu heben.

»Es hat gar nicht wehgetan. Das tut es noch immer nicht. Ich hoffe allerdings, du hast nichts dagegen, dass ich mein Erstaunen ausdrücke.«

Nur zögernd bewegte Walker sich. »Soll dies etwa eine dieser bedeutungsschweren Unterhaltungen von Mann zu Frau werden?«

Sie lächelte und biss ihn sanft in sein Kinn. »Nein. Es war nur eine Feststellung. Das *Kamasutra* kann uns nichts mehr beibringen.«

Sein Lachen war leise, doch fühlte sie es, weil er sich dabei in ihr bewegte. Langsam ließ er ihre Beine an seinem Körper heruntergleiten. Dann bewegte er sich so, dass er ihre rosigen Brustspitzen küssen konnte. »Ich glaube nicht, dass dieses Buch auf der Leseliste meiner High School gestanden hat.«

»Hast du es etwa nie gelesen?«, fragte sie und streichelte sein Haar.

»In der High School? Nein.«

»Früher?«

»Nein.«

»O du liebe Güte. Kindergarten?«

»Nein«, erklärte er und knabberte an ihrer anderen Brust.

»Ich weigere mich zu glauben, dass du es im Mutterleib gelesen hast.«

»In der ersten Klasse.«

»Junge, Junge. Ich wette, es hat Spaß gemacht, mit dir Doktor zu spielen.«

Walker lachte laut auf und legte die Arme um sie, dann rollte er mit ihr zusammen auf den Rücken. Sie folgte ihm mühelos. Als er merkte, wie perfekt sie aufeinander abgestimmt waren, wie unbewusst sie sich bemühte, ihn in sich zu behalten und wie herrlich die Intimität ihrer vereinten Körper war, erstarb sein

Lachen. Er hatte noch nie eine Frau wie Faith gekannt. In einem Augenblick war sie ganz Geschäftsfrau, im nächsten eine verträumte Künstlerin. Sie trat mit ihrem hohen Absatz gegen das Schienbein eines Straßenräubers und weinte leise im Mondlicht. Trügerisch stark. Trügerisch leidenschaftlich. Sie verlockte ihn auf eine Art, die er nicht beschreiben konnte, und sie ängstigte ihn gleichzeitig.

Zum ersten Mal begriff er, warum eine Motte in die Flamme flog. Es war besser, als allein zu bleiben in der Kälte und der Dunkelheit.

»... hast du das gehört?«, fragte Faith.

»Was?« Er schüttelte den Kopf, als wolle er ihn von seinen Gedanken befreien.

»Es ist Mel. Etwas ist passiert.«

Ganz plötzlich ertönte schwach und dennoch deutlich der Schrei einer Frau durch das stille Haus.

»Gott, ich hoffe, es ist nicht das Baby!« Faith kletterte aus dem Bett und suchte nach ihrer Kleidung.

Schnell zog Walker seine Million-Dollar-Shorts wieder an, griff nach dem Messer in der Scheide unter seinem Kopfkissen und sprang aus dem Bett. Die Scheide mit dem Messer hielt er zwischen den Zähnen, als er nach seiner Jeans griff. Als er die Hose zuknöpfte, war Faith bereits aus dem Zimmer gelaufen, im ersten Kleidungsstück, das sie gefunden hatte – seinem Hemd. Er spuckte das Messer aus und lief hinter ihr her.

»Mel?«, rief Faith. »Mel, wo bist du? Was ist passiert?«

Der Gedanke an Buddy Angel und an einen tödlichen russischen Schläger verlieh Walkers Füßen Flügel. Auf dem halben Weg bis zur Treppe hatte er sie eingeholt und griff nach ihrem Arm.

»Was...«, begann sie.

»Bleib hier, bis ich herausgefunden habe, was passiert ist«, erklärte er knapp und unterbrach sie, als sie protestieren wollte.

»Aber...«

»Aber nichts. Das könnte ein Hinterhalt sein. Vielleicht sind sie hinter dir her. *Bleib hier.*«

»Und was ist mit dir?«

Sie sprach mit seinem Rücken. Wie ein Geist eilte er die Treppe hinunter. Als er sich auf den Treppenabsatz noch einmal zu ihr umdrehte, fiel das Licht auf ihn. Sie sah, wie er ein Messer zog und die Scheide des Messers in die Hüfttasche seiner Jeans schob. Über dem Gürtel seiner Jeans erkannte sie ein Muster aus verblassten Wunden. Sie wusste nicht, was sie mehr erschreckte, das Messer oder die Wunden.

Sie wollte ihn rufen. Dann aber begriff sie, was er über den Hinterhalt gesagt hatte. Ihr Magen hob sich. Sie lief zurück in das Schlafzimmer, holte den kleinen Behälter mit Pfefferspray aus ihrer Tasche und lief dann auf nackten Füßen leise nach unten.

Obwohl Walker lauschte, hörte er keinen weiteren Schrei mehr, kein Geräusch eines Kampfes. Dennoch war er vorsichtig. Das alte Haus war groß genug, um auch die lautesten Geräusche zu verschlucken.

Er fühlte, dass Faith hinter ihm war. Wütend wirbelte er herum und sah sie böse an. Sie erwiderte seinen Blick störrisch. Ihre Augen sagten ihm, dass es zwecklos wäre, mit ihr zu streiten.

Er zog sie nahe an sich und flüsterte in ihr Ohr: »Süße, wenn von diesem Zeug etwas in meine Augen kommt, dann wirst du eine ganze Woche lang nicht mehr sitzen können.«

Sie drängte den Mund an sein Ohr und sprach genauso sanft wie er: »Wenn von diesem Zeug etwas in deine Augen kommt, Süßer, dann wirst du eine ganze Woche lang nicht in der Lage sein, mich zu fangen.«

Mit einer Kopfbewegung bedeutete er ihr, hinter ihm zu bleiben. Sie hob das Kinn, doch sie versuchte nicht, sich an ihm vorbeizuschieben.

Zusammen schlichen sie leise durch den unteren Flur und lauschten. Und dann hörten sie auch die gedämpften Stimmen aus der Richtung der Küche.

Walker schlich an der Bibliothek vorbei und huschte schnell in den hinteren Teil des Hauses. Faith war direkt hinter ihm. Die Küchentür war nur angelehnt. Er schob Faith zu der Seite, an der die Scharniere waren, und ging zu anderen Seite hinüber.

Sie lauschten.

»...tot!«, rief Mel leise.

Faith machte einen Schritt nach vorn. Ein Blick von Walker ließ sie jedoch innehalten.

»Nein, das ist er nicht, Schatz«, sagte Jeff. »Siehst du? Seine Flanken bewegen sich regelmäßig.«

»Bist du sicher?«

Walker schob die Küchentür auf und sah in den Raum. Mel und Jeff – beide im Schlafanzug – knieten auf dem Boden neben Boomer. Im Licht der Küche und des langsam heller werdenden Tages sah er Boomer, der bewegungslos auf dem Boden lag.

»Ich bin ganz sicher«, sagte Jeff beruhigend. »Gib mir deine Hand. Fühlst du, wie er sich bewegt? Er atmet ganz tief. Es geht ihm gut.« Doch aus seiner Stimme klang eine Besorgnis, die er nicht ganz verbergen konnte.

»Und warum ist er nicht aufgewacht, als ich über ihn gestolpert bin?«

Walker stieß geräuschlos den Atem aus, steckte das Messer zurück in die Scheide und hängte sie an den Gürtel seiner Jeans.

»Habt ihr ein Problem?«, fragte er, als er die Küche betrat.

Jeff fuhr auf, als hätte ihn etwas gestochen. Mel blickte zu ihm auf, Tränen rannen aus ihren großen braunen Augen.

»Es ist Boomer«, sagte sie schlicht und sah wieder zu dem Hund. »Er wacht nicht auf.«

Als Walker sich über den Hund bückte, folgte ihm Faith in

die Küche. Das Pfefferspray war in der Tasche seines Hemdes, das sie trug.

»Ist mit dir alles in Ordnung, Mel?«, fragte Faith und kniete neben der Freundin nieder. »Ich dachte, ich hätte dich schreien gehört.«

»Ich war hungrig, deshalb kam ich in die Küche und wollte mir ein paar Cracker holen«, erklärte Mel, ohne den Blick von dem Hund zu nehmen. »Ich nehme an, ich war noch ein wenig schläfrig, deshalb habe ich Boomer nicht gesehen. Ich muss wohl geschrien haben, als ich über ihn gestolpert bin. Ich weiß, dass ich geschrien habe, weil ich dachte, er sei tot.«

»Ich bin gleich beim ersten Schrei gekommen«, berichtete Jeff und streichelte Mels Schulter, die wiederum Boomers Kopf streichelte. »Bist du gestürzt?«

Sie schüttelte den Kopf.

»Sicher nicht?«, drängte er. »Du hast dir doch nichts getan und auch nicht dem Baby, nicht wahr?«

»Ich habe mich an der Anrichte festgehalten«, sagte Mel. »Warum wacht er denn nicht auf?«

Walker untersuchte den Hund vorsichtig. »Es ist kein Blut zu sehen und auch keine Schwellungen, und ich fühle keine gebrochenen Knochen. Er scheint in Ordnung zu sein, aber ihr solltet vielleicht einen Tierarzt rufen.«

Als Walker aufstand, winkte er Jeff, ihm zu folgen. Jeff zögerte und sah zu seiner Verlobten, dann stand er langsam auf.

»Bleib bei Mel«, wandte sich Walker leise an Faith.

Sie nickte.

Sobald sich die Küchentür hinter Jeff geschlossen hatte, fragte Walker leise: »Haben Sie in letzter Zeit Gift gegen Schädlinge ausgelegt?«

Jeff schüttelte den Kopf. »Es lohnt sich nicht, im Garten etwas retten zu wollen, und auf ganz Hilton Head gibt es nicht genügend Gift, um die Mäuse aus dem Haus zu vertreiben.«

Walker brummte vor sich hin. »Wo ist das nächste Telefon?«
»In der Bibliothek. Ich zeige es Ihnen.«

»Ich glaube, dass der alte Boomer betäubt worden ist«, meinte Walker, während er dem großen blonden Mann durch den Flur folgte.

Jeff blieb an der Tür der Bibliothek wie angewurzelt stehen.

Walker blickte an ihm vorbei in das Zimmer. »Und ich glaube, ich weiß auch, warum.«

Er ging zu der Wand, an der das Bild von Black Jack Montegeau an die Holzvertäfelung gelehnt war. An der Wand darüber stand der große, rechteckige Safe halb offen. Papiere und die alte Familienbibel lagen überall verstreut.

Ein kleiner Kopfhörer baumelte am Griff des Safes, als wäre er beiseite geschoben und dann vergessen worden, nachdem der Job erledigt war. Dünne Kabel gingen von dem Kopfhörer zu einem kleinen Saugnapf aus Gummi, der benutzt worden war, um einen Verstärker an dem Safe anzubringen.

Archer benutzte genau so einen Kopfhörer, wenn er die Gelegenheit hatte, an den Safe von jemandem zu gelangen. Doch zu seiner Ehre musste man sagen, dass so etwas nicht oft vorkam.

»Rufen Sie den Sheriff«, sagte Walker nach einem Blick in den Safe. »Es sieht ganz so aus, als hätte man ihn ausgeräumt.«

25

Die Tierärztin war tatsächlich gekommen, doch die Vertreter des Sheriffs waren damit beschäftigt, einen Familienstreit in einem der eleganten Häuser am Wasser zu schlichten. Also war es Sheriff Bob Lee Shartell selbst, der Ruby Bayou durch die Hintertür betrat. Er wurde von seinem ersten Stellvertreter begleitet, einem lakonischen, Tabak kauenden Mann mit Namen Harold Bundy.

Zu diesem Zeitpunkt waren alle, bis auf den ältesten Montegeau, geduscht und angezogen. Jeff war erleichtert darüber. Man brauchte keine besonders empfindliche Nase, um den Alkohol an seinem Vater zu riechen, und das würde noch zu Davis' wachsender Bekanntheit als Alkoholiker beitragen. Die Insel war sehr klein. Die Neuigkeit würde sich schnell ausbreiten und es noch schwieriger machen, den Ruf der Familie aufrechtzuerhalten.

Glücklicherweise war auch Tiga noch nicht aufgetaucht. Ihre sinnlosen Monologe würden den Klatsch noch verstärken.

Die Tierärztin hatte Boomer mit irgendeiner Spritze wieder aufgeweckt, sie genügte, um ihn benommen aufbellen zu lassen, als die Männer des Gesetzes an die Tür klopften.

»Still, Boomer«, befahl Jeff mit scharfer Stimme. »Du wirst noch den Rest des Hauses aufwecken.«

Walker warf Jeff einen Blick von der Seite zu. Trotz der teuren Hose und dem frisch gebügelten Hemd, schien er so nervös wie eine Katze in einem Rudel von Wölfen zu sein. Walker konnte ihm deswegen nicht einmal einen Vorwurf machen. Durch den Schrei der Verlobten aus dem Schlaf gezerrt zu werden, den Hund betäubt vorzufinden und festzustellen, dass ein Einbrecher im Haus gewesen war, war nicht gerade eine tolle Art und Weise, einen Tag zu beginnen.

Doch Faith war diejenige, die eigentlich auf alle hätte böse sein müssen. Die gestohlenen Stücke würden von der Versicherung zwar bezahlt werden, doch wirklich ersetzen konnte sie niemand. Trotz allem hatte sie ihre Sorgen für sich behalten und hatte die Zeit damit verbracht, ihre Freundin zu trösten, da Jeff viel zu aufgebracht war, um das selbst zu tun.

Boomer bellte noch einmal und versuchte auf die Füße zu kommen.

»Sitz«, sagte Walker, und seine Stimme war genauso ruhig wie seine Hand, die den Kopf des Hundes zu Boden drückte. Er zog die Decke über dem Hund wieder zurecht. »Ganz ruhig, Junge. Im Augenblick musst du dich einfach nur ausschlafen.«

Boomer bellte noch einmal, knurrte und leckte dann Walker die Hand. Er kraulte die seidigen Ohren des Hundes. Langsam wurden sie wieder warm. Die Tierärztin hatte Recht behalten. Boomer war bereits dabei, den Schock der Betäubung zu überwinden. Er würde sich schnell wieder erholen.

»Sheriff Shartell«, sagte Jeff und öffnete schnell die Hintertür. »Danke, dass Sie so schnell gekommen sind.«

»Das ist mein Job«, erklärte der Sheriff. »Aber gegen einen Kaffee hätte ich nichts einzuwenden, wenn Sie einen haben. Eines Tages werden die Menschen in dieser Gegend feststellen, dass sie für mehr Hilfssheriffs bezahlen müssen, wenn sie rund um die Uhr beschützt werden wollen. Dies hier ist mein erster Stellvertreter, Harold. Er hat den Job von Trafton übernommen, der endlich schlau geworden ist und sich jetzt nur noch dem Fischen von Barschen widmet.«

Harold nickte den Umstehenden zu. Der Stellvertreter war groß und schlank. Ganz im Gegensatz zum Sheriff. Der war in der High School im Auswahlteam der Ringer gewesen. Vierzig Jahre später war seine untersetzte Gestalt dicker, und sein hellbraunes Haar hatte sich gelichtet zu einigen grauen Strähnen. Die vierzig Jahre hatten seinen blauen Augen und dem freundlichen Lächeln einen gewissen bedächtigen Anflug verliehen.

Wie immer bewunderte der Sheriff die lässige Eleganz von Mel. Obwohl sie nur eine Umstandshose trug und eine lose fallende rote Bluse, sah sie aus wie die Herzogin, die das Küchenpersonal besuchte. Die Küche selbst war so groß wie die meisten Wohnungen und zeigte all die Abnutzungserscheinungen und merkwürdigen Ecken eines Raumes, der von jeder Generation, bis auf die letzte, mindestens einmal umgebaut worden war. Der Boden war aus Holz, und die Einrichtung war bestimmt dreißig Jahre alt und so sauber geschrubbt, dass sie blitzte.

»Morgen, Miss Buchanan«, begrüßte der Sheriff Mel, die auf einem Stuhl in der Nähe des Hundes saß, und legte die Hand an seine Hutkrempe. »Wie geht es dem Hund?«

»Es geht ihm mit jeder Minute besser«, versicherte ihm Mel und versuchte zu lächeln. Doch das gelang ihr nicht so recht. »Wie geht es Ihrer Frau und den Enkelkindern?«

»Susie ist ganz in Ordnung, und die Kinder sind Lausebengel.« Er grinste. »Alle sagen, der Älteste sei genau wie ich. Was hat Dr. James gesagt, was mit dem Hund passiert ist?«

»Schlaftabletten«, erklärte Jeff knapp. »Aber nicht so viele, dass es ihm schadet.«

»Das ist gut. Eine Menge dieser Einbrecher kümmert sich nicht darum, ob sie auf ihrem Weg zum Geld einen guten Hund umbringen.«

Jeff zuckte zusammen. »Haben Sie in letzter Zeit viele Einbrüche gehabt?«

Der Sheriff zog die Schultern hoch. »Auf Hilton Head gibt es eine Menge Geld. Und Geld zieht Diebe an. Wir sind beschäftigt. Doch dies ist das erste Mal, dass eines der alten Häuser betroffen ist. Ich hoffe, das weitet sich nicht aus. Es würde einige dieser alten, verwitweten Großmütter zu Tode ängstigen, wenn sie herausfinden, dass jemand hinter ihrem kostbaren Silber her ist.«

»Ich hole den Kaffee«, erklärte Mel.

»Bleib du nur bei Boomer«, bat Faith. »Ich weiß, wo der Kaffee ist.« Sie nickte dem Sheriff und seinem schweigenden Stellvertreter zu und ging hinüber zu der Kaffeekanne.

Der Sheriff sah sich Walker genauer an. Er trug Jeans, die weder neu noch alt waren. Ein abgetragenes dunkles Arbeitshemd aus Baumwolle. Dabei besaß er ein Aussehen von Kraft und Eindringlichkeit, das entweder gut oder schlecht sein konnte. Ein Stock ließ vermuten, dass er eine Schwäche hatte, die nicht gleich auf den ersten Blick zu erkennen war. »Sie sind Walker, nicht wahr? Der Junge von Owen und Betty.«

»Das ist schon lange her.«

»Nicht so lange, wenn Sie in meinem Alter sind. Sie sehen genauso aus wie Ihr Vater. Ein guter Mann, wenn er nicht gerade trank. Ihr Bruder kam schon immer mehr auf die Familie Ihrer Mutter. Wie geht es Lot?«

»Er ist tot.«

Der Sheriff schüttelte den Kopf. »Ich kann nicht behaupten, dass mich das überrascht. Dieser Junge war schon von Anfang an auf Zerstörung aus. Obwohl er ein sehr gut aussehender Junge war. Sein Lächeln konnte die Sonne verblassen lassen. Schade, dass er nicht mehr Verstand besaß als eine Ente.«

Faith zuckte zusammen und stellte die Kaffeekanne ab. Sie wusste, dass es schmerzlich war für Walker, über seinen Bruder zu sprechen. »Milch oder Zucker?«, fragte sie schnell und lenkte die Aufmerksamkeit des Sheriffs von der Vergangenheit ab.

»Beides, Ma'am«, sagte der Sheriff. »Und wenn es Ihnen nichts ausmacht, dann ein wenig mehr von beidem. Ich habe nämlich noch nicht gefrühstückt.«

»Schwarz.« Es war das erste Wort, das sein Stellvertreter gesagt hatte, doch selbst dieses eine Wort brandmarkte ihn als Außenseiter. Schlimmer noch, als einen Yankee. »Danke.«

Der Sheriff wandte sich an Jeff. »Also, was ist hier passiert? Und warum fangen Sie nicht mit dem gestrigen Tag an? Sind außer Ihren Gästen noch andere Leute hier gewesen?«

»Die Frau, die die Hochzeit ausrichtet, war hier«, erzählte Jeff. »Sie hat etwas davon gesagt, dass sie die Bibliothek ausmessen und weniger Blumen bestellen wollte.«

»Ihr kleines Piano passt nicht in den Raum, und es ist zu spät, um das Spinett, das wir hier haben, stimmen zu lassen«, fiel Mel ein. »Daher werden wir Musik vom Band haben.« Nichts in ihrer Stimme verriet die Enttäuschung, die sie gefühlt hatte, als der Plan für eine große Hochzeit in Savannah ins Wasser gefallen war. Sie war Geschäftsfrau genug, um zu verstehen, wenn es finanzielle Probleme gab.

»Das ist wohl Miss Edie Harrison, die die Hochzeit ausrichtet?«, fragte der Sheriff.

»Richtig«, versicherte Jeff ihm ungeduldig. »Wir werden in zwei Tagen heiraten. Ich dachte, das hätte ich am Telefon deutlich gemacht.«

»Ich verstehe, dass Sie durch all das hier ein wenig aufgeregt sind, aber es würde mir wirklich helfen, wenn Sie mir noch einige Fragen beantworten könnten. Um welche Zeit sind Sie alle ins Bett gegangen?«

»Mel ist ungefähr um zehn Uhr ins Bett gegangen, ich selbst vielleicht eine halbe Stunde später. Sie ist heute in der Morgendämmerung aufgestanden und in die Küche gegangen, um sich ein paar Cracker zu holen. Dabei ist sie über Boomer gestolpert und hat geschrien. Ich bin gleich zu ihr gelaufen, genau wie Walker und Faith.«

Der Sheriff nickte und lauschte, während sein Stellvertreter sich Notizen machte. »Und wer hat den geöffneten Safe gefunden?«

»Das war ich«, sagte Walker.

»Was haben Sie angefasst?«, wollte der Sheriff wissen.

»Gar nichts.«

»Sind Sie sicher? Die meisten Leute würden in den Safe fassen, um zu sehen, ob er wirklich leer ist.«

»Ich sehe fern«, erklärte Walker leichthin und stellte den Stock so, dass er sich besser darauf stützen konnte. Nichts beruhigte einen Cop so sehr wie eine offensichtliche Schwäche. »Ich wollte nichts am Tatort verändern.«

»Danke«, sagte der Sheriff, als Faith ihnen die Becher mit Kaffee reichte. Shartell nahm einen großen Schluck und seufzte dann. Sie machte guten Kaffee, auch wenn sie sich kleidete wie ein Mann, in Jeans und ein blaues Baumwollhemd. »Genau richtig, Ma'am.« Er wandte sich wieder an Jeff. »Wer ist als Erster in die Bibliothek gegangen.«

»Das war ich«, erklärte Jeff. »Ich wollte zum Telefon, um die Tierärztin anzurufen. Walker war bei mir. Und dann haben wir den offenen Safe gesehen und die – was ist das, Kopfhörer? –, die daran hingen. Er hat einen Blick darauf geworfen und hat gesagt, wir seien ausgeraubt worden.«

»Sie haben wohl alles gewusst über das Handwerkszeug eines Safeknackers, wie?«, fragte der Sheriff Walker.

»Ich wusste, dass der Safe offen war.« Walker lächelte zuvorkommend und stützte sich noch mehr auf seinen Stock. »Ich habe angenommen, dass das Zeug, das da an dem Drehknopf hängt, etwas damit zu tun hatte.«

Der Sheriff gab ein Geräusch von sich, das alles hätte bedeuten können. »Wo war der Hund in der letzten Nacht, war er draußen, um Waschbären zu jagen?«

Jeff zuckte mit den Schultern. »Er hat so um Mitternacht angefangen zu jaulen, und da habe ich ihn rausgelassen.«

»Passiert das oft?«

»Immer dann, wenn es ihm gelingt, einen von uns davon zu überzeugen, dass er nicht mehr länger warten kann«, sagte Mel. »Immerhin haben wir es geschafft, dass es nur noch einmal in der Nacht vorkommt. Ich glaube, Daddy Montegeau und Tiga haben ihn die ganze Nacht rausgelassen, deshalb ist er es einfach nicht gewöhnt, einzuhalten.«

»Gab es ein Anzeichen eines Einbruchs?«, fragte der Sheriff.

»Wir haben noch gar nicht nachgesehen«, sagte Mel erschrocken. »Ich werde ...«

»Setz dich, Liebling«, beruhigte Jeff sie schnell. Er ging zu ihr, hob ihr Kinn und gab ihr einen zärtlichen Kuss. »Lass mich das alles machen. Ich möchte nicht, dass du dich aufregst.« Er wandte sich wieder dem Sheriff zu. »Walker und ich haben nachgesehen. Das Schloss an den Fenstertüren in der Bibliothek war aufgebrochen.«

»Hat jemand etwas gehört?«, fragte der Sheriff.

»Die Bibliothek ist weit weg von den Schlafzimmern«, erklärte Jeff. »Wir haben überhaupt nichts gehört.«

»Und was ist mit Ihrem Vater oder Miss Antigua?«

»Die schlafen beide noch. Oder Tiga ist vielleicht schon draußen und sieht nach ihren Krabbentöpfen und den Fischnetzen.« Jeff machte eine Handbewegung. »Wenn sie etwas gehört hätten, hätte sie uns sicher aufgeweckt.«

Das Telefon läutete. Jeff wandte sich ab. »Entschuldigung. Das ist wahrscheinlich unser Versicherungsvertreter.«

Mel sah betroffen aus, als sie ihrem zukünftigen Ehemann aus der Küche folgte. Ihre Stimme war noch bis in die Küche zu hören. »Lag denn irgendetwas Wertvolles in dem Safe, Jeff? Ich dachte, es wären nur alte Papiere und solches Zeug darin.«

»Nichts, worüber du dir Gedanken machen müsstest, Liebling.«

Sie verstummte, als sich die Tür der Bibliothek hinter ihnen schloss.

»Mr. Montegeau hat mir am Telefon gesagt, dass Sie wertvolle Schmuckstücke in den Safe gelegt hatten«, wandte sich der Sheriff an Faith.

»Ja.« Sie presste die Lippen zusammen, als sie an ihren Verlust dachte.

»Wertvolle Schmuckstücke, nehme ich an.«

»Ja. Ich habe Fotos dabei und Beschreibungen jedes einzelnen Stückes, dazu noch Schätzungen der Steine. Ich werde sie Ihnen geben, wenn Ihnen das hilft.«

»Das ist aber ziemlich praktisch, Ma'am«, meinte der Sheriff gedehnt. »Die meisten Menschen sind nicht so gut vorbereitet auf einen Raub. Das könnte die Zahlung der Versicherung sehr beschleunigen.«

Walker zog die Augen zusammen. Er hatte genügend Erfahrungen in Kleinstädten gesammelt und kannte die örtlichen Vorurteile, um zu wissen, dass Außenstehende zunächst einmal als schuldig angesehen wurden, bis das Gegenteil bewiesen war. Es gefiel ihm zwar nicht, aber er hatte nichts anderes erwartet.

Faith war nicht so verständnisvoll. Sie wandte sich um und sah Shartell in die Augen. »Ich bin Schmuckdesignerin«, sagte sie scharf. »Ich habe immer Fotos und Beschreibungen für potenzielle Kunden bei mir. Ich bin nach Savannah gekommen, um auf einer Schmuckausstellung auszustellen und dort neue Kunden zu finden, deshalb habe ich die verschiedensten Kopien aller möglichen Informationen mitgebracht.«

Der Sheriff grunzte.

»Sie war die einzige Designerin westlich der Rockies, die überhaupt eingeladen wurde, ihre Arbeiten auszustellen«, erklärte Walker. »Sie hatte wirklich großen Erfolg. Sie hat all ihre Ausstellungsstücke verkauft, bis auf drei. Die hat sie gestern Abend in den Safe gelegt«, sagte er und deutete mit dem Daumen in Richtung der Bibliothek.

»Wahrscheinlich die wertvollsten Stücke der Ausstellung, nehme ich an«, sagte der Sheriff.

»Nein.« Walker verlagerte sein Gewicht auf dem Stock und lächelte wie der Junge vom Land, der er früher einmal gewesen war. »Der hochklassige Schmuck hat sich schneller verkauft als Eiscreme im August. Die kleineren Sachen waren alles, was übrig geblieben ist. Es war wirklich eine finanziell sehr erfolgreiche Reise.«

Die grauen Augenbrauen des Sheriffs zogen sich hoch, als er die Tatsache verdaute, dass Faith das Geld der Versicherung vielleicht gar nicht gebraucht hätte. »Also, wovon reden wir eigentlich, wenn wir den Verlust beziffern wollen? Ein paar Hunderter? Ein Tausender oder zwei?«

»Eher achtundsechzigtausend Dollar«, erklärte Faith. »Und das ist nur das Material. Ich bin noch immer eine ziemlich unbekannte Künstlerin. Keine Versicherungsgesellschaft wird mich bezahlen für die Monate der Arbeit, die ich in diese Stücke gesteckt habe. Als der Einbrecher den Safe öffnete, habe ich drei Monatseinkommen und drei Entwürfe verloren. Die kann man nicht ersetzen. Sie waren einzigartig.«

»Du bist keine unbekannte Künstlerin mehr, nicht nach dieser Ausstellung«, behauptete Walker. »Ich werde wohl selbst mit den Leuten von der Versicherung reden müssen. Sie werden eine Null hinzufügen, vielleicht sogar zwei, um deinen fairen Marktwert auszugleichen.«

Sie bedachte ihn mit einem Lächeln, das die angespannten Linien um ihren Mund herum ein wenig löste. »Es geht mir nicht um das Geld, es ist einfach...« Sie zuckte mit den Schultern.

»Ich weiß.« Walker griff nach ihrer Hand. Er drückte sie sanft und erinnerte sie so daran, dass sie sich abgesprochen hatten, nichts von der Raubserie zu erzählen, die ihnen durch den Süden gefolgt war. Er wandte sich an den Sheriff. »Sie hat sich nur ein wenig aufgeregt«, meinte er. »Nichts regt einen Menschen so sehr auf, als wenn er ausgeraubt wird.«

»Achtundsechzigtausend Dollar. Donnerwetter.« Der Sheriff schüttelte den Kopf. »Und das waren nur die kleineren Stücke?«

»Richtig«, antwortete Faith angespannt. »Wie Walker schon gesagt hat, die Reise war ziemlich ertragreich.«

»Wann haben Sie die Juwelen in den Safe gelegt?«, fragte der Sheriff.

»Um zehn. Kurz bevor ich ins Bett gegangen bin.«

Mit gerunzelter Stirn nahm der Sheriff noch einen Schluck

von seinem Kaffee. »Hat Davis Montegeau die Stücke zu irgendeinem Zeitpunkt in der Hand gehabt?«

»Nein. Ich habe sie selbst hineingelegt.«

»Hat jemand Sie dabei gesehen?«

Faith' Augen zogen sich zusammen. »Nein.«

»Hat jemand nachgesehen, nachdem Sie die Stücke hineingelegt haben?«, wollte der Sheriff wissen.

»Ich weiß es nicht.«

»Aber Sie kennen die Zahlen des Kombinationsschlosses.«

»Nein. Jeff hat sich Sorgen um den Schmuck gemacht. Er hat den Safe für mich geöffnet und hat dann den Raum verlassen. Ich habe den Schmuck hineingelegt, habe das Rad gedreht und das Porträt des Ahnen wieder an seinen Platz gehängt, und dann bin ich ins Bett gegangen.«

Der Sheriff sah Walker an. »Und wo waren Sie?«

»Ich habe ein Bad genommen. Das lindert den Schmerz in meinem Bein.«

»Und danach haben Sie alle nichts mehr gehört?«, drängte Shartell, während er sie beide ansah.

Die Erinnerung an die letzte Nacht ließ Faith' Ärger ein wenig schwinden. Sie dachte an Walker und an das Glück, so wundervoll geliebt zu werden, und wusste nicht, ob sie erröten oder sich in weiblichem Triumph die Lippen lecken sollte.

Es hatte Geräusche gegeben, ganz sicher, aber nicht die Art von Geräuschen, für die der Sheriff sich interessierte.

»Nicht bis zur Morgendämmerung«, antwortete Walker, doch er erinnerte sich an die gleichen Dinge, an die auch Faith sich erinnerte. »Dann hörte sie einen Schrei. Sie weckte mich auf, und wir sind nach unten gegangen. Von da an kennen Sie die Geschichte bereits.«

»Also hat niemand gehört, ob jemand gekommen oder gegangen ist. Sie sind alle einfach aufgestanden, und der Safe war offen.«

Walker nickte.

Der Sheriff sah Harold an, der sich bis jetzt Notizen gemacht hatte. Harold legte sein Klemmbrett und den Stift beiseite, trank den Rest Kaffee aus und wartete auf ein Signal seines Chefs.

»Nun, wir werden uns den Safe und die Tür ansehen müssen, aber ich muss Ihnen sagen, ein Fall wie dieser ist sehr schwer zu lösen«, erklärte der Sheriff.

»Meine Entwürfe sind recht auffällig«, meinte Faith. »Wenn jemand versucht, die Stücke zu verpfänden, werden sie einfach zu finden sein.«

»Vielleicht ja, vielleicht nein.« Der Sheriff trank seinen Kaffee aus und stellte den Becher auf die Anrichte. »Wenn der Einbrecher schlau ist und moderne Ausrüstung einsetzt, um an den Safe der Montegeaus zu kommen, dann ist er sicher kein Drogenabhängiger, der nach schnellem Geld sucht. Dann ist er auch schlau genug, die ungewöhnlichen Stücke irgendwo anders abzusetzen.«

»Je eher Sie die Beschreibungen veröffentlichen, desto größer ist die Möglichkeit, das Verbrechen aufzuklären«, meinte Faith. »Ich werde Ihnen die Fotos holen.«

»Danke, Ma'am«, antwortete der Sheriff trocken. »Aber Sie sollten sich nicht darauf versteifen, irgendetwas davon wiederzusehen. Dies hier ist kein Fernsehfilm. Hier draußen lösen die bösen Buben die Steine aus dem Schmuck, schmelzen das Edelmetall ein, reichen die Steine auf der Leiter weiter nach oben und kümmern sich um den nächsten Einbruch.«

»Sie wollen also behaupten, dass sich das Verbrechen auszahlt«, meinte Faith, und ihre Stimme klang genauso trocken wie die des Sheriffs.

»Eine Weile schon, Ma'am, eine Weile schon. Doch dann, früher oder später, betrinkt sich einer dieser schlauen Jungs oder er ist high und brüstet sich damit der falschen Person gegenüber. Und dann schnappen wir sie.«

Faith hatte das Gefühl, dass dies eher später geschehen würde als früher. Viel später.

Wenn überhaupt.

Walker schob sich durch das Gebüsch zum Lager der FBI-Agenten. Sobald er außerhalb der Sichtweite des Hauses war, ging er normal weiter. Er hatte noch keine zwanzig Meter hinter sich gebracht, als Peel aus den tiefen Schatten unter einer Fichte erschien, deren Nadeln dreimal länger waren als ihr Haar. Sie sah im hellen Licht des Tages noch ein wenig schmutziger aus und wesentlich wütender.

»Was zum Teufel ist los bei den Montegeaus?«, wollte sie wissen.

»Versuchen Sie einmal, mit dem örtlichen Sheriff darüber zu reden«, antwortete Walker knapp. Er hatte die Nase voll von den Cops mit ihren Abzeichen.

»Kumpel, ich rede nicht mit der örtlichen Polizei. Sie benehmen sich wie Idioten, immer wenn ein Agent der Bundespolizei den Fuß auf ihren Grund und Boden setzt.« Sie schlug nach einem Moskito. »Als würde jemand, der die Wahl hat, ein Stück dieses stinkenden Sumpfes haben wollen.«

Walker versuchte, über das Unbehagen der Agentin nicht zu lächeln. »Haben Sie Interesse daran, die Notizen zu vergleichen?«

»Zeigen Sie mir zuerst, was Sie haben«, schlug sie vor.

»Okay. Jemand hat in der letzten Nacht den Safe der Montegeaus geknackt. Und jetzt sind Sie dran. Haben Sie jemanden gesehen, der hier herumgeschlichen ist?«

»Außer Ihnen?«

Walker lächelte nur.

»Wir haben nichts gesehen und auch nichts gehört, bis ungefähr eine halbe Stunde nachdem Sie wieder weg waren. Dann haben wir einen Schrei gehört oder einen Ruf und Bewegungen in den verschiedensten Teilen des Hauses. Fünfzehn Minuten später kam ein Wagen. Eine Frau stieg aus mit einer Tasche in der Hand. Sie war vielleicht zehn Minuten lang im Haus.«

»Die Tierärztin«, erklärte Walker. »Jemand hat dem Hund eine Dosis Betäubungsmittel verabreicht.«

»Während sie im Haus war, ist Antigua Montegeau in eines dieser Boote gestiegen – keine Ahnung, warum diese Badewannen noch nicht abgesoffen sind, sie sind immerhin halb voll Wasser – und ist in den Sumpf gefahren. Zwanzig Minuten nachdem der Wagen abgefahren war, kam der Sheriff. Neunzehn Minuten nachdem auch er weg war, kam Antigua Montegeau zurück mit genügend Krebsen, um eine ganze Armee zu versorgen. Vierzig Minuten später stieg Davis Montegeau in seinen Wagen und fuhr weg.«

»Ist Farnsworth hinter ihm her?«

»Pete beobachtet das Haus.«

»Wie viele Agenten haben Sie hier?«

»So viele, wie wir brauchen. Was wurde gestohlen?«

»Schmuck.«

Eine leichte Veränderung ging in Peel vor. Sie sah ein wenig aus wie ein Hund, der einen interessanten Duft mit dem Wind aufgenommen hat. »Was für Schmuck?«

»Wonach suchen Sie denn?«, fragte Walker.

»Ich kann das auch von der örtlichen Polizei erfahren.«

Ich rede nicht mit der örtlichen Polizei. Der zweite Treffer. Offensichtlich hatte doch jemand mit der örtlichen Polizei gesprochen und dann mit ihr. Walker fragte sich, wer das wohl gewesen sein konnte, doch er wusste, dass dies eine Frage war, die er nicht zu stellen brauchte, denn er würde keine Antwort darauf bekommen. »Der oder die Einbrecher haben drei Schmuckstücke mitgenommen, die Faith auf der Ausstellung nicht verkauft hatte.«

»Was für Steine?«

»Nicht die Halskette, wenn Sie sich darum Sorgen machen.«

Peel wäre es beinahe gelungen, ihre Erleichterung zu verbergen. Beinahe.

Treffer Nummer drei, dachte Walker mit wilder Befriedigung.

»Hat das etwas zu bedeuten?«, fragte sie beiläufig.

»Ich kann Ihnen Fotos von den gestohlenen Stücken geben, wenn Sie möchten«, bot ihr Walker an.

»Ich lasse es Sie wissen.«

»Tun Sie das.«

Walker wandte sich um und verschwand so leise in dem Gebüsch, wie er gekommen war. Er ging fünfzig Meter durch das Gebüsch, dann zog er sich in die Schatten zurück, wartete und lauschte.

Zuerst hörte er nichts als das schwache Rauschen des Windes durch das trockene Gras und sah nichts als das Land.

Das Gefühl, beobachtet zu werden, beunruhigte Walker mehr als die Insekten. Langsam wandte er den Kopf. Hinter ihm, in einem namenlosen Ausläufer des Ruby Bayou schwamm Entengrütze auf dem ruhigen schwarzen Wasser. Drei Schildkröten hockten bewegungslos auf einem sonnigen, halb versunkenen Baumstamm und hielten ihre Köpfe in die Morgensonne. Die Reptilien sahen wie frisch geschrubbt aus. Die gelben Flecken auf ihren Köpfen hatten die Farbe von neu gepressten Dublonen.

Sumpfschildkröten waren sehr scheue Kreaturen. Nichts hatte diese drei seit einiger Zeit gestört, weder ein Mensch noch ein Alligator. Als wolle er diesen Eindruck bestätigen, schwebte in diesem Augenblick ein Reiher heran, auf engelsweißen Flügeln. Er landete leichtfüßig im Gras, wartete auf eine schnelle Beute.

Mittlerweile hatten die Insekten Walker gefunden. Sie summten um ihn herum und stachen ihn erbarmungslos. Er ignorierte sie. Er war schon zuvor gestochen worden. Und er würde noch öfter gestochen werden. So war das Leben im Sumpfland nun einmal.

Mit der Geduld eines hungrigen Bayou-Jägers wartete er. Kein Geräusch. Kein Geruch. Kein plötzliches Auffliegen eines Vogels verriet eine menschliche Bewegung.

Dennoch war er sicher, dass ihm mindestens einer der FBI-Agenten aus dem Lager gefolgt war. Er war genauso sicher, dass weder Peel noch Farnsworth sich im Sumpf so leise bewegen konnten. Vielleicht hatten die Agenten doch einen guten Mann aus dem Sumpfland mitgebracht, doch das bezweifelte er. Das FBI und das Sumpfland würden sich genauso wenig mischen wie Granit und Wasser.

Zehn Minuten. Zwanzig. Dreißig.

Walker wartete.

Nichts bewegte sich, bis auf die Natur selbst.

»Ich muss wohl meine Fähigkeiten verlieren«, murmelte er.

Er trat aus den schützenden Schatten und ging zurück zum Haus.

Hinter ihm blitzte es weiß auf, dann bewegte sich etwas durch die Schatten, und dann gab es nichts weiter als unendliche Stille.

26

Als Walker ins Haus zurückkam, fand er Faith, die an dem Balkongeländer lehnte. Die späte Morgensonne hüllte das Land und das Wasser in Wogen blassen Goldes ein. Das Sonnenlicht hatte genau die gleiche Farbe wie ihr Haar und die Tränen, die sich unter ihren Augenlidern hervordrängten.

»Komm her, Süße.« Er drehte sie in seinen Armen herum und hielt sie fest.

Ihre Arme schlangen sich um ihn, als gehörten sie schon seit Jahren zusammen, und nicht erst seit wenigen Tagen. Sie wusste, dass sie sich deswegen eigentlich Sorgen machen sollte, doch dann rief sie sich ins Gedächtnis, dass sie dieses Mal ganz genau wusste, worum es in dem Spiel ging, und dass sie auch den Ausgang kannte. Walker war ein ehrlicher Mann. Er suchte bei ihr nicht mehr als Sex.

Aber jetzt war er bei ihr, und sie brauchte ihn.

»Es waren ziemlich schwierige Tage für dich«, sagte er.

Sie nickte an seiner Brust, dann seufzte sie auf. »Deswegen habe ich nicht geweint.«

»Weshalb denn?«

»Archer und Hannah haben gerade angerufen.«

Walker beugte sich zurück, bis er in ihre Augen sehen konnte. »Stimmt etwas zu Hause nicht?«

»Nein. Etwas stimmt sogar sehr.« Tränen hingen an ihren Wimpern, als sie ihn anlächelte. »Sie bekommen ein Baby.«

Obwohl Walker den Kopf schüttelte, weckte sein Lächeln in ihr doch den Wunsch, er möge nicht ein so einsamer Mann sein.

»Ich habe doch schon immer gewusst, dass der Junge tapfer ist«, meinte er gedehnt.

»Das ist typisch Mann. Es ist immerhin die Frau, die das Baby austrägt und es zur Welt bringt. Er braucht dabei doch nur auf und ab zu laufen.«

»Und dabei an alles denken, was schief laufen könnte und dass es keine Garantien gibt und dass er dafür verantwortlich ist, dass die Familie sicher ist.«

Faith legte den Kopf ein wenig zur Seite und betrachtete ihn lange. »Das meinst du ernst.«

»Weiß Gott.«

»Walker, ein Mann ist dabei nicht allein.«

»Was soll das heißen?«

»Nimm einmal an, du würdest von zwei Gegnern bedrängt,

und einer davon ist ein Mann, der sich prügeln will, und der andere eine Frau, die ihre Kinder verteidigt. Welchen Kampf würdest du wählen?«

Er legte das Kinn auf ihren Kopf, atmete tief den schwachen Duft nach Gardenien und Sonnenlicht ein, und wünschte, dass das Leben anders wäre. Doch das war es nicht. »Einige Frauen sind nicht so«, wehrte er ab.

Seine ausdruckslose Stimme war eine Warnung. Faith erinnerte sich an das Unvermögen seiner Mutter, ihre Kinder vor einem betrunkenen Lebensgefährten zu beschützen. Sie biss sich auf die Lippe und bedauerte, dass es so vieles gab, das sie nicht ändern konnte.

»Die meisten Frauen sind nicht so wie deine Mutter, denn dann wäre die Menschheit ausgestorben, als die Menschenfresser entdeckt haben, wie langsam und wie wohlschmeckend wir sind«, gab sie zurück. »Wer, glaubst du wohl, hat die Babys verteidigt, wenn die Männer auf der Jagd oder auf einem dieser dummen Kreuzzüge waren? Was glaubst du wohl, was Honor und Lianne und Hannah tun würden, wenn jemand ihre Kinder bedrohte?«

»Lianne würde mit einem Karate-Tritt jeden außer Gefecht setzen, der die Zwillinge falsch anfassen würde. Honor und Hannah würden ihr helfen, wenn es sein müsste.«

»Das würde gar nicht nötig sein. Sie befördert Kyle regelmäßig auf den Hintern, wenn die beiden trainieren. Ab und zu schafft sie sogar Archer.«

Walker lachte leise. »Sie ist ein schnelles kleines Ding. Und sie hat einen wachen Verstand. Ich frage mich, ob Kyle es mir je verziehen hat, dass ich sie nackt gesehen habe, als sie diese Wachen ablenkte.«

»Wenn ich an deiner Stelle wäre, würde ich darüber nicht reden.«

»Süße, ich bin wesentlich schlauer, als ich aussehe.«

»Und warum hast du dann Angst vor Kindern?«

Er zog sich ein wenig von ihr zurück. »Wovon redest du überhaupt?«

»Von dir. Du bringst ihnen ständig Spielsachen mit und du lächelst, wenn du die Babys beobachtest, doch vor ein paar Tagen musste Archer dir beinahe die Waffe an die Schläfe halten, damit du Summer auf den Arm genommen hast. Warum?«

»Ich bin an etwas so Hilfloses nicht gewöhnt. Das macht mich nervös.«

»Hilflos. Bedürftig. Abhängig. So siehst du Familien. Du siehst nichts von dem Lachen, nichts von der Liebe, nichts von den Gemeinsamkeiten. Das ist traurig.«

Er zuckte unbehaglich mit den Schultern. »So ist das Leben.«

»Dein Leben. Deine Wahl.«

Walker wehrte sich gegen den unerwarteten Schmerz in seinem Inneren. »Ich habe dir doch gestern Abend schon gesagt, Faith, du sollst mir auf diese Art nicht vertrauen. Alles, was ich dir geben kann, ist Sex.«

»Kannst, willst, am Ende macht das keinen wirklichen Unterschied.« Sie sah zu ihm auf, und es gelang ihr sogar ein glaubhaftes Lächeln. »Keine Sorge, Süßer, ich entwerfe in meinen Träumen keine passenden Fußfesseln. Ich weiß, dass du nicht mehr willst als das, was uns bereits verbindet. Und ich beklage mich nicht. Ich habe nicht einmal gewusst, dass es so gut sein kann.« Sie drehte das Gesicht an seine Brust und drückte es in den Ausschnitt seines Hemdes. »Ich frage mich, ob sie wohl einen Jungen oder ein Mädchen bekommen. Oder vielleicht sogar Zwillinge.«

Erleichtert akzeptierte Walker den Themenwechsel. »Der Himmel verschone uns. Zwillinge sind die Hölle auf vier Beinen.«

»Oh, Honor und ich waren gar nicht so schlimm. Justin und Lawe waren der reinste Terror.«

»Glaub du nur weiter an diese Geschichte. Vielleicht werden deine Brüder sie dir sogar eines Tages glauben.«

Faith lachte leise an seiner Brust, als sie sich an den Rest von Archers Anruf erinnerte. »Da wir gerade von Brüdern sprechen, Archer möchte, dass du ihn anrufst. Er hat etwas über den ›zweitrangigen Handel‹ gesagt, aber er hat nicht erklärt, was er damit meinte.«

Walker hoffte, dass sie nichts von dem Adrenalin spürte, das durch seinen Körper rann. »Der »zweitrangige Handel« war Archers Codename für die russische *Mafia*.

»Hast du Archer von dem Einbruch in der letzten Nacht erzählt?«, fragte Walker sie.

Sie seufzte. »Er war so glücklich darüber, dass er Vater wird. Ich dachte mir, die schlechten Neuigkeiten könnten noch ein wenig warten.«

»Ich werde es ihm sagen. Er ist daran gewöhnt, von mir nur schlechte Neuigkeiten zu erfahren. Warum gehst du nicht noch einmal ins Bett und machst ein kleines Nickerchen. Du hast in der letzten Nacht nicht sehr viel geschlafen.«

»Du aber auch nicht.«

Bei Walkers Lächeln prickelte ihr ganzer Körper.

»Ich versuche, nicht daran zu denken, Süße.« Er küsste sie auf den Hals, dann biss er sehr sanft hinein, sehr leidenschaftlich. »Wenn ich das tue, wird Archer seinen Anruf und du wirst deine Ruhe nicht bekommen.«

»Versprechen, alles Versprechen.«

»Hast du schon einmal etwas davon gehört, dass man so etwas verschieben kann?«

»Ja.«

»Dann verspreche ich dir wenigstens das.«

Eine halbe Stunde später versuchte Walker noch immer, Archer zu erreichen. Faith gab ihren Versuch zu schlafen auf und öffnete ihren Skizzenblock. Nachdem sie fünfzehn Minuten lang vor sich hin gekritzelt hatte, legte sie den Stift wieder weg. Sie musste sich neue Dinge ansehen, brauchte neue Muster, die sie inspirieren konnten. Dieses alte Haus war viel zu sehr durchdrungen von Zeit und Gefühlen. Es fiel ihr schwer, sich hier zu entspannen.

Sie fühlte sich beobachtet.

»Mach dich doch nicht lächerlich«, murmelte sie vor sich hin. »Niemand ist hier, außer Walker und dir, und alles, was er beobachtet, ist das Telefon.«

Dennoch zog sie ihre Wanderschuhe an und bereitete sich darauf vor, nach draußen zu gehen. Wenn sie in Seattle mit ihren Entwürfen nicht mehr weiterkam, lüftete sie ihre Gedanken in den Parks und am Wasser aus. Sie konnte das auch hier versuchen.

Sie winkte Walker zu, als sie durch das Wohnzimmer zur Tür ging.

»Wohin willst du...«, begann Walker, doch mitten im Satz hörte er eine ungeduldige Stimme am anderen Ende der Leitung. Es war endlich Archer. »Du musst dich klonen, alter Junge. Ein Mann könnte alt darüber werden, dass er darauf wartet, mit dir zu sprechen.«

Leise zog Faith die Tür des Flurs hinter sich zu. Sie hatte sich einen Spaziergang am Strand vorgenommen. Jetzt war eine gute Zeit dafür. Niemand brauchte sie, wenigstens hoffte sie das. Mel hatte angespannt und blass ausgesehen. Verständlich. Keine Braut – ob sie nun schwanger war oder noch Jungfrau – konnte es gebrauchen, dass zwei Tage vor ihrer Hochzeit im Haus eingebrochen wurde.

Als Faith unten war, stellte sie zu ihrer Freude fest, dass sie allein in dem großen Haus war. Offensichtlich nahmen Mel und Jeff die Gelegenheit an diesem warmen Nachmittag wahr, um ihren Schlaf nachzuholen. Davis war noch nicht zurückgekommen, und Tiga war schon den ganzen Tag lang unterwegs.

Leise verließ Faith das Haus durch die Küchentür und ging den Weg an dem morschen Anlegesteg und den undichten Booten entlang durch den Busch und über einen schmalen, sandigen Streifen, auf dem die scharfen Halme des Dünengrases wuchsen. Auf der anderen Seite verlor sich der Weg im Sand, doch jetzt konnte sie gedämpft das Rauschen des Meeres hören und den Schrei der Seevögel. Sie kam ihrem Ziel immer näher.

Sie quälte sich einen sandigen Abhang hinauf und blieb oben stehen. Das Dünengras hörte kurz vor der Wasserlinie auf. Der Sand gab unter ihr nach, als sie sich halb gehend, halb rutschend bis zum Strand unter ihr bewegte. Hier hatten Ebbe und Flut den Sand mit zerbrochenen Muschelschalen übersät und festgebacken.

Der Strand war ungefähr fünfzehn Meter breit. Kleine Wellen, die nicht weiter reichten als bis zu ihren Knöcheln, rannen über den festen, von der Feuchtigkeit dunklen Sand. Der Geruch nach Salzwasser sagte ihr, dass sie den Atlantischen Ozean vor sich hatte, doch er wirkte fast wie ein See, so ruhig war er.

Sie streifte sich die Schuhe von den Füßen und bewegte die Zehen im feuchten Sand. Er war fest, doch nachgiebig, eine perfekte Oberfläche, um darauf spazieren zu gehen. Als sie sich umwandte und den Strand entlangging, fielen die Sorgen der letzten Tage von ihr ab.

Wenigstens glaubte sie das.

Einige hundert Meter den Strand entlang, wo die ersten Häuser am Strand zu einer soliden Mauer aus Glas und Zement wurden, spiegelte sich das Licht in den Gläsern eines Fernglases. Der Beobachter saß unmittelbar unter dem Kamm einer niedrigen Reihe von Sanddünen, die die Gebäude vom Strand trennten. Er war so nahe, wie ein Fremder Ruby Bayou nur kommen konnte, ohne bemerkt zu werden.

Genau wie er hatte auch das FBI Nachtsichtgläser. Ihre waren besser als seine, die er in einem Geschäft für Sportausrüstung in Savannah gekauft hatte, doch sie waren gut genug, und ganz sicher besser als alles, was er in Russland hätte kaufen können.

Doch jetzt, bei Tageslicht, tat auch das normale Fernglas gute Dienste. Damit erregte er bei den Anwohnern wenigstens keine Aufmerksamkeit. In dieser Gegend gab es eine ganze Menge Menschen, die Vögel beobachteten.

Hierher, kleines Mädchen. Komm zu mir. Näher. Näher. Ich verspreche dir, ich werde sehr schnell vorgehen.

Das Lächeln unter dem Fernglas war kalt. Einige Versprechen waren dafür bestimmt, gebrochen zu werden.

Faith blickte sich unsicher um. Das Gefühl, beobachtet zu werden, hatte sie nicht verlassen, es hatte den Frieden zerstört, dem sie sich eine Zeit lang hingegeben hatte. Sie war sicher, dass sie beobachtet wurde, doch der Strand schien mindestens eine Meile hinter ihr leer zu sein. Ungeduldig blickte sie nach vorn. Der Strand ging schon sehr bald in Sumpfland über. Noch einmal sah sie über ihre Schulter zurück, sah aber nur ein paar Spaziergänger, die am Wasser entlanggingen und den warmen Wintertag genossen.

Vielleicht fühlte sie sich deshalb beobachtet. Ruby Bayou schien sehr abgelegen zu sein, doch die Zivilisation reichte bis an die Grenzen des Montegeau-Besitzes. Wenn sie den breiten, einladenden Strand entlangging, würde sie schon sehr bald an den Eigentumswohnungen, den Hotels und den Privathäusern ankommen, die auf dieser Seite der Hilton Head Insel standen. Mehr Menschen, doch keine Inspiration, nur Häuser aus Zement.

Die Sonne schien mit überraschender Wärme auf ihre Schultern, als sie sich von den Häusern abwandte und den Strand entlang auf den Sumpf zuging. Das ruhige Wasser und die kräftige Sonne hatten sie überrascht. Sie lebte schon viel zu lange in Seattle. Tony hatte immer gewollt, dass sie da war, wenn er von einer Reise zurückkehrte, und sein Terminplan war stets unvorhersehbar gewesen. Deshalb blieb sie an Ort und Stelle und verlor den Kontakt zur restlichen Welt. Faith holte tief Luft und stieß sie dann wieder aus. Tony.

Nie wieder würde sie sich auf eine Beziehung einlassen, wo Respekt und Verständnis nur von einer Seite kamen. Sie wusste jetzt, wie es war, wenn der Respekt beiderseitig war.

Nämlich wie Walker, der ihre Schmuck-Entwürfe respektierte. Wie er, der ihre Traurigkeit erkannt und sie in seinen Armen gehalten hatte, anstatt sie dafür zu schimpfen, dass sie schmollte.

So wie sie Walker in ihren Armen gehalten hatte und wie sie ihn verstanden hatte, auch wenn es wehtat. Wie sie ihn zum Lachen gebracht hatte, wenn sein Blick voller Qual war.

Ein Weg, der nach beiden Seiten gangbar war.

Zu schade, dass er nur so kurz war.

Die scharfe Kante einer Muschel grub sich in ihren nackten Fuß und erinnerte sie daran, hinzusehen, wohin sie ging und nicht dahin, wo sie gewesen war oder wo sie nicht hingehen konnte.

Sie bückte sich und hob das Bruchstück der Muschel auf. Es war der obere Teil des Hauses einer Wellhornschnecke. Die Spirale war elegant geformt, wie eine winzige Galaxie, die sich in einem riesigen Universum aus Sand drehte. Der größte Teil des Schneckenhauses war vom stürmischen Meer zerbrochen worden, doch es war noch genug übrig, um das glatte, glänzende, sich windende Zentrum erkennen zu können, das einmal Leben beherbergt hatte. Die Farbe im Inneren hatte nicht die Farbe von Pfirsichen oder Creme, sondern eine leuchtende Mischung aus beidem, wie der Sonnenaufgang.

Die ersten Möglichkeiten eines Entwurfes begannen sich in Faith' Gedanken zu formen. Sie bemerkte es kaum. Sie starrte einfach auf das leuchtende Bruchstück, als läge darin die Antwort auf eine drängende, wortlose Frage.

Nach einer Weile steckte sie das Schneckenhaus in die Tasche ihrer Jeans und ging weiter. Sie kam nur langsam voran, denn immer wieder entdeckte sie interessante Bruchstücke von Muscheln, Formen, die sie mit ihrer Poesie gefangen nahmen.

Dann, genau an der Wasserlinie, entdeckte sie ein langes, gewundenes Band von Muscheln. Sie sahen aus wie zerbrochene Stücke, doch als sie sich bückte, um sie genauer zu untersuchen, stellte sie fest, dass sie noch ganz waren, beinahe perfekte Miniaturen der größeren Stücke, die sie bereits gefunden hatte. Ihre Schönheit war atemberaubend, Tausende und Tausende von winzigen Ballerinas, die sich anmutig zu einer Musik drehten, die nur die Tänzerinnen selbst hören konnten.

»Ich wusste, dass sie dich anziehen würden, mein Schatz«, hörte sie plötzlich die leise Stimme einer Frau.

Faith' Herz begann zu rasen, als sie etwas fühlte, das ihr über das Haar strich, so leicht wie der Wind. Sie sprang auf und wirbelte herum. Sie war in der Nähe der Stelle, wo der Strand in den Sumpf überging. Die sanfte Stimme und die Berührung gehörten zu Tiga Montegeau.

»Mein Gott«, sagte Faith und legte eine Hand an ihre Brust. »Sie haben mich furchtbar erschreckt.«

Tiga lächelte. Ihr ergrauendes blondes Haar wehte im Wind wie der Nebel auf dem Bayou um Mitternacht. Ihre Augen spiegelten den feuchten, schimmernden Himmel wider, flach und zugleich von unergründlicher Tiefe, eine blasse Farbe, die von Grau zu Blau wechselte bei jeder Bewegung ihres Kopfes.

»Kein Grund zum Fürchten«, murmelte Tiga und berührte

Faith' Wange, als wären sie Mutter und Tochter und nicht beinahe Fremde. »Du weißt, ich würde dir niemals wehtun, mein kostbares kleines Baby.«

Faith öffnete den Mund, um zu erklären, dass sie nicht Tigas kostbares kleines Baby war. Doch dann erinnerte sie sich an Mels Worte: *Behandle sie einfach wie eine Schmusekatze. Wenn sie mit dir reden will, höre ihr zu und versuche, nicht zu verwirrt auszusehen.*

»Natürlich nicht«, versicherte Faith ihr. »Ich dachte nur, ich wäre allein.«

»Dummes, süßes Kind.« Sonnengebräunte, vom Salzwasser raue Hände wiederholten die geisterhafte Liebkosung von Faith' Haar. »Wir sind nie allein. Dein Urgroßvater hat einen Mann aufgehängt, gleich dort drüben.« Sie deutete zu einer uralten Eiche, die in Richtung des Hauses wuchs. »Du kannst ihn noch immer schreien hören, wenn der Mond dunkel ist. Ich denke, es hat ihm nicht gefallen.«

Faith wusste nicht, was sie darauf antworten sollte.

Doch Tiga bemerkte es nicht. »Dort hinten«, sagte sie und sah zu dem Sumpf und dem stillen, schwarzen Wasser, »ist ein Mädchen ertrunken. Wenigstens glauben die Leute das. Sie war dreizehn und ging allein zum Austernfischen. Wenn der Mond aufgeht und es neblig ist, dann hört man sie rufen, wie ein Vogel *lass-mich-los, lass-mich-los, bitte-lass-mich, lass-mich-bitte.*«

Bei Tigas leiser flötender Nachahmung eines geisterhaften Vogels richteten sich die Haare in Faith' Nacken auf.

»Sie ist noch immer da«, sagte Tiga. »Ich weiß gar nicht, warum sie ruft. Ertrinken ist einfacher als hängen, wenigstens sagen sie das.«

»Sie?«

»Die Geister, mein Schatz. Du hörst sie.«

»Eigentlich höre ich sie nicht.«

Tigas Lächeln war so traurig, dass Tränen in Faith' Augen aufstiegen.

»Natürlich tust du das, kostbares Baby«, sagte Tiga und berührte Faith fast. »Du bist doch einer von ihnen. Ich auch, manchmal. Weinen, sterben, *lass-mich-los, bitte-lass-mich...*«

Tigas Blick und die Sicherheit in ihrer Stimme ließen Faith wie angewurzelt verharren. Verzweifelt versuchte sie, an Tiga als eine Schmusekatze zu denken. Es ging nicht. Keine Katze auf dieser Seite der Hölle hatte solch weise, überirdische Augen.

»Manchmal tragen sie Rubine«, flüsterte Tiga ihr verschwörerisch zu. »Deshalb weißt du es.«

»Was?«, brachte Faith heraus.

»Deine Verwandtschaft, kostbares Baby. Ein breites Armband, kaltes Gold, Seelen, eingefasst in Gold, hunderte von ihnen, rote Tränen, rotes Blut. Ein Kreis, eine Dornenkrone, Tropfen von Blut an jeder Spitze, Blut, gefroren zu Eis und poliert, dass es glänzt, weint, seufzt, *lass-mich-los, lass-mich-los.*«

Faith gab es auf, sich eine plappernde Katze vorzustellen. Irgendwie machte sie das noch nervöser als einfacher menschlicher Wahnsinn. Und unter diesem Wahnsinn... Schmerz.

Sie wünschte, sie könnte Tigas Schmerz nicht so deutlich fühlen.

»Ein langes Band aus Rubinen, brennender Hass, brennende Hoffnung«, sagte Tiga und hielt Faith mit ihrem unheimlichen Blick gefangen, »es dreht sich und dreht sich, *lass-mich-los, bitte-lass-mich.* Finde den Rest des Hofstaates der Königin, die dreizehn Windungen, die dreizehn Seelen, die Flamme der Hoffnung.«

Mit erstaunlicher Geschwindigkeit und Kraft schlossen sich Tigas Finger um Faith' Handgelenk. »Du musst es mir bringen, mein Schatz. Es gehört in die Schatztruhe und nicht als Schlinge um deinen Hals. Ich kann es nicht ertragen, dich schreien zu hören...«

Faith sagte das Einzige, was ihr einfiel. »Natürlich werde ich es finden«, erklärte sie mit leiser, beruhigender Stimme. »Wollen Sie jetzt mit mir zurück zum Haus gehen?«

Langsam lösten sich Tigas Finger von ihrem Handgelenk. Als wolle sie sich orientieren, blickte sie zum Meer, dann zur Sonne und schließlich zum Sumpf. Als sie Faith wieder ansah, blinzelte sie überrascht.

»Hallo«, sagte Tiga mit ganz normaler, wenn auch mädchenhafter Stimme. »Was tun Sie hier? Sind Sie gekommen, um mit mir zu spielen? Es tut mir wirklich sehr Leid, aber ich kann nicht. Die Krebse warten darauf, gesegnet zu werden.«

Tiga lächelte vage, wandte sich ab und ging in Richtung auf den Sumpf davon. Ihre Schritte waren lang und sicher, die Bewegung einer Frau, die dreißig Jahre jünger war. Schnell verschwand sie den Pfad entlang, der zu den zerbeulten Booten am Steg von Ruby Bayou führte.

Faith stieß den angehaltenen Atem aus und atmete noch einmal tief durch. Sie wünschte, dass Tigas Unterhaltungen vollkommen wahnsinnig wären, vollkommen unverständlich. Doch die unheimliche Sicherheit dieser Frau und die Bedeutung dessen, was sie sagte, verwandelten ihre Worte in eine Sprache, die nur eine Person sprach. Klang und Bedeutung dessen, was sie sagte, verwandelten ihre Worte in eine Sprache, die nur eine Person sprach. Klang und Bedeutung und dennoch keine Möglichkeit des Verstehens.

Auf der anderen Seite war Faith gar nicht darauf erpicht, eine Welt von gehängten Männern und vermissten Kindern und Seelen, so rot wie Blut, eingefangen in Gold, zu verstehen.

Das Bild von Mels Verlobungsring kam Faith in den Sinn, ein blutroter Rubin, in Gold eingefasst.

Lass-mich-los, lass-mich-los, bitte-lass-mich…

27

»Wenn dein Assistent dich noch ein einziges Mal unterbricht, Boss, dann werde ich ihm etwas antun, das tödlich für ihn ist«, sprach Walker mit freundlicher Stimme in das Handy.

Archers Lachen kam durch die Leitung. »Entschuldige. Die Schwierigkeit, wenn man selbstständig arbeitet, ist, dass man immer bei der Arbeit ist.«

Archer blickte auf, als Mitchell mit einem Tablett mit Kaffee und einem Imbiss ins Zimmer gerollt kam, das er auf die Armlehnen seines Rollstuhles gestellt hatte. Dann verschwand er wieder und schloss die Tür hinter sich. »Okay, jetzt, wo wir an einem gesicherten Telefon sprechen und Onkel Sam uns wahrscheinlich nicht hören kann, was zum Teufel ist eigentlich los auf Ruby Bayou?«

»Jemand hat den Safe geknackt und ihn ausgeräumt.«

»Die Rubine?«

»Die sind noch immer gleich neben dem Familienschmuck, aber das wissen nur wir drei.«

Archer nippte an seinem Kaffee, biss ein Stück des Pesto-Brotes ab und dachte nach. »Also haben alle, bis auf Faith und dich, geglaubt, dass die Halskette im Safe lag.«

»Ja.«

»Glaubst du, es war jemand aus dem Haus?«

»Der Hund wurde betäubt, und die Fenstertüren der Bibliothek waren aufgebrochen.«

»Das hat nicht unbedingt etwas zu sagen.«

»Du bist zynisch, Boss. Das ist eines der Dinge, die mir an dir so sehr gefallen.«

»Danke. Ich werde dich nicht bitten, mir auch noch die anderen Dinge zu verraten, die dir an mir gefallen.«

Walker lachte. »Kluger Mann. Und was den Safe betrifft, ich

denke, wer auch immer ihn geöffnet hat, hat erwartet, mehr darin zu finden als drei von Faith' wunderschönen Entwürfen.«

»Verdammt! Drei ihrer Stücke sind verschwunden?«

»Ich habe die Inventarnummern bereits per E-Mail an Kyle durchgegeben. Er hat gesagt, er würde Fotos herausgeben und Warnungen, dort, wo sie am meisten nützen würden.«

»Das wird der Versicherungsgesellschaft aber gar nicht gefallen.«

»Mir gefällt das auch nicht. Ich hätte ihr sagen sollen, dass sie nichts in einen Safe legen soll, der so alt ist wie Methusalem.«

»Glaubst du denn, sie hätte auf dich gehört?«

»Alles ist möglich«, meinte Walker ironisch. »Aber ich wollte fischen und habe zugelassen, dass sie das Zeug als Köder benutzt.«

»Das musst du mir erklären.«

»Jemand will diese Rubine wirklich unbedingt haben. Zuerst taucht dieser Russe auf und sucht in Seattle in Faith' Laden nach einem märchenhaften Rubin. Er inspiziert den Laden, beobachtet ihn, um sicher zu sein, dann kommt er zurück und bricht den Safe auf. Keine Halskette, weil ich dieses verdammte Ding an meinem Körper getragen habe.«

»Moment mal. Ein märchenhafter Rubin?«

»Ivanovitsch hat einen Rubin beschrieben, der wahrscheinlich niemals existiert hat, und wenn doch, dann hat man ihn schon seit Jahrhunderten nicht mehr gesehen.«

»Du glaubst also, er hat nach einem Vorwand gesucht, um in Faith' Geschäft zu kommen?«

»Höchstwahrscheinlich. Hätte er gleich nach der Kette gesucht und sie wäre dann verschwunden, dann hätte er eine ganze Menge erklären müssen. Auf diese Art bringen wir ihn mit etwas in Verbindung, das wahrscheinlich überhaupt nicht existiert hat – das Herz der Mitternacht – und nicht mit der Halskette der Montegeaus.«

»Okay.«

»Und wenn diese Vermutung nicht stimmt, dann werde ich nach anderen suchen müssen. Möchtest du sie hören?«

»Nur, wenn deine erste Vermutung nicht stimmt. Also gut, wir nehmen also an, dass die Halskette der Montegeaus das Ziel ist.«

Walker zuckte zusammen. Er wusste genauso gut wie Archer, dass eine falsche Vermutung der Grund allen Übels sein konnte.

Aber irgendwo musste man ja anfangen.

»Sie haben das Hotel überfallen, in dem sie Faith vermutet haben, dann den Safe der Ausstellung, und dann haben sie Faith selbst überfallen«, erklärte Walker. »Niemand außer diesem Russen hat etwas über das Herz der Mitternacht gesagt, also scheint wirklich die Kette das wahre Ziel zu sein.«

Archer gab ein knurrendes Geräusch von sich.

»Ja«, stimmte ihm Walker zu, und seine Stimme klang gefährlich ruhig. »Ich habe vor, jemanden dafür bezahlen zu lassen, dass er mit einem Messer auf Faith losgegangen ist.«

»Es klingt so, als hättest du das bereits getan, nach allem, was Kyle mir von dem Bericht des Gefängnisarztes in Savannah erzählt hat.«

»Hat der Bursche sich wieder einmal in offizielle Computer eingeschlichen?«

»Atmet Kyle?«, gab Archer zurück. »Nach der offiziellen Beschreibung der Verletzungen von Buddy Angel, von seinen Quetschungen und seinen Nieren, wird er wie ein getretener Hund jammern, wann immer er pinkeln muss.«

»Er kann sich ja an Tony Kerrigans Schulter ausweinen.«

Einen Herzschlag lang herrschte Schweigen am anderen Ende der Leitung, dann gab Archer seine Meinung zum Ex-Verlobten seiner Schwester von sich.

Das war noch so eine Sache, die Walker an seinem Boss

mochte. Er beherrschte die Gossensprache der Afghanen wie ein Einheimischer.

»Wann hast du diesen Hurensohn denn gesehen?«, wollte Archer wissen, als er wieder zur englischen Sprache überging.

Mehrere Telefone läuteten im Hintergrund in Archers Büro. Er ignorierte sie.

Genau wie Walker. »Er erschien plötzlich in der Ausstellung. Behauptete, er wolle gern mit Faith über alte Zeiten reden.«

»Himmel.« Archers freie Hand ballte sich zur Faust. »Hat er Faith belästigt?«

»Nein. Ich habe mich vorgestellt, wir haben die Hände geschüttelt, sind dann nach draußen gegangen, um uns zu unterhalten, und dann habe ich einen Taxifahrer dafür bezahlt, ihn dorthin zu bringen, wohin er gehört. Und er hatte nur einen mickrigen kleinen gebrochenen Finger, als ich mit ihm fertig war.«

Archer zog eine Augenbraue hoch. Er würde wirklich gern den Rest der offiziellen Zusammenfassung lesen. Wie zum Beispiel hatte Tony wohl ausgesehen, als er mit dem Gesicht nach unten auf dem Boden lag? »Es fahren aber noch keine Taxis in die Hölle.«

»Du warst wohl noch nie in Savannah.«

»Kyle hat aber keinen Polizeibericht darüber gelesen«, meinte Archer.

»Über die Hölle in Savannah?«

»Nein, über deine, äh, *Unterhaltung* mit Tony.«

»Kein Theater, kein Durcheinander, kein Ärger. Für die ganze Welt hat es so ausgesehen, als wenn ein armer Dummkopf verdammt zu unbeholfen war mit seinem Stock, sodass sein großer Freund darüber gestolpert ist, und dann noch einmal über ihn gestolpert ist, als er versucht hat, ihm aufzuhelfen.«

Archer lächelte. Das Bild, das er sich in Gedanken machte, gefiel ihm. »Soll ich ihn überwachen lassen?«

Walker dachte ein paar Sekunden darüber nach. »Das wird nicht nötig sein. Wenn er noch einmal versucht, sich mit ihr in Verbindung zu setzen, werde ich mich darum kümmern.«

»Lass dich nicht erwischen.«

»Wobei soll ich mich nicht erwischen lassen?«, fragte Walker freundlich.

Archer schnaufte. »Also ist der Mann, der Faith bewachen soll, ein solch unbeholfener Klotz, dass seinetwegen schon zwei Männer im Krankenhaus liegen. Die Montegeau-Rubine sind noch immer in Sicherheit, obwohl es schon mehrere Versuche gegeben hat, sie zu stehlen. Drei weitere Entwürfe von Faith wurden auf Ruby Bayou gestohlen, niemand wurde verletzt, bis auf den Hund, und du bist noch immer der Meinung, dass es jemand war, der zum Haus gehört.«

»Es ist noch viel zu früh für eine Meinung, Boss. Ich versuche noch immer herauszufinden, in welchem Zusammenhang April Joys russische *Mafia* mit den Gangstern aus Atlantic City steht, die wie die Hunde auf einer Fährte hinter Faith' Schmuck her sind. Und dann ist da noch das FBI.«

»Das FBI? Oh, Mist. Die hatte ich ganz vergessen. Wie passt das FBI da hinein?«

»Sie behaupten, dass sie Davis Montegeau überwachen und versuchen, Sal Angel auf jede nur mögliche Art zu überführen.«

»Und du glaubst ihnen?«

Walker seufzte. »Verdammt, Boss, ich würde ihnen gern glauben. Es könnte sogar zum Teil die Wahrheit sein.«

»Aber?«

»Aber Onkel Sam war schon hinter uns her, ehe wir überhaupt einen der Montegeaus gesehen haben. Zwei Agenten sind uns in das Restaurant gefolgt, haben der Hostess ihre Marke gezeigt, um einen Tisch zu bekommen und sind erst dann gegangen, als wir das Restaurant verlassen haben, obwohl Mel noch gewartet hat, bis man ihren Wagen gebracht hat. Doch Cindy

Peel – die Agentin, die die Überwachung leitet – behauptet, dass sie Mel gefolgt sind und uns dabei nur zufällig gesehen haben.«

»Nicht gut.«

Walker widersprach ihm nicht. Er hatte das gleiche Gefühl.

»Sonst noch etwas?«, fragte Archer.

»Sie bewachen Ruby Bayou recht gut, aber sie haben behauptet, sie hätten nichts Ungewöhnliches entdeckt während des Einbruchs. Natürlich sind sie keine Sumpffratten, deshalb könnte ihnen etwas entgangen sein. Mir ist es nicht schwer gefallen, mich an sie heranzuschleichen.«

Schweigend verdaute Archer die Tatsache, dass Walker die Agenten im Sumpf gefunden hatte. »Vielleicht haben sie deshalb nichts gesehen, weil es wirklich jemand aus dem Haus gewesen ist.«

»Vielleicht«, stimmte ihm Walker zu. »Der Sheriff hier scheint zu glauben, dass Faith etwas damit zu tun hat.«

»*Was?*«

»Ich habe ihm gesagt, er soll sich nach Donovan International erkundigen, ehe er etwas tut, was er später bereut, wie zum Beispiel, seine Andeutungen öffentlich auszusprechen.«

»Gütiger Himmel, was für ein verdammtes Durcheinander.«

»Nimm das nicht persönlich. Ich habe das auch nicht getan, und er hat angedeutet, dass ich es auch gewesen sein könnte.«

»Das reicht«, erklärte Archer mit ausdrucksloser Stimme. »Ich fliege zu euch runter.«

»Bleibe bei Hannah und feiere die nächste Generation. Und meinen Glückwunsch, übrigens. Du bist wesentlich mutiger als ich.«

»Das bezweifle ich.«

»Ich nicht. Eine Ehe und Kinder jagen mir Todesängste ein.«

Am anderen Ende der Leitung knetete Archer seinen Nacken und fuhr sich mit den Fingern durch sein bereits zerzaustes Haar. Die Tür seines Büros öffnete sich. Er wandte sich um, um

Mitchell anzufahren, doch dann entdeckte er Hannah. Das Lächeln, das er ihr schenkte, ließ den gefährlichen Gesichtsausdruck verschwinden und ihn einfach nur noch gut aussehen. Schweigend streckte er ihr die Hand entgegen.

»Dann bist du ein Idiot«, sagte Archer.

»Hey, jeder Mann muss doch wenigstens in etwas gut sein«, widersprach Walker.

»Warum schnüffelt der Sheriff hinter dir und Faith her?«

Hannah warf Archer einen besorgten Blick zu. Er küsste ihr die Finger, dann gab er ihre Hand wieder frei und rieb sich wieder den Nacken. Sie schob seine Hand beiseite und begann, die angespannten Muskeln in seinem Nacken zu lockern. Er versuchte, bei diesem angenehmen Gefühl nicht aufzustöhnen.

»Hier unten«, erklärte ihm Walker, »macht jeder die Freunde verantwortlich.«

»Ich nehme an, der Sheriff hat noch nie etwas davon gehört, dass ein örtlicher Pfeiler der Gesellschaft seinen eigenen Safe aufgebrochen hat.«

»Das ist das Problem. Die Montegeaus profitieren ja sowieso nicht davon, wenn Faith' Schmuck verschwindet. Genauso ist es mit der Halskette. Sie wird erst von ihrer Versicherung gedeckt, wenn Mel sie auf der Hochzeit trägt.«

»Selbst ohne die Versicherung ist der Schmuck wertvoll.«

»Sicher, aber man muss ihn zuerst einmal zu Geld machen. Das ist nicht leicht, wie der gute alte Ivan Ivanovitsch sehr schnell festgestellt hat, als man ihn bei dem Versuch erwischte, Faith' einzigartige Entwürfe zu versetzen.«

»Ahhh, ich verstehe«, sagte Archer und schnurrte beinahe vor Genuss, als die Finger seiner Frau die Anspannung in seinen Muskeln lösten. »Du wartest darauf, wo die neuen Stücke wieder auftauchen.«

»Amen. Und dann werde ich jemandem ernsthaft in den Arsch treten.«

Am anderen Ende der Leitung herrschte Schweigen. Das störte Walker nicht. Er wusste, dass Archer in Gedanken alles zusammenfasste und sortierte, was er gesagt und auch was er nicht gesagt hatte, was er getan und was er nicht getan hatte.

Im Hintergrund läuteten noch immer ununterbrochen die Telefone. Mindestens zwei Computer piepsten ungeduldig.

Mit gerunzelter Stirn arbeitete Hannah noch immer an Archers harten Schultern. Selbst wenn sie die Hälfte der Unterhaltung nicht gehört hatte, sagte ihr doch die Anspannung in Archers Körper, dass es hier um Familienangelegenheiten ging und nicht um geschäftliche Dinge. Er besaß einen wilden Beschützerinstinkt für die Menschen, die er liebte.

»Sorg dafür, dass Faith im nächsten Flugzeug nach Hause sitzt«, befahl Archer schließlich.

»Abgesehen davon, dass ich sie fessele und sie in einen Sack stecke, was schlägst du vor, wie ich das anstellen soll?«, fragte Walker ruhig.

»Fesseln und in den Sack stecken klingt ganz passabel.«

»Eine Entführung ist ein Gewaltverbrechen«, behauptete Walker. »Es ist schwer, mit so etwas davonzukommen, wenn Agenten der Bundesbehörde vor deiner Tür kampieren.«

»Dann versuch es mit Vernunft.«

»Das habe ich bereits getan.«

Archer brauchte nach dem Ergebnis gar nicht erst zu fragen. Faith war noch immer auf Ruby Bayou. »Schick per E-Mail den Weg nach Ruby Bayou an…«

»Kyle hat ihn bereits«, unterbrach Walker ihn.

»Davon hat er mir aber gar nichts gesagt.«

»Wahrscheinlich wollte er dir die Freude über das Baby nicht verderben.«

Archer lächelte ein wenig und küsste den Teil von Hannahs langen, schlanken Fingern, den er erreichen konnte.

»Wahrscheinlich nicht. Wenn der Sheriff so dämlich ist, wie

er sich anhört, dann wirst du den Namen eines guten Anwaltes in der Gegend brauchen. Ich werde Mitch sagen, dass er sich darum kümmern soll.«

»Das hat er schon getan, während ich auf dich gewartet habe. Der Name der Frau ist Samantha Butterfield, und sie lebt im Süden, seit der erste Moskito ausgebrütet wurde. Sie weiß, wo all die hiesigen Leichen vergraben sind, wer sie vergraben hat und wer dafür ins Gefängnis gewandert ist und wer nicht.«

»Kennt sie den verdammten Sheriff?«

»Er ist ein Cousin zweiten Grades von ihr.«

»Liebende Verwandtschaft, wie?«

»Hier unten sind uns die Cousins wichtiger als die Liebe«, erklärte Walker spöttisch. »Wir halten die Dinge am liebsten in der Familie. Man will schließlich all die Armut nicht zu weit verbreiten, nicht wahr?«

Trotz seiner Anspannung musste Archer lachen.

Hannah lächelte. Walker war einer der wenigen Menschen, die Archer von seiner Arbeit abhalten konnten. Doch dann erinnerte sie sich an die Umstände, als er beim letzten Mal mit Walker telefoniert hatte. Sie wusste nicht, ob sie lachen oder erröten sollte. Sie nahm an, dass es ihr nur recht geschah, weil sie Archer geneckt hatte, während er telefonierte, doch es war so herrlich gewesen, ihm zuzuhören, wie er über ernsthafte Geschäfte geredet hatte, während sie ihn verführte.

Sie fragte sich, was wohl geschehen würde, wenn sie das noch einmal tat. Gleich jetzt. Gleich hier.

Er würde wahrscheinlich genau das tun, was er auch beim letzten Mal getan hatte – er würde sie sich überstreifen wie einen Handschuh, ihr das Telefon reichen und sie auffordern, mit Walker zu reden, und dann würde er sie ihren eigenen Namen vergessen lassen.

Archer fühlte, wie sich Hannahs Berührungen veränderten. Sein Blut erhitzte sich, sein Herz schlug schneller, und seine

Hose wurde ihm plötzlich zu eng. Er überlegte, dass er wahrscheinlich noch eine Minute hatte, ehe sie ihm den Reißverschluss öffnen würde. Vielleicht sogar zwei.

Er hoffte, dass es nur eine Minute war.

»Setz Faith in ein Flugzeug, wenn du es schaffst«, sagte Archer.

»Und wenn ich es nicht schaffe?«

»Dann sorg so gut wie möglich für sie. Anwälte sind billig.«

Die Leitung war tot.

Während Walker das Telefon ausstellte, hoffte er, dass Samantha Butterfield nicht aussah wie das nördliche Ende eines nach Süden strebenden Maulesels. Falls er nicht großes Glück hatte, würde er eine Menge Zeit mit dieser erstklassigen Anwältin aus den Südstaaten verbringen.

»Faith?«, rief er.

Es kam keine Antwort.

Walker lief schnell durch das ganze Haus. Faith war nirgendwo zu sehen. Der Garten war ebenfalls leer. Der wackelige Anlegesteg lag leer in der Sonne.

Er fluchte. Er wusste, wenn er ihr gesagt hätte, sie solle sich nicht aus seiner Nähe bewegen, hätte sie ihn aufgefordert, zur Hölle zu fahren. Also hatte er ihr keine Befehle gegeben.

Und jetzt war sie nicht mehr da.

Walker versuchte, den Adrenalinstoß in seinem Blut zu unterdrücken, während er eines der zerbeulten Boote bestieg und zu rudern begann. Boote waren in den sumpfigen Tiefen von Ruby Bayou eindeutig die schnellsten Fortbewegungsmittel.

28

Faith zögerte und versuchte sich zu erinnern, welchen Weg sie vom Haus aus genommen hatte. Die schwachen Spuren im Schlamm führten in verschiedene Richtungen zwischen den Büschen hindurch und verwirrten sie. Langsam fürchtete sie, dass sie sich verlaufen hatte.

Nun, eigentlich nicht richtig verlaufen. Sie wusste immerhin, wo das Meer war. Sie wusste auch, in welcher Richtung Ruby Bayou lag. Sie wusste nur nicht, wie sie dorthin kommen sollte, durch das messerscharfe Gras, den hüfthohen Schlamm und das Brackwasser, das so dunkel war, dass es eine Meile tief sein konnte. Oder nur wenige Zentimeter.

»Faith?«

Sie zuckte zusammen, als sie Walkers Stimme erkannte. Er rief nach ihr, von irgendwo draußen in dem hohen Gras des Sumpfes.

»Ich bin hier drüben.«

»Ja, das habe ich schon bemerkt. Aber ich will verdammt sein, wenn ich weiß, wie ich dorthin kommen kann.«

»Das weiß ich auch nicht«, gestand sie.

»Bleib dort stehen, aber sprich weiter mit mir.«

»Worüber?«

»Über alles, was du auch auf der ersten Seite der lokalen Zeitung lesen würdest.«

»Verdammt. Und ich hatte schon vor, dir schmutzige Sachen zu erzählen.«

»Das ist schon besser so. Mein armes altes Herz würde das nicht ertragen können.«

Faith' Lachen war sanft und so heiß wie die Sonne, die über die ungewisse Grenze zwischen Wasser und Land schien.

»Sprich mit mir, Süße«, forderte Walker sie auf.

»Ich versuche, mir ein Thema zu überlegen, bei dem wir nicht beide eingesperrt werden.«

»Eine gute Idee.«

Sie kicherte und holte dann tief Luft, als Erinnerungen sie überwältigten. Sie hatte keine Ahnung, warum der leichte Wind und der erdige Geruch des feuchten Bodens sie an einen Vorfall erinnerten, der vor Jahren passiert war, Tausende von Meilen weit entfernt am anderen Ende des Kontinents, doch wenigstens war das etwas, worüber sie reden konnte.

»Als wir dreizehn waren«, erzählte sie und sprach laut genug, dass Walker sie hören konnte, wo auch immer in dem hohen Gras er sein mochte, »sind Honor und ich nach dem Zubettgehen aus dem Haus geschlichen und mit unseren Fahrrädern zu der Stelle gefahren, an der die Pärchen immer rumgeknutscht haben.«

»Sprich weiter.«

»Wir haben Archer gesehen, wie er mit Libby Tallyman beschäftigt war. Sie war zwei Jahre älter als er. Also, er hatte die Zunge bis an ihre Mandeln gesteckt...«

Walker lachte laut auf. Er schob das leckende Boot mit dem flachen Boden über eine seichte Stelle und kämpfte gegen den Schlamm, der an einigen Stellen beinahe so flüssig war wie Wasser. Einen Augenblick lang glaubte er, er würde stecken bleiben. Dann aber glitt das Boot durch eine schmale Öffnung zwischen Büscheln von Gras hindurch.

Ein erschrockener Reiher flog mit einem Schrei davon.

»Was war das?«, fragte Faith ängstlich.

»Ein Mistbeutel. Sprich weiter. Man verliert in all dem Gras verdammt schnell die Richtung.«

»Kyle ist uns gefolgt.« Faith stellte sich auf Zehenspitzen und sah sich um, doch alles, was sie sah, war das hohe Sumpfgras. Sie hatte nicht gewusst, dass es hoch genug war, um einen Mann zu verbergen. Vielleicht watete Walker gerade durch den

Schlamm. »Er hat damit gedroht, Archer alles zu verraten, es sei denn, wir wären damit einverstanden, eine Woche lang für ihn das Geschirr abzuwaschen und einen Monat lang seine Wäsche zu waschen.«

»Durch und durch eine Erpressung.«

Walkers Stimme kam jetzt von links. Faith wandte sich um und starrte in die Richtung. Nichts.

»Der schlimmsten Art«, stimmte sie ihm zu. »Weißt du eigentlich, wie unangenehm die schmutzigen Socken eines Bruders sein können? Ganz besonders für zierliche kleine Blumen, wie wir es waren. Bah! Aber wir haben zugestimmt. Alles war besser als eine von Archers endlosen Strafpredigten.«

Walker lachte leise.

Noch einmal sah sie sich nach ihm um. Sie wusste, dass er näher gekommen war, doch konnte sie ihn noch immer nicht sehen. »Wo bist du?«

»Hinter einer Landzunge aus Lehm und Sumpfgras. Sprich weiter. Mir gefällt die Idee von dir und Honor, die die schmutzige Wäsche ihres Bruders waschen.«

»Wir waren viel schlauer. Wir haben uns von Kyle nach Hause bringen lassen, dann haben wir gewartet. Und er verschwand nach draußen und stieg auf sein Fahrrad. Wir sind ihm gefolgt, zurück zu der Stelle, wo geknutscht wurde. Er versteckte sich an der gleichen Stelle, an der wir zuvor Archer beobachtet hatten. Du hättest seine Augen sehen sollen. Habe ich eigentlich erwähnt, dass Libby die größten Brüste in der ganzen Gegend hatte?«

»Nein, aber ich kann es mir gut vorstellen.«

»Eine Kuh vor dem Melken?«, fragte Faith unschuldig.

»Noch nie eine gesehen.«

»Sie hatte eigentlich zwei davon.«

Walker gab auf und lachte. »Das ist typisch.«

»Wo bist du?«

Er schob sich von einer Stelle weg, wo das Wasser in Schlamm überging. »Du steckst voller Frechheiten, nicht wahr?«

»*Moi*? Du denkst da sicher an meine Zwillingsschwester.«

Leise lenkte er das Boot um eine Stelle, an der dichtes Schilf wuchs. Faith stand etwa zehn Meter von ihm entfernt, mit dem Rücken zu ihm, auf der anderen Seite eines niedrigen, mit Gras bewachsenen Abhanges. Sie trug Jeans, die so eng anlagen, dass er daran denken musste, wo sie am heißesten war.

»Woran ich denke, das ist die süße Stelle, die ich in der letzten Nacht gefunden habe.«

Seine Stimme war leise und rau, und er schien ihr sehr nahe zu sein. Doch noch immer konnte sie ihn nicht entdecken. Sie gab ein ungeduldiges Geräusch von sich und blickte über das hohe Gras zu den Bäumen. Niemand war zu sehen. »Denke doch einmal laut. Ich kann dich noch immer nicht sehen.«

»Ich denke daran, wie ich dich wieder aus dieser Jeans holen werde. Ich denke daran, wie deine Schenkel sich unter meinen Händen anfühlen, wenn ich…«

Sie räusperte sich laut und begann dann zu reden. Schnell. »Und ich denke an die Titelseite der Zeitung, von der du gesprochen hast.«

»Dreh dich um, Süße. Niemand ist hier außer uns.«

Sie blickte über ihre Schulter. Walker war eingehüllt von dem hohen Gras. Oder er stand im Schlamm. Oder sonst wo. Es war auf jeden Fall wesentlich feuchter dort als an der Stelle, an der sie stand.

»Ich wusste, dass du gut bist, Süßer«, erklärte sie rau, »aber ich wusste nicht, dass du auf dem Wasser gehen kannst.«

Lachen und ein eigenartiger Schmerz erfassten Walker. Er wünschte, er könnte Faith zu sich in das Boot ziehen und dann vom Sumpf in den Bayou fahren und mit ihr verschwinden.

Für immer.

Sorg so gut wie möglich für sie. Anwälte sind billig.

Die beste Art, wie er für sie sorgen konnte, war, sie zurück nach Seattle zu schicken und dann zu verschwinden. Sie war eine Frau, die sich für immer band und die Familie haben wollte. Alles, was er für sich zuließ, war das Hier und Jetzt, er war ein Mann, der allein bleiben wollte. Der Preis, jemanden zu enttäuschen, war einfach zu hoch.

Zum zweiten Mal in seinem Leben wünschte Walker bis tief in seine Seele, dass die Dinge anders stehen würden.

Nichts änderte sich, nur das Ausmaß des Schmerzes, den er in sich trug.

Er war nicht überrascht. Schon vor langer Zeit hatte er gelernt, dass sich überhaupt nichts änderte, nur weil man es sich wünschte.

»Was tust du?«, fragte Faith.

Er lenkte das Boot um ein Grasbüschel herum. »Ich überlege, wie ich dich am besten in dieses Boot bekomme, ohne dass du so voller Lehm sein wirst wie ein Froschjäger.«

Der aufreizende Humor in ihrem Blick verschwand, als sie das unansehnliche Boot sah. »Ich? In dieses Boot? Vergiss es. Lieber verirre ich mich im Sumpf.«

»Es ist ein gutes Boot.«

»Es ist ein Stück Schrott.«

Er bewegte leicht die Ruder. Der Bug des Bootes hob sich auf das Gras, ungefähr zwei Meter von ihr. »Klettere hinein.«

»Ich würde nie da hineinklettern, und wenn mein Leben davon abhinge«, erklärte Faith mit ausdrucksloser Stimme.

Walker sah sie über seine Schulter hinweg an. Sie machte keinen Spaß. »Magst du keine kleinen Boote?«, fragte er mit breitem Akzent.

»Falsch. Ich hasse sie.«

»Aus irgendeinem besonderen Grund?«

»Die schrecklichsten Stunden meines Lebens habe ich zusammen mit Honor und meinen Brüdern in einem kleinen Boot verbracht. Natürlich lagen die kleineren Schwestern mit dem Gesicht nach unten zwischen dem Fisch in dem stinkenden Wasser auf dem Boden des Bootes, während die Jungs wie der Teufel gearbeitet haben, um uns ans Ufer zu bekommen, ehe der Wind oder die Wellen uns alle aufs offene Meer hinaustrieben. Wo uns übrigens die Wassertemperatur innerhalb einer halben Stunde umgebracht hätte.«

»Hier gibt es keinen Wind, keine Wellen, und auch das Wasser ist nicht kalt.«

»Das freut mich für dich.«

»Aber du wirst nicht in das Boot steigen.«

»Richtig.«

»Ich lasse dich sogar sitzen, genau wie die Jungen«, versprach ihr Walker.

»Nein, danke.«

»Ich schöpfe das Wasser heraus.«

»Du kannst auch gleich bunte Lichter hineinhängen und Fahnen, wenn du möchtest. Ich werde trotzdem an Land bleiben.«

»Du hast wirklich Angst, nicht wahr?«, fragte er leise.

»Gebt dem Jungen eine Medaille, weil er es endlich begriffen hat.« Faith' Stimme klang gepresst.

Er legte das Ruder beiseite und kletterte über den Bug aus dem Boot, dann zog er das kleine Boot aus dem langsam ansteigenden Wasser. Als er sich zu ihr umwandte, machte sie schnell ein paar Schritte von ihm weg, als fürchte sie, er würde sie packen und in das Boot schleppen.

»Ruhig, Faith«, sagte Walker. »So etwas würde ich dir nicht antun.«

Sie holte zittrig Luft und versuchte, ihre Nervosität in den Griff zu bekommen. Walker war kein Mann, der sie packen und zwingen würde, etwas zu tun – zu ihrem eigenen Besten, natürlich.

»Ich weiß«, erklärte sie. »Tut mir Leid. Einige Menschen haben Angst vor Schlangen oder Fledermäusen oder Motten oder vor der Höhe oder Höhlen. Ich habe Angst vor kleinen Booten.«

»Klingt ganz so, als hättest du einen Grund dafür. Ich nehme an, bei Honor war das nicht so, da sie und Jake sehr viel Zeit auf seinem Boot verbringen. Oder sind es nur offene Boote, die dich so sehr ängstigen?«

»Sowohl Honor als auch ich hatten Angst vor allem, was kleiner war als ein Schiff, jahrelang. Bis Kyle verschwand, hat Honor sich geweigert, auf etwas zu steigen, das im Wasser schwimmt und weniger als sechzig Meter lang ist. Aber die einzige Möglichkeit, Kyle zu helfen, war, in ein kleines Boot zu steigen.« Faith schüttelte sich. »Honor hat dieses verdammte Ding benutzt. Nach einer Weile begann sie sogar, es zu lieben. Und Jake. Er hatte eine ganze Menge damit zu tun.«

»Nun, hier steht nichts so Dramatisches wie Tod oder die Liebe auf dem Spiel, also wollen wir sehen, ob wir nicht unseren Weg auch zu Fuß aus diesem winzigen Stück Sumpf finden.«

»Und was ist damit?«, fragte sie und deutete auf das Boot, als sei es eine Schlange.

»Darum werde ich mich schon kümmern.«

Walker versicherte sich, dass das Boot sicher lag, ehe er Faith über den Weg zurückführte. Sie bogen ein paar Mal falsch ab, bis sie die Stelle fanden, an der Faith in die falsche Richtung gegangen war.

»Wenn du von hier aus den Weg zum Haus allein findest«, meinte Walker, »dann werde ich das Boot holen, und wir treffen uns am Anlegesteg.«

»Ich kenne den Weg. Ich muss nur diese Düne hinaufgehen und dann dem Weg zu den Eichen folgen. Aber ich möchte noch ein paar Muscheln suchen.«

Walker versuchte, ihr auf eine nette Art zu sagen, dass sie zurück nach Ruby Bayou gehen sollte, wo er ein Auge auf sie haben konnte. Wenn er ihr einen Befehl gab, würde sie sich wehren und am Strand entlang spazieren gehen, bis die Hölle einfror.

Faith fühlte sein Zögern. Sie fasste in die Tasche ihrer Jeans und holte das gewundene Stück des Schneckenhauses daraus hervor. »Die Linien der Muscheln hier sind unglaublich. So elegant und doch kraftvoll.«

»Klingt ganz wie dein Schmuck.«

Sie lächelte beinahe schüchtern und war wieder einmal erfreut, dass er ihre Arbeit mochte. »Mit ein wenig Glück wird er auch so werden.«

Walker traf seinen Entschluss – lieber über einen Umweg als geradeaus. »Pass auf, was du aufhebst. Die Schalen können giftig sein, wenn die Schnecke noch lebt. Sie werden dich zwar nicht umbringen, aber helfen werden sie dir ganz sicher auch nicht.«

Sie blinzelte. »Giftige Schnecken?«

»Wir sind hier im Sumpfland, Süße, in der Heimat der Kupferkopfschlangen und der Mokassinschlangen, und es gibt sogar ab und zu auch eine Klapperschlange. Alles, was hier überlebt, hat Zähne oder Stacheln. Oder beides.«

»Schließt das auch die Menschen mit ein?«

Er lächelte und zeigte zwei Reihen weißer Zähne. »Was denkst du denn?«

Sie sah hinter dem Lächeln die Anspannung um seine dunklen, blauen Augen. »Ich denke, ich werde besser zurück ins Haus gehen und nachsehen, ob Mel wach ist. Sie ist noch nicht lange genug hier, um zu beißen oder zu stechen.«

»Siehst du.«

»Und da ich so nett bin, warum sagst du mir nicht den wahren Grund, warum du nicht willst, dass ich allein hier am Strand bin.«

»Kyles Vorahnung. Archers Befehl.«

»Oh.« Sie stieß den Atem aus und steckte dann das Schneckenhaus wieder in ihre Tasche. »Verdammt«, meinte sie, als sie sich auf den Weg nach Ruby Bayou machte. »Ich wünschte nur, dieser Junge würde mehr Magentabletten zu sich nehmen.«

Walker lachte, dann zog er Faith an sich und hielt sie fest. Der Duft nach Gardenien, nach Salz und Frau stieg ihm in den Kopf wie der beste Bourbon.

»Danke«, murmelte er in ihr Haar.

»Wofür?«

»Dafür, dass ich dich nicht zu knebeln und zu fesseln brauche.«

Sie sah ihn neugierig an. »Sollte ich wissen, was das zu bedeuten hat?«

»Ich hoffe nicht. Wir sehen uns dann am Steg.«

»Du kannst es mir auch gleich sagen. Früher oder später werde ich doch herausfinden, was es zu bedeuten hat.«

»Später ist noch früh genug.«

Mit einem schnellen Blick von der Seite, der ihm Rache versprach, ging Faith auf den Weg zu, der nach Ruby Bayou führte. Walker sah ihr nach, bis sie hinter dem braunen Sumpfgras verschwunden war. Dann ging er zurück zu dem Boot.

Es war verschwunden.

Adrenalin stieg in ihm auf. Er machte sich gar nicht erst die Mühe, nach dem kleinen Boot zu suchen. Er wusste, dass es nicht von selbst weggeschwommen war. Mit laut klopfendem Herzen rannte er zurück zu dem Weg nach Ruby Bayou und hoffte, dass derjenige, der das Boot gestohlen hatte, nicht vor ihm am Haus war. Bei Faith.

Beschütze sie so gut wie möglich.

Er hatte es versucht. Doch es sah so aus, als hätte er alles vermasselt.

Wieder einmal.

29

Davis Montegeau fuhr über den unbefestigten Weg nach Ruby Bayou mit der blinden Sturheit eines verwundeten Tieres, das sich zu seinem Lager schleppt. Er hatte den linken Fuß sowohl für das Gas als auch die Bremse benutzt, weil sein rechtes Bein nutzlos war. Der Schmerz in seinem rechten Knie war entsetzlich, und ihm wurde immer wieder übel.

Wenigstens gab es nichts mehr in seinem verletzten Magen als das Blut, das er geschluckt hatte, seit Buddy ihm die Nase zerschmettert hatte. Jetzt war sein ganzes Gesicht so geschwollen, dass er kaum noch etwas sehen konnte. Der Rest seines Körpers stimmte in den Chor der Schmerzen ein, die ihn bei jedem Atemzug durchfuhren, bei jedem Schlag seines Herzens.

Sal hatte der ganzen Prozedur zugesehen mit all der Anteilnahme eines Mannes, der zusieht, wie Farbe trocknet. Er hatte nicht einmal gesprochen, ehe Buddy damit begonnen hatte, auf Davis herumzutrampeln, der zu diesem Zeitpunkt zusammengerollt auf dem Boden lag.

Das reicht, Buddy. Das Zeug, das er mitgebracht hat, ist so viel wert wie die Zinsen für eine Woche für die Summe, die er uns schuldet. Aber wenn ich nicht die gesamte Summe, eine halbe Million, in sieben Tagen habe, kannst du ihn zu Tomatenpaste zertrampeln und ihn dann auf eine Pizza streichen.

Tränen des Schmerzes, der Hoffnungslosigkeit und des Schreckens rannen über Davis' Gesicht wie das Blut aus seiner aufgeplatzten Lippe. Der holprige Weg ließ ihn wimmern. Doch er fuhr immer weiter. Ein paar Mal wurde ihm schwindlig, und er wäre beinahe ohnmächtig geworden, ehe er endlich das große, im Zerfall befindliche Haus sah. Er klammerte sich an das Lenkrad und starrte nach hinten.

Erst nach ein paar Versuchen gelang es ihm, den Motor abzustellen. Dann blickte er sehnsüchtig zu der breiten Veranda, die um die untere Etage lief. Nur sechs Meter bis zum Haus. Vielleicht neun Meter. Sechs Schritte bis hinauf auf die Veranda. Durch die Küche, aus der Küche hinaus in die Bibliothek.

In Gedanken konnte er bereits die Flasche sehen, er konnte das heiße Vergessen des Bourbons fühlen, der den Geschmack des Blutes in seinem Mund wegspülen würde.

Doch er konnte nicht einmal die Tür seines Wagens öffnen. Aus Augen, die vor Schmerzen ganz glasig waren, blickte er zu der alten Eiche hinauf, die eine Seite des Hauses beschattete. Das Moos auf den dicken, knorrigen Ästen sah staubig aus, und die Farne, die auf den breiten Ästen wuchsen, waren welk. Genau wie er. Benommen fragte er sich, ob Blut die Farne wohl eher wieder zum Leben erweckte als Regen.

»Daddy Montegeau, stimmt etwas nicht?«

Mels leichte, süße Stimme rief ihn von der Veranda her. Die Tür schlug hinter ihr zu, als sie zum Wagen lief.

Er wollte sich abwenden, doch der Schmerz war zu groß. Sie öffnete die Wagentür. »Oh Gott! Was ist passiert?«, fragte sie erschrocken.

Mit aller Anstrengung brachte er genügend Kraft zusammen, um zu sprechen. »Gefallen.«

»Kannst du gehen?« Ohne auf eine Antwort zu warten, rief Mel: »Jeff, komm schnell! Dein Daddy ist verletzt!«

Walker holte Faith auf halbem Weg ein. Er war noch immer außer Atem, weil er so schnell gelaufen war, als sie beide Mels Rufe durch die Büsche hörten. Faith machte instinktiv Anstalten, loszulaufen.

»Nein.« Er griff nach Faith' Arm. »Von jetzt an wirst du in meiner Nähe bleiben.«

»Nur weil das Boot weggeschwommen ist, heißt das noch lange nicht…«

»Es ist nicht weggeschwommen«, erklärte Walker knapp. »Jemand hat es weggenommen. Jemand ist dir gefolgt. Oder mir.«

»Aber...«

»Kein aber«, unterbrach er sie. »Gib mir dein Wort, dass du in meiner Nähe bleibst, denn sonst wirst du sehr schnell herausfinden, was ich damit gemeint habe, als ich vom Fesseln und Knebeln gesprochen habe.«

Sein Blick sagte Faith, dass sie den Streit verlieren würde. »Also gut«, gab sie nach. »Sieh mich also als deinen verdammten Schatten an.«

»Ich nehm dich beim Wort.«

Er nahm ihre Hand, dann liefen sie zusammen los. Walkers Bein hatte zu schmerzen begonnen, als er durch den Sand gespurtet war. Jetzt schmerzte es noch mehr, doch er ignorierte es. Als sie an dem wackligen Steg vorbeikamen, sah er, dass beide Boote an einen Pfosten gebunden waren, doch er verlangsamte seinen Lauf nicht. Vor sich konnte er den großen weißen Caddy von Davis Montegeau sehen, der auf dem Rasen parkte. Die Fahrertür war offen, und Mel versuchte, Davis aus dem Wagen zu helfen.

»Mel, lassen Sie mich das machen.« Walker schob sie beiseite. »Sie sind nicht in der Verfassung, etwas Schweres zu heben.«

»Jeff muss unter der Dusche sein. Er hat nicht reagiert, als ich gerufen habe.«

Walker bückte sich und sah sich Davis genauer an. Das Gesicht des Mannes sah aus, als hätte man mit einem Baseballschläger darauf eingeprügelt. Er schien kaum mehr bei Bewusstsein zu sein.

Faith trat neben Mel und legte einen Arm um sie.

»Was ist passiert?«, wollte Walker wissen.

»Er ist gefallen«, erklärte Mel schnell.

Walker zog die dunklen Augenbrauen hoch, doch er sagte nichts, sondern fragte nur: »Wo?«

»Er hatte einen Termin bei seinem Arzt in Savannah«, sagte Mel.

»Die in Savannah haben aber eine eigenartige Art, Blut abzuzapfen«, meinte Walker mit ausdrucksloser Stimme.

Mel gab ein Geräusch von sich, das sich wie ein Lachen anhörte. »Daddy Montegeau? Was ist passiert?«

Langsam versuchte Davis, sich zu konzentrieren. »Das ist nach dem Arzt passiert. Als ich zum Fluss hinunterging. Gestolpert.«

Faith dachte an die steilen schmalen Treppen, die von der Water Street zum Fluss hinunterführten. Die Stufen waren gefährlich, und an einigen Stellen waren die Steine lose. Davis konnte von Glück sagen, dass er sich nicht den Hals gebrochen hatte.

Walker sah auf die Hände des alten Mannes. Sie zitterten, doch sie waren unversehrt.

»Die Treppe am Wasser, wie?«, fragte Walker lässig. »Kein Wunder, dass Sie aussehen, als wären Sie mit einem Lastwagen zusammengestoßen. Ich helfe Ihnen auf die Beifahrerseite, dann fahre ich Sie ins Krankenhaus.«

»Nein!«

Die Frauen waren von Davis' Antwort überrascht. Walker nicht. Sie passte zu dem Bild, das sich in seinem Kopf bildete.

Archer würde gar nicht erfreut sein.

»Möchten Sie ins Haus gehen oder möchten Sie noch einen Augenblick hier sitzen bleiben, bis Sie wieder zu Atem gekommen sind?«, fragte Walker sanft.

»Ich möchte einen Drink.«

»Das kann ich mir gut vorstellen«, stimmte ihm Walker zu. »Aber ich bezweifle, dass Sie ihn bei sich behalten können. Ihr Magen wird noch eine Zeit lang sehr empfindlich sein.«

Davis stöhnte auf.

»Tut sonst noch etwas weh?«, wollte Walker wissen. »Ihr Rücken?«

Davis schüttelte den Kopf.

»Und wie sieht es mit den Nieren aus?«, fragte Walker.

Der alte Mann nickte. »Das Knie auch.«

Walker war keineswegs überrascht. »Mel, warum holen Sie nicht meinen Stock für Mr. Montegeau. Im Augenblick braucht er ihn dringender als ich.«

»Wo ist er denn?«

»Als ich ihn zum letzten Mal gesehen habe, lag er in dem kleineren Boot, das am Steg festgemacht ist.«

Mel lief den Weg zu dem kleinen wackligen Steg hinunter. Einige Augenblicke später rief Jeff aus dem Haus nach ihr.

»Wir sind hier draußen«, rief Walker laut zurück. »Ihr Daddy hatte einen kleinen Unfall. Er braucht Hilfe, um ins Haus zu kommen.«

Jeff erschien dreißig Sekunden später. Sein Haar war noch nass, die Jeans hatte er falsch zugeknöpft, und er war barfuß und trug kein Hemd. Er warf nur einen Blick auf seinen Vater und wurde blass. »Daddy? Guter Gott, was ist passiert?«

»Darüber unterhalten wir uns später«, meinte Walker. »Im Augenblick sollten Sie mir helfen, ihn ins Bett zu bringen.«

»Ein Drink«, bat Davis mit rauer Stimme.

Jeffs Augen zogen sich zusammen. »Es sieht ganz so aus, als hättest du davon bereits mehr als genug.«

»Das war nicht der Alkohol«, behauptete Davis unter Schmerzen. »Die verdammte Treppe.«

»Aha«, murmelte Jeff.

Zusammen schleppten Jeff und Walker Davis bis in die Bibliothek. Dort legten sie ihn auf die Couch. Faith kam aus der Küche mit einer Schüssel Wasser und einigen sauberen Handtüchern. Sie wusch Davis das Blut aus dem Gesicht. Walker holte sein Messer aus der Scheide und schlitzte vorsichtig das rechte Hosenbein seines Gastgebers bis zum Knie auf. Es sah schlimm aus, geschwollen und blutig.

»Haben Sie Eis?«, fragte Walker.

Jeff ging zum Kühlschrank. Mit heftigen Bewegungen brach er Eiswürfel aus den Plastikbehältern und kam dann zurück in die Bibliothek.

Mel kam mit Walkers Stock. Sie wurde so blass wie einer der Geister von Ruby Bayou, als sie das Knie ihres Schwiegervaters sah.

»Setz dich, Liebling«, forderte Jeff sie auf, während er das Eis in ein feuchtes Handtuch gab. »Daddy wird es schon bald wieder besser gehen.«

Faith warf Jeff einen Seitenblick zu und tupfte vorsichtig Davis' Nase und seine aufgeplatzte Lippe sauber. »Ein wenig Eis wäre auch hier ganz hilfreich.«

»Drink«, sagte Davis.

»Wasser«, erlaubte ihm Walker ruhig. »Und wenn Sie das bei sich behalten, werden wir zu etwas übergehen, das ein wenig mehr Kick hat.«

Als sie damit fertig waren, Davis zu säubern, hatte er einen Becher Wasser und einen doppelten Whiskey getrunken und bei sich behalten. Während Faith ihm vorsichtig ein Kissen in den Rücken schob und Mel eine bunte Decke über ihn legte, führte Walker Jeff aus der Bibliothek auf die Veranda, wo die Frauen sie nicht hören konnten.

»Ich finde, wir sollten ihn trotzdem ins Krankenhaus bringen, damit er geröntgt wird«, meinte Jeff unglücklich.

Walker zuckte mit den Schultern. »Eine Röntgenaufnahme zeigt nicht den Schaden am weichen Gewebe, und das ist es, was am meisten schmerzt.«

»Und was ist mit seinem Knie?«

»Verrenkt, aber nicht gebrochen.«

»Sind Sie sicher?«

»Er konnte nicht gehen. Aber diese Kerle sind sehr vorsichtig. Sie sind mit Ihrem Daddy noch nicht fertig.«

Jeff wollte etwas sagen, dann starrte er Walker an. »Wovon reden Sie überhaupt?«

»Die Rubine waren nicht im Safe.«

Jeff zog die Augen zusammen. »Was soll das bedeuten?«

Walker unterdrückte einen Fluch. Er hatte gehofft, dass Jeff es ihm nicht so schwer machen würde. »Es bedeutet, dass derjenige, der auch immer den Safe ausgeraubt hat, enttäuscht wurde. Kein Rubinhalsband. Es war genug Schmuck in dem Safe, um die Gangster für einen oder zwei Tage ruhig zu stellen. Vielleicht sogar für eine Woche. Aber sie werden wiederkommen.«

»Was Sie sagen, ergibt weniger Sinn als das, was Tiga von sich gibt«, fuhr Jeff ihn an.

»Dann hören Sie mir gut zu, Junge. Ihr Daddy sitzt tief in der Scheiße bei irgendwelchen wirklich bösen Leuten. Deshalb haben sie ihn halb zu Tode geprügelt.«

Jeffs Augen weiteten sich. Er rieb sich das Gesicht, als wolle er sich selbst beweisen, dass er wirklich wach war und nicht träumte. »Nein.«

»Wenn er wirklich die Treppe hinuntergefallen wäre, dann wäre er vorn und hinten verletzt. Er hätte sich seine Hände aufgeschürft in dem Versuch, seinen Sturz abzufangen. Doch seine Hände sind so glatt wie Rosenblätter, und sein Hinterkopf hat nicht einmal eine Beule. Er ist von Profis zusammengeschlagen worden. Und er weiß, wenn er in ein Krankenhaus geht, werden die die Cops rufen, und er wird denen eine Menge Fragen beantworten müssen und nicht nur uns.«

Jeff schloss entsetzt die Augen. »Also gut. Ich werde mit ihm reden.«

»Wir beide werden mit ihm reden.«

»Nein. Das geht Sie nichts…« Jeff schluckte die letzten Worte hinunter, dann erklärte er steif: »Das ist nicht nötig. Das ist ein Problem der Montegeaus.«

»Falsch. Bis die Versicherung der Montegeaus den Versicherungsschutz für die Halskette übernimmt, ist es ein Problem der Donovans.«

»Aber...«

»Halten Sie den Mund«, unterbrach ihn Walker kalt. »In Faith' Laden in Seattle ist eingebrochen worden. Der Safe der Ausstellung in Savannah wurde ausgeraubt. Sie wurde überfallen. Sie hat drei Stücke ihres Schmuckes verloren, als Ihr Safe aufgebrochen wurde. Alles in allem habe ich keinerlei Geduld mehr mit diesem hausgemachten südlichen Zirkus. Entweder bekomme ich Antworten oder ich übergebe Ihren Daddy einigen Leuten, die ihm nicht besser gefallen werden als die, die ihn gerade bearbeitet haben.«

Zum ersten Mal sah Jeff hinter Walkers offenes, liebenswertes Äußere und entdeckte den Mann, der sich dahinter verbarg. »Wer sind Sie?«

Walker war nicht in der Stimmung für lange Erklärungen, daher sagte er das Einzige, was am wenigsten Fragen aufwerfen würde. »Faith' Bodyguard.«

Jeff schluckte. »Ich dachte, Sie wären Ihr Freund.«

»Das denkt sie auch. Das macht die Dinge um vieles einfacher.«

»Darauf möchte ich wetten«, hörte er Faith' Stimme von der Küchentür. »*Süßer.*«

Mist. Sie sollte eigentlich in der Bibliothek sein und sich um Davis kümmern. »Ich erkläre dir das später«, brachte Walker durch seine zusammengebissenen Zähne hervor.

»Bemüh dich nicht. Da ist eine Frau an der Haustür, die möchte dich sprechen.«

»Mich?«, fragte Walker.

»Dich. Ihre Kleidung sieht aus, als hätte sie darin geschlafen, aber sie hat eine wirklich hübsche, glänzende Dienstmarke bei sich.«

Walker verspürte den Wunsch, nach etwas zu treten. Er hatte gehofft, dass das FBI im Sumpf bleiben würde.

Wieder falsch.

»Sie hat speziell nach dir gefragt und deinen Namen genannt«, sprach Faith weiter und lächelte, als sie Walkers Zorn sah. »Sie meint, du würdest sie kennen.«

»Wenigstens ist es nicht April Joy«, murmelte Walker, als er an Faith vorüberging.

»Woher kennst du April Joy?«, fragte Faith. »Und warum sollte sie etwas von dir wollen?«

Walker antwortete nicht.

Faith hatte das Gefühl, als wäre dies die Erste von vielen Fragen, denen er ausweichen würde.

Nicht, dass sie die Absicht hatte, ihm irgendwelche Fragen zu stellen. Die einzige Antwort, die für sie wichtig war, hatte sie bereits bekommen.

Cindy Peel dachte ungefähr zehn Sekunden nach, ehe sie den gleichen Schluss zog wie Walker: Die Verletzungen von Davis Montegeau waren keine zufälligen Verletzungen, die er sich bei einem Sturz von der Treppe zugezogen hatte. Das war die Arbeit eines Profis.

»Wer hat Ihnen das angetan, Mr. Montegeau?«, fragte sie.

Davis sah sie verdrießlich an. »Ich bin gefallen.«

»Sie werden wiederkommen«, sagte Peel. »Beim nächsten Mal werden sie Ihnen beide Knie brechen. Sie werden den Rest Ihres Lebens in einem Rollstuhl verbringen. Es sei denn, sie entschließen sich, Sie umzubringen.«

Sie trat ein wenig näher und versperrte den Blick des alten Mannes auf etwas anderes. Sie hatte schon zuvor mit unwilligen Zeugen zu tun gehabt, doch noch nie mit einem Mann, dessen Karriere so offensichtlich abwärts ging. April Joy wollte diesen Rubin haben, und sie hatte ihn schon vor einer Woche haben wollen. Jeder, der ihn ihr nicht brachte, konnte mit einer lebenslangen Dienststelle in Fargo in North Dakota rechnen.

Davis schloss die Augen, damit er die Agentin des FBI nicht mehr zu sehen brauchte. Sie konnte ihm nichts sagen, was er gern gehört hätte.

Peel sah die anderen Menschen in dem Zimmer an. »Hat er einen Anwalt?«

Jeffs hübsches Gesicht rötete sich vor Scham, vor Wut oder vor beidem. »Seit wann ist es ein Verbrechen, eine Treppe hinunter zu fallen. Oder hinuntergestoßen zu werden, wenn es das denn gewesen sein soll.«

»Das FBI hat die Geschäfte Ihres Vaters mit zwei bekannten Mitgliedern von Gangsterfamilien aus Atlantic City untersucht«, erklärte Peel mit ausdrucksloser Stimme.

»Welche Geschäfte?«

Peel antwortete nicht.

»Immobilienbetrug«, sagte Walker zu Jeff. Dann wandte er sich Peel zu. »Werden Sie jetzt sofort jemanden verhaften?«

»Ich habe einen angemessenen Grund«, sagte sie. »Es besteht die Möglichkeit.«

»Na ja, solange es nur eine Möglichkeit ist, warum gehen Sie dann nicht mit Mel und kochen einen Kaffee oder sonst etwas, während ich mich mit den beiden Montegeaus einmal von Mann zu Mann unterhalte.«

»Was springt dabei für mich heraus?«, gab Peel zurück.

»Mehr Antworten als die, die Sie bekommen werden, wenn eine Anwältin mit Namen Samantha Butterfield hierher kommt und ihren Klienten anweist, seinen verdammten Mund zu halten.«

Peel runzelte die Stirn und dachte über das Angebot nach. »Einverstanden.« Sie warf Faith einen kühlen Blick zu, dann fragte sie Walker: »Und was ist mit ihr? Kocht sie keinen Kaffee?«

»Sie wird nicht von meiner Seite weichen, bis ich einige Antworten bekommen habe.«

Peels dunkle Augen zogen sich zusammen. »Interessant.«

»Ja. Durch und durch faszinierend, da bin ich sicher«, antwortete Walker. »Und was diesen Kaffee betrifft...?«

»Ich koche für keinen Mann Kaffee«, erklärte Peel. »Aber ich werde unter einer Bedingung in der Küche warten – Faith Donovan verlässt dieses Haus nicht, ohne dass ich davon erfahre.«

»Was?«, sagte Faith empört. »Wer sind Sie, dass Sie mir sagen können, wohin ich gehen kann und wohin nicht? Ich bin nicht diejenige, die die Treppe hinuntergefallen ist. Ich habe mit Gangstern nichts zu tun.«

»Möchten Sie dahingehend eine Aussage machen?«, fragte Peel. »Wenn Sie das möchten, dann würde ich Ihnen wirklich gern die Gelegenheit dazu geben... in einer etwas förmlicheren Umgebung, wie zum Beispiel dem Gebäude der Regierung in Savannah.«

»Ist das eine offizielle Aufforderung, oder sind Sie einfach nur eine...«, begann Faith.

»Lass es uns zuerst mit Kooperation versuchen«, unterbrach Walker sie und legte Faith eine Hand auf den Arm. »Das bringt uns in eine Lage, auf die wir später zurückkommen können.«

Faith schluckte den Rest des Satzes hinunter, sah ihn lange an und nickte dann kurz.

Walker blickte zu Peel. »Hoffentlich haben Sie einen guten Grund für all das hier. Einen wirklich guten Grund.«

»Den habe ich.«

»Wenn ich hier fertig bin, werden Sie ihn mir nennen.«

Peel dachte daran, sich zu weigern. Doch dann zuckte sie mit den Schultern. »Ich werde mich mit meinen Vorgesetzten in Verbindung setzen. Sie müssen das entscheiden.«

Walker hatte nicht geglaubt, dass es noch schlimmer kommen könnte.

Zum dritten Mal falsch.

»Lassen Sie uns gehen«, wandte sich Peel an Mel.

Mel sah Jeff an, und in ihren wunderschönen Augen stand eine Frage.

»Geh nur, Liebling. Es ist nicht nötig, dass du dich noch mehr aufregst.« Er lächelte und gab ihr einen Kuss auf die Wange. »Wahrscheinlich ist das alles nur ein großes Missverständnis.«

Mel fuhr mit der Hand ängstlich über ihren gewölbten Leib, als wolle sie sich vergewissern, dass alles gut gehen würde. Sie küsste Jeff, sah ihm tief in die Augen und wandte sich dann an die anderen. »Ihr sagt Bescheid, wann ihr den Kaffee haben wollt.«

Sobald Mel und die Agentin gegangen waren, legte Walker die Hände auf Faith' Schultern und sah sie mit einer Mischung aus Bedauern und Zorn und Verlangen an.

»Ich möchte, dass du drüben zur anderen Seite des Raumes gehst, außer Hörweite«, sagte er. »Auf diese Art kann man dich nicht auffordern, über irgendetwas auszusagen.«

»Was ist hier eigentlich los?«, fragte sie mit angespannter Stimme.

»Je weniger du weißt, Süße, desto geringer ist die Möglichkeit, dass du mit einer Menge Leute mit Dienstmarke reden musst.«

»Vergiss die vielen ›Süße‹ und ›Liebling‹«, forderte sie ihn auf. Ihre Augen blickten genauso, wie ihre Stimme klang, abweisend. »Wir wissen doch beide, warum du in meiner *Nähe* geblieben bist. Ich hoffe, dir werden wenigstens die Überstunden bezahlt.«

Walkers Laune erreichte ihren Höhepunkt. Noch ehe er sie überhaupt angerührt hatte, hatte er bereits gewusst, dass er nicht ihr Geliebter hätte werden dürfen. Er hatte Recht gehabt. Er wünschte nur, Recht zu haben würde ihm ein so gutes Gefühl geben, wie es ihm ein schlechtes Gefühl gab, Unrecht zu haben.

»Faith...«

»Wenn ich gewusst hätte, was überhaupt läuft«, unterbrach sie ihn »dann hätte ich vielleicht gar keinen Bodyguard gebraucht. Hat einer von euch allmächtigen Männern vielleicht einmal darüber nachgedacht?«

Er zählte bis zehn. Bis zwanzig. Bis vierzig. »Ich nehme an, du wirst hier bei uns bleiben«, sagte er dann mit ausdrucksloser Stimme.

»Das nimmst du richtig an.«

Walker wandte Faith den Rücken zu und sah die beiden Montegeaus an. Er machte sich nicht die Mühe, seine schlechte Laune vor ihnen zu verbergen.

Er lächelte.

Jeff trat einen Schritt zurück.

»Das war gut so, Junge«, sagte Walker freundlich. »Endlich scheinen Sie eine Ahnung zu bekommen, in welchen Schwierigkeiten Sie und Ihr Daddy stecken.«

30

Walker ging zur Tür der Bibliothek und schloss sie. Dann kam er wieder durch das Zimmer und blieb vor Jeff stehen.

»Wir werden mit den einfachen Sachen anfangen«, meinte Walker. »Wer von euch Jungs hat den Einbruch in Faith' Laden in Seattle veranlasst?«

Beide Montegeaus starrten ihn an, als würde keiner von ihnen Englisch sprechen.

»Welchen Einbruch?«, fragte Jeff schließlich.

Walker sah Davis an.

Der ältere Montegeau schüttelte den Kopf und griff nach der Karaffe mit dem Bourbon. Er goss etwas davon in ein Glas und trank. Es vertrieb bei weitem nicht genug Schmerzen.

»Sehen Sie mich nicht an«, sagte Davis rau. »Teufel, wenn ich Juwelierläden ausrauben würde, wäre ich nicht pleite, oder?«

Walker starrte die beiden Männer an. Er glaubte ihnen.

»Verdammt«, murmelte er. »Archer hatte Recht. Das ist ein wirklicher Mist.«

»Warum sollten sie meinen Laden ausrauben?«, fragte Faith.

Walker blickte über seine Schulter. »Wenn du die Montegeaus fragst, sie wissen es nicht. Wenn du mich fragst, dann mach eine Liste und steck sie in deine Tasche. Ich werde jede deiner Fragen beantworten, wenn wir allein sind. Das verspreche ich dir.«

Faith wollte gerade fragen, was ihr sein Wort wohl nützen würde, doch sie unterdrückte ihren Ärger. Walker hatte ihr vielleicht nicht gesagt, dass er sie bewachen sollte, genau wie die Rubine, doch er hatte sie immerhin nicht direkt angelogen. Wenn sie zu dumm gewesen war, um das zu erkennen, was genau vor ihrer Nase lag, dann war das ihr Problem.

»Also gut«, sagte sie. »Später.«

Walker sah es an dem kalten Blick ihrer Augen, er hörte es in ihrer Stimme, doch es war der Schmerz hinter ihrem Zorn, der ihm das Gefühl gab, er sei schlimmer als der Schlamm in dem Bayou. Er wandte sich wieder zu den Montegeaus.

»Wir werden etwas versuchen, das näher liegt«, erklärte er sanft. »Wer hat den Überfall auf das Hotel geplant?«

Wieder sah Jeff ihn verständnislos an.

Davis vermied Walkers Blick und griff nach der Karaffe. Jeff bewegte sich schnell und stellte den Bourbon außerhalb der Reichweite seines Vaters. Davis schloss die Augen und sank auf die Couch zurück.

»Daddy?«, fragte Jeff.

»Ich weiß es nicht, Junge.«

Jeff drückte mit Daumen und Zeigefinger den Nasenrücken zusammen, als wolle er sich einen Schmerz zufügen, den er verstand. Er wollte seinem Vater glauben.

Doch es fiel ihm ausgesprochen schwer.

Walker hatte dieses Problem nicht. Er war sicher, dass der alte Mann log.

»War es Sal Angel?«, fragte Walker.

Davis antwortete nicht.

»Die Donovans haben einigen Einfluss auf das FBI«, erklärte Walker. »Wir haben auch gute Anwälte. Wir können Ihnen helfen, oder wir können Sie begraben. Also, lassen Sie es uns noch einmal versuchen, und wenn ich Ihnen die Antwort nicht glaube, werde ich Sie den FBI-Agenten übergeben und werde zulassen, dass die Sie hängen. *War es Sal Angel?*«

»Er wird mich umbringen«, stöhnte Davis.

»Ich nehme an, das bedeutet ja.« Walkers Stimme war so grimmig wie sein Blick. »Waren Sie hinter der Rubinkette her?«

Davis blickte zu dem Bourbon.

»Nein«, widersprach Jeff leise. »Dafür ist es zu spät.«

»Ja«, gestand Davis mit rauer Stimme. »Die Kette.«

»War es Sal, der den Überfall auf die Ausstellung arrangiert hat?«

Faith starrte Walker an, doch sie sagte kein Wort. Unter ihrem ruhigen Äußeren kochte der Zorn. Mit jeder Frage, die Walker stellte, verriet er, wie viel er wusste.

Und wie wenig davon er ihr gesagt hatte.

Sie war es gewöhnt, dass ihre überheblichen Brüder das taten, wovon sie glaubten, dass es für sie das Beste war, doch sie gestand ihnen zu, dass sie sie wenigstens liebten. Walker vertraute ganz einfach nicht darauf, dass sie genügend Verstand besaß, um irgendetwas allein zu entscheiden.

»Ich nehme an, es war Sal oder sein Partner«, flüsterte Davis. »Sal hat nicht mit mir darüber gesprochen.«

»Sie haben ihm gesagt, wo Faith war und wann, ist das richtig?«

Davis nickte.

»Haben Sie auch gewusst, dass sie geplant haben, sie umzubringen?«

Der Schock auf Davis' Gesicht war genauso echt wie der von Faith. Sie gab ein leises, ersticktes Geräusch von sich und starrte Walker an, als wolle sie fragen, warum Menschen, die sie gar nicht kannte, sie töten wollten.

Er hatte keine Erklärung für sie, nach der sie sich besser fühlen würde. Als sie darauf bestanden hatte, im Zimmer in Hörweite zu bleiben, hatte sie sich dieses ganze hässliche Durcheinander aufgeladen. Er hasste diesen Gedanken genauso sehr, wie er sich dafür hasste, sie nicht aus der ganzen Geschichte rausgehalten zu haben. Sie hatte zu viel Klasse, um in einen solchen Schmutz hineingezogen zu werden.

Aber sie war hier.

Und auch er war hier, und er zog sie hinein.

»Ich… ich…«, war alles, was Davis herausbrachte.

Walker blickte zu Jeff. Von ihm konnte er keine Hilfe erwarten. Der Sohn sah beinahe so am Boden zerstört aus, wie der Vater es tatsächlich war. Mit einem leisen Fluch begriff Walker, dass nichts an dieser Situation sauber und einfach sein würde. Nicht ein verdammtes Detail.

Er wandte sich wieder an Davis. »Haben Sie den Überfall vor dem Shrimps-Restaurant veranlasst?« Walkers Stimme war so ruhig, als würde er über das Wetter sprechen.

»Das ist doch lächerlich!«, erklärte Jeff. »Dad würde niemals etwas tun, das jemandem schadet.«

Walkers Kopf fuhr zurück zu Jeff. »Verängstigte Männer tun eine Menge Dinge, die sie normalerweise nicht tun würden. Ihr Dad ist bis in die Zehenspitzen verängstigt. Und dazu hat er auch allen Grund.«

Davis bewegte sich, stöhnte auf und griff nach dem in das Handtuch eingewickelten Eis, das von seinem Knie rutschte. »Bei Gott.« Tränen rannen aus seinen Augenwinkeln. »Niemandem sollte etwas geschehen. Wäre das Land schneller verkauft worden, wäre nichts von all dem geschehen. Es hätte genügend Geld gebracht, um es in den Golfplatz und den Yachthafen zu stecken, und dann hätte sich der Wert der restlichen Grundstücke verdreifacht, und wir wären alle reich geworden.«

»Aber die Grundstücke haben sich nicht schnell genug verkauft«, sagte Walker. »Und Sie sind zu Sal gegangen und haben ihn um Geld gebeten. Oder war er von Anfang an in der Geschichte mit drin?«

»Er und Joe. Partner.« Davis schlug die Hände vor das Gesicht. »Niemand sonst wollte mir Geld leihen, und alles andere war schon bis zum Rand mit doppelten Hypotheken belastet, und das Land sollte zwangsvollstreckt werden, wenn ich den Handel nicht abschließen konnte. Es hätte geklappt, wenn...«

»Wenn sich die Grundstücke schneller verkauft hätten«, unterbrach ihn Walker ungeduldig. Bis jetzt hatte er noch nichts Neues erfahren. »Also ging die Erschließung in die Binsen, und Ihre Partner haben Geld verloren. Wie viel?«

»Eine Viertelmillion. Plus Zinsen. Insgesamt eine halbe Million.«

Jeff warf seinem Vater einen entsetzten Blick zu. »Einhundert Prozent Zinsen auf eine Anleihe von einem Jahr?«

»So ist das bei den Gangstern«, erklärte Walker. »Sie verraten nichts weiter an die Regierung. Wenn man am Freitag zwanzig Mäuse bei ihnen leiht, muss man am Zahltag vierzig bezahlen.«

»Wenn die Grundstücke sich verkauft...«, begann Davis.

»Das haben sie aber nicht!«, erklärte Jeff heftig. »Das tun sie niemals, und du lernst es auch nie!« Dann betrachtete er seinen verletzten, blutverschmierten Vater und bedauerte, dass er ihn angefahren hatte. »Ach, lass nur. Irgendwie werden wir schon überleben. Das haben wir immer getan.«

»Auf jeden Fall nicht mit dem Geld der Versicherung der Rubinkette«, warnte Walker sie. »Denn Sie haben sich viel zu sehr darum bemüht, nicht dafür verantwortlich zu sein, während Sal versucht hat, sie zu stehlen.«

Davis antwortete nicht.

»Wollte Sal sich das Geld für die Halskette mit Ihnen teilen?«, fragte Walker und fügte dann hinzu: »Minus der extra Zinsen, natürlich.«

Mit einem Seufzer nickte Davis.

»Himmel, Dad, warum hast du nicht einfach die Rubine verkauft und Sal mit dem Geld bezahlt?«

Davis schloss die Augen.

»Wolltest du keine Steuern dafür bezahlen?«, drängte Jeff.

Davis sprang auf diese Antwort an, als wäre sie ein Glas Bourbon. »Ja. Steuern. Sie lassen einem ehrlichen Mann nichts mehr übrig.«

»Und deshalb klopft das FBI an unsere Tür?«, fragte Jeff Walker. »Steuerschulden?«

»Es ist ein ganz anderer Teil der Regierung, der sich um die Steuern kümmert«, erklärte ihm Walker. »Aber ich glaube, Ihr Daddy hatte noch einen anderen Grund dafür, die Rubine nicht zu verkaufen.«

»Sie waren nur in Kommission«, meldete sich plötzlich Faith. »Man kann nichts verkaufen, was einem nicht gehört. Aber man kann natürlich dafür sorgen, dass jemand anderer es stiehlt und sich dann das Geld mit ihm teilen.«

Walker sah sie an.

»Das war keine Frage«, erklärte sie ihm kühl. »Oder muss ich so still sein wie die Tapete, denn du scheinst anzunehmen, dass ich denselben IQ habe wie sie.«

Noch während Walker über ihre Frage nachdachte, begann Jeff zu reden.

»Alle Steine, die so wertvoll sind, müssen in den Büchern des Juweliergeschäftes auftauchen«, sagte er. »Ich habe keine derartigen Eintragungen gesehen. Wirklich nicht. Dad sagte, sie gehörten zu den letzten Montegeau-Steinen, zu den Steinen, die nicht zusammen mit der Schatztruhe verschwunden waren.«

Davis schwieg.

Walker kam ein Gedanke, der ihm gar nicht gefiel, ein Gedanke, der erklären würde, wie April Joy in Verbindung zu bringen war mit den beiden Jungen aus der Gangsterfamilie aus Atlantic City.

Mist.

»Auf die Rubine kommen wir später noch einmal zurück«, erklärte Walker grimmig. »Im Augenblick geht es hier um Sal. Er hat es in Savannah nicht geschafft. Jedes Mal, wenn er versucht hat, die Kette zu schnappen, obwohl Sie Faith für ihn ausgesucht hatten.«

Erschöpft nickte Davis.

»Wessen Idee war es, die Hochzeit in Savannah abzusagen und hier auf Ruby Bayou abzuhalten?«, fragte Walker. »Ihre oder die von Sal?«

»Meine«, antwortete Davis tonlos. »Sal hat mir gesagt, ich soll dafür sorgen, dass Faith nach Ruby Bayou kommt.«

»Das ergibt einen Sinn. Hat er Ihnen das Einbruchswerkzeug gegeben, damit es so aussehen sollte, als hätte jemand von draußen den Safe aufgebrochen?«

»Ja. Oh Gott, mein Knie bringt mich um.«

»Nehmen Sie mehr Aspirin«, empfahl ihm Walker knapp. Er sah zu Jeff. »Wann sind Sie in den ganzen Spaß eingestiegen, oder waren Sie gleich von Anfang an dabei?«

Jeff blickte zu der Karaffe mit dem Bourbon, als würde er überlegen, auch einen Drink zu nehmen.

»Er hat gar nichts gewusst und auch nichts getan.« Davis versuchte sich aufzusetzen. »Ich habe das alles gemacht.«

»Sie waren aber nicht derjenige, der Faith dazu überredet hat, ihren Schmuck in den Safe zu legen«, meinte Walker.

»Ich habe Jeffy gesagt, er solle das tun, und er hat es getan.« Trotz der Verletzungen gelang es Davis, ihn herausfordernd anzusehen. »Er hatte keine Ahnung, was passieren würde.«

»Also haben Sie Boomer betäubt, die Fenstertüren aufgebrochen und den Safe geöffnet.«

Jeff zuckte zusammen.

»Ja«, brachte Davis zwischen zusammengebissenen Zähnen hervor. »Also, gehen Sie nur und holen Sie die Leute vom FBI und sagen ihnen, dass ich meinen eigenen Safe ausgeraubt habe. *Ich brauche einen Drink.*«

»Ist das auch Ihre Version der Geschichte?«, fragte Walker Jeff freundlich.

Jeff goss seinem Vater einen Drink ein.

»Hübsche Geschichte«, meinte Walker. »Bis auf die Tatsache, dass Davis viel zu betrunken war, um durch den Flur zu kriechen, geschweige denn, den Safe zu öffnen.«

Faith sah Jeff an und erinnerte sich daran, was er ihr gesagt hatte, nachdem sie den Schmuck in den Safe gelegt hatte. *Ich muss mir immer wieder ins Gedächtnis rufen, dass es die Versicherungsgesellschaft ist, die einen Verlust erleidet, wenn etwas geschieht, und nicht wir, und nur der liebe Gott weiß, dass die Geld genug haben.*

»Sie waren es«, wandte sie sich an Jeff.

»Ich war es!«, behauptete Davis.

Sie ignorierte ihn und betrachtete Jeff mit wachsendem Ärger. »Sie haben an mein Mitleid für Sie gerührt, weil Sie sich so dafür geschämt haben, dass Ihr Vater betrunken war, also habe ich…«

»Das reicht«, fuhr Jeff auf. Er knallte die Karaffe so heftig auf den Marmortisch, dass er fast umkippte. »Warum sollte Dad sich überhaupt vor einem Schwindler wie Ihnen rechtfertigen müssen?«

»Was soll das denn heißen?«, wollte Faith wissen.

»Der Safe war leer, als ich ihn geöffnet habe, das hat es zu bedeuten«, gab Jeff zurück. »Und das wissen Sie verdammt gut! Also wollen wir hier einmal die Moral vergessen. Ich bin es leid, so etwas von einem kleinen Betrüger wie Ihnen zu hören!«

»Ich leide mit Ihnen«, erklärte Walker sarkastisch. »Aber Sie sollten nicht auf Faith losgehen. Ich bin derjenige, der die Halskette bei sich behalten hat. Also haben Sie nur hunderttausend in glänzenden Steinen gestohlen anstatt einer Million. Armer Junge.«

Jeff blickte zu Walker, dann begann er laut zu lachen. »Sie hat Ihnen also auch etwas vorgemacht. Diese großen traurigen Augen und die langen Beine und der hübsche Lügenmund. Nun, hören Sie mir gut zu, Sie Dummkopf. Es war überhaupt nichts in dem Safe als Papiere und die Familienbibel! Ich wette, die Versicherungsgesellschaft würde sich wirklich freuen, das zu erfahren.«

»Das ist eine Lüge!«, meldete sich Faith sofort. »Ich habe drei meiner Schmuckstücke in den Safe gelegt, und jetzt sind sie nicht mehr da.«

Jeff sah sie verächtlich an. »Bleiben Sie nur bei der Geschichte, meine Liebe. Wir werden ja sehen, wer sie Ihnen glaubt, und wer hier lügt. Ich weiß, was ich in dem Safe gefunden habe. *Nichts.* Dad musste den Safe in unserem Juwelierladen ausräumen, um Sal zu bezahlen, und trotzdem haben sie ihn halb tot geschlagen.«

Faith blickte von Jeff zu Walker. »Ich habe den Schmuck in den Safe gelegt.«

»Den Teufel...«, begann Jeff. Eine heftige Bewegung von Walker ließ ihn innehalten.

»Sprechen Sie leiser«, forderte ihn Walker auf. »Und wenn Sie Faith noch einmal beschuldigen, dann wird Ihnen das Leid tun. Haben Sie verstanden?«

»Also stecken Sie mit ihr unter einer Decke«, sagte Jeff. »Das habe ich mir schon gedacht.«

»Denken Sie, was Sie wollen«, erwiderte Walker freundlich. »Solange Sie das nicht laut tun.«

Jeff bedachte ihn mit einem bitteren Blick. »Der Safe war leer.«

Walker fürchtete, dass er ihm glauben musste. »Wer kennt sonst noch die Zahlenkombination?«

»Dad. Ich. Sonst keiner.«

Walker blickte den älteren Montegeau an.

»Vergessen Sie es«, meinte Jeff. »Als ich zu ihm ging und versuchen wollte, ihn davon abzubringen, seinen eigenen Safe auszurauben, war er fast bewusstlos und schnarchte so laut, dass das ganze Haus gebebt hat.«

»Also gut. Dann wollen wir uns noch einmal den interessanten Dingen zuwenden«, sagte Walker.

»Interessant?«, fuhr Faith ihn wütend an. »Meine gestohlenen Schmuckstücke sind nicht interessant genug?«

»Dem FBI würde deswegen nicht der Schweiß ausbrechen«, entgegnete Walker. »Aber sie haben sich um das Haus herum versteckt wie Katzen um ein Rattenloch. Sie beobachten dich.«

»Mich?« Faith' Augen wurden ganz groß. »Das ist doch lächerlich. Warum sollten sie ihre Zeit damit verschwenden, mich zu beobachten?«

Jeff schnaubte.

Walker warf ihm einen schnellen Blick zu. »Woher kamen die Rubine, die Ihr Daddy Faith geschickt hat?«

»Das habe ich Ihnen doch gesagt«, presste Jeff hervor. »Die Rubine wurden aus dem letzten Familienschmuck genommen, es waren die einzigen vernünftigen Steine, die nicht mit der Schatztruhe verschwunden sind.«

Walker blickte zu Davis. »Ist das auch Ihre Geschichte?«
Davis antwortete nicht.

»Erinnern Sie sich daran, was ich Ihnen über die Donovans und ihre Anwälte gesagt habe?«, fragte Walker.

»Pech«, flüsterte Davis. »Nichts als Pech, seit wir die Schatztruhe verloren haben.«

»Es ist Ihnen nicht gelungen, sich selbst daraus zu befreien«, stimmte ihm Walker zu. »Sind Sie sicher, dass Sie dabei keine Hilfe haben wollten?« Er klang freundlich und verständnisvoll, solange man dabei nicht in seine Augen sah.

Davis stöhnte auf. »Jeffy, es tut mir wirklich Leid, Junge. Ich habe es so sehr versucht, seit deine liebe Mama gestorben ist. So sehr.«

Jeffs Augenlider zuckten vor Schmerz.

Walker schob den Fuß unter seinen Stuhl, zog ihn zum Sofa und forderte dann Jeff auf: »Setzen Sie sich. Ich habe das Gefühl, was Ihr Daddy Ihnen zu sagen hat, wird Ihnen nicht gefallen.«

Jeff sank auf den Stuhl und sah seinen Vater ungläubig an. Das letzte Stück Kind in ihm starb, als er die Hand seines Vaters in seine Hände nahm, und das sagte, was er selbst als Junge oft gehört hatte. »Was auch immer es ist, sag es mir. Wir werden schon einen Weg finden.«

Nachdem Davis zitternd Luft geholt hatte, nickte er. Beide Männer achteten nicht auf die Tränen, die aus den Augen des alten Mannes rannen.

Faith biss sich auf die Lippe und kämpfte gegen das Mitleid an, das sie überwältigte, als sie daran dachte, wie sie sich wohl an Jeffs Stelle fühlen würde.

Walker hob ihre Hand, rieb seine Wange daran in schweigendem Trost und ließ sie wieder los, noch ehe sie sich gegen diese Intimität wehren konnte.

»Die Juwelen, die ich in den letzten Jahren in Kommission genommen habe, kamen aus Russland«, erklärte Davis tonlos.

Hallo, April Joy, dachte Walker wütend. Doch er sprach die Worte nicht laut aus. »Gestohlen.«

»Ich... ich habe nicht danach gefragt.«

Walker grunzte. Das überraschte ihn nicht. »Aber Sie haben bei jedem Verkauf einen großzügigen Gewinn gemacht, nicht wahr?«

Davis nickte unglücklich. »Es hat den Bankrott von uns abgehalten, bis ich die Bayou-Grundstücke erschließen und sie verkaufen konnte. Es hätte klappen müssen. Und das hätte es auch, wenn die...«

»Dad«, unterbrach ihn Jeff, und in seiner Stimme mischten sich Sanftheit und Ungeduld. »Das ist vorüber. Wir müssen von hier aus einen Weg finden.«

»Wer ist Ihr Kontaktmann für die Juwelen?«, wollte Walker wissen.

»Tarasov International Traders. Das ist eine anerkannte Firma«, erklärte Davis, obwohl er nicht besonders überzeugt klang. »Ich habe mich erkundigt. Sie haben Lizenzen und Steuerstempel und alles.«

Das war April Joys Problem, nicht das von Walker. Sein Problem war, herauszufinden, warum das FBI sich für Faith interessierte und nicht für die Leute, die gestohlenen russischen Schmuck in Amerika verkauften.

»Und wie stand es mit den Schätzungen auf den Steuerformularen?«, fragte Walker. »Ich wette, sie waren immer sehr niedrig.«

Davis seufzte. »Dort lag ja der wirkliche Profit. Die Steine waren immer sehr viel besser als auf den Importdokumenten angegeben. Aber es ist viel schwerer, Steine zu schätzen, die gefasst sind, also hatten wir nie große Schwierigkeiten.«

»Ganz besonders nicht, wenn die Ware vermischt ist mit einer Menge ganz normaler Steine aus Erbmassen«, wusste Walker. Es war eine so alte Art des Betruges, weil sie so erfolgreich war. Der Zoll besaß nicht viele Inspektoren, die von der

GIA als Schätzer anerkannt waren. Sehr viele Beamte konnten einen erstklassigen rosa Amethyst nicht von einem Rubin unterscheiden. »Und was ist falsch gelaufen?«

»Ich nehme an, ich habe in einer Lieferung etwas bekommen, was ich nicht hätte bekommen sollen. Etwas wirklich Wertvolles.«

»Einen hochklassigen Rubin?«, fragte Faith plötzlich. »Ungefähr in der Größe einer Babyfaust? Graviert?«

Walker musste ein Lächeln niederkämpfen, trotz des Adrenalins, das plötzlich durch seinen Körper floss. Susa Donovan hatte keine Dummköpfe großgezogen.

»Ja«, flüsterte Davis. »Es war der wundervollste Edelstein, den ich je gesehen habe, so gut wie der beste Stein, der angeblich in der Schatztruhe sein sollte. Größer als eine Walnuss, und umgeben von tränenförmigen Naturperlen. Der Rest der Halskette war aus Gold mit vierzehn burmesischen Rubinen, alle hatten mindestens zwei Karat. Sie waren nicht besonders gut geschliffen, doch sie waren sehr fein in Farbe und Klarheit.«

Jeff starrte seinen Vater an, verletzt und ungläubig. »Warum hast du mir das nicht gesagt?«

»Ich wollte dich da heraushalten«, behauptete Davis.

»Hatte er einen Namen?«, fragte Walker. »Wer?«

»Der große Rubin. Hatte er einen besonderen Namen?«

Davis sah verwirrt aus.

»Nicht so wichtig«, lenkte Walker ungeduldig ein. »Was haben Sie damit gemacht?«

»Er war so gefasst, dass man ihn aus der Kette lösen konnte, damit er als Anstecker getragen werden konnte oder als Kette. Ich habe ihn herausgelöst und hierher gebracht, in meinen eigenen Safe. Ich wollte nicht, dass Jeff ihn im Juweliergeschäft sehen sollte. Er hätte... Fragen gestellt.«

»Das hätte ich ganz sicher«, stimmte ihm sein Sohn bitter zu. »War er so gut wie die Rubine in Mels Halskette?«

»Besser«, erklärte Davis schlicht.

»Himmel. Ein solcher Stein ist Millionen wert.«

»Wann waren Sie auf der Ausstellung?«, fragte Faith.

»Während Sie in der Mittagspause waren«, antwortete Jeff.

»Und überfallen wurden?«, fragte Walker kühl.

Jeff zuckte zusammen. »Ich hatte damals noch keine Ahnung, woher die Rubine kamen. Auf jeden Fall glaube ich noch immer nicht, dass mein Vater etwas von dem Überfall gewusst hat.«

Walker richtete seine ganze Aufmerksamkeit auf Davis.

»Wer hat sonst noch gewusst, dass der große Rubin in Ihrem Safe war?«, fragte Walker.

»Niemand. Ich bin der Einzige, der die Kombination kennt. Bis auf Jeff, mittlerweile.«

Jeff rutschte ungemütlich auf seinem Stuhl hin und her. Er verspürte noch immer ein ungutes Gefühl, wenn er daran dachte, wie er seinen Vater dazu gezwungen hatte, ihm die Handlungsvollmacht zu geben.

»Wann haben Sie Ihrem Sohn die Kombination gegeben?«, fragte Walker.

Davis überlegte, ob er dieser Frage ausweichen sollte. Die Erinnerung an die Szene in der Bibliothek war zu schmerzlich. Er rieb über sein stoppeliges Kinn, zuckte zusammen, als er seine aufgeplatzte Lippe zufällig berührte, und ließ die Hand wieder sinken.

»Kurz bevor Sie kamen«, erklärte Davis unglücklich. »Jeff hat mich dazu gezwungen, ihm Handlungsvollmacht zu geben.«

»Wie?«, fragte Walker geradeheraus.

»Das hatte nichts mit den Rubinen zu tun«, erklärte Jeff schnell. »Es war eine persönliche Sache.«

»Das ist es auch, wenn man ermordet werden soll.« Walker richtete seine kalten Augen auf Davis und wartete.

»Teufel«, murmelte Davis. »Er hat mich zu Boden gezwungen und hat mir erst einen Drink gegeben, nachdem ich unterschrieben hatte.«

Walkers Meinung über Jeffs Rückgrat stieg. »Wo ist der Rubin?«

»Das weiß ich nicht«, behauptete Davis mit rauer Stimme. »Ich habe es ihm gesagt und immer wieder gesagt, aber er hat es mir nicht geglaubt. Verdammt, der Rubin ist verschwunden!«

»Kein Anzeichen eines Einbruchs und baumelnde Kopfhörer?« Walkers Stimme klang sehr gelassen, doch sein Mund war schmal und die Lippen zusammengepresst.

»Nichts.« Davis schlug die Hände vor sein Gesicht, stöhnte auf vor Schmerz, als er dabei seine Nase berührte, und ließ die Hände wieder sinken. »Nichts«, erklärte er voller Verzweiflung.

»Wer war der Kerl, dem Sie wieder und wieder erklärt haben, dass der Rubin verschwunden war?«, fragte Walker.

»Seinen Namen kenne ich nicht. Ungefähr eine Woche nachdem die Sendung hier ankam, habe ich einen Anruf bekommen. Der Mann sprach Englisch, aber mit einem fremdländischen Akzent. Ich nehme an, er arbeitet für Tarasov.«

Faith beobachtete Walker. Es war ganz genau so, als würde sie Archer beobachten, wenn er ganz in seinen Geschäften versunken war und keinerlei Mitleid zeigte. Unangenehm.

»Was war das für ein Akzent?«, fragte Walker.

»Wahrscheinlich ein russischer«, mischte sich Jeff ungeduldig ein. »Daher kam schließlich auch die Sendung, nicht wahr?«

»Ich habe nicht Sie gefragt, sondern Ihren Daddy.«

»Hören Sie«, gab Jeff zurück. »Wenn Sie ihm nicht glauben, warum setzen Sie ihm dann so zu?«

Walker wirbelte herum mit der tödlichen Anmut eines jagenden Tiers. »Ich finde es schön, dass Sie zu Ihrem Daddy halten. Für einen Sohn ist es eine bewundernswerte Eigenschaft. Wissen Sie irgendetwas über Rubine, Russen und Überfälle, das Sie mir noch nicht erzählt haben?«

»Nein.«

»Dann halten Sie den Mund.«

»Wer zum Teufel sind Sie eigentlich, dass Sie ...«

»Faith«, unterbrach Walker ihn, ohne sich abzuwenden. »Geh und hol Agentin Peel. Jeff möchte lieber mit den Leuten mit den Dienstabzeichen reden. Das ist auch besser so, denn er wird in nächster Zeit noch sehr viele von ihnen kennen lernen.«

»Nein«, lenkte Jeff schnell ein. »Es gefällt mir nur nicht, dass Sie hinter Daddy her sind wie eine Katze hinter der Maus.«

»Dann schließen Sie die Augen, Sonnenschein.«

Faith zuckte bei seinen sanft ausgesprochenen Worten zusammen.

Jeff ebenfalls.

Walker sah wieder zu Davis. »Was für einen Akzent hatte der namenlose Anrufer?«

»Französisch war er nicht und auch nicht Deutsch oder Englisch«, behauptete Davis. »Das konnte ich hören.«

»Und was wollte er?«

»Den großen Rubin. Sofort.«

»Und wie lange wussten Sie zu diesem Zeitpunkt, dass er nicht mehr da war?«, fragte Walker.

»Ich weiß nicht, wann er verschwunden ist, ehrlich nicht. Es hätte an jedem Tag in der vergangenen Woche sein können.«

»Unsinn. Jeder, der einen solchen Stein besitzt, holt ihn mindestens zweimal am Tag hervor und nimmt ihn in die Hand und am Sonntag sogar dreimal«, unterbrach ihn Walker wütend. »Die nette Lady mit der Dienstmarke wird Mel nicht viel länger zusehen, während sie Kaffee kocht, also ersparen Sie sich den Unsinn.«

»Drei Tage. Vielleicht vier. Es fällt mir schwer, mich zu erinnern. Ich habe mich so hineingesteigert, dass ich am Ende geglaubt habe, ich hätte ihn nie besessen.«

»Ja, zu viel Bourbon lässt die Gehirnzellen schrumpfen bis zur Unkenntlichkeit«, erklärte Walker ohne einen Anflug von Mitleid. »Was haben Sie gesagt, als dieser Kerl von Ihnen verlangt hat, ihm den Rubin zurückzugeben?«

»Ich hatte wirklich Angst«, flüsterte er. »Er hat gesagt, er würde mich umbringen, langsam und schmerzvoll, wenn ich ihm nicht sagen würde, wo der Rubin war, *und ich wusste es nicht!*«

»Was haben Sie ihm gesagt?«, fragte Walker noch einmal.

Davis blickte sehnsüchtig zu dem Bourbon. Dies war der Teil, der ihm nicht gefiel, der Teil, bei dem er es hasste, sich selbst im Spiegel zu betrachten. »Ich habe gesagt...« Er räusperte sich und setzte noch einmal an. »Ich habe gesagt, ich hätte ihn in Kommission gegeben.«

Walker kannte die Antwort auf die nächste Frage, aber er musste sie trotzdem stellen. Er hatte sich schon viel zu oft geirrt.

»Und wen haben Sie genannt, der langsam und voller Schmerzen sterben sollte, an Ihrer Stelle?«, fragte er kalt.

»Niemanden! Ich habe nicht...«

»Unsinn«, wehrte Walker ab. »Sie wussten, dass Sie ohne den Rubin ein toter Mann sein würden. Wen haben Sie an Ihrer Stelle ausgewählt?«

Faith wusste die Antwort, noch ehe Davis den Mund öffnete.

»Mich«, sagte sie. »Er hat den Russen gesagt, dass ich den Stein habe.«

Walker beobachtete den alten Mann. »Davis?«

»Ich wusste nicht, was ich sonst hätte tun sollen«, sagte Davis und weinte leise. »Er wollte mich umbringen.«

Walker hätte nichts dagegen gehabt, diesen Job selbst zu übernehmen. »Wie es scheint, wollen eine ganze Menge Leute

Sie umbringen, Mr. Montegeau«, sagte er. »Das kommt davon, wenn man auf der falschen Seite des Schulhofes mit Murmeln spielt. Aber es läuft darauf hinaus, dass die Rubine, die Sie Faith geschickt haben, in der gleichen Sendung waren wie der große Rubin, richtig?«

Davis schloss die Augen. Sein Mund wurde schmal, aus Schmerz oder in Erwartung des Schmerzes. »Ja«, gestand er mit brüchiger Stimme.

»Er war ein Teil der gleichen Halskette?«, fragte Walker, weil er auf jeden Fall ein Missverständnis vermeiden wollte.

»Ja.«

Walker stellte die Multimillionen-Dollar-Frage so nebensächlich wie jemand, der um ein Streichholz bittet. »Wo ist der große Rubin jetzt?«

»Das weiß ich nicht.«

»Schlechte Antwort.« Walkers Stimme war kalt, so kalt wie die Angst in seinem Bauch. Er sah zu Faith, als wolle er sich versichern, dass sie noch immer unversehrt war. Dann sah er zu Jeff.

»Nehmen Sie sich einen Anwalt«, riet Walker ihm. »Ihr Daddy könnte gerade noch lange genug leben, um einen zu brauchen.«

31

Zwei Stunden später erschien April Joy auf der schäbigen Veranda des Herrenhauses von Ruby Bayou. Eine schmallippige Cindy Peel berichtete April bei einer Tasse Kaffee im Wohnzimmer, während der Anwalt von Davis Montegeau in der Küche eine Übereinkunft aufsetzte, in der die Möglichkeit der Begnadigung und des Personenschutzes erörtert wurden. Die

Bedingungen dieser Übereinkunft waren deutlich: Im Gegenzug für die volle Kooperation von Davis Montegeau würden alle Anklagepunkte gegen die Montegeau-Familie fallen gelassen. So bald wie möglich würde das FBI Davis in Schutzhaft nehmen, damit er noch lange genug leben würde, um Sal, Joe und Buddy ins Staatsgefängnis zu bringen.

Wenn April Joy die Wahl gehabt hätte, hätte sie diesen Bastard persönlich ausgequetscht, doch sie wusste, dass das FBI protestieren würde, bis hinauf zum Präsidenten, wenn sie versuchte, ihnen den Zeugen zu stehlen. Kämpfe um die Zuständigkeit irritierten sie, ganz besonders, wenn sie wusste, dass es schlauer wäre, die andere Seite gewinnen zu lassen. Das Beste, was sie jetzt tun konnte, war, nach Mac Barton zu schicken und jeder Vernehmung beizuwohnen, die das FBI mit Davis machte.

Der wahre Grund, warum April nicht ihren Dienstgrad hervorhob und einen Machtkampf riskierte, war, dass Davis überhaupt nichts zu wissen schien über den wirklichen Grund, der für sie wichtig war: das Herz der Mitternacht. Der alte Trunkenbold schwor Stein und Bein, dass er den Stein verloren hatte. Und Cindy Peel schien ihm zu glauben.

April hoffte nur, dass Faith Donovan mehr wusste, als sie zugab. Diese Hoffnung war der einzige Grund, warum April überhaupt Seattle verlassen hatte.

»Also gut«, sagte sie mit eisiger Stimme zu Peel. »Der Trunkenbold gehört Ihnen. Aber Sie schicken mir Kopien von jedem Satz, den er über die russische Verbindung ausgesagt hat, in dem Augenblick, in dem er die Worte ausspricht. Wenn er auch nur einen Hinweis darüber gibt, dass er irgendetwas über das Herz der Mitternacht weiß, werden Sie sich mit mir in Verbindung setzen. So bald wie möglich. Einverstanden?«

Peel war Realistin. April Joy mochte zierlich sein und verdammt gut aussehen, aber sie war nicht durch ihr Aussehen dahin gekommen, wo sie jetzt war. Sie war klüger und härter als alle anderen – Männer oder Frauen –, die Peel je gekannt hatte. Wenn April jemandem das Leben zur Hölle machen wollte, dann konnte sie das.

Und sie würde es auch tun.

»Natürlich«, stimmte Peel ihr sofort zu. »Wir freuen uns immer, wenn wir mit anderen Bundesbehörden zusammenarbeiten können.«

April schnaubte und schob die Hände in die Taschen ihrer eng anliegenden schwarzen Hose. »Aber klar doch, Schwesterchen.« Sie bewegte die Schultern unter der roten Jacke, die sie lässig über die Schultern gelegt hatte. Ihre Kleidung hatte sie von der Stange gekauft, doch an ihr sah sie aus, als wäre sie maßgeschneidert. Ihr langes, pechschwarzes Haar hatte sie im Nacken in einem festen Knoten aufgesteckt. »Wo sind die anderen jetzt?«

»Junior ist oben. Die anderen essen gerade.« Aus Cindys Stimme klang der Neid. Im Sumpf zu kampieren war schon schlimm genug gewesen. Doch jetzt waren sie Fremde in einem Haus, in dem durch jedes Zimmer die unglaublichsten Düfte von Speisen zogen.

»Riecht gut«, stimmte April ihr zu.

»Walker hat uns heute Morgen einige übrig gebliebenen Kekse gebracht. Seither habe ich an nichts anderes denken können als an Essen.«

Einen Augenblick lang dachte April über das Problem Owen Walker nach. In seinen Unterlagen gab es einige interessante Lücken, Lücken, die sie nicht hatte auffüllen können, ehe sie hierher geflogen war. Selbst ohne stichhaltige Informationen nahm sie an, dass Walkers lässige Art nur Schauspielerei war. Archer Donovan stellte keine Dummköpfe ein, nicht einmal liebenswerte Dummköpfe. Walker war für die Donovans sehr schnell unentbehrlich geworden.

Und das bedeutete, dass Walker die Art von Mann war, der eine Aufgabe erledigen würde, ganz gleich, welche es war.

»Ich denke, ich werde versuchen, etwas zu essen zu bekommen«, meinte April. »Vielleicht kann ich noch ein paar Reste für Sie stehlen.«

Peel gelang es sogar, April nicht zu versichern, was für ein großartiger Mensch sie war.

Faith hatte gerade den letzten Löffel der cremigen Krebssuppe aus ihrem Teller gelöffelt, als Tiga aus der Küche kam mit einer riesigen Platte gegrillter Rippchen und einer weiteren Platte mit gerösteten Kartoffeln. Eine Schüssel mit Krautsalat folgte, mit frischem Kohl und einem leichten Dressing.

»Zum Nachtisch gibt es kalten Ananaskuchen«, sagte Tiga und lächelte Faith an. »Also, sorg dafür, dass noch ein wenig Platz bleibt, Ruby, mein Engel.«

Faith gelang es, aus einer Grimasse ein Lächeln zu zaubern. Sie hatte es aufgegeben, Tiga davon zu überzeugen, dass ihr Name Faith war.

»Ich werde mein Bestes tun«, sagte sie.

»Du warst schon immer ein gutes Kind. Kein Ton, vom Augenblick deiner Geburt an.« Sie stellte die Platte neben Faith auf den Tisch und sah dann die junge Frau eindringlich an. »Ich wollte dich behalten, wirklich, doch Mama hat gesagt, du seist schon gegangen, auf Wiedersehen, trauriges Lied, falsch, falsch, er hätte es nie tun dürfen, aber er konnte es, deshalb tat er es, und tat es und tat es…«

Der Singsang ließ Faith einen Schauer über den Rücken laufen, dennoch lächelte sie Tiga an.

»Ich habe dich weinen gehört in der Stille, versuchen, seufzen, sterben, mein kostbares Ruby-Kind. So gut, dich zu sehen, bei dir zu sein, ich bei dir, für immer im Meer, zusammen mit den Krebsen und den roten Seelen. Die drei kleinen Geschenke waren hübsch, doch nicht genug, nicht genug. Dreizehn neue Seelen nur für mich, und die vierzehnte, um dich zu befreien, eine Seele, so groß wie deine süße kleine Faust. Ich wünschte, du könntest sie sehen, Ruby, mein Engel. Wenn du mir die dreizehn gibst, werden wir beide frei sein. Nimm noch mehr von dem Essen, mein kostbares Baby. Der Sumpf ist ein Ort des Hungers.«

Sprachlos sah Faith zu, wie Tiga das Essen auf ihren Teller häufte. Walker wartete, bis Tiga zum anderen Ende des Tisches ging, dann vertauschte er seinen Teller mit ihrem und begann zu essen. Beim ersten Bissen gab er ein genussvolles Geräusch von sich. Tiga mochte so verrückt sein wie ein ganzes Irrenhaus, aber sie war eine verteufelt gute Köchin.

Zum ersten Mal war Mel nicht hungrig. Sie nahm sich ein wenig Salat, eine Kartoffel und ein einziges Rippchen. Dann schob sie alles auf ihrem Teller hin und her, als versuche sie sich zu entscheiden, an welcher Stelle des Tellers das Essen am besten aussah.

Jeff war überhaupt nicht am Tisch. Er konnte sich nicht dazu überwinden, zusammen mit Faith zu essen, der Frau, die ihn so vollkommen an der Nase herumgeführt hatte. Doch er wollte Mel nicht aufregen, die sich noch immer weigerte zu glauben, dass Faith eine Diebin war. Deshalb vermied er dieses Thema, indem er es vermied, mit Faith zusammen zu sein.

»Iss etwas, Mel«, sagte Faith ruhig. »Das Baby braucht es, auch wenn du es vielleicht nicht brauchst.«

Mel blickte auf, sie lächelte trotz der Trauer in ihren braunen Augen, dann schob sie ein Stück Fleisch in ihren Mund. »Es tut mir Leid, dass Tiga dich immer wieder Ruby nennt.«

Faith zuckte mit den Schultern. »Das ist doch nicht schlimm. Wer war Ruby überhaupt?«

»Ihr Baby«, beantwortete Davis die Frage. Er stand an der Tür. Seine zerrissene und blutverschmierte Kleidung hatte er abgelegt, doch er war bei weitem noch nicht gut gekleidet. Sein weißes Hemd war beinahe durchsichtig, so sehr hatte er geschwitzt. Der Gürtel seiner braunen Hose war ausgefranst. Er stützte sich schwer auf den Stock, den Walker ihm geliehen hatte.

Mels Kopf fuhr hoch. »Ihr Baby? Du meinst, ihr *Kind*?« Davis nickte erschöpft. Langsam kam er an den Tisch und setzte sich auf seinen Stuhl. Boomer kroch unter dem Tisch hervor und stieß mit der Schnauze gegen die Hand des alten Mannes. Abwesend kraulte er ihm die langen Ohren.

»Ich wusste gar nicht, dass Tiga verheiratet war«, sagte Mel.

»Das war sie auch nicht. Das Baby war ein Bastard.«

»Dann war wohl eher der Mann, der sie verlassen hat, ein Bastard«, korrigierte ihn Faith. »Das Baby war unschuldig.«

Davis sah sie an. »Oh, der Vater war ein rechtschaffener Hundesohn, ganz sicher, aber das ist nicht der Grund, warum er sie nicht geheiratet hat. Er war bereits verheiratet. Mit ihrer Mutter.«

Einen Augenblick lang glaubte Faith, sie hätte ihn falsch verstanden. Mit einem Klirren legte sie die Gabel auf den Teller. Sie sprang von dem Teller und fiel zu Boden.

Mit einer lässigen Bewegung fing Walker die Gabel auf. »Davis, Sie haben wirklich eine unzivilisierte Art der Unterhaltung bei Tisch.«

Davis lachte trocken. Er hatte seit drei Stunden keinen Drink mehr bekommen. Soweit es ihn betraf, war das keine Verbesserung. »Gefällt Ihnen die Wahrheit nicht, Junge? Dann verstopfen Sie sich doch die Ohren mit gutem Schlamm aus dem Bayou.«

»Daddy Montegeau, bitte nicht«, bat Mel.

Er stützte seine Ellbogen auf den Tisch und bedachte seine zukünftige Schwiegertochter mit einem Blick, der traurig und zugleich ungeduldig war. »Mach dir keine Sorgen, mein Liebling. Jeffy ist ganz anders als der geile Schuft, der sein Großvater war. Und ich auch, dafür danke ich meinem Schöpfer. Außerdem kommt so etwas in den besten Familien vor.«

»Inzest?«, fragte Faith ungläubig.

Tiga stand plötzlich auf, schob den Stuhl vom Tisch zurück und sagte mit deutlicher, kindlicher Stimme: »Ich bin ein böses Mädchen. Er sagt mir immer wieder, wie sehr, sehr böse ich bin. Ich setze mich immer groß in Szene.« Sie lächelte mit entsetzlicher Verzweiflung, ein Gebet im Angesicht des Entsetzens. »Ich will das gar nicht, Papa. Wirklich nicht. Bitte. Ich werde es nie wieder tun. Nie wieder.« Ihre langen blassen Finger zitterten. »Aber ich tue es dann doch, und er tut es, und Mama sieht meinen Rubin, den ich als Geburtstagsgeschenk bekomme, und Papa geht weg, weg, Donner und Blitz. Mein Fehler. Ich setze mich in Szene.« Sie sah sich verloren in dem Zimmer um. »Es ist die Zeit der Segnung. Die Krebse, musst du wissen. Essen um acht. Kommt nicht zu spät.«

Niemand sagte ein Wort, nachdem Tiga das Zimmer verlassen hatte. Mel seufzte zittrig. »Weiß Jeff davon?«

»Wahrscheinlich«, antwortete Davis. »Kinder wissen so etwas immer, auch wenn die Eltern versuchen, es vor ihnen zu verheimlichen.«

»Kinder haben so eine Art, viel zu viel zu erfahren«, stimmte ihm Walker leise zu.

Faith wusste, dass er auch von sich selbst sprach und nicht nur von den Kindern der Montegeaus.

»Haben Sie viel Zeit damit verbracht, sich hinter Türen zu verstecken, als Sie noch ein Kind waren?«, fragte Walker Davis.

»Tun das nicht alle Kinder?« Er fluchte erschöpft. »Papa war ein Trunkenbold, der die Mädchen am liebsten hatte, noch ehe sie erwachsen waren. Er machte sich nicht sehr viel daraus, wessen kleines Mädchen er bumste. Nicht einmal bei seinem eigenen.«

»Ein Jammer, dass dieser Einbrecher ihn nicht schon viel früher umgebracht hat«, erklärte Faith deutlich.

Davis zuckte mit den Schultern. »Es gibt noch viele andere, die so sind wie er. Und viele sind noch schlimmer.«

»Aber viele sind auch besser«, gab sie zurück.

»Das macht nicht mehr viel aus. Es war vor langer, langer Zeit.«

»Nicht für Tiga. Für sie war es erst gestern, heute und morgen.«

Davis warf einen Blick auf die Karaffe mit dem Bourbon. Sie war beinahe leer. Er würde in die Speisekammer humpeln und in den Säcken mit Reis, Mehl und Zucker suchen müssen, wo er seinen Vorrat verstaut hatte. Er fragte sich, ob er wohl die Kraft dazu hatte.

»Ich wette, es war gar kein Einbrecher«, sagte Walker.

»Wie?«, fragte Davis, abgelenkt durch seine Gedanken.

»Hat Tiga den lieben alten Papi erschossen oder hat seine Frau sich endlich auf die Hinterbeine gestellt und es selbst getan?«

Einen Augenblick lang schien Davis erstaunt, dann schien er nachzudenken. »Schon möglich. Ma war so hart wie Stein, ehe sie das letzte Mal krank wurde. Aber dann hätten wir wohl nicht die Schatztruhe verloren, nicht wahr? Sie hat ihn immer angeschrien, weil er seine kleinen Mädchen mit Rubinen aus der Schatztruhe bezahlt hat.«

Tigas Worte hallten nach in Faith' Kopf, Worte, es schien, als hätten sie beinahe eine Bedeutung, die sich aber nicht zu etwas Realem zusammensetzen ließen. Ihr Unglück war deutlich, auch ihre Fixierung auf Rubine als tote oder verlorene Seelen. Sie fragte sich, ob Tiga wohl den Familienschmuck an anderen jungen Mädchen gesehen hatte und gewusst hatte, wie die Rubine verdient worden waren. Es würde ihre Besessenheit erklären, ihren Glauben, dass Rubine der Preis einer Seele waren.

»Vielleicht war die Schatztruhe nach all diesen Mädchen leer«, mutmaßte Mel leise. »So leer wie das Herz deines Vaters.«

»Du süßes Ding«, hauchte Davis erschöpft. »Herzen haben verdammt viel mit Reichtum zu tun. Ich habe die Schatztruhe gesehen, kurz bevor Pa ermordet wurde. Es war Schmuck darin. Die Art von Schmuck, die in einem Jungen Träume von Piraten weckt und davon, seine eigene silberne Truhe überfließen zu lassen mit Rubinen und Gold.«

»Dann verkaufen Sie doch Schatzkarten«, meinte April sarkastisch, als sie in diesem Augenblick den Raum betrat. »Damit werden Sie mehr Geld verdienen als damit, salziges Sumpfland als Weltklasse-Golfplatz zu verkaufen.«

»Wer zum Teufel sind Sie?«, fragte Davis und sah die wunderschöne Ameraserin an, die voller Selbstvertrauen an der Tür stand, als sei sie die Königin von Ruby Bayou.

»April Joy«, sagte Walker, noch ehe sie sich vorstellen konnte. »Ich habe mir schon gedacht, dass Sie früher oder später hier auftauchen würden.«

»Ich wette, Sie haben gehofft, es würde später sein.«

»Hoffnung ist eine gute Sache«, meinte Walker und lächelte sanft und beinahe schüchtern.

April bedachte ihn mit einem weiteren Blick aus zusammengezogenen Augen und hätte beinahe selbst gelächelt. »Müssen Männer eigentlich einen Test bestehen, ob sie auch gut genug aussehen, ehe sie in das Reich der Donovans aufgenommen werden?«

»Nein, Ma'am«, erklärte Walker sofort. »Dieser alte Junge hätte diesen Test sowieso nicht bestanden. Sie haben mich wegen meiner Fähigkeiten eingestellt, nicht wegen meines Aussehens.«

Diesmal lächelte April wirklich. »Auch noch bescheiden, wie? Ich denke, wir beide werden sehr gut miteinander auskommen.«

Walker war viel zu schlau, um eine Reaktion auf diesen Vorschlag zu zeigen. »Haben Sie schon gegessen, Ma'am?«

»Ist das eine Einladung?«

»Zum Essen, ja«, antwortete Faith deutlich. »Der Nachtisch wird nur auf Wunsch serviert.«

Walker schenkte ihr ein Lächeln, das sich sehr von dem unterschied, mit dem er April bedacht hatte. »Nachtisch, wie? So siehst du das also?«

April betrachtete die beiden und ließ die Idee fallen, zu trennen oder zu erobern. Walker hatte die Frau gefunden, die er haben wollte, und das war es. Die Erfahrung hatte April gelehrt, dass einige Männer sehr leicht abzulenken waren und andere nie über den Zaun blickten.

Mit einem Schulterzucken setzte sie sich an Jeffs Platz, wo ein leerer Teller auf jemanden wartete, der hungrig war. »Vergessen Sie den Nachtisch«, meinte sie. »Ich würde gern einige dieser Rippchen essen.«

»Wer sind Sie?«, fragte Mel geradeheraus.

»Regierung.«

»FBI?«, fragte Mel.

»Nein.«

»Was dann?«

Walker reichte ihr die Platte mit den Rippchen. »Wenn sie Ihnen das sagen würde, müsste sie Sie umbringen.«

»Komisch«, meinte April. »Wirklich komisch.« Sie lud sich Rippchen auf ihren Teller. »Miss Buchanan, Sie sind nicht berechtigt, Teil der Unterhaltung zu sein, die ich mit diesen Leuten hier führen werde. Wenn Sie bleiben, dann werden Sie in Schutzhaft genommen werden müssen, zusammen mit Ihrem zukünftigen Schwiegervater. Vorausgesetzt, dass die Hochzeit noch immer stattfinden wird.«

»Am Valentinstag«, erklärte Mel und stand auf. »In zwei Tagen.«

»Ich bezweifle, dass die Angelegenheit bis dahin geklärt sein wird«, meinte April und nahm ein Rippchen in die Hand. »Aber das liegt an Ihnen.«

Mel war sowieso nicht hungrig gewesen. Jetzt war ihr der Appetit vollständig vergangen. Sie warf ihre Serviette auf den Tisch. »Es freut mich, dass Sie die Situation so belustigt.«

In Aprils klaren schwarzen Augen lag keinerlei Anflug von Humor, als sie von ihrem Teller aufsah. »Miss Buchanan, ich tue Ihnen einen Gefallen, indem ich Ihnen erlaube, den Raum zu verlassen. Ich könnte sowohl Sie als auch Ihr ungeborenes Kind verhaften lassen als wichtigen Zeugen mit kriminellem Wissen über eine internationale Schmuggel-Affäre.«

»Sie weiß überhaupt nichts«, erklärte Davis grob. Er rieb sich mit den Händen über das Gesicht, zuckte vor Schmerz zusammen und hielt inne. »Verdammt, sie weiß gar nichts!«

»Er hat Recht«, stimmte ihm Mel mit angespannter Stimme zu. »Alles, was ich über die finanzielle Lage der Montegeaus weiß, ist, dass Daddy Montegeau bis vor kurzer Zeit die Zügel selbst in Händen gehalten hat.«

»Also machen Sie einen Spaziergang und belassen Sie es bei Ihrem Unwissen«, forderte April sie auf. Sie biss in das saftige Rippchen und kaute nachdenklich, als würde sie die Mahlzeit mit dem Hunan vergleichen, das ihre Großmutter machte.

Mel stolzierte aus dem Zimmer. Sie schloss die Tür hinter sich. Laut.

April beschäftigte sich mit dem Rippchen, bis der Knochen abgenagt war. Dann leckte sie sich die Finger, rieb sie an ihrer Serviette sauber und wandte sich an Walker. »Ich biete Ihnen die gleiche Einladung wie Miss Buchanan.«

»Und ich lehne sie ab.«

»Sie denken wohl, Sie sind Archer Donovan genug schuldig, um Schutzhaft zu riskieren?«

Faith knallte ihr Messer auf den Tisch. »Walker weiß überhaupt nichts über das Geld der Montegeaus«, erklärte sie mit ausdrucksloser Stimme.

»Sie halten ihn darüber im Unklaren, nicht wahr?« April nahm sich noch ein Rippchen, biss in das würzige, saftige Fleisch und begann, den Knochen abzunagen.

»Sollte das etwas bedeuten?«, fragte Faith sarkastisch.

»Sie sind eine Donovan, also können Sie nicht so dumm sein, wie Sie klingen.«

Unter dem Tisch schloss sich Walkers Hand um Faith' Schenkel. Sie erstarrte und entspannte sich dann wieder. In der Berührung seiner Finger lag keinerlei Intimität. Er warnte sie nur, vorsichtig zu sein.

April wandte sich an Davis. »Haben Sie nichts zu sagen?«, forderte sie ihn auf.

»Ich habe dem FBI alles…«

»Erzählen Sie es mir«, verlangte April kühl. »Sagen Sie mir, wie Sie das Herz der Mitternacht bekommen haben.«

»Ich dachte, das sei nur eine Legende«, meinte Walker, wobei diese Lüge leicht über seine Lippen kam.

»Der Stein ist so wirklich wie das Blut, das vergossen werden wird, wenn wir den Rubin nicht verdammt schnell zurück nach Russland schaffen.« Aprils Stimme war gefühllos, genau wie ihr Blick, mit dem sie Davis beobachtete. »Wie haben Sie den Stein in Ihre Hände bekommen?«

»Er war bei einer Lieferung anderen Schmucks dabei.«

»Von wem?«

»Marat Tarasov.«

»Machen Sie viele Geschäfte mit der russischen *Mafia*?«

»Tarasov ist Geschäftsmann. Wenigstens habe ich das bis jetzt geglaubt.«

April leckte sich mit der Zunge die Finger ab, während sie Davis aus ihren dunklen Augen beobachtete. »Die Hälfte der Geschäftsleute der früheren Sowjetunion gehört dazu. Was ist mit Dmitri Sergejev Solokov? Machen Sie auch mit ihm Geschäfte?« Noch bevor Davis antwortete, hatte sie den verständnislosen Blick auf seinem Gesicht gesehen. *Verdammte Hölle. Da verschwindet eine weitere Möglichkeit.* Mit einem leisen Klirren fiel der abgenagte Knochen auf ihren Teller.

»Von dem habe ich noch nie etwas gehört«, behauptete Davis. »Ist er auch ein Exporteur?«

»Was haben Sie mit dem Herz der Mitternacht gemacht?«, fragte April.

Davis blickte auf seinen Teller. Fett und Grillsauce schwammen auf dem weißen Porzellan, Salat weinte milchige Tränen in die Sauce. Er nahm eine Kartoffel und biss hinein. Zart, köstlich... und sie schmeckte wie Sägemehl.

»Ich habe ihn verloren«, erklärte er langsam.

»Das haben Sie aber Ivan Ivanovitsch nicht gesagt.«

»Wem?«

»Dem Mann mit dem Akzent«, sagte April und griff nach einem weiteren Rippchen. »Er ist derjenige, der so gern mit dem Messer Bilder in Menschen schnitzt, während er zusieht, wie sie verbluten.«

Ein erstickter Laut war Davis' einzige Antwort.

»Hören Sie mir zu, Faith?«, wollte April wissen.

»Warum?«, gab Faith zurück.

»Weil Sie die nächste Kandidatin sind für das Messer, wenn Sie mir das Herz der Mitternacht nicht geben.«

»Ich kann Ihnen nichts geben, was ich nicht habe.«

April zuckte mit den Schultern, wischte sich die Finger an der Serviette ab und griff nach ihrem Glas mit Eiswasser. »Es wäre aber besser, wenn Sie den Stein hätten. Glauben Sie mir. Und wenn Sie mir nicht glauben, dann verlassen Sie sich auf Ihren Bruder. Archer wäre der Erste, der Ihnen sagt, dass Sie mir diesen verdammten Stein aushändigen sollen. Stimmt es, Walker?«

»Sicher. Es gibt da nur ein kleines Problem. Faith hat den Stein nicht. Sie hat ihn nie gehabt.« Er lächelte ironisch, als er Aprils eigene Worte wiederholte. »Glauben Sie mir. Und wenn Sie mir nicht glauben, dann schließen Sie Davis an einen kleinen schwarzen Kasten an und fragen ihn, ob er den Stein an Faith Donovan geschickt hat.« Er sah Davis an. »Also, sagen Sie mir, alter Mann, haben Sie Faith den großen Rubin geschickt?«

»Nein«, erklärte Davis mit rauer Stimme. »Ich habe den Russen angelogen, der mich angerufen hat. Ich hatte viel zu viel Angst, ihm die Wahrheit zu sagen. Ich dachte, wenn ich nur etwas Zeit hätte, könnte ich den Stein wiederfinden. Doch er ist weg. Den größten Teil der Zeit kann ich mir gar nicht vorstellen, dass ich ihn je gehabt habe.«

April beugte sich vor und klopfte mit dem abgenagten Knochen auf ihren Teller. Sie wollte Davis nicht glauben.

Doch sie tat es.

Sie ließ den Knochen auf den Teller fallen. »Nun, liebe Jungen und Mädchen, dann habt ihr alle ein verteufeltes Problem. Ivanovitsch ist hinter dem Stein her, und er wird euch nicht glauben, dass ihr nicht wisst, wo er ist. Wenn ich Sie wäre, Davis, dann würde ich mich so eng an das FBI halten wie der Gestank an die Scheiße. Die Leute vom FBI werden Sie nämlich am Leben halten.«

Davis schloss die Augen.

Aprils Blick ging zurück zu Faith. »Zu schade, dass ich Ihnen nicht den gleichen Schutz bieten kann. Wenn das, was Sie und Davis gesagt haben, die Wahrheit ist, dann ist das Herz der Mitternacht verschwunden. Zu schade, dass Ivanovitsch Ihnen das nicht glauben wird. Nachdem er Sie eine Weile bearbeitet hat, werden Sie ihm all das sagen, von dem Sie glauben, dass er es hören möchte. Das ist das Problem bei der Folter. Als ein Weg, die Wahrheit herauszufinden, wird sie überbewertet.

Doch das wird dann nicht länger Ihr Problem sein. Sie werden dann nämlich so tot sein wie diese Platte mit den Grillrippchen.«

32

Walker ging im Garten hin und her, bis ihm die Geduld ausging. Dann kehrte er ins Haus zurück, in Richtung auf das Esszimmer. Faith hatte es vermieden, allein mit ihm zu sein, und das war er verdammt Leid. Sie war jetzt schon mehr als eine Stunde im Esszimmer, die Tür hatte sie hinter sich geschlossen, angeblich trank sie Kaffee nach dem Essen.

Er öffnete die Tür. »Ist das ein Spiel, das allein gespielt wird, oder kann man es auch zu zweit spielen?«

Zögernd blickte Faith auf von der Reihe der Montegeau-Vorfahren und ihrem blutroten Schmuck aus Rubinen. Etwas an den Juwelen und an Tigas eigenartigen Monologen ging ihr nicht aus dem Kopf. Sie war noch nicht in der Lage gewesen, es zu fassen, trotzdem hatte sie das Gefühl, als wäre da etwas, etwas Wichtiges.

Auf jeden Fall war Faith nicht daran interessiert, jetzt Walker gegenüberzutreten, der sie mit seinen blauen Augen betrachtete, in denen ein dunkles Feuer brannte. Sie war ein Idiot gewesen, böse auf ihn zu sein, weil er ihr nicht gleich gesagt hatte, dass er von Donovan International als Bodyguard angestellt worden war. Die Beweise dafür waren doch deutlich gewesen, direkt vor ihren Augen.

Sie hatte nur nicht zugeben wollen, dass Walker in ihr nichts anderes sah als seinen Job. Mit einigen angenehmen Vergünstigungen dazu, ganz sicher, doch eigentlich nur als seinen Job.

Doch was sie so wütend machte, war, dass selbst jetzt noch,

selbst nachdem sie wusste, dass sie sein Job war und nicht seine Frau, ein warmes Gefühl in ihr aufstieg und ihr Magen noch immer prickelte bei dem Gedanken, noch einmal seine Geliebte zu sein. Sie wusste, wie weich sein Bart war, wie geschickt seine Zunge, wie leicht er sie zu einer Ekstase brachte, von der sie bis jetzt noch nichts geahnt hatte.

Und was noch schlimmer war, sie mochte ihn auch, wenn sie nicht zusammen im Bett waren. Sie liebte sein lässiges Lächeln und seinen schnellen Verstand, seine Sanftheit bei denen, die sie verdient hatten und seine Ungeduld mit denjenigen, die sie nicht verdient hatten.

Es war schwer, wütend auf einen Mann zu sein, den sie liebte.

»Ein Spiel«, antwortete sie bitter. »Das ist alles, was es für dich ist, nicht wahr? Nur ein verdammtes Spiel, mit Rubinen und Seelen als Spielsteine.«

»Das ist alles, was das Leben ist, ein Spiel, und wenn man verliert, ist man tot.«

Walker kam in den Raum und stand so nahe neben ihr, dass er den Duft von Faith nach Gardenien und Frau mit jedem Atemzug einatmen konnte. Er wusste, dass er sich damit selbst quälte, doch das war ihm egal.

»Im Augenblick glaubst du, dass ich in dein Bett gestiegen bin, als wäre es das Holiday Inn, und dass ich auf die gleiche Art wieder hinausgestiegen bin, als mein Geschäft erledigt war«, beschuldigte er sie grob.

Sie zuckte mit den Schultern, obwohl sie völlig verspannt waren. »Wie du schon sagtest, nur ein Spiel.«

»Du irrst dich, Süße. Und ich wünschte verdammt, dass es nicht so wäre.«

»Soll das etwa für mich etwas bedeuten?«

»Lot hat sein Leben als Spiel angesehen. Zieh dem Teufel am Schwanz und laufe dann, so schnell du kannst. Und wenn er nicht schnell genug war, habe ich mich um die Dämonen gekümmert. Es hat so lange geklappt, bis er versucht hat, ein paar afghanische Schmuggler in ihrem eigenen Spiel zu schlagen. Zu dem Zeitpunkt, als ich mich von den Männern freigekämpft hatte, die auf mich losgegangen waren, war Lot tot. Game over.«

Unwillkürlich verzog Faith das Gesicht vor Mitleid.

»Ich habe das Spiel für ihn verloren«, erklärte Walker mit tonloser Stimme. »Ich habe es nicht verdient, das Spiel noch einmal mit jemand anderem zu spielen.«

Sie neigte den Kopf ein wenig und betrachtete ihn, als sei er ein ungewöhnlicher Edelstein. »Wenn du dir das lange genug einredest, *Süßer*, dann wirst du es vielleicht wirklich glauben. Ich glaube es dir nicht.«

»Verdammt, Faith. Ich bin nicht gut genug für dich.«

»Nun, auch damit hast du mich getäuscht.«

»Ich rede nicht von Sex.«

»Ich auch nicht.«

»*Mist.*«

»Das Gleiche könnte ich auch sagen.« Ihr Lächeln war kantig und zeigte keine Wärme. »Wie Hannah sagen würde, mach dir keine Sorgen, Kumpel. Ich bin endlich erwachsen. Ich bin verantwortlich für meine eigenen Gefühle und für das, was ich damit anfange. Du bist verantwortlich für deine. Und ich werde dafür sorgen, dass Archer deinen sehr talentierten Hintern nicht feuert, weil du mit seiner kleinen Schwester geschlafen hast. Wenn ich es richtig anfange, gibt er dir vielleicht sogar die Gehaltserhöhung, hinter der du schon so lange her bist.«

Einen verrückten Augenblick lang glaubte Walker, er würde die Beherrschung verlieren.

Auch Faith glaubte das. Sie freute sich sogar darauf. Sie wollte wissen, *musste* wissen, dass sie ihn so hart und so tief treffen konnte, wie er es bei ihr getan hatte. Sie stand vom Tisch auf und wandte sich um, um sich seinem Zorn zu stellen.

»Ist es das, was du von mir denkst?«, fragte Walker schließlich sehr sanft. »Dass ich mir meinen Weg zu einer Gehaltserhöhung erschlafe?«

Sie wollte dies bejahen, wollte das Streichholz an den Zunder halten und dann die Explosion beobachten. Sie war so erschrocken, dass sie absichtlich einen Mann dazu bringen wollte, seiner Wut freien Lauf zu lassen, diese Erkenntnis sagte ihr, wie sehr sie auf Walkers eiserne Selbstkontrolle vertraute.

»Nein«, erklärte sie mit angespannter Stimme. »Es tut mir Leid. Keiner von uns beiden hat das verdient. Ich könnte den Druck der Umstände anführen, doch das wäre eine Lüge. Du hast mich verletzt, ohne es zu wollen. Ich wollte dir auch wehtun.« Beinahe hätte sie sogar gelächelt. »Wahrscheinlich bin ich doch noch nicht so erwachsen, wie ich gedacht habe.«

Walker wusste nicht, dass er die Absicht hatte, nach ihr zu greifen, bis er sie in seinen Armen fühlte. Er wusste auch nicht, dass er sie küssen würde, bis ihr Geschmack seine Sinne erfüllte wie dreißig Jahre alter Bourbon, heiß und fein und kräftig.

Sie kämpfte nicht gegen ihn an und auch nicht gegen sich selbst. Wenn das alles wäre, was sie bekommen könnte, dann würde sie es nehmen und sich damit zufrieden geben.

»Verdammt, Süße«, stöhnte er schließlich. »Was soll ich nur mit dir tun?«

Zittrig atmete sie ein. »Was möchtest du denn tun?«

»Erinnerst du dich an das Buch, über das wir gesprochen haben?«

»Du meinst das *Kamasutra*?«

»Ja.« Er grinste sie an. »Genau das meine ich.«

»Das klingt wie ein guter Anfang. Bis natürlich…«

»Was?«

»Hatten sie dort auch schon Badewannen mit Klauenfüßen aus der viktorianischen Zeit?«

»Wir werden ein neues Buch schreiben.«

»Gute Idee.«

Walker ging zur Tür, schloss sie und schob einen Stuhl unter die Türklinke. Dann ging er zum Fenster und zog die Vorhänge zu. »Ich hatte gerade noch eine bessere Idee als Badewannen.«

Sie zog ihre geschwungenen blonden Augenbrauen hoch. »Ich auch. Wetten, dass ich dich aus deinen Kleidern bekomme, bevor du das bei mir schaffst?«

»Ich nehme die Wette an.«

Es war knapp, doch sie gewannen beide. Die Halskette mit den Rubinen landete zur gleichen Zeit auf dem Boden wie ihr Höschen.

Faith lag auf dem Boden des Esszimmers, ihr Kopf ruhte auf Walkers nackter, muskulöser Schulter. Abwesend fuhr sie mit dem Finger über seine Rippen, während sie dabei wieder die Porträts an den Wänden betrachtete.

»Versuchst du etwa, mich zu kitzeln?«

»Nein.«

»Dafür gelingt es dir aber recht gut.«

»Dann leide.«

Er lachte leise und begann dann, sie auf sich zu ziehen. Zu seiner Überraschung wehrte sie sich.

»Warte!«, bat sie drängend.

»Was ist?«

»Erinnerst du dich an das, was Tiga gesagt hat?«

Walker zog sich von ihr zurück, bis er ihr ins Gesicht sehen konnte. »Wann?«

»Im Sumpf. Oh, verflixt, du warst ja gar nicht dabei.« Faith starrte auf die Ahnengalerie an der Wand. »Sie hat über ein breites goldenes Armband gesprochen mit Hunderten von Rubinen.«

Walker rückte zur Seite, bis er Faith' Blick folgen konnte.

»Wie dieses da, das diese alte Kriegsaxt mit der Hakennase trägt?«

»So hässlich ist sie gar nicht.«

»Und ob sie das ist.«

Faith sah sich das nächste Porträt an. »Sie hat auch noch etwas von einer Dornenkrone gesagt, mit Blut an den Spitzen.«

»Wie diese blonde Schönheit links auf dem Bild, die mich an dich erinnert? Sie trägt eine Tiara mit Spitzen, und an deren Ende sitzt jeweils ein Rubin.«

»So schön ist sie gar nicht.«

»Und ob sie das ist.«

Faith lachte leise, während Walkers Bart wie eine seidige Bürste über ihren Hals strich. Seine Zähne knabberten so zart an ihrer Haut, dass ihr der Atem stockte. »Du sollst mich nicht ablenken«, bat sie. »Ich denke gerade über etwas nach.«

»Ich auch«, behauptete er, doch er hörte auf zu knabbern.

»Ein langes Band mit Rubinen, brennender Hass, brennende Hoffnung…«, flüsterte sie und erinnerte sich an Tigas Worte.

Walker ahnte und fühlte den Schauer des Unbehagens, der durch Faith' Körper rann. Er sah zur Wand und entdeckte das Porträt einer jungen Frau mit einer Halskette aus perlenförmigen Rubinen, das sechsmal um ihren Hals geschlungen war und dann bis beinahe auf ihre Hüften fiel.

»Dann hat sie von Nüssen gesprochen…«, sagte Faith. »Irgendwie ergibt das alles einen unheimlichen Sinn. Lass mich nachdenken.« Faith runzelte die Stirn. Es war nicht schwer, sich wieder an ihre Unterhaltung mit Tiga im Sumpf zu erinnern. Unheimlich, gespenstisch, wie ein Kind, das auf Zehenspitzen zu Halloween über einen Friedhof schleicht. »Seil. Sie hat etwas von einem silbernen Band gesagt. Und Seelen – das bedeutet Rubine in Tigas persönlicher Sprache –, die die Größe von Nüssen haben und an einem silbernen Band von ihren Ohren hängen und schwingen wie tote Männer.«

Walker grunzte und sah sich im Esszimmer um. »Hinter uns. Die Brünette mit den großen Zähnen.«

Faith sah hin. Ganz sicher, die junge Frau trug ein Paar Ohrringe mit außergewöhnlichen Rubinen, die an Bändern aus verschlungenem Silber hingen.

»Sie weinen nicht, können nicht seufzen, tot, wie es nur erhängte Männer sein können«, murmelte sie.

»Also erinnert sich Tiga daran, was einige ihrer Vorfahren getragen haben. Na und?«

Unbewusst umklammerten Faith' Finger Walkers Arm. »Finde den König oder die Königin«, sagte sie. »Den Rubin, der ›zu groß ist, als dass eine Katze oder ein Kind ihn verschlucken könnte‹.«

Walker sah sich weiter um. »Auf diesen Porträts sind viele Rubine, aber keiner davon ist so groß.«

»Und keiner von ihnen ist umgeben von Edelsteinen, die so weiß sind, wie das Blut rot ist. Tränen der Engel. Perlen, Walker. Natürliche Perlen.«

»Heiliger Jesus«, flüsterte er. »Sie hat ihn gesehen. Sie hat das Herz der Mitternacht gesehen.«

»Sie hat noch viel mehr gesehen. Sie hat mir befohlen, mich angefleht, den Rest des Hofes der Königin zu finden.«

»Den Rest?«

Faith sah sich in dem Zimmer um, blickte zu all den Vorfahren der Montegeaus in all ihrer Seide und dem Satin und der Herrlichkeit ihrer Rubine. Die Einzelheiten des Schmucks auf den Porträts waren sehr genau, als hätte man dem Künstler erklärt, was wichtig war und was für die nachfolgenden Generationen festgehalten werden sollte: Rubine, nicht Menschen.

Dreizehn neue Seelen nur für mich, und die vierzehnte wird dich befreien, eine Seele so groß wie deine süße kleine Faust, Engelstränen für mein totes Baby. Wenn du mir die dreizehn gibst, werden wir beide frei sein.

»Dreizehn Bögen, dreizehn Rubine«, erklärte Faith schlicht. »Mels Halskette. Tiga hat es gewusst.«

»Augenblick. Nach allem, was Davis gesagt hat, waren vierzehn Rubine in der Kette des Herzens der Mitternacht, wenn man den großen Stein nicht mitzählt.«

»Und nur dreizehn Steine sind in Mels Kette, weil einer davon mir gehörte, als Bezahlung für die Anfertigung der Kette. Aber das hat Tiga nicht gewusst. Sie hat nur die Zeichnungen gesehen.«

»Nicht, wenn Davis sie in dem Safe eingeschlossen hat, so wie er es gesagt hat. Nein. Vergiss es. Wahrscheinlich hat Tiga die Kombination gekannt.«

»Sie war vier Jahre älter als ihr Bruder«, überlegte Faith. »Vielleicht hat ihre Mutter ihr die Kombination genannt, bevor ihr Vater starb. Vielleicht hat Tiga es die ganze Zeit gewusst. Wie auch immer. Tiga hat mir gesagt, ich solle ihr die dreizehn Steine bringen, sie würden in die Schatztruhe gehören, und ich würde nicht frei sein, ehe ich sie ihr bringe.«

»Und du bist ihr kostbares Baby.«

Als Faith sich an Tigas Schmerz, an ihr Drängen und ihre Hoffnung erinnerte, schloss sie die Augen in hilflosem Mitleid. »›Du musst sie mir bringen, mein kostbares Baby‹, flüsterte sie. ›Sie gehören in die Schatztruhe und nicht als Schlinge um deinen Hals. Ich kann es nicht ertragen, dich schreien zu hören, *lass-mich-gehen, lass-mich-gehen*...‹«

Walker verzog das Gesicht und hielt Faith noch fester in seinen Armen. »Ich wette, Ruby war der Name ihres Babys. Ich wette, das kleine Mädchen war blond, mit rauchig blauen Augen. Ich wette, als Tiga dich zum ersten Mal gesehen hat, glaubte sie, all ihre Gebete seien erhört worden, und Gott hätte ihr ihre Tochter zurückgegeben.«

»Das Kind des Inzestes«, flüsterte Faith rau. »Es war nicht der Fehler des Babys. Es war nicht Tigas Fehler. Doch sie waren diejenigen, die gelitten haben. Mein Gott, Walker. Glaubst du wirklich, dass Tigas Mutter ihre Enkelin mit in den Sumpf genommen und sie dort ertränkt hat?«

»Vielleicht. Aber vielleicht hat das Kind ja auch gar nicht gelebt. Hat Tiga nicht gesagt, dass sie ihr Baby nie weinen gehört hat?«

Faith stieß den Atem aus. »Eine Totgeburt. Ja. So muss es gewesen sein.«

Walker strich sanft mit der Hand über ihr Haar. Genau wie sie würde auch er lieber glauben, dass das Baby tot geboren worden war. »Tigas Geburtstag war am gleichen Tag, an dem ihr Vater gestorben ist.«

Faith stieß ein leises Geräusch aus. »Was für ein bitteres Geschenk.«

»Das ist es«, rief Walker plötzlich. »Er hat ihr Geschenk aus der Schatztruhe geholt, als er ermordet wurde.«

Faith versuchte vergeblich, den Tod dieses Mannes zu bedauern. »Vielleicht hat seine Frau gewusst, von wem ihre Tochter schwanger war, als er Tiga zum Geburtstag Rubine schenkte.«

Walker antwortete ihr nicht. Er erinnerte sich an andere Gerüchte aus seiner Kindheit, an Leute, die davon geflüstert hatten, dass die Tochter zugesehen hatte, wie ihr Vater getötet wurde, und dass sie danach nie wieder richtig im Kopf gewesen war. Wenn Tiga wirklich dabei gewesen war, dann war sie die letzte lebende Person, die die Schatztruhe gesehen hatte.

»Zieh dich an, Süße.« Er ließ eine Hand voll Kleidungsstücke auf Faith' Bauch fallen.

»Hast du einen besonderen Grund?«

»Ich habe vor, mir einmal Tigas Schlafzimmer anzusehen, und ich habe mir gedacht, dass du vielleicht gern mitkommen würdest.«

»Da hast du richtig gedacht.« Faith zögerte. »Ich nehme an, du wirst nicht erst um Erlaubnis fragen.«

»Das hat keinen Zweck.«

Faith öffnete den Mund, um etwas zu sagen, doch dann seufzte sie. »Und was ist mit April Joy?«

»Es ist mir gleichgültig, ob ich diese Lady je wieder sehe, mit oder ohne meine Kleidung.«

Faith kicherte. »Ich meine, werden wir versuchen... äh... es geheim zu halten?«

»Ich habe vor einiger Zeit nachgesehen und festgestellt, dass die räuberische Miss Joy mit dem FBI und Davis eine Besprechung hatte. Der arme alte Davis. Das Gesicht seiner Anwältin war so rot wie gekochte Krebse. Ich nehme an, Mrs. Butterfield hat noch nie jemanden wie unsere April kennen gelernt, die sich keinen Pfifferling um die edle Justitia schert, geschweige denn um so etwas überflüssiges wie Gnade.«

Walker machte ein paar interessante Hüftbewegungen, um seine Shorts mit dem kostbaren Inhalt zurechtzurücken, bis alles einigermaßen bequem verstaut war. »Miss Joy weiß, was sie will – das Herz der Mitternacht – und keine Anwältin aus den Südstaaten, ganz gleich, wie redegewandt sie auch ist, wird ihr dabei im Wege stehen. Ich habe vor, sie abzulenken, bis ich etwas in meiner Hand habe anstatt in meiner Hose.«

Faith versuchte, nicht daran zu denken, Walker dabei zu helfen, seine Unterwäsche zurechtzurücken. Um sich abzulenken, zog sie sich an. »Und was ist mit Tiga?«

»Ich werde erst anklopfen, doch sie verbringt viel mehr Zeit im Sumpf als im Haus.«

»Bleiben noch Jeff und Mel. Wieso glaubst du, dass sie uns nicht hören werden, wenn wir oben herumschleichen?«

»Die Tür zu ihrem Schlafzimmer war geschlossen.« Walker zog seine Jeans zurecht und knöpfte sie zu. »Ich wette, die beiden trösten einander, genauso, wie wir es auch getan haben.«

»Trost?« Faith zog ihre Bluse an, wie sie sie auch ausgezogen hatte, halb zugeknöpft über den Kopf. »So nennst du das also?«

Er warf ihr einen schnellen Seitenblick zu. »Ich nenne es das Beste, was ich je hatte. Es macht mir Sorgen, Darling. Ich denke immer wieder an passende Fußfesseln.«

»Fußfesseln, wie?« Sie verzog das Gesicht und knöpfte ihre Jeans zu. »Kein Wunder, dass du dir Sorgen machst. Nur ein Wahnsinniger würde sich um ein Leben in Ketten bemühen. Keiner von uns beiden ist so dumm.« Sie blickte auf und betrachtete ihn aus rauchig blauen Augen. »Also vergiss es, Walker. Keine Bindungen, keine Versprechen. Ich meine das ernst.«

Er wusste, dass sie das tat.

Er wusste nur nicht, warum er sich dabei noch schlechter fühlte statt besser.

Tigas Schlafzimmer war am Ende des Flurs. Die Tür stand halb offen.

Walker klopfte leise an. »Miss Montegeau? Tiga?«

Niemand antwortete.

Er klopfte noch einmal, dieses Mal etwas energischer.

Stille.

»Lass mich zuerst reingehen«, sagte Faith leise. »Ein Mann könnte ihr Angst machen.«

Walker trat zur Seite.

»Tiga?«, sagte Faith, als sie das Zimmer betrat. »Können wir uns vielleicht unterhalten?«

Walker stand direkt hinter Faith. Das Schlafzimmer war leer. Einige kleine Lampen brannten schwach. Walker schloss die Tür. Als er nach einem Schloss suchte, um die Tür abzuschließen, fand er keines.

»Bleib an der Tür«, forderte er sie auf. »Ich werde das Zimmer durchsuchen.«

»Das könnte lange dauern. Das Herz der Mitternacht ist vielleicht sehr groß für einen Rubin, aber es gibt in diesem Zimmer tausend Stellen, an dem sie den Stein versteckt haben könnte.«

»Die Schatztruhe ist aber schwieriger zu verstecken.«

Faith gab ein ersticktes Geräusch von sich. »Glaubst du wirklich, du würdest sie hier in Tigas Schlafzimmer finden?«

»Ich glaube, dass Tiga gesehen hat, wie ihr Vater ermordet wurde. Das bedeutet, es ist gut möglich, dass sie auch gesehen hat, was danach mit der Schatztruhe geschehen ist. Nimm einmal an, du wärst Tiga. Nimm einmal an, dass es dich befreien wird, wenn du die Schatztruhe mit Rubinen füllst. Also, wo würdest du die Rubine verstecken, die du in die Finger bekommst?«

»In der Schatztruhe. Falls ich sie hätte. Und das ist ein großes *falls*.«

»Ja. Aber bis jetzt ist es das beste *falls*, das wir haben.«

»Richtig. Ich sehe in der Kommode nach.«

Walker wollte widersprechen, unterließ es dann aber. Je weniger Zeit sie in Tigas Zimmer verbrachten, desto geringer wäre die Möglichkeit, dass sie hier entdeckt wurden.

Schnell öffnete er den kleinen Schrank und durchsuchte ihn. Es gab ein paar verblichene, fleckige Kleider, die einem Erwachsenen passen würden, doch die meiste Kleidung war zu klein, sogar für eine Frau, die so zierlich war wie Tiga. Die beiden Kleider waren mit Spitzen und Rüschen besetzt und waren seit mehr als einer Generation aus der Mode. Im Schrank fand er ein paar lehmige Tennisschuhe in Erwachsenengröße und ein Dutzend Paar kleinerer Schuhe, alle aus Leder und alle vom Alter ganz rissig.

Keines der kleinen Kleider war je getragen worden. An einigen hingen sogar noch die Preisschilder.

Faith arbeitete beinahe genauso schnell wie Walker. Die Kommode war aus Kirschbaumholz, gerade hoch genug für ein Kind. Die ersten vier Schubladen ließen sich nur schlecht herausziehen, die Messinggriffe waren ganz dunkel, als wären sie seit Jahren schon nicht mehr benutzt worden. Die Schubladen waren gefüllt mit zierlichen kleinen Hemdchen und mit Spitzen verzierten Höschen, mit Söckchen mit noch mehr Spitze in Rosa und Lavendel und Hellgrün und Babyblau, mit zierlichen weißen Lederhandschuhen, die viel zu klein waren für Tigas raue Hände.

Die untere Schublade ließ sich leichter öffnen. Darin fand Faith vier Unterhosen aus Baumwolle, vier Paar weiße Baumwollsocken und zwei ausgewaschene Oberteile. Das war alles. Keine BHs. Keine Strumpfhosen. Kein Parfüm. Kein Schmuck. Kein Make-up. Nichts, was den Hinweis darauf gegeben hätte, dass dies die Kommode einer erwachsenen Frau war.

Faith erinnerte sich an die Verstecke ihrer Kindheit und zog jede Schublade heraus. Es gab keine geheimen Fächer und ganz sicher nicht genug Platz, um die Schatztruhe zu verstecken, doch ein einzelner Rubin war etwas ganz anderes. Sie untersuchte die Seiten und die Unterseite einer jeden Schublade. Sie fand nichts als trockenes, altes Holz. Nichts als Zeit und Staub.

Mit gerunzelter Stirn sah Faith zum Schrank. Walker durchsuchte gerade die Hutschachteln. Die Hüte wie alles andere, was sie gesehen hatten, waren viel zu kindlich für eine erwachsene Frau.

Als Nächstes nahm sich Faith das Bett vor. Der Betthimmel war genauso fein wie die Hemdchen. Seidene Rüschen und verblichene rosa Blümchen. Wunderschön gekleidete Puppen saßen auf den mit Spitzen verzierten Kissen und auf einer zerknüllten und verblichenen Tagesdecke aus Seide, die zum Stoff des Betthimmels passte.

Als Faith eine der Puppen berührte, stieg eine kleine Staubwolke auf. Sie trat einen Schritt zurück und wischte sich die Hand an ihrer Jeans ab, als wollte sie etwas Böses wegwischen.

Sie wusste mit eisiger Sicherheit, dass Tiga das Bett nicht mehr benutzt hatte, seit ihr Vater sie zum letzten Mal daraufgezerrt hatte.

Faith gab noch ein Geräusch von sich, das Walkers Aufmerksamkeit weckte. Sie sahen sich an. Er konnte sehen, dass sie begriff, und dass ihr Begreifen eine Woge von Übelkeit in ihr auslöste, genau wie in ihm. Sie durchsuchten das Zimmer eines Mädchens, dessen Leben aufgehört hatte, als ihr Vater es zum ersten Mal vergewaltigt hatte. Es war ein endloser, vernichtender Albtraum, aus dem Tiga nur in den Wahnsinn entfliehen konnte.

Und selbst dann war die Flucht noch nicht vollkommen. Ein Teil von ihr wusste es immer. Deshalb war das Bett staubig und die durchgesessene Couch unter dem Fenster abgewetzt durch die lange Benutzung.

»Denk nicht daran«, bat Walker leise.

»Ich kann nicht anders.« *Es ist mein Fehler. Ich setze mich in Szene.* »Sie hat sich selbst die Schuld gegeben an der brutalen Lust ihres Vaters.«

»Dann denke doch lieber daran: Der Bastard wurde mit seinem eigenen Gewehr hingerichtet.«

»Zu schnell. Viel zu schnell.«

»Ja. Es genügt, um dich darum beten zu lassen, dass er für immer in der Hölle schmort.«

Grimmig durchsuchten sie auch noch den Rest des Zimmers. Sie fanden nichts außer Staub und dem Geist eines Mädchens, das schweigend schrie.

33

Faith lief unruhig in dem Wohnzimmer hin und her, das zwischen ihren beiden Schlafzimmern lag. Ihre Finger juckten, weil sie nach dem Handy greifen wollte, doch sie hatte Archer bereits ihren Plan erklärt. Jetzt musste Walker nur noch für die Zustimmung ihres Bruders sorgen.

»Bist du sicher, dass du das durchziehen willst?«, fragte Walker Archer. »Es gibt keine Garanten, Boss. Du könntest sehr schnell eine Million verlieren.«

»Oder ich könnte den russischen Mörder aus Faith' Nähe entfernen«, entgegnete Archer. »Es ist ein Handel, der den Preis auf jeden Fall wert ist.«

»Wie fühlt sich denn Kyles Ahnung an?«

»Frag lieber nicht.«

Walker zögerte, doch er konnte sich keinen besseren Weg vorstellen, das Herz der Mitternacht zu finden. »Okay. Wenn mir das gefällt, was Davis mir zu erzählen hat, dann führen wir den Plan durch.«

»Irgendein Zeichen von Ivanovitsch?«, fragte Archer.

»Nein. Ich wünschte, das würde mir ein besseres Gefühl geben.«

»Lass Faith nicht aus den Augen.«

»Das wird vielleicht nötig sein. Sie fürchtet sich vor kleinen Booten, und ich habe so ein Gefühl, als würde ich in einem kleinen Boot um Mitternacht in den Sumpf aufbrechen müssen.«

Faith runzelte die Stirn. Diesen Teil des Planes hasste sie. Beim Gedanken an diese löchrigen Boote brach ihr der kalte Schweiß aus. Aber sie wollte verdammt sein, wenn er sie deshalb würde zurücklassen müssen. Sie würde sich ganz einfach überwinden und das tun, was getan werden musste.

»Verdammter Mist«, murmelte Archer. »Das hatte ich ganz vergessen. Dann lass Faith bei April Joy. Ich würde diesen kleinen Hai jedem Mörder vorziehen, dem ich je begegnet bin. Und wenn das nicht geht, dann bringst du Faith beim FBI unter. *Aber lass sie nicht allein.*«

»Verstanden.«

Aus dem Wohnzimmer im vorderen Teil des Hauses drang die Stimme der Anwältin, die mit zwei verschiedenen Bundesbehörden verhandelte. Der unverblümten anwaltlichen Sprache nach klang es, als müsse Davis weggeschickt werden, um sein Schicksal zu erwarten, während alle anderen sich um die kleinen Einzelheiten seines Lebens kümmerten.

Faith atmete erleichtert auf. Walker konnte im Augenblick keine Ablenkungen brauchen, die Dienstmarken trugen. Und sie auch nicht. Sie würde schweigend zusehen, während ein guter alter Junge einen anderen guten alten Jungen befragte.

Walker und Faith fanden Davis in der Bibliothek. Er saß allein in einem dick gepolsterten Ohrensessel, der mit ausgebleichtem blauen Brokat bezogen war. Boomer hatte sich zu seinen Füßen ausgestreckt und schnarchte leise, auf seinem glänzenden Fell spiegelte sich der Schein des Feuers aus dem Kamin. Auf dem kleinen Tisch neben Davis stand eine Tiffany-Lampe und ein angelaufenes silbernes Tablett. Eine Karaffe mit einer dunklen, bernsteinfarbenen Flüssigkeit stand darauf, dazu einige Cocktailgläser aus geschliffenem Kristall.

In dem Glas, das in Davis' Hand glitzerte, stand ungefähr vier Finger hoch der Kentucky Bourbon. Er betrachtete den Alkohol vorsichtig, als würde er erwarten, dass er in Flammen ausbräche.

»Flüssiges Schmerzmittel?«, fragte Walker lässig.

Davis blickte auf. Noch immer mischten sich Vorsicht und Schmerz in seinem Gesicht, doch inzwischen war sein Haar gekämmt, seine Kleidung sauber und sein Blick etwas weniger gequält. »Ich denke darüber nach. Es klingt allerdings bei weitem nicht mehr so gut wie zuvor.«

»Wahrscheinlich deshalb, weil Sie sich nicht mehr so sehr davor fürchten, getötet zu werden.«

»Das macht schon einen Unterschied«, gestand Davis. »Das und das Wissen, dass Jeff nicht ins Gefängnis muss.«

Walker nickte. Er hatte nichts anderes erwartet. Faith hatte sich geweigert, Anzeige wegen der gestohlenen Schmuckstücke zu erstatten, und die Regierung wollte lieber Informationen haben, als Davis hinter Gittern sehen. Solange Davis ihnen Sal und die anderen ans Messer lieferte, war er ein freier Mann.

Und solange das FBI und April Joy ihre Arbeit taten, würde Davis auch am Leben bleiben.

»Sie haben gesagt, dass ich mir keine Sorgen darüber zu machen brauche, dass die Gangsterfamilie aus Atlantic City mich verfolgen wird«, berichtete Davis. »Sal war nicht wirklich berühmt. Zu altmodisch, hat diese Peel gesagt. Und was Buddy betrifft, nun ja, der Junge ist ganz einfach blöd.«

»Dann bleiben also nur noch die Russen«, meinte Walker.

Davis hob das Glas an die Lippen.

»Hat April Joy schon eine Idee?«, wollte Walker wissen.

»Wissen Sie, ich höre immer, dass die Yankees die Frauen aus den Südstaaten als Magnolien aus Stahl bezeichnen und so«, meinte Davis und nippte nur an der Flüssigkeit statt einen großen Schluck zu nehmen. »Aber was den Schneid betrifft, schlägt dieses kleine zierliche Persönchen da drinnen im Wohnzimmer jede andere Frau, die hier unten groß geworden ist.«

»Sie wird Ihnen nicht helfen?«

»Wenn ich ihr das Herz der Mitternacht übergebe, wird sie mich zum Heiligen machen. Wenn nicht, wird sie meinem Mörder helfen, mich zu begraben.«

»Das klingt ganz so wie die April Joy, die wir alle kennen und lieben«, murmelte Faith.

Boomer bewegte sich und jaulte leise, während er von einer Jagd träumte. Davis beugte sich vor und streichelte den großen Hund langsam. Boomer seufzte und entspannte sich.

Walker setzte sich auf das Sofa gegenüber von Davis.

Als er Faith schweigend die Hand reichte, legte sie ihre Hand in seine und setzte sich neben ihn auf das schmale Sofa. Seine Wärme gab ihr, genau wie seine Kraft, das elementare Gefühl der Sicherheit.

»Wir glauben, dass wir vielleicht in der Lage sind, Ihnen mit dem Stein behilflich zu sein«, sagte Walker.

»Mit dem Herz der Mitternacht?«, fragte Davis verwirrt.

Walker nickte. »Ich denke, Sie haben wahrscheinlich von Zeit zu Zeit nach der Schatztruhe gesucht.«

Davis hielt inne. »Sicher.«

Faith hatte das merkwürdige Gefühl, dass er log.

Genau wie Walker. »Sie haben sicher das ganze Haus auf den Kopf gestellt, wie?«, fragte er voller Mitleid.

»Jeffy hat das getan.« Davis lächelte. »Der Junge war ganz verrückt nach der Schatzsuche.«

»Und wie stand es mit Ihrer Mutter? Hat sie auch gesucht?«, fragte Walker.

Davis lachte kurz auf. »Sie hat dieses Haus zu einer wahren Hölle gemacht, nachdem Pa gestorben war. Sie hat Wände aufgerissen, die Fußböden herausgerissen, im Garten Löcher gegraben. Sie war wirklich verrückt.«

»Hat sie denn etwas gefunden?«

»Was glauben Sie denn?«, gab Davis zurück.

»Ich denke, sie war sicher wütend darüber.«

»Amen.« Davis nippte noch einmal an seinem Glas. In dem Kristall spiegelten sich das Licht und das Feuer im Kamin.

»Und wie steht es mit Tiga?«, fragte Walker leise. »Hat sie sich auch auf die Schatzsuche gemacht?«

»Nein.«

»Warum, glauben Sie, hat sie das nicht getan?«

Davis nahm einen größeren Schluck von seinem Whiskey und räusperte sich dann. »Sie ist nicht richtig im Kopf, und das wird sie immer bleiben. Ärzte, Pillen, wir haben alles versucht.« Er seufzte. »Ich kann mich nicht dazu überwinden, sie irgendwo einzusperren. Sie ist harmlos, und sie liebt den Sumpf.«

Walker wusste, dass ein Alkoholiker sich oft mehr entspannte, wenn andere auch tranken, deshalb griff er nach der

Karaffe, nahm sich ein Glas von dem angelaufenen Silbertablett und goss sich einen Whiskey ein. Er hob das Glas an den Mund, atmete tief den Duft des alten Bourbon ein, doch er trank nicht davon. »War Tiga schon immer so, wie sie heute ist?«

»Nein.«

»Hat es angefangen, nachdem Ihr Vater gestorben ist?«, fragte Walker. »Oder war sie schon früher so, als er angefangen hat, sie zu vergewaltigen?«

Davis machte eine heftige Handbewegung, und die Flüssigkeit schwappte an den Seiten seines Glases hoch wie bernsteinfarbene Flammen. Er bedachte Walker mit einem harten Blick.

Walker lächelte sanft. »Ich höre, dass Russen wahre Künstler sind mit dem Messer. Es dauert sehr lange. Sehr, sehr lange.«

»Es hat angefangen, als er sie vergewaltigt hat«, erklärte Davis mit rauer Stimme. »Sie war schon immer ein wenig eigenartig, aber danach...« Er schüttelte den Kopf.

»Haben Sie gesehen, wie Ihr Pa ermordet wurde?«

»Nein.«

»Hat Ihre Mutter es gesehen?«

Davis zögerte, dann dachte er an den russischen Mörder und antwortete düster: »Ja.«

»Und Tiga?«

Davis schloss die Augen. »Ja. Lieber Gott, ja. Es hat sie gebrochen.«

»Und wer hat abgedrückt?«

»Tut das denn noch etwas zur Sache? Er ist tot!«

»Wissen Sie, wer von beiden ihn getötet hat?«, wiederholte Walker ruhig.

»Ich... ich bin nicht sicher. Tiga schrie, dass es ihr Fehler war und dass die Schatztruhe schuld an allem war, all die toten kleinen Mädchen in der Truhe, und dass sie sie vergraben müsste, damit sie nie wieder Schaden anrichten konnte. Ich war damals acht Jahre alt und völlig verängstigt. Während Mama den Sheriff anrief, bin ich zurück ins Bett gegangen, habe die Decke über den Kopf gezogen und bin erst wieder aufgestanden, als es Tag war. Und dann habe ich dem Sheriff gesagt, dass ich die ganze Nacht im Bett gewesen sei, mit der Decke über dem Kopf. Er hat auch aus Tiga nichts herausbekommen. Sie stand unter Medikamenten und hat unsinniges Zeug geredet. Mama hat sich um alles gekümmert. Es gab viele Gerüchte, doch die verstummten, als Billy McBride mit der Frau des Predigers im Bett erwischte. Das gab allen ein neues Thema, über das sie klatschen konnten.«

Boomer bewegte sich und schnüffelte. Er wachte auf und stieß mit der Schnauze gegen Davis' Knie, verstört durch die Aufregung in der Stimme seines Herrn. Automatisch kraulte Davis die langen Ohren des Hundes. Mit einem Seufzen legte sich Boomer zurück auf den Boden.

»Also hat Tiga die Schatztruhe genommen«, schloss Walker.

»Das weiß ich nicht.«

»Sicher wissen Sie das«, behauptete Walker sanft. »Ihre Mutter hat das ganze Haus durchsucht. Jeff hat es durchsucht. Tiga nicht. Sie auch nicht, weil Sie wussten, dass Ihre Schwester sie mit in den Sumpf genommen hatte.«

»Ich weiß nicht, wo das verdammte Ding ist!« Davis nahm einen großen Schluck von seinem Bourbon, musste plötzlich husten und räusperte sich. »Glauben Sie, ich hätte mich mit Sal eingelassen, wenn ich die Schatztruhe gehabt hätte?«

»Nein. Und Sie haben sie damals auch nicht gefunden.«

»Woher wissen Sie das?«, fragte Davis. »Ich habe nie jemandem etwas davon erzählt.«

»Niemand konnte je ein Anzeichen dafür entdecken, dass Sie oder Ihre Mutter Geld ausgegeben hätten, dessen Herkunft nicht erklärt werden konnte. In der Tat waren Sie sehr arm, nachdem Ihre Mutter eine Brosche mit Rubinen verkauft hatte – Tigas Geburtstagsgeschenk von ihrem Daddy, nehme ich an?«

Davis fluchte nickend. »Es war das einzige Stück Familienschmuck, das nicht in der Schatztruhe war, an dem Tag, als Vater gestorben ist.«

»Und Sie haben nie wieder ein anderes Stück daraus gesehen?«, fragte Walker.

»Nie wieder«, erklärte Davis grimmig. »Kein einziges Stück.«

»Tiga ist nie wieder mit einem Stück Rubinschmuck angekommen?«

Davis lachte spröde. Er leerte sein Kristallglas mit einem einzigen Schluck und sah Walker mit gequältem Blick an. »Meine liebe, verrückte Schwester mit einer Hand voll Rubine? Teufel, nein, das wäre ja viel zu vernünftig gewesen. Sie war verrückt. Sie hat die Schatztruhe irgendwo da draußen hingebracht...« Er deutete mit dem leeren Glas zum Fenster. »Irgendwo in das Labyrinth zwischen Sumpf und Bayou, sie hat sie vergraben und hat sich nie wieder an die Stelle erinnert.«

»Ich nehme an, Sie haben sie danach gefragt«, sagte Walker.

»Gefragt, angefleht, beschimpft, bedroht.« Vorsichtig legte Davis die Finger an den Nasenrücken und massierte ihn, damit die Kopfschmerzen nachließen. »Doch nichts hat geholfen. Sie hat durch mich hindurchgesehen mit diesen traurigen, gebrochenen Augen und hat angefangen, wie ein kleines Mädchen zu reden, und dann hat sie geschrien, hat die Hände vor den Mund geschlagen und gesagt: ›Du darfst nicht schreien, das darfst du nicht, gute Mädchen schreien nicht.‹«

Faith grub die Fingernägel in ihre Handfläche.

Davis gab einen erstickten Laut von sich und schloss die Augen. »Ich habe aufgehört, sie zu fragen. Ich konnte es nicht ertragen, sie zurückzuschicken in eine Zeit, als er noch lebte und als sie...« Seine Stimme brach. »Gütiger Himmel, wie kann ein Mann das seiner eigenen Tochter antun?«

Es kam keine Antwort. Es hatte nie eine gegeben. Und es würde auch nie eine geben.

Eine schwache Bewegung am Rande von Faith' Gesichtskreis ließ sie den Kopf zum Flur hin drehen. Walker umfasste warnend ihre Hand fester. Er wollte nicht, dass Davis in diesem Augenblick abgelenkt wurde.

»Wenn man der Theorie glaubt, dass der Blitz nie zweimal hintereinander einschlägt«, erklärte Walker lässig, »würden wir gern Mels Halskette bis zur Hochzeit in Ihrem Safe einschließen.«

Davis hätte gelacht, wenn seine Lippe nicht so sehr geschmerzt hätte. »Ich kann verdammt dafür garantieren, dass Jeff den Safe nicht öffnen wird. Und ich auch nicht.

»Sehen Sie.« Walker stand auf und streckte seine Hand aus. »Warum öffnen Sie den Safe nicht einfach und sehen uns zu, wie wir die Kette hineinlegen. Boomer, beweg deinen faulen Hintern.«

Ein kleiner Stoß von Walkers Fuß brachte den Hund auf die Beine. Er warf Walker einen beleidigten Blick zu und legte sich dann näher an das Feuer.

Mit Hilfe von Walker und dessen Stock stand Davis unter Schmerzen auf und humpelte hinüber zum Safe. Demonstrativ stellte Walker sich mit dem Rücken zum Safe und trat ein paar Schritte zurück, während Davis sich mit der Kombination abmühte. Sowohl Faith als auch Walker bemühten sich, nicht zum Flur zu sehen, wo sich, so hofften sie zumindest, ein Lauscher versteckte.

»Der Safe ist offen«, sagte Davis.

Walker griff in die Tasche seiner Jeans und holte die Kette in ihrem weichen Lederbeutel hervor.

»Sie war die ganze Zeit über in Ihrer Tasche?«, fragte Davis erschrocken.

»Mehr oder weniger.« Vorsichtig holte Walker die Halskette aus ihrer Schutzhülle.

Gold leuchtete in sanften Bögen, flüsterte von Engelsflügeln und ewiger Sicherheit. Rubine schimmerten, als wären sie lebendig, sie nahmen das Licht in sich auf und verwandelten es in seidiges, leuchtendes Rot.

Dreizehn Bögen, dreizehn Seelen.

Davis stieß ein Pfeifen aus. »Himmel, Himmel, sieh dir das an. Es ist so wunderschön wie das, was meine Vorfahren getragen haben.«

»Noch schöner«, behauptete Walker. »Faith hat es entworfen.«

Faith verspürte den verzweifelten Wunsch, über ihre Schulter zu blicken, um zu sehen, wer, wenn überhaupt, lauschte. Stattdessen sah sie, wie Walker Davis die Kette reichte.

Davis nahm sie voller Ehrfurcht und legte sie in den Safe und schloss ihn schließlich. »Ich hasse es, sie einzuschließen. Ich habe nur einmal etwas gesehen, das noch schöner war.«

»Das Herz der Mitternacht«, riet Walker.

Davis nickte. Er blickte zu Faith. »Sie haben ein wunderschönes Stück für Mel geschaffen. Es ist eine Schande, dass sie es nicht behalten darf.«

»Wird das FBI es als Beweisstück brauchen?«, fragte Faith.

»Sie scheren sich keinen Deut um die russischen Steine. Sie wollen nur Sal.«

»Sie werden ihn auch bekommen, und das verdanken sie Ihnen«, versicherte sie ihm.

Er verzog das Gesicht und versuchte den Schmerz zu unterdrücken, der mit jedem Herzschlag durch seinen Körper drang. »Ja, ich hoffe nur, dass sie dem gemeinen Bastard einen ordentlichen Tritt in den Hintern versetzen werden. Einen wirklich ordentlichen Tritt. Und was die Kette betrifft, ich nehme an, Miss Joy wird dabei auch noch ein Wörtchen mitzureden haben. Ich glaube, die Sachen, die ich von Tarasov bekommen habe, kamen aus einem Museum oder so.«

Walker hoffte, er wäre in der Lage, mit der hübschen Miss

Joy einen Handel abzuschließen. Teil des Handels würde sein, dass Mel die Kette behalten dürfte, sie war viel zu schön, als dass man einfach die Rubine herausnahm. Doch alles, was er laut aussprach, war: »In der früheren Sowjetunion finden im Augenblick quasi eine Menge Aufräumarbeiten statt. Harte Währung ist sehr selten.«

»Ich finde das überraschend«, erklärte Davis. »Bis auf das Herz der Mitternacht waren die meisten Sachen, die ich gesehen habe, nun ja, durchschnittlich, etwas, das jede reiche Frau im achtzehnten oder neunzehnten Jahrhundert besessen haben könnte.«

»Die Keller in den Museen sind überfüllt mit durchschnittlichen Dingen«, erklärte ihm Faith. »Ganz besonders in den staatlichen Museen. Nur die besten Stücke werden ausgestellt.«

Walker machte sich mehr Sorgen über den russischen Mörder als über die Qualität der Stücke in den Kellern der russischen Museen. Er hatte heute Abend noch eine Menge zu erledigen. Je eher sie die Bibliothek verließen, desto schneller konnte er damit beginnen.

»Sie sehen aus, als wären Sie im Bett viel besser aufgehoben«, wandte er sich an Davis. »Ich werde Ihnen nach oben helfen.«

Davis warf einen Blick auf die Karaffe mit Bourbon, doch dann wandte er den Kopf ab. »Ich wäre Ihnen wirklich dankbar dafür.«

Sobald die beiden Männer das Zimmer verlassen hatten, löschte Faith das Licht und öffnete die Vorhänge vor den Fenstertüren, die auf die Veranda führten. Sie ließ die Tür zum Flur geöffnet, dann ging sie hinter den beiden Männern her.

Auf zwei Dinge hatte Walker großen Wert gelegt: Zuerst musste die Falle mit den echten Rubinen ausgelegt werden. Diesmal würden keine künstlichen Steine dafür eingewechselt werden.

Und zweitens, wenn die Falle erst einmal gelegt war, musste Faith in seiner Nähe bleiben.

Ständig.

Gekleidet in Sachen, die in der dunklen Nacht mit dem von Wolken bedeckten Himmel nicht auffallen würden, hockte Walker im Dickicht aus Azaleen, Kamelien und wild wachsenden Rosen, das einmal das Ende des Gartens der Montegeaus gewesen war. Es wehte ein warmer Wind, Blätter raschelten, und das Gras und die Pinien mit den langen Nadeln bewegten sich wie Tänzer mit langen, seidigen Röcken. Die Luft roch feucht und erdig, nach Salzwasser und Geheimnissen.

Doch selbst in der dunkelsten Nacht gibt es immer irgendwo ein Licht. Die Nachtsichtgläser, die Walker sich von Farnsworth und Peel ausgeliehen hatte, fingen jedes kleinste Licht auf und verwandelten es in einen grünen Schein. Die Linsen boten ihm einen überraschend deutlichen Blick in das Innere der Bibliothek.

Peels Nachtsichtbrille lag um Faith' Kopf. Genau wie Walker trug auch sie dunkle Kleidung. Doch im Gegensatz zu ihm hatte sie eine Mütze aufgesetzt, die ihr helles Haar verbarg. Sie beobachtete die Hintertür des Hauses und den Weg zum Bayou und zum Salzsumpf. Ohne die Brille hätte sie jedes Mal Geister gesehen, wenn der Wind durch die Bäume, über den Sumpf und das Wasser fuhr. Mit der Brille zuckte sie nur in der Hälfte der Zeit zusammen.

Bis vor wenigen Stunden hatte sie keine Ahnung davon gehabt, wie sehr ein junger Baum einem Menschen ähneln konnte.

»Bingo«, sagte Walker leise.

Faith erstarrte. »Die Bibliothek?«, fragte sie ebenso gedämpft.

»Ja.«

»Wer ist es?«

»Das kann ich nicht sagen. Nur eine dunkle Silhouette mit zwei Armen, zwei Beinen, einem Kopf. Sie humpelt nicht, also ist es nicht Davis.«

Faith versuchte, nicht an die viele Arbeit und den wunderschönen Entwurf zu denken, der in diesem Augenblick in der Tasche des Täters verschwand.

»Mach dir keine Sorgen«, murmelte Walker, der ihre Gedanken erraten hatte. »Ich hole sie für dich zurück.«

»Das hättest du dem FBI überlassen sollen.«

»Wir haben das mindestens zwanzigmal durchgesprochen. Sie sind Cops aus der Stadt, keine Bayou-Jäger.«

Faith biss sich auf die Lippen. Er hatte Recht. Es gefiel ihr nur ganz einfach nicht. »Keine Halskette ist dein Leben wert.«

Walkers Zähne blitzten auf unter seinem schwarzen Bart. »Ich habe nicht vor, zu sterben.«

»Wer hat schon so etwas vor?«

»Still. Die Fenstertüren bewegen sich. Der Dieb wird schon bald auf der Veranda sein.«

Faith rückte ihre Brille zurecht und beobachtete den hinteren Teil des Hauses. Obwohl die Veranda vier Ausgänge hatte, war sich Walker dennoch sicher, dass der Dieb sich in Richtung auf den Bayou vom Haus entfernen und nicht zur Straße gehen würde.

Er hatte Recht.«

»Ich habe ihn«, hauchte Faith.

»Wo?«

»Hinten, genau wie du es gesagt hast.«

»Geh ins Haus, schnell und ganz leise«, sagte Walker leise. »Geh in die Nähe von April Joy und bleib dort.«

»Nein«, murmelte Faith, ohne den Blick vom hinteren Teil des Hauses zu nehmen. »Auch das haben wir schon zwanzigmal durchgesprochen. Ich werde bei dir bleiben.«

»Selbst, wenn das bedeutet, dass du mit dem Gesicht nach unten in einem undichten, stinkenden Boot liegen musst?«

Sie zögerte. »Was auch immer nötig ist, ich werde es tun.«

»Du würdest hier sicherer sein.«

»Du auch.«

»Verdammt, Faith«, sagte er mit leiser Stimme, aus der Verzweiflung klang. »*Ich kann nicht dafür garantieren, dass du nicht dabei umkommst.*«

»Habe ich dich darum gebeten?«

Walker presste die Lippen zusammen. Es war zu spät, um sich jetzt noch zu streiten. Er konnte nur dem Dieb folgen und beten, dass Faith es nicht bereuen würde, ihm ihr Leben anvertraut zu haben.

Und dass er selbst es nicht noch mehr bereute.

34

Die Gestalt, die über den Weg hinter dem Haus entlanglief, wäre unsichtbar gewesen, hätten Faith und Walker nicht die Nachtsichtgläser getragen. Da Walker wusste, dass der Wind die meisten Geräusche überdecken würde, schob er sich aus dem überwucherten Garten und lief in einem Abstand von ungefähr dreißig Meter hinter der dunklen Gestalt her.

Faith schloss sich Walker an.

Er versuchte, nicht zurückzusehen, um sich zu versichern, dass sie in Sicherheit war, doch dann tat er es doch, so oft, dass er schließlich stolperte. Er unterdrückte einen Fluch.

Wind wehte über den Sumpf und ließ die Oberfläche blassgrün schimmern.

Abrupt zog Walker sie von dem Weg in den Schutz einer Fichte. Ihr Magen rumorte, als sie sah, wie die dunkle Gestalt flink in eines der Boote stieg, vom Steg ablegte und dann durch den Bayou auf den Sumpf zuruderte.

»Jeff ist es nicht«, flüsterte Walker leise. »Zu klein.«

»Dann muss es Tiga sein. Du hattest Recht.«

»Selbst eine kaputte Uhr zeigt zweimal am Tag die richtige Zeit an.« Er trat aus dem Schatten des Baumes und zog Faith hinter sich her. »Ich hoffe nur, du hast das mit dem Boot auch ernst gemeint, meine Süße. Jetzt können wir nicht mehr zurück, ohne sie aus den Augen zu verlieren, und ich habe nicht die Absicht, dich von meiner Seite zu lassen.«

Schweigend biss sich Faith auf die Lippe und lief hinter Walker her zu dem Boot.

»Setz dich auf den Boden des Bootes, mit dem Rücken zum Heck und schieb die Beine unter die Ruderbank.« Er kniete auf dem Anlegesteg und hielt das kleine Boot so ruhig wie nur möglich, während er gleichzeitig über seine Schulter sah, um zu beobachten, wohin das andere Boot ruderte.

Das ist gar kein kleines Boot, sagte sich Faith verzweifelt. *Es ist eine Luftmatratze in einem Swimming-Pool. Und was ich da rieche, ist auch kein stinkender Fisch, es ist Chlor.*

Die Zähne in die Unterlippe gegraben, bestieg Faith schließlich hastig das Boot, ehe sie den Mut dazu verlor. Das Boot schaukelte wild hin und her. Sie unterdrückte mit Mühe einen Aufschrei.

»Ganz ruhig und langsam, Süße«, flüsterte Walker und hielt das Boot ruhig. »Das ist das Geheimnis bei einem kleinen Boot.«

Sie stieß den Atem aus und schob sich weiter, bis sie in der Mitte des Bootes saß.

»So ist es gut«, versicherte er ihr. »Und jetzt bleib ganz ruhig sitzen.«

Mit beneidenswerter Geschicklichkeit stieg Walker in das Boot, so leicht, als befände er sich auf trockenem Land. Er schob das Boot vom Steg und griff dann zu den Rudern. Er bewegte das Boot durch das Wasser, so schnell und so leise wie ein Alligator.

»Lehn dich ein wenig nach rechts und sieh an mir vorbei«, murmelte er. »So ist es weit genug. Kannst du sie jetzt sehen?«

Faith nickte.

»Lass mich wissen, wenn wir sie verlieren.«

Noch einmal nickte sie.

Walker beobachtete Faith mit einer Mischung aus Ärger und Zustimmung – Ärger über ihre Sturheit und Zustimmung für ihren Mut. Er wusste, dass sie schreckliche Angst haben musste in dem kleinen Boot. Wahrscheinlich würde sie auch blassgrün aussehen, wenn er die Nachtsichtbrille abnahm. Doch hier saß sie, den Mund entschlossen zusammengepresst, und beobachtete das Boot vor ihnen.

»Sie biegt nach rechts ab«, sagte Faith leise.

Walker durchkämmte seine Erinnerung. Es war Flut, das bedeutete, dass es vor ihnen einige Stellen gab, an denen der Bayou sich in Kanäle verzweigte, die in den ausgedehnten Sumpf führten.

Tiga hätte jeden dieser Kanäle wählen können.

»Such dir einen Anhaltspunkt«, riet er Faith.

»Wie denn? Für mich sieht hier alles gleich aus.«

»Dann nimm den Blick nicht von der Stelle, an der sie abgebogen ist.«

Er machte sich weniger Sorgen darum, Lärm zu machen als Tiga zu verlieren, deshalb wurden seine Ruderschläge schneller. Das Boot schoss vorwärts.

»Gleich vor uns«, flüsterte Faith.

Walker blickte nach vorn und erkannte eine abgestorbene Fichte, auf der während des Tages Kormorane ihren Ausguck hatten und nach den Stunden des Fischens geduldig ihre Flügel trockneten. Er ruderte zügig und war sich plötzlich sicher, dass

Tiga nicht den Arm des Bayou gewählt hatte, der hinaus zum Meer führte. Sie war auf dem Weg in den Sumpf.

Selbst mit Nachtsichtbrillen wäre es verdammt leicht, sie hier zu verlieren.

Er hob ein Ruder, ruderte hart mit dem anderen und bog an der Stelle ab, an der auch Tiga abgezweigt war. Er fand sich in einem kleinen Kanal mit tintenschwarzem Wasser wieder, der nur bei Flut passierbar war. Sehr schnell wichen die Büsche zu beiden Seiten des Kanals zur Seite und machten dem hohen Sumpfgras mit seinen scharfen Spitzen Platz, das im Wind raschelte und zitterte. Der Kanal war so schmal, dass Büschel des Grases bis an die Ruder reichten. Es gab kaum genug Platz zu rudern, doch der Sumpf war hier so flach, dass man die Ruder benutzen konnte, um sich am Boden abzustoßen, wenn es nötig war.

Er hoffte, dass es nicht nötig wäre. Der Schlamm war an einigen Stellen tief genug, um einen Menschen lebendig zu begraben.

»Siehst du sie?«, fragte Walker, während er sich in die Ruder legte.

»Einigermaßen. Ein Stück weiter gibt es wieder mehr Platz.«

»Nun, das ist ein Segen.«

Faith blickte durch die Brille in eine unheimliche, leuchtend grüne Welt. Die Form des Bootes vor ihnen verschwamm mit dem Sumpfgras und wurde dann im offenen Wasser wieder deutlicher. Tiga konnte sie nicht sehen ohne eine Nachtsichtbrille, dennoch fühlte sich Faith nackt und verletzlich. Sie dirigierte Walker mit leisem, angespanntem Flüstern.

Vor ihnen schrie ein Nachtreiher und flog auf, da seine Jagd von Tiga gestört worden war. Dennoch verlangsamte sie ihre Fahrt nicht. Offensichtlich war sie an den Sumpf in der Nacht gewöhnt.

Jetzt bog sie wieder ab.

»Links, sobald es eine Öffnung gibt«, murmelte Faith.

Walker profitierte von seinen früheren Erinnerungen und auch von seinen jüngsten Erfahrungen. Tiga kam an den Rand des Besitzes von Ruby Bayou. Schon bald würden sie sich zwischen den hohen Dinosauriern des einundzwanzigsten Jahrhunderts befinden, Eigentumswohnungen am Strand für Yankees, die zu alt waren zum Skilaufen, zum Rodeln und zum Autofahren in den harten Wintern des Nordostens.

»Hier«, sagte Faith.

Walker blickte über seine Schultern. Die Öffnung sah viel zu schmal aus für ein Boot. »Bist du sicher?«

»Entweder ist das der Weg, oder wir sind einer Geisterspur gefolgt, die der Wind gemacht hat.«

Walker lenkte das Boot in die kleine Öffnung. Es gab keinen Platz, um zu rudern. Leise zog er eines der Ruder ein, wendete das Boot und nutzte das andere Ruder, um es vorwärts zu schieben. Der Geruch und der Anblick des Wassers vor ihm sagte ihm, dass Tiga das ebenfalls getan hatte, sie wühlte den übel riechenden Schlamm mit jedem Stoß ihres Ruders auf.

Faith beugte sich zu einer Seite, worauf das harte Gras ihr den Arm zerkratzte. Gleich vor ihr erhob sich Walkers dunkle Gestalt, eingehüllt in einen sich bewegenden grünen Lichtschein.

»Ich kann nichts sehen«, sagte sie.

»Ich kann sie sehen.«

»Wie schön für dich«, murmelte sie.

Walker ignorierte sie. Vor ihnen öffnete sich der kleine Kanal und wurde breiter. Abrupt hielt er inne. »Sie hat angehalten.«

Faith spuckte ein Stück Gras aus, das der Wind ihr ins Gesicht geweht hatte. »Was tut sie?«

»Sie macht Anstalten, einen Topf hochzuziehen«, sagte er.

»Was?«

»Sie zieht einen Krebstopf hoch«, erklärte er ihr.

Die Erregung, die sie aus seiner Stimme hörte, war so deutlich wie der Wind, der über den Sumpf wehte.

»Ich möchte auch etwas sehen.« Faith vergaß völlig ihre Furcht vor kleinen Booten, als sie sich hinkniete.

Automatisch hielt Walker das Boot ruhig. »Langsam und ruhig, denk daran. Spreiz die Knie.«

Sie wollte eine Bemerkung machen, doch dann wurde ihr bewusst, dass er es ernst meinte. Vorsichtig schob sie die Knie auseinander. Er hatte Recht. Auf diese Art war es einfacher, die Balance zu halten. Als er sich ein wenig nach links lehnte, nahm sie das als Aufforderung, sich nach der anderen Seite zu beugen. Vorsichtig.

Beide sahen zu, wie das Wasser wie blasse, flüssige Smaragde von der Leine in Tigas Hand tropfte. Es gab eine leichte Explosion in Grün, als sie den Topf in das Boot zog. Der Metallkäfig landete mit einem deutlichen Plumpsen auf dem Boden des Bootes, was der Wind bis zu ihnen trug.

»Wie viel wiegen Krebse denn?«, fragte Faith an Walkers Ohr.

»Das kommt ganz auf den Fang an. So wie das geklungen hat, werden wohl die Leute in Ruby Bayou morgen beim Mittagessen bis zum Bauch in Krebsen stehen.«

»Oder in etwas anderem.«

Tiga beugte sich über die Falle. Ihr Körper schirmte sie ab, sodass die beiden nichts sehen konnten.

»Was tut sie da?«, fragte Faith leise.

»Das kann ich nicht sagen. Es könnte sein, dass sie die Krebse in einen Eimer legt und die Falle mit einem neuen Köder versieht.«

»Oder…«

»Das hoffe ich, Süße. Garantieren kann ich es nicht.«

»Ich habe dich nie um Garantien gebeten, das weißt du doch«, erwiderte Faith.

»Das solltest du aber.«

»Warum?«

»Weil du es verdienst.«

»Du auch, trotzdem bittest du auch nicht darum.«

Walker wusste nicht, was er darauf antworten sollte, deshalb hielt er den Mund.

Einige Augenblicke später spritzte das Wasser auf, als die Falle wieder zurückgeworfen wurde. Sie sank sehr schnell. Tiga richtete sich auf, wischte die Hände an ihrer Kleidung ab und nahm die Ruder wieder in die Hand. Geschickt drehte sie das Boot um und ruderte auf sie zu.

»Verdammt«, hauchte Walker. »Wir müssen hier weg.«

Er rückte zur Seite und griff nach einem Ruder. Er hatte keinen Platz, das Boot umzudrehen. Er würde rückwärts aus dem Kanal fahren müssen. Es war zwar ein wenig umständlich, besonders, weil Faith ihm im Weg saß.

»Setz dich und beweg dich nicht, wenn das möglich ist«, bat er.

Wenigstens jetzt stellte sie keine Fragen. Sie setzte sich so schnell wie möglich hin. Walker stakte das Boot mit kräftigen Bewegungen weiter, doch Tiga kam sehr schnell näher.

Nur wenige Sekunden, ehe Tiga den Hauptkanal erreichte, bogen sie in den Kanal ein. Walker sah sich hastig um und entdeckte das einzig mögliche Versteck, ein dichtes Büschel Sumpfgras. Er schob das Boot in das Gras, als der Bug von Tigas Boot etwa ein Dutzend Meter weiter erschien. Sie erstarrten und blieben bewegungslos sitzen.

Faith fühlte sich so nackt wie die Beine eines Reihers. Sie hielt den Atem an, als das Geräusch von Tigas Rudern näher kam. Das Boot der alten Frau würde nur wenige Meter an ihnen vorüberfahren. Sicher wäre sie in der Lage, sie beide zu entdecken, auch ohne Nachtsichtbrille. Und wenn sie das tat, wäre sie in der Lage, zurückzurudern, noch ehe sie beide sie aufhalten konnten, sich die Falle zu schnappen und noch einmal im

Sumpf zu verschwinden, diesmal für immer, mit einer Million Dollar an Edelsteinen und wer weiß was sonst noch.

Doch selbst wenn Tiga bemerkte, dass etwas nicht stimmte, ließ sie es sich nicht anmerken. Sie ruderte im gleichmäßigen Rhythmus nach Ruby Bayou zurück, als würde sie nach einer angenehmen Nacht im Wasser nach Hause fahren.

Walker wartete, bis er sicher sein konnte, dass Tiga fort war, ehe er das Boot aus dem Sumpfgras herauslenkte und sich umsah.

Nichts war zu sehen als Sumpf, sich wiegendes Gras und eine Nacht, die von ihren Nachtsichtbrillen grün gefärbt war.

Sein Grinsen war ein blasses Aufblitzen in der Dunkelheit. »Lass uns mal nachsehen, was es zu Essen gibt.«

Er beeilte sich, durch den schmalen Kanal in das breitere Wasser dahinter zu gelangen. Die Boje, die die Lage der Krebsfalle markierte, war so mit Schlamm und Algen bedeckt, dass er beinahe fünf Minuten danach suchen musste. Er fragte sich, wie Tiga sie ohne Hilfsmittel gefunden haben konnte.

Die Leine, die an der Boje hing, war dunkel und voll grünem Schleim. Sie war so glitschig wie Fischschuppen und ebenso kalt. Er schlang die Leine um seine Hände und zog daran. Tropfen aus blassgrünem Wasser fielen von dem Nylonseil, als er es in das Boot zog.

»Und?«, fragte Faith nach wenigen Sekunden.

»Es fühlt sich nicht an wie Krebse.«

»Woher willst du das wissen?«

»Erfahrung.«

Sie vergaß ihre Furcht vor dem Boot vollkommen und hätte es beinahe zum Kentern gebracht, als sie versuchte, aufzustehen.

»Willst du, dass wir ins Wasser fallen?«, fragte er, ohne seine Arbeit zu unterbrechen.

Noch ehe Faith ihm antworten konnte, erschien der Krebstopf an der Wasseroberfläche. Es leuchtete grün, als das Wasser daran herunterfloss.

Walker brummte, als er den schweren Krebstopf in das Boot zog. »Tiga ist wesentlich kräftiger, als sie aussieht.«

Faith schwieg. Sie starrte auf die schwarze, rechteckige Kiste, die die Falle beinahe vollständig ausfüllte. Sie sah eigentlich nicht aus wie Silber. »Ist es...?«

»Die Schatztruhe«, sagte Walker. »Sie hat sie die ganze Zeit über gehabt.«

»Sie sieht aber gar nicht danach aus.«

»Falsch. Sie sieht genau aus wie Silber, das seit vierzig Jahren im Brackwasser gelegen hat.«

Die Scharniere der Truhe waren längst durchgerostet. Das Schloss war ebenfalls nutzlos. Mit einer schnellen Bewegung seines Messers schnitt Walker das Seil durch, das um die Truhe geschlungen war. Mit einer automatischen Bewegung schob er das Messer zurück in die Scheide. Sanft und vorsichtig setzte er sich Faith gegenüber, die kalte, schwere Truhe auf seinem Schoß. »Warum öffnest du sie nicht, Süße?«

»Aber sicher.« Sie berührte mit den Lippen seinen Mund und fuhr mit der Zungenspitze den Umrissen seines Mundes nach. »Süßer.«

Abruptes Verlangen erwachte in seinem Körper. »Du wirst dich in Schwierigkeiten bringen.«

»Aber sicher. Später.«

Er grinste. »Ich werde dich daran erinnern.«

Die Truhe war ungefähr vierzig mal zwanzig Zentimeter groß. Faith streckte die Hand aus, um den Deckel zu öffnen, dann zögerte sie.

»Was ist los?«, fragte er.

»Ich denke an Pandora«, gestand sie ihm.

»Der Deckel dieser Kiste mit all den Problemen wurde schon vor langer Zeit geöffnet. Jetzt ist nur noch Glück übrig.«

»Das hoffe ich.« Sie holte tief Luft, umfasste vorsichtig den Deckel und hob ihn.

Nichts bewegte sich.

Walker hielt den Boden der Truhe, der wesentlich sauberer war als das Seil, ein wenig fester. »Versuch es noch einmal.«

Faith legte die Hände um das kalte Metall und zog den Deckel hoch. Mit einem saugenden Geräusch öffnete er sich.

Umringt von Perlen lag das Herz der Mitternacht oben auf dem Juwelenberg.

Walker schob die Nachtsichtbrille zur Seite und holte den großen Stein aus der Truhe. Die Nacht nahm dem Rubin die Farbe, doch sein Feuer konnte sie nicht vollständig auslöschen. Er schimmerte schwarz, wie frisches Blut, das im Mondlicht aufwallt.

Faith beobachtete ihn, wie er lange den Stein anstarrte. Der Ausdruck auf seinem Gesicht war vollkommene Faszination und eine Art Verehrung, der ihren Hals ganz eng werden ließ und Gefühle in ihr weckte, denen sie keinen Namen geben konnte. Sie wusste nur, dass sie tausend Edelsteine wie das Herz der Mitternacht dafür gegeben hätte, wenn Walker sie nur einmal so angesehen hätte.

»Du kannst ein ganzes Leben leben und nie einen Stein berühren, der auch nur halb so schön ist«, hauchte er mit tiefer Stimme. »Verdammt, aber er ist wunderschön. Der Traum eines jeden Rubinjägers liegt in meiner Hand...«

Schließlich zog er den Lederbeutel aus seiner Tasche und schob das Herz der Mitternacht hinein. Er stand auf, öffnete seine Jeans und ließ den Rubin in die versteckte Tasche in seiner Unterhose gleiten. Dann setzte er sich und griff an seine Jeans, um alles in eine bequeme Lage zu schieben. Das war nicht so einfach. Faith' aufreizender kleiner Kuss hatte alles Blut in seinen Unterleib fließen lassen.

»Brauchst du vielleicht Hilfe?«, fragte sie unschuldig.

Er warf ihr einen schnellen Blick zu. »Später.«

»Ich werde dich daran erinnern.«

»Ich verlasse mich darauf. Das ist eine Nacht, die gefeiert werden muss.«

Sie lächelte, trotz der Traurigkeit, die ihr den Hals zuschnürte.

Walker zog die Nachtsichtbrille wieder auf und griff nach den Rudern. Fünfzehn Minuten später erschien der Anlegesteg von Ruby Bayou in der Nacht. Die Lichter in dem großen Haus brannten noch immer, als er das Boot an dem wackeligen Steg anlegte. Boomer war im Haus und bellte sich die Seele aus dem Leib. Er hatte etwas gewittert und wollte unbedingt die Jagd aufnehmen.

»Ich halte das Boot, während du aussteigst«, bot Walker an.

Faith kletterte geschickter aus dem Boot, als sie es eine Stunde zuvor bestiegen hatte. Ihre Jeans waren feucht und schmutzig, und sie wäre um keinen Preis noch einmal mit dem Boot gefahren, doch wenigstens hatte sie einen Teil ihrer schrecklichen Angst davor verloren.

Das ist auch schon etwas wert, sagte sie sich.

»Schläfst du?«, fragte Walker. Er ließ mit einem leisen Plumps die Schatztruhe auf den Steg fallen.

»Nein.« Faith nahm die Nachtsichtbrille ab und rieb sich die brennenden Augen. »Ich bin nur müde. Von all der Aufregung, nehme ich an.« Sie wollte über den schmalen Steg an Land gehen. »Ich werde April Joy sagen, dass ihr Schiff gelandet ist.«

»Augenblick, Süße. Das Wasser fällt, ich muss die Leine an dem Boot etwas lockern.«

Faith wandte sich Walker zu und wartete.

Keiner von ihnen sah die Gestalt, die sich aus den Büschen löste und hinunter zum Steg schlich. Beide wurden sich erst der Gefahr bewusst, als es viel zu spät war. Urplötzlich legte sich ein starker Arm um Faith' Hals. Noch ehe sie schreien konnte, presste sich eine Hand auf ihren Mund.

»Wehren Sie sich nicht, Miss Donovan«, sagte Ivanovitsch ruhig. »Die kleinste Bewegung, und ich werde Ihnen die Kehle aufschlitzen.«

35

Walker sah sofort, dass der Russe die Sache unter Kontrolle hatte. Faith war nur einen Hauch vom Tod entfernt. Wie sein Bruder Lot hatte auch sie den Fehler gemacht, dem falschen Mann zu vertrauen.

Eine eisige, tödliche Wut ergriff Walker. »Sie hat den Rubin nicht.« Er zog den Deckel von der Schatztruhe und ließ ihn auf den Steg fallen. »Ich habe den Stein.«

»Das Herz der Mitternacht?«, wollte der Russe wissen. Die Nachtsichtbrille, die er trug, war wesentlich kleiner und nicht so effektiv, doch sie genügte ihm. »Sie haben den Stein?«

Ihre einzige Chance war, die Aufmerksamkeit Ivanovitschs von Faith abzulenken. Walker griff in die kalte Truhe und hob eine Hand voll glitzernder Juwelen heraus. »Der Stein ist hier.«

Er öffnete die Finger und ließ die Steine zurückfallen, noch ehe Ivanovitsch mehr sehen konnte als nur ein Flackern glitzernden Lichtes.

»Bringen Sie den Rubin hierher«, befahl der Russe.

Das war das Letzte, was Walker beabsichtigte. Im gleichen Augenblick, als Ivanovitsch das Herz der Mitternacht in seinen Händen halten würde, war Faith tot, und er ebenfalls.

Faith wusste das ebenso. Sie versuchte, sich zu bewegen. Doch die kleinste Bewegung nahm ihr die Luft. Ihre Schuhe waren weich und damit als Waffe nutzlos. Und sie konnte ihm auch nicht Ellbogen oder Faust in den Unterleib rammen. Der Mann, der sie gefangen hielt, war wesentlich erfahrener als sie, und hatte all die Bewegungen schon im Voraus ausgeschlossen.

»Es gibt keinen Rubin, es sei denn, Sie lassen sie frei«, erklärte Walker.

»Bringen Sie ihn her, oder sie stirbt.«

»Wenn Sie sie töten, sind Sie auch ein toter Mann.«

»Ich habe keine Angst vor Ihnen, kleiner Mann. Her mit dem Rubin.«

»Ich bin nicht derjenige, der Sie umbringen wird«, behauptete Walker lässig. »Dafür wird Marat Tarasov sorgen. Aber ich könnte mir vorstellen, dass er sich erst noch ein wenig vergnügen wird. Er würde nicht wollen, dass der Mann, der das Herz der Mitternacht verloren hat, so leicht stirbt.«

»Bringen Sie ihn sofort her!«

Walker hob die Schatztruhe hoch, als wollte er einen Eimer mit Wasser ausschütten. »Lassen Sie sie zurück ins Haus gehen, oder ich schütte all diese Juwelen hier in den Bayou. Sie werden nichts dagegen unternehmen können.« Seine Stimme klang vollkommen gelassen. »Vielleicht haben Sie ja Glück und finden das Herz der Mitternacht wieder, aber auf keinen Fall früh genug, um Ihrem Boss zu helfen. Ich zähle bis drei. Eins.«

Eine Mischung aus Angst und Wut ließ Ivanovitsch zittern.

»Zwei.«

Sowohl Faith als auch der Russe sahen, wie Walker sich zu dem dunklen Wasser umwandte, bereit, all den Schmuck in den Bayou zu werfen.

»Nein!«, sagte Ivanovitch. Er wandte sich um und stieß Faith so heftig von sich weg, dass sie den Weg zum Haus hinaufstolperte. »Sehen Sie! Sie ist frei!«

Walker wandte den Blick nicht von dem Russen ab.

Einer gerettet, noch einer übrig.

Doch erst musste er Ivanovitsch näher kommen lassen. »Lauf los, Süße.«

»Aber…«

»*Jetzt sofort*«, sagte Walker.

Als Ivanovitsch auf Walker losging, wandte sich Faith um und rannte auf das Haus zu. Sie wusste genau, wo die Montegeaus ihr Gewehr aufbewahrten. Noch eine Minute brauchte sie bis zum Haus, höchstens zwei. Zwei Minuten brauchte sie, um zurückzulaufen. Also blieben vier Minuten.

Sie sprang mit einem Satz die Treppen zur hinteren Veranda hoch und stürmte durch die Tür. Die Küche war dunkel, das Licht im Flur beinahe blendend hell. Sie riss sich die Brille von den Augen und rannte weiter. Sie platzte in die Bibliothek, wo April, Peel und Farnsworth sich damit abwechselten, Davis auszuquetschen. Die Anwältin hatte aufgegeben und war nach Hause gegangen.

»Was zum Teufel ist los?«, fragte Farnsworth und griff nach ihr.

Sie riss sich los und nahm das Gewehr aus seinem Ständer. »Gehen Sie mir aus dem Weg!« Während sie herumwirbelte, hielt sie automatisch das Gewehr so, dass der Lauf sich zur Decke richtete. Sie war vielleicht kein Fischer, aber sie hatte genau zugehört, als ihre Brüder ihr beigebracht hatten, wie man mit Gewehren umging. »Ivanovitsch hält Walker fest, am Steg!«

Sie rannte zur Tür.

Farnsworth stellte keine Fragen, sondern rannte hinter Faith her. Dennoch hatte Faith einen Vorteil. Sie wusste, wohin sie laufen musste. Farnsworth' Augen mussten sich erst an die Dunkelheit gewöhnen. Mit einer Hand zerrte sie die Nachtsichtbrille an ihren Platz zurück und rannte, so schnell sie konnte. Sie kam aus dem Gebüsch am Rand der Anlegestelle, gerade in dem Augenblick, als das seelenerschütternde Klagen des weinenden Mädchens sich vor ihnen erhob, wie schwarzer Nebel.

»Walker!«, schrie Faith.

Der Anlegesteg war bis auf ein paar Kleidungsstücke leer.

»*Walker!*«

Das Klagen des weinenden Mädchens war die einzige Antwort, es erhob sich und verebbte wieder wie der Wind über dem dunklen Wasser in der Nacht.

»Walker«, sagte Faith mit rauer Stimme. »Wo bist du?«

Als Farnsworth ihr das Gewehr aus der Hand nahm, wehrte sie sich nicht gegen ihn.

Das Gewehr war schwer, mit doppeltem Lauf und geladen, wie Farnsworth nach einer schnellen Prüfung feststellte. Es war wesentlich effektiver als die Waffe, die er an seiner Hüfte trug. Er entsicherte die beiden Läufe und richtete das Gewehr auf das Ende des Steges.

»Was ist das dort auf dem Steg?«, fragte Farnsworth mit tonloser Stimme.

Faith fürchtete, dass es Walker war. »Ich will es gar nicht wissen.«

»Geben Sie mir die Brille.«

Faith reagierte nicht.

Der schreckliche Schrei ertönte ein drittes Mal.

»Himmel«, murmelte Farnsworth. »Das lässt mich hoffen, dass man in dieser Gegend hier silberne Kugeln benutzt.«

Das Bündel am Ende des Anlegesteges bewegte sich und schien sich schließlich zu einer menschlichen Gestalt zu formen. Die grün gefärbte Wirklichkeit der Brille zeigte die hellen, wilden Augen einer Frau und das genauso wild abstehende Haar, das in der Dunkelheit leuchtete. Dann öffnete sich ein dunkler Umhang, und die helle Kleidung darunter kam zum Vorschein.

»Tiga«, sagte Faith ungläubig. »Es ist Jeffs Tante.«

Als wolle sie auf Faith' Worte antworten, warf Tiga den Kopf zurück und jammerte, und das weinende Mädchen erwachte erneut zum Leben.

»Sehen Sie sonst noch jemanden?«, fragte Farnsworth und beobachtete über seine Schulter hinweg den Weg.

»Nein. Hier.« Faith nahm die Nachtsichtbrille ab und gab sie dem Agenten. »Ich werde fragen, ob sie etwas weiß.«

Vorsichtig ging Faith über den Anlegesteg und wartete, bis sich ihre Augen an die Dunkelheit gewöhnt hatten.

Tiga fühlte, wie die alten Bretter sich bewegten und wandte sich um. »Ruby? Ich habe geglaubt, du seist verschwunden. Deine Seele ist verschwunden.«

Faith blickte zu Tigas Füßen. Der Inhalt der Schatztruhe war auf den Brettern des Steges verstreut. Sie erkannte ihre drei Schmuckstücke, von denen sie geglaubt hatte, sie seien gestohlen worden, doch nichts war dabei, das aussah wie das Herz der Mitternacht. Dann entdeckte sie einen feuchten, dunklen Fleck auf dem Steg. Es sah nicht aus wie Wasser. Sie berührte es, und ein Schauer lief durch ihren Körper.

Blut.

»Meine Seele und ich sind zusammen«, wandte sich Faith an Tiga und zwang sich dazu, ihre Stimme sanft klingen zu lassen. »Haben Sie Walker gesehen?«

Die alte Frau sank auf den Steg und begann, den Berg an Rubinen zu durchsuchen. Falls sie das Blut bemerkt hatte, ließ sie es sich nicht anmerken. Sie hatte die Absicht, die Schätze aus der Schatztruhe wieder zusammenzusuchen. Die Steine machten leise, beinahe musikalische Geräusche, als sie zurück in das kalte Innere der Truhe fielen.

»Tiga? Haben Sie Walker gesehen?«

»Sie sind gegangen, mein Schatz.«

»Wohin sind sie gegangen?«

»Nach dort draußen, wo die Toten sind.«

Faith blickte an Tigas blasser, ausgestreckter Hand vorbei. Sie sah nichts als die Nacht. Dann stellte sie fest, dass nur noch ein Boot am Steg angebunden war.

»Sie haben ein Boot genommen«, wandte sie sich an Farnsworth. »Können Sie etwas sehen?«

»Nein. Aber machen Sie sich keine Sorgen. Walker ist wesentlich härter, als er wirkt.«

»Ivanovitsch auch.«

»Ja«, stimmte Farnsworth ihr zögernd zu. »Der Mann ist ein Profi.«

»Was für ein Profi?«

Farnsworth antwortete ihr nicht. Er glaubte nicht, dass es Faith trösten würde zu wissen, dass Walker und ein professioneller Killer zusammen in die Nacht hinausgerudert waren.

Tiga trat über die Schatztruhe und ging zu ihrem Boot. »Achte bitte für mich auf diese Seelen, mein kostbares Baby. Ich werde deine Seele holen.«

»Sie ist in Sicherheit, Tiga. Sie ist bei mir. Walker hat uns beschützt.«

Die alte Frau zögerte, während sie ihr Boot losband. »Walker? Ist das der junge Mann, der meine Sauce so gern isst?«

»Ja.«

»Oh.« Tiga blickte verständnislos auf das Seil. »Bist du auch ganz sicher, mein Schatz? Ich kann keine Ruhe finden, wenn du unglücklich bist.«

»Ich bin sicher, Tiga. Gehen Sie und ruhen Sie sich aus. Ich habe alles, was ich brauche. Danke.«

Tiga stieß einen langen Seufzer aus. »Ich bin müde. Ich habe seit langer, langer Zeit nicht mehr geschlafen.«

»Dann gehen Sie ins Haus und schlafen Sie. Niemand wird Ihnen je wieder ein Leid antun. Sie sind in Sicherheit, und ich auch.«

Ein langes warmes Lächeln breitete sich langsam auf Tigas Gesicht aus. »Danke, dass du zurückgekommen bist, Ruby, mein Liebling. Dich zu sehen, erleichtert mich. Ich weiß, du kannst nicht lange bleiben. Gott hat für seine Engel noch viele andere Dinge, die sie erledigen müssen. Aber bitte verabschiede dich von mir, ehe du gehst, damit ich nicht durch den Sumpf laufen und nach dir weinen muss.«

»Das werde ich tun, Tiga. Gute Nacht.«

»Gute Nacht, mein Schatz.«

Farnsworth sah der alten Frau nach, als sie auf dem Weg zum Haus mit der Dunkelheit verschmolz. Er schüttelte den Kopf und fragte sich, worum es bei dieser Unterhaltung wohl gegangen sein mochte. Als er sich umwandte, um Faith danach zu fragen, legte sie gerade den Deckel auf die alte Truhe. Er sah, dass Tränen auf ihrem Gesicht glänzten, und entschloss sich, ihr diese Frage doch lieber nicht zu stellen. Er stand ganz einfach neben ihr und beobachtete die Nacht.

Endlich glitt langsam ein Boot zwischen den Sumpfgräsern hervor und kam auf den Anlegesteg zu. Farnsworth beobachtete einen Augenblick lang das Boot angestrengt, weil er sicher sein wollte. Dann war er es.

»Trocknen Sie Ihre Tränen«, sagte er leise. »Ihr Mann ist wieder da.«

»Er ist nicht mein Mann.«

»Dann ist er ein verdammter Dummkopf.«

»Er wäre nicht der Erste«, versicherte ihm Faith.

Das Boot glitt an den Anlegesteg. »Haben Sie mich etwa beschimpft, Farnsworth?«

»Sie haben es wieß Gott verdient«, gab der Agent zurück.

»Großartig.«

Faith wusste, dass ihre Tränen zu sehen waren. Doch das war ihr gleichgültig. »Wo ist Ivanovitsch?«

Walker zog sich die Nachtsichtbrille vom Gesicht und rieb sich den Schweiß von der Stirn, der in seinen Augen brannte. »Den habe ich verloren.«

»Das muss aber ein verteufelt guter Schwimmer sein«, meinte Farnsworth ausdruckslos.

Ein Blick in Walkers erschöpfte, grimmig blickende Augen sagte Farnsworth, dass der Russe tatsächlich wie ein Fisch schwamm. »April Joy wird wirklich sehr wütend sein.«

»Nicht, wenn ich ihr das hier zeige«, sagte Walker und steckte die Hand in die Hose.

Als er sie wieder hervorzog, leuchtete das Herz der Mitternacht in seiner Hand, eine Babyfaust, umgeben von Engelstränen.

April Joy kam aus ihrem Versteck und betrat den Anlegesteg. Die Pistole in ihrer Hand glänzte in der Nacht. »Wo ist Ivanovitsch?«

»Entkommen«, erklärte Walker.

»Verdammte Hölle. Farnsworth, gehen Sie und helfen Sie Peel, die Montegeaus zu bewachen. Sie sind alle in der Bibliothek.«

Farnsworth warf ihr einen langen Blick zu, ehe er sich mit dem Gewehr in der Hand zum Haus umwandte.

Walker zog Faith mit einer Hand an sich. Die andere Hand umklammerte das Herz der Mitternacht. Faith legte den Arm um seine Taille. Auf beiden Seiten des Steges wogte das Wasser des Bayous im Rhythmus der Gezeiten.

»Ich glaube nicht, dass Sie sich um Ivanovitsch Sorgen machen müssen«, sagte Walker. »Er hat alle Hände voll zu tun, aus dem Sumpf herauszuschwimmen. Ich bezweifle, dass er es schaffen wird, wenn ich ehrlich sein soll. Dieser Schlamm hat schon größere Sumpfratten verschluckt als ihn.«

»Hat er das Herz der Mitternacht?«

Walker schüttelte den Kopf. »Den Stein habe ich.«

April betrachtete ihn einige Sekunden lang, dann akzeptierte sie das Unausweichliche. Walker hatte Ivanovitch aus dem Spiel genommen. Für immer. Zu schade, aus ihrer Sicht, denn er hätte ihr eine Menge Informationen über Tarasov liefern können. Doch wenn sie die Wahl hatte zwischen dem Rubin und Ivanovitsch, dann hätte sie ihn persönlich ermordet und die Krebse des Bayous mit ihm gefüttert.

April sicherte ihre Pistole und schob sie unter ihre Jacke. Sie hatte nie ein Schulterhalfter in ihrer Größe gefunden. Dann warf sie einen Blick auf die Uhr, berechnete die Zeit in St. Petersburg und lächelte. Sie würden es schaffen, sie hatten sogar noch einige Stunden Zeit.

»Geben Sie mir den Stein, Schlaukopf«, sagte sie. »Auf dem Flughafen von Savannah steht eine Gulfstream G-5 abflugbereit, und der Flugplan sagt, dass sie unterwegs zu Mütterchen Russland sein wird.«

»Schlaukopf, wie?«, fragte Walker. »Ich habe immer gedacht, das sei der Spitzname für Archer oder für Kyle.«

»Jeder Mann, der mit Ivanovitsch auf eine Bootsfahrt geht und lächelnd zurückkommt, hat für mich diesen Namen verdient. Der Rubin«, sagte sie und hielt ihm die Hand entgegen. »Wir haben nicht viel Zeit.«

»Warum?«, fragte Faith.

April zog ihre wunderschönen schwarzen Augen zusammen, betrachtete Faith nachdenklich und zuckte dann mit den Schultern. »Die Eremitage eröffnet einen neuen Flügel ihres Museums, der dem Besitz des letzten Zaren gewidmet ist. Ganz besonders seinen Juwelen.«

»Immer ein Publikumsmagnet«, meinte Faith.

»Darum geht es. Die Massen anzuziehen, ihnen Freude zu machen, damit sie anschließend wieder gehen und stolz darauf sind, Russen zu sein.«

»Da gibt es eine ganze Menge, worauf sie stolz sein können«, meldete sich Walker.

»Schlaukopf, sie könnten von Engeln abstammen oder von Schlammklumpen, und es würde im Hier und Jetzt keinerlei Unterschied machen, denn alles, was jetzt noch zählt, ist, dass ich den Rubin noch rechtzeitig zur Eröffnung zurückbringe.«

»Damit dieser Tarasov nicht durch die Mangel gedreht wird? Ist Solokov wirklich so viel schlimmer als Tarasov?«, wollte Walker wissen.

»Tarasov gehört uns, Solokov nicht. Muss ich für Sie die einzelnen Punkte zu einer Linie verbinden?«

Walker lächelte beinahe sanft und streckte ihr die Hand entgegen.

April sah ihn an, als sei er eine Kupferkopfschlange.

Walker reichte ihr das Schmuckstück. »Sie schulden den Donovans noch einen Gefallen. Einen sehr großen sogar. Denken Sie einmal darüber nach, ob Sie Mel nicht vielleicht doch erlauben könnten, die Halskette zu behalten, vielleicht als eine Art Anzahlung.«

»Ich habe bereits meine Anzahlung geleistet«, erklärte April humorlos. »Alle zukünftigen Schmuckverkäufe von Tarasov werden zunächst einmal der Firma Donovan Edelsteine und Mineralien angeboten werden.«

»Verkäufe?«, fragte Faith. »Soll das heißen, gestohlene Sachen?«

»Marat Borisovitsch Tarasov ist ein hoher Staatsbeamter, und zu seinen Pflichten gehört es, dass er sich unter anderem um das ›Abfließen‹ von Museumsgütern bemüht«, erklärte April gelassen. »Russland braucht harte Währung. Die Lagerräume der Museen auszuplündern ist eine Art, das zu bewerkstelligen. Wenn er dabei auch für sich selbst sorgt, dann wundert das niemanden.«

»Es ist kein Diebstahl, wenn die Regierung es tut«, schloss Walker. »Wollen Sie das damit sagen?«

»Ich habe die Regeln nicht gemacht, Schlaukopf. Ich würde lieber in einer Welt leben, in der eine Revolution mehr hervorbringt als nur Hunger, Folter, Exekutionen und eine neue Herde von Schweinen, die sich an dem öffentlichen Trog mästen. Aber dies ist nun mal die einzige Welt, die wir haben. Ich bemühe mich um sie, so gut ich es kann.«

»Müssen Sie wirklich Faith' Entwurf auseinander nehmen?«, fragte Walker.

April dachte darüber nach, dann dachte sie daran, wie ungern sie nach der Pfeife eines kleinen russischen Emporkömmlings der *Mafia* tanzte. »Alles, was dieser Bastard wollte, war der große Rubin. Und das ist auch alles, was ich ihm zurückgeben werde.«

April Joy wandte sich um und verschwand in der Nacht. Eine Minute später hörte man das Geräusch eines kraftvollen Motors, der das Rauschen des Windes übertönte. Räder quietschten, Kies spritzte auf, und dann fuhr ein Wagen schnell über die Einfahrt von Ruby Bayou davon.

Als Walker den Motor nicht länger hören konnte, wandte er sich zu Faith.

»Woran denkst du, Süße?«

»Ich entwerfe in Gedanken gerade Löffel mit sehr, sehr langen Stielen.«

Er nahm ihr Gesicht in beide Hände. »Mir wäre es lieber, wenn du zueinander passende Fußfesseln entwerfen würdest...«

»Ich habe dir doch gesagt, was ich über...«

»...aber da ich sehe, dass sie dir nicht gefallen, würde ich mich auch mit Ringen zufrieden geben. Was hältst du davon, einen Rubin statt eines Diamanten in deinem Verlobungsring zu haben?«

»Das hängt ganz davon ab, wer mir diesen Verlobungsring gibt.«

»Ich.«

Sie versuchte, in seinem Gesicht zu lesen, doch es gelang ihr nicht. »Du hast doch gesagt, du wolltest diese Art von Verantwortung nicht übernehmen.«

»Darüber habe ich heute Abend viel nachgedacht, auf dem Weg aus dem Bayou zurück zu dir. Ich habe entschieden, dass das keine Last ist, wenn man die Verantwortung mit dem richtigen Partner teilt.«

Faith schlang die Arme um ihn. »Dann, Partner, ist es mir gleichgültig, ob es Diamanten sind, Rubine oder ein Stück Dreck.«

Walker lachte. »Ich denke, es wird ein Rubin sein. Ein ganz, ganz besonderer. Genau wie du.«

»Das ist nicht fair. Wo werde ich einen finden, der so ist wie du?«

»Wir werden ihn zusammen suchen.«

»Wann?«

»Gleich, nachdem du diese Löffel entworfen hast.«

BLANVALET

GRENZENLOSE LEIDENSCHAFT BEI BLANVALET

Lassen Sie sich von aufregend sinnlichen Romanen bezaubern.

A. Quick. Verhext
35085

E. Coffman. Herzen im Duell
35090

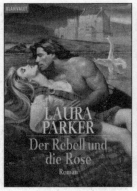

L. Parker. Der Rebell und die Rose
35104

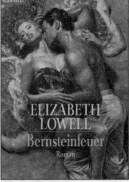

E. Lowell. Bernsteinfeuer
35129

BLANVALET

ZAUBERHAFTE LEIDENSCHAFT BEI BLANVALET

Lassen Sie sich von unwiderstehlich sinnlichen Romanen betören.

A. Quick. Im Sturm erobert
35093

S. Busbee. Zauber der Leidenschaft
35119

J. Feather. Die geraubte Braut
35173

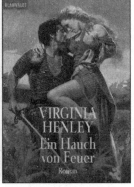

V. Henley. Ein Hauch von Feuer
35155

BLANVALET

FEUERWERK DER LEIDENSCHAFT BEI BLANVALET

Lassen Sie sich von aufregend sinnlichen Romanen betören.

K. Martin. Bei Tag und Nacht
35143

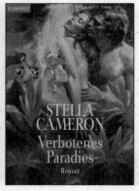

S. Cameron. Verbotenes Paradies
35086

O. Bicos. Riskantes Spiel
35120

S. Forster. Gefährliche Unschuld
35057